A GÁRGULA

Andrew Davidson

A GÁRGULA

Tradução de
MARCOS SANTARRITA

Rocco

Título original
THE GARGOYLE

Esta é uma obra de ficção. Nomes, personagens, empresas, organizações, lugares, acontecimentos e incidentes são produtos da imaginação do autor e foram usados de forma fictícia. Qualquer semelhança com pessoas reais, vivas ou não, acontecimentos, locais é mera coincidência.

Direitos para a língua portuguesa reservados
com exclusividade para o Brasil à
EDITORA ROCCO LTDA.
Av. Presidente Wilson, 231 – 8º andar
20030-021 – Rio de Janeiro, RJ
Tel.: (21) 3525-2000 – Fax: (21) 3525-2001
rocco@rocco.com.br
www.rocco.com.br

Printed in Brazil/Impresso no Brasil

CIP-Brasil. Catalogação-na-fonte.
Sindicato Nacional dos Editores de Livros, RJ.

D28g Davidson, Andrew
A gárgula/Andrew Davidson; tradução de Marcos Santarrita. – Rio de Janeiro: Rocco, 2009.

Tradução de: The gargoyle
ISBN 978-85-325-2421-8

1. Queimaduras – Ficção. 2. Vítimas de acidentes de trânsito – Ficção. 3. Ficção norte-americana. I. Santarrita, Marcos, 1941-. II. Título.

CDU – 813
09-0944 CDU – 821.111(73)-3

"Die Liebe ist stark wie der Tod, hart wie die Hölle."
Der Tod scheidet die Seele vom Leibe,
die Liebe aber scheidet all Dinge von der Seele...

Meister Eckhart, deutscher Mystiker
Predigt: "Êwige Gerburt"

"O amor é tão forte quanto a morte, tão difícil quanto o Inferno.
A morte separa a alma do corpo,
mas o amor separa tudo da alma."

Meister Eckhart, místico alemão
Sermão: "Eterno Nascer"

I.

Os acidentes ocorrem, muitas vezes violentos, como o amor.

Era Sexta-feira Santa, e as estrelas apenas começavam a dissolver-se na madrugada. Enquanto dirigia, eu alisava a cicatriz em meu peito, por hábito. Tinha os olhos pesados e a visão desfocada, o que não surpreendia, já que eu havia passado a noite curvado sobre um espelho, cheirando as fileiras de pó branco que mantinham meu rosto preso no reflexo. Acreditava com isso aguçar os reflexos. Enganava-me.

A um lado da estrada curva um grande abismo abria-se na encosta da montanha abaixo e no outro lado havia mata escura. Eu tentava manter os olhos para a frente, mas tinha a esmagadora sensação de que alguma coisa esperava para emboscar-me atrás das árvores, talvez uma tropa de mercenários. É assim que funciona a paranoia das drogas, claro. Meu coração martelava e eu agarrava com mais força o volante, o suor acumulando-se na base da nuca.

Encaixara entre as pernas uma garrafa de uísque, que tentava pegar para mais um grande gole. Soltei-a e ela rolou em meu colo, molhando tudo, antes de cair no chão. Curvei-me para agarrá-la antes que o resto do álcool se derramasse e, quando ergui os olhos, fui recebido pela visão, a ridícula visão, que pôs tudo em movimento. Via uma saraivada de flechas em chamas que saíam em enxame da mata, direto sobre o carro. O instinto assumiu o controle e virei o volante para longe da floresta que escondia os invisíveis atacantes. Não foi uma boa ideia, porque isso jogou o veículo contra os arames da cerca que me separava do despenhadeiro. Ouviu-se um guincho de metal contra metal, a porta do carona arranhou os cabos esticados, houve uma dezena de impactos quando arranquei os postes, cada pancada parece ter a eletricidade de um desfibrilador.

Exagerei na compensação e virei para a pista da contramão, por pouco não bati numa caminhonete. Puxei o volante de volta com muita força, o que me mandou de novo para cima da cerca. Os arames partiram-se e voaram para todos os lados, como os tentáculos enlouquecidos de um polvo arpoado. Um deles açoitou o para-brisa e lembro que pensei como fiquei alegre por não ter-me atingido quando o carro caiu nos braços da fera em convulsão.

Seguiu-se um breve momento de imponderabilidade: um ponto de equilíbrio entre ar e chão, terra e paraíso. *Que coisa mais estranha*, pensei, *como parece o momento entre dormir e acordar, quando tudo tem uma beleza surreal e nada é corpóreo. Como parecia flutuar para a coisa completa.* Mas, como muitas vezes ocorre nessa hora entre a existência no mundo e a fusão nos sonhos, o momento na borda terminou com o brutal sacolejo que me trouxe de volta à consciência.

Um acidente de carro parece durar uma eternidade, e há sempre um instante em que a gente julga poder corrigir o erro. *É*, você pensa, *é verdade que estou mergulhando pela encosta da montanha abaixo, num carro que pesa mais de uma tonelada e meia. É verdade que são trinta metros até o fundo do abismo. Mas eu tenho certeza de que, se girar o volante com muita força, tudo vai dar certo.*

Depois de dar toda a volta ao volante e descobrir que não funciona, uma coisa fica clara para a gente: *Ah, merda.* Durante um glorioso momento, tem-se a felicidade despojada que os filósofos orientais passam a vida inteira buscando. Mas, após essa transcendência, a mente vira um supercomputador capaz de calcular as rotações do carro, multiplicá-las pela velocidade da queda pelo ângulo de descida, equacionar as leis do movimento de Newton e, numa fração de segundo, chegar em pânico à conclusão de que *isto vai doer pra burro.*

O carro despenca com mais velocidade encosta abaixo, saltando. Nossa hipótese logo se mostra correta: é de fato muito doloroso. O cérebro cataloga as diferentes sensações. Virão o salto mortal, a desorientação do rodopio e os guinchos do veículo ao praticar uma profana ioga. Seguem-se o barulho do metal apertando as costelas, o cheiro da maldade do demônio, um ancinho em nosso rabo e enxofre na boca. O Sacana chegou, claro, não há dúvida.

Lembro-me do clarão de ferro derretido quando o piso me decepou todos os dedos do pé esquerdo. Lembro o volante voando por cima do ombro esquerdo. Lembro a erupção de vidros que parecia estar em toda a volta. Quando o carro por fim parou, eu pendia de cabeça para baixo, preso pelo cinto de segurança. Ouvia o chiado de vários gases escapando do motor e os pneus ainda girando do lado de fora, acima, e ouvi o rangido do metal assentando-se quando o automóvel parou de balançar, como uma patética tartaruga deitada de costas.

Quando eu começava a vagar para a inconsciência, veio a explosão. Não foi uma explosão de cinema, mas uma pequena, da vida real, como a ignição de um infeliz fogão a gás ressentido contra o dono. Um clarão de chama azul varou o teto, numa estranha inclinação debaixo de meu corpo pendurado. Senti uma gota de sangue escorrer-me do nariz e saltar expectante nas alegres flores novas que se abriam para a vida embaixo. Percebi os cabelos pegarem fogo; depois senti o cheiro. A carne do corpo começou a sapecar-se como um pedaço de carne recém-jogada na churrasqueira, e em seguida ouvi o borbulhar da pele lambida pelas chamas. Não conseguia alcançar a cabeça com as mãos para extinguir os cabelos em chamas. Os braços não respondiam aos meus comandos.

Imagino, caro leitor, que você já teve alguma experiência com o calor. Talvez tenha virado uma chaleira fervendo num ângulo errado e o vapor subiu pela manga da camisa ou, numa audácia juvenil, segurou um fósforo entre os dedos enquanto pôde. Todos não encheram, pelo menos uma vez, uma banheira até transbordar e se esqueceram de enfiar o dedão antes de mergulhar o pé todo, não foi? Se teve algum desses incidentes menores, quero que pense uma coisa nova. Imagine ligar uma das chapas do fogão – digamos que seja elétrico, com espirais negras em cima. Não ponha uma panela d'água, porque a água apenas absorve o calor e o usa para ferver. Talvez alguns minúsculos fiapos de fumaça subam enroscados de um líquido derramado antes. Aparecerá um ligeiro matiz violeta, ali aninhado nas espirais negras, e depois a chapa assume uns tons roxo-avermelhados, como amoras silvestres. Passa para o laranja e por fim – por fim! – um fulgente e intenso rubro. Meio bonito, não é? Agora baixe a cabeça de modo a ficar com os olhos no nível da parte de cima do fogão e olhar através das ondas que sobem em revérberos. Lembre-se daqueles velhos filmes em que o herói se vê olhando um inesperado oásis no outro lado do deserto. Quero que você passe de leve a ponta dos dedos da mão esquerda pela palma direita e note o jeito como a pele registra até mesmo o mais delicado toque. Se outra pessoa fizesse isso, você talvez se excitasse. Agora, bata com essa mão sensível e reativa direto na chama em brasa.

Espere um pouco. Espere um pouco enquanto a chapa grava a fogo os nove círculos de Dante em sua mão, deixando-o a segurar o Inferno para sempre. Que o calor marque a pele, os músculos, os tendões e chegue até o osso. Espere que a queimadura penetre tanto que você não saiba se algum dia poderá soltar a espiral. Não demorará muito para que o fedor de carne queimando suba, agarre os pelos do nariz, recuse-se a sair e você sinta o cheiro do corpo arder.

Quero que mantenha essa mão apertada, contando devagar até sessenta. Não trapaceie. *Um Mis-sis-sip-pi, dois Mis-sis-sip-pi, três Mis-sis-sip-pi.* No *sexagésimo*, a mão já se haverá derretido tanto que agora cerca a chapa e se funde com ela. Agora rasgue a carne e liberte-se, e arranque a carne solta.

Tenho outra tarefa para você: curve-se para baixo, vire a cabeça para um lado e encoste o rosto na mesma chapa. Eu o deixo escolher qual das faces. De novo os sessenta Mississippi; sem trapaça. O mais conveniente é que ponha a orelha bem perto para captar o estalar, crepitar e explodir da carne.

Agora você talvez tenha uma ideia do que para mim foi estar preso de cabeça para baixo neste carro, incapaz de escapar das chamas, consciente o suficiente para catalogar a experiência até entrar em choque. Em alguns breves e misericordiosos momentos eu ouvia, sentia o cheiro e pensava, ainda documentando tudo, mas sem nada sentir. *Por que não está doendo mais?* Lembro-me de que fechei os olhos e desejei uma completa e bela escuridão. Recordo-me de ter pensado que devia viver como vegetariano.

Então o carro mudou mais uma vez de posição, caindo dentro do arroio em cuja borda balançava. Como se a tartaruga se houvesse de novo assentado sobre as patas e corresse para a nascente mais próxima.

Essa ocorrência – a queda do carro no arroio – salvou minha vida, extinguindo as chamas e esfriando a carne recém-cozida.

* * *

Os acidentes emboscam os incautos, muitas vezes com violência, como o amor.

Não tenho a menor ideia se começar com o acidente foi a melhor decisão, pois jamais escrevi um livro antes. Verdade seja dita, iniciei com o acidente porque queria atrair o seu interesse e arrastá-lo para dentro da história. Você continua lendo, logo parece que deu certo.

Descubro que o mais difícil de escrever não é o ato de construir as próprias frases. É decidir o que pôr nelas e o que deixar de fora. Vivo tendo segundos palpites. Escolho o acidente, mas podia com a mesma facilidade ter começado em qualquer ponto dos meus trinta e cinco anos de vida antes. Por que não começar com: "Eu nasci no ano de 19... na cidade de..."

Mas, também, por que iria eu limitar o começo ao tempo de minha vida? Talvez devesse começar com Nurembergue, no início do século XIII, onde uma mulher com o nome mais infeliz, Adelheit Rotter, retirou-se de uma vida que julgava pecaminosa para se tornar beguina – mulheres que, embora não oficialmente ligadas à Igreja, eram inspiradas a viver a imitação de Cristo. Com o tempo, ela atraiu uma legião de seguidoras, e em 1240 todas se mudaram para uma fazenda leiteira em Engelschalksdorf, perto de Swinach, onde um benfeitor chamado Ulrich II von Königstein lhes permitiu viver, desde que fizessem trabalhos humildes. As religiosas ergueram um prédio em 1243, e no ano seguinte o estabeleceram como mosteiro, com a eleição da primeira prioresa.

Quando Ulrich morreu sem herdeiro, deixou toda a propriedade para as beguinas. Em troca, pedia que o mosteiro oferecesse lugares de enterro para seus parentes e que elas rezassem, em caráter perpétuo, pela família Königstein. Numa demonstração de bom-senso, mandou que o lugar se chamasse Engelthal. "Vale dos Anjos", em vez de Swinach, "Chiqueiro". Mas foi a última provisão que iria ter o maior impacto em minha vida: mandou que o mosteiro estabelecesse um *scriptorium*.

* * *

Olhos abertos para a rotação de um raio vermelho e azul. Um *blitzkrieg*, guerra-relâmpago, de vozes. Uma haste de metal vara o lado do carro e o rasga como presas. Uniformes. Nossa, estou no inferno e usam uniformes. Um homem grita. Outro fala numa voz tranquilizadora.

– Vamos tirar você daí. Não se preocupe. Você vai ficar bem – promete por entre os bigodes. – Como se chama?

Não me lembro. Outro paramédico berra para alguém que não consigo ver. Recua de minha visão. Será que precisam fazer isso? Escuridão.

Olhos abertos. Estou amarrado à padiola. Uma voz:

– Três, dois, um, levantem.

O céu precipita-se sobre mim e depois se afasta.

– Pra dentro – diz a voz.

Um ruído metálico quando a padiola se encaixa com um estalo no lugar. Caixão, por que sem tampa? *Antisséptico demais pra ser Inferno, e será que o teto do Paraíso poderia ser feito de metal cinza?* Escuridão.

Olhos abertos. Imponderabilidade de novo. Caronte usa uma mistura de algodão e poliéster azul. A sirene de uma ambulância ricocheteia de um Aqueronte de concreto. Inseriram-me uma agulha intravenosa no corpo – em toda parte? Cobre-me uma manta de gelatina. Molhado, molhado. Escuridão.

Olhos abertos. O baque de rodas parece um carrinho de shopping sobre concreto. A maldita voz diz:

– Vão!

O céu me goza, passa por mim, depois um teto de gesso branco. Portas duplas abrem-se serpeando. Escuridão.

* * *

Olhos abertos. Enorme boca de uma cobra, dando o bote em mim, rindo, falando: ESTOU CHEGANDO... A serpente tenta engolir minha cabeça. Não, não é serpente, é uma máscara de oxigênio: ... E VOCÊ NÃO PODE FAZER NADA. Estou caindo para trás da escuridão na máscara de oxigênio.

Abro os olhos. As mãos ardem, os pés ardem, fogo por toda parte, mas estou no meio de uma nevasca. Uma floresta alemã e um rio próximo. Uma mulher numa crista de penhasco com uma besta. Sinto o peito subir e descer como se houvesse sido atingido. Ouço o assobio do coração ao desistir. Tento falar, mas em vez disso coaxo, e uma enfermeira me manda descansar, tudo vai dar certo, tudo vai dar certo. Escuridão.

Uma voz flutua acima de mim.

– Durma. Basta dormir.

* * *

Após o acidente, engordei como uma salsicha vienense recém-assada, a pele estalando para conter a carne em expansão. Os médicos, com bisturis famintos, apressaram o processo com rápidas incisões. Chama-se a esse procedimento escarificação, e dá ao tecido inchado a liberdade de expandir-se. É parecido com a subida do ser secreto interior, que finalmente pode usar as garras para chegar à superfície. Os doutores acharam que tinham de me retalhar para começar o tratamento, mas na verdade apenas libertaram o monstro – uma coisa de carne empanturrada, impregnada de sumo.

Enquanto uma pequena queimadura resulta numa bolha cheia de plasma, as queimaduras como as minhas resultam na perda de enormes quantidades de líquido. Nas primeiras vinte e quatro horas no hospital, os médicos bombearam quase trinta litros de líquido isotônico que fluíam do corpo esturricado tão rápido quanto o bombeavam para dentro, e eu parecia uma coisa semelhante ao deserto durante uma súbita enchente.

A troca de fluido rápida demais resultou num desequilíbrio na química do sangue, e o sistema imunológico cambaleou sob a tensão, um problema que ia se tornar cada vez mais perigoso nas semanas seguintes, quando a ameaça básica de morte provinha da septicemia. Mesmo para uma vítima de queimadura que parece estar indo bem muito após o acidente, a infecção pode tirá-la do jogo de uma hora para outra. As defesas do corpo mal funcionam, exatamente quando mais se precisa delas.

As camadas externas do meu corpo estavam vitrificadas por um resíduo de sangue do tecido queimado chamado de escara, a

Hiroxima do corpo. Do mesmo modo como não se pode chamar de "prédio" um monte de blocos de concreto rachados após a explosão de uma bomba, tampouco se poderia chamar de "pele" a minha camada externa após o acidente. Eu era em mim mesmo um estado de pronto-socorro, com pomadas de íons de prata e sulfadiazina espalhadas sobre o que restava de mim. Por cima disso, puseram-se bandagens sobre a devastação.

Eu de nada disso sabia, e só fiquei sabendo depois pelos médicos. Na época, jazia em coma, com uma máquina clicando no lerdo metrônomo que era o meu coração. Fluidos, eletrólitos, antibióticos e morfina eram ministrados por uma série de tubos (tubo intravenoso, tubo de jejunostomia, tubo endotraqueal, tubo nasogástrico, tubo urinário, realmente há um tubo para cada ocasião!). Um escudo de calor mantinha o corpo quente o suficiente para sobreviver, um respirador respirava por mim, e fiz tantas transfusões de sangue que envergonhariam Keith Richards.

Os médicos removeram meu destroçado exterior afastando a sujeira e raspando a carne calcinada. Trouxeram tanques de nitrogênio líquido que continham pele recém-colhida de cadáveres. Degelaram-na em panelas d'água e as dispuseram em boa ordem sobre as minhas costas e costuraram com pontos ágrafos no lugar. Na maior simplicidade, como se plantassem leiras de relva em áreas problemáticas atrás de cabanas de verão, enrolaram-me na pele dos mortos. Limpavam sempre o corpo, mas ainda assim eu rejeitava essas camadas de carne necrosada; jamais brinquei bem com os outros. Por isso fui repetidas vezes embrulhado em pele de cadáver.

E ali jazia eu, usando mortos como armaduras contra a morte.

* * *

Meus primeiros seis anos de vida.

Meu pai foi embora antes que eu nascesse. Era, evidentemente, um cara muitíssimo cativante e divertido, rápido com o pau e mais ainda para dar o fora. Minha mãe, abandonada por esse anônimo libertino, morreu de parto quando entrei surfando neste mundo, numa onda do sangue dela. A enfermeira que agarrava o gorduroso recém-nascido escorregou numa poça desse sangue ao tentar deixar a sala de parto, ou assim me disseram. Minha avó me viu pela primeira vez quando outra enfermeira, que era um verdadeiro teste de Rorschach vermelho sobre branco, passou depressa comigo nos braços.

O parto deu errado para mim também. Jamais me contaram bem o que se passou, mas de algum modo me cortaram o corpo da barriga ao peito, deixando uma longa cicatriz – talvez um errante bisturi quando tentavam salvar minha mãe. Simplesmente não sei. À medida que eu crescia, a cicatriz continuou a mesma, até acabar com apenas alguns centímetros de comprimento, centrada no lado esquerdo do peito, onde um romântico poderia desenhar um coração.

Vivi com minha avó até os seis anos. O ressentimento dela comigo, como causa da morte da filha, era óbvio. Acho que não chegava a ser uma má pessoa, mas antes alguém que jamais esperara perder a precedência para a própria filha, nem ser encarregada, tão tarde na vida, de cuidar de mais um bebê.

Ela não me batia; alimentava-me bem; providenciava todas as vacinas necessárias. Apenas não gostava de mim. Morreu num dos raros dias em que nos divertíamos, quando me empurrava num balanço do parque infantil. Eu subia no ar e estendia as pernas para o sol. Voltei a terra esperando que as mãos dela me agarrassem. Em vez disso, passei voando pelo corpo curvado dela. Quando tornei a passar, vi-a desabada sobre os cotovelos. Depois se esparramou de cara na lama. Corri a uma casa próxima para alertar os adultos, depois me sentei nas barras do brinquedo quando a ambulância chegou tarde demais. Ao ser erguida pelos paramédicos, minha avó balançava os braços como as asas de um morcego drenadas de vida.

* * *

Tão logo cheguei ao hospital, deixei de ser uma pessoa e passei a ser uma tabela estatística. Após me pesarem, os médicos puxaram as calculadoras para digitar a extensão da queimadura e computar minhas possibilidades de sobrevivência. Nada boas.

Como eles faziam tudo aquilo? Como em qualquer história da carochinha que se preze, tinham uma fórmula mágica, neste caso chamada Regra dos Nove. Determina-se a porcentagem de queimadura, anotada numa tabela não diferente de um mapa de vodu do corpo humano, dividida em partes baseadas em múltiplos de nove. Os braços "valem" 9% do total da superfície do corpo; a cabeça, 9%; cada perna inteira, 18%; e o tronco, frente e costas, 36%. Daí a Regra dos Nove.

Claro, há outras considerações na classificação de queimaduras. Idade, por exemplo. Os muito velhos e os muito jovens têm menos probabilidades de sobreviver, mas, se os jovens conseguem, apresentam maior capacidade de regeneração. Assim, esforçam-se com eles. O que é legal. Também se deve levar em conta o tipo de queimadura: escaldados com líquidos ferventes; queimaduras elétricas em fios ligados; ou químicas, por ácido ou álcali. Pedi apenas as queimaduras térmicas do menu, as estritamente por chamas.

Você pode perguntar-se o que de fato acontece à carne viva num incêndio. As células consistem sobretudo de líquido, que ferve e faz as paredes celulares explodirem. Não é nada bom. Num segundo cenário, a proteína da célula cozinha-se como um ovo frito numa frigideira, passando de um fino líquido para uma coisa gosmenta e branca. Se isso acontece, cessa toda a atividade metabólica da célula. Assim, embora o calor não baste para matá-la na hora, a perda da capacidade de produzir oxigênio faz com que o tecido logo morra. A diferença é a lenta capitulação, em vez da imediata imolação.

* * *

Morta minha avó, fui morar com Debi e Dwayne Michael Grace – tio e tia, a quintessência do lixo, e se irritaram comigo assim que cheguei. Gostavam, no entanto, dos cheques do governo enviados para minha manutenção. Isso tornava o consumo de drogas bem mais fácil.

Em minha época com os insossos Grace, fui transferido de um estacionamento de trailer para outro até meus guardiões encontrarem uma festa de vinte e quatro horas que se transformou num festival de anfetaminas de três anos. Era gente muito além do seu tempo: os cristais de metedrina não chegavam nem perto da popularidade que têm hoje. Se não havia cachimbos para fumá-la, usava-se uma lâmpada elétrica aberta, e às vezes a corrida a elas chegava a tal ponto que ficávamos em completa escuridão. As drogas pareciam jamais acabar. Os Grace, com sorrisos que pareciam teclados esmagados, entregavam cada centavo ao traficante.

Uma das vizinhas negociava o uso da filha, pouco mais nova que eu, pelo equivalente em droga. Caso você esteja se perguntando, uma criança de oito anos vale 35 dólares, ou pelo menos valia no tempo em que eu era criança. Quando a mãe exibia aqueles olhos loucos e retraídos, a menininha vinha chorar com medo em meu minúsculo quarto, prevendo uma venda iminente. Da última vez que eu soube, a mãe se curara, perdera o vício e encontrara Deus. Da última vez que eu soube, a menina (hoje adulta) era viciada em heroína, grávida.

Na maior parte, minha infância não foi agradável, mas nunca me leiloaram para fins sexuais para meus guardiões se drogarem. Ainda assim, deve-se poder dizer coisas melhores da própria infância.

A única forma que eu tinha de sobreviver àquele mundo de merda era imaginar outros melhores, por isso lia tudo em que conseguia pôr as mãos. No início da adolescência, passava tanto tempo na biblioteca que as bibliotecárias me traziam sanduíches extras. Tenho lembranças muito gostosas daquelas mulheres, que me recomendavam livros e depois conversavam horas comigo sobre o que eu aprendera.

Muito antes de descobrir o desejo pelas drogas que ia ocupar minha idade adulta, essa natureza básica já se estabelecera como compulsiva. O primeiro e mais duradouro vício que adquiri sempre foi o estudo obsessivo de qualquer assunto que despertasse minha curiosidade.

Embora eu jamais gostasse muito da escola, isso não se dava por julgar a educação uma atividade inferior. Longe disso: o problema era sempre que a escola interferia com assuntos mais fascinantes. Os cursos destinavam-se a ensinar informação prática, mas, como eu entendia muito rápido os conceitos centrais, não prendiam o meu interesse. Eu me via sempre distraído pelos aspectos esotéricos que apareciam nas notas de pé de página dos livros didáticos ou na observação improvisada de um professor. Por exemplo, se o professor de geometria dizia alguma coisa a respeito das aulas dadas por Galileu sobre a estrutura física do Inferno, tornava-me impossível voltar a me concentrar quando ele falava sobre os lados de um paralelogramo. Eu mataria as próximas três aulas para ir à biblioteca, ler tudo que pudesse sobre Galileu, e quando voltava à escola não passava na prova seguinte de matemática, porque não haveria nela pergunta alguma sobre a Inquisição.

Essa paixão pelo aprendizado centrado em mim mesmo permaneceu, o que já deve estar visível na descrição do tratamento de queimaduras. O tema tem tal importância pessoal que me seria impossível não aprender o máximo possível a respeito. Os estudos não param aí: a pesquisa sobre o mosteiro de Engelthal, por motivos que se verão, também tomou muitas horas de meu tempo.

Embora seja verdade que fora da biblioteca eu vivia uma vida de maldade, dentro sempre me dediquei tanto ao conhecimento quanto um santo à Bíblia.

* * *

Fiquei sabendo que também se classificam as queimaduras segundo o número de camadas da pele danificadas. As superficiais (de primeiro grau) envolvem apenas a epiderme, a de cima. A espessura parcial (segundo grau) envolve a epiderme e a segunda, a derme. As parciais profundas são queimaduras muito severas de segundo grau. E depois vem a espessura plena (terceiro grau), que envolve todas as camadas e resultam em cicatriz permanente.

Os casos graves – como o meu – em geral apresentam uma combinação de espessuras, porque ninguém gira o espeto para deixar o assado igual. Por exemplo, minha mão direita saiu quase ilesa. Sofreu queimaduras superficiais e o único tratamento foi uma loção comum.

As queimaduras de espessura parcial se localizam basicamente na parte inferior das pernas e em torno das nádegas. A carne enrolou-se como as páginas de um manuscrito queimado e levou alguns meses para sarar. Hoje a pele não está perfeita, mas, caramba, não é tão ruim assim. Ainda sinto o rabo quando me sento.

As queimaduras de espessura plena parecem o bife que seu velho esquecia na churrasqueira quando se embebedava. Destruam; esse tecido não sara. A escara é branca, ou preta ou vermelha; é uma cicatriz seca e dura, para sempre sem pelos, porque os folículos foram cozidos. Muito estranhamente, as queimaduras de terceiro grau de certa forma são melhores que as de segundo: não doem de modo algum, porque as extremidades nervosas ficaram dormentes.

As queimaduras nas mãos, cabeça, pescoço, peito, orelhas e na região do períneo exigem especial atenção. Essas regiões atingem as classificações mais altas na Regra dos Nove; alguns centímetros na cabeça superam os mesmos centímetros nas costas. Infelizmente, trata-se de áreas onde se concentram minhas queimaduras de espessura plena, por isso me dei mal nessa.

A comunidade médica discute se na verdade existe queimadura de quarto grau, mas isso é apenas um bando de doutores saudáveis debatendo semântica numa sala de conferência. Essas queimaduras de quarto grau, se aceita a nomenclatura, vão direto aos ossos e tendões. Eu as tive também; como se já não bastasse o piso haver decepado todos os dedos do pé esquerdo, essas chamadas de quarto grau levaram três do direito e um e meio da mão esquerda. E, ai de mim, mais uma parte do corpo.

Você deve lembrar que derrubei uísque na calça momentos antes do acidente, e a circunstância não podia ter sido pior. Na verdade, fiquei com o colo encharcado com um acelerador que fez a área arder em maior intensidade. O pênis parecia uma vela projetando-se do corpo e ardeu do mesmo jeito, deixando-me com um pavio cicatrizado onde antes havia a haste. Sem possibilidade de salvação, removeram-no pouco depois da internação, num processo conhecido como penectomia.

Quando perguntei o que se fizera com os restos de minha virilidade, a enfermeira informou-me que fora jogado fora como lixo médico. Como se isso de algum modo me fosse fazer sentir melhor, ela explicou em seguida que os médicos me deixaram o escroto e os testículos. Era demais tirar tudo, suponho, mala e cuia.

* * *

Os Grace morreram numa explosão do laboratório de metedrina, nove anos após minha chegada ao reboque deles. Não surpreendeu: há pior ideia que viciados cozinhando a droga num lugar apertado, com ingredientes que incluem combustível de lanterna, solvente de tinta e álcool para fricção?

Não me senti particularmente desencorajado. No dia do funeral, fui conversar com as bibliotecárias sobre a biografia de Galileu Galilei que andara lendo – porque, na verdade, meu professor de geometria espicaçara meu interesse no cientista.

Embora qualquer colegial possa lhe falar da perseguição a Galileu pela Inquisição, a verdade da vida desse homem foi muito mais complicada. Jamais teve a intenção de ser um "mau" católico, e, quando lhe ordenaram ensinar a ideia de um universo heliocêntrico, obedeceu durante muitos anos. Sua filha Virgínia entrou num convento com o belo nome de irmã Maria Celeste, e a outra, Lívia, tomou o hábito sob o nome celestial e igualmente apelativo de irmã Arcângela. Há alguma coisa de adequação poética nisso, porque – embora hoje se use o nome dele como sinônimo coloquial para indicar a opressão da ciência pela religião – a vida de Galileu irmanou ciência *e* religião. Dizem que quando Tommaso Caccini, jovem padre dominicano, se tornou o primeiro a denunciar em público o apoio de Galileu à teoria de Copérnico acabou o sermão com um versículo dos Atos dos Apóstolos: *Tu, homem da Galiléia, por que ficas a olhar o céu?* O que Caccini não desconfiava, porém, era que, se Galileu olhava o céu, podia, com a mesma probabilidade, estar mapeando movimentos astronômicos.

Aos vinte e quatro anos, Galileu foi entrevistado para um emprego de professor universitário e fez então duas conferências sobre a física do *Inferno* de Dante. A maioria dos pensadores modernos considera isso um maravilhoso capricho, mas no tempo dele o estudo da cosmografia de Dante era um tema quente. (Não por coincidência, as conferências foram na Academia Florentina, na cidade natal do poeta.) As apresentações tiveram grande sucesso e ajudaram-no a conquistar o emprego como professor de matemática na Universidade de Pisa.

Só muito depois Galileu veio a compreender que a posição defendida nas palestras era incorreta, como a afirmação de que a estrutura em forma de cone do Inferno não variava em escala. Se o Inferno de fato existia no interior da Terra, a imensidão da cavidade faria o teto (a coberta da terra) desabar, a não ser que as paredes embaixo fossem muito mais grossas do que ele afirmara a princípio. Por isso passou a trabalhar sobre a natureza das leis de escala e, mais adiante na vida, publicou as descobertas em *Duas novas ciências*, cujos princípios ajudaram a estabelecer a física moderna – ciência que hoje existe porque ele compreendeu que cometera um erro na aplicação das leis naturais a um lugar sobrenatural.

Mas, se o Inferno era um lugar real, duvida-se um pouco que Debi e Dwayne Michael Grace estariam lá agora.

* * *

Fiquei inconsciente por quase um mês e três semanas, o corpo envolto naquela sacola de pele morta. O coma fora causado primeiro pelo choque, mas depois os médicos decidiram manter-me nele, imobilizado, enquanto começava a cura.

Eu não tinha de lidar, de forma consciente, com o colapso do sistema circulatório, nem de levar em conta o dano ao rim. Ignorei o fechamento das entranhas. Nada sabia das úlceras que me faziam vomitar sangue, nem como as enfermeiras tinham de correr para impedir que me asfixiasse quando isso acontecia. Não precisava inquietar-me com a infecção que poderia instalar-se após cada cirurgia de emergência ou enxerto de pele. Não me avisaram da incineração dos folículos, nem da destruição das glândulas sudoríparas. Não estava acordado quando me sugaram a fuligem dos pulmões – tratamento, a propósito, chamado de toalete pulmonar.

As cordas vocais haviam sofrido extensos danos da inalação de fumaça, e realizou-se uma traqueostomia para que a laringe começasse a sarar sem a irritação de um tubo pressionando-a. Nada mais se podia fazer. Outra parte do corpo que recebera pouca atenção nos primeiros estágios fora a perna direita, com sérias fraturas. Os médicos tiveram de esperar que minha condição se estabilizasse para começarem as operações de reconstrução do fêmur despedaçado e joelho estourado. Fazer com que eu continuasse vivo tinha precedência sobre a manutenção da bela voz ou da perna manca.

Durante o coma, não se podia evitar a atrofia dos músculos. Havia a falta de movimento e o fato de que, com grandes partes da pele arrancadas, o corpo devorava-se. Consumia a proteína interna, gastando uma tremenda quantidade de energia apenas para tentar manter a temperatura constante. O escudo de calor não bastava, por isso o corpo deixou de mandar sangue para as extremidades. A preocupação é com o centro, a periferia que se dane, e parei de produzir urina e tornei-me tóxico. À medida que o corpo se contraía, o coração se expandia, não por amor, mas por tensão.

Cobriram-me de vermes, um tratamento usado com mais frequência no passado, mas que voltara pouco tempo atrás à voga médica. Os bichos devoram a carne necrosada, engordam com a decomposição e deixam intacta a carne viva. Os médicos costuraram minhas pálpebras para proteger os olhos e só me faltava alguém cobri-las com moedas. Então eu estaria completo.

* * *

Guardo uma lembrança feliz do tempo que passei com os Grace: feliz, mas marcada por uma curiosíssima ocorrência.

O show aéreo realizou-se num dia quente, em meados de agosto, num aeroporto próximo. Os aviões não me excitavam – mas os mergulhadores no ar, de paraquedas abertos contra o céu e os fios coloridos de fumaça atrás! A queda do céu a terra, um mergulho de Efesto, com a velocidade reduzida apenas por ondas flutuantes de seda, parecia um milagre. Os acrobatas que operavam as mágicas alavancas e circulavam em torno de grandes alvos brancos desenhados no chão invariavelmente acertavam os objetivos, bem no centro. Foi a coisa mais espantosa que já vi.

A certa altura, uma asiática postou-se atrás de mim. Eu a senti antes de vê-la; foi como se minha pele saltasse apenas com a presença dela. Quando me voltei, ali estava ela, parada, com um sorrisinho miúdo. Jovem, eu não fazia ideia se era chinesa, japonesa ou vietnamita; apenas tinha a cor da pele e os olhos asiáticos, e mal chegava à minha altura, embora eu tivesse apenas dez anos. Usava um quimono de material simples, que me levou a pensar que devia pertencer a algum tipo de ordem religiosa; um traje completamente fora do comum, mas ninguém na multidão parecia notar; e exibia uma calvície total.

Eu quis retornar a atenção aos mergulhadores, mas não pude. Com aquela mulher atrás de mim, não. Passaram-se alguns instantes, e tentei não tornar a olhá-la, até não conseguir mais me conter. Todas as outras pessoas tinham o rosto voltado para o céu e ela me olhava direto.

– Que é que você quer?

Minha voz saiu insegura; eu queria apenas uma resposta. Ela nada disse, mas continuou a sorrir.

– Não pode falar? – perguntei.

Ela balançou a cabeça e me entregou uma nota. Hesitei antes de pegá-la.

Li: *Você jamais se perguntou de onde veio mesmo a sua cicatriz?*

Quando ergui o olhar, ela desaparecera. Vi apenas a multidão de cara para cima.

Tornei a ler o bilhete, sem acreditar que ela podia saber de minha imperfeição. Era no peito, escondida sob a camisa, e eu tinha certeza de que jamais vira aquela mulher. Mas, mesmo na improvável hipótese de haver esquecido um encontro anterior com uma minúscula asiática de túnica, não tinha como ter-lhe mostrado a cicatriz.

Comecei a circular pela multidão em busca de algum traço dela – uma túnica atravessando a massa; a nuca – mas nada havia.

Guardei o bilhete no bolso e tirei-o mais algumas vezes durante o dia para ter certeza de que era real. Dwayne Grace devia estar-se sentindo de uma generosidade incomum, porque me comprou uma caixa de doces na barraca da concessionária. Depois Debi me abraçou, e foi quase como se fôssemos uma família. Após o show, fomos a uma exposição de lanternas iluminadas que flutuavam num rio próximo, uma mostra muito bonita e diferente de qualquer coisa que eu já vira.

Quando voltamos para casa, tarde, naquela noite, o bilhete desaparecera do meu bolso, embora eu houvesse tomado um cuidado além da conta.

* * *

No coma, eu sonhava sem parar. As imagens fundiam-se umas nas outras, competindo pelo centro da arena do circo.

Sonhei com uma camponesa aquecendo a água do banho. Sonhei com o sangue que saía do útero de minha mãe. Sonhei com os braços flácidos de minha avó que me empurravam para o céu muito azul. Sonhei com templos de Buda perto de frias corredeiras. Sonhei com a menininha vendida pela mãe por metedrina. Sonhei com a retorcida fornalha do meu carro. Sonhei com um barco de guerra *viking*. Sonhei com a bigorna de um ferreiro. Sonhei com as mãos de um escultor que trabalhava furioso com cinzéis numa pedra. Sonhei com flechas em chamas que despencavam do céu. Sonhei com uma chuva de fogo. Sonhei com gelo explodindo de todos os lados. Sonhei com um anjo em delírio congelado na água.

Mas acima de tudo sonhei com gárgulas que esperavam nascer.

* * *

Foi depois do incidente no aeroporto que o ato de alisar a cicatriz de nascença no peito se tornou um hábito. Eu jamais notara que o fazia, mas os outros sim. Dwayne odiava-o, afastava minha mão com um tapa e mandava-me "parar de brincar comigo mesmo". Depois cheirava mais drogas, e ficava difícil levar a crítica a sério.

Quando ele e Debi morreram, perdi os únicos parentes que restavam – do lado materno; o paterno não passava de um ponto de interrogação. Colocaram-me num lar comunitário chamado Casa da Segunda Chance, o que só me fez imaginar quando tivera a primeira. Foi na Segunda Chance que obtive a maior parte da instrução patrocinada pelo governo. Frequentei com grande regularidade as aulas do segundo grau, embora as achasse chatas, e aprendi o básico de matemática e ciências. Não desperdiçava todas as horas passadas na biblioteca. Muito antes de alguém tentar ensinar-me alguma coisa, eu já aprendera a estudar sozinho.

Com a ajuda de outros garotos da Segunda Chance, logo descobri várias drogas para experimentar. Embora não gostasse do cristal de metedrina, intrigavam-me a maconha e o haxixe. Na verdade, recebera cedo estímulos para essas substâncias, de meu tio e tia, que, não percebendo a possibilidade de sobreviver sem ajuda química, tentavam proteger-me de qualquer coisa mais pesada.

Também descobri um terceiro passatempo, para acompanhar bibliotecas e narcóticos: o milagre de fazer os lençóis cantarem. Começou com a troca exploratória de boquete com meu novo melhor amigo, Eddie. É o tipo de coisa de garotos adolescentes: desafiam o outro a chupar e depois o chamam de bicha por fazê-lo. Na noite seguinte, a mesma coisa. Eu gostava de sexo, mas o homossexualismo não era a minha praia; por isso passei para as jovens ocupantes – em particular uma garota chamada Castidade, que vivia em feliz ignorância do que significava o seu nome. Também desconhecia muitas outras coisas. Na primeira vez que ouviu a expressão "sexo oral", achou que de alguma forma envolvia a orelha. Sexo aural, supõe-se.

Aos dezessete anos, passei a satisfazer a curiosidade sexual com uma das conselheiras. Ser guardiã nomeada pelo governo tem lá suas vantagens. Sarah era uma adulta perturbada, se é que já houve uma: alcoólatra em meados da casa dos trinta anos, com um marido que a traía e uma crise precoce de meia-idade. Proporcionei-lhe consolo e excitação, e ela me proporcionou sexo. Não fazia mal o fato de minha beleza, até então pouco mais que um rosto gordinho bonitinho, haver desabrochado. As feições adquiriram ângulos impressionantes, os cabelos tinham simpáticos cachos e o corpo fizera a transição para uma harmoniosa musculosidade.

Quando chegou a hora da dispensa aos dezoito anos, eu possuía dois talentos. Um era usar drogas, o outro comer a conselheira, e precisava converter um desses dons em comida e teto. O consumo de drogas não parecia uma ocupação bem paga, mas era fácil encontrar algum trabalho posando nu por 50 dólares, pois não faltam no mundo homens de meia-idade dispostos a ficar parados nus em salas de visitas. Eu não tinha opinião moral a respeito; estava ocupado demais calculando quantos hambúrgueres compravam cinquenta paus. Dali, foi um curto salto para 150 dólares por fotos que envolviam atividade sexual, e – como já posava para fotos mesmo – faz muito sentido duplicar ou triplicar a renda com a atuação em vídeos. Além disso, quem não quer ser astro de cinema? Cada filmagem levava no máximo dois dias; na maioria das vezes, apenas algumas horas. É um bom dinheiro para um jovem de dezoito anos sem talentos, e, simples assim, começara minha carreira na pornografia.

II.

A luz espalhou-se pelo interior de minhas pálpebras, acordei com a serpente nadando devagar na medula e engolindo-a com a mandíbula deslocada. Ela emitia uns estalidos com a língua ao sibilar: ESTOU CHEGANDO, E VOCÊ NÃO PODE FAZER NADA. Era uma voz feminina – por isso eu sabia ser fêmea – e a língua fazia cócegas em cada vértebra quando ela buscava o caminho até o topo da espinha. Ao alcançá-lo, lambeu o encaixe inferior do crânio, e retorceu-se algumas vezes para informar-me que já se aninhara. As escamas arranhavam-me os órgãos internos, e a cauda errante feriu por acaso o fígado.

Eu jazia numa cama de ar flutuante, que reduzia o atrito e facilitava a cura; as bandagens flutuavam de leve na corrente de ar ascendente. Em cada lado da cama, uma grade pintada de branco como ossos esbranquiçados impedia-me de cair ou sair à força. Logo chamei essa cama de barriga de esqueleto e fiquei ao vento que soprava pela caixa torácica dela, e os próprios ossos evitavam que eu saísse para encontrar um novo cemitério.

Quando acordei, deixara o respirador, mas ainda tinha tubos suficientes espetados no corpo que parecia uma almofada de alfinetes. Os tubos retorciam-se em círculos, davam voltas e voltas, e me lembrei de Minos como presidente na entrada do Inferno, orientando os pecadores aos destinos finais e enroscando a cauda em torno de seus corpos. Cada volta na cauda, um círculo mais fundo no Inferno. Por isso contei meus doze belos tubos, por simples curiosidade. Para quais funduras iam mandar-me o classificador da escuridão e o fedor?

* * *

A enfermeira pareceu contente por encontrar-me acordado.

– A dra. Nan mudou a medicação para fazer você sair desse coma. Vou chamá-la já.

Tentei falar, mas era como se alguém houvesse enfiado uma garrafa de Coca-Cola em minha garganta e dançado em cima; eu tinha cacos de vidros onde devia haver cordas vocais. A enfermeira mandou-me calar a boca e respondeu à pergunta que sabia que eu faria se pudesse. Houvera um acidente. Eu dera muita sorte. Os médicos tinham trabalhado muito. Etc. etc. etc. Finalmente consegui rouquejar:

– Quanto... tempo?

– Quase dois meses.

Ela esboçou um sorriso de piedade e girou nos calcanhares para chamar a médica.

Examinei as costelas do esqueleto. Em alguns lugares, a reluzente pintura branca fora descascada por dedos nervosos. Esses trechos haviam sido pintados de novo, claro, mas ainda se viam as menores escavações. Por baixo das camadas de tinta, meus pensamentos vagavam. *Com que frequência pintam estas camas? Para cada paciente? Cada seis, cada dúzia? Quantos antes de mim jazeram aqui?*

Queria chorar, mas os dutos lacrimais haviam sido fechados a fogo.

* * *

Não havia muita coisa a fazer além de sair e voltar à consciência. A morfina pingava e a serpente habitava cada centímetro de minha coluna, e continuava a lamber a base do crânio com a língua perversa. Lambidas e beijos, caíam as gotas uma a uma, sibilava a cobra. Os sibilantes sermões da bicha, que discursava sobre a disposição de minha alma pecadora, pareciam incessantes. Ouviamse estalos e tropéis no corredor, mil pessoas que vinham prestar seus respeitos aos agonizantes. Os quartos reverberavam com o zumbido das telenovelas. Famílias sussurravam sobre os piores casos terminais.

Eu não entendia bem a enormidade de minha situação e perguntava-me coisas tipo quando poderia voltar ao trabalho no cinema ou quanto me custaria aquela viagenzinha ao hospital. Ainda não compreendera que talvez jamais voltasse ao trabalho, e que a viagem me custaria tudo. Só nas semanas seguintes, quando os médicos explicaram os sangrentos detalhes do que acontecera ao meu corpo, e continuariam a acontecer, acabei por entender.

O inchaço do corpo diminuíra, e a cabeça reduzira-se a proporções quase humanas. O rosto parecia odioso sob os dedos da mão não queimada. Eu tinha as pernas erguidas e presas com adesivos a suportes, e as densas bandagens que me envolviam restringiam os movimentos para que eu não arrancasse os pontos ágrafos. Olhei a perna direita despedaçada e vi um espantoso conjunto de pinos espetados na carne. As vítimas de queimaduras não têm moldes de acrílico – irritantes demais –, e por isso aranhas mecânicas brotavam de mim.

Eram três as enfermeiras no pavilhão de queimados: Connie, Maddy e Beth. Faziam não apenas aplicações físicas, mas também os discursos *estimulantes*, dizendo-me acreditar em mim, por isso eu também tinha de fazê-lo. Sei que Connie acreditava nas baboseiras que lhe saíam da boca, mas sentia que Maddy e Beth estavam mais perto de caixas de mercearia que tagarelam: "Tenha um bom dia." Cada uma dava um turno de oito horas; juntas, faziam um dia.

Beth trabalhava à tarde e era responsável por minha massagem diária, puxava-me delicadamente as juntas e esfregava-me os músculos. Mesmo essas modestas manipulações causavam dor intensa, apesar de toda a morfina.

– Se não fizermos assim, a pele vai enrijecer-se e você não conseguirá mexer as juntas de jeito nenhum. Fizemos isso durante todo o seu coma.

A explicação não fez diminuir a dor nem um pouco.

– A contratura é um enorme problema. Se você pudesse ver os dedos que lhe restam nos pés, veria as lascas neles. Pode fazer força contra minha mão?

Tentei, mas não soube se consegui ou não; a sensação – na verdade a falta dela – era simplesmente confusa demais. Eu não sabia mais onde terminava o corpo.

A dra. Nan Edwards, minha principal médica e chefe do pavilhão de queimados, explicou que continuara operando durante o coma, cortando a pele danificada e me embrulhando em várias substituições. Além das homoplastias (enxertos de pele de cadáveres humanos), eu tinha autotransplantes, enxertos das peles de partes intactas do corpo, e xenotransplantes porcinos, enxertos de pele de porcos. Não se pode deixar de perguntar se judeus ou muçulmanos receberiam o mesmo tratamento.

– Era um estado realmente precário, porque os pulmões haviam sido muito danificados. Nós tínhamos de continuar elevando o nível de oxigênio no respirador, o que nunca é um bom sinal – disse a dra. Edwards. – Mas você conseguiu. Deve ter alguma coisa muito boa à frente.

Que idiota. Eu não lutara pela vida. Não percebera que estava em coma e, sem dúvida, não me esforcei para sair dele. Nem uma só vez no tempo da escuridão ficou registrado que eu precisava retornar ao mundo.

A dra. Edwards disse:

– Não fossem os avanços no tratamento de queimaduras durante a Guerra do Vietnã... – A voz dela morreu, como se fosse melhor não concluir a frase e eu compreender a época feliz em que vivia.

Como eu quis que minha voz funcionasse. Eu teria dito a ela que desejava que aquilo houvesse acontecido no século XIV, quando não haveria esperança para mim.

* * *

Comecei a carreira de ator pornográfico especializando-me em sexo heterossexual com múltiplas parceiras num breve período de tempo, sem jamais perder a ereção. Mas, por favor, não me julguem unidimensional; como artista, eu sempre buscava um novo desafio. Com treinamento consciente, aumentei o portfólio e incluí cunilíngus, anilíngus, surubas de três, quatro e mais. Não gostava de homossexualismo, porém, embora sempre houvesse admirado, mais ou menos, os homens que faziam penetração nos dois sentidos. Não me interessava em particular por sadomasoquismo, se bem que tenha feito alguns filmes com leves temas de servidão. Não sentia disposição para qualquer filme que promovesse tendências pedófilas. Coisa horripilante, embora eu admita que Humbert Humbert me faz dar risadinhas. Escatologia, não, em definitivo, pois em parte alguma da psique alimento o desejo de cagar em alguém e menos ainda me inclino a que caguem em mim. E se sou esnobe por não participar de filmes que envolvem sexo com animais, que seja: sou esnobe.

* * *

Eu jazia na cama, com intensa consciência da sensação de respirar. Em comparação com a maneira como respirava antes do acidente, era tão... Qual *é* a melhor palavra? Não é bem “laborioso”. “Oprimido” fica melhor, e é o mais perto que consigo chegar. A respiração oprimida se devia em parte ao rosto danificado, em parte aos tubos que se retorciam pela garganta abaixo e em parte à mascara de bandagens. Às vezes eu imaginava que o ar tinha medo de entrar em meu corpo.

Dei uma espiada embaixo das bandagens no corpo, curioso para ver o que restava de mim. A cicatriz de nascença que passara a vida inteira acima do coração não mais era solitária. Na verdade, eu já mal a via, tão bem se aninhava na enrugada bagunça do peito. Todo dia uma procissão de enfermeiras, médicos e terapeutas entrava valsando no quarto, com unguentos e salvas, e massageava o verdadeiro deslizamento de terra pompeano que era a pele. "O estiramento passivo", diziam-me, "é extremamente importante." *O estiramento passivo*, eu pensava, *dói pra burro*.

Eu não parava de tocar a campainha para chamar as enfermeiras, pedindo mais morfina para saciar a sede da serpente, apenas para me dizerem que ainda não chegara a hora. Eu exigia, suplicava, barganhava e gritava; elas insistiam – fodam-se todas – em que só pensavam no melhor para mim. Demasiada medicação impediria os órgãos internos de funcionar direito. Demasiada medicação me tornaria dependente. Demasiada medicação de algum modo pioraria tudo.

Uma serpente vivia dentro de mim. Eu me achava trancado na caixa torácica de um esqueleto. Parece que a Guerra do Vietnã só existira em meu benefício. Tinha os dedos das mãos e dos pés decepados, e havia pouco ficara sabendo que, embora os médicos pudessem fazer uma faloplastia, para construir um novo pênis com tecido tirado do braço ou da perna, eu jamais voltaria a ter uma ereção.

Como, perguntava-me, *pode a morfina piorar mais qualquer coisa?*

* * *

Quando as enfermeiras se cansavam de meus pedidos de mais drogas, diziam que iam mandar um psiquiatra. O jaleco azul que ele usava sobre a roupa, para proteção dos pacientes de queimaduras, não se encaixava bem e eu via o veludo roçando nas coxas quando ele andava. O homem tinha um domo calvo, uma barbicha assanhada numa malsucedida tentativa de desviar a atenção do queixo duplo e exibia bochechas inchadas de uma pessoa cuja dieta vinha toda das máquinas de venda. O equivalente animal seria um esquilo com problema glandular, e estendeu a mão como se fosse um novo melhor amigo.

– Eu sou Gregor Hnatiuk.

– Não, obrigado.

Ele deu um largo sorriso.

– Não vai me dar nem uma chance?

Eu o mandei escrever o que desejava no formulário de avaliação e podíamos fingir que tínhamos tentado. Em geral, eu teria me divertido um pouco com ele – dizer que fora amamentado por muito tempo e sentia falta da mamãe ou que alienígenas me haviam sequestrado –, mas a garganta não aguentava o esforço de falar tantas palavras seguidas. Ainda assim, eu o fiz entender que pouco me interessava qualquer tratamento que ele julgasse oferecer.

Gregor sentou-se e instalou a prancheta como um colegial que tenta esconder uma ereção. Garantiu-me que só queria ajudar, e depois chegou a usar os dedos para formar aspas ao citar o fato de que não estava ali para "entrar" em minha cabeça. Quando era criança, um bando de moleques do bairro deve tê-lo surrado sem parar.

Dei um jeito de pôr para fora algumas palavras finais:

– Mais anestésicos.

Ele disse que não podia me dar, por isso mandei-o embora. Gregor me disse então que eu não precisava falar, se não quisesse, mas ia me dar alguns métodos criativos de visualização para enfrentar a dor. Levei a sério a sugestão e criativamente visualizei que ele deixara o quarto.

– Feche os olhos e pense num lugar aonde queira ir – disse Gregor. – Pode ser uma lembrança ou um destino que você queira visitar no futuro. Qualquer lugar que o faça feliz.

Deus do céu.

* * *

A dra. Edwards me avisara que a primeira vez que eu estivesse consciente durante o desbridamento cirúrgico da pele seria dolorosa além da capacidade de alívio da morfina, mesmo com um aumento da dosagem. Mas ouvi apenas "aumento da dosagem", e isso me fez sorrir, embora ninguém o visse sob as bandagens.

A dose extra começou a fazer efeito pouco antes de me moverem, e eu flutuava num belo barato quando ouvi os passos da dra. Edwards, com sapatos de saltos baixos, que desciam o corredor em minha direção, antes que ela chegasse.

A doutora tinha, em todos os aspectos, uma aparência mediana. Nem bonita nem feia, conseguia dar ao rosto um ar simpático adequado, mas raras vezes se preocupava com isso. Os cabelos poderiam ser mais encorpados se escovados toda manhã, mas em geral ela apenas o puxava para trás, talvez por questões práticas, pois não é muito aconselhável deixar que os fios soltos caiam em feridas de queimadura. Ligeiramente gordinha, se fosse necessário um palpite, seria uma boa aposta afirmar que em algum momento da vida ela simplesmente se cansara de contar calorias. Parece haver crescido com aquele aspecto comum, e a impressão é de que o aceita; ou talvez houvesse decidido que, como trabalhava entre sobreviventes de queimaduras, demasiada atenção à aparência seria até um insulto.

Ela fez um gesto para o auxiliar que a acompanhara, um baita de um homem cujos músculos se dobraram quando estendeu os braços para mim. Juntos, transferiram-me da cama para uma padiola. Guinchei como um porco na faca e soube na hora como meu corpo se acostumara à imobilidade.

A unidade de queimados é muitas vezes a ala mais distante de um hospital, porque as vítimas são tão suscetíveis a infecções que devem ser mantidas longe dos outros pacientes. Mais importante, porém, é o fato de que a localização minimiza a chance de os visitantes tropeçarem num frango frito humano. A sala de desbridamento cirúrgico, onde se removia o tecido necrosado, não pude deixar de notar, era o quarto mais afastado daquela mais distante ala. Quando acabou a sessão, percebi que isso era para que as outras vítimas de queimaduras não ouvissem os gritos.

O auxiliar deitou-me numa mesa de aço inclinada, onde água com substâncias médicas, acrescentadas para equilibrar a química do corpo, corria pela superfície lisa. A dra. Edwards retirou as bandagens para expor a polpa sangrenta que era eu. Os chumaços de gaze caíram com impacto surdo quando ela os jogou num balde metálico. Ao lavá-los, tinha um esgar de nojo nos cantos da boca virados para baixo e infelicidade nas pontas dos dedos. A água que corria sobre mim rodopiava cor-de-rosa. Depois cor-de-rosa escuro, vermelho-claro, vermelho-escuro. Esse líquido turvo fluía e refluía em torno das pequenas fatias de minha carne que pareciam entranhas de peixe numa tábua de cortar.

Tudo isso não passava de um prelúdio para o acontecimento principal.

O desbridamento cirúrgico de pele é o dilaceramento de uma pessoa, o corte do máximo que ela aguenta. Em termos técnicos, é a retirada de tecido contaminado de uma ferida para que em seu lugar surja a pele sadia. A palavra em si vem intacta do substantivo francês *débridement*, que significava literalmente "tirar a brida". É fácil construir a etimologia: a retirada de tecido contaminado – retirada de material que restringe – evoca a imagem da remoção da brida de um cavalo, pois ela própria é a restrição. A pessoa sem brida estará livre de contaminantes, por assim dizer.

Eu tinha uma parte da pele tão danificada que a remoção do tecido putrefato significava mais ou menos a raspagem de tudo. O sangue esguichou nas mãos da dra. Edwards, deixando riachos de vermelho no peito da bata, pois ela usava um aparelho tipo navalha para remover a derme do meu corpo, não muito diferente de como um descascador retira a casca dos alimentos.

A dra. Edwards fez muito... Não, isto é formal demais. Nossa situação nos tornava mais íntimos que os mais cruéis amantes; logo, por que não usar o nome próprio dela? *Nan* fazia longas pausas abrangentes em minhas costas. Eu ouvia a lâmina deslizar pelo corpo, desgrudando a pele. A única forma conhecida por ela de chegar ao tecido bom, na verdade, era retalhando-o. Se eu gritava de dor, era que ela cortara fundo o bastante para encontrar terminais nervosos. Como escreveu Blake em *O casamento do céu com o inferno*: "Nunca se sabe o que é bastante a menos que se saiba o que é mais que bastante."

Nan depositava as finas folhas de minha carne no mesmo balde de metal que continha as bandagens sujas. Era como ver a mim mesmo desaparecer, as bandeirolas de sinalização da minha existência sopradas um milímetro de cada vez. A dor, misturada com a morfina, fazia as imagens mais interessantes lampejarem na mente: o senador Joe McCarthy berrando: "Melhor morto que comuna"; um carpinteiro montando as cruzes nas quais seriam pregados os crucificados; dissecação na aula de biologia, os bisturis da oitava série enterrando-se na barriga das rãs.

Uma vez que fiquei inteiramente limpo, os lugares expostos precisavam ser cobertos com enxertos, de cadáver ou porco. Jamais tinha muita importância, porque meu corpo rejeitava todos. Era o esperado, pois não deviam ser permanentes: ali estavam sobretudo para impedir a infecção.

Durante o tempo que passei no hospital, fui esfolado vivo repetidas vezes. Em muitos aspectos, a remoção de pele é uma coisa muito mais arrasadora que a queimadura em si, porque, enquanto o acidente ocorre como uma surpresa, eu sempre sabia quando se programara uma limpeza. Deitava-me na barriga do esqueleto e temia cada futura passada da faca, antevendo-a mil vezes na imaginação em cada ocorrência de fato.

As doses de morfina eram autorreguladas – para me "dar força", segundo diziam – e eu mexia furioso no tal botão. Mas havia um bloqueio na quantidade total, de modo que eu não podia me aplicar uma overdose: dar força é isso aí.

* * *

Quando fiz vinte e três anos, já atuara em mais de cem pornôs, de qualidade variável. A maioria dos primeiros é primitiva, mas alguns, dos últimos anos, considero trabalho genuinamente decente.

A pornografia é como qualquer outro trabalho: a gente começa em empresas menores, mas, à medida que melhora o currículo, vai subindo. No princípio eu trabalhava com diretores apenas um passo acima dos amadores – mas também estava no mesmo caso – pois não compreendera que sexo, no cinema ou fora dele, não era ficar trepando o dia todo até chegar ao orgasmo.

Aprendi sexo como todo mundo, fazendo: dessa vez a biblioteca não servia. A prática, não a teoria, me ensinou que não se pode precipitar o desempenho para atingir o clímax sem decepcionar o espectador – mas tampouco se pode foder indefinidamente sem entediá-lo, e esse era o equilíbrio que se devia alcançar. Do mesmo modo, aprendi que não há conjunto de manobras padrão, e que se podem fazer direito os reajustes quando se ouvem as ordens do corpo do outro.

Não quero me gabar, mas o aumento da eficiência foi admirável. Outros notaram: a procura de meus serviços cresceu, os diretores tornaram-se mais famosos, as mulheres com quem eu trabalhava mais talentosas, e o pagamento aumentou. Minha fama, por desempenho e dedicação, tornou-se conhecida dos consumidores e da indústria.

Acabei por não mais me satisfazer em trabalhar apenas num lado da câmera e pedi outras responsabilidades profissionais. As exaustas equipes ficaram felizes com o auxílio; eu ajudava a instalar o equipamento de iluminação e perguntava aos câmeras como sabiam onde deviam cair as sombras. Observava como os diretores montavam a cena, e a essa altura já atuara tanto que podia de vez em quando dar uma boa sugestão. Se os produtores se deparavam com um problema – uma atriz que cancelava a participação na última hora ou uma câmera que pifava –, eu tinha amigos suficientes na indústria para, após alguns telefonemas, muitas vezes resolvê-lo.

Não demorou muito e eu me ramificava para o papel de escritor, tanto quanto alguém pode dizer que escreve um filme pornô. Ele pode estabelecer uma situação, mas, quando se trata da ação, só pode escrever: CENA DE SEXO AQUI. Diferentes atores fazem diferentes coisas: alguns recusam sexo anal, alguma garota com garota, e assim por diante, e, como jamais se sabe ao certo de antemão qual ator vai fazer qual cena, não se pode ser específico demais. As decisões finais são sempre tomadas no *set*.

Apesar do vício da coca, que se tornou severo a ponto de gigantescos mosquitos brancos me visitarem de manhã cedo, eu não era um jovem desprovido de inteligência. Sabia das vantagens financeiras do pornô – independentemente do estado da economia, sempre há mercado –, mas havia mais coisas. Eu gostava de escrever e atuar, e encarava minha obra tanto como satisfação de impulsos artísticos quanto como uma questão de comércio. Após dirigir alguns filmes, descobri que o dinheiro de verdade não estava em atuar no filme de outro, mas em trazer os outros para atuarem no *meu*. Por isso formei relativamente cedo minha própria produtora e tornei-me um "bem-sucedido executivo da indústria do cinema, com uma renda substancial".

Às vezes acho que esta é uma maneira melhor de apresentar-me do que como pornógrafo.

* * *

Eu não era, claro, a única vítima na unidade de queimados. Sofredores iam e vinham. Alguns acabavam o tratamento e seguiam em frente, enquanto outros morriam. Só para ilustrar: uma das pacientes era Thérèse, criança preciosa, de cabelos louros e olhos de safira.

Olhando-a, não se saberia sequer que ela fora queimada, porque trazia a destruição por dentro. Tivera uma reação alérgica – não diferente de fogo químico nos pulmões – aos antibióticos aplicados para aliviar ataques de asma. Ouvi um médico explicar a um interno:

– Pra ela, foi como tomar um grande gole do Agente Laranja.

A mãe da menina, com o jaleco verde-escuro que a assinalava como visitante, trouxera muitos arranjos transbordantes de flores de plástico. (As de verdade, que transportam bactérias aos milhões, podiam ser agentes de nossa morte.) Era devota e vivia dizendo à menininha que cada ocorrência terrena fazia parte do Grande Desígnio de Deus.

– Não podemos saber por que as coisas acontecem, só que Deus tem um tremendo plano para cada um. As razões dele são justas, embora não possamos entender algumas delas.

Pessoalmente, acho má ideia dizer a uma garota de sete anos que o tremendo plano de Deus era incinerar os pulmões dela.

Howard era outro dos pacientes no pavilhão. Queimara-se muito antes de minha chegada, num incêndio doméstico depois que a avó atacada pelo mal de Alzheimer adormeceu com um cigarro aceso entre os dedos. Ela não sobreviveu, mas ele sim, e agora trabalhava com afinco em cada aspecto da reabilitação. Usava os andadores, passava os braços curvados em dois pequenos halteres prateados e andava dez passos um dia e doze no outro. Ficava radiante com cada conquista, e vivia me dizendo que ia "vencer esta coisa" e "recuperar a vida". Essas proclamações apenas se intensificaram depois que a noiva lhe informou a disposição de não mais se casarem.

Quando lhe deram alta, toda a família de Howard e uma dezena de amigos (entre eles a ex-noiva) vieram comemorar na unidade de queimados. Trouxeram um bolo e todos lhe disseram que tinha uma ótima aparência e sentiam-se orgulhosos. Ele falava que aquele era "o primeiro dia do resto da minha vida". Foi um senhor espetáculo, até na dramaticidade com que embalaram as coisas dele. Howard dirigiu-se devagar até a minha cama e pegou minha mão boa.

– Eu lhe disse que ia vencer esta coisa. Disse, sim. Você também pode.

Piscou o olho para mim, num esforço para inspirar-me, mas, devido à contratura da pele em torno dos olhos, só me fez lembrar de uma mosca doméstica lutando para sair de um vaso sanitário.

Quando ele saía do quarto, a mãe e o pai de cada lado, não se voltou para lançar uma olhada final ao pavilhão dos queimados que fora seu lar por tantos meses; vi que se decidira a jamais olhar para trás.

Suponho que seja uma comovente história de triunfo humano: determinação, o amor da família e amigos, e pensamento positivo. Mas, na verdade, a quem ele enganava? A ex-noiva se fora – quem podia (pode) amar uma górgone? Algum dia faria sexo com alguém? Iria atravessar a vida com os pais segurando-o pelos braços para equilibrá-lo, como se ele tivesse sempre dois anos de idade? Onde, pergunto, está a vitória nisso tudo?

Howard trabalhara muito mais do que eu pretendia fazer. Eu o ouvia falar como ia ficar melhor. Escutava todos dizerem que ele tinha ótima aparência, quando na verdade parecia o monstro que qualquer pessoa atravessaria a rua para evitar. Tive vontade de chorar quando pegou minha mão, porque nem mesmo eu queria que me tocasse. Enojava-me, aquela coisa, meu irmão.

Minha reação pouco tinha a ver com Howard, na verdade; resultava da compreensão de que, fizesse o que fizesse, eu jamais seria o mesmo. Podia fazer exercícios todo dia, sofrer mil cirurgias, ainda seria uma chaga humana. Não há cura para o que sou. Foi *isso* que recebi da grande conquista de Howard. Foi *isso* que entendi deitado na barriga do esqueleto e a serpente devorando minha espinha. ELE É IGUAL A VOCÊ, ela sibilava, MAS COM ALMA MELHOR.

A pior compreensão: mesmo que eu pudesse voltar ao que era antes do acidente, até onde isso seria melhor? Sim, fui bonitão. Sim, tinha dinheiro e carreira, mas (não fujamos da verdade) era um autor de filmes pornográficos confundido pela coca. Disseram-me que os amigos, que riam de minhas piadas quando dividíamos as drogas ao lado da piscina, vieram visitar-me quando eu me encontrava em coma – mas cada um me olhou menos de um minuto, saiu e jamais voltou. Uma olhada já os convencia de que nossos dias de cheiradas em colheres haviam acabado para sempre.

Depois que acordei, a única pessoa que fez uma verdadeira tentativa foi Candee Kisses, uma moça meiga que só foi parar no pornô porque o universo é um lugar injusto. Aos dezessete anos, cansara-se do padrasto que a estuprava; estava disposta a fazer qualquer coisa para sair do domínio dele. E assim fez. Deveria morar numa fazenda em alguma parte, casada com um cara trabalhador chamado Jack, Paul ou Bill, em vez de ganhar a vida chupando pau diante da câmera.

Candee veio algumas vezes, trazia presentinhos e tentava me animar contando-me como eu tinha sorte por estar vivo, mas na maioria das vezes apenas chorava. Talvez fosse devido à minha aparência; o mais provável é que fosse por causa de sua vida. Após três visitas, eu a fiz jurar que não voltaria. Ela manteve a promessa. Agora veja o mais engraçado: eu a conhecia havia mais de cinco anos, fizera sexo com ela e ouvira as histórias sobre o padrasto, mas não sabia o seu verdadeiro nome. Talvez devamos deixar umas poucas coisas para trás ao escolhermos uma vida nova.

Quando Howard e os pais desapareceram pela porta do pavilhão de queimados, perdi o véu de controle. O peito começou a inchar quando a raiva e a autopiedade saíram como vômito, e a danificada garganta só permitia a respiração em forma de fanhosos arquejos.

Então a menina Thérèse me procurou. Para ela, foi um esforço incrível e torturante, e a cada inspirada dos pulmões dela eu os ouvia chocalhar. Já estava exausta quando chegou à minha cama. Aproximou-se arrastando-se e tomou-me a mão. Não a direita sã, mas a esquerda, sem um dedo e meio, e segurou-a como se fosse normal. Doía muito me tocarem ali, e mesmo que eu ficasse agradecido com o toque, apesar da dor, implorei-lhe que fosse embora.

– Não – ela respondeu.

Meu peito ainda saltava sem eu querer.

– Não está vendo o que eu sou?

– Estou – ela respondeu. – É exatamente como eu.

Seus grandes olhos azuis, radiantes através da dor, nunca deixaram minha face danificada.

– Vá embora – ordenei.

Ela disse que precisava descansar um pouco antes de voltar para a sua cama, e acrescentou:

– Você sabe que é belo aos olhos de Deus.

Fechou os olhos e observei o rosto dela quando a exaustão a arrastou para o sono. Depois fechei os meus por um instante.

As enfermeiras logo me acordaram. Thérèse continuava em minha cama, a mão ainda na minha, sem respirar.

Basta apenas um instante.

* * *

Tudo bem, admito. Tentei a visualização criativa que Gregor sugerira.

Reduzi o ritmo da respiração e concentrei-me em fazer o corpo parecer pesado, começando com os dois dedos dos pés restantes: pesado, pesado. Então os pés, depois os tornozelos. Em seguida pensei nas panturrilhas pesadas, joelhos pesados, coxas pesadas. Isso até em cima, o tronco, peito, pescoço, cabeça... concentrando-me na respiração: dentro, fora, firme, calma...

Foi quando comecei a pensar em vaginas. Creio que era natural, pois entrara em centenas. Alguns homens gostariam de nos fazer acreditar que todas as mulheres são a mesma, mas é óbvio que não estiveram com muitas. Cada vagina tem sua textura, sua fundura e umidade; cada uma tem personalidade própria. Isso é um fato.

Eu era muito bom no sexo, tanto passatempo quanto profissão. Fora das horas de trabalho, tinha como paixão encontrar mulheres que fossem o oposto daquelas com as quais filmava. Se você trabalha num restaurante francês, quer comer *escargot* no dia de folga? É difícil. Vai sair para comer alguma coisa num restaurante próximo. Se trabalha em produção de TV, acaba o dia lendo livros. E, como comedor profissional de garotas de sonho siliconadas, achei prazeroso experimentar outros tipos de mulher. Com palavras cuidadosas, não sinceras, mas ditas como se fossem, podia ir para a cama com os mais majestosos sonhos e um bem planejado destino. Com esse dom da fala, presenteei-me 1001 mulheres, de Sherazade a Selma do Southside.

O intercurso sexual diante da câmera proporciona pouca satisfação, porque o *set* é montado, o cheque está no correio, e aonde foi o romance? Mas a sensação que eu tinha ao pegar mulheres – por *conquista* – que não participavam do jogo era uma coisa bem diferente. A satisfação vinha com donas de casa, policiais e secretárias. Editoras de livros. Vaqueiras. Atletas, pescadoras, plantadoras de árvores, escritoras feministas, lutadoras profissionais, pintoras, caixas de banco, professoras de escola dominical, costureiras e funcionárias públicas. Sua mãe, sua irmã, sua namorada. Eu diria qualquer coisa para possuir uma mulher, mesmo por uma hora. Fingia ser esquerdista, direitista, viril, sensível, autoritário, tímido, rico, pobre, católico, muçulmano (só uma vez), pró-escolha, pró-vida, homofóbico, gay (excluindo as bichas), cínico, loucamente otimista, monge budista e pastor luterano. O que a situação exigisse.

Lembro-me de uma mulher chamada Michelle. O sexo com ela foi o mais próximo que cheguei algum dia da perfeição no intercurso. Era uma garçonete meio barrigudinha, com um leve cheiro de ovos fritos e molho, e tinha uma cicatriz onde lhe haviam tirado o apêndice. Eu a vira com o marido numa furiosa discussão. Ele saiu e ela sentou-se num banco de parque, decidida a não chorar. Eu me aproximei, e logo estávamos conversando, logo ela estava rindo, logo estávamos em minha casa. Cheiramos um pouco de cocaína, rimos mais um pouco e depois começamos a dar socos de brincadeirinha nos ombros um do outro. Quando partimos para a trepada, primeiro foi às pressas, depois veio a surpresa ao constatarmos como era bom, depois os gemidos. Michelle recomeçou a rir, e eu também, e então ela se pôs a chorar; chorou o tempo todo – não de sofrimento, mas de liberação.

Continuamos durante horas. Parecíamos vagar num precipício onde cada nervo despertara. Ela me falou de tudo que se passava na (dentro e fora) cama do casal. Contou-me que receava jamais haver de fato amado o marido. Falou-me das fantasias que tinha com a irmã dele e de como se apalpava em público quando pensava – não tinha certeza – que alguém a olhava, e que roubava pequenas coisas da loja da esquina porque lhe dava tesão. Contou-me que acreditava em Deus e gostava de pensar que Ele a via fazer essas coisas. Eu disse que ela fora uma garota muito ocupada. Jamais paramos de trepar e também eu me vi chorando com a crueza daquilo tudo.

Minha pele jamais vai voltar a funcionar desse jeito, tão cônscia da outra pessoa que não sei onde ela termina e começo eu. Nunca mais. Nunca mais minha pele será uma coisa que pode se comunicar com tanta perfeição; ao perdê-la para o fogo, também desperdicei a oportunidade de fazê-la desaparecer com outra pessoa. Sinto-me feliz sobretudo por descobrir essa ligação física, pelo menos uma vez, mas sem dúvida desejo que fosse com alguém a quem vi desde então.

Talvez eu estivesse em claro e persistente erro nessas muitas transações sexuais. Mas também talvez não. Por favor, levem em conta que proporcionei conforto a muitas mulheres tristes. Que importa se Wanda Como é Mesmo o Nome acreditava que eu era de fato um pintor divorciado e incompreendido? O marido se interessava mais em tomar cerveja com a turma que em levá-la para dançar, portanto na certa foi ótimo para ela trepar com um estranho. A chave de toda a empreitada era que eu podia me envolver na hora na forma da fantasia de cada mulher. Fazer isso, decodificar uma pessoa para proporcionar-lhe o que ela quer e precisa, é uma arte, e eu era um artista da trepada.

As mulheres não queriam o verdadeiro eu e tampouco amor. Desejavam um conto carnal, que já vinham aquecendo no orvalho das coxas, para revelar nos clubes do livro. Eu era apenas um corpo físico – e uma beleza singularíssima, também – com o qual podiam realizar os verdadeiros desejos.

Esta é a verdade: todos desejamos conquistar o belo, porque afirma o nosso valor. Falando pelos homens do mundo, queremos possuir a beleza da mulher com quem trepamos e tomar a beleza firme nos dedos gananciosos, possuí-la bem e de verdade, fazê-la nossa. Queremos realizar isso quando a mulher brilha no orgasmo. É a perfeição. E embora não possa falar pelas mulheres, imagino que elas – admitam ou não – desejam a mesma coisa: possuir o homem, possuir a bela rudeza dele, pelo menos por alguns segundos.

Somando tudo, que diferença fazia a minha tapeação? Eu não tinha Aids nem herpes, e embora seja verdade que levei meu quinhão de agulhas no rabo, quem não levou? Um pouco de penicilina vai longe. Mas, também, é fácil lembrar com carinho os dias de infecções genitais menores, depois que se teve o pênis amputado.

* * *

Connie, do turno da manhã, era a mais jovem, mais loura e mais bonita das três enfermeiras, e verificava as bandagens quando eu acordava. No geral, emproada demais para meu gosto, tinha o sorriso adorável de dentes apenas ligeiramente tortos e um sempre genuíno "Bom-dia!". Quando lhe perguntei certa vez por que era sempre tão legal – uma frase difícil, mas que consegui expelir da boca –, ela respondeu que "não desejava ser mesquinha". Havia um grande charme no fato de nem sequer imaginar por que eu me dera o trabalho de fazer tal pergunta, para começar. Nas tentativas de ser sempre bondosa, era raro ela entrar no turno sem me trazer algum presentinho – uma lata de refrigerante, que segurava enquanto eu bebia por um canudinho de palha, ou uma matéria de jornal que lia em voz alta porque imaginava que talvez me interessasse.

Beth, não poucos anos mais velha que as duas, me fazia massagem à tarde. Também era magra e séria demais em tudo. Tinha cabelos cacheados, às vezes um pouco rebeldes, mas via-se que jamais os deixaria lhe escaparem. Talvez fossem os muitos anos trabalhados em unidades de queimados, mas recusava-se a tornar-se mesmo um pouquinho íntima no trato pessoal conosco.

Maddy, do turno da noite, parecia preferir estar num bar provocando um garoto tesudo de uma fraternidade universitária. Não necessariamente satisfatória, mas definitivamente provocante. Enquanto cuidava de nós, vítimas de queimaduras, dava um jeito de mexer o quadril de forma sugestiva sob a saia branca. Tinha o que sempre se chamou rabo de lêmure – ou seja, a gente o seguiria pela borda de um precipício. Era uma garota muito traquina, e me ocorreu que talvez houvesse adotado a profissão apenas para que aquele ar de menina má em uniforme de enfermeira atuasse em seu favor. Certa vez me pegou olhando-a e disse:

– Você era um verdadeiro sacana antes do acidente, não era?

Mais que a declaração de um fato, uma pergunta, e ela nem parecia zangada, apenas achava graça.

* * *

A mãe de Thérèse veio depois naquela semana pegar os pertences da filha. Falou-me do funeral; ao que parece, o prefeito mandara um "magnífico buquê de lírios", e todos cantaram preces "com as vozes elevadas ao Céu". Depois perdeu o fio das ideias e olhou com um ar ansioso, pela janela, o parque além da quadra, do qual subiam as vozes das crianças que jogavam beisebol. De repente, parecia uma dezena de anos mais velha que um momento antes, e quando acabou o transe sentiu um terrível constrangimento pelo fato de eu ter percebido.

– Thé... – começou. – Pelo que entendo, minha filha morreu em sua cama. Ela...?

– Não – respondi –, não sofreu.

– Por que ela... o procurou?

– Não sei. Disse que Deus me acha bonito.

Ela balançou a cabeça, depois explodiu num soluço que tentou empurrar de volta na boca.

– Era uma menina tão boa. Merecia tanto...

Não pôde concluir a frase. Deu-me as costas e, por mais que tentasse ficar imóvel, seus ombros tremiam. Quando por fim conseguiu me olhar de novo, disse:

– O Bom Senhor nunca nos dá nada de que não possamos cuidar. Você vai ficar bom.

Dirigiu-se à porta e parou.

– Não é um tição tirado do fogo? Zacarias, 3:2. O mundo é bom.

Enfiou as flores de plástico embaixo do braço e saiu.

* * *

Quem passou um longo período no hospital sabe que o nariz perde o discernimento na atmosfera de amônia. Durante uma sessão de remoção da pele com Nan, perguntei:

– Que cheiro tenho eu?

Ela limpou o suor da testa com as costas da manga branca e vi que tomava uma decisão entre me dizer a verdade ou tentar uma coisa mais agradável. Àquela altura eu já a conhecia: escolheria a verdade. Sempre escolhia.

– Não tão ruim quanto você pensaria. Ele... quer dizer, você tem um cheiro almiscarado e velho. Como uma casa que todos deixaram e da qual não se abriram as janelas durante muito tempo.

Então voltou ao trabalho, raspando e reformando a casa que o dono desertara. Eu queria dizer-lhe que não se preocupasse, mas sabia que Nan apenas viraria os cantos da boca para baixo e continuaria o trabalho.

* * *

Como ficamos incapazes de cuidar de nós mesmos num hospital, os estranhos nos atormentam: estranhos que nos esfolam vivos; estranhos que não conseguem cobrir-nos de Eucerin, nos mantêm com a bochecha coçando; estranhos que nos chamam de docinho e querido quando a última coisa que queremos na vida é docinho ou querido; estranhos que têm a presunção de achar que um sorriso pregado no rosto nocivo vai nos alegrar; estranhos que falam conosco como se tivéssemos o cérebro mais frito que o corpo; estranhos que tentam sentir-se bem consigo mesmos fazendo "alguma coisa pelos menos afortunados"; estranhos que choram simplesmente por terem olhos para ver; e estranhos que querem chorar mas não podem, e assim passam a ter mais medo deles próprios que de nos queimar.

Quando eu não aguentava mais a televisão, contava os buracos no teto perfurado. Computava de novo para conferir as descobertas. Memorizava o movimento sorrateiro das sombras do sol poente rastejando pelas paredes abaixo. Aprendi a saber quando cada enfermeira estava tendo um bom ou mau dia pelo estalo dos passos. O tédio era meu companheiro de cama e apoderava-se dos lençóis. A serpente continuava a sibilar na base do meu crânio, a megera. JÁ VOU. Esmagava-me a brancura e sufocava-me o antisséptico. Queria rastejar no tubo urinário e afogar-me no mijo.

Por pior que estivesse, tornou-se mais ruim ainda quando Nan explicou que, ao fim da estada no hospital – o que não viria por muitos e muitos meses –, eu seria colocado numa casa de transição para "reintegração" na sociedade. Disse que eu acabaria podendo cuidar da maioria das minhas necessidades e viver sozinho.

Dezessete anos após a liberação de uma casa do governo, eu voltaria a uma diferente – mas pelo menos, quando era uma criança sem vintém, tinha a vida pela frente. Aos trinta e cinco anos, era um fósforo queimado, riscado.

Por isso escutava os médicos e balançava a cabeça dizendo sim quando me contavam de cirurgias futuras, mas era o mesmo que falarem da futura viagem à cidade no fundo do mar. Eu assinava formulários de autorização; firmava entregando minha casa e todos os bens pessoais. Uma queimadura como a minha custa fácil meio milhão de dólares para tratar, e sem muito mais efeito do que se subisse a mais de um milhão.

Meu advogado veio me visitar, desconfortável dentro das roupas. Ao contrário de outros visitantes, também decidira usar uma máscara cirúrgica; seria caridade pensar que isso era para minha proteção; o mais provável era que fosse a própria paranoia sobre algum contágio. De qualquer modo, julguei apropriado: não podia olhar o rosto mascarado sem achar que um ladrão viera me assaltar.

Ele disse algumas palavras, que sentia muito o meu acidente; depois, dispensada essa formalidade, lançou-se numa explicação do sério problema que minha produtora enfrentava. No fundo, não se tratava do não cumprimento de contratos para fornecimento de novos filmes aos pontos de venda; a filmagem cessara tão logo deixei de estar por perto para dirigir as operações, mas já se haviam assinado compromissos de entrega. Eu jamais treinara alguém para fazer meus deveres se ficasse incapacitado, e só se via de fato um resultado: a bancarrota. Ele não queria ficar me preocupando naquele "momento difícil", explicou, por isso já preparara o documento que possibilitava aos credores confiscar e liquidar meus bens. Claro, dera um jeito de os emolumentos pela falência serem pagos primeiro.

Simplesmente assinei tudo que ele pôs na minha frente, para fazê-lo deixar o quarto mais depressa. Não me passou despercebida a ironia de que, após transformar todo o meu dinheiro no negócio de pele, como se chamam no ramo as produções pornô, agora o trocasse por pele. Acabado isso e minha produtora liquidada, ele não sabia o que fazer a não ser dizer mais uma vez que sentia muito e sair da enfermaria o mais rápido possível.

E assim minha vida seguiu em frente. Quando os médicos disseram que eu estava melhorando, fiz a melhor imitação de sorriso. As enfermeiras orgulhavam-se de mim quando eu apertava a bola terapêutica na mão queimada. Achavam que eu fazia aquilo para aumentar a força, mas minha única intenção era que calassem a boca. Cansara-me da provocação de Maddy, da seriedade de Beth e do otimismo de Connie.

Jazia paciente durante as esfregações de Eucerin, cada uma um turno de serviço. Rezava, na toca mental, pela oportunidade de desertar. A certa altura, Nan declarou com indiferença que meus ferimentos eram "um desafio clássico" para uma médica como ela. Observei-lhe que eu não era um problema a resolver. A moça gaguejou:

– Não era o que eu queria dizer, eu... eu, hum... Tem razão. Saí da linha, sinto muito.

Experimentei uma breve sensação de vitória, mas o engraçado é que concordava completamente. Era um problema a ser resolvido, embora o víssemos de lados opostos. Ela considerava as bandagens como casulos de larvas dos quais eu sairia, enquanto eu as via como um sudário.

A serpente megera que era a coluna vertebral continuava a retorcer a cauda em minhas entranhas e martelar a frase: JÁ VOU, E VOCÊ NÃO PODE FAZER NADA. Eu nem sequer ligava mais. A bicha já vinha. E daí? Apenas mais um problema numa lista interminável. Tinha o Dachau que era meu rosto. Havia o meu corpo, uma versão do *Inferno* de Dante na vida real. O manto de pele sobre o esvaziado Inferno de minha alma não podia continuar a suportar o próprio peso; minha integridade fora comprometida em todos os aspectos. Uma das médicas, tendo sabido da perda do meu pênis, veio explicar as mais recentes criações em próteses eréteis, se eu quisesse uma reconstrução de pau. Enquanto antes havia apenas hastes articuladas que permitiam a subida ou descida do pênis, agora se podia instalar sofisticados sistemas de bombeamento.

Tais progressos tecnológicos pouco serviam de consolo para um homem outrora admirado pela capacidade de manter a ereção durante profanos períodos de tempo. Como caem os poderosos.

Eu ia simplesmente ficar bom o suficiente para sair, e, vinte e quatro horas após deixar o hospital, estaria morto. Era uma promessa a mim mesmo, e a única coisa que me mantinha seguindo em frente.

* * *

Sou ateu.

Não acredito na existência de um Deus que me pune por eu haver-me massacrado.

Como não tenho crença religiosa, jamais achei que o acidente fosse castigo divino por atividades "imorais". Sei o motivo *exato* da ocorrência. Como estava doidão, tive uma alucinação em que flechas vinham sobre mim. Para evitar essas flechas imaginárias, joguei o carro pela borda de um precipício real. A gasolina no tanque só fez o que faz a gasolina, incendiar-se quando apresentada a faíscas. Logo que as chamas envolveram meu corpo, ele começou a arder segundo as leis da termodinâmica e da biologia. Não há sentido mais profundo.

Compreendo que algumas pessoas encontrem Deus após as desgraças, embora isso me pareça ainda mais ridículo que achá-Lo nos tempos bons. "Deus me atingiu. *Deve* amar-me." É como só querer uma relação romântica depois que um membro do sexo oposto nos dá um soco na cara. Minha "milagrosa sobrevivência" não vai me fazer mudar a opinião de que o Céu é uma ideia construída pelo homem para ajudá-lo a enfrentar o fato de que a vida na terra é de uma brevidade brutal e, verdadeiro paradoxo, demasiado longa.

Apesar da plena revelação, porém, devo falar de uma coisa que, insistem muitos teístas, *preciso* informar minha descrença em

Deus. Afirmam que esqueço a ideia do Céu porque, se a aceitasse, teria de admitir que estou destinado ao Inferno.

Porque assassinei alguém.

* * *

Um delicado suspiro desce como seda enfunada sobre a alma que aceita a morte próxima. É uma suave bolsa de ar na turbulência da vida diária. A seda dessa sensação flutua – não, "flutua" é uma palavra ativa demais –, a seda nos envolve como se vagasse para sempre em direção a terra e alcançasse por fim o alvo. Por misericórdia, arriou-se a bandeira da derrota, e nessa ação a perda não é tão ruim. A própria derrota é derrotada pelo abraço da derrota, e a morte engolida em vitória.

O sibilar da serpente vai desaparecendo e a morte toca com amor, com posse: é uma questão que afaga a cabeça do cachorro, ou um pai que consola a criança que chora. As horas começam a rolar e os dias mal se separam das noites. A escuridão incha como um belo e silencioso tsunami, e o corpo anseia por acalantos calmantes e salmos finais.

Posso afirmar com autoridade: nada se compara à decisão de morrer. Tinha um plano excelente, que me fez sorrir e vagar mais leve na cama de ar flutuante.

Eu era um monstro não amado. Ninguém choraria minha perda; para todos os fins práticos, já me fora. Quem iria sentir minha falta – as médicas que fingiam importar-se? Nan dava o melhor de si para dizer todas as coisas certas e mostrava um rosto esperançoso, mas tinha a bondade de não mentir. Eu lhe mentia, porém, quando fingia querer curar-me. Aperfeiçoava meu plano, trabalhando nele enquanto as enfermeiras cuidavam de minha aspereza, as mãos carinhosas saltitando pelo corpo como o mais gracioso inseto que pousa em fezes.

Um suicida não é uma coisa com a qual alguém queira ser incompetente. Sobretudo se, como eu, já enfrenta a perspectiva de passar a vida toda à procura das últimas porçõezinhas. A única forma de piorar seria acabar tendo morte cerebral ou ficando quadriplégico, o que pode acontecer se a gente calcula mal. Portanto, permita-me repetir: um suicida não é uma coisa com a qual alguém queira ser incompetente.

Meu plano começaria logo após ter alta do hospital, porque na enfermaria dos queimados me observavam com demasiado cuidado. Na casa de transição, onde não haveria cadeados nem guardas. Por que haveria? Esses lugares se destinam a devolver as pessoas à sociedade, não separá-las dela.

Ainda me restavam alguns milhares de dólares guardados numa conta bancária, sob falso nome; isso bastava. Eu deixaria a casa de transição, sairia capengando pela rua, encontraria um banco e pegaria esse dinheiro. Numa loja de roupas, compraria um casaco de capuz para poder deslocar-me encoberto na terra dos mortais. Então começaria uma interessante caça aos abutres.

Comprar uma escopeta seria fácil. Eu já decidira procurar Tod "Trash" White, um pequeno testa de ferro que venderia a mãe por um dólar. Transferir uma escopeta com um belo lucro podia pôr um sorriso de comedor de merda em sua cara bexiguenta, e ele na certa ainda incluiria alguns cartuchos extras para arredondar a conta.

Os outros artigos seriam ainda mais fáceis. Há lâminas de barbear em qualquer loja de conveniência. Encontra-se corda na ferragem da esquina. Pílulas para dormir na farmácia local. Uísque no supermercado.

Após conseguir os materiais, eu me registraria num hotel. Uma vez sozinho no quarto, tomaria alguns tabletes de anti-histamina, embora não para a febre do feno. Em seguida me acomodaria para ver alguns filmes pornô no canal privê do hotel, apenas para lembrar os velhos tempos. Quem sabe não me veria a mim mesmo numa atuação de despedida?

Vendo filmes, abriria a escopeta e inseriria os cartuchos. Depois faria um laço, com particular atenção ao nó. O objetivo não é estrangular, mas quebrar o pescoço: um nó grande e forte facilita uma queda limpa. Após construir um esplêndido laço, eu o viraria nas mãos algumas vezes, para admirar o trabalho e puxá-lo com orgulho, porque você sabe como os homens gostam de puxar seus nós.

Iria até a sacada com a arma e o laço. Pôr do sol. Respiraria o ar do entardecer. Abriria os braços para abraçar a cidade. Traria os punhos de volta e bateria duas vezes no peito. Sentindo-me forte e viril, apertaria bem a corda no parapeito da sacada. E jogaria a corda pelo lado, assegurando-me de que havia amplo comprimento para uma bela quedinha antes do puxão forte e satisfatório. Depois recolheria a corda, para poder fazer o mesmo com a serpente que vivia em minha espinha.

Abriria a tampa do frasco de pílulas e tiraria cinco tabletes para dormir, e os mandaria garganta abaixo com um copo de uísque. Esse coquetel seria seguido por mais outro. É sempre legal curtir um drinque olhando o sol poente. Enquanto ingeria essas beberagens, tiraria a lâmina de barbear da embalagem e cortaria em parte a corda. A operação envolveria um certo grau de palpite informado, para cortar de modo que a corda não se partisse logo com o puxão da queda. Eu queria que ela me segurasse, pelo menos por algum tempo, quando chegasse ao fim da linha.

Tomaria outro copo de uísque e outras cinco pílulas para dormir. Ora, aí está o motivo para a anti-histamina: os comprimidos provocam vômito quando tomados em excesso e ela contrabalança esse efeito, garantindo que o sonífero fique lá embaixo. Em seguida, eu pegaria a dose semanal de morfina dada para combater a serpente de dor e a injetaria num único e satisfatório mergulho da seringa. Para completar o coquetel, mandaria o resto das pílulas soníferas para dentro com uma dose final de uísque. A essa altura, você já vê que meu plano tomava forma.

Eu poria o laço no pescoço trabalhando rápido, pois já estaria meio tonto. Tiraria outra reluzente lâmina de barbear nova. Veja como brilha à luz, como o piscar de olhos de um Deus imaginário! Com um único golpe fundo e limpo cortaria o pulso esquerdo, e depois faria o mesmo com o direito. Isso é importante: cortaria ao comprido das veias e não atravessado. As pessoas que cortam os pulsos ou não querem morrer mesmo ou são estúpidas demais para conseguir.

Eu me sentaria na borda da sacada. Com as mãos ensanguentadas, pegaria a escopeta e poria o cano na boca, virando-o com cuidado para que a explosão atravessasse o céu da boca e depois a carnosa sopa que é o cérebro. A vantagem da escopeta, em comparação com a arma pequena, é que a mira na verdade não importa. As centenas de bolinhas espalham-se imediatamente e rasgam o cérebro no meio. Uma coisa linda.

Meu corpo ficaria de costas para a cidade, para que a explosão me mandasse por cima da borda da sacada. Enquanto o cérebro se espatifava, eu caía, mas a queda seria detida de súbito pelo estalo do laço ao quebrar o pescoço. Por algum tempo eu apenas ficaria ali pendurado, balançando os pés. Na verdade, talvez me retorcesse em espasmos; é difícil saber. Os pulsos escorreriam o vermelho, e o cérebro seria uma gosma de matéria cinzenta, alguma coisa como o pior quadro de Picasso. O que restasse ansiaria então por oxigênio. A barriga empanturrada de uísque e soníferos. O sangue feliz com a morfina sairia satisfeito nas veias pelos talhos nos pulsos. Se eu houvesse cortado direito a corda, ela começaria a destrançar-se. Os fios corroídos girariam em cada ponta, e em poucos minutos se partiriam por completo. O corpo cairia vinte andares até a calçada embaixo. Lindo. Conclusão. *Isso* é que é suicídio, muito melhor que um grito de socorro.

De qualquer forma, era o meu primeiro plano. Jamais um homem ansiou pela morte como eu.

III.

Comecemos com uma descrição dos cabelos dela – pois, na verdade, seria impossível começar com qualquer outra coisa. Pareciam as vinhas do Tártaro que crescem à noite e atingem um lugar tão escuro que o sol não passa de um boato. Espalhavam-se loucos por toda parte, mechas escuras em cascatas tão atraentes que pareciam a ponto de engolir a mão se você tivesse sorte suficiente para correr os dedos por elas. Eram cabelos tão exóticos que mesmo hoje, anos depois, sou obrigado a criar essas metáforas ridículas, que sei que vou lamentar pela manhã.

Também os olhos vão-me obrigar a dar vexame. Ardiam como o coração verde dos amantes ciumentos que se acusam à meia-noite. Não, engano-me, não eram verdes, mas sim azuis. Ondas oceânicas agitavam-se em torno das íris, como uma inesperada tempestade prestes a roubar da esposa um marinheiro. Não, espere... talvez *fossem* verdes: olhos de astral, talvez, como os anéis de pedras, dos quais se diz mudarem de cor segundo nosso estado de espírito.

Ela apareceu no pavilhão de queimados com uma bata verde-clara de hospital, aqueles olhos insolúveis e os cabelos emaranhados, e esperei o arquejo que, inevitável, vinha sempre que alguém me visitava pela primeira vez. Fiquei na expectativa de que ela cobrisse a boca com a mão, de choque e consternação. Só me decepcionou quando sorriu.

– Você se queimou. De novo.

Em geral, adoto como regra não responder a proclamações esquisitas de estranhos, mas, honestamente, nesse caso meu silêncio se deveu ao fato de eu não querer que ela ouvisse minha voz de descarga quebrada. A garganta sarava, mas a orelha (a que continuava funcionando) não se acostumara ainda àquele tom corrompido. Eu queria que ela conhecesse apenas a minha voz de antes, a que podia convencer uma mulher a ir para a cama comigo.

Diante do meu silêncio, ela tornou a falar:

– É a terceira vez que você se queima.

Forcei a coragem e a corrigi.

– Primeira.

Um ar de confusão cruzou a face da estranha.

– Talvez você não seja você.

Aproximou-se da cama, sem tirar os olhos dos meus, e fechou as grossas cortinas de plástico em volta, para assegurar a intimidade. Ninguém jamais me olhara daquele jeito, a centímetros de meu rosto, pelo menos antes da queimadura, e por certo não depois. Os olhos, dançando entre o azul e o verde, tinham bolsas escuras embaixo, como se ela não dormisse havia semanas. Quando os lábios quase tocavam os meus, ela sussurrou uma palavra:

– Engelthal.

Sem dúvida, leitor, em alguma altura da vida você se viu face a face com uma pessoa insana. Sente-se logo a loucura, em geral antes mesmo de a pessoa dizer qualquer coisa, mas essa palavra sem sentido fechou o assunto para mim. O encontro com lunáticos na verdade não é tão notável assim, pois o mundo está cheio deles; o que mais me interessou foi minha reação. Em geral, num encontro desses, você não apenas quer dar o fora. Se vai andando na rua, desvia os olhos e apressa o passo, mas no pavilhão de queimados o único recurso era tocar o botão para chamar a enfermeira. Não fiz isso, porém. Minha única reação a essa situação talvez perigosa foi não reagir. Assim, quem era menos racional, a louca descabelada ou eu?

Ela deu um passo atrás.

– Você não se lembra.

– Não. – Não ficou claro o que ela achava que eu devia lembrar.

– Isso vai tornar a coisa mais interessante – disse a mulher. – Sabe que estão tentando envenenar meus corações?

– Não – tornei a responder, mas não me interessava em saber aonde tal conversa ia levar. – Estão?

– Sim. Eu não posso deixar, porque tenho uma pena a cumprir. – Olhou em volta, como se receasse que a ouvissem. – Como você se queimou desta vez?

Eu podia formar várias frases curtas seguidas, desde que me lembrasse de parar e respirar, por isso lhe dei alguns breves detalhes do acidente – quando, onde, quanto tempo atrás. Depois perguntei seu nome.

– Você sabe meu nome.

Continuava levando a mão ao peito como se esperasse encontrar alguma coisa ali e que obviamente perdera. Os movimentos lembraram-me de como eu sempre alisava a cicatriz de nascença.

– Que está fazendo? – perguntei.

– Levaram meu colar. Disseram que podia ser usado para ferir alguém – ela respondeu. – Ainda há pouco morreu aqui uma garotinha.

Eu me lembrei de Thérèse.

– Como você soube?

– Ah, eu sei algumas coisas sobre os mortos. – Riu. – Mas acho que temos sorte.

– Como assim?

– Nós vivemos mais que uma criança de sete anos. Sobrevivemos cem vezes à menina.

– Do que está falando?

– Eu tenho um cachorro chamado Bougatsa. – Retorcia os dedos, pendentes aos lados. – Ele vai gostar de você.

– Não gosto de cachorros.

– Vai gostar.

– Eles não gostam de mim.

– Ah. Porque você é muito grosseiro e mau, certo?

Estava ela realmente debochando de uma vítima de queimadura?

– Que significa esse nome? – perguntei. – Bougatsa?

– Recheio de uma torta grega de massa folhada, e meu cachorro tem essa cor exata. Talvez eu o traga para uma visita.

– Os cachorros são proibidos de entrar aqui. – Respirei. – Até as flores podem me matar.

– Ha! Não tente me fazer de burra. Você sabe que tem coisas piores a recear que um cachorro. – Pôs a mão de leve em meu peito, com delicadeza. Eu me arrepiei, não apenas com o contato, mas também com o brilho nos olhos dela. – Você está seriamente tentado a se matar, e não posso dizer que o culpo. Mas há tempo e lugar para essas coisas, e não é aqui e agora.

Por que diria ela tal coisa? Eu precisava mudar de assunto.

– Você parece bem para quem tem setecentos anos.

– Você, não – ela respondeu, olhando meu corpo de alto a baixo. Era a primeira vez que alguém fazia piada com minha queimadura. – Então, que acha que devo fazer com meus corações?

– Eu acho... – Parei um instante, para levá-la a achar que pensava na questão com cuidado, quando na verdade me preparava para o tamanho da frase seguinte. – Acho que você deve dá-los a quem de direito.

Ela arregalou os olhos, como se eu houvesse inserido uma chave numa fechadura, e isso me fez imaginar se acabara de apertar o botão errado no painel de insanidade. Mas, com a mesma rapidez, o eufórico olhar dela foi substituído por outro de desconfiança. Passou para um canto da cama, onde entoou alguma coisa em outra língua.

– *Jube, Domine benedicere.*

Latim? Seguiu-se uma breve conversa, ela falando para o ar, numa língua que eu não entendia, à espera de respostas que eu não podia dar. Concluído o primeiro papo imaginário, a visitante fez uma profunda mesura e passou a um segundo canto da cama para repetir a atuação. E, então, um terceiro canto. Encerrava cada conversa da mesma forma como a iniciara – "*Jube, Domine benedicere*" – e retornava à posição original, sem o ar de desconfiança.

– Meus Três Mestres confirmaram que é mesmo você. É para você que estou aperfeiçoando meu coração final.

O ato mesmo de dizer fez uma visível e grande emoção inchar dentro dela. Pareceu à beira das lágrimas ao dizer:

– Esperei tanto tempo.

Nesse momento Beth abriu as cortinas. Exibiu um ar chocado ao descobrir que eu tinha visita após tantas semanas, mas a surpresa logo se transformou em preocupação quando notou o brilho de insana felicidade nos olhos da mulher. Depois registrou que, embora a visitante vestisse jaleco, não era o tom de verde das visitas, mas o mais claro dos pacientes, e tinha o bracelete com código de cores que indicava paciente de psiquiatria. Profissional como sempre, Beth não a abordou de frente, mas recusou-se a deixar-me a sós com ela. Apressou-se a chamar um auxiliar para "escoltar" a mulher de volta ao pavilhão psiquiátrico.

Senti que nada tinha a temer, e na verdade era legal injetar um pouco de loucura numa atmosfera tão opressivamente estéril. Nos poucos minutos antes da chegada do auxiliar, a mulher e eu continuamos a conversar, calmos, enquanto Beth se punha num ponto distante, de olho vigilante. A visitante sussurrou para que não a escutassem.

– Temos uma conhecida comum.

– Eu duvido.

– Você só a viu uma vez, numa multidão. Ela não fala – disse, chegando mais perto –, mas lhe deu uma dica.

– Dica?

– Nunca se perguntou de onde vem mesmo sua cicatriz?

Levou a mão ao peito e julguei que ia apontar o lugar onde ficava a cicatriz em meu corpo, mas apenas buscava em vão o colar perdido.

Como essa mulher adivinhara as palavras exatas do bilhete que me fora passado no show aéreo? Ainda assim, sou um homem racional – era uma estranha coincidência, nada mais. Para prová-lo, tentei um pouco de desorientação.

– Todo o meu corpo é uma cicatriz.

– Não as queimaduras. A cicatriz com que você nasceu, a do coração.

Nesse mesmo instante, chegou o auxiliar e tentou fazê-la sair. Beth ajudou, usando o corpo para desviar a visitante rumo à porta.

Eu ainda não tinha a voz forte, mas elevei-a tanto quanto pude.

– Como você soube?

A mulher voltou-se para mim, ignorando os braços que a puxavam pelos cotovelos.

– O problema das pessoas como nós é que não morremos direito.

Com isso, o auxiliar retirou-a do quarto.

* * *

Para tudo existe uma explicação lógica; portanto, havia uma para o conhecimento que a mulher tinha da minha cicatriz.

Primeira explicação: palpite feliz.

Segunda explicação: uma brincadeira feita por uma amiga, alguém que julgava engraçado mandar uma atriz no papel de psicótica com íntimo conhecimento de minha vida. O problema dessa hipótese é que eu jamais falara com nenhum dos amigos da asiática no aeroporto, e não me restavam mais amigos para fazer truques desses.

Terceira explicação: aquela mulher gostava dos meus filmes pornográficos e sabia da cicatriz. Era um fato bem documentado em celuloide, pois eu nunca me dera ao trabalho de usar maquilagem para cobri-la. (Faço mais o gênero demasiado suor.) Só que não me registrara no hospital com o nome pornô, mas sim o verdadeiro, e em vista de minha aparência teria sido impossível reconhecer-me como o homem que eu fora um dia.

Explicação final: aquela mulher *adorava* meus filmes pornográficos, ficava de tocaia e descobrira a agora defunta produtora. Alguém, na certa o sacana do meu advogado, informara-a do acidente e apontara-lhe a direção do pavilhão de queimados.

Se era uma fã obcecada, porém, por que não falou da minha carreira anterior? E se viera procurar o ator que vira, como podia haver parecido tão satisfeita por encontrar o novo eu? Finalmente, embora muito no comportamento dela fosse estranho, sem dúvida nada sugeria vício em pornô pesado. Confie em mim, vi bastantes pervertidos em minha vida para identificá-los na multidão.

Supus que eu apenas tinha de perguntar a ela quando voltasse de novo, pois de algum modo sabia que retornaria. Ao informar as enfermeiras de que acolheria qualquer futura visita da mulher do pavilhão de psiquiatria, todas me deram um sorriso estranho. Que coisa mais triste, devem ter pensado, eu ansiar pelas visitas de uma louca. Mas isso não me deteve, e cheguei a pedir a Beth que descobrisse o nome dela. Ela recusou-se a fazer tal coisa, por isso pedi a Connie, que também disse ser contra as regras da política do hospital divulgar detalhes específicos de outro paciente. Diante disso, sugeri que seria "muito, muito ruim" se ela não me ajudasse a saber o nome da única pessoa que me visita em tanto tempo. Como queria ser bondosa acima de tudo o mais, Connie logo voltou com a informação pedida.

A mulher chamava-se Marianne Engel.

* * *

Eu era mais alto antes do acidente. O fogo me contraiu como carne durante a cura. Eu fora um dia magro e adorável como um garoto grego do século III, com nádegas que pareciam as metades dos gordos melões pelos quais os homens de negócio japoneses pagam uma fortuna. Tinha a pele suave e limpa como o iogurte não sacudido, barriga dividida em almofadas simétricas e braços de lisa musculatura. Mas o rosto é que era minha cota de armas. Pômulos que se sentiriam à vontade nas poluções noturnas de Verlaine. Olhos escuros e profundos o suficiente para um clube de exploradores ganhar um dia com uma expedição a eles. Um gay certa vez me disse como ansiava por repousar com delicadeza a ameixa que era seu pênis no lábio de meu traseiro. Ri dele, mas em segredo encarei aquilo como um maravilhoso cumprimento.

Desde o acidente, venho tentando perder a vaidade, mas ainda luto com ela. Lembro o passado, quando tinha o rosto perfeito, e o vento levantava meus cabelos como as macias penas debaixo da asa de um pássaro. Recordo quando as mulheres se voltavam na rua para sorrir-me, imaginando como seria ter aquela beleza mesmo que fosse por um luminoso momento.

Se você aceita a descrição da fera que sou agora, também deve aceitar a descrição da beleza que fui. E desde o encontro com Marianne Engel eu sentia a perda – sobretudo na vazia conjuntura entre as pernas – de forma ainda mais aguda.

* * *

Ela voltou a adornar a minha porta cerca de dez dias depois, vestindo um manto que parecia de corte medieval. Não é que eu esteja me divertindo às suas custas; ela de fato usava uma coisa dessas. O capuz baixado sobre o rosto, os olhos brilhando como água-marinha numa mina. Levou o dedo aos lábios, mandando-me ficar calado, e aproximou-se sorrateiramente da cama. Tive vontade de rir, mas via que aquilo, para ela, era coisa séria. Tão logo chegou ao meu lado, fechou as cortinas para voltarmos a ter intimidade. Não precisava ter-se preocupado, porque nessa época havia apenas dois pacientes no pavilhão, sendo que um saíra para fazer exercícios e o outro roncava.

Por trás de uma barreira de plástico ela sentiu-se a salvo para jogar às costas o capuz – só um pouco, não todo –, e vi que as bolsas embaixo dos olhos haviam desaparecido. Parecia mais atenta do que em nosso primeiro encontro e tinha um cheiro forte de tabaco. Imaginei se conseguira de fato esgueirar-se pelas enfermeiras ou se elas simplesmente a deixaram passar. Pelo fato de usar de novo o jaleco dos visitantes, desconfiei que houvesse entrado sem elas saberem. Manteve as mãos nos cantos do capuz, como pronta para puxá-lo de volta sobre a cabeça a qualquer momento.

– Não quero que saibam de minha presença aqui.

– Os médicos?

Marianne Engel fez que sim com a cabeça. Eu lhe disse que não tinha muita coisa a temer, eram boa gente.

– Você não sabe muito sobre os médicos. – Enfiou a mão no decote e tirou uma correia de couro com uma ponta de flecha pendurada. – Veja, recuperei meu colar. – Passou-o pela cabeça e estendeu-o, por cima do meu peito, de forma que o objeto pendesse como um amuleto mágico buscando água em meu coração. – Posso?

Eu não sabia o que ela pretendia dizer, mas balancei a cabeça mesmo assim.

Marianne Engel baixou a mão e afrouxou a correia para que a ponta repousasse em meu peito.

– Qual é a sensação?

– Como se o lugar dele fosse aqui.

– E é.

– Como você soube acerca da cicatriz em meu peito?

– Não se apresse. A explicação de coisas assim leva tempo. – Ela ergueu o colar do meu peito e o repôs no seu. – Por enquanto, posso lhe contar a história de um dragão?

* * *

– Era uma vez um dragão chamado La Gargouille, que vivia na França, perto do rio Sena. Era bastante comum, de escamas verdes, um longo pescoço, garras afiadas e pequenas asas que não poderiam manter o voo, mas sustentavam mesmo assim. Como a maioria dos dragões, soprava fogo, litros e litros d'água, e rasgava grandes árvores com os esporões.

"Os moradores da aldeia próxima, Rouen, odiavam o dragão e viviam com medo. Mas que podiam fazer? Era muito mais poderoso que eles, e assim todo ano faziam um sacrifício na esperança de apaziguá-lo. La Gargouille preferia virgens jovens, como costumam fazer os dragões, mas os aldeões tendiam a oferecer criminosos. De qualquer modo, pessoas eram comidas, o que tornava a situação em geral apavorante.

"Isso continuou durante décadas. Finalmente, por volta de 600 d.C., um padre chamado Romanus chegou à aldeia. Soube de La Gargouille e quis tentar subjugar a fera. Ofereceu-se para eliminar o dragão, se o povo construísse uma igreja e todo aldeão consentisse em se deixar batizar. Os aldeões, que não eram tolos, acharam um bom negócio. Que tinham a perder, além do dragão?

"Assim Romanus foi ao Sena, levando consigo uma campainha, uma Bíblia, uma vela e uma cruz. Acendeu a vela e colocou-a no chão, depois abriu a Bíblia e chamou La Gargouille. A fera saiu da toca sem qualquer preocupação: era um dragão, afinal, logo o que tinha a temer de um simples ser humano? Se muito, aquele visitante não passava de carne fresca.

"Assim que o dragão apareceu, Romanus tocou a campainha – como se anunciasse uma morte – e pôs-se a ler em voz alta as palavras do Senhor.

"O dragão espirrou pequenas baforadas de fumaça ao ouvir o som, como se aquilo o divertisse, até perceber que não poderia ter exalado fogo se quisesse. Sentiu uma dor nos pulmões que, após alguns instantes, pareceu desinflado e esgotado de ar.

"Percebendo que não podia despachar o padre com uma rajada de fogo, La Gargouille saltou sobre o homem. Romanus ergueu a cruz e segurou-a firme diante da fera, que descobriu não poder ir adiante, como se uma invisível mão o empurrasse para trás. Para qualquer lado que se virasse, o padre repetia a ação, e La Gargouille não conseguia avançar um passo para perto do atormentador. Cruz numa das mãos e Bíblia na outra, Romanus continuou a ler com implacável verve até a criatura desabar de joelhos, derrotada. O ato conclusivo foi quando o padre fechou a Bíblia e apagou a vela; a cerimônia acabara e a fera tornara-se dócil. Sem mais resistência para lutar, o dragão baixou a cabeça e deixou Romanus passar-lhe os trajes sacerdotais pelo pescoço. O padre então usou a cruz para fechar com força essa coleira e levar o derrotado dragão consigo à cidade.

"Todos sabiam que a única forma de matar um dragão era queimá-lo na estaca, e isso se fez. La Gargouille gritou de agonia, mas para os aldeões aquilo soava como doce música. Os guinchos continuaram até o fim, porque a cabeça e o pescoço do monstro não ardiam – a capacidade de bafejar fogo temperara essas áreas contra o calor. Mas ele acabou morrendo, e os aldeões libertos da grande praga.

"O povo da cidade era honrado e cumpriu sua parte da barganha. Todos, até o último, se submeteram ao batismo e construíram a igreja. A cabeça intacta de La Gargouille foi empalhada, e durante séculos serviu de modelo original para as quimeras e gárgulas."

* * *

Marianne Engel envolvera-se por completo na história, dando-me a oportunidade de observá-la um pouco mais de perto. Parou de virar os olhos, nesse dia azuis, para um lado e outro, à procura dos médicos. Olhava-me com tanta atenção, de forma tão direta, que me fez sentir envergonhado. Era sensual e desestimulante.

Não era o que alguém chamaria de beleza clássica. Tinha os dentes talvez um pouco pequenos demais para a boca, mas sempre achei a microdontia meio sexy. Suponho que as sobrancelhas talvez fossem demasiado hirsutas para alguns homens, mas, com franqueza, esses caras são uns idiotas. O único ponto passível de discussão seria o nariz, não grande demais, veja bem, mas sem dúvida não delicado. Um pequeno calombo na ponte indicara que fora quebrado em algum momento, mas achei que isso lhe dava personalidade. Podia-se afirmar que as narinas eram um pouco abertas em excesso, mas qualquer juiz razoável expulsaria esse caso do tribunal.

A pele de Marianne Engel era pálida, como se ela não tomasse sol com frequência. Parecia mais magra que gorda, embora o manto tornasse difícil imaginar a dimensão das curvas. Mais alta que a maioria das mulheres, mas não o bastante para expandir os limites que definem a norma. Agradavelmente alta, pode-se dizer. Que idade teria? Difícil saber, mas parecia beirar os quarenta.

Muito depois que ela parara de falar, percebi que eu ainda a fitava e ela sorria, não ofendida, mas contente. Eu disse a primeira coisa que me brotou na cabeça:

– Você inventou isso?

– Não, é uma velha lenda. – Ela riu. – Eu *não* tenho talento pra inventar histórias, mas conheço história. Por exemplo, você sabia que Joana d'Arc foi queimada em Rouen, e as cinzas atiradas no Sena?

– Não sabia, não.

– Gosto de pensar que o corpo dela ainda faz parte da água.

Continuamos a conversar sobre várias outras coisas. Então a dra. Edwards, cujos passos reconheci, entrou no quarto na ronda regular e abriu a cortina.

– Oh! – disse, surpresa por encontrar uma visita. – Cheguei em má hora?

Marianne Engel puxou o capuz para o lugar e saiu, quase se embaraçando na cortina de plástico ao contornar a doutora. Ao fazê-lo voltou-se para trás, olhou-me e implorou:

– Não conte!

* * *

Nos dias que se seguiram à visita de Marianne Engel, Nan começou a usar um dermátomo elétrico para recolher a pele boa e pô-la nas áreas danificadas. Disse-me que era um passo à frente no tratamento, mas não me pareceu. A pele boa ainda tinha nervos que funcionavam, de modo que cada coleta literalmente arrancava a cobertura do corpo, deixando atrás feridas abertas. Eram necessárias cerca de duas semanas para cada área doadora refazer-se, antes que se pudesse repetir o processo. A pele nascia apenas para ser removida de novo; eu era uma fazenda de derme, e o dermátomo a colheitadeira.

Após cada coleta, cobriam-me de cremes e envolviam-me em frouxas bandagens. Poucos dias depois, uma das enfermeiras, em geral a Beth, fazia a primeira mudança de curativo após o processo. Nan punha-se ao lado e verificava a porcentagem de enxerto que aderira – a "pegada" – e empregava-se uma estimativa aproximada para avaliar se a operação fora um sucesso ou um fracasso. Uma pegada de oitenta e cinco por cento era boa; qualquer coisa abaixo disso fazia-a emitir um estalido da língua. Menos de sessenta por cento significava que precisava fazer outro remendo.

Mesmo quando a pele pegava, a ausência de glândulas de óleo no tecido transplantado resultava em extrema secura. A descrição "formigas embaixo da pele" não é um lugar-comum exagerado de como eu me sentia, mas tampouco explicita o suficiente. Cupins de madeira com serras elétricas, talvez; ou caranguejos rabequistas com camisas de pelo e sapatos de fibra de vidro; ou uma legião de bebês ratos arrastando minúsculos arados de arame farpado. Sapateando, baratas subepidérmicas com travas de futebol e esporas de caubói nas chuteiras? Talvez.

* * *

Esperei dias para que Marianne Engel reaparecesse.

Pensei muito nela, e isso roubou um tempo que podia ser dedicado ao medo da limpeza de pele ou à formulação de planos suicidas. Quando a barriga começava a doer, eu me perguntava se na verdade sentia falta dela, aquela mulher que mal conhecia. Seria anseio? Para ser honesto, não sei, pois as únicas vezes em que senti alguma coisa parecida foram quando o fornecimento de cocaína na cidade parou.

Como se verificou depois, a sensação na barriga não era anseio. Os nervosos intestinos logo entraram a dançar flamenco entre si com uma dor que chegava a chiar. As entranhas viraram pimenta-malagueta e ouviam-se castanholas no ânus. Nan cutucava meu abdômen e perguntava se doía. Eu respondia que ali se travava a maldita Guerra Civil espanhola. Logo outros médicos apareceram no quarto, em filas de jalecos brancos que me faziam pensar nos Campos de Flandres. Faziam varreduras, tiravam raios X e murmuravam coisas tipo "Interessante" e "Huumm". (Por mais curioso que alguma coisa de fato seja, o médico jamais deveria dizer "Interessante" ou "Huumm" diante do paciente.) Muito em breve essa murmuração concluiu que eu tinha severa pancreatite, que fizera morrer grande parte do tecido do pâncreas.

Há dois tipos de necrose pancreática: estéril ou infectada. A minha era infectada. Sem imediata cirurgia, existia uma boa chance de eu não sobreviver. Assim, os médicos me disseram que pouca escolha havia além de perder, o mais rápido possível, uma parte do tamanho natural do pâncreas. Por que não?, dei de ombros. Cinco horas depois da diagnose, levaram-me de padiola para uma sala de operação, onde o anestesista me mandou contar para trás a partir de dez. Só cheguei a seis.

Os pacientes de queimaduras não podem usar muita anestesia, e nos dão em vez disso anestesia veterinária, que muitas vezes provoca ilusões. Uma vez na vida tive uma alucinação agradabilíssima, um bônus inesperado numa experiência fora isso desgraçada. Eu olhava o oceano, uma bela inglesa ao lado, e o que poderia ser melhor para uma vítima de queimadura do que um sonho com água?

* * *

Acordei e soube que metade de meu pâncreas fora retirada. Para ter certeza, o cirurgião tirou um punhado de tecido intestinal próximo também danificado. Calculo que decidiu isso porque, como já estava ali, era melhor agarrar tudo que pudesse. Pedaço a pedaço, eu me tornava lixo médico. Quem sabe, talvez algum dia os médicos me minerem até reduzir-me a um completo nada.

Numa cadeira no canto do quarto, Marianne Engel lia, vestindo alguma coisa desleixada. Após ajustar os olhos por alguns instantes, vi que era uma roupa de visitante. Quando percebeu que eu acordara, ela aproximou-se, a capa do livro proclamando *Non Omnis Moriar*.

– Por que está aqui?

Eu esperava uma resposta que afagasse meu considerável ego.

– Vim ver você sofrer.

– Como?

– Eu invejo.

Esqueça a doença mental: é impossível uma vítima de queimadura suportar uma pessoa que diz invejar seu sofrimento. Lutei, em meio ao nevoeiro de anestésico, para montar um ataque tão furioso quanto conseguisse. Não lembro exatamente o que disse, mas não foi agradável.

Quando compreendeu como suas palavras me haviam ofendido, ela tentou explicar:

– Eu invejo todo sofrimento, porque é necessário sofrer para se tornar belo em espírito. Isso nos leva mais perto de Cristo. Os que sofrem são os eleitos de Deus.

– Então por que não ateia fogo em si mesma – perguntei como quem cospe – para ver como fica bela?

– Sou fraca demais – ela respondeu, parecendo não registrar o meu sarcasmo. – Tenho medo não apenas das chamas, mas de morrer antes de completar meu sofrimento.

A droga cerebral me puxou de volta à escuridão. Fiquei feliz por deixar essa conversa.

* * *

Ainda não se esclarecera a natureza exata da doença de Marianne Engel, mas, quando ela sugeriu que "os que sofrem são os eleitos de Deus", meu melhor palpite se tornou esquizofrenia.

Esse mal muitas vezes tem um problema particular com a religião, e alguns médicos sugerem que isso se relaciona com a idade do começo: o mais comum é a doença surgir entre dezessete e vinte e cinco anos, época em que muita gente enfrenta pela primeira vez as crenças religiosas. A esquizofrenia muitas vezes tem intensos períodos de maior consciência – ou ilusões mesmo, como as auditivas – que podem levá-los a acreditar que foram especificamente escolhidos por Deus. A situação é exacerbada pelo fato de que com frequência os doentes têm problema para entender que o simbolismo da religião é metafórico.

O cristianismo baseia-se na ideia de que Jesus morreu pelos pecados de toda a humanidade, para redimir-nos. Cristo foi torturado e pregado numa cruz. O esquizofrênico, quando tenta entender a história, talvez raciocine assim: Jesus é o filho amado de Deus e suportou incrível sofrimento, logo os que suportam mais dor são os mais amados por Deus.

Os crentes devotos de uma longa tradição acham que o sofrimento nos aproxima do Salvador, mas um rosto humano é sempre melhor que uma teoria geral. Por isso permita-me apresentar a vida de Heinrich Seuse, místico alemão. Nascido em 1295, ele se tornaria uma das figuras religiosas mais importantes da época, conhecido como o Minnesänger – trovador do amor cortês –, devido à qualidade poética de seus textos.

Seuse entrou na casa dominicana em Konstanz aos treze anos e, segundo ele próprio, nada mostrou de excepcional nos anos de vida religiosa. Aos dezoito, porém, sentiu uma súbita iluminação – uma sensação de prazer celestial tão intensa que não soube se teve a alma separada do corpo. Considerou esse fato tão importante que é com ele que inicia a história de sua vida, *A vida de um servo*.

Alguns estudiosos afirmam que a obra é a primeira biografia em língua alemã, e outros dizem que nem chega a ser autobiografia. Grande parte do texto mesmo parece haver sido escrito por Elsbeth Stagel, uma jovem do convento de Töss, a mais favorecida das filhas espirituais de Seuse. Parece que ela documentou muitas das conversas que tiveram para usar como base da *Vida*, sem o conhecimento do poeta, e quando ele descobriu o que a moça fizera queimou parte do manuscrito, antes que uma "mensagem de Deus" o instruísse a preservar o restante. Ninguém sabe quanto da *Vida* foi escrito por Elsbeth e quanto por Seuse.

Trata-se de uma narrativa fascinante, e oferece maravilhosos detalhes das visões que Seuse teve durante toda a vida: Deus mostrou-lhe imagens do Céu, Inferno e Purgatório, e almas apareciam-lhe para pô-lo a par de suas vidas no além. Coisa de Deus e de uma dramaticidade terrível! Mas o texto mais impressionante na obra são as descrições que ele – ou ela – faz das torturas que ele se infligia.

Como adepto da crença de que o conforto físico nos torna espiritualmente fracos, Seuse afirmava que não entrou num quarto aquecido durante vinte e cinco anos, e abstinha-se de beber água até a língua rachar-se de secura. Restringia o consumo de comida – uma refeição por dia, e jamais carne, peixe ou ovos – e certa vez teve uma visão em que o desejo de uma maçã foi mais forte que o de Eterna Sabedoria, e para punir-se passou dois anos sem consumir fruta alguma. (Imagina-se se não podia apenas reconhecer a moral da história e continuar a comer frutas reais, em oposição a frutas metafóricas.)

Na parte inferior do corpo, Seuse usava uma roupa de baixo com cento e cinquenta pregos de bronze afiados virados para dentro, para a pele. Na de cima, uma camisa de crina com uma corrente de ferro e por baixo uma cruz do tamanho da mão de um homem aberta e cravejada com mais pregos de bronze. Com isso pregado entre as omoplatas, cada movimento – sobretudo ajoelhar-se para rezar – forçava os pregos a enterrarem-se na carne, e depois ele esfregava vinagre nas feridas. Seuse usou essa cruz de pontas durante oito anos, antes de Deus intervir numa visão e proibi-lo de continuar.

Usava esses trajes punitivos mesmo quando dormia – em cima de uma velha porta. Quando se deitava, amarrava-se com laços de couro, porque se tivesse as mãos livres podia usá-las para afastar os ratos que o roíam durante a noite. Às vezes soltava-se no sono, por isso passou a usar luvas de couro cobertas com mais tachas de bronze que retalhavam a pele com a mesma eficácia que se passasse sobre ela um ralador de queijo. Manteve esses hábitos por dezesseis anos, até outra visão de Deus instruí-lo a jogar tais auxiliares do sono num rio próximo.

Em vez de trazerem-lhe alívio por ser proibido de continuar a punir-se, essas intervenções divinas o importunaram muitíssimo. Quando uma freira perguntou como passava, ele respondeu que tudo ia mal, porque fazia um mês desde que sentira dor e temia que Deus o houvesse esquecido.

Percebeu que esses tormentos físicos eram apenas um começo: não davam espaço a um sinal tangível de seu grande amor a Deus. Para remediar a situação, abriu o hábito, usou um estilete afiado e talhou as letras *IHS* na pele abaixo do coração. (Se isso é grego para você, *IHS* é o nome abreviado de Cristo no idioma heleno.) O sangue jorrava da carne rasgada, mas ele mal sentia a dor, tamanho o êxtase. As letras sagradas jamais desapareceram, e Seuse manteve a ferida em segredo até o fim da vida; dizia que ela o consolava nos momentos de luta para conhecer a natureza mesma de Cristo movido pelas batidas do coração.

O místico morreu em 1366, após uma longa vida que, pode-se apenas supor, deve ter sido ainda mais extensa do que de fato foi.

Acho interessante que Seuse tenha tido a "iluminação" aos dezoito anos, quando é mais comum manifestar-se a esquizofrenia. Se você fosse esquizofrênico, podia ter coisa pior que doença na vida religiosa do século XIV na Alemanha. Na Era do Misticismo, as visões não seriam temidas, mas reverenciadas. Se você se espancasse até perder os sentidos, não estaria sendo autodestrutivo, mas emulando Cristo. Se ouvisse vozes, tinha comunicação direta com Deus.

Mas, apesar de tudo, acho particularmente interessante um aspecto da vida de Heinrich Seuse, embora seja uma coisa que jamais pude confirmar na pesquisa em biblioteca.

Marianne Engel insistiu em que, um dia, o conheceu.

* * *

Quando tornei a acordar, Marianne Engel se fora, mas deixara atrás um presente na mesinha de cabeceira, uma pequena gárgula de pedra.

Revirei o demoniozinho nas mãos. Com cerca de quinze centímetros, a gárgula parecia uma torta meio humana, cozida, cor de uma melancólica nuvem de chuva. A barriguinha caía nas pernas cruzadas, os cotovelos apoiados nos joelhos, o queixo apoiado nas mãos de três dedos. Das costas brotavam minúsculas asas, supõe-se que mais como exibição que para voar. A cabeça em bloco empoleirava-se nos ombros curvados como uma pedra à espera de ser empurrada do topo de um penhasco. Tinha olhos enormes, que assomavam por baixo de uma testa de Neandertal, e a boca cheia de dentes tortos. Parecia tentar com afinco fazer cara feia, mas não conseguia muito. Tinha a expressão doce e triste, e de algum modo demasiado humana, como a de um homem infeliz que passou a vida toda a arrastar-se de um minúsculo acidente a outro até o efeito cumulativo esmagá-lo sob o peso de palavras que ele não mais fala.

Minha condição física teve uma acentuada melhora nos dias seguintes à cirurgia. A lata de lixo que é meu estômago reaprendeu a flutuar, embora não mais pudesse receber uma carga tão plena quanto antes. A perna direita, com o joelho estropiado e o quadril destroçado, também começou a sarar, e os médicos prometeram logo retirar o molde mecânico em forma de aranha. Todo dia eu parecia jazer na cama-esqueleto um pouco menos desconfortável.

Nan me cutucava e escrevia longas mensagens para si mesma em minha tabuleta. Permanecia sempre profissional, mas eu me vi chamando-a de Nan mais vezes que dra. Edwards. Não sei se essa intimidade lhe desagradava, mas ela nunca me pediu que parasse. Suponho que isso me deu coragem, e num momento de curiosidade perguntei-lhe se era casada. Ela hesitou e pensou na resposta, mas no fim decidiu-se contra.

* * *

O assento ao lado da cama-esqueleto permanecia vazio, a não ser pelas visitas das enfermeiras e de Nan. Um dia sem Marianne tornava-se dois dias sem Marianne, dois tornavam-se três, até formarem uma semana sem Marianne. Eu queria perguntar a ela sobre a pequena gárgula, por que me dera, o que significava.

Lia muito, sobretudo histórias policiais com advogados das quais na verdade não gostava. Precisava de alguma coisa para substituí-las, por isso pedi a Nan que me emprestasse alguns livros didáticos de psicologia anormal.

– Você deve ter alguma coisa sobre esquizofrenia, psicose maníaco-depressiva, desordem bipolar, qualquer coisa assim?

– Não é minha área de especialização – ela respondeu. – Além disso, você devia ler sobre queimaduras.

Ela já comprara vários livros sobre recuperação de queimados que permaneciam intocados na mesinha de cabeceira. Eu não os lia simplesmente *porque* eram o que devia estar lendo. Fizemos um trato: para cada livro de psicologia que ela trouxesse, eu leria um dos livros de queimaduras. Nan considerou isso uma vitória e insistiu que eu lesse um de seus livros primeiro.

Depois que li, Gregor veio ao quarto, as pernas da calça de veludo esfregando-se, com um texto de psicologia nas mãos. Deu-me o livro e disse que a dra. Edwards lhe pedira para entregar-me, da coleção particular do gabinete dele.

– Este lugar não está deixando você pirado, está?

Pela forma como deu risadinhas consigo mesmo, imaginei se vinha pensando aquilo desde a enfermaria psiquiátrica. Quando lhe perguntei se esperava mesmo que todos os psiquiatras se referissem aos pacientes como pirados, ele enxugou uma gota de suor da testa com um lenço de tartã e não respondeu. Em vez disso, perguntou por que eu me interessava tanto por psiquiatria e psicose maníaco-depressiva.

– Não é da sua conta – respondi.

Gregor abriu a boca, como se fosse dizer mais alguma coisa, porém apenas sorriu e deu um tapinha na cabeça da gárgula.

– Gosto disso – disse, e saiu do quarto.

* * *

No dia seguinte, entrou no quarto uma asiática bem pequena, que à primeira vista parecia mais uma boneca que uma pessoa de verdade.

Por favor, não se apresse a concluir que estou tentando promover o estereótipo de que toda asiática parece bonequinha chinesa. Não é esse o tipo que tenho em mente. Essa possuía rosto largo, nariz chato e um sorriso bastante espantoso. (Sempre detestei as pessoas que dão largos sorrisos sem parecer idiotas.) As faces pareciam maçãs maduras, que, combinadas com a saia listrada e macacão de brim azul sob o vestido, criavam o efeito geral de uma boneca de pano oriental.

– Oi! Eu sou Sayuri Mizumoto. É um prazer conhecer você.

Enfiou a mão na minha para um forte aperto. E embora eu possa não dizer que, a cada frase, ela dava um largo sorriso, por favor tomem isso como certo daqui por diante.

– Que tipo de nome é Sayuri?

– Um belo nome – ela respondeu com um toque de sotaque australiano. – Agora se sente.

Perguntei-lhe por que esperava que eu lhe obedecesse.

– Porque sou a sua nova terapeuta física e agora você vai se sentar.

– Você não sabe nem...

– Já falei com a dra. Edwards, e você pode, sim.

Havia uma estranha combinação de alegria e proclamação na forma como me disse que eu podia, *sim*. Pôs as mãos por baixo das minhas costas e afastou as pernas para me ajudar. Avisou-me que na certa eu ia me sentir meio tonto quando o sangue subisse à cabeça, e protestei dizendo não saber se era uma boa ideia.

– Claro que é – ela me animou. – Três, dois, um, já!

E lá subi; Sayuri era forte demais para uma boneca. Por um momento, senti-me ótimo, amparado pelas mãos dela. Aí bateu a vertigem e o quarto começou a rodar em estranhos círculos. Ela passou a mão para a minha nuca, a fim de impedir a cabeça de rodopiar.

– Está indo *ótimo*! Firme.

Quando me deitou, comentou:

– Não foi tão ruim assim, foi?

– Foi terrível pra caralho.

– *Choque!* – Ela levou a mão à boca, fingido horror. – Você é mesmo como dizem. Ninguém nunca lhe disse que a boca é o portão da frente de todos os infortúnios?

* * *

Quando abri os olhos, após o cochilo da tarde, Marianne pairava acima, as cortinas fechadas. Da cadeira ao lado da cama pendia um dos jalecos de visitante; ela usara-o para entrar no quarto, descobri depois, a fim de acalmar as enfermeiras que já a haviam surpreendido esgueirando-se antes, e depois apressara-se a tirá-lo. Por isso vestia as roupas de rua, uma camisa branca folgada enfiada nos jeans desbotados e um cinto de pequenos discos de prata. Soltara os cabelos nos ombros, caindo nas costas. Rosto calmo e olhos brilhantes – verdes, decididamente verdes. Um dragão bordado morava na perna esquerda da calça.

Eu soube por fim que acertara ao imaginar que Marianne Engel tinha um corpo agradável. Também o dragão parecia pensar o mesmo, pois rastejava para cima, dos tornozelos para o quadril, e retorcia-se em torno da coxa, acariciando-a. Cada escama era uma lantejoula colorida; os olhos de rubi, joias falsas e bulbosas. A língua torcia-se para fora em lambidas brincalhonas nas nádegas. As garras, pontos negros, enterravam-se na deliciosa carne da perna.

– Gosto da calça – eu disse. – Aonde andou você?

– Ocupada – ela respondeu. – As calças foram um presente.

– Fazendo o quê? De quem?

– Trabalhando, mas depois fiquei doente um tempo. – Ela puxou a cadeira para junto da cama e sentou-se. – Foi Jack quem me deu a calça.

– Sinto saber que adoeceu. Quem é Jack?

– Estou me recuperando. Ciúmes?

– É um prazer saber. Não está se escondendo dos médicos hoje?

– Não. Ciúmes?

– De Jack! – eu disse. – Quer dizer que está se dando bem com eles?

– Eu não diria tanto. Não quero falar nisso.

– Dos médicos ou de Jack?

– Dos médicos – ela respondeu. – Quer falar de Jack?

– Claro que não. Sua vida privada é privada, certo?

– O relacionamento é complicado.

– Com Jack?

– Com os médicos. – Marianne Engel tamborilou os dedos nos olhos de joia do dragão. – Mas a dra. Edwards parece legal, imagino.

– É... Quer dizer que se curou de sua, seja o que for, doença?

– Sobretudo exaustão. – Ela inclinou a cabeça para um lado. – Me fale do seu acidente.

– Eu estava doidão e joguei o carro num despenhadeiro.

– Quem come fogo arrota brasa.

Apontei a estatueta na mesa de cabeceira.

– Gosto da gárgula.

– Não é gárgula. É um grotesco.

– Você diz seis, eu digo meia dúzia.

– Não vou deixar de dizer seis – respondeu Marianne Engel –, mas isso é um grotesco. Gárgula é a que jorra água pela boca.

– Todo mundo chama essas coisas de gárgulas.

– Todo mundo está errado. – Ela tirou um cigarro do maço e, sem acendê-lo, pôs-se a revirá-lo entre o polegar e o indicador. – As gárgulas lançam água das paredes das catedrais, para que os alicerces não sejam levados por ela. Os alemães as chamam de *Wasserspeier*. Lembra-se disso?

– Do quê?

– "Cuspidor de água." É a tradução literal.

– Por que você sabe tanto sobre isso?

– Grotescos ou idiomas?

– As duas coisas.

– Os grotescos são o que eu faço – respondeu Marianne Engel. – Os idiomas são um passatempo.

– Que quer dizer quando diz que "faz" grotescos?

– Faço esculturas. – Ela indicou o monstro enfezado em minha mão. – Fui eu que fiz esse.

– Meu psiquiatra gosta dele.

– Qual psiquiatra?

– O dr. Hnatiuk.

– É melhor que a maioria.

Fiquei meio surpreso.

– Você o conhece?

– Conheço a maioria.

– Fale-me das esculturas.

– Me interessei vendo você fazê-las.

Mexia com a outra mão o colar com a ponta de flecha.

– Eu não faço esculturas.

– Mas fez.

– Não, nunca fiz – insisti. – Diga por que gosta de esculpir.

– É uma arte da frente pra trás. A gente acaba com menos do que quando começou. – Fez uma pausa. – É uma pena você não lembrar. Ainda tenho uma coisa que você fez.

– O quê?

– Meu *Morgengabe*. – Ela me olhou com muita intensidade, como se esperasse que uma lembrança inexistente me entrasse na cabeça. Quando viu que nada disso acontecia, deu de ombros e recostou-se na cadeira. – Jack é meu gerente.

Um conhecido profissional. Ótimo.

– Fale-me dele.

– Acho que vou deixar você tentando adivinhar. – Estava definitivamente de ótimo humor nesse dia. – Que tal eu lhe contar uma história?

– Sobre o que desta vez?

– Sobre mim.

IV.

Agora dificilmente importa a data exata do meu nascimento, mas até onde sei foi em algum momento do ano de 1300. Jamais conheci meus pais naturais, que me deixaram numa cesta no portão da frente do mosteiro de Engelthal em meados de abril, quando eu tinha apenas alguns dias de vida. Em geral, uma criança abandonada não haveria sido aceita e educada – aquilo não era um orfanato, afinal –, mas quis a sorte que a irmã Christina Ebner e o padre Friedrich Sunder me achassem na mesma noite em que discutiam o que constituía um sinal de Deus.

A irmã Christina entrara no mosteiro aos doze e começara a ter visões dois anos depois. Quando me encontrou, achava-se no início da casa dos vinte, com a fama de mística já assegurada. O padre Sunder aproximava-se dos cinquenta, um capelão da área que entrara na vida religiosa muito depois que a maioria. A essa altura, atuava como confessor das freiras de Engelthal havia cerca de vinte anos. Mas o mais importante era a natureza básica dos dois, pois se não fossem tão solidários tudo teria um resultado muito diferente.

Havia dois bilhetes em minha cesta, um em latim e outro em alemão, mas diziam a mesma coisa. *Criança destinada, décima de uma família, dada de presente a nosso Salvador Jesus Cristo e ao mosteiro de Engelthal. Façam com ela como Deus queira.* Era raro nessa época encontrar um plebeu que soubesse escrever numa língua, muito menos duas, por isso creio que a própria existência desse bilhete apoiava a afirmação de que eu vinha de boa família.

Pelo que sei, a irmã Christina e o padre Sunder logo decidiram que o aparecimento de uma criança justo naquela noite não era coincidência, e tampouco o fato de a irmã ser uma décima filha. Quando me levaram à prioresa, ela hesitou em enfrentar os argumentos combinados deles. Poderia ignorar a possibilidade de meu aparecimento no portão haver sido ordenado lá do alto? Quando se lida com mensagens do Senhor, é sempre melhor errar para o lado da cautela. Esse era o sentimento geral entre as freiras do mosteiro, embora uma delas contestasse com vigor a minha aceitação. Foi a irmã Gertrud, o *armarius* – quer dizer, "mestra escriba" – do *scriptorium* de Engelthal. Você deve gravar o nome, assim como o da assistente, irmã Agletrudis. As duas iam mostrar-se fundamentais em minha vida, e em geral não para melhor.

Engelthal era considerado um dos mais importantes centros espirituais da Alemanha. Pode-se pensar que isso significaria uma infância proibitiva, mas na verdade não foi. As irmãs tratavam-me muito bem, na certa por constituir uma distração das tarefas aborrecidas do dia a dia. Adoravam-me sempre que eu fazia uma delas sorrir, pois tão logo percebiam que o faziam, esforçavam-se por parar. Eu me sentia como se houvesse quebrado uma regra.

Mantive-me sempre perto da irmã Christina e do padre Sunder, que se tornaram para mim uma espécie de mãe e pai substitutos, fato refletido no nome que eu dava ao padre. Por direito, ele tinha de ser chamado de "pai" [padre] por todos, mas por humildade pedia que o chamassem de "irmão". Assim, para todos era o irmão Sunder, mas para mim sempre foi padre. Ele permitia, suponho, porque eu percebia um lado seu que mais ninguém via – bem, a não ser o irmão Heinrich, com quem ele dividia uma casinha perto de uma colina na floresta. De qualquer modo, eu ouvia o riso do padre Sunder, quando quase todo mundo só via nele seriedade.

Todas as outras freiras vinham ao mosteiro depois de passarem a infância em outra parte, mas falei minha primeira palavra ao padre Sunder. "*Gott.*" Deus, que gloriosa introdução à língua. Diante disso, como podia ele usar perante mim a mesma máscara de feroz religiosidade que usava diante de todos? Não ficava bem no seu rosto quando ele brincava com um bebê, e quando pensou em me pôr a máscara já era tarde demais. Mas eu compreendia, mesmo quando criança, que o padre Sunder tinha uma imagem a preservar, e o segredo ficou seguro comigo.

Ele sempre usou uma camisa de cilício e constantemente repreendia a si mesmo chamando-se de pecador – sobretudo pelas "transgressões da juventude", quaisquer que tenham sido –, e rezando para pedir misericórdia. Julgava-se "poluído" pelas coisas que fizera antes de ingressar na vida religiosa. Não entrava muitas vezes nessas ladainhas na minha frente, mas quando o fazia o irmão Heinrich ficava calado num canto da casinha e revirava os olhos.

Embora se condenasse, o padre Sunder jamais hesitava em perdoar aos outros. E tinha aquela voz, a mais doce possível de imaginar. Quando falava, não se podia deixar de sentir que ele não apenas amava a gente, mas Deus amava também.

A irmã Christina – nem sei como começar. Era uma mulher espantosa. Nascera na Sexta-feira Santa, o primeiro sinal da bênção que viria adiante em sua vida. As pessoas diziam que, de todos os representantes de Deus na terra, ela se incluía entre os quinze mais abençoados. Quando criança, nem uma vez duvidei que fosse verdade, e só muito depois na vida me perguntei como se media uma coisa dessas. As visões e talentos literários da irmã Christina trouxeram fama ao mosteiro. Ela vivia escrevendo e produziria duas obras-primas – *Revelações* e *Livro da freira de Engelthal*, uma história das freiras importantes que tinham vindo antes de nós. As obras inspiraram outras no mosteiro a escrever também. Por exemplo, Gertrud do *scriptorium* escreveu *A vida da irmã Gertrud de Engelthal* com a ajuda dos irmãos Heinrich e Cunrat, mas para falar a verdade sempre achei que esse livro foi uma tentativa não pequena de aumentar a lenda da autora.

Gertrud tinha o estranho hábito de sugar o ar sem necessidade. Era impossível deixar de notar e igualmente improvável de odiar. Dizia-se que a mãe dera à luz oito filhos antes dela, todos em partos dolorosos, mas o da nona não exigira trabalho. Você talvez esteja imaginando o que isso tem a ver com alguma coisa, mas desde o início igualou-a ao menino Jesus, porque o nascimento d'Ele também foi tido como indolor – um parto tão imaculado quanto a concepção. As pessoas diziam que o bebê Gertrud jamais sugou o peito da mãe; preferia chupar o ar, como se extraísse a divina doçura direto dele. Sempre desconfiei que ela continuasse sugando o ar a vida toda apenas para que ninguém esquecesse a história.

De todos os livros resultantes dessa época de inspiração, o que mais adoro é *A Gnaden-vita de Friedrich Sunder*. Bem, adoro mas não adoro o que se fez com ele. Depois da morte do padre Sunder, foi expurgado, e entre outras coisas retiraram todas as referências a mim. Não que minha vaidade fosse ofendida, mas fico indignada pela destruição da intenção dele.

De qualquer modo, essas eram as pessoas que me cercavam quando eu era criança. A única vez que perguntei à irmã Christina quando me deixariam viver no mundo externo, ela respondeu que nunca – mas esse não era um problema a lamentar, era uma dádiva a celebrar. Deus tivera a generosidade de revelar Seu plano para mim antes de eu nascer, pondo-me logo em Engelthal. Nenhuma das outras freiras, nem ela própria, havido podido passar a vida inteira na glória do serviço divino.

– Que menininha de sorte é você – disse, fazendo um sinal de que a conversa acabara.

Todos esperavam que, quando me tornasse adulta, também adotaria a pena. Essa expectativa só fez aumentar quando comecei a falar numa idade extremamente prematura e adotei o latim com a mesma facilidade como língua-mãe. É óbvio que não lembro, mas dizem que mal me preocupei com as palavras individuais e comecei a falar em frases completas. Naquele tempo, você deve entender, julgavam-se as crianças, no fundo, como adultos incompetentes. A natureza delas não era uma coisa que podia ser desenvolvida, porque o caráter vinha de nascença; a infância era um período de revelação, não desenvolvimento, de modo que, quando surgiram meus talentos para idiomas, julgaram que sempre haviam existido, ali postos por Deus, à espera de se fazerem conhecidos.

Eu adorava os visitantes que vinham a Engelthal. As pessoas locais chegavam para tratamento médico em nossas enfermarias, e era mais que apropriado aceitá-las. Não apenas do ponto de vista da misericórdia, mas também por necessidade política. O mosteiro expandia-se rápido, à medida que os nobres doavam terras em volta, e herdávamos também os ocupantes. Havia ainda outros visitantes, padres viajantes que desejavam ver o que tinha Engelthal para produzir visões tão excepcionais nas freiras ou, com sentido mais prático, apenas queriam abrigo para a noite. Eu me interessava tanto pelo camponês quanto pelo nobre doente, pois cada um trazia histórias sobre o mundo lá fora.

A irmã Christina satisfazia minha vontade quando chegavam esses visitantes. Eu me sentava quietinha no canto da sala, concentrando-me intensamente na conversa e aperfeiçoando a arte de ser ignorada. Gertrud desaprovava, claro, e olhava-me por cima do comprido nariz. Já perdia a visão, e era uma tarefa aborrecida para ela manter o desdém em foco.

Gertrud via esses visitantes como intrusos no verdadeiro trabalho, porque, como *armarius*, seus deveres incluíam traduzir de vez em quando. Não tinha um talento particular para isso – um francês e italiano esquálidos na melhor das hipóteses –, porém o cargo exigia. A maioria dos visitantes falava latim ou alemão, mas eu preferia os que traziam línguas exóticas. Foi durante essas conversas que agucei os ouvidos. O desafio era não apenas compreender as palavras, mas também captar as ideias estrangeiras. Por exemplo, eu sabia que o papa Clemente transferira o papado para Avignon – mas por quê? Onde ficava aquilo? Que aparência tinha? Uma noite, escutei a primeira discussão. Um hóspede estrangeiro ousara questionar a santidade do falecido papa Bonifácio, e Gertrud saltou firme em defesa de Sua Santidade. Para uma menininha, era um negócio chocante.

Lembro distintamente a noite em que se revelou o meu talento. Tínhamos um visitante estrangeiro entre nós, e Gertrud, como de hábito, lutava com a tradução. Jamais entendi qual era o problema, porque entendia tudo que se dizia. Nessa noite o visitante era italiano, um velho pobre e sujo. Qualquer um via que não ia permanecer muito tempo neste mundo, e tentava em grande desespero fazer entender a sua situação. Gertrud jogou os braços para cima enojada e proclamou o sotaque dele demasiado vulgar para decifrar.

Talvez fosse porque o velho parecia tão frágil ou porventura devido ao chocalhar no seu peito. Talvez fosse porque ele agradecia às freiras entre as colheradas de mingau, sem emitir um único palavrão, apesar de ninguém entendê-lo. Ou porventura porque me sentia como se, caso alguém não falasse com ele nessa noite, era possível que ninguém falasse de novo. Fosse qual fosse o motivo, quebrei o código de silêncio e saí do canto. No dialeto italiano dele, perguntei-lhe:

– Como é seu nome?

O velho olhou por cima da colher com enorme alegria no rosto.

– Paolo – respondeu, e me perguntou como eu entendia o seu italiano.

Eu não sabia como nem por quê, apenas entendia. Respondi que ficava escutando os estrangeiros, e quando eles partiam tinha na mente, antes de ir dormir, conversas nas línguas que falavam. Ele achou maravilhoso. Quando lhe perguntei de onde vinha, respondeu-me que vivera grande parte da vida em Florença, mas nascera no extremo sul, numa área famosa pelo vernáculo rude. Explicou que seu sotaque era uma pavorosa mistura dos dois lugares. Riu ao dizer isso, e a risada assustou a irmã Christina, tirando-a do pasmo em que se achava. Começou a me passar perguntas, que suponho fossem tanto para testar meus talentos de tradutora quanto para obter informação. Por meu intermédio, o velho contou sua história.

Paolo passara toda a vida casado com uma mulher a quem muito amava. Ela morrera havia pouco tempo, e ele sabia que a seguiria em breve. Por isso viajava, porque jamais vira países além do seu e não queria morrer sem nada conhecer do mundo. Não tinha medo da morte, pois fora um bom cristão e esperava a recompensa final. Perguntou se podia ter apenas uma noite de repouso no mosteiro antes de prosseguir viagem. A irmã Christina disse que sim, pois tinha poder para agir em nome da prioresa, e Paolo agradeceu a sua bondade. Pela primeira vez na vida, senti-me importante.

Ele tirou um livro de sua grande mochila e estendeu-o para mim. Era óbvio que queria me presentear.

– Não vou precisar dele por muito mais tempo.

A irmã Christina adiantou-se para recusar por mim.

– Diga-lhe que ele tem tão pouca coisa que não podemos retirar-lhe o que tem.

Traduzi, e Paolo balançou a cabeça para dizer que entendera. Agradeceu mais uma vez às freiras e dirigiu-se à cama.

A irmã Christina me disse que eu devia encontrar-me com ela e a prioresa na sala do capítulo no dia seguinte, depois das matinas. Perguntei se me metera em encrenca por falar, mas ela me garantiu que não.

Quando cheguei na manhã seguinte, encontrei a prioresa sentada à sua escrivaninha, com a irmã Christina atrás. Gertrud pusera-se a um lado da sala, com ar desligado. A prioresa era uma boa mulher, mas mesmo assim me dava medo. Muito velha, tinha as mandíbulas projetadas como um cão de caça.

– Eu soube, pela autoridade da irmã Christina, que tivemos uma revelação ontem à noite – rosnou. – Menina Marianne, não há motivo concebível para você conhecer a língua italiana. Por que método realizou esse feito?

A irmã Christina me fez um aceno tranquilizador com a cabeça, o que aumentou a minha coragem.

– Quando ouço línguas, apenas entendo – respondi. – Não sei por que mais ninguém entende.

– Pode fazer isso com outras línguas também? Realmente, é uma exibição.

– Se posso falar – interveio irmã Gertrud. A velha fez que sim com a cabeça. – Seu julgamento é bom, senhora prioresa. Como sempre. Ainda assim, creio que seria prudente perguntar de onde poderia vir um talento tão incomum. Proponho que fiquemos em guarda, pois conhecemos muito pouco sobre o nascimento dessa criança. Que garantia temos de que tal talento vem do Senhor e não de... alguma outra Entidade?

Eu não me achava em posição de contestar Gertrud numa sugestão dessas, mas, por sorte, a irmã Christina se encontrava.

– De onde pode *a senhora* sugerir que vem, irmã Gertrud?

– É melhor que tais nomes não cruzem meus lábios, mas a senhora bem sabe que a alma justa deve estar vigilante para certas forças. Não digo que *seja* este o caso, apenas sugiro que seria sensato pensar em todas as possibilidades.

A prioresa respondeu à acusação.

– Até termos motivos para acreditar em outra coisa, vamos supor que se trata de fato de uma revelação de Deus e não um truque do Inimigo.

Eu via que Gertrud queria falar mais, mas conteve-se.

– Sim, senhora prioresa. Por certo.

A velha continuou:

– Eu proponho que consideremos isso não apenas uma revelação importante, mas também uma vocação. Todas falam línguas?

Todas interpretam? Não. Quando um talento desses é reconhecido, é nosso dever providenciar para que sirva à honra de Deus. Não concorda, irmã Gertrud?

– Concordo que devemos, todas nós, fazer o possível para servir.

Gertrud espremeu essas palavras para fora da boca como um avarento comprimiria moedas para fora da bolsa.

– Alegra-me ouvi-la dizer isso – continuou a prioresa –, pois decidi que vai aceitar a criança no *scriptorium*. Está claro que os talentos dela residem no reino da linguagem, e o treinamento deve começar de imediato.

Senti o coração cair com um baque na barriga. Se pudesse haver previsto que seria entregue à tutela de Gertrud, jamais teria deixado o meu canto. O que a prioresa julgava minha "recompensa" era na verdade o mais duro castigo possível, e tenho certeza de que meu desgosto só era superado pelo da própria Gertrud. Pelo menos estávamos finalmente unidas em uma crença comum: que isso era uma ideia horrível.

– Marianne não passa de uma criança – ela protestou – e sem dúvida não está pronta para tais responsabilidades. Embora possa ter mostrado alguns talentos rudimentares, são necessárias outras características para este trabalho. Paciência, por exemplo, e a atenção ao detalhe que uma criança não pode ter.

– Mas vai aprender – respondeu a prioresa – com o seu exemplo.

– Peço para discutir mais o assunto. Compreendo sua maneira de pensar, mas...

A prioresa cortou:

– Alegra-me que a senhora compreenda. Não gostaria que eu fosse contra a vontade do Senhor, gostaria, irmã Gertrud?

– Por certo que não, senhora prioresa.

Gertrud pusera as mãos para trás, e eu ouvia as unhas enterrando-se no tecido do hábito. A irmã Christina adiantou-se, pôs a mão em meu ombro e perguntou se – com a bondosa permissão da prioresa – podíamos ter alguns momentos a sós. A velha concedeu o pedido e saiu. Gertrud também saiu, sugando furiosa o ar e fazendo o melhor possível para não bater a porta. Não conseguiu.

A irmã Christina falou:

– Sei que não gosta muito da ideia, mas acredito que a irmã Gertrud é uma boa e santa mulher, e você pode aprender muita coisa com ela. Embora não entenda agora, seus talentos são tão excepcionais quanto inesperados. É óbvio que o Senhor tem grandes planos para você, e eu não poderia, em sã consciência, deixar que se descuide disso. Devemos confiar nessa revelação e lembrar que Deus não permite acasos.

Você imagina como uma criança aceitaria uma explicação dessas, mesmo criada num mosteiro. Como podia o desígnio de Deus envolver o treinamento com a irmã Gertrud? Berrei até ficar com o rosto rubro e as lágrimas me rolarem pelas faces. A irmã Christina permitiu-me soltar tudo, até minhas bofetadas infantis. Evitou porém os chutes, por isso suponho que havia um limite para o seu autossacrifício. Depois que finalmente esgotei toda a energia e desabei no chão, ela sentou-se ao lado.

Eu lhe disse que a odiava, mas as duas sabíamos que não era verdade. Ela alisou meus cabelos e sussurrou-me que tudo ia dar certo, se eu confiasse em Deus. E então tirou uma coisa das dobras do hábito, um livro que ali escondera.

– Quando eu fui acordar Paolo hoje de manhã, descobri que ele tinha morrido no sono. Foi-se sem dor, creio, e tinha um ar muito sereno no rosto. Mas ficou claro que desejava que você ficasse com isto ontem à noite, por isso estou cumprindo o desejo final dele ao passá-lo agora.

Entregou-me um livro de preces italiano, o primeiro que pude chamar de meu. Depois me levou ao *scriptorium*, para que eu começasse a servir a Deus.

V.

Como melhor apresentar a vida medieval que Marianne Engel afirmou ter vivido, quando – claro – não vivera mais no século XIV do que eu? O desafio está não apenas na inerente ausência de verdade na história, mas também no fato de que não mais posso continuar a escrever apenas com minha voz: tenho agora de levar em conta a dela. Tentei recriar a história de Engelthal exatamente como ela contou, mas se a transcrição da sua voz é às vezes falha, por favor, perdoe-me. Fiz o melhor que pude.

Essa história também suscitou a questão de saber até onde Marianne Engel era de fato maluca. Acreditava mesmo haver sido criada num mosteiro medieval ou apenas procurava entreter um paciente de queimadura? Quando tentei fazê-la admitir que estava inventando tudo aquilo, a mulher me olhou como se fosse eu o insano, e como eu queria que continuasse voltando, não podia insistir muito que ela entendera tudo da frente para trás. No fim, decidi deixá-la seguir contando a história até que os fatos a fizessem tropeçar.

Eu não era o único que pensava no estado de sanidade da visitante. A dra. Edwards me fez uma visita com o claro objetivo de desencorajar outras visitas dessa nova mulher em minha vida. A conversa começou com uma advertência sobre os riscos físicos vindos de Marianne Engel; como ela se esgueirava quando as enfermeiras não viam e ignorava as regras sobre os trajes dos visitantes, quem sabia que germes estariam trazendo? Admiti, mas objetei que sem dúvida não prejudicaria minha recuperação o fato de ter alguma coisa – *alguém* – para esperar ver.

– Talvez, mas você precisa concentrar-se na recuperação, e não lidar com... – Nan levou um instante para compor um fraseado político – ... outras questões que não o ajudarão a melhorar.

Sugeri-lhe que se apressasse muito a me dizer o que eu precisava.

– Venho fazendo isso há muito tempo, e vi o que o acréscimo de tensão faz ao paciente.

Perguntei se essa preocupação era porque se tratava de uma paciente psiquiátrica ocasional no hospital, e ela afirmou que isso não atuava em favor de Marianne Engel. Contudo, também se apressou a acrescentar que esse fato não seria nem poderia ser usado para mantê-la distante; como a tinham julgado competente para viver em sociedade, também o era para visitar um hospital. Ainda assim, eu via que Nan podia usar sua influência para dificultar isso o máximo possível.

– Vou lhe dizer o que faremos – propus. – Se você deixar que ela continue vindo, eu dou mais duro com Sayuri.

– Já devia estar fazendo isso, de qualquer forma.

– Mas não estou – respondi –, e você deve aceitar o que consegue.

Nan deve ter pensado que não ia conseguir um acordo melhor que esse, porque aceitou. Contudo, não pôde impedir-se de acrescentar:

– Eu não preciso gostar disso.

– Não, não precisa – eu disse. – Só precisa deixá-la em paz.

* * *

Não muito depois do encontro com a dra. Edwards, Connie chegou com um auxiliar para me levar a um quarto particular, distante dos outros pacientes de queimaduras. Perguntei o que se passava – por certo não era engano. Não, garantiu-me Connie, eu devia ter meu próprio quarto, por ordem da doutora, embora ela não soubesse por quê. Disse-me que eu devia desfrutar a intimidade enquanto durasse, porque se era engano, logo seria descoberto.

Em vez de me tirarem da cama de armação, apenas rolaram toda a engenhoca pelo corredor abaixo até um quarto menor, mas vazio e bonito.

Vazio, quer dizer, até Sayuri chegar e demonstrar um exercício que desejava que eu começasse a fazer todo dia.

– A dra. Edwards me falou que você está ansioso para dar mais duro – disse, instalando uma prancha ao lado da cama, inclinada para cima e longe de mim.

A prancha tinha um sulco, no qual ela pôs uma bola prateada de um quilo. Eu devia empurrar a bola pela prancha até chegar ao topo e depois apoiá-la delicadamente até ela rolar de volta ao fundo. Repetir.

Antes eu empurrava centenas de quilos de equipamento de câmera por quartos em toda filmagem, e agora me via relegado a impelir uma bola por uma prancha de madeira acima. Pior ainda, mesmo essa simples tarefa tirava toda a minha concentração. Eu via meu rosto coberto de bandagens refletido na curva prateada, e quanto mais longe empurrasse a bola, mais distante ia o reflexo. Sayuri me elogiava por cada sucesso.

– Perfeito!

Quando acabávamos, pegava a bola com tão pouco esforço como se fosse, bem, como se fosse uma bola de um quilo. Aquela minúscula japonesinha me deixava puto por ser mais forte que eu, e depois mais ainda com a leve mesura que fazia ao deixar o quarto.

* * *

Quando a dra. Edwards veio depois à minha cama, perguntei sobre o quarto particular. Como eu podia ter direito a uma extravagância como essa? Não era recompensa por bom comportamento nem pelo trabalho árduo que mal começara e precisava continuar.

Nan dizia estar fazendo um estudo que esperava publicar sobre os efeitos de quartos particulares versus divididos no tratamento dos pacientes de queimaduras. Tinha esperança de que meu caso proporcionasse alguma intuição sobre pacientes trocados durante o processo, e fora um feliz acaso um quarto tornar-se disponível. Perguntei se isso significava voltar a ficar imprensado no quarto dividido em alguma altura, e ela disse ainda não saber.

Garanti-lhe que ficaria feliz em ser sua isolada cobaia pelo tempo que ela quisesse, mas acrescentei:

– Tem certeza de que não há mais coisas?

Ela pensou um pouco e decidiu falar mais uma verdade – que eu já adivinhara:

– Tudo muito bem que você continue a receber visitas da srta. Engel, mas não vejo motivo para submeter os outros pacientes a ela também.

Eu disse que respeitava o seu interesse pelos outros, e ela assentiu com a cabeça. Quando ficou claro que nenhum de nós tinha mais nada a dizer, tornou a balançar a cabeça e logo deixou o quarto.

As visitas de Marianne passaram a ser mais agradáveis, agora que éramos só nós dois, sem necessidade de cortinas de plástico e desde que os médicos haviam deixado de tentar obrigá-la a usar trajes protetores. Em parte, aceitaram o guarda-roupa normal porque eu me tornava mais saudável e não precisava muito desses trajes, mas, talvez mais importante, porque a equipe médica cansara-se das discussões com ela. Marianne Engel era uma visitante que eles não aprovavam inteiramente, mas por cujas visitas eu lutara, por isso creio que qualquer risco ficava por minha conta.

Agora que tínhamos mais intimidade, minhas conversas com Marianne Engel se tornaram mais variadas: como fazer lasanha vegetariana; que jogos de carnaval há em Hamburgo; a bela melancolia do Concerto para Oboé em Ré Menor de Marcello; os hábitos de assentamento dos índios da Costa Oeste; os motivos pelos quais as pessoas cantam nos shows dos conjuntos de rock; os méritos da literatura canadense em comparação com a russa; até onde os climas invernais tornam ásperas a personalidade; a história da prostituição europeia; por que os homens ficam fascinados com o conceito de "Campeão Mundial de Pesos Pesados"; as conversas que poderiam ter ocorrido entre uma testemunha de Jeová e um arqueólogo; e quanto tempo uma goma de mascar permanece nova na boca. Os anos de biblioteca serviram-me bem.

Perguntei a ela sobre os Três Mestres e, como provocação, quis saber se tais protetores eram comuns para freiras medievais. Ela respondeu a sério que não, mas, na verdade, Heinrich Seuse tinha Três Mestres, cujo consentimento precisava adquirir (com a mesma prece latina usada por ela) quando desejava falar.

Minha resposta foi a óbvia:

– Os seus e os dele são os mesmos?

– Não.

O primeiro mestre de Seuse era São Domingos, fundador dos dominicanos, que só dava permissão para falar no tempo e lugar certos. O segundo mestre, Santo Arsênio, só consentia uma conversa se não promovesse ligação com coisas materiais. O terceiro, São Bernardo de Clairvaux, permitia a Seuse falar apenas se fazê-lo não o perturbasse.

– E os seus?

Ela respondeu que eram Meister Eckhart, destacado teólogo ativo na época da juventude da irmã Marianne; Mechthild von Magdeburg, líder espiritual das beguinas, ordem que estabelecera Engelthal; e o padre Sunder, do qual já falara.

Quando a conversa por fim chegou à minha carreira na pornografia, isso mal pareceu um tema exótico; apenas mais um, num longo papo que parecia incluir tudo. Ainda assim, ela ficou curiosa sobre o trabalho e fez muitas perguntas que respondi o melhor possível. Quando acabei, indaguei se o que eu fizera como profissão a incomodara.

– De jeito nenhum – ela respondeu, e lembrou-me que até mesmo Santo Agostinho vivera uma vida de prazer antes de, como todos sabem, implorar ao Senhor: "Fazei-me casto, mas não ainda."

Observei que a diferença era que eu não ia encontrar a religião como resultado de meu passado. Marianne Engel encolheu os ombros, sem comprometer-se. Eu não sabia se ela me julgava errado e eu ia encontrar Deus ou se não ligava. Mas a virada na conversa também trouxe à tona a questão da castidade, e perguntei, hesitante, se ela sabia o que acontecera ao meu pênis no incêndio.

– Fui informada pela equipe médica – ela respondeu –, que se perdeu.

Logo sabia, mas o que achava?

– E...?

– E é uma pena.

Sim, uma pena, de fato.

– Achei que você não gostava de falar com médicos.

– Era tão importante saber de suas feridas que não pude evitar.

Foi o fim da discussão do meu pênis perdido; e já era mais do que eu pretendia dizer.

Toda vez que me visitava, Marianne Engel vinha vestida de forma mais elaborada que na anterior, desabrochando numa nova mulher. Os pulsos tiniam com braceletes de todo o mundo; asteca, maia, Tonka Toy, Ojibwa. Usava anéis de plástico nos dedos, elefantes amarelos chamados Elifante Duke e Elafante Gerald. Os tênis eram cobertos de lantejoulas que me faziam lembrar um cardume flutuante de peixes tropicais. Quando deixava o quarto para fumar um cigarro, segurava a barra do vestido roxo numa mesura. Perguntei o que causara a mudança em seu senso de moda e ela respondeu que, como todos os demais a julgavam louca, era melhor vestir-se de acordo com o papel.

Interessante: esse foi o primeiro comentário bem-humorado que ela fez sobre seu estado mental. Achei que talvez fosse a abertura que vinha esperando, e perguntei-lhe – observando que ela já discutira minhas queimaduras com os médicos – que mal lhe haviam diagnosticado. Ela encerrou o assunto declarando que os médicos simplesmente não entendiam o seu tipo particular de charme.

Enfiou a mão na mochila e pegou um livrinho encadernado em couro. Disse querer começar a lê-lo em voz alta para mim. *O Inferno*, de Dante. Escolha interessante para uma enfermaria de queimados, comentei, e acrescentei que, apesar do meu amor pela literatura, esse era o único clássico que eu nunca lera.

Ela riu como se soubesse alguma coisa que eu não. Disse ter um sentimento muito forte de que eu ia achar a história não apenas ao meu gosto, mas muito familiar.

* * *

Marianne Engel contava a história de sua vida, que remontava ao século XIV. Ora, se conseguia fazer isso, sem dúvida o leitor vai me desculpar por dar sobre a vida de Sayuri uma informação que eu ainda não tinha nessa altura da convalescença no hospital. Em defesa desse salto para fora da cronologia, alego que a srta. Mizumoto me contou tudo isso depois – e pelo menos a história dela é verdadeira.

Sayuri era o terceiro dos filhos, segunda menina, de Toshiaki e Ayako Mizumoto. Na ordem de nascimento, uma posição muito infeliz, pois significava que seria a quinta pessoa a banhar-se cada noite. É tradição os membros de uma família japonesa partilharem uma única banheira e, embora se enxáguem antes de entrar, a água fica mais turva a cada banho. O pai entra primeiro, e depois os homens, do mais velho ao mais jovem. Só então as mulheres podem banhar-se, mais uma vez da mais velha à mais nova. Isso significa que o pai, o irmão mais velho, a mãe e a irmã mais velha usavam a água do banho antes de Sayuri. Durante a infância inteira ela fora obrigada cada noite a mergulhar na sujeira acumulada de toda a família.

A união de Toshiaki e Ayako era produto de *omiai*, um casamento arranjado. Se não chegava a ser uma união por amor, pelo menos funcionava, como provavam os três filhos. Toshiaki dava árduas horas de trabalho no escritório, seguidas de bebida e caraoquê;

Ayako dirigia a casa, cuidava das finanças da família e dava um jeito de haver comida suficiente para o marido quando voltasse bêbedo e exausto de tanto cantar. Cumpriam as exigências necessárias para classificarem-se como uma família japonesa normal, e os dois desejavam apenas para os filhos que satisfizessem as mesmas exigências.

O primeiro filho, Ichiro – nome que, a propósito, significa Primeiro Filho –, frequentou uma boa universidade. Portanto, arranjou um bom emprego, com um bom salário, numa boa empresa; é assim que funcionam essas coisas. Na verdade, nem precisou dedicar-se ao trabalho escolar depois de ser aceito, porque o simples estudo na universidade certa era o que importava; o saber, nem tanto. Após conseguir o emprego, Ichiro trabalhou alguns anos antes de casar-se com uma boa moça japonesa, de uma boa família, numa boa idade. Por coincidência, boa idade para uma moça japonesa é menos de vinte e cinco anos, porque é quando ela se torna um "bolo de Natal". Como todos sabem, esses bolos são desejáveis antes do dia 25, mas depois logo ficam rançosos e são postos de volta na prateleira. A esposa de Ichiro tinha vinte e três, portanto muito antes do prazo de validade. Toshiaki e Ayako sentiram-se satisfeitos; o filho herdaria a casa da família e cuidaria das covas dos pais quando eles morressem.

A irmã de Sayuri, Chinatsu – um belo nome, que significa Mil Verões –, também foi para uma boa universidade, depois arranjou um emprego num escritório durante alguns anos e casou-se aos vinte e quatro e meio. Deixou o emprego e passou a ter filhos. Mais uma vez, os pais ficaram satisfeitos.

Então chegou a vez da caçula, a meio encrenqueira Sayuri. (O nome significa Pequeno Lírio. Quando nada, os japoneses são expertos em nomes.)

Sayuri era alguns anos mais nova que Chinatsu. Os pais jamais chegariam tão longe a ponto de chamá-la de um acidente, mas também, de vez em quando, deixavam escapar que não fora "planejada". Pressionados, admitiriam que as coisas não programadas às vezes dão problema, mas, por outro lado, se dois filhos foram bons, um terceiro devia ser um terço melhor. Portanto, jamais se diga que os pais de Sayuri lamentavam o nascimento dela. Contudo, a menina tinha talentos em matemática avançados o suficiente para saber que o acréscimo de um a dois aumenta a quantidade pela metade, não um terço.

Ichiro e Chinatsu haviam trilhado o caminho certo e feito o que se esperava. Estabelecera-se, dobrara-se bem e guardara-se o padrão, como um belo quimono: era quase uma herança de família a ser preservada. Sayuri precisava apenas, para dar continuidade à perfeição dos pais, imitar o exemplo dos outros irmãos. Mas isso, por azar, era a última coisa que desejava fazer. Se fizesse, raciocinava, estaria condenada a passar não apenas o resto da infância, mas toda a vida, na água de banho suja da família.

O problema era que ela não sabia o que queria fazer, por isso mantinha a boca fechada e esperava. Dava duro o suficiente nos estudos do curso secundário, mas quando os pais viravam as costas passava todo o tempo restante aprendendo inglês. Sem que eles soubessem, uma australiana chamada Maggie dava-lhe aulas nas noites de terça-feira, quando os velhos achavam que ela estava treinando voleibol. Ela ia ao cinema todo sábado, não por diversão, mas para aprender a falar como Jodie Foster, Susan Sarandon e (infelizmente) Woody Allen. Nas tardes de domingo, ia ao museu local caçar turistas americanos e, quando acuava um, perguntava-lhe se podiam conversar cinco minutos, para aperfeiçoar seu inglês. O turista sempre concordava, pois quem iria recusar um entusiasmo tão bonitinho? Enquanto isso, Sayuri preenchia formulários para as universidades japonesas certas e foi aceita numa delas. Os pais ficaram felizes. Agora ela precisava apenas formar-se, trabalhar alguns anos num escritório e deixar a prateleira até os vinte e cinco anos.

Logo depois de concluir o curso secundário, Sayuri visitou a embaixada australiana com Maggie para pegar um visto com permissão de trabalho. Uma semana depois, deu um interurbano para os pais do aeroporto de Sydney. Desnecessário dizer que eles não gostaram muito, não apenas pelas ações radicais e desrespeitosas da filha, mas porque ela nem mesmo tivera a cortesia de despedir-se antes de deixar o país.

Na verdade, não era a falta, mas o excesso de coragem que ditava as ações de Sayuri. Se tentasse argumentar com os pais, eles jamais a deixariam partir. Teria sido uma discussão que ela não podia ganhar, mas não queria perder, e por isso simplesmente fez o que tinha de fazer para iniciar uma vida em seus termos. A princípio, os pais pensaram numa brincadeira – ela não poderia estar de fato ligando da Austrália, podia? Não podia estar de fato planejando ficar lá, podia? Quando por fim aceitaram a verdade, ameaçaram-na e bajularam-na. Sayuri desligou, porque nada ia mudar se continuasse na linha.

Passou um ano na Austrália, transferindo-se de um emprego para outro; garçonete, pintora de parede, colhedora de frutas, professora de japonês, e assim por diante. Enquanto isso, aprofundava o bronzeado, alargava o sorriso e melhorava o inglês. O maior problema dos países ocidentais veio a ser que ela muitas vezes tinha de fazer compras na seção de crianças para encontrar roupas que lhe servissem, pois era pequena mesmo para uma japonesa. (Por isso iria passar a vida no exterior parecendo boneca de criança.) Sayuri ligava para casa uma vez por mês – sempre de um telefone público diferente – para dizer-lhes que estava bem e educadamente ouvi-los implorarem sua volta. Às vezes Ichiro emprestava o peso da voz de filho mais velho ao argumento. Ela ignorava as ordens dele também.

Quando o visto expirou, ela voltou para o Japão. A mãe chorou e o pai berrou, embora parte dele admirasse o que ela fizera. Sayuri informou-lhes que ia estudar numa universidade americana para conseguir um diploma. No ano seguinte trabalhou em empregos de meio expediente, passou nos exames necessários de proficiência em língua inglesa e foi aceita no departamento de terapia física da Universidade de Michigan. Ao chegar mais uma vez a hora de partir, a mãe chorou mais um rio japonês. O pai, porém, a essa altura já aceitara as ideias ridículas da caçula. Quando se ofereceu para pagar parte da anuidade, ela o abraçou forte durante muito tempo. Ele não soube bem o que entender disso, portanto ficou ereto como uma vara.

Sayuri concluiu o curso com louvor e aceitou um emprego no hospital onde acabaria por encontrar-me. Muito antes que eu aparecesse, pagara cada iene que o pai lhe dera para sua educação.

* * *

O dr. Hnatiuk passava em meu quarto de poucos em poucos dias e entregava-me um novo livro de psicologia. Eu começava a gostar dele. Não me é fácil identificar quando mudei de sentimento, pois não houve um momento de revelação em que exclamei: "Ei, a tâmia não é tão má, afinal!" Ele me conquistou. O mais importante é que parou de tentar relacionar-se comigo na condição médico-paciente, e apenas deixou a conversa rolar de forma natural. Havia também o fato de gostar da estátua da gárgula que Marianne Engel me dera, quando Beth a chamara de "coisinha horrível". O que na verdade me ganhou, porém, foi que, apesar do exterior tímido, ele era um homem apaixonado com um profundo interesse no que fazia. Certa tarde, falou extensamente sobre como os advogados, em sua opinião, haviam sido os maiores inimigos dos pacientes psiquiátricos no último meio século. Contou-me como tinham lutado pelos direitos do paciente – o que era bom –, mas a ponto de não se poder mais reter para observação nem aquele que comia o próprio excremento.

– É bem dos advogados transformarem merda em comida saudável.

À medida que passavam as semanas, ocorreu uma mudança física em Gregor. Ele perdeu os tênis de borlas e o imprudente veludo e passou a usar roupas que quase pareciam assentar-lhe direito. Mesmo que não fossem consideradas de muita "classe", pelo menos eram passáveis. Vinha fazendo exercícios a ponto de o fulgor nas faces não mais parecer resultante da subida de um lance de escada rápido demais, e perdera um pouco do excesso de gordura na cintura.

Gregor jamais perguntou por que eu lia livros de psicologia, mas se dispôs a responder a todas as perguntas sobre esquizofrenia. Embora eu jamais dissesse o nome dela em nossas discussões, um dia deixei escapulir (não bem por acidente) que fazia essa pesquisa porque temia que uma amiga minha, NÃO É CONHECIDA SUA, talvez sofresse desse mal. É APENAS UMA LOUCA.

– Eu sei – disse Gregor. – Marianne Engel.

Pareceu satisfeito por haver-se mostrado um passo adiante de mim, mas supus que fora consultado quando a dra. Edwards me convencera a não encorajar as visitas dela. Gregor disse que na verdade a tratara várias vezes, a última quando a haviam admitido por "falar de fantasmas" em público. ESTÁ VENDO? Perguntei por que nunca me contara isso antes. Ele citou o juramento de Hipócrates e disse que não falaria mais dela do que já falara.

– Além do mais – acrescentou –, eu não confirmo nem desminto uma diagnose de esquizofrenia.

Também observou que jamais falaria do conteúdo de nossa conversa a ninguém. Respondi-lhe que tinha liberdade para contar o que quisesse, porque eu não era seu paciente. A isso ele contrapôs que mesmo assim ainda estávamos num hospital onde eu era paciente e ele médico, portanto considerava isso motivo suficiente para sigilo. Expressei a opinião de que os psiquiatras em geral eram inúteis e na verdade eu estava pouco ligando para o que eles (querendo dizer *ele*) pensavam de mim.

– Oh, talvez seja verdade que alguns de nós poderiam fazer mais – admitiu Gregor –, mas temos nossos momentos. Por exemplo, de todas as suas falhas de personalidade, posso diagnosticar a maior.

– Qual é?
– Você se acha mais esperto que todo mundo.

* * *

Com exceção dos períodos em que desaparecia quase uma semana de uma vez, Marianne Engel agora vinha à enfermaria de queimados quase todo dia. Começou ajudando em minhas sessões de exercício, pondo as mãos sob a planta de meu pé na perna intacta e oferecendo resistência quando eu empurrava como um ciclista perneta.

– Conversei com a dra. Edwards – ela dizia. – Ela me deu permissão pra lhe trazer comida.

Como já conversava com minha médica, perguntei-lhe se me dava permissão de discutir seu caso com um dos médicos que a haviam tratado. Especificamente, o dr. Hnatiuk.

Ela disse que não me queria discutindo o seu caso com ninguém, e ficou ofendida até por eu perguntar. Logo eu, disse, que devia saber que ela não era louca.

Fez-se um momento de incômodo silêncio entre nós, até Marianne Engel parti-lo ao meio dizendo:

– Paracelso escreveu a receita de uma pomada para queimadura que incluía gordura de javali, vermes da caveira de um enforcado e parte de uma múmia. A coisa toda era torrada.

Passou então a dar-me uma educação sobre a história do enxerto de pele, desde o começo, com os antigos hindus, até os tempos atuais. Puxei uma das bandagens das pernas para mostrar os atuais enxertos, que incluíam um pedaço de pele preta. Como se usara um molde para cortar a pele em forma de rede, para poder-se esticá-la sobre uma área maior, o desenho resultante assemelhava-se a um tabuleiro de xadrez.

– Se algum dia você foi racista – ela disse, passando os dedos pelo tabuleiro de xadrez que era meu corpo –, isto sem dúvida seria um fio de cabelo em sua sopa.

Demorou delicadamente os dedos pela terra devastada. Correu-os pelo tronco e em direção ao pescoço, parando nos ombros para seguir as curvas.

– Como é usar a pele de outro?

– Não tenho uma boa resposta para isso – respondi. – Dói.

– Lembra-se das histórias deles? Sente o amor que sentiram?

Era difícil, às vezes, saber se Marianne Engel na verdade queria uma resposta ou apenas me provocava.

– Está falando sério?

– Faz-me lembrar de nós – ela continuou. – Faz-me querer coser-me em você como pele.

Pigarreei.

– Você sabia – perguntou – que eu também tenho o corpo marcado?

Eu tinha uma ideia do que ela falava. Quando usava camisetas, era impossível não notar as tatuagens de frases latinas que cercavam seus bíceps. No braço esquerdo lia-se *Certum est quia impossibile est.* Perguntei o que significava, e ela disse se traduzia como "É certo porque é impossível". No direito: *Quod me nutrit, me destruit.* Isso, segundo ela, queria dizer: "O que me alimenta também me destrói."

– Eu não entendo – confessei.

Ela riu.

– Bem, é porque ainda não me viu esculpir.

Então Marianne Engel fez uma coisinha. Tocou em meu rosto.

É um gesto insignificante tocarem em seu rosto, não é? Mas pense de novo nas feras queimadas e indesejadas do mundo. Pense nas pessoas cuja pele não lembra afeição. Ela passava os dedos delicados sobre meu desastre, chegava sob as bandagens e tocava os restos do meu rosto. Os dedos atravessavam com amor a face pensada, faziam a árdua viagem até os lábios. Repousavam de leve ali, apenas um instante. Eu cerrava as calcinadas pálpebras, pequenas cicatrizes religavam-se nos lugares onde semanas antes haviam sido costuradas. O coração dançava desajeitado na caverna do peito, e enquanto isso os poros lacrados davam hora extra, não suavam.

– Que sensação dá meu rosto?

– Parece o deserto após um vendaval.

Senti uma vontade arrasadora de responder que eu era belo antes do acidente, mas não disse. De que adiantaria? E então ergui a mão boa e toquei o rosto dela, que não se encolheu: não. Nem mesmo um mínimo.

– Coisas boas acontecem – ela sussurrou, antes de levantar-se e ir aos cantos do quarto conversar com os invisíveis Três Mestres. Via-se, mesmo em latim, que pedia permissão para fazer alguma coisa.

– *Jube, Domine benedicere.*

Quando retornou ao lado da cama, o sorriso indicava que o pedido fora concedido.

– Gostaria de ver minhas outras tatuagens?

Fiz que sim com a cabeça, e ela começou por afastar a bagunça rebelde dos cabelos e puxá-lo para expor a nuca. Havia ali uma pequena cruz a tinta, entrelaçamento de três cordas trançadas sem fim. Ela pediu-me que a tocasse. Toquei. Corri os dedos pelo comprimento, depois a largura; literalmente fazendo o sinal da cruz na pele dela.

Marianne Engel tirou os sapatos. Em volta do tornozelo esquerdo via-se a corrente tatuada de um rosário de contas, pintada de modo a fazer com que a cruz ficasse atravessada no peito do pé. Assim, disse, sempre estaria preparada para fazer penitência. Mas sorria, e era claro que nem ela levava isso demasiado a sério.

Em seguida baixou a calça – o que eu não esperava, pois de algum modo o cinema me condicionara a pensar que as mulheres sempre se despiam de cima para baixo. Não usava roupa íntima, por isso restou apenas a camiseta com uma imagem de Beethoven bêbado embaixo da mesa. (Legenda? "A Nona de Beethoven.")

Havia uma tatuagem de serpente ao longo de todo o comprimento da perna direita, no local exato onde fora bordado o dragão na calça. O monstro contorcia-se em torno dela, como as ilustrações na Bíblia sempre mostram a serpente enrolada no tronco da Árvore do Conhecimento do Bem e do Mal. Com Marianne Engel de frente para mim, eu via o corpo da serpente aparecer primeiro no joelho, rastejar para cima e enroscar-se em torno da coxa, a cabeça em forma de diamante repousando na pélvis, voltada para a vagina.

Ela me olhava fixo. Tirou a camiseta de Beethoven, embora fosse uma luta passá-la pelos cabelos, e ficou de pé no meio do quarto, toda nua, a não ser pelo colar com a ponta de flecha na garganta.

Em alguns momentos na enfermaria de queimados eu sentira surtos de excitação. Maddy fizera o melhor possível para provocar-me com o pequeno rabo empinado, e chegava a voltar a cabeça para ver se aquilo fazia efeito. Mas essa era a primeira vez que eu me via em plena excitação sexual. Pelo menos na mente; ainda produzia os hormônios que dirigem o sangue causador da ereção, só que não havia parte alguma para esse sangue correr. Imaginei-o juntando-se ali, fazendo as virilhas enrubescerem.

Havia outra cruz, muito maior que a da nuca, na barriga. Na forma celta, os quatro braços encontravam-se numa junta redonda no centro. A coisa toda era envolta num oval, maior em comprimento que em largura, e cobria a área do topo do osso pélvico ao pé da caixa torácica. Três letras maiúsculas – "IHS" – apareciam escritas bem acima da curva superior do oval.

No seio esquerdo via-se uma grande tatuagem do Sagrado Coração, em vermelho forte e cercado por uma coroa de espinhos. Chamas que ardiam para cima, em direção ao ombro, envolviam o coração.

Ela se aproximou da cama, para que eu examinasse os detalhes do corpo bem pintado, e mandou-me tocar o nome de Cristo.

Toquei, e bolinhas de arrepio espalharam-se pela pele ao contato da minha mão boa.

Marianne virou-se, de modo a ficar sentada na beira da cama de costas para mim. Asas de anjo estendiam-se das omoplatas às nádegas, onde repousavam as pontas agudas. As asas tomavam todas as costas, e não pude deixar de erguer a mão em direção a elas. Era como se achasse que tinha direito a tocar a pele dela, como se fosse minha. Levei um instante para perceber que não – não podia ser – e detive o braço em pleno ar. Ele pendeu ali, inseguro, até Marianne Engel dizer:

– Quero que você me toque.

Então completei o movimento e corri os dedos pelas linhas da pintada plumagem dela. Eram uma combinação de pinceladas ousadas e intensamente delicadas, detalhadas com tal habilidade que se juraria serem penugem. Agora a pele das costas tremia, e meu coração fazia o mesmo.

Após alguns instantes, Marianne Engel lançou um olhar tímido para trás. Sorriu – nervosa, excitada – e retirei os dedos. Ela levantou-se e começou a vestir-se. Não falamos. Quando acabou, ela deixou o quarto.

* * *

Não há estudos conclusivos sobre o melhor momento para retirar o gesso dos pacientes de queimadura, pois a atrofia muscular inevitavelmente complica tudo. No fim, a dra. Edwards teve de contar com a intuição para remover a aranha mecânica de minha perna.

A retirada trouxe muita alegria a Sayuri, que ansiava por tirarme da cama. Bateu palmas duas vezes com grande floreio dramático.

– Está pronto? Você é *genki*? Está na hora!

Maddy e Beth ali estavam para ajudar, metidas em uniformes azuis e grande luvas amarelas. Esticaram meus músculos por alguns instantes, antes de me fazerem pedalar para reduzir a rigidez das pernas. Depois, cada enfermeira dobrou um braço sob minhas costas para me erguer e pôr-me sentado, e seguraram-me enquanto passava a tontura. Aos poucos, afrouxaram o aperto até eu suportar o próprio peso.

Pela primeira vez desde o acidente, estava de pé. Sayuri contou os segundos com uma voz alta demais – "... seis... sete... oito!" – antes que minhas pernas passassem de espaguete cru a cozido. O sangue fluiu de vez pelo corpo abaixo, como se lembrasse como funciona a gravidade, e jorrou dos pontos de doação. As bandagens da perna enrubesceram, constrangidas com a própria incompetência, assim que desmaiei.

As mulheres deitaram-me de novo na cama e aplaudiram meus esforços. Quando a mente se acalmou da subida vertical, vi a dra. Edwards parada na porta com um sorriso delicioso.

Antes da tentativa, eu diria – no melhor estilo espertinho machista – que os resultados não importavam muito. Ficar de pé era estúpido para ser até mesmo uma brincadeira de criança. Se você se permitisse dar importância a ficar de pé, quem sabe ao que daria importância depois? Embora eu não quisesse me sentir bem com eles, os aplausos pareceram genuínos. As mulheres orgulhavam-se de mim e, contra a vontade, eu também.

Em vez de descartar esse feito, virei um idiota sorridente. Agradeci a todas pela ajuda e lamentei apenas que Marianne não estivesse ali para ver.

* * *

Eu esperava dormir um sono profundo nessa noite, mas não consegui. Com ele vinham as coisas desagradáveis.

Nessa noite sonhei que Sayuri me amparava e de repente me soltava. O corpo trôpego despencou; senti a serpente na espinha enroscar-se e torcer-se. ACHA QUE PODE FICAR DE PÉ SOZINHO? Nan atirava dardos em meu volume neutralizado e as enfermeiras batiam palmas comemorando meu fracasso. Olhei embaixo da cama de armação. Chamas, mil chamas. Quis enfiar a mão e extingui-las, mas era como se alguém houvesse desligado os músculos dos braços, tornando-me um boneco sem cordéis. As chamas faziam furiosas caretas sorridentes, e as línguas de fogo se repartiam e lambiam os lençóis da cama de armação, sapecando-os como um sudário de fogo. Ossos estalavam em volta, chocalhando em fúria como um andaime que desmorona.

A equipe médica continuava a rir. Um deles anunciou com áspera voz germânica:

"Alles brennt, wenn die Flamme nur heiß genug ist. Die Welt ist nichts als ein Schmelztiegel."

Parece que, pelo menos em sonhos, sou como Marianne Engel na vida real: multilíngue. *Tudo arde se a chama for bastante quente. O mundo não passa de um cadinho.*

Fiquei preso sob os ossos enquanto o sudário continuava a arder. Os rostos nas chamas tinham sempre aqueles sorrisos odiosos, as línguas traiçoeiras lambendo, lambendo. JÁ VOU E VOCÊ NÃO PODE FAZER NADA. Ouvi o zumbido de flechas. Senti-as atingirem minhas mãos e pés.

Sonhei um longo tempo com queimadura, e, quando por fim cessou e acordei, a sensação de que pairava, criada pela flutuação aérea da cama, me confundiu. Levei alguns instantes para saber de que lado da consciência me encontrava.

* * *

Falei a Marianne Engel do meu sucesso ficando em pé durante oito segundos no primeiro dia em que tentei, e o êxito maior ainda em fazê-lo por treze segundos no segundo dia. Ela tentou mostrar o devido respeito por tais feitos, mas via-se que alguma coisa a distraía.

– Que foi?

– Huumm. Não, não, nada. – Passou os dedos pelo calombo bastante notável que aumentava a cada dia. – Que é isso?

– Chamam de expansão do tecido.

Expliquei que sob a pele havia um pequeno balão de silicone, e todo dia os médicos injetavam nele mais um pouco de água. À medida que o balão se inflava, a pele se esticava com ele, como quando a pessoa ganha peso. Acabariam por drená-lo, e eu ficaria com um pedacinho de pele a mais, que então seria transplantado do ombro para um ponto receptor no pescoço.

– Que coisa mais fascinante. Eu gostaria de poder ter feito uma coisa assim por você na primeira vez.

– O quê?

– Deixe pra lá. – Ela tornou a tocar no calombo e sorriu. – Sabe, esse caroço me lembra as bolhas da Peste Negra.

– Como?

– Eu tenho um amigo...

As palavras morreram e ela perdeu as ideias no ar. Por alguns minutos ficou sentada, fitando o espaço, mas, em vez de manter-se imóvel, adejava mais as mãos do que quando virava o cigarro ou mexia no colar. As mãos pareciam querer abrir ou fechar uma história que ela me negava.

Acabou por indicar com a cabeça a mesa de cabeceira, onde havia a pilha de livros de psicologia sobre os quais sempre fizera visível esforço para não perguntar.

– Está estudando a meu respeito? – perguntou. – Devo alugar um de seus filmes pornográficos para melhor entender você?

Isso – embora eu achasse que não o houvesse indicado a ela de jeito nenhum – era uma coisa que esperava jamais vê-la fazer. Pedi-lhe a promessa de que nunca veria um de meus filmes.

– Eu já lhe disse que não me importa – ela respondeu. – Você tem vergonha?

Garanti-lhe que não; simplesmente não queria que os visse. Era a verdade, mas não toda: não desejava que assistisse a eles porque não queria que visse o que fui e comparasse com o que me tornara. Não desejava que observasse minha beleza, minha pele lisa, o corpo bronzeado, e depois tivesse de olhar a inchada feiura na cama à sua frente. Percebi que não era irracional, e ela sabia, claro, que houvera um tempo em que eu não estava queimado, mas não queria que isso se tornasse mais real para ela. Se podia aceitar-me como eu era, talvez fosse apenas por não ter ponto de comparação.

Marianne Engel foi até a janela e olhou para fora por um instante, antes de voltar-se e dizer:

– Detesto deixar você, e gostaria de ficar sempre ao lado de sua cama. Preciso que entenda que isso está fora do meu controle quando tenho instruções.

Esse foi um dos raros casos em que entendi exatamente o que se passava dentro dela; tinha um segredo que desejava partilhar, mas sabia que era do tipo que a maioria das pessoas não entende. Era vital dizê-lo em voz alta, mas receava que parecesse absurdo. Como, por exemplo, explicar que uma cobra mora em sua espinha.

– Quando me preparo para trabalhar, durmo na pedra – começou Marianne Engel, inspirando fundo – por doze horas pelo menos, mas em geral mais. É uma preparação. Quando me deito na pedra, sinto. Sinto *toda* ela, tudo lá dentro. É... quente. Meu corpo perde os contornos e eu me sinto sem peso, como se flutuasse. Eu tipo... perco a capacidade de me mexer. Mas é maravilhoso: é o oposto da dormência. É mais como estar melhor tão consciente, tão hiperconsciente, que não consigo me mexer porque tudo é muito arrasador.

– Que quer dizer – perguntei – quando diz que sente o interior da pedra?

– Eu absorvo os sonhos da pedra, e as gárgulas lá dentro me dizem o que preciso fazer para libertá-las. Revelam os rostos e me mostram o que tenho de fazer para torná-las inteiras. Quando tenho informação suficiente, começo. O corpo desperta, mas não há senso de tempo, não há nada além do trabalho. Passam-se dias até eu compreender que não dormi e que mal comi. É como se desenterrasse um sobrevivente debaixo de uma avalanche de tempo, que veio se acumulando durante eras e despencou de uma vez montanha abaixo. As gárgulas sempre estiveram dentro da pedra, mas nesse preciso instante torna-se insuportável continuar ali. Estiveram hibernando no inverno da pedra, e a primavera chega ao meu cinzel. Se eu puder arrancar os pedaços certos, a gárgula desabrocha como uma flor numa encosta rochosa. Sou a única que pode fazer isso, porque compreendo a linguagem delas e lhes dou o coração necessário para iniciarem as novas vidas.

Ela parou e pareceu à espera de que eu dissesse alguma coisa, qualquer coisa – mas como responder a proclamações como essa? Como ela queria um estímulo e eu desejava que ela continuasse a falar, disse-lhe que parecia um processo extremamente criativo.

– Não, é o contrário. Eu sou um vaso no qual se despeja água que jorra para fora. É um círculo, um círculo que flui entre Deus, as gárgulas e eu, porque é isso que é Deus: um círculo cujo centro está em toda parte, e a circunferência em nenhuma. Todo o tempo em que venho esculpindo, a voz da gárgula se torna cada vez mais alta. Eu trabalho o mais rápido possível, porque quero que a voz pare, mas ela continua me incitando, exigindo que eu a ajude a alcançar a liberdade. A voz só silencia quando acabo, e então me sinto tão exausta que é minha vez de dormir. De modo que é por isso que desapareço cinco ou seis dias seguidos. É o tempo que leva para libertar uma gárgula e recuperar-me. Não tenho voz sobre quando ela estará pronta, e não posso recusar. Por isso perdoe meus sumiços, porque eu não tenho escolha.

* * *

Tudo bem, ótimo. Pelo menos agora sei o que ela fazia com os múltiplos corações que julgava ter no peito. Entravam nas estátuas que esculpia.

Eu sabia que Marianne Engel era esquizofrênica, mas em vista do modo como descreveu seus hábitos de trabalho eu agora tinha de levar em conta que talvez fosse maníaco-depressiva. As provas acumulavam-se nessa direção: quando a conheci, ela andava cansada e com trajes escuros; agora brilhava nas roupas e na personalidade. Os esquizofrênicos tendem a segurar a fala, e às vezes ficar em completo silêncio durante horas, mas Marianne Engel era o exato oposto. E havia a natureza do trabalho que fazia. Muitos maníaco-depressivos adquirem fama nas artes porque a própria psicose proporciona o fervor necessário para criar alguma coisa monumental. O que, claro, era exatamente o que fazia Marianne Engel: criar monumentos. Se a história que contara de seus hábitos de trabalho não era uma descrição de um maníaco trabalhando, não imagino o que mais seja.

Mas havia também muitas provas de esquizofrenia. Ela descrevia as vozes que saíam da pedra, dando-lhe instruções. Via-se como um canal do Divino, e a obra como um círculo de comunicação entre Deus, as gárgulas e ela própria. Isso para não falar do "passado" Engelthal e da crença em que o *Inferno* era a leitura apropriada para a enfermaria de queimados. Em suma, muito pouca coisa tinha na vida intocada de alguma forma pelo cristianismo, e, como já observei antes, os esquizofrênicos muitas vezes se preocupam com a religião.

As estatísticas defendem qualquer das duas doenças. A esquizofrenia tende a afetar mais aos homens que às mulheres, porém mais de oitenta por cento dos esquizofrênicos fumam demais, e Marianne Engel vivia deixando a enfermaria dos queimados para uma dose de nicotina. Enquanto falava comigo, tinha sempre aquele olhar desanimador, que mantinha os olhos dela nos meus: isso só começou a fazer sentido depois que li num dos livros de Gregor que os esquizofrênicos raras vezes piscam os olhos.

A recusa a tomar os remédios é comum às duas doenças, mas por motivos diferentes. É provável que o maníaco-depressivo se recuse a tomar os medicamentos porque quando alto se convence de que não é mais possível um baixo ou tão viciado no alto que o baixo se torna simplesmente o preço a pagar. Os esquizofrênicos, por outro lado, tendem a recusar a medicação porque julgam que estão sendo envenenados – afirmação que Marianne Engel fez em mais de uma ocasião.

Muitos médicos já se convenceram de que as duas doenças coexistem com muito mais frequência do que em geral se diagnostica, portanto as duas diagnoses se aplicam.

Nas horas que passei folheando textos de saúde mental, na tentativa de compreendê-la melhor, comecei a entender-me melhor também – e não fiquei lá muito satisfeito com o que aprendi.

Eu vivia medindo a dor dela pela minha, dizendo a mim mesmo que ela não poderia entender minha angústia física, ao passo que eu compreendia a natureza da dor mental. E embora muitas doenças mentais sejam tratáveis com a medicação certa, nenhuma pílula me fará passar por normal. Um maluco medicado pode fundir-se numa multidão, mas eu sempre me destacaria como um polegar inchado do punho da humanidade: isso me fazia sentir como vencedor numa competição que na verdade não existe.

* * *

Marianne Engel chegou no dia seguinte com um vestido branco simples e sandálias abertas na frente, e poderia passar por uma mulher de uma aldeia à beira-mar no Mediterrâneo. Apareceu com duas cestas de comida, uma azul e uma branca, e vi que eram pesadas pelo modo como ela as carregou para o quarto. Curvada como estava, a ponta de flecha no colar entrava e saía do decote em V do vestido como uma isca numa linha de pesca.

– Vou finalmente cumprir a promessa de alimentar você.

Vou tirar um momento para explicar por que a dra. Edwards permitia a uma visitante trazer comida para a enfermaria de queimados. Além dos benefícios psicológicos de um piquenique (por assim dizer), também havia os físicos. Com minha cura veio uma doença conhecida como hipermetabolismo: um corpo que em geral exige duas mil calorias por dia pode consumir sete mil após uma queimadura grave. Apesar do tubo nasogástrico que não parava de despejar comida direto no estômago, eu ainda não recebia o bastante e tinha direito, e até me encorajavam, a comer mais.

Antes Marianne Engel me trazia comidinhas, mas era óbvio que agora se tratava de comida muito mais substancial. Ela abriu as cestas – uma para coisas quentes e a outra, entupida de gelo, para frias – e começou a distribuir a comida. Vieram uma rodada de *focaccia* recém-assada, ainda cheirando a fumaça de lenha, e garrafas de azeite de oliva e vinagre balsâmico. Ela jogou um redemoinho negro na superfície do amarelo, depois mergulhou uma fatia da *focaccia* no líquido sarapintado. Fez a conhecida prece antes de levar o pão à minha boca:

– *Jube, Domine benedicere.*

Também trouxe queijos. Camembert, gouda, queijo de cabra iraniano azul. Perguntou pelo meu favorito, e quando escolhi o de cabra deu um largo sorriso. Em seguida vieram umas embalagens fumegantes que pareciam crepes, mas tinham um cheiro muito indecente. Ela explicou que as panquecas de gorgonzola não eram para todo mundo, mas esperava que eu gostasse. Gostei. Havia bolas de cantalupo embrulhadas em finas fatias de presunto, a suculenta laranja aparecendo em meio ao carnudo rosado.

Marianne Engel continuou a escavar as cestas. Gordas olivas verdes bastardas, recheadas de pimentão, repousavam satisfeitas numa tigela amarela. Um prato de tomates encharcados em vinagre escuro, com pepitas de *bocconcini*. Feixes de pita e copos transbordantes de *hummus* e *tzatziki*. Ostras, caranguejos e vieiras afogando-se numa maravilhosa morte, num oceano à marinada; pequenas fatias de limão equilibradas na borda do prato como salva-vidas à espera de ser jogadas dentro. Linguiças de porco com beiradas de pimenta. Charutinhos que davam duro para parecer trigueiros e machões em pequenos ternos verdes, temperados com vinho tinto doce. Grossos círculos de lulas. *Souvlaki* disputava espetos com cebola amanteigada e pimenta ralada. Um pernil de carneiro tão bem cozido que se desfazia se o olhasse pensando num garfo, cercado por uma feliz familiazinha de batatas assadas.

Sentado e preso sob a avalanche culinária, eu não conseguia mexer-me por receio de virar um prato.

– Não há como comermos tudo isso.

– Acabar não é o que importa. – Ela pegou uma garrafa na cesta gelada. – Além disso, sei que as enfermeiras vão ficar felizes por ajudar com as sobras. Não vai dizer a elas que eu bebi álcool, vai? Gosto de *retsina* porque a gente sente o gosto de terra.

As enfermeiras logo rondavam a porta como um bando de gaivotas famintas. Senti um estranho orgulho viril, aquele que a gente sente quando é visto num encontro com uma bela mulher. As moças deram risadinhas e fizeram alguns comentários antes de dispersarem-se nas rondas. Marianne Engel trouxe-me um pedaço após outros aos lábios.

– Prove isto... Você vai adorar... Coma mais.

Fizemos um decidido esforço, mas fora predestinado que jamais poderíamos acabar a refeição. Quando desistimos, ela pegou uma pequena garrafa térmica e serviu café grego em duas meias taças. Tão grosso e batido que levou uns bons trinta segundos para servir. Depois ela trouxe a sobremesa: *baklava* tão densa de mel que vazava como uma caridosa colmeia. Sorvete, verde, branco e vermelho. E, claro, *bougatsa*, xará do cachorro dela – leve massa castanha com creme.

– Gostaria de ouvir uma história? – perguntou Marianne Engel. – Tem verdadeiro amor, dedicação fraterna e setas que atingem o alvo.

– Sobre você de novo?

– Não, sobre meu bom amigo Francesco Corsellini.

VI.

Uma coisa Graziana tinha como certa: seu amado Francesco era um bom homem. Ferreiro na cidade natal dos dois, Florença, ele trabalhava no ofício, sempre tentando forjar uma ferradura melhor ou uma espada mais forte. Às vezes perdia conta das horas e só parava quando ela aparecia na porta da ferraria para sugerir-lhe um pouco mais de atenção ao fogo e à esposa. Graziana brincava dizendo que ele devia ter feito alguma coisa muito má numa vida passada para estar-se preparando com tanta aplicação para o Inferno. Ele ria, prometia sair logo, e ela também ria. Sabia que o Inferno seria o último lugar onde o marido ia acabar.

Francesco jamais seria conhecido como "o melhor fabricante de espada de toda a Itália", ou "o grande metalúrgico de Florença", mas isso não o incomodava. Queria ser um bom negociante, um ferreiro digno de confiança, com preços honestos, mas o que desejava mesmo era ser um grande marido. Fazia belos presentes para Graziana na ferraria – castiçais, talheres e as mais maravilhosas joias. Sempre dizia que seus maiores feitos como metalúrgico eram as alianças de casamento que forjara para si e para ela. Num quarto da casa, havia uma coleção de brinquedos de metal para o bebê que tentavam conceber. Ele sonhava com o dia em que seria um pai amoroso para os filhos.

Esse Francesco Corsellini não chegava a ser uma grande beleza, mas sua esposa também não era. Ele era um pouco cabeludo demais para algumas mulheres, e seus braços de aço saíam de um corpo construído com demasiada massa e cerveja. Graziana chamava-o de L'Orsacchiotto – O Ursinho –, socava-lhe a barriga, e ele respondia:

– Eu ganhei isto. É músculo relaxado.

Graziana tinha cabelos abundantes e olhos negros, mas o resto não se distinguia. Ainda assim, quando Francesco lhe disse que ela era a mulher mais bonita em toda a Itália, acreditava no que dizia. Haviam sido namoradinhos de infância, e raras vezes passava um dia sem que ele agradecesse a Deus por tê-la como esposa.

Eram felizes, ela bondosa, ele devotado. Preciso dizer mais?

Infelizmente, sim.

O ano era 1347, e uma nova doença acabava de chegar da China, a doença mais horrível que alguém já vira. Espalhava-se a partir dos portos para as cidades e os campos italianos, matando gente como um incêndio na floresta destrói as árvores. Nas cidades, os sinos das igrejas tocavam sem cessar, pois se acreditava que seu barulho expulsava a praga. Muita gente achava que o cheiro da morte transportava a doença, e por isso andava-se com lenços perfumados no rosto. Incenso ardia em toda parte, misturando-se com o fedor de morte.

Um dia Graziana sentiu febre à tarde. Retirou-se para o quarto a fim de tirar um cochilo. Quando acordou ao anoitecer, descobriu uma bolha do tamanho de um ovo na virilha e inchaços sob as axilas. Sabia que tinha a Peste Negra.

Na cozinha, Francesco preparava a comida. Ela gritou-lhe que fosse embora logo, porque pegara a doença.

– *Gavoccioli!* – berrou. Bulbos. Exigiu que ele se salvasse, pois todos sabiam que não havia cura, nem esperança. Implorou: – Parta! Parta já!

Houve um silêncio na cozinha. Deitada na cama, Graziana escutava o silêncio que cobria a distância entre ela e o marido. Então o ouviu mexer nas panelas e caçarolas para cobrir o som do próprio choro. Isso continuou por alguns minutos; depois os passos de Francesco atravessaram o corredor. Ela berrou, praguejou e insistiu que ele ficasse longe, mas ele apareceu na entrada com uma bandeja de massa e um pouco de vinho.

– Vai se sentir melhor se comer, mesmo só um pouquinho – disse o marido.

Entrou no quarto, depositou a bandeja e sentou-se ao lado dela. E então se adiantou para beijá-la.

Graziana tentou afastar-se. Era a primeira e única vez na vida que tentava repeli-lo, mas ele usou a força de ferreiro para impor-se e enfiou com beijos todos os protestos de volta na boca. Após alguns segundos, ela percebeu que era inútil lutar e aceitou-o. Fez-se.

Comeram pouco nessa noite e deitaram-se. Pela janela, a lua cheia olhava-os.

– *La luna è tenera* – disse Francesco.

A lua é tenra. Cerrou os olhos e abraçou-a com força. A última coisa que Graziana viu nessa noite foi o rosto adormecido dele. Quando acordou na manhã seguinte, o rosto foi a primeira coisa que viu no novo dia. Ela tinha uma febre terrível, coberta por uma camada de suor e o pulso galopante.

– Veja – disse por fim Francesco –, você está com a pele coberta de manchas negras. – Graziana começou a chorar, mas ele sorriu e alisou-lhe os cabelos. – Não chore. Não temos tempo para lágrimas. Vamos nos amar enquanto ainda podemos.

Nessa mesma tarde, Graziana entrou na pior parte da doença. Durante três dias, ficaram deitados juntos. Durante três dias, ela falou em ter uma morte horrível nos braços do marido, que lhe contava histórias de cisnes, milagres e grandes amores. Na terceira meia-noite da doença, Francesco acordou com a torturada respiração da esposa. Ela virou o rosto para ele.

– É isso.

– Eu vejo você logo – ele disse.

Beijou-a uma última vez, recebendo no peito o último suspiro dela.

– *Ti amo* – ela disse. Amo você.

Depois que ela morreu, Francesco tirou a aliança do dedo dela. Também já estava muito doente, mas arrancou-se da cama. Mal podia ficar de pé, estropiado pela náusea e a febre, mas forçou-se a ir à ferraria. Restava uma coisa a fazer.

Acendeu o fogo e esquentou a forja. Derreteu as duas alianças, dele e dela, e pôs num molde de ponta de flecha. Quando acabou, montou-a numa haste. Olhou ao longo da flecha, assegurando-se de que era tão reta e autêntica quanto qualquer uma que já fizera.

Francesco pegou a besta pregada na parede. Pertencera ao seu pai, um grande arqueiro morto em combate quando ele e o irmão Bernardo ainda eram bebês. A besta, devolvida a Florença por um irmão também arqueiro, era o único bem do pai que ele possuíra. Além dessa única coisa, não tinha sequer lembranças do homem.

Retornou ao quarto, ao corpo de Graziana. Estendeu a mão pela janela aberta e colocou a flecha e a besta do lado de fora. Já amanhecera, e ele chamou um menino que passava, para mandar uma mensagem ao irmão que morava em outra parte da cidade. Dentro de uma hora, Bernardo se achava parado diante da janela do quarto.

Francesco implorou-lhe que não se aproximasse, por receio de passar-lhe a doença, e pediu um último favor.

– Qualquer coisa – disse Bernardo. – Honrarei seu pedido final.

Depois de fazer o apelo, Francesco sentou-se na cama, de frente para a janela. Entre soluços que o abalavam, Bernardo pegou a besta e pôs a flecha no lugar. Inspirou fundo, preparou o corpo e pediu ao espírito do pai que guiasse o projétil até o alvo. Soltou a corda e a fez a voar. O tiro foi preciso e a morte instantânea.

Francesco caiu para trás, ao lado de sua Graziana, a ponta de flecha feita com as alianças solidamente enterrada no coração. Morreu como viveu, apaixonado.

VII.

Ninguém jamais me acusará de ser romântico demais, porque, após Marianne Engel acabar de contar a história, a primeira coisa que disse foi:

– Não acha deprimente os dois morrerem de peste?

Deixo à sua imaginação o tom da voz dela ao responder que não, não achava essa história de amor "romântica demais".

Depois que se foi, examinei a história sob vários ângulos. Era quixotesca: a velha Itália, sacrifício, dedicação e alianças enterradas no Coração da Verdadeira Alma do Marido. Intelectualmente, cheguei à conclusão de que a moral da história na certa não era que o casal morria de uma doença hedionda, mas havia alguma coisa pungente no gesto de Francesco. Ainda assim, se eu estivesse na cozinha fazendo talharim e minha esposa começasse a berrar sobre suas bolhas elefantinas, eu já haveria saído pela porta dos fundos antes que você piscasse os olhos.

* * *

Esperei alguns dias o retorno de Marianne Engel, ansioso por comunicar que, após refletir, concluíra que Francesco não era um completo retardado. Queria mostrar a ela que eu estava crescendo como pessoa, como dizem nos lugares-comuns do jargão psíquico, porque ela tinha de manter-me atualizado com esses fatos. Como não veio, perguntei-me se fora chamada ao serviço das gárgulas ou se eu estragara tudo com meus comentários não românticos. E então meu cérebro do tamanho de uma noz começou a funcionar de novo. *Estraguei o quê?* Como poderia ter-me permitido, mesmo por um instante, imaginar-nos um casal IDIOTA.

Beth veio à minha cama com um pacote que disse ter sido entregue por mensageiro. Rasguei-o e encontrei um bilhete em pergaminho pardo. A caligrafia parecia dura, feita com uma pena de ganso, séculos antes, e as letras mergulhavam com uma espécie de escrita não mais ensinada.

Querido,

Estarei trabalhando nos próximos dias.
O espírito habitou-me mais uma vez.
As gárgulas ardem por nascer.

Estarei contigo em breve,
M.

Alegrou-me descobrir que ela não se ausentara por qualquer coisa que eu fizera para mantê-la distante; o motivo era simplesmente outra sessão de escultura.

Passava uma telenovela na televisão. Nan tinha amnésia de novo, e a irmã havia muito perdida de Pamela acabara de voltar do trabalho missionário na África. Empurrei a esferográfica na tábua. Vi meu rosto prateado rolar para longe. Mais pele colhida. A morfina continuava a pingar e a serpente a lamber a base da minha nuca. JÁ VOU, E VOCÊ NÃO PODE FAZER NADA. E havia mais: BABACA, PERDEDOR, CHORÃO, VICIADO, DEMÔNIO, MONSTRO, DIABÓLICO, CAPETA, ANIMAL, DUENDE, JÁ ERA, NUNCA FOI, NUNCA SERÁ, NÃO AMADO, NÃO ADORADO, DESUMANO.

Ah, que diabo sabia a porra da serpente? Marianne Engel me chamara de "Querido".

Pensei em Francesco trabalhando no calor da forja, em Graziana comendo massa na cama bubônica, só um pouquinho, para sentir-se melhor, nos perdedores na época da morte deles. Tentei imaginar-me tão dedicado que morreria por outra pessoa; eu, que achava bastante difícil imaginar viver para mim mesmo. E então tentei visualizar o que aconteceria quando me livrasse por fim da unidade de queimados, e como minha relação com Marianne Engel mudaria.

O hospital era um ambiente muito insular, em que eu achava as excentricidades dela pitorescas, mas sem qualquer capacidade real de afetar minha vida diária de uma forma negativa. Era protegido pela regularidade dos horários, e a equipe a tolerava pois eu lutara por suas visitas e porque eu não tinha outros amigos – a não ser, talvez, Gregor. Como a vira apenas num ambiente limitado e restritivo, eu tinha de imaginar: no mundo real, até onde poderia ir a esquisitice de Marianne Engel?

Quando ela falava dos múltiplos corações no peito, ou da vida setecentos anos antes, era uma boa diversão da monotonia. Às vezes deixava-me nervoso, mas sobretudo dava-me uma secreta emoção pensar que ela sentia uma "ligação mágica" comigo. Como teria eu reagido, porém, se a houvesse conhecido antes do acidente? Sem dúvida a descartaria com um aceno de mão e seguido meu caminho. Só mais uma lunática. No hospital, claro, eu não poderia ir embora.

Chegaria a hora em que poderia, se eu quisesse.

* * *

A monástica Marianne Engel, vista pela última vez como criança no início do século XIV, ia começar o treinamento no *scriptorium* de Engelthal. Essas instituições existem há várias centenas de séculos, desde que Carlos Magno ordenou o estabelecimento de salas de cópia para preservação de textos importantes. No começo, claro, a feitura de livros era quase exclusivamente dedicada a preservar a Palavra do Senhor.

A tarefa da escriba não era fácil – ou, em Engelthal, *ela* tinha apenas instrumentos simples: facas, tinteiros feitos de chifre, giz, navalhas, esponjas, pontas de chumbo, réguas e corujas. Por preocupação com a segurança dos livros, não se permitiam velas no *scriptorium*. Se fazia frio, a escriba não podia sequer aquecer as mãos. O valor dos livros era tal que as salas de escrita muitas vezes ficavam no topo de um sótão, numa torre à prova de ataque; os próprios livros traziam inscrições advertindo sobre as consequências de roubo ou vandalismo. Um trecho típico podia sugerir que o ladrão cairia doente, tomado pela febre, seria quebrado na roda *e* enforcado. Não apenas um desses destinos, mas todos em sucessão.

Era uma vida rigorosa, mas a escriba podia lembrar que cada palavra copiada era um sinal que contaria a seu favor no Dia do Julgamento e uma arma contra Satanás. O Arqui-inimigo, porém, não era desses que aceitam tais ataques sem retribuir, e por isso mandou Titivillus, o demônio patrono da caligrafia, para retaliar.

Titivillus era um sacaninha traiçoeiro. Apesar das melhores intenções da escriba, o próprio trabalho acabava por ser repetitivo e chato. A mente vagava, e cometiam-se erros. Titivillus tinha como encher o surrão mil vezes todo dia com erros manuscritos. Levavam-se esses erros a Satanás, onde seriam registrados no Livro dos Erros e usados contra a escriba no Dia do Julgamento. Assim, o trabalho de cópia era um risco para a copiadora: enquanto as obras cuidadosamente transcritas constituíam sinais positivos, as transcritas errado eram sinais negativos.

Mas a armadilha do Diabo saiu pela culatra. O conhecimento de que Titivillus estava em ação inspirou as escribas a produzirem transcrições mais exatas. Por fim, o demônio não mais conseguia encher os sacos e viu-se reduzido a esconder-se nas igrejas, registrando os nomes das mulheres que fofocavam durante a Missa.

De qualquer modo, chamava-se de gótico minúsculo a típica letra usada por um escriba medieval – e, muito interessante, a mesma utilizada por Marianne Engel na escrita do dia a dia. O que não prova necessariamente nada, mas eu estaria em falta se não registrasse o fato.

* * *

Seis dias desde que Marianne Engel me mandou o bilhete. Cinco dias desde que o mais recente remendo de carne passou de uma parte de meu corpo para outra. Quatro dias desde que fiquei de pé por trinta e sete segundos. Três dias desde a última conversa com Gregor. Dois dias desde que fiquei de pé por quarenta e seis segundos, amparado pela superenérgica Sayuri Mizumoto. Um dia desde que voltei a passar a maior parte do tempo pensando em suicídio.

Quando Gregor apareceu, vi que ainda se exercitava, mas restava-lhe um pouco de flacidez sob o queixo, da qual não podia se livrar. A recém-aparada barbicha ajudava a escondê-la, e eu o cumprimentei pela melhor aparência e perguntei quem era a mulher.

Ele apressou-se a responder que não havia mulher alguma. Precipitou-se demais, na verdade. Sentindo que forçara a mão, mudou de estratégia e tentou dar de ombros a tudo como sendo casual, mas só pareceu culpado.

É um fato estranho mas coerente nas pessoas que se consideram não atraentes. Parecem constrangidas se você sugere que talvez estejam interessadas em alguém; como se sentem indignas de receber atenção, também negam que se atreveriam a dá-la.

Ainda não éramos íntimos o bastante para eu tentar arrancar alguma coisa, de modo que ele procurou mudar de assunto, e eu deixei.

* * *

Sayuri entrou saltitante no quarto, falando com ênfase:

– *Bom-dia! Tem um momento pra falar do tratamento?*

Respondi que não. Minha voz era tão baça que chocalhava com bordas metálicas, como uma bandeja de talheres que caiu no chão. Exatamente o efeito que eu pretendia obter.

– *Choque!* – exclamou Sayuri, cobrindo a boca com a mão, antes de assegurar-me que o riso é de fato o melhor remédio, e começou a explicar que viera ali realizar uma série de testes sobre minha força e destreza. Explicou que as habilidades do meu corpo "ainda não haviam sido determinadas", por isso ia usar um instrumento chamado goniômetro para o alcance de movimento das juntas. Pegou meus braços e curvou-os nos cotovelos, anotando os resultados num livrinho. Depois testou as pernas, e descobriu que o joelho direito (o que fora muito estourado) não tinha muita flexibilidade. Anotou devidamente também isso no tal livrinho.

– Meio problemático.

Em seguida, para avaliar a sensação em várias partes do corpo, cutucou-me com um maldito bastão e perguntou qual era a sensação. Respondi que era como se ela estivesse me cutucando com um maldito bastão. Oh, como ela riu, que ótimo comediante era eu.

Sayuri entregou o lápis em minha mão não danificada e pediu-me que escrevesse uma frase no livro. Escrevi, inseguro. *Onde anda ela?* (Outro exemplo de minha boa estrela é que o fogo me poupou a mão direita, quando nasci canhoto.) Ela não deu atenção às palavras escritas; interessava-se apenas em minha destreza. Passou o lápis para minha mão esquerda, na qual falta um dedo e meio, e pediu-me que escrevesse outra frase. Consegui escrevinhar as palavras *Foda-se isso tudo*. Sayuri olhou meu empreendimento literário e comentou que pelo menos era legível.

Encerrou o assunto dizendo que logo teria um programa de exercícios, e isso foi muito animador!

– Vamos botar você de pé, andando por aí, antes que saiba.

Respondi que já sabia muito bem como andar, logo como poderia me empolgar com isso?

Ela observou – de forma muito delicada – que embora eu soubesse andar no corpo velho, teria de aprender a fazê-lo no novo.

Quando perguntei se algum dia poderia voltar a andar como uma pessoa normal, sugeriu que talvez eu estivesse olhando o processo pelo lado errado, e que podia me concentrar apenas nos primeiros passos, em vez de em toda a jornada.

– Isso é apenas o tipo de sabedoria oriental que não preciso na vida.

Suponho que nesse momento ela percebeu que eu buscava uma briga e aproximou-se um passo. Disse que até onde eu ia andar um dia dependia de muitas coisas, mas sobretudo da disposição de trabalhar.

– Seu destino está em suas mãos.

Eu disse duvidar de que na verdade lhe importasse de uma forma ou de outra o modo como se desse meu progresso, pois ela receberia o contracheque do mesmo jeito.

– Isso não é justo – respondeu Sayuri, oferecendo apenas a abertura que eu esperava. Aproveitei a oportunidade para explicar o que na verdade significava "não é justo". Era o fato de que, quando ela voltava para casa à noite, comia sushi e via *Godzilla* na programação do fim de noite, eu continuava deitado na cama de hospital com um tubo sugando mijo do corpo. *Isso*, observei, é que era injusto.

Ela percebeu que não adiantava continuar falando comigo, mas ainda assim foi graciosa.

– Você está com medo e eu entendo. Sei que é difícil, porque você quer imaginar o fim, mas não imagina sequer o começo. Mas tudo vai dar certo. Só leva tempo.

Ao que respondi:

– Tire essa expressão condescendente da cara, sua puta japa.

* * *

Marianne Engel chegou ao lado da minha cama no dia seguinte com uma folha de papel que me empurrou nas mãos.

– Aprenda isso – disse, e martelou as palavras até eu decorá-las.

Uma hora depois, Sayuri Mizumoto entrou no quarto, de cabeça erguida. Olhou para Marianne e depois focalizou os olhos nos meus.

– As enfermeiras disseram que você queria me ver.

Fiz o melhor que pude para executar uma pequena mesura em sua direção, embora não fosse fácil, deitado. Comecei a dizer as palavras que decorara.

– Mizumoto san, konoaidawa hidoi kotoba o tsukatte hontouni gomenasai. Yurushite kudasai. (Traduz-se, mais ou menos, como *Sinto muito ter dito palavras tão terríveis a você outro dia. Por favor, me perdoe.*)

Era óbvio que eu a surpreendera. Ela respondeu:

– Aceito suas desculpas. Como aprendeu essas palavras?

– Esta aqui é minha amiga... Marianne Engel. Foi ela quem me ensinou.

O que era verdade, porém não explicava como Marianne Engel sabia japonês. Eu perguntara, claro, mas na hora anterior ela se recusara a discutir qualquer coisa além dos meus erros de pronúncia. Eu também não sabia como, após sete dias longe do hospital, ela teve conhecimento de que eu insultara Sayuri. Talvez uma das enfermeiras lhe houvesse contado ou a dra. Edwards.

Foi pura coincidência ser essa a primeira vez que as duas mulheres se viam. Marianne Engel aproximou-se de Sayuri, fez uma profunda mesura e disse:

"水元さま、会えて嬉しいです。マリアンヌ・エンゲルです。"

Sayuri arregalou os olhos de espantado prazer, retribuiu a mesura e respondeu:

"そうですか？ 初めまして。どうぞ宜しくお願いします。日本語ができるのですか？"

Marianne Engel balançou a cabeça.

"少し。北海道のラベンダー農場に 数年住んでいました。あなたの名前は漢字で小さな百合になりますか？"

"ええ、そうです。" Sayuri sorriu. "日本語が上手ですね。"

“いいえ、それほどでも。” Marianne Engel balançou a cabeça, discordando. “あなたの名前は水の元という意味ですか?”

“ええ、そうです。”

Marianne Engel curvou-se mais uma vez.

“あなたの名前は私の友人にとって良い前兆ですね。 彼を宜しくお願いします。マナーの 悪いのは許してあげて下さい。”

Sayuri abafou um risinho com a mão na boca.

ノです。

Parecia muito satisfeita pelo fato de meu comportamento vil no dia anterior haver produzido um encontro tão inesperado. Pediu licença para deixar o quarto com um largo sorriso, fazendo uma última mesura a Marianne Engel.

Esta aproximou a boca do meu ouvido e sussurrou:

– Não quero saber de você falando cobras e lagartos a Sayuri san nunca mais. Falar com boca de fera não alivia sua dor. Tem de manter o coração aberto com amor e confiar em mim. Prometo que estamos nos dirigindo para a liberdade, mas eu não posso fazer isso sozinha.

Afastou-se da cama, puxou uma cadeira do canto e sentou-se com todo o peso e o ar cansado de uma esposa decepcionada com o fracasso do marido. O discursinho dela me levou a uma pergunta que havia muito queria fazer mas tinha medo:

– Que é que você quer de mim?

– Nada – ela respondeu. – Não quero que faça absolutamente nada para mim.

– Por quê? – perguntei. – O que significa até mesmo isso?

– Só não fazendo nada você poderá provar de fato o seu amor.

– Eu não entendo.

– Vai entender – ela disse. – Eu prometo.

Com isso, Marianne Engel parou de falar de coisas que iam acontecer no futuro e decidiu voltar a contar a história de seu passado. Eu não acredito em nada dessa história – como poderia? –, mas pelo menos não me deixava, como nossa conversa, dormente.

VIII.

Criada em Engelthal, o desafio que eu achava mais difícil era o de manter a voz baixa. Entendia que o silêncio fazia parte integral de nosso bem-estar espiritual, mas ainda assim recebi muitas reprimendas por "excessiva exuberância". Na verdade apenas agia como as crianças.

Não se abafavam apenas os barulhos em Engelthal, mas tudo. Todos os aspectos de nossas vidas eram delineados pelas Constituições da Ordem, um documento tão minucioso que tinha cinco capítulos inteiros dedicados apenas às roupas e banhos. Nem os prédios podiam ter qualquer elegância, por medo de arruinar nossas almas. Tínhamos de sentar-nos no refeitório na mesma ordem que no coro. Durante a refeição, faziam-se leituras para recebermos alimentação espiritual, além de física. Ouvíamos trechos da Bíblia, muitos de Santo Agostinho e às vezes *A vida de São Domingos*, a *Legenda Aurea* ou *Das St. Trudperter Hohelied*. Pelo menos as leituras nos desviavam da comida, insípida – proibiam-se os temperos e não podíamos comer carne, dada apenas por motivos de saúde.

Sempre que não estava na capela central para a missa, eu passava o tempo no *scriptorium*. Gertrud deixou claro desde o início que não gostava da minha presença. Devido à posição de *armarius*, porém, teria sido impróprio dar vazão direta às suas frustrações. Para isso, tinha a cupincha irmã Agletrudis.

Agletrudis era um planetinha gordinho que orbitava em torno de Gertrud, a estrela maior do *scriptorium*, e calculava cada ação para agradar à ama torturando-me. A única meta em sua vida era assumir o *scriptorium* quando Gertrud por fim morresse. Que era eu senão um obstáculo nesse caminho?

Muito antes de minha chegada, infiltrara-se uma condição financeira no *scriptorium*. Era prática comum produzir livros para cidadãos ricos, muitas vezes em troca de terra quando morressem. Gertrud, apesar de toda a autoproclamada santidade, jamais se ofendia com os termos econômicos desse arranjo, mas não gostava da venda dos livros por um motivo bem diferente: interferia com o uso do *scriptorium* para atingir os seus fins. No princípio da carreira, decidira que ia produzir uma grande obra, em cima da qual sua lenda repousaria para sempre: uma versão alemã definitiva da Bíblia. Embora jamais o dissesse em voz alta, tenho certeza de que imaginava que o livro seria conhecido como *Die Gertrud Bibel*.

Esse era o problema básico da minha presença: uma menina – adulta incompleta – que ia roubar um tempo precioso do verdadeiro trabalho. Lembro-me das palavras dela quando me pôs sob a tutela de Agletrudis:

– A prioresa parece acreditar que essa criança poderá oferecer alguma coisa. Demonstre a ela alguns aspectos básicos da profissão, de preferência no outro lado da sala, mas ela não deve tocar em nada. Esses dedinhos gordos não merecem os instrumentos de Deus. E acima de tudo a mantenha longe da minha Bíblia.

Assim, no início, permitiam-me apenas observar. Você imagina como isso seria um tédio incrível para uma menina, mas, como passei grande parte da primeira juventude colhendo informação sentadinha no canto, não era novidade nenhuma para mim. Eu ficava hipnotizada pelo modo como as penas trabalhavam, parecendo extensões dos dedos das escribas. Aprendi a receita da tinta, e descobri que o acréscimo de vermelhão ou cinabre a tornava vermelha. Via a maneira como as freiras usavam uma lâmina para afiar a ponta sempre que a letra ameaçava perder definição. Soube na mesma hora que me achava no lugar certo.

Coisas que tomamos como naturais hoje eram extraordinárias naquele tempo. Veja o papel, por exemplo. Nós não fazíamos o nosso, mas o recebíamos de um fabricante de pergaminho da cidade. Depois tínhamos de prepará-lo para uso. As freiras os classificavam pela qualidade e arrumavam as folhas pelo lado peludo e o pelado, de modo que o grão das páginas combinasse quando se abrisse o volume apoiado na lombada, e às vezes Gertrud instruía que se devia acrescentar alguma cor, "apenas para dar um toque de drama". Um único livro exigia a pele de várias centenas de animais. Como podia uma menina não se sentir fascinada com tudo isso?

Critico Gertrud por muitas coisas, mas não pela dedicação ao ofício. Se se tratava de uma tradução, as discussões sobre o fraseado de uma única sentença às vezes duravam mais de uma hora. A maioria das freiras na sala, apesar dos resmungos contra a atitude ditatorial da chefe, sentia que ela concluía uma tarefa para a qual Deus a escolhera especificamente. As irmãs jamais desanimavam, nem mesmo durante o mais intenso período do trabalho na *Die Gertrud Bibel.*

Algumas escribas perguntavam-se sob qual autoridade se tentava uma tão grande tradução, e se o empreendimento não era sacrílego, mas essas freiras sabiam que não deviam questionar o *armarius* do *scriptorium* – ou apenas temiam fazê-lo. Por isso não se queixavam e concentravam-se nas raras páginas da Bíblia que recebiam a aprovação de Gertrud. Embora todas contribuíssem no processo, ela sempre tinha a palavra final.

Gertrud permitia apenas às mais talentosas escribas trabalharem no mais perfeito velino. Pairava sob o trabalho, erguendo o delgado pescoço toda vez que temia uma palavra soletrada errada ou a tinta borrada. Quando se punha o ponto final na última frase da página, você via os ombros dela afrouxarem e ouvia o ar preso nos pulmões sair em alívio. Então ela engolia alto outro hausto.

Esses momentos de relaxamento jamais duravam muito. Ela levava a folha à rubricadora, para destacar o capítulo e os números dos versículos em vermelho, e enquanto se fazia isso, a iluminadora preparava dezenas de esboços experimentais para os espaços em branco na página. Quando se tomava a decisão final, punha-se a imagem no lugar.

As páginas concluídas eram magníficas. Gertrud passava uma boa hora verificando e reverificando tudo, antes de guardá-las e iniciar a página seguinte. Folha a folha, o livro ganhava existência, mas sempre havia outras obras a concluir. Sempre que tínhamos uma relação de pedidos de manuscritos da nobreza, ela olhava com saudade na direção do primeiro amor. Mas tinha ordens da prioresa como todas as demais.

De algum modo, a prioresa ficou sabendo que não me permitiam participar de quaisquer deveres do *scriptorium*. Imagino que a irmã Christina sem dúvida estava por trás disso. Com um grande suspiro de resignação e uma comprida explicação de que era contra, Gertrud disse que, "por ordem da prioresa, eu agora tenho de permitir sua estúpida mãozinha a aprender". Deu-me uns velhos pergaminhos, arruinados por erros de cópia, e mandou-me começar o trabalho.

Mergulhei neles. Trabalhava em qualquer velino jogado fora, e à medida que minhas habilidades se aperfeiçoavam, davam-me de má vontade melhores penas e maior espaço para praticar as traduções. Eu já entendia alemão, latim, grego e aramaico, o italiano do livro de preces de Paolo e um pouco de francês. Lia todo volume no *scriptorium* e meu desenvolvimento era um constante motivo de pasmo das irmãs, embora eu jamais recebesse uma palavra de elogio de Gertrud. A irmã Agletrudis sempre tinha grande prazer em apontar cada erro, e quando eu dava as costas meus tinteiros misteriosamente se entornavam, os livros desapareciam inexplicavelmente ou as penas secretamente partiam-se. Toda vez que eu apontava essas "coincidências" a Gertrud, ela apenas dava um sorrisinho e punha a mão no fogo pelo ótimo caráter da irmã Agletrudis.

Gertrud e a acólita acabaram por não mais poder continuar a negar meu talento. Eu estava me tornando a mais versátil das tradutoras e também mais rápida e precisa. A irritação de Agletrudis comigo foi além da simples antipatia, passando a sentimentos de ciúme e ameaça, e Gertrud tinha um ar perturbado nos olhos quando começou a perceber como eu podia ser útil à *Die Gertrud Bibel*. Ela não era mais mocinha, e se queria assegurar a conclusão da Bíblia enquanto vivesse precisava apressar o trabalho. Acabou por permitir-me contribuir.

Também havia vida fora do *scriptorium*. Ao ficar mais velha, descobri uma maneira de passar por cima dos portões do mosteiro e ter por fim acesso ao mundo externo. Não procurava encrenca; só queria ver o que havia lá. Naturalmente, o primeiro passo foi a casinha do padre Sunder e do irmão Heinrich. Quando apareci, o padre não escondeu o desprazer com minhas ações. Ameaçou arrastar-me de volta ao mosteiro e denunciar-me à prioresa, mas de algum modo acabamos tomando um copo de suco. Depois comemos alguma coisa. Antes que eu percebesse, já se passara tanto tempo que seria desagradável tentar explicar por que ele não me levara imediatamente. Assim, depois que prometi jamais voltar de novo, os dois me deixaram esgueirar-me de volta ao mosteiro. Voltei na noite seguinte. Mais uma vez recebi uma severa reprimenda, mas acabamos comendo e bebendo mais. Esse padrão de promessas quebradas e fracas reprimendas continuou por algumas semanas, até abandonarmos de vez o fingimento.

Toda vez que eu chegava à crista do rochedo que dava para a casa deles, sentia-me deliciada. A cabana tornou-se um segundo lar secreto para mim. Nas noites de verão, às vezes brincávamos de esconder entre as árvores. Foram os melhores tempos para mim, quando via detrás dos arbustos as duas figuras paternas já na casa dos cinquenta à minha procura.

Engelthal era uma comunidade pequena, por isso as outras não podiam deixar de saber de minhas visitas "clandestinas". Creio que ninguém via nelas algum dano real e, embora fosse um segredo aberto entre as freiras, eu honestamente acredito que Gertrud, Agletrudis e a prioresa jamais souberam. Se soubessem, minhas visitas teriam um fim abrupto apenas em nome da decência.

A prioresa morreu uma noite quando eu entrava na adolescência, e precisava-se escolher uma nova o mais breve possível. Os mosteiros dominicanos eram instituições democráticas; a irmã Christina, que então acabava o *Livro das irmãs de Engelthal* e iniciava *Revelações*, foi eleita numa votação quase unânime. É óbvio que fiquei satisfeita com isso, mas para a irmã Agletrudis era coisa bem diversa. Com que rapidez os fatos se haviam virado de repente contra ela, em relação ao desejo de ascender ao próximo *armarius*. Não apenas aparecera no *scriptorium* uma criança prodígio, mas a nova prioresa era havia muito a maior defensora da menina. Quando fiz os votos formais de entrada na irmandade, não muito depois da eleição de irmã Christina, isso deve ter sido a gota que fez transbordar o barril da irmã Agletrudis. Eu sentia o ódio ardente nos olhos dela quando professei obediência ao irmão Domingos e a todas as prioresas até a morte.

Nos olhos das outras freiras, porém, vi aprovação e afeto. Para elas, devia parecer que tudo em minha vida se encaixava perfeitamente – mas não era o que eu sentia. Considerava-me uma impostora na casa do Senhor.

Eu fora criada numa atmosfera de intensa santidade, mas me achava tudo, menos santa. Muitas das irmãs, incluindo Gertrud e Agletrudis, tinham visões místicas, e eu não. Isso criava em mim um constante senso de incompetência. Tinha talento para idiomas, sim, porém era só o que parecia – talento, não dons ou revelações. Não apenas a falta de comunicação com Deus me fazia menos digna, mas também o fato de as outras freiras parecerem tão seguras de seus caminhos quando eu não compreendia tanta coisa. Sentia-me perplexa no coração e na mente; deficiente na certeza que as outras pareciam ter.

Madre Christina garantiu-me que eu não precisava preocupar-me com a ausência de visões. Cada irmã só recebe uma mensagem quando está pronta, disse, e não se trata de chamar o Senhor a si, porém de fazer-se mais pura para que Ele queira vir. Quando respondi que não sabia o que mais podia fazer para tornar-me mais pura, ela me aconselhou a preparar-me para a Eterna Divindade perdendo a condição de criatura que aderia à minha alma. Balancei a cabeça, como para indicar que essa explicação esclarecia tudo, mas na verdade me deixou sentindo confusa como uma vaca parada diante de uma nova cancela.

Vinha estudando essas ideias a vida toda, porém era isso que permaneciam sendo. Ideias, conceitos. Vagas generalidades que na verdade não captava. Madre Christina deve ter visto a expressão em meu rosto, porque me lembrou que eu tinha a inexplicável habilidade com idiomas, e embora esse talento não fosse uma visitação mística, tornava-me única. Era cada vez mais claro, afirmou, que Deus devia ter um maravilhoso plano para mim. Por que mais iria ele me abençoar com talentos? Prometi tentar fazer melhor, e em silêncio esperei um dia crescer e ter a mesma crença em mim que ela possuía.

Pouco depois de entrar na casa dos vinte anos, encontrei Heinrich Seuse pela primeira e única vez. Ele viajava de Estrasburgo para Köln, onde ia estudar no *studium generale* com Meister Eckhart. Embora nosso mosteiro não ficasse bem no caminho, ele disse que dificilmente poderia deixar a oportunidade de visitar o grande Engelthal. Foram suas próprias palavras.

Ele por certo sabia o que dizer para encantar madre Christina, mas Gertrud era outra história. Tão logo ela soube que Seuse ia estudar em Köln com Eckhart, recusou-se a recebê-lo.

O tema Eckhart era delicado. Embora consumado escritor em latim sobre questões teológicas, talvez fosse mais conhecido, ou mais *famoso*, pelos sermões extraordinários que fazia em vernáculo alemão. Quando falava na igualdade metafísica entre a natureza de Deus e a alma humana, suas ideias muitas vezes pareciam desviar-se do caminho ortodoxo, e não se vivia uma boa época para ideias assim. Já eram muito incômodas entre as ordens monásticas e o clero, devido à mudança do papado para Avignon.

Quando dei com Eckhart nas leituras e perguntei a Gertrud sobre ele, a reação dela foi severa. Embora admitisse que na verdade não lera nenhuma de suas obras, afirmou com toda a ênfase que tampouco precisava. Já ouvira muito sobre as ideias indecentes dele para não precisar ir à imunda fonte. Cuspiu o nome do mestre da boca, como se fosse fruta podre.

– Eckhart era um homem que prometia tanto, mas deixou-se cair em ruína. Ainda vai ser considerado herege, veja bem o que eu digo. Não admite nem que Deus é bom.

A atitude dela funcionou bem para mim, o que é estranho. Devido à sua recusa a receber Seuse, fui a designada para mostrar-lhe o *scriptorium*. Era tão magro que eu mal acreditava que os ossos pudessem suportar o seu peso, por menor que fosse. Tinha a pele pálida e manchada, e eu via cada veia no rosto logo abaixo da superfície. Profundas bolsas pendiam sob os olhos, como se ele jamais houvesse dormido. As mãos, cobertas de escaras que o místico vivia descascando, pareciam luvas carnudas cheias de ossos com frouxas ligações.

Minha descrição o faz parecer repugnante, mas na verdade era o exato oposto. A grossura da pele apenas parecia deixar passar a luz da alma. A maneira como agitava os dedos finos quando falava lembrava-me brotos movendo-se com o vento. E se parecia jamais dormir, o modo como falava sugeria que isso se dava apenas porque ele vivia recebendo mensagens importantes demais para ignorar. Embora fosse apenas um pouco mais velho que eu, não pude deixar de sentir que sabia segredos que eu jamais saberia.

Atravessei o *scriptorium*, e depois as terras em torno pertencentes a Engelthal. A uma segura distância dos ouvidos que se encontravam em cada canto do mosteiro, abordei a questão de Meister Eckhart, e os olhos de Seuse dançaram como se acabassem de entregar-lhe as chaves do Céu. Ele percorreu disparado tudo que sabia sobre o homem que logo seria seu mestre. Eu jamais antes ouvira uma tão brilhante embolada de ideias despejadas por um monge, e ele tinha a voz selvagem de eclesiástica alegria.

Perguntei por que a irmã Gertrud dizia que Meister Eckhart não admitia nem a bondade de Deus. Seuse explicou que a posição daquele teólogo era de que o bom pode tornar-se melhor, e o que pode tornar-se melhor também pode tornar-se ainda melhor. Não se pode referir a Deus como "bom", "melhor" ou "ainda melhor", porque Ele está acima de todas as coisas. Se um homem diz que Deus é sábio, está mentindo, porque qualquer coisa sábia pode tornar-se mais sábia. Tudo que se diga sobre Deus é incorreto, até chamá-Lo pelo nome de Deus. Deus é o "nada superessencial" e o "Ser transcendente", disse Seuse, além de todas as palavras e toda compreensão. O melhor que o homem pode fazer é ficar calado, porque toda vez que tagarela sobre Deus comete o pecado da mentira. O verdadeiro mestre sabe que, se tivesse um Deus que ele entendesse, jamais O teria como Deus.

Nessa tarde abri a mente a novas possibilidades, e o coração a novas compreensões. Não imaginava por que Gertrud ia querer impedir a entrada dos textos de Eckhart em nossa coleção de livros. O que alguns chamam de herético, eu via apenas como suposições razoáveis sobre a natureza de Deus. Saí convencida de que as doutrinas de minha juventude eram limitadas. Se os argumentos de Eckhart não tinham podido me entrar nos ouvidos, o que mais não me haviam dito? Como disse Seuse nessa tarde, com um brilho nos olhos:

– O que é doloroso aguça o coração.

Num momento de franqueza, confessei-lhe que desejava desesperadamente ler alguma coisa de Eckhart. Isso fez um sorrisinho mau cruzar os lábios dele, mas nada disse. Eu imaginava se se divertia com o fato de eu manifestar um desejo contrário à posição do mosteiro, mas não pensei mais no assunto até ele nos deixar alguns dias depois. Queria muito passar mais tempo com ele, mas Gertrud, talvez por sentir isso, deu um jeito de dobrar meus deveres no *scriptorium*.

Permitiram-me despedir-me de Seuse nos portões, quando ele tornou a partir para Köln. Depois de assegurar-se de que ninguém nos via, ele enfiou um livrinho nas dobras do meu hábito.

IX.

Desde o momento em que escrevi as palavras, elas me obcecam. *Tire essa expressão condescendente da cara, sua puta japa*. Sempre me dá vontade de retocar a tela de ontem com o pincel de hoje, e cobrir as coisas que me enchem de arrependimento, mas o desespero por retirar essa frase é tanto que me convenci da necessidade de deixá-la.

Sayuri Mizumoto não é puta nem tem uma expressão condescendente na cara. Até aí deve estar óbvio. Eu disse essas horríveis palavras porque ficara furioso com Marianne Engel por não me visitar em uma semana.

Envergonha-me o modo como tratei Sayuri, e receio que essa frase me faça parecer racista. Como não? Mas lhe garanto que só escolhi a palavra "japa" porque buscava alguma vantagem que a fizesse sentir-se vulnerável. Usei a palavra não porque ache os japoneses inferiores, mas pela possibilidade de que *ela* se sentisse inferior, por ser japonesa numa cultura não japonesa. (Quando vim a conhecê-la melhor, descobri que não tem, em absoluto, complexo de inferioridade étnica.) E da mesma forma que a palavra "japa" sugere racismo, também "puta" sugere misoginia, mas a verdade é que detesto tanto a maioria dos homens quanto a maioria das mulheres. Se sou alguma coisa, é um misantropo defensor de oportunidades iguais.

Ou melhor, *era*. Acho que mudei desde o dia em que a ataquei. Embora não diga que agora sinto grande amor por todo mundo, posso afirmar com certa confiança que odeio menos gente que antes. Talvez pareça uma fraca afirmação de crescimento pessoal, mas às vezes deve-se julgar essas coisas mais pela distância viajada que pela posição atual.

* * *

O dr. Gregor Hnatiuk, com justa raiva, era um belo espetáculo. Entrou em meu quarto como um furacão e exigiu que eu me desculpasse com a srta. Mizumoto. Ao que parece, chegara atrasado: soubera do meu insulto, mas não do ato de contrição em japonês. Ainda assim, era de tirar o fôlego ver o brilho na suada testa do homem ao defender a honra da bela dama.

Foi aí que entendi por quem ele pegara a paixonite.

Expliquei que toda as cercas necessárias haviam sido consertadas, e acrescentei que nisso Sayuri encontrara até uma nova companheira com quem falar japonês. A informação pareceu aplacar um pouco Gregor, mas ainda assim ele julgou necessário lançar uma farpa final.

– Um dia você vai aprender que seu bocão é a origem de todas as desgraças.

– É, Gregor, já ouvi isso antes – respondi. – De Sayuri.

As faces dele se avermelharam. Era óbvio que apenas ouvir o nome dela em voz alta já bastava para perturbá-lo, e a maneira como girou nos calcanhares para sair confirmou todas as minhas suspeitas.

Na porta, parou de repente, voltou-se e perguntou:

– Marianne fala japonês?

* * *

O que vem a seguir é uma tradução da conversa entre Marianne Engel e Sayuri Mizumoto.

Marianne Engel: Srta. Mizumoto. É um prazer conhecê-la. Eu sou Marianne Engel.

Sayuri Mizumoto: É mesmo? É um prazer conhecê-la também. Por favor, trate-me favoravelmente. Você fala japonês?

Marianne Engel: Um pouquinho. Morei vários anos numa fazenda de alfazema em Hokkaido. Posso perguntar se o seu primeiro nome é o caractere chinês para "Liriozinho"?

Sayuri Mizumoto: É, sim. Seu japonês é muito bom.

Marianne Engel: Não, não é. E seu nome de família significa "Fonte d'Água", não é?

Sayuri Mizumoto: É, significa.

Marianne Engel: Seu nome é de bom augúrio para meu amigo. Por favor, cuide bem dele. Por favor, perdoe a falta de educação dele.

Sayuri Mizumoto: Sim. Vou fazer o possível.

Pergunta: Como posso incluir a tradução de uma conversa que não entendi quando ocorreu?

Resposta: Sayuri me ajudou. Ela me garante que é fiel à conversa original, mas na verdade não tenho como saber, a não ser confiando nela. E acredito, na maior parte, embora ainda sinta um medo incômodo de que tudo seja um enorme erro no manuscrito, que Titivillus jogará no saco para Satanás usar contra mim no Dia do Julgamento. Mas é um risco que preciso correr.

Tenho a satisfação de comunicar que minhas palavras cruéis não foram uma fatal sabotagem ao que se tornou amizade entre nós. Nas muitas horas que passamos juntos, fiquei sabendo da verdade sobre a infância de Sayuri (ou, pelo menos, a versão que ela dá), como informei antes.

Mas o que fiquei sabendo acima de tudo, no correr desses anos, foi que Sayuri Mizumoto é uma mulher excepcional. Que outra palavra se usaria para descrever uma mulher que ajudou nas traduções de um livro no qual é chamada de puta japa?

* * *

Sayuri e Marianne Engel decidiram trabalhar juntas em meu programa de reabilitação. A dra. Edwards teve algumas reservas sobre a ideia, mas aquiesceu quando a japonesa sugeriu que uma parceira tornaria o programa mais fácil e prazeroso para mim.

Tenho ficado de pé e até dado alguns passos, mas Sayuri me queria andando. A coisa não ia ser tão simples quanto saltar da cama e disparar corredor abaixo. Minha amiga asiática trouxe-me uma cadeira especial que permitia deixar as pernas balançarem enquanto ela se agachava na frente e fazia-as pedalar em círculos. Ela, ou Marianne Engel, apertava as solas dos meus pés com as mãos para imitar a resistência do chão, e eu empurrava para baixo. Parece simples; não era.

Ao fim de cada sessão, Sayuri fazia-me ficar de pé durante tantos segundos quanto eu aguentasse. Jamais muito tempo, mas ela gritava, para encorajar-me:

– Força! Força! Força!

Quando eu não aguentava mais, punham-me de volta na cama e repassávamos os avanços do dia.

Às vezes Marianne Engel segurava minha mão e eu tinha problemas para concentrar-me no que Sayuri dizia.

* * *

Marianne chegou com as roupas tão empoeiradas que fiquei surpreso por lhe permitirem entrar. Devia ter-se esgueirado pelo posto das enfermeiras, embora eu não saiba como isso era possível, pois trazia as duas cestas. Quando se agachou para começar a descarregá-las, vi uma nuvenzinha de poeira sair da curva do joelho dela.

– Andei pensando na história de Francesco e Graziana – eu disse, lembrando que jamais pusera Marianne Engel a par da melhora nos aspectos idealistas de minha personalidade. – É romântica.

Ela riu de mim enquanto tirava garrafas de uísque da cesta fria.

– Estas são para a dra. Edwards, Mizumoto san e as enfermeiras. Prefiro que você não minta pra mim, mas talvez goste mais da história desta noite.

Notei que tinha sangue seco em torno das bordas das despedaçadas unhas quando tirou a comida das cestas. Peixe com batata, linguiça e purê. Tortas de Yorkshire, sanduíches: presunto com ovo, queijo e legumes. Biscoito com geleia de morango. Pãezinhos Kaiser. Pastéis de alho e cebola. Queijo com creme de ervas. Queijo manteiga alemão, suíço, gouda, Gruyère defumado e Emmenthal. Salada de pepino francês com molho de iogurte numa deliciosa tigelinha enfeitada com imagens de Hänsel e Gretel. Grossas batatas vermelhas, cortadas em quatro para mostrar o miolo branco; gordos talos de aspargo, exsudando manteiga: a gorda barriga de uma berinjela, prenha de recheio. Gordas fatias de carneiro empilhavam-se num obsceno monumento à arteriosclerose. Uma solitária pilha de salsichas que parecia ter sido acrescentada na última hora só porque alguém achara que não havia legumes suficientes. Ovos assados, embora quem diabos come ovos assados? Depois, numa abrupta virada culinária para estados russos: *varenyky*, na farra com rodelas de cebola escuras de doce, *holubtsi* (rolos de repolho, entupidos de arroz) em picante molho de tomate.

Marianne meteu um ovo inteiro na boca, como se não comesse há dias, e devorou-o de uma forma quase bestial. Como podia alguém tão esfomeado não ter provado a comida quando a preparava? Quando domou o pior da fome, ela anunciou:

– A história de Vicky Wennington tem grandes tempestades, amor vigilante e morte em água salgada.

Eu me instalei, ansioso por ouvir, e dei outra mordida no *holubtsi*.

X.

Na sociedade londrina, nada era mais importante que um reverenciado nome de família, e Victoria D'Arbanville nascera com um dos mais antigos e mais respeitados. A infância foi uma série de lições para seu aperfeiçoamento: ensinaram-na a falar francês, italiano, alemão, latim e um pouco de russo: discutia as teorias de Darwin sem sugerir abertamente qualquer relação entre homens e macacos; e cantava o melhor de Monteverdi, embora preferisse Cavalli. Os pais na verdade não ligavam para o tipo de música de que ela gostava; queriam apenas que se casasse com um cavalheiro, porque era o que faziam as damas vitorianas.

Victoria jamais duvidou de que faria isso mesmo, até o dia em que conheceu Tom Wennington. Não Thomas, o homem era em cada centímetro um Tom. Os dois se achavam no mesmo jantar formal, ele – num terno desleixado – acompanhando um amigo da cidade. Após a refeição, os homens retiraram-se para uma sala de estar onde os assuntos principais eram o Parlamento e a Bíblia. Tom não tinha muito a dizer sobre essas coisas, embora, pressionado, desse opinião até sobre sujeira. Era fazendeiro, de ponta a ponta, como haviam sido os antepassados.

Tom fazia o tipo de homem mais rude que Victoria em geral conhecia, mas não havia como negar o prazer que ela sentia toda vez que o encontrava, por acaso ou de propósito, nas semanas seguintes. Por sua parte, ele estendeu a temporada em Londres por mais tempo do que pretendera a princípio; aguentava as festas, os chás e as óperas só pela possibilidade de ver Victoria. Um amigo dele, apesar de gozar situação confortável e generosa, acabou por ficar sem ternos para emprestar-lhe. Tom, sabendo muito bem que não era provável seus campos se plantarem a si mesmos, tinha de tomar uma decisão – ir para casa sozinho ou enfiar a coragem no lugar viscoso. Uma expressão, a propósito, que Victoria lhe ensinara.

Os D'Arbanville ficaram horrorizados quando adivinharam o interesse da filha por esse, esse, esse – camponês! Mas a essa altura já era tarde demais. Victoria não apenas andara citando Lady Macbeth, mas canalizando sua eficiência (senão intenção criminosa) para o planejamento. Quando logo se tornou visível que Tom não entendia a linguagem das flores, ela acertou uma excursão privada à mais famosa fábrica londrina que produzia maquinaria a vapor para galpões.

Tom vinha navegando no mundo estrangeiro que era Londres apenas porque ficara obcecado por Victoria, porém jamais lhe saía da mente que ela nada sabia de sua vida. Com essa excursão, ela mostrou-lhe que se dispunha a aprender sobre agricultura. As perguntas que fez ao administrador da fábrica demonstraram que pesquisara muito sobre os equipamentos antes de pôr o pé no estabelecimento, e foi *isso* que convenceu Tom de que não poderia haver outra mulher para ele.

Quando ele se declarou, ela sabia que seus dias de sala de estar se haviam acabado. Sim, apressou-se a responder, e o casal se casou numa cerimônia demasiado grandiosa para o gosto de Tom. Vicky mudou-se para a grande casa de fazenda dos Wennington, que dava para os campos de um lado e o mar do Norte do outro. Era uma localização meio estranha para uma casa, mas a bisavó de Tom insistira numa vista do "local mesmo onde a terra termina e cai no mar".

Vicky advertia Tom quando ele esquecia de barbear-se, e Tom a provocava dizendo que ela usava saltos altos demais para a esposa de um fazendeiro, mas em segredo Vicky se excitava com os ângulos irregulares do queixo dele coberto de tocos de barba, e ele adorava o modo como as botinas citadinas dela faziam suas cadeiras balançarem. O cheiro de suor provocava arrepios na pele dela, e só a insinuação do perfume dela já o fazia enxugar a nuca com o lenço bastante manchado. Em Londres, o corpo de Vicky era uma coisa abafada, mas na fazenda ela se ligava direto nos elementos da terra. Punha lenha no fogão para ferver as chaleiras gigantes do banho noturno de Tom. Apertava os foles, sorrindo, suando e imaginando como ele se sentiria sob o seu toque. Foi durante esses banhos que ela adorou as próprias mãos pela primeira vez na vida. Esquecia as lições de piano na infância enquanto esfregava a sujeira do corpo do marido.

Na época da colheita, Vicky concebeu. Engordou no inverno e deu à luz na primavera. Chamou o menino de Alexander, Tom chamava-o Al. O ar do campo tornou-se ainda mais gostoso que antes.

Punham-se no penhasco nas manhãs, bebê nos braços, e viam os pescadores irem e virem. Haviam feito isso muitas vezes durante o casamento, e as coisas não mudaram no primeiro verão da criança. Tom fechava os olhos e imaginava que era ele quem se achava sobre a água. Quando mais jovem, flertara com a ideia de servir na Marinha Real, mas a abandonara quando o pai morrera e deixara-lhe a fazenda.

Ainda assim, tinha um barquinho que tirava nos domingos. Num desses dias, no início de novembro, muito parecido com qualquer outro, ele pediu a Vicky que o acompanhasse. A safra fora colhida havia pouco e eles tinham tempo para tirar alguns dias para si mesmos. Ela respondeu que não gostava do clima e queria ficar com o bebê.

– Mas vá – disse. – Divirta-se.

Do penhasco, com Alexander nos braços, viu-o dirigir o barco para fora do porto e ganhar o oceano, tornando-se cada vez menor até desaparecer. Vicky apertou mais o casaco e puxou a manta para o queixo do bebê. Soprava um vento frio; ela o sentia nos ossos ao correr de volta para casa. *É novembro*, pensou, *deve-se esperar vento.*

O vento trouxe uma tempestade, muito repentina e violenta. Dentro da casa da fazenda, Vicky dormiu para afastar a dor de cabeça, tinha o bebê apertado contra o peito. Virava-se e revirava-se até acordarem assustados com o perverso estalo de um raio nos campos. Ela sentou-se ereta e Alexander explodiu em lágrimas. Vicky vestiu as roupas e dirigiu-se à beira do penhasco, entregando o filho à criada.

Vasculhou o horizonte em busca do barquinho do marido. Via-se apenas a raiva cinzenta da água agitada.

Logo um dos trabalhadores da fazenda foi buscá-la para levá-la de volta, com medo de que o vento a puxasse da borda do penhasco. Embaixo, as pedras podiam despedaçar uma pessoa. Uma vez dentro de casa, os empregados tentaram tranquilizá-la.

– O sr. Wennington é bom marinheiro. Vai encontrar um esteiro e esperar a tempestade passar num lugar seguro. Volta quando acabar.

Vicky fez que sim com a cabeça, angustiada, querendo acreditar.

A tempestade foi a pior na memória dos vivos e durou três obscenos dias. Vicky vagava da casa da fazenda ao penhasco, onde se postava até um dos trabalhadores obrigá-la a voltar, dizendo-lhe que Alexander estava chorando e precisando de atenção.

A tempestade passou finalmente. Os negros céus abriram-se e a luz do sol despejou-se pelas fendas nas nuvens. Vicky retomou o posto na borda do penhasco, e ali ficou um dia inteiro, à espera da volta do marido. Mas ele não apareceu.

No dia seguinte ela organizou um grupo de busca. Todos gostavam de Tom, e os barcos disponíveis correram a costa acima e abaixo à procura dele.

Não se via sinal de ninguém. Sinal de nada. Apenas longas e solitárias vastidões de água. Era como se o oceano houvesse apagado toda prova da existência dele. Após três dias de buscas, os pescadores as suspenderam com relutância. Tinham famílias para alimentar. Prometeram a Vicky que continuariam de olho.

Ela não queria – não podia – desistir com tanta facilidade. Contratou um marinheiro com barco próprio, e juntos passaram mais um mês e meio procurando. Vicky passou a ter um íntimo conhecimento de cada penhasco da praia. Em meados de dezembro, contudo, o vento gelado expulsou os dois do oceano. Era hora de voltar da busca ao perdido e cuidar dos vivos. Alexander precisava da mãe.

Os trabalhadores continuaram com os deveres, mas não tinham a orientação que Tom lhes dava. Ficaram muito agradecidos por terem feito a colheita antes da tempestade. O Natal foi uma coisa pavorosa, sem árvore montada nem pato assado. O ano, que começara de forma tão promissora com o nascimento de Alexander, acabava em tristeza.

Aos poucos, Vicky foi retomando sua vida, mas, ainda assim, só usava preto. Os moradores chamavam-na de Viúva Wennington. Ela recebeu algumas ofertas decentes pela fazenda, mas decidiu não vender. Não parecia direito abrir mão da terra que estava na família de Tom havia gerações, e ela não queria desistir da casa onde fora amada, e amara tanto. Além do mais, já não podia voltar à vida social de Londres. Tinha muita terra embaixo das unhas.

Mas acima de tudo, a terra seria tudo que Alexander algum dia conheceria do pai. Aquela terra era de Tom. Nesse primeiro inverno solitário, Vicky estudou operações agrícolas, aprendendo tudo que podia, pelo marido desaparecido e pelo bebê. Precisava fazer alguma coisa, qualquer coisa, para minimizar a ideia do injusto roubo de Tom pelo mar. Mas toda manhã, enquanto o sol subia, ela ficava uma hora na beira do penhasco.

– Tom morreu – diziam os nativos. – Por que não aceita? Coitada!

Quando chegou a primavera, Vicky mobilizou operações de busca. A princípio os trabalhadores hesitaram em segui-la, mas quando se tornou visível que ela sabia o que fazia pararam de resmungar. Decidiram que o dinheiro era tão bom vindo das mãos dela quanto sempre fora das de Tom. Vicky trabalhou duro para mostrar-se capaz, e embora a colheita não desse tanto quanto a do ano anterior, foi bastante boa. No primeiro aniversário do desaparecimento de Tom, ela tirou os trajes de viúva, mas toda manhã ainda visitava a beira do penhasco. Não era uma coisa que algum dia pudesse explicar a mais ninguém, mas acreditava que de algum modo o refluxo da maré levava seu amor para Tom.

Com o passar dos anos, a fazenda prosperou. Vicky tornou-se conhecida como ótima fazendeira e astuta negociante. Arranjava os melhores trabalhadores, porque pagava os melhores salários. Sempre remunerava mais porque sempre ganhava mais. Acabou comprando a bom preço fazendas vizinhas, e quando punha novas terras sob sua administração, a produção delas invariavelmente aumentava.

Durante vinte e dois anos, Vicky trabalhou. Tornou-se a maior dona de terras da região, e Alexander um rapaz saudável, de corpo, espírito e valores fortes. Então, um dia, conheceu uma moça inteligente e enérgica, de uma cidade próxima. Apaixonou-se, propôs casamento e foi aceito. Vicky sabia que o filho seria feliz.

Durante vinte e dois anos, passara uma hora toda manhã no penhasco, olhando os dedos tortos e convidativos das ondas. Trezentos e sessenta e cinco dias por ano. Todos sabiam que esperava o marido. Oito mil dias. Chuva, vento, granizo, neve e sol não importavam para a Viúva Wennington. Oito mil horas. Nem uma vez ela desertou o solitário posto de comando na borda do mundo, onde a terra caía no mar.

No outono seguinte ao casamento de Alexander, veio uma tremenda tempestade. Na verdade, foi pior que aquela que levara Tom. Muito estranhamente, ocorreu durante o mesmo fim de semana, no início de novembro, em que ela o perdera. O vento açoitava, mas nem mesmo uma tempestade de tal magnitude pôde afastá-la da beira do penhasco. Na verdade, gostava mais dos dias tempestuosos, pois a faziam sentir-se mais perto do marido desaparecido. Vicky ficou de braços estendidos, abraçando a chuva que martelava sua pele. Sussurrou o nome dele:

– Tom, Tom, Tom...

Os cabelos saltavam em loucas direções, e então ela gritou no vendaval:

– Eu amo você, amo você, amo você. Sempre amarei você.

Alexander observava da casa da fazenda, fascinado e consternado. Aceitara o ritual da mãe porque jamais conhecera uma vida sem ele, mas aquilo era diferente. Em geral, ela era quieta e contemplativa na vigia; nesse dia retorcia-se como se fosse marionete da tempestade. Ele correu a enfrentá-la.

– Mãe! Eu nunca lhe pedi que parasse antes. Entre, isso é perigoso!

Vicky gritou acima da tempestade:

– Não!

Alexander se preparou contra o vento e sua mãe.

– Não tem importância quanto tempo vigie.

Vicky sacudiu a cabeça.

– É claro que tem.

Alexander puxou com força a gola do casaco dela. Gritou por baixo do próprio capuz amarelo de borracha:

– Ninguém duvida do seu amor.

Vicky voltou as costas ao filho, em direção ao mar. Falou baixinho, baixinho demais para ele ouvir:

– Só quero que você se lembre dele.

O açoite da chuva cavara minúsculas canaletas em torno dos pés dela. O terreno começara a afrouxar-se e Alexander sentiu-o mover-se. Abriu-se uma fenda entre eles: os vinte e dois anos em que ela se postara no mesmo lugar haviam minado a base do penhasco. Frenético, Alexander estendeu o braço para a mãe, os olhos arregalados de medo. Gritou-lhe que pegasse sua mão. Vicky estendeu o braço para ele, mas quando já quase tinha a mão na dele parou. O medo abandonou-a e ela sorriu. Deixou cair a mão ao lado.

– Pelo amor de Deus, mãe!

O rapaz não pôde dizer mais nada. O vento e a chuva uivavam, e explosões de trovoada e raios desabavam por toda parte, mas ele jamais vira a mãe tão calma, tão bela. Era como se esperasse a sua vez, que finalmente chegara. O chão cedeu debaixo dela, e ele viu-a desaparecer com a borda desmoronada do penhasco.

Jamais se encontrou o corpo de Vicky. Todos os aldeões disseram que ela por fim voltara ao amado Tom, por baixo das ondas do mar.

XI.

Junto à cama, numa mesinha, encontrei um lírio de vidro na manhã seguinte à história de Vicky. Tive dificuldade para explicar como fora parar ali, pois Marianne Engel deixara o hospital muito antes de eu adormecer. Quando perguntei às enfermeiras se alguma delas o deixara, todas juraram que não. Além disso, Maddy foi firme ao garantir que ninguém passara pelo posto delas durante a noite. Isso significava que ou estavam mentindo ou Marianne Engel se esgueirara de volta sob a capa da escuridão.

A segunda questão sobre o lírio de vidro era: o que representava?

Ora, você deve estar-se perguntando, por que eu suponho que tinha algum significado? Algumas coisas, entre elas objetos de vidro soprado, são apenas agradáveis de ver. (E preciso lembrar-lhe que não se permitiam flores de verdade na unidade de queimados?) Mesmo assim, eu sabia que havia um significado; quanto mais tempo passava com Marianne Engel, mais certo ficava de que tudo tem uma ligação inexplicável.

– Bem – disse a dra. Edwards –, um pouco de mistério nem sempre é ruim. Obriga a pessoa a ter fé.

– Não me diga que é religiosa, Nan. Acho que eu não aguentaria.

– Minha religião, ou falta de religião, não é da sua conta. Você tem a sua vida, como o banquete de ontem à noite, e eu tenho a minha.

Havia um toque de – ciúmes, raiva, desdém, o quê? – em sua voz.

Era curioso que se ressentisse de uma refeição que ela própria autorizara. Sempre oportunista, vi nisso uma abertura para fazer uma pergunta que vinha me incomodando: sim, eu sabia que o hipermetabolismo exigia a ingestão de um número desordenado de calorias, mas qual o verdadeiro motivo para ela autorizar Marianne Engel a trazer-me refeições?

– Todos precisam comer – respondeu simplesmente.

A resposta, claro, não era resposta. Por isso tornei a perguntar. Nan, como às vezes fazia, levou um instante pesando os prós e os contras de falar a verdade. Gostei quando fez isso. Leal a si mesma, não mentiu.

– Eu permito essas refeições por vários motivos. Primeiro, faz bem a você ter o máximo de nutrição possível. Faço isso pelas enfermeiras, porque você fica mais legal depois das visitas da srta. Engel. Mas, acima de tudo, faço porque jamais conheci ninguém que precise tanto de uma amiga quanto você.

Deve ter-lhe dado uma boa sensação tirar isso do peito. Perguntei-lhe o que achava de Marianne Engel ajudar em minha terapia física, e ela admitiu exatamente o que eu desconfiava – não gostava muito da ideia.

– Você receia que eu comece a depender demais dela – eu disse – e que depois ela me deixe na mão.

– Isso não o preocupa também?

– Sim – respondi.

Como Nan escolhera contar-me a verdade, o mínimo que eu podia fazer era responder na mesma moeda.

* * *

Tudo parecia avançar de forma mais ou menos exata, como devia. Agora que na verdade eu desejava melhorar o corpo e trabalhava para isso, sentia-me cada vez mais forte. TEM CERTEZA? Mas os preparativos para o mundo real incluíam tanto o mental quanto o físico.

Maddy pôs-me numa cadeira de rodas e empurrou-me até uma área comum com quatro outros pacientes de queimadura. Um homem no pódio usava camisa e gravata formais: Lance Whitmore era um ex-paciente que sobrevivera a queimaduras quase (mas não tanto) graves quanto as minhas. O dano nele era menos visível – só o lado direito do queixo e do pescoço revelava que se queimara –, mas ele dizia que tinha extensas cicatrizes no tronco e podia mostrar no fim da palestra, se desejássemos ver o que podíamos esperar após alguns anos de recuperação. Eu não queria; bastava cuidar do presente.

A presença de Lance destinava-se a ser edificante e informativa. Passara fora três anos e estava pronto para dar algumas dicas sobre uma bem-sucedida transição, como um orador dos AA.

– Procurem a palavra *insulto* no dicionário – ele começou – e vão descobrir várias definições. No sentido médico, a palavra refere-se a danos causados ao corpo por uma força externa, que em nosso caso foi o fogo. Claro, há também o sentido mais comum, e vocês vão ter seu quinhão de insultos, intencionais ou não, quando deixarem este lugar. As pessoas não sabem muito bem o que fazer conosco.

O discurso saiu como era de esperar: ele falou dos "desafios" e "oportunidades" que enfrentava, e o que fizera para recuperar a vida. Quando acabou, abriu espaço para a discussão.

A primeira pergunta foi de uma paciente que se coçara durante toda a palestra. Queria saber se seus "malditos locais de doação" sempre coçariam "de forma tão maldita".

– A coceira vai acabar indo embora. Eu garanto. – Ouviu-se um murmúrio geral de alívio no grupo. Até eu, que jurara ficar calado, soltei um agradecido suspiro. – Não se pode fazer nada, infelizmente, mas eu sempre achei útil lembrar o que disse uma vez Winston Churchill.

– Jamais nos renderemos – sugeriu a moça da coceira.

– Bem, é – riu Lance –, mas eu estava pensando em "Se tem de atravessar o Inferno... vá em frente".

Outro paciente perguntou:

– Como é quando você aparece em público?

– Realmente difícil, sobretudo as duas primeiras vezes. A maioria das pessoas finge que não nos vê, mas sussurram. Alguns riem de você sem disfarçar, em geral rapazes. O interessante é que muita gente acha que, se você se queimou, deve ter feito alguma coisa para merecer. Ensinamento das eras, certo? O fogo como sinal de castigo divino. É difícil as pessoas enfrentarem uma coisa tão ilógica quanto nós... queimados, mas vivos... por isso devemos ter feito alguma coisa errada, de outro modo teriam de aceitar que pode acontecer com elas. – Fez uma pausa. – Quem aqui acha que suas queimaduras são algum tipo de punição?

Olhamo-nos uns aos outros antes de um paciente erguer hesitante a mão, seguido por um segundo. Eu não ia erguer a minha, por mais que Lance esperasse.

– É completamente normal – assegurou-nos ele. – *Por que eu?* Fiz esta pergunta todo dia, mas jamais obtive resposta. Vivia uma boa vida. Ia à igreja, pagava os impostos, apresentava-me como voluntário nos fins de semana num clube de meninos. Era, e sou, uma boa pessoa. *Logo... por que... eu?* – Pausa. – Não há motivo. Um momento de azar, e consequências para a vida toda.

Outro paciente perguntou:

– As pessoas lhe fazem perguntas sobre as queimaduras?

– As crianças, porque ainda não aprenderam a ter tato. Alguns adultos também, e para ser franco eu gosto. Cada pessoa que a gente encontra pelo resto da vida estará se perguntando sobre isso, portanto às vezes é bom tirar o assunto logo da frente, para seguir com outras coisas.

Uma tímida mão ergueu-se.

– E sexo?

– Eu gosto. – A frase ganhou algumas risadas, e imaginei que ele fizera a palestra vezes suficientes para aperfeiçoar as respostas às perguntas de sempre. – É diferente para todos. A pele era uma parte espantosa da experiência, certo? O maior órgão do corpo, uma superfície de cerca de três metros quadrados, muita possibilidade de prazer. Agora perdemos muito dos terminais nervosos, e isso realmente prejudica.

O paciente que fizera a pergunta deu um forte suspiro, mas Lance ergueu a mão para indicar que ainda tinha algumas coisas a dizer.

– A pele é a linha divisória entre as pessoas, onde acaba você e começa o outro. Mas no sexo tudo isso muda. Se a pele é uma cerca que divide as pessoas, o sexo é o portão que abre o corpo ao outro.

Eu nunca mais teria essa opção, com ninguém. Nem com Marianne Engel.

Lance pigarreou.

– Eu dei sorte: minha esposa ficou comigo. Na verdade, a queimadura nos aproximou mais emocionalmente, e isso se traduziu também na atividade sexual. Me obrigou a me tornar um melhor amante, porque tive de ficar mais, hum, criativo. É só o que tenho a dizer a respeito.

– O que foi mais difícil pra você, depois que saiu?

– Essa é difícil, mas acho que foi o uso das roupas pressurizadas vinte e quatro horas por dia. São espantosas, você sabe, pois limitam as cicatrizes, mas... Deus do céu!... é como ser enterrado vivo. Você anseia pela hora do banho, mesmo que doa, só pra sair daquela maldita coisa. – Ele mirou meus olhos por um instante, e tive a sensação de que falava direto para mim. – Usei as minhas nos primeiros dez meses após a liberação, mas para alguns de vocês vai ser um ano ou mais.

E continuou:

– Só depois que saírem daqui vocês vão conseguir compreender que uma queimadura dura para sempre. É um fato contínuo, que sempre se reinventa. Vão mergulhar de incríveis alturas, quando se sentem alegres apenas por estarem vivos, naquelas profundezas em que desejam estar mortos. E quando começam a pensar que aceitaram quem são, também isso muda. Porque o que são não é permanente.

Lance pareceu meio constrangido, como se se houvesse metido numa área onde não queria entrar, prendendo todos os olhos por um instante, antes de iniciar o grande final.

– O moderno tratamento de queimaduras é incrível, os médicos surpreendentes, e estou muito agradecido por continuar vivo. Mas nada disso basta. A pele era o símbolo de nossa identidade, a imagem que apresentávamos ao mundo. Mas nunca foi quem de fato *somos*. Ser queimado não faz de nós menos ou mais humanos. Faz-nos apenas queimados. Assim, estamos numa posição única para entender o que a maioria das pessoas jamais entenderá, que a pele é a roupa, mas não a essência, da pessoa. A sociedade defende da boca para fora a ideia de que a beleza só vai até a pele, mas quem entende isso como nós?

"Algum dia, em breve", continuou, "vocês vão sair e terão de decidir como vão viver o resto de suas vidas. Serão definidos pelo que os outros veem ou pela essência de sua alma?"

DUAS OPÇÕES LAMENTÁVEIS.

* * *

Gregor trouxe guloseimas para desejar-me um feliz Dia das Bruxas. Como somos homens, não falamos da conversa anterior, e os doces foram a maneira de ele dizer que devíamos continuar de onde paráramos antes do desentendimento. Se não se tratasse de um hospital, tenho certeza de que traria uma embalagem com seis garrafas de cerveja.

A noite revelou-se uma abertura em nossa amizade. Ele me contou uma história meio embaraçosa sobre o seu pior Dia das Bruxas, quando se vestira – numa desorientada tentativa de impressionar uma estudante de medicina de quem gostava – de fígado humano. Exagerara para fazer a fantasia a mais realista possível, incluindo um tubo de borracha que devia assemelhar-se ao tubo hepático, preso a uma bolsa oculta de vodca no lóbulo esquerdo do órgão. O ridículo era que podia tomar goles a noite toda, sempre que o nervosismo com a mulher se tornava demasiado. (Talvez pela primeira vez na história, um homem filtrou álcool no fígado para pô-lo no corpo.) Por infelicidade, a timidez era tão grande que logo ficou completamente bêbado. No fim da noite, ele e a namorada se viram na cobertura de um pintor que fazia imitações vivas das obras de Jackson Pollock. A história acabou com Gregor pagando ao artista várias centenas de dólares após vomitar numa das telas, embora eu não saiba como isso faria qualquer diferença para a obra.

Tentei animá-lo com minha mais embaraçosa história de Natal, de uma fracassada tentativa de seduzir a fada de uma loja de departamentos casada com um Papai Noel que abusava dos esteroides. Gregor respondeu com uma narrativa natalina própria, na qual atirava na mãe por acidente com uma espingarda de ar comprimido que recebera após passar meses jurando que a segurança seria seu primeiro cuidado. No fim, decidimos de algum modo trocar as histórias mais constrangedoras de nossas infâncias, feriados ou não. Contei primeiro.

Como jovem normal, descobri que era prazeroso acariciar o pênis, mas como morava com a tia e o tio viciados na época não tinha ninguém com quem discutir essa descoberta biológica.

Tinha uma vaga compreensão de que havia coisas como doenças venéreas, por escutar os adultos viciados em metedrina. Você na certa não ia querer contrair uma delas, pois coisas desagradáveis aconteceriam com seu pinto. (A tia Debi, quando se viu incapaz de referir-se a meu pênis, sempre o chamava de pinto.) Eu também sabia que as doenças venéreas eram passadas nos fluidos resultantes dos atos sexuais. Podia ter feito uma pesquisa, creio, mas conhecia bem demais as bibliotecárias para arriscar-me a ser apanhado olhando tais livros. Além do mais, era tudo muito direto: como havia doença venérea na ejaculação e eu era agora capaz de ejacular, teria de ter muito cuidado para não me contaminar. Por isso revi as opções.

Podia parar de me masturbar. Mas era bom demais.

Podia cobrir a barriga com uma toalha, para pegar o fluido criminoso. Mas as toalhas eram grandes demais para esconder e difíceis demais para lavar discretamente.

Podia me masturbar dentro de uma meia. Mas todas as minhas meias eram de algodão de trama larga, ameaçavam um vazamento pelos poros.

Podia me masturbar em mochilas com zíper. Sim: era um método não apenas saudável em termos médicos, como também oferecia um nível extraordinário de conveniência. Claro, era por aí.

Não foi preciso muito tempo e eu tinha uma grande coleção de mochilas transbordantes embaixo da cama, mas não podia simplesmente ensacá-las com o lixo habitual – e se alguém as descobrisse ou um cachorro espalhasse as picantes mochilas no gramado da frente? Assim, decidi que a melhor opção era pô-las na lata de lixo de outra família; quanto mais longe de nosso reboque, melhor.

O lugar ideal seria a área rica da cidade, longe do estacionamento de reboques tanto em distância quanto em posição social. O que não levei em conta, porém, é que o pessoal endinheirado reage com suspeita a rapazes que se esgueiram em torno de suas latas de lixo. Em breve chegou um carro da polícia e me vi diante de dois policiais, tentando explicar aqueles atos sub-reptícios.

Queria, desesperado, não trair a verdadeira natureza da missão, mas eles exigiram que eu entregasse a sacola de compra em meu poder. Pedi-lhes que me soltassem, e declarei que nada havia na sacola além de "meu lanche". Quando os guardas a tomaram à força, descobriram quarenta pacotinhos de uma substância branca desconhecida e exigiram saber exatamente que tipo de narcótico líquido eu traficava.

Com medo de ser interrogado na delegacia de polícia local enquanto faziam a análise química do fluido leitoso, confessei que andava por ali com mochilas de zíper cheias de meu sêmen.

Os guardas não acreditaram, mas à medida que se acumulavam os detalhes da história ficaram em aturdido silêncio – até começarem a rir. Desnecessário dizer que não fiquei impressionado com essa reação à minha crise de saúde. Quando pararam de rir, depositaram meu lixo na próxima lata e levaram-me para casa.

Nesse novo espírito de aliança masculina, Gregor gabou-se de que tinha uma história igual à minha, senão melhor.

Quando rapaz, era igualmente deseducado, embora jamais tenha acreditado que podia infectar-se com doenças transmitidas pelo sexo. Ao descobrir o prazer consigo mesmo, teve ideias mais ou menos assim: *Se a masturbação com o punho seco é tão prazerosa, como seria a sensação de usar alguma coisa que melhor se aproximasse de uma vagina?*

Assim, ele começou as experiências. Tentou sabão líquido no chuveiro até descobrir a dura realidade da queimadura por sabão. A próxima tentativa foi com loção de mão, que deu certo até o pai começar a questionar o extraordinário empenho do filho em ter a pele lisa. Por fim Gregor, que tinha a mente criativa e uma cozinha com uma fruteira bem abastecida, começou a especular sobre as possibilidades oferecidas pela casca da banana. Não havia a própria natureza projetado a casca com o fim específico de abrigar um cilindro carnudo?

A casca tinha uma tendência infeliz de rasgar-se durante o ato, e para não ser derrotado ele decidiu escorar essa fraqueza natural com fita de vedação. Funcionou muito bem, mas Gregor se viu diante da mesma situação que me frustrou: livrar-se da prova.

Decidiu-se por jogar os restos na privada e dar descarga, mas a quarta casca entupiu os canos. Quando o pai descobriu o entupimento, e, claro, pôs-se a trabalhar com um desentupidor, ele se escondeu no quarto e rezou febril para Deus fazer as cascas descerem pelo tubo em vez de voltarem. *Se você me ajudar, Senhor, eu jamais me masturbarei numa casca de fruta de novo.* Ao ver-se incapaz de desentupir, o pai chamou o bombeiro local, que trouxe uma serpentina de banheiro e o potencial do desastre.

Deus respondeu às preces de Gregor. A fruta incriminadora de fato desceu, e o único comentário do bombeiro foi que a mãe dele podia pensar em acrescentar mais fibra à dieta da família. Gregor cumpriu a promessa ao Senhor, abandonando para sempre o abuso das frutas – pelo menos foi o que me garantiu, ao lado de minha cama no hospital.

Ainda ríamos de nós mesmos e prometíamos guardar os segredos um do outro quando Marianne Engel entrou no quarto, envolta em bandagens de múmia, os olhos azuis/verdes irradiando entre as faixas brancas no rosto, os cabelos escuros caindo em cascata pelas costas abaixo. Era óbvio que não esperava encontrar um psiquiatra no quarto, muito menos um que a tratara antes. Isso a fez parar de chofre, como se três mil (ou setecentos) anos de *rigor mortis* se instalassem todos de vez. Gregor, reconhecendo os olhos inequívocos, falou primeiro:

– Marianne, que maravilha ver você de novo. Como vai?

– Estou ótima.

As palavras saíram lacônicas. Talvez ela receasse que a fantasia a pusesse de volta no asilo, pois vagar pela enfermaria de queimados enrolada naquelas bandagens era um capricho, na melhor das hipóteses, e uma piada de mau gosto, na pior.

Numa tentativa de deixá-la à vontade, Gregor disse:

– O Dia das Bruxas é meu feriado favorito, mais que o Natal. Sua fantasia está sensacional. – Fez uma pausa, para dar-lhe uma chance de responder, mas ela não o fez, e por isso ele continuou: – É muito atraente para os psiquiatras, você sabe. Ver os trajes de fantasia de todos é uma espiada nas mais profundas fantasias deles. Eu vou me vestir como um assassino bolchevista.

Marianne Engel puxava nervosa as bandagens torcidas na cintura. Gregor viu que as tentativas de conversa não iam a parte alguma, por isso desculpou-se polidamente e encaminhou-se para a porta.

Ela se descontraiu depois que ele saiu, deu-me barras de chocolate e contou-me histórias – do tipo tradicional, não as que apresentavam conhecidos pessoais. Contou a famosa história dos dois garotos que, após ouvirem um anúncio no rádio sobre um fugitivo de um asilo local que tinha um gancho no lugar de uma das mãos, saíram correndo da Alameda dos Amantes e encontraram apenas um gancho pendurado na maçaneta da porta quando chegaram em casa; a história da jovem carona apanhada e entregue em casa, só que esquecera o casaco que, quando devolvido pelo motorista poucos dias depois, trouxe a revelação de que a moça morrera dez anos antes, no mesmo trecho de estrada onde fora apanhada agora; a história do homem que se senta à mesa da cozinha trabalhando num quebra-cabeça que, ao entrar em foco, revela uma foto dele sentado à mesa da cozinha concluindo o quebra-cabeça, cuja última peça revela uma cara hedionda olhando pela janela; a história da jovem babá que recebe telefonemas cada vez mais assustadores, alertando-a para o perigo da criança da qual está cuidando, até que, ao chamar a telefonista para identificar a ligação, recebe a informação de que o chamado está sendo feito de dentro da casa; e assim por diante.

Enquanto falava, Marianne Engel cobria a cabeça com mais um lençol e iluminava o rosto de baixo para cima com uma lanterna que tomara emprestada da mesa das enfermeiras. Era tudo tão exagerado que se tornava engraçado. Ela ficou até bem além da hora de visita – as enfermeiras havia muito tinham deixado de impor as regras em relação a Marianne Engel –, e à meia-noite parecia perturbada pela ausência de um relógio de pé para dar as doze (ou talvez treze) badaladas.

A última coisa que disse, antes de partir nas primeiras horas da madrugada, foi:

– Espere até o Dia das Bruxas do ano que vem. Iremos a uma festa maravilhosa.

* * *

A coleta de pele ocorria com menos frequência. As cirurgias ainda marcavam meus dias, o que era de esperar, mas os sonhos suicidas quase haviam acabado por completo, e eu me tornara o pupilo de Sayuri. Podia mentir e dizer que isso se devia ao meu forte senso de caráter, e que decidira manter o trato com Nan. Podia mentir e dizer que o fazia por mim mesmo. Podia mentir e dizer que o fazia porque vira a luz. Mas sobretudo fazia-o para impressionar Marianne Engel.

QUE BONITINHO. A serpente megera agitava a língua e a cauda, acariciando-me muito alegre nas duas pontas. IMAGINO COMO SERÁ QUANDO VOCÊ DEIXAR O HOSPITAL.

Eu me diplomara em dar alguns passos de cada vez, usando um andador de alumínio. Sentia-me tolo, mas Sayuri me garantiu que logo seria promovido a bengalas com braçadeiras nos antebraços.

Uma coisa que ajudava muitíssimo era um par de sapatos ortopédicos desenhados especificamente para mim. O primeiro doía nos pés, por isso foi desenvolvido um segundo que resolvia os problemas. A maior vantagem deles, porém, era mais psicológica que física. Os sapatos são um grande equalizador para um homem que perdeu os dedos dos pés; parecem disfarces de couro que fazem os pés arruinados parecerem normais.

Eu tinha de admitir que Sayuri sabia com exatidão o que fazia. No começo, os exercícios davam forte ênfase na distensão, para eu adquirir o alcance de movimentos perdido. Depois passamos para os Thera-Bands, faixas elásticas usadas como meio de obter resistência. Os pesos foram ficando maiores a cada semana que passava, e às vezes eu chegava a perguntar a Sayuri se podia fazer um pouco mais de levantamento do que o exigido pela rotina.

Agora que podia dar alguns passos fora da cama, comecei a arrastar os pés até o banheiro quando precisava aliviar-me. Alguém imaginaria que isso era um grande passo à frente na sensação de autoconfiança, mas foi um golpe psicológico descobrir que não mais podia mijar de pé. Achei esse estado de coisas totalmente frustrante.

* * *

Eu me aproximava da marca dos oitos meses de hospitalização, e já chegava o Natal. Marianne Engel fazia o que podia, pondo coroas de flores, tocando Handel e lamentando o fato de não poder acender velas do Advento na enfermaria de queimados.

Na noite de 6 de dezembro, pôs os sapatos ortopédicos na janela e explicou que nessa noite São Nicolau deixava presentes nos sapatos das crianças. Ao responder que eu nunca praticara essa tradição no estacionamento de reboques, ela me lembrou que o mundo não começava e terminava com minhas experiências pessoais. Muito justo. Quando observei que eu não era mais criança, ela apenas me fez calar a boca.

– Aos olhos de Deus, somos todos crianças.

Quando Connie recolheu os sapatos na manhã seguinte, perguntou:

– Que diabo *estes* sapatos estão fazendo aqui? – Encontrou-os recheados com notas de cem dólares.

Fiquei comovido com o incidente, mais do que haveria esperado. Minha reação não foi tanto ao próprio presente em dinheiro, mas à lembrança que Marianne Engel dedicara à minha situação. Os feriados deixavam-me num dilema: como poderia comprar qualquer presente de Natal? Embora fosse verdade que tinha uma pequena quantia escondida numa conta bancária sob um falso nome, não havia como acessá-la. Era provável, de fato, que jamais pudesse sacar o dinheiro, mesmo quando saísse, pois a falsa identidade que usara para abrir a conta tinha uma foto que não mais combinava com meu rosto.

Marianne Engel percebera o que eu precisava e, em vez de obrigar-me a pedir dinheiro ou passar sem ele, encontrara um meio de entregá-lo de uma forma encantadora. Um presente! Eu ainda precisava encontrar um meio de trazer os presentes da loja para o lado da cama, mas para isso tinha um plano.

Pedi que Gregor desse uma passada no fim de minhas sessões de exercícios com Sayuri. Com os dois presentes, comecei:

– Sintam-se à vontade pra dizer não, mas vocês dois podiam realmente me ajudar. Espero que possam fazer umas compras pra mim.

Gregor perguntou por que eu precisava dos dois. Porque desejava dar a cada um deles um presente, expliquei, e não podia pedir a cada um que comprasse os seus. Sayuri compraria o de Gregor, e Gregor o de Sayuri. O resto, os dois podiam comprar juntos.

– Não se preocupe – disse Sayuri. – Eu *adoro* compras de Natal.

Ao ouvir isso, ele também se apressou a concordar. Entreguei a cada um envelope incluindo o que eu queria que comprassem, em meu nome, um para o outro. Quando saíram, Gregor olhou para trás, um estranho sorriso no rosto.

* * *

Marianne Engel ainda não terminara a leitura do *Inferno* para mim. Em parte, ia devagar porque nunca lia demais de cada vez, e preferia saborear a beleza do texto, mas também porque vivia escorregando para o italiano. Eu não tinha coragem de detê-la quando isso ocorria, porque ela afundara na história, e além do mais o italiano soava maravilhoso em sua boca. No fim do canto, eu me via obrigado a observar que não entendera nada, e no dia seguinte ela repetia a parte, em geral fazendo a leitura toda em inglês.

Voltaire escreveu que Dante era um maluco que tinha muitos comentaristas e cuja reputação continuaria a crescer sobretudo porque quase ninguém lê de fato a *Commedia*. Sugiro que o motivo de tão pouca gente ler Dante é que ninguém na verdade precisa. No mundo ocidental, o *Inferno* é a ideia que todos fazem do reino das trevas; como literatura, só a Bíblia se acha entretecida tão fundo na consciência coletiva da sociedade.

– Você sabia – perguntou Marianne Engel – que o Inferno de Dante se baseou em *A luz que flui da divindade*, de Mechthild von Magdeburg?

– Um de seus Três Mestres, certo?

– Certo – ela respondeu.

Admiti que, de um modo muito surpreendente, sabia bem pouco (na verdade: nada) sobre essa mulher, por isso Marianne Engel passou a instruir-me. Mechthild nasceu na Saxônia, perto do início do século XIII, e quando criança recebia todo dia visitas de ninguém menos que o próprio Espírito Santo. Aos vinte anos, tornou-se beguina de Magdeburgo e viveu uma vida de prece e meditação; o interessante é que, à medida que aumentava a severidade da autopunição, as visões foram-se tornando mais frequentes na mesma proporção. Quando ela as descreveu ao confessor, ele teve certeza de sua origem divina e estimulou-a a escrevê-las.

Das fließende Licht der Gottheit, como é conhecida a obra-prima em alemão, influenciou incontáveis escritores que vieram depois, incluindo Meister Eckhart e Christina Ebner. Também está claro que Dante Alighieri leu a tradução latina, e muitos estudiosos se convenceram de que usou a ordem da outra vida apresentada por Mechthild como base conceitual da *Divina Comédia*: o Paraíso no topo, o Purgatório logo abaixo e o Inferno no fundo. No abismo do Inferno de Mechthild, Satanás vive acorrentado nos próprios pecados, e a angústia, a peste e a ruína saem-lhe do coração e da boca. Isso tem uma suspeita semelhança com o Satanás de Dante, uma fera de três caras, presa num bloco de gelo, no centro mais baixo do Inferno, e mastigando um espumante trio de pecadores (Judas, Cássio e Bruto), cujo pus flui das três bocas por toda a eternidade.

– Há quem acredite – disse Marianne Engel – que na obra a "Matilda" encontrada por Dante no *Purgatório* na verdade é Mechthild.

– É o que você pensa? – perguntei.

– Eu acredito – ela respondeu com um leve sorriso – que na obra Dante muitas vezes incluiu aparições daqueles que o influenciaram.

Enquanto ela me lia a história da viagem de Dante, eu a achava muito familiar e a adorava apesar do (ou talvez por causa do) ambiente da enfermaria de queimados. Havia alguma coisa de confortável no fato de Marianne Engel ler para mim e na forma como entrelaçava os dedos nos meus ao fazê-lo. Eu me maravilhava com a mistura trançada de nossas mãos gloriosas e espectrais, e queria a continuação da leitura da história para sempre – talvez por temer que, ao acabar, não mais continuasse a conduzir-me, de mãos dadas, pelo meu Inferno.

Quando apresentei a Marianne Engel minha teoria de que ninguém precisa ler o *Inferno* para conhecer sua representação, ela apressou-se a corrigir-me.

– Embora talvez seja verdade para a maioria das pessoas, você o conhece tão bem porque eu li minha tradução alemã pra você.

– Hum-hum. – Eu não previra isso. – Quando você a traduziu?

– Acho que dez a vinte anos depois que Dante acabou de escrevê-la. Levei um tempão. Tenho certeza de que fui a primeira dos tradutores, mas nessas coisas nunca se sabe.

– E quando a leu pra mim? – perguntei.

– Quando você se recuperava da primeira queimadura.

* * *

O *Inferno* foi publicado em 1314. Se Marianne Engel concluiu a tradução vinte anos depois, isso seria mais ou menos em 1334. Em vista da afirmação anterior de que nasceu em 1300, estaria em meados da casa dos trinta na época.

Enquanto detalho esses números, não esqueço que isso é ridículo e não poderia haver ocorrido de fato. Apenas observo que, pelo menos, as coisas impossíveis ocorriam numa linha de tempo possível. É o que acho espantoso no estado mental dela: declarações loucas amarradas por uma coerência real.

Como não vivi na Idade Média, precisei fazer muita pesquisa durante a composição deste livro para conferir o que ela dizia, ou o que lembro que disse, com os fatos. O interessante é que todos esses acontecimentos que ela alega serem verdade *podem ter* acontecido exatamente como ela os descreveu, se não falasse de fatos antigos na primeira pessoa.

Apesar de viver sob o controle da Igreja, Engelthal *era* uma instituição democrática, com prioresas eleitas. Todas as atividades *estavam* delineadas nas Ordens da Constituição. As descrições feitas por Marianne Engel da arquitetura, das preces, dos livros estudados e dos rituais para comer eram precisas. Christina Ebner *estava* no mosteiro e escreveu *O livro das irmãs de Engelthal* e *Revelações*. Friedrich Sunder *era* um padre local, confessor das freiras, e escreveu *Gnaden-vita*. Havia um livro intitulado *A vida da irmã Gertrud de Engelthal*, escrito com a ajuda de um certo irmão Heinrich e Cunrat Fridrich.

Embora não haja registro de uma visita de Heinrich Seuse a Engelthal, tampouco se pode provar que ele não a fez. Se foi no início da década de 1320, como disse Marianne Engel, *foi* quando viajava de Estrasburgo a Köln para estudar com Meister Eckhart. Logo, quem pode dizer que ele não visitou o mosteiro visto em geral como o principal centro do misticismo alemão?

Ainda assim. Por mais perfeita que ela fizesse a linha de tempo ou pesquisasse figuras religiosas alemãs, Marianne Engel ou era esquizofrênica ou maníaco-depressiva, ou as duas coisas juntas. Não posso esquecer isso. Criar e administrar universos imaginários é a província dessas pessoas: não é só o que fazem, é o que são. E havia algumas visíveis discrepâncias na história de Marianne Engel; por exemplo, não há registro de uma irmã Marianne em qualquer dos textos existentes de Engelthal, nem qualquer menção a *Die Gertrud Bibel*, e tentei usar essas omissões para obrigá-la a admitir que a história era falsa.

– Você é estudioso, não é? – ela perguntou. – Não se preocupe, há um motivo pelo qual não consegue encontrar informação sobre mim ou a Bíblia de Gertrud. Vamos chegar lá, eu prometo.

* * *

Pessoas bem-intencionadas apareceram para nos cantar noites felizes, noites de paz. Uma Mamãe Noel Sally Ann trouxe bolos e livros. Decorações subiam ao longo dos corredores.

Como era estranho esperar a temporada das festas de fim de ano. Tradicionalmente, eu odiava o Natal; sempre me deixava na boca um gosto semelhante a bolo de frutas mofado. (Não quero dizer com isso uma velha solteirona japonesa.) Na infância, tive uma sucessão de Natais em que os Grace gastavam o dinheiro destinado a meus presentes em metanfetaminas; na idade adulta, Natais significavam trepar com uma mulher de chapéu de feltro vermelho.

Eu ainda tinha as sessões de exercícios, os procedimentos médicos regulares, mas o fato mais interessante seria uma reunião das mulheres importantes de minha vida: Nan, Sayuri e Marianne Engel. Eu não fazia ideia do programa do encontro e, estranho, ninguém queria me dizer. Em meu coraçãozinho egoísta, imaginei que talvez fosse uma festa surpresa. Não podia estar mais errado.

Sayuri chegou primeiro. Eu já disse antes que ela sempre parecia carregar o corpo minúsculo por trás de um sorriso gigante, mas nesse dia só veio o corpo minúsculo. Quando lhe perguntei se ia tudo bem, respondeu que sim, mas não convenceu. Em vez de insistir no assunto, indaguei se já comprara meu presente para Gregor. Ela respondeu que sim e nisso, pelo menos, acreditei. Ia fazer mais algumas perguntas, quando Marianne Engel e Nan entraram no quarto como cavalos em disputa de posição. Marianne olhou direto para mim e declarou:

– Quando sair daqui, você vai comigo.

– Não tão depressa – disse Nan, firme, e voltou a atenção para mim. – Como você sabe, na certa vai ser liberado dentro de alguns meses...

– ... e aí vai morar em minha casa.

A impaciência na voz de Marianne Engel traía que ela julgava aquele encontro desnecessário.

– Calma. – Nan ergueu a mão e disparou a Marianne Engel um olhar exasperado. – Essa decisão não cabe a nós.

– Ele não tem qualquer outro lugar pra ir.

Nan contra-atacou.

– Já providenciei um lugar no salão Fênix.

– Ele não quer morar lá.

Era verdade, não queria, mas a dra. Edwards havia muito recomendava o salão, por causa dos funcionários treinadíssimos, programas de colocação em empregos e medicamentos adequados. Além disso, tinha conselheiros, para não falar em outros pacientes de queimaduras que estariam enfrentando os mesmos desafios que eu.

– Eu trabalho com os pacientes do Fênix – disse Sayuri. – Logo, se você for pra lá, podemos continuar o treinamento para andar.

– Eu contrato você – disse Marianne Engel. – Dinheiro não é problema. Pode fazer isso em minha casa.

Essa sugestão fez Sayuri olhar nervosa para a dra. Edwards.

– Não sei a política do hospital para isso.

Nan respondeu que, além das questões de política, o salão Fênix tinha uma legião de profissionais, *todos* prontos para oferecer seus conhecimentos. Marianne Engel reiterou que se dispunha a proporcionar o que eu precisasse.

– Se Sayuri Mizumoto san está ocupada demais, contrataremos outra pessoa. Mas preferíamos ficar com ela, porque gostamos dela.

Girou para me olhar de frente, e acabou perguntando o que eu queria.

– Quer ir pra essa casa Fênix?

– Não.

– Quer vir pra minha casa?

– Quero.

Marianne Engel voltou a atenção para a dra. Edwards.

– Pronto. Discussão encerrada.

Talvez fosse prudente alegar que eu precisava de tempo para pensar. Afinal, acabara de escolher Marianne Engel e não a médica que vinha guiando minha recuperação havia meses. A resposta apressada era, para dizer o mínimo, ilógica.

Se havia uma coisa da qual eu podia ter certeza, porém, era que todos no quarto pensavam apenas nos meus melhores interesses. Eu não sabia que Marianne Engel e Nan haviam discutido meus arranjos de moradia durante semanas; como as via quase todo dia, isso só podia ter ocorrido se estivessem trabalhando juntas às escondidas para manter meu nível de tensão o mais baixo possível.

– Ainda há tempo suficiente para tomar uma decisão pensada – disse Nan, indicando que a discussão estava tudo, menos encerrada.

Ninguém deixou de notar a força com que acentuou a palavra *pensada*.

* * *

Havia considerações práticas que eu não podia ignorar em relação a ir morar com Marianne Engel. Uma delas era que, embora ela dissesse ter muito dinheiro, na certa não podia me sustentar. Abrigar um paciente de queimadura é incrivelmente caro. Além dos custos de tratamento – o salário de Sayuri, remédios, equipamento de exercício – haveria as despesas regulares da vida. Comida. Roupas. Diversão. Serviços. Ela teria de pagar os custos de minha vida não apenas como paciente, mas também como homem. Embora pudesse haver programas do governo ou entidades beneficentes que contribuíssem para a assistência, eu duvidava que Marianne Engel pedisse essa ajuda; com a personalidade dela, eu esperava que as questões de orgulho, papelada e intimidade a impedissem até de pensar nisso. Dizia ter os recursos para me sustentar, mas eu mal posso aceitar isso como verdade – um sapato cheio de notas de cem dólares não bastava para me convencer dessa fortuna. Não seria esse dinheiro tão fantasia quanto a maior parte dos outros aspectos de sua vida? Devia eu acreditar que ela vinha poupando os centavos durante setecentos anos?

A vida com ela não era apenas questionável em termos financeiros, mas também suspeita em termos morais. Como a oferta se baseava na crença de que me reservava o "último coração", era claro que eu estaria me aproveitando, sob falsos pretextos, de uma mulher confusa. Como a pessoa sã, eu não apenas sabia que não devia fazê-lo, era obrigado a agir com base no fato de que não devia. E, de qualquer modo, por que me pôr na dependência de uma doente mental que eu mal conhecia? Embora minhas circunstâncias houvessem mudado, e eu estivesse menos fisicamente capaz que antes, vivia por conta própria desde a adolescência. Antes disso, até: como guardiães, os Grace só tinham sido competentes na guarda dos esconderijos de drogas. Para todos os fins, eu cuidava de mim mesmo desde os seis anos.

Portanto, enganara-me ao aceitar a oferta de Marianne Engel, e Nan acertara. Eu ia reverter a apressada decisão e entrar no salão Fênix afinal.

Quando Gregor apareceu nessa tarde para deixar o presente de Sayuri, parabenizou-me pela decisão de me mudar para a casa de Marianne Engel. Como o informei de que mudara de ideia, ele recuou e disse que tomara a única decisão lógica.

– Acho que seu progresso tem sido fantástico sob a orientação da dra. Edwards. Eu a tenho na mais alta estima.

Eu o conhecia bem o bastante para reconhecer que não falava tudo o que pensava. Aquela era uma das vezes.

– Mas...?

Gregor olhou para um lado e outro, certificando-se de que ninguém o ouvia.

– Mas até macaco cai de árvore.

Eu não tinha ideia do que significava isso, e portanto ele explicou: *Até os especialistas cometem erros.*

– Embora a dra. Edwards seja sua médica, e boa, acho que você não deve subestimar o efeito de Marianne Engel em sua recuperação. Ela vem todo dia, ajuda-o nos exercícios, e é óbvio que tem profundo interesse por você. Sabe Deus por quê. Mas não estou dizendo nada que você já não saiba.

ELE ACHA QUE SUA NAMORADINHA MALUCA LEVA VOCÊ A SÉRIO.

Cale a boca, porra. Eu o corrigi.

– Ela se ilude.

– Vá em frente e negue – ele disse –, mas é óbvio.

QUE GRACINHA.

Eu não ia me dar o trabalho de discutir; não me sentia à altura.

– O que você faria?

– Também me preocuparia com a possibilidade de ir morar com Marianne – ele respondeu –, mas você tampouco é um prêmio. Se puderem se aguentar, acho que deve ir.

– Mesmo que Marianne goste de mim... e não digo que goste... não sei mesmo como me sinto em relação a ela. – Fiz uma pausa. – Não sei.

– Se não aceitar o convite, é o maior idiota que já conheci – disse Gregor. – Além de ser o mais nojento mentiroso.

Quando a gente jaz numa cama de hospital o tempo suficiente, dá início a um catálogo mental de todo contato humano. Tangi as costas da mão dele, a primeira vez que nos tocávamos, e disse:

– Obrigado por trazer o presente de Sayuri.

UM MOMENTO TOCANTE...

Toquei a campainha chamando a enfermeira para pedir mais morfina.

... ENTRE PERDEDORES.

* * *

Na manhã de Natal, Marianne Engel apareceu no quarto com um saco de presentes e uma maleta prateada que logo enfiou embaixo da cama. Passamos algumas horas conversando, como sempre fazíamos, sobre tudo/nada, e ela me dava laranja e maçapão. Como de hábito, deu as saídas de sempre para fumar um cigarrinho lá fora, mas notei que às vezes, ao voltar, não tinha o cheiro denunciador de fumaça nova. Quando lhe perguntei se andava cuidando de mais alguma coisa, ela fez que não com a cabeça. O sorriso, porém, traiu-a.

No início da tarde, Sayuri e Gregor chegaram, seguidos por Connie, que acabara de concluir as rondas. A dra. Edwards nunca trabalhava no dia de Natal, e Maddy e Beth tiravam o dia para passar com a família. Sem mais ninguém a chegar, Marianne Engel arrastou o saco do canto e começamos a trocar presentes.

As enfermeiras tinham feito uma vaquinha para me comprar livros sobre temas que me haviam interessado recentemente, como o funcionamento interno dos mosteiros medievais alemães e os textos de Heinrich Seuse e Meister Eckhart.

– Não é fácil comprar coisas pra você, sem dúvida. Tive de ir a três livrarias diferentes – disse Connie. Tão logo percebeu que isso podia parecer uma queixa, apressou-se a acrescentar: – Não que me importasse, claro.

Gregor me deu um conjunto de material de correspondência, pois eu lhe confiara que andava trabalhando num texto nas últimas semanas, e Sayuri, um sorvete cor de lavanda que tive o prazer de dividir com todos. Marianne Engel foi a que pareceu gostar mais, excitada pelo fato de que o sorvete deixava sua língua roxa.

Às enfermeiras dei CDs dos artistas favoritos. Embora não fosse particularmente pessoal, eu não sabia muito da vida que elas viviam fora do hospital. A Sayuri, dei o presente que pedira a Gregor para escolher em meu nome: dois ingressos para um próximo festival de filmes de Akira Kurosawa.

– Tive essa ideia quando o dr. Hnatiuk me falou a respeito. Ele adora Kurosawa, você sabe.

Marianne Engel olhou-me, erguendo uma acusadora sobrancelha, porque sutil não sou.

Em seguida veio o presente para Gregor, escolhido por Sayuri: cupons para um jantar a dois num restaurante russo com o nome nada original de Rasputin's. Perguntei a Sayuri se algum dia comera autêntica comida russa e ela respondeu que não. Agora era eu quem levantava a sobrancelha para Gregor. Quando me agradeceram os presentes, resmunguei que "o Natal não seria o Natal sem a porra dos presentes". Ninguém pareceu entender o que eu falava, o que só prova que a maioria das pessoas deve ler Louisa May Alcott.

Em seguida, Marianne Engel deu os presentes dela. As enfermeiras receberam passes de um dia num spa, que Connie guardou com os CDs. Sayuri recebeu um intrincado templo budista de vidro soprado, e Gregor um par de castiçais de ferro fundido. Eles ficaram impressionados com a qualidade artesanal dos artigos, e Marianne Engel se gabou de que os presentes eram obra de duas amigas.

Quanto a ela e a mim, já decidíramos trocar nossos presentes depois, em particular. E talvez eu fosse o único a notar, mas parece que Sayuri e Gregor também haviam chegado ao mesmo entendimento.

Após algum tempo, Gregor perguntou:

– Prontos pra dar o fora?

Todos olharam para Marianne Engel, que balançou a cabeça. O Natal era de fato um tempo de milagres, se fôssemos nos guiar pela equipe que cuidava dos esquizofrênicos. Sayuri me pôs numa cadeira de rodas e Gregor empurrou-me pelo corredor abaixo, e quando perguntei aonde íamos, ninguém me deu uma resposta direta. Logo calculei que nos dirigíamos para a lanchonete. Talvez algum tipo de apresentação natalina, um Papai Noel contratado ou cantores voluntários, embora me parecesse curioso o fato de nada ter ouvido. Após tantos meses no hospital, muito pouca coisa escapava à minha atenção.

Quando as portas da lanchonete se abriram, fui atacado pelo cheiro de cada comida no mundo. Encostada na parede em frente, uma pequena força-tarefa de fornecedores de alimentos cuidava de mesas abarrotadas. Trinta ou quarenta pessoas circulavam pela sala, sob fitas de crepe vermelho penduradas do teto, e algumas gesticulavam em nossa direção. A princípio, achei que apontavam a minha aparência, mas quando começaram a indicar Marianne Engel percebi que era ela o centro das atenções, não eu. Os pacientes começaram a aproximar-se: um velho com tosse, uma mulher de cabelos cacheados e bandagens nos braços, um rapaz bonitão capengando. Fechava a retaguarda uma garota pré-adolescente sem cabelos, com um punhado de balões, sob os aplausos dos parentes.

Todos agradeceram a Marianne Engel pelo que fizera; nessa altura, eu ainda não sabia o que era. Depois que Gregor me empurrou até as mesas e me ajudou a sair da cadeira de rodas, explicou que ela acertara e bancara toda a festa. Isso, segundo a habitual falta de contenção dela, não era pouca coisa. Mesmo depois de ver os exagerados jantares que trazia ao meu quarto, eu mal compreendia o que havia.

Peru, presunto, pato assado, frango, bolinhos de carne, cabra, porco, vitela, almôndegas, carpa (carpa? quem come carpa?), bacalhau, hadoque, mariscos, cortes frios de frango, uma dezena de tipos de linguiça, ovos assados, sopa de rabada, ensopados de carne, mais queijos do que se poderia tirar da teta de uma vaca, feijão-manteiga, ervilha, cebola, picles, couve-nabo, cenoura, batata, batata-doce, batata mais doce, batata mais doce ainda, repolho, pastinaca, abóbora, arroz branco, arroz integral, arroz mouro, arroz parboilizado, antepasto, recheio, pães variados, pastéis, pãezinhos, bolinhos de queijo, salada verde, salada César, salada de feijão, salada de massa, salada de geleia, salada de creme batido com maçã, espaguete, fettuccini, macarrão, rigatoni, canelone, tortellini, guglielmo marconi (só verificando para ver se você continua lendo), banana, maçã, laranja, abacaxi, morango, amora, nozes mistas, bolinhos de carne picada, pudim de Natal, pão de Natal, pão de coco, bolo de noz-americana, chocolates, barras de chocolate, rãs de chocolate, feijão enlatado, bombons, açúcar, tempero, tudo legal, bolo de frutas, bonecos de gengibre, Torte Vigilia di Natale, caramujos, cauda de cachorrinho, ponche de uva-do-monte, gemada, leite, suco de uva, suco de maçã, refrescos, café, suco de tomate e água mineral.

Todos no hospital devem ter enchido o prato uma vez, duas, três, e Marianne Engel encantou cada convidado com sua graça e excentricidade. Não doeu o fato de haver-se metido numa fantasia de duende e parecer espantosamente bonita. Tocava música e as pessoas conversavam alegres umas com as outras, todos dentro do espírito do dia. Pacientes que de outro modo jamais se haveriam conhecido falavam sem parar, na certa comparando doenças. As risadas abafavam as tosses, e ouviam-se gritos de prazer das crianças, que receberam, cada uma, um presente vindo de baixo da árvore de Natal de plástico. Ao que parece, Marianne Engel não conseguiu um pinheiro de verdade, mas um artificial já era mais que bom. Se as flores matavam uma pessoa, imagine só o que faria uma conífera.

Por essa única tarde, senti-me uma celebridade no hospital, quando se espalhou a notícia de que fora minha amiga quem fizera tudo aquilo. Um velho veio conversar comigo com um sorriso tão grande no rosto que levei um choque quando ele informou que sua esposa de sessenta anos tinha morrido havia pouco. Quando eu lhe disse que sentia muito ao saber, balançou a cabeça e pôs a mão em meu ombro.

– Não desperdice sua simpatia comigo, garoto. Eu me saí muito bem, lhe garanto. Quando a gente pega uma mulher como essa, não pergunta o que fez para merecê-la. Apenas espera que ela não ganhe experiência e mude de ideia.

Durante a festa, apoderara-se de mim um estranho alívio. Desde nosso primeiro encontro, Marianne Engel me mostrara uma afeição tão irracional que esperei que desaparecesse tão de repente quanto começara. Os relacionamentos se desfazem, é da sua natureza. Todos vimos isso mil vezes, mesmo entre casais que tínhamos certeza de que "iam dar certo".

Conheci certa vez uma mulher que gostava de imaginar o Amor no disfarce de um cachorro forte, que sempre correria atrás do pedaço de pau e voltaria feliz abanando as orelhas. Em completa lealdade, incondicional. E eu ria dela, porque mesmo eu sabia que o amor não é assim. É uma coisa delicada, que precisa ser mimada e protegida. O amor não é robusto nem inflexível. Pode desmoronar sob umas poucas palavras duras ou ser jogado fora com um punhado de atos descuidados. O amor não é de modo algum um cachorro constante; é mais como um lêmure pigmeu.

Sim, é *exatamente* isso o amor: um minúsculo e trêmulo primata com os olhos sempre abertos de medo. Para os que não conseguem imaginar um lêmure pigmeu, pensem numa miniatura de Don Knotts ou Steve Buscemi com um capote de pele. Imaginem o animal mais bonitinho que puderem, depois de espremido com tanta força que todas as entranhas foram empurradas para a cabeça aumentada e os olhos saltam em transbordamento. O lêmure parece tão vulnerável que um predador pode mergulhar a qualquer momento para levá-lo.

O amor de Marianne Engel por mim parecia basear-se numa premissa tão frágil que eu supunha que se desfaria tão logo atravessássemos a porta do hospital. Como podia um amor baseado num passado fictício sobreviver num futuro real? Impossível. Esse tipo de amor era uma coisa a ser levada e esmagada nas presas da vida real.

Era o que eu temia, mas esse dia de Natal mostrara-me que o amor de Marianne Engel não era frágil. Era forte, musculoso, enorme. Eu achava que só podia encher meu quarto na enfermaria de queimados, mas lotava todo o hospital. Mais importante ainda, ela não reservava esse amor apenas para mim; partilhava-o generosamente com estranhos – gente que não julgava amigos do século XIV.

Durante toda a vida eu ouvira histórias bobas sobre o amor: que, quanto mais se dá, mais se tem. Isso sempre me pareceu nada mais que uma violação dos princípios básicos da matemática. Mas ver Marianne Engel partilhar seu amor de forma tão ampla despertou em mim os sentimentos românticos mais esquisitos: o oposto do ciúme.

Confortava-me o fato de o amor ser a condição natural da alma dela, e não uma aberração baseada em fantasias. O amor dela não era um lêmure, um animal assim chamado porque os exploradores portugueses em Madagascar notaram grandes olhos brilhantes espiando de dentro da mata quando se sentavam em torno das fogueiras. Convencidos de que esses olhos pertenciam aos espíritos dos companheiros mortos, batizaram os animais com a palavra latina para "espíritos dos mortos".

* * *

Quando se comeu a última coxa de peru, Marianne Engel agradeceu a cada fornecedor e distribuiu envelopes que continham "só uma coisinha extra pelo trabalho em dia santo". Quando me empurrava de volta ao quarto, disse que esse fora o melhor Natal que já tivera. Observei que era uma afirmação e tanto, já que ela presenciara setecentos.

Após me ajudar a ir para a cama, Marianne Engel sentou-se com um baque satisfeito. Observei que a festa devia ter-lhe custado uma fortuna; ela descartou isso com um aceno da mão e puxou a maleta prateada debaixo da cama.

– Abra.

Invólucros de cédulas de cinquenta e cem dólares estufavam a maleta. Em minha época de pornografia e drogas, eu vira um ou outro saquinho de dinheiro, mas nada parecido. Girei os números no cérebro, tentando chegar a uma estimativa por cima. Era difícil fazer as contas – eu continuava estonteado demais pelo dinheiro –, por isso ela me poupou o problema.

– Duzentos mil.

Duzentos mil dólares. Que ela deixara embaixo de minha cama o dia todo. Que qualquer um podia ter levado. Chamei-a de estúpida, ela riu e respondeu que contra a estupidez até mesmo os deuses lutam em vão. E na verdade, perguntou, quem iria procurar uma maleta de dinheiro embaixo de uma cama de hospital no dia de Natal?

– Você acha que eu não posso sustentá-lo – afirmou isso como se não houvesse possibilidade de poder estar enganada. Não estava. Quando balancei a cabeça, ela disse: – Estou pronta para o presente agora.

Nas semanas anteriores eu compusera dezenas de versões do mesmo discursinho, como um estudante tramando de que modo convidar a garota favorita a dançar, mas agora que chegara o momento sentia apenas incerteza. Timidez. Constrangimento. Queria ser suave, mas, como o estudante, ficara mudo. Tarde demais para fugir, e eu sabia que meus presentes – três – eram demasiado pessoais e estúpidos. As horas de trabalho tinham sido inúteis; que decisões orgulhosas me haviam convencido a fazer esses presentes? Ela ia achá-los infantis, ia me achar muito avançado ou não o suficiente. Eu desejava que raios invadissem o quarto, furassem a mesinha de cabeceira, onde os presentinhos idiotas haviam sido guardados numa gaveta.

Eu escrevera três poemas para ela. A serpente na espinha ria da pura arrogância de tais esforços.

Durante toda a vida eu escrevera poesias, porém jamais mostrara a alguém. Escondia-as, e a mim mesmo, dentro do texto que mantinha escondido – só um homem incapaz de lidar com o mundo real criaria outro no qual se esconder. Às vezes, quando percebia que não podia parar mesmo querendo, uma onda de arrepios de desconforto descia-me pelas costas, como se outro homem se houvesse postado perto demais num mictório público.

Às vezes sentia que havia alguma coisa profundamente não masculina em qualquer texto, mas a poesia era a pior de todas. Quando eu era tomado por ataques de paranoia causados pela cocaína, queimava os diários de poesia e via os papéis em chamas descascarem-se um dos outros em camadas, as labaredas cuspindo pequenos flocos no ar. Quando as palavras reduzidas a cinzas rodopiavam para o céu, dava-me prazer saber que meu eu interior se achava mais uma vez em segurança: uma equipe dos melhores médicos-legistas do FBI não poderia voltar a juntar minhas emoções. A beleza de guardar as mais verdadeiras no texto estava em poder incinerá-las a qualquer momento.

Convencer uma mulher a ir para a cama era seguro, porque as palavras desapareciam com o vapor da respiração ao falar; escrever um poema para uma mulher era fazer uma arma que ela podia depois usar para me atacar. Dar a outros o texto significava que ele estaria no universo eternamente, pronto para voltar e vingar-se a qualquer instante.

Por isso mandei tudo pelos ares. Era dia de Natal, eu estava preso numa cama de armar, devia um presente a Marianne Engel e não tinha um de reserva. Possuía apenas os rabiscos infantis que enegreciam a pureza branca das páginas. Minhas palavras eram hieróglifos egípcios antes da descoberta da pedra de Roseta; eram soldados feridos que capengavam de volta para casa, armas vazias, de uma batalha perdida; minhas palavras eram peixes agonizantes, debatendo-se em histeria quando se abre a rede e a pilha espalha-se pelo convés do barco como uma escorregadia montanha que tenta tornar-se uma pradaria.

Minhas palavras eram, e são, indignas de Marianne Engel.

Mas eu não tinha escolha, por isso enfiei a mão na gaveta escura e – PERDEDOR – atarraxei a pálida imitação de coragem num lugar imaginário. Puxei três páginas, fechei os olhos e estendi os poemas na direção dela, na esperança de que não apodrecessem em minhas mãos.

– Leia-as pra mim – ela pediu.

Protestei que não podia. Eram poemas, e eu tinha a voz numa encruzilhada que dera errado. Um ígneo cão do inferno irrompeu-me na garganta e deixou atrás um violão estourado, com as cordas enferrujadas. Minha voz era – e é – de uma majestosa inadequação à poesia.

– Leia-as pra mim.

Agora são anos depois. Você tem este livro nas mãos, por isso é óbvio que superei o medo de distribuir palavras escritas. Mas os três poemas que li para Marianne Engel naquele dia de Natal não serão incluídos nas páginas desta história. Você já tem bastante provas incriminatórias contra mim.

Quando acabei, ela se enfiou em minha cama.

– Foi lindo. Obrigada. Agora vou lhe contar como nos conhecemos.

XII.

Depois que comecei a ler os textos de Meister Eckhart, ocorreu uma mudança em minha maneira de pensar. Não foi uma coisa enorme, mas o bastante, e por fim passei a entender um pouco o que madre Christina queria dizer com a perda da condição de criatura da alma na tentativa de chegar perto da Divindade. Mas mantive o livro em segredo, porque irmãs como Gertrud jamais levariam em conta as ideias mais radicais dele. E embora fosse Eckhart quem agisse como catalisador, fora outra pessoa que acelerara meu questionamento. Quando uma das irmãs mais velhas morreu, Gertrud atribuiu-me os deveres dela, que incluíam o trato com os fornecedores de pergaminho.

O fabricante era mais rude que os homens aos quais me acostumara, por isso me surpreendeu o fato de nos darmos tão bem. A primeira coisa que me pediu foi rezar por ele. Explicou que a freira anterior fizera isso, e minha primeira lição era que uma mão lava a outra. Se o fizesse, ele faria um desconto para o mosteiro. Admitiu que pecara, mas acrescentou com um sorriso maroto que "não pecara de um modo passível de indulgências".

O homem adorava falar de tudo, e fiquei impressionada com sua compreensão da política, mas talvez apenas porque não percebi que tais queixas eram o padrão em qualquer taverna no fim do dia. Em nossos tratos mensais, aprendi muito sobre a Alemanha que existia fora dos muros do mosteiro. O papa João empenharase numa briga com Luís da Bavária. Guerras eclodiam, e os barões locais haviam passado a contratar tropas mercenárias conhecidas como *condotta*; a linguista em mim reconheceu que a palavra fora tomada de empréstimo ao italiano. Vendia-se a morte por lucro, sem qualquer ideologia ou crença, e isso me embrulhou o estômago. Não entendia como os homens faziam tais coisas, e no entanto o fabricante de pergaminho apenas deu de ombros e garantiu-me que isso acontecia em toda parte.

No *scriptorium*, Gertrud nos mantinha trabalhando até tarde da noite na *Die Gertrud Bibel*, e os esforços davam dividendos. Mesmo com a apaixonada atenção dela ao detalhe, e com todas as nossas outras tarefas tediosas, via-se que restavam apenas mais alguns anos de trabalho. Ela era velha, mas eu sabia que ia obrigar-se a aguentar. Por mais religiosa que se dissesse, discutiria com o próprio Cristo se Ele tivesse o despudor de tentar levá-la antes de concluída a obra.

Era tarde uma noite, como qualquer outra, quando uma das freiras entrou no *scriptorium* e sussurrou sobre a chegada de dois homens, um coberto de feridas tão sérias que parecia "ter batalhado com o Inimigo". Tudo parecia muito interessante, mas eu tinha trabalho a fazer.

Na manhã seguinte, irmã Mathildis, uma das enfermeiras do mosteiro, me acordou na cela e disse que exigiam minha presença na enfermaria, por ordem de madre Christina. Vesti a capa e atravessamos juntas o jardim do claustro, com ela a me informar que, junto com as outras freiras da enfermaria – irmãs Elisabeth e Constantia –, passara a noite acordada, tratando da vítima de queimaduras. Todas ficaram surpresas por ele haver aguentado tanto tempo.

Madre Christina nos encontrou na porta da enfermaria. Do outro lado do quarto, padre Sunder e as freiras enfermeiras cuidavam de um homem coberto por um lençol branco. Um soldado exausto, ainda com as roupas esfrangalhadas da batalha, desmoronara num canto. Quando me viu, saltou e perguntou:

– Pode ajudá-lo?

– Irmã Marianne, este é Brandeis, que nos trouxe o homem queimado. Já consultamos todos os nossos textos médicos – madre Christina indicou com a cabeça os livros abertos num balcão –, mas não há informação suficiente para cuidar desse tipo de ferimento.

Fiquei tão desorientada quanto seria de esperar.

– Já pensou no hospital do Espírito Santo, em Mainz? Disseram-me que é um dos melhores.

O padre Sunder então se adiantou:

– Pensamos, por certo, mas ele está numa condição demasiado frágil para arriscar a viagem. O que se tiver de fazer tem de ser feito aqui.

– Se alguém conhece todo o conteúdo do *scriptorium*, esse alguém é você – disse madre Christina. Por diplomacia, acrescentou: – E a irmã Gertrud, por certo. Mas ela tem muitas tarefas prementes, como compete à posição que ocupa, por isso eu lhe peço que varra a biblioteca em busca de qualquer informação que se possa usar.

Duas coisas ficaram logo claras. Primeiro, tomavam aquela medida sobretudo para apaziguar Brandeis: pouca chance havia de algum dos nossos livros conter de fato informações úteis. Segundo, madre Christina não acreditava que Gertrud dedicasse a necessária concentração à pesquisa. Embora fosse pouca a esperança de que eu encontrasse alguma coisa, pouca é melhor que nenhuma, e parece que, para a madre, a vida de um homem era mais importante que o orgulho de Gertrud. O que, admito, me deliciou. Mas seria impróprio mostrar isso, portanto só me curvei com humildade e disse que tinha prazer em servir à minha prioresa diante de Deus. Meu único pedido era poder verificar as feridas do soldado, para saber qual remédio buscar.

Ao me aproximar da mesa, vi seu rosto pela primeira vez. Estava queimado então, como agora, embora de forma menos severa, e você tinha uma grande poça de sangue no peito, vazando pelo lençol branco. Não pude deixar de pensar numa rosa rompendo a neve. Mesmo na hora, soube que era uma ideia imprópria. O padre Sunder olhou para madre Christina, que balançou a cabeça consentindo, e puxou com delicadeza o lençol. Ouvi um leve barulho de coisa rasgando-se quando o tecido ensanguentado se desgrudou do corpo.

Minha reação me surpreendeu. Fiquei mais fascinada que outra coisa, e por certo não enojada. Enquanto todos no quarto, até mesmo Brandeis, davam um passo atrás, dei um à frente.

Havia pele esturricada, sem dúvida, e o corpo liberava mais líquido do que as bandagens absorviam. Pedi um pano para enxugar o excesso. Negro, vermelho e cinzento misturavam-se, mas enquanto enxugava o resíduo calcinado fiz uma espantosa descoberta. Via-se de fato um retângulo de carne intacta no peito. Ficava à esquerda, pouco acima do coração, e destacava-se nu em contraste com a destruição da pele em torno. Bem no centro, uma única ferida, um talho onde um instrumento afiado cortara você. Perguntei sobre isso a Brandeis, e ele respondeu que fora a ponta de entrada da flecha que o atingira. Disse que a flecha não penetrara fundo, e fora o fogo que causara o verdadeiro dano.

Eu quis saber exatamente o que acontecera. A cara de Brandeis caiu, porque ele já contara a história às freiras, e tornar a repeti-la era a última coisa que desejava fazer. Mas preparou-se e começou a falar.

Você e Brandeis faziam parte de uma *condotta*, como arqueiros mercenários, e ele olhou para o chão como se tivesse vergonha de admitir essa profissão numa casa do Senhor. Houvera uma batalha no dia anterior. Num momento, vocês dois estavam lado a lado com as bestas, e no outro você fora atingido por uma flecha em chamas. Brandeis reagiu rápido, mas o fogo já se espalhava. Como a haste se projetava direto do seu peito, você não podia rolar no chão para apagar as chamas, por isso ele quebrou a flecha perto da ponta. A essa altura, parou para estender as palmas e mostrar as próprias e consideráveis feridas. Desgrudou suas roupas ardentes, porém era tarde demais. O dano já fora feito.

Brandeis ficou a seu lado durante a batalha, usando a besta para derrubar qualquer atacante que se atrevesse a aventurar-se demais. Sua tropa acabou por prevalecer e a luta chegou ao fim. Depois que os adversários se retiraram, seus colegas começaram a varrer a carnagem em busca de sobreviventes.

Havia regras entendidas por todos. Se encontravam um adversário ferido, executavam-no. Se um dos seus fora ferido mas podia-se tratá-lo, dava-se o tratamento. Mas se um destes continuava vivo e ferido além de socorro também era morto. Considerava-se isso um ato de misericórdia e economia. Não seria direito um bom homem sofrer uma morte lenta, e não era prático desperdiçar recursos para manter vivo um soldado inútil.

Quando os companheiros descobriram você e Brandeis, chegou-se logo a um rápido consenso. Também tinham ido longe demais e seriam aliviados daquela miséria. E eles da deles.

Um jovem guerreiro chamado Kuonrat adiantou-se e ofereceu-se como aquele que baixaria a espada fatal, mas não pense nem por um minuto que fosse uma tarefa da qual se arrependeria depois. Kuonrat era um homem ambicioso e sanguinário, e não sentia peso na consciência; já fixara o olho na mais alta posição, e sua morte apenas afastaria outro da velha guarda que atrapalharia a ascensão dele ao cargo de *condottiere*, chefe da tropa.

Mas Herwald continuava no comando nesse dia, e você tinha uma longa história com ele. Na verdade, foi ele quem o levou para a tropa quando você ainda era apenas um adolescente. Era um dos soldados que mais tempo o haviam servido, e com o correr dos anos ele passou a respeitá-lo muito. Não ansiava por ordenar sua execução, mas, sem escolha, sabia que a responsabilidade não podia cair num homem como Kuonrat. Por isso encarregou Brandeis, seu melhor amigo. Se ele recusasse, Herwald o faria pessoalmente.

Brandeis não quis ouvir nem falar em matá-lo. Ergueu-se em toda a sua altura e puxou a espada.

– Eu mato qualquer um que se adiantar. Meu amigo não será morto como um cavalo estropiado.

Por que não podia simplesmente levá-lo a algum lugar e cuidar de você ele próprio? O motivo estava no lema da *condotta*. Uma vez que o soldado entrava, era para a vida toda. Assim era, sempre fora e sempre seria. O soldado precisava saber que podia contar com o homem ao lado, e não podia haver deserção em tempos difíceis. Para impor essa regra, quem tentasse sair era caçado e tinha morte brutal, sem exceções. Se deixassem Brandeis sair para cuidar de você, quem ia exigir o privilégio a seguir?

Pois Brandeis se postou sobre você, espada erguida contra toda a tropa e uma tradição que não se podia quebrar. Tinha uma coragem e uma estupidez incríveis. Mas talvez os outros sentissem um relutante respeito por alguém que arriscava a vida pela de um amigo. O impasse só podia ser resolvido se Brandeis oferecesse uma solução que desse certo e, para surpresa de todos, ele fez isso mesmo.

Sabia da proximidade de Engelthal e conhecia a reputação do mosteiro como um lugar onde os milagres ocorriam como rotina. Jurou pela própria honra que retornaria à tropa antes da próxima batalha, se o deixassem levá-lo ao mosteiro. Disse que você – como todos se haviam convencido de que morreria mesmo – devia poder pelo menos morrer sob a proteção do Senhor.

Herwald aceitou a proposta, uma rara concessão da parte dele. Pessoal e politicamente, foi uma decisão astuta. Ilustrava que o soldado leal seria recompensado, e ao mesmo tempo poupava-o de ordenar a execução de um amigo. Ninguém poderia dizer que ele deixava um soldado capaz largar as fileiras, pois Brandeis prometera voltar à tropa.

O ambicioso Kuonrat sabia que não devia atacar Herwald em público quando a boa vontade estava em alta, mas sussurrou a qualquer um disposto a ouvir que aquela era a segunda vez que se desrespeitava uma lei tida como inviolável na *condotta*.

– Ninguém se lembra do arqueiro italiano Benedetto? Nós o deixamos escapar sem mandar soldados atrás? Mais uma vez Herwald nos traiu por fraqueza. Quanto tempo vamos deixar que isso continue?

Só alguns escutaram. A maioria concordou que, após seus anos de serviço, eles deviam permitir-lhe morrer perto de Deus, aos cuidados das irmãs de Engelthal.

Quando Brandeis acabou a história, esfregou o rosto exausto. É possível que eu tenha visto uma lágrima, mas talvez fosse apenas suor. Foi assim que você chegou ao mosteiro e a mim.

A história de Brandeis deixara todos em transe, mesmo os que já a haviam escutado. O padre Sunder quebrou por fim o silêncio, elogiando-o pelos atos corretos. Madre Christina disse não aprovar mercenários, mas reconhecia o amor fraterno quando o via. Garantiu mais uma vez a Brandeis que faríamos todo o possível, e as irmãs enfermeiras balançaram a cabeça, assentindo. Eram todas belas palavras, sem dúvida, mas em cada rosto no quarto via-se escrita a mesma expressão de piedade. Todos achavam que você ia morrer.

Eu não queria correr os dedos por suas feridas; desejava tocar o seu sangue. Onde todos viam um agonizante, eu enxergava um homem à espera da ressurreição. Pensei nas feridas de Cristo em Sua mais bela hora.

Brandeis endireitou a espinha, como fazem os homens quando julgam que isso lhes dará mais força do que na verdade possuem. Fez uma rígida curvatura e informou que tinha de honrar a promessa de voltar à tropa. Disse confiar em nossas habilidades e na bondade do Senhor. À porta, olhou para você uma última vez.

Após a partida de Brandeis, passei o dia curvada sobre os volumes no *scriptorium*, em busca de qualquer coisa que servisse no tratamento. Mas, por mais urgente que fosse a tarefa, tive dificuldade para me concentrar. Tentava imaginar vocês dois na batalha, mas não conseguia. Brandeis parecia concentrado demais em sua vida para poder ser um assassino, e a calma expressão no seu rosto deitado na mesa me obcecava. Não percebi então, mas você estava em choque. Na hora, parecia que seu espírito deixara a caixa do corpo. Como freira, achei isso profundamente desconcertante. Não ajudou à minha concentração compreender que não perguntara a Brandeis por que a área retangular em cima do seu coração não fora queimada, no meio de tanto dano ao resto do tronco.

Nossos livros não tinham remédios para suas terríveis queimaduras. Nenhum raio de luz que atravessava uma janela iluminava um trecho importante, nem soprava o vento por um caixilho aberto e virava a página certa de um livro. Ao anoitecer, senti-me obrigada a voltar à enfermaria, mesmo que fosse para informar às freiras enfermeiras que eu não fizera progresso algum.

A cena era bem diferente da que vira antes. Você gritava com uma fúria que eu nunca ouvira na vida. Os anos de silêncio no mosteiro haviam-me tornado incapaz de imaginar que um ser humano podia produzir tais ruídos. As freiras tentavam imobilizá-lo, mas era uma batalha perdida. A irmã Elisabeth ficou muito feliz por ceder-me o lugar. Os fluidos que escapavam do corpo haviam-no encharcado, e você revirava os olhos de um lado para outro, como se seguisse um demônio que só você via. Envolvi sua cabeça com a mão, mas você não parava de se debater. Alisei seus cabelos e disse palavras tranquilizadoras enquanto as outras lhe despejavam água. Cada fria espadanada causava outra torção do corpo. Também agarrei uma jarra e tentei ao máximo fazer o líquido descer por sua garganta. Quando você por fim abriu a boca para aceitá-la, agitou os olhos por um momento antes de ficar inteiramente imóvel.

Passou-se um minuto em fantástico silêncio, e eu via no modo como olhavam de rosto em rosto que todos tinham certeza de que você ia morrer. As enfermeiras, hesitantes, permitiram-se sentar-se, exaustas de tanto cuidar de você.

E então você despertou de supetão, os olhos aterrorizados, como se tivesse visto tudo que havia para conhecer sobre a morte. Recomeçou a gritar, e eu o estapeei no rosto para obrigá-lo a concentrar-se, mas você continuou a revirar os olhos em busca do demônio. Eu o agarrei com tanta força quanto ousava e aproximei o rosto a centímetros do seu, berrando. Quando você por fim conseguiu concentrar-se em mim, o medo pareceu bater asas.

A expressão em seus olhos parecia mais de reconhecimento que de qualquer outra coisa. Examinamo-nos um ao outro. Não sei quanto tempo passou. Você tentou dizer alguma coisa, mas saiu tão baixo que julguei haver imaginado a voz. Aproximei o ouvido de sua boca. As outras freiras tinham recuado alguns passos e não ouviram que, com uma voz truncada, você tinha dito algumas palavras:

– Meu coração... Trancado... A chave.

Depois tornou a fechar os olhos e voltou à inconsciência.

Eu não fazia ideia do que você queria dizer com aquelas palavras, mas de algum modo elas fortaleceram a certeza de que devia ajudá-lo. Não é da natureza de qualquer freira aceitar a ideia de um coração trancado, sobretudo o de um homem que logo pode estar no limiar do Paraíso ou, embora não o admitisse para mim mesma, do Inferno. Deve-se ser realista quanto ao destino final de um mercenário.

Fiquei com você a noite toda e lavei os turvos fluidos que corriam do seu peito. Fui tão delicada quanto possível, mas sua carne ainda saltava sob o toque. Por mais difícil que fosse ver sua dor, eu sabia – pela primeira vez na vida – que Engelthal era o lugar *exato* para eu estar. A ausência de visões místicas, de entendimento da Eterna Divindade, essas coisas já não têm a menor importância.

Na manhã seguinte, ao voltar à cela, encontrei Gertrud. Ela perguntou, com falsa voz doce, quando eu "encontraria alguns momentos longe do assassino" para retomar os deveres no *scriptorium* e continuar a obra de Deus. Informei-lhe que madre Christina me pedira ajuda para cuidar do paciente de queimadura, e essa era minha responsabilidade no momento. Também deixei escapar que madre Christina me atribuía qualificação única para encontrar alguma informação importante no *scriptorium*. Vi a raiva passar pelo rosto de Gertrud, mas apenas por um momento.

Quando readquiriu a compostura, Gertrud disse:

– É muita bondade de madre Christina dedicar tais recursos a ajudar esse homem. Contudo, acho que seria sensato você lembrar que só Deus pode ajudar esse soldado. Está fora das mãos de uma criança bastarda deixada no portão.

Foram de longe as palavras mais duras que ela um dia me disse. Fiquei chocada, mas respondi que ela tinha razão, claro. Acrescentei que, ainda assim, devia desculpar-me, pois ia fazer as preces e dormir um pouco, só para o caso de Deus decidir conceder a uma bastarda como eu a graça do talento para cuidar de um homem necessitado.

Quando voltei à enfermaria depois, descobri que você tivera problemas em minha ausência. Andara balbuciando coisas sem coerência e com violência. Madre Christina e o padre Sunder estavam lá, conversando com as enfermeiras, mas ninguém sabia o que fazer em seguida.

Sem aviso, você ergueu um braço e apontou-me. Abandonou toda a fala confusa e gritou em voz clara:

– Aquela.

Todos ficaram desorientados. A não ser pelas poucas palavras que só eu ouvira, era a primeira vez que você falava. Fez-se uma dramática pausa no quarto, antes de você acrescentar:

– Tive uma visão.

As irmãs arquejaram, e madre Christina disse uma prece imediata pedindo orientação. Um soldado tendo uma visão: na verdade Engelthal era um lugar místico e maravilhoso! Eu não acreditei.

Você se achava no mosteiro havia pouco tempo, pensei, mas de algum modo dera um jeito de ficar sabendo que as únicas moedas importantes ali eram a celestial e as revelações.

Madre Christina deu outro passo hesitante e sussurrou:

– Que tipo de visão?

Você tornou a apontar-me e sussurrar:

– Deus disse que essa aí me curaria.

Madre Christina agarrou com força o braço do padre Sunder.

– Tem certeza?

Você balançou a cabeça de modo quase imperceptível e fechou os olhos, da mesma forma como faziam as freiras para mostrar que haviam mergulhado em profunda meditação.

As freiras enfermeiras agarraram-se as mãos em santo medo e ajoelharam-se com reverência, e o padre Sunder e a madre Christina retiraram-se para conferenciar num canto. Pouco depois, ela tomou minhas mãos nas suas.

– É muitíssimo estranho, irmã Marianne, mas devemos aceitar a palavra dele. Eu não soube sempre que havia mais coisas em você do que viam os olhos?

Talvez ela, Deus a abençoe, estivesse prevendo um maravilhoso capítulo novo nas crônicas de Engelthal que escrevia. Quem era eu para decepcionar? Balancei a cabeça, como se o manto de curandeira escolhida fosse um fardo para uma freira nada excepcional como eu, mas uma freira que empurraria a carroça por nosso mosteiro. Atrás de madre Christina, você parecia haver recaído na inconsciência, mas tinha nos lábios um vestígio de sorriso.

As outras freiras me deram grande espaço no seu tratamento após a revelação. Sem dúvida não queriam que seus erros terrestres poluíssem o remédio divino. Limpei suas feridas com água fria e mudei as bandagens, mas também passei a cortar a carne ruim, um procedimento que provocou protestos das outras até eu lembrar-lhes sua visão. Talvez não tivessem estômago para a coisa ou porventura pensassem que não tínhamos direito de profanar um corpo criado pelo Senhor, mas, qualquer que fosse o motivo, sempre deixavam o quarto quando eu fazia aquilo.

Por que decidi que cortar era o rumo de ação certo, jamais vou saber. Desde que nasci, haviam entranhado em mim que se devia separar o mau do bom, por isso eu talvez apenas levasse essa ideia ao nível mais literal. Tampouco sei por que você me permitiu cortar sua pele, mas deixou. Gritou, e ia e voltava da consciência, mas nunca me mandou parar de usar a faca. Fiquei espantada com tal coragem.

Naquela primeira semana, você continuou delirante. No sétimo dia, a febre cedeu, e você por fim acordou de todo para o mundo. Eu enxugava o suor de sua testa quando o vi erguer o olhar e começar a cantar com voz fraca.

Dû bist mîn, ich bin dîn:
des solt dû gewis sîn;
dû bist beslozzen in mînem herzen,
verlorn ist daz slüzzelîn:
dû muost och immer darinne sîn.

Não importava o fato de ter ataques de tosse no meio da cantoria. Apenas por vir da garganta de um homem em recuperação, era mais bonita que qualquer música que eu já ouvira cantada alto pelas vozes das freiras em saudação à glória do Senhor.

A notícia do seu despertar correu por todo o Engelthal.

– As mãos da irmã Marianne produziram um verdadeiro milagre!

Achei que o bom senso ia prevalecer, mas não se discute com um convento de freiras eufóricas. Até Gertrud e Agletrudis pararam de sussurrar no ouvido de madre Christina que eu devia voltar aos deveres no *scriptorium*.

XIII.

— Então, que dizia a música?

– Como é estranho você não lembrar mais sua língua nativa – observou Marianne. – *Você é minha, eu sou seu; tenha certeza. Foi trancada em meu coração, e a chave jogada fora; sem ela, vai ter de ficar para sempre.* É uma balada de amor tradicional.

– Por que essa?

– Você era guerreiro, não cantor. Talvez fosse a única música que soubesse.

Conversamos mais – sobretudo ela, explicando-me a tradição dos Minnelieder, canções medievais – até chegar a hora de ir embora. Após pegar suas coisas, pediu-me que fechasse os olhos.

Quando o fiz, enfiou-me pela cabeça uma fina tira de couro, com uma moeda pendurada.

– O nome certo disso é "anjo". Essas moedas foram emitidas na Inglaterra, no século XVI. Por favor, me permita fazer dela um presente a você.

De um lado da moeda via-se a imagem de alguém matando um dragão; Marianne Engel explicou a história.

– É o arcanjo Miguel, do Apocalipse. "E houve guerra no Céu; Miguel e seus anjos lutaram contra o dragão... E o grande dragão foi expulso."

– Obrigado – eu disse.

– Quando chegar o momento, você saberá o que fazer com essa moeda.

Tais comentários de Marianne Engel, sem sentido na pior das hipóteses e críticos na melhor, eram tão comuns que eu deixara de perguntar o que significavam. Tentar fazê-la explicar-se nesses assuntos em geral levava a conversa a uma parada, e no fim ela jamais se explicava mesmo.

Marianne Engel informou-me que só ia poder voltar depois do Ano-Novo, porque tinha o porão cheio de grotescos abandonados. Ao dirigir-se à porta, bateu na maleta que continha os duzentos mil paus.

– Não se esqueça, vai morar comigo.

* * *

VOCÊ ACHA QUE ELA VAI ESVAZIAR A BOLSA DE DRENAGEM DO CATETER?

Concentrei-me no vazio do quarto. Não ia deixar a serpente que me atormentava se dar bem com isso.

IMAGINO SE ELA TRARÁ PARA CASA HOMENS COM PÊNIS.

A função mais útil do meu antigo vício de drogas era a capacidade de eliminar dias inteiros. Ansiava pelo apagamento que a cocaína e a bebida sempre proporcionavam.

AS MULHERES TÊM NECESSIDADES QUE VOCÊ NÃO PODE SATISFAZER.

A dra. Edwards entrou, com o suéter vermelho vivo dos feriados. Eu jamais a vira com qualquer outra coisa senão o jaleco de laboratório.

– Eu soube que a festa foi uma grande diversão.

Fiquei satisfeito em ver Nan, porque o seu aparecimento significava que a serpente ia desaparecer por algum tempo. A bicha só gostava de me enfrentar quando estávamos a sós.

– É uma pena você não ter ido.

Ela conferiu minha ficha médica.

– Talvez no ano que vem.

– Você teve alguma coisa a ver com ela? – perguntei. – Quer dizer, devia haver um monte de formulários a preencher. Documentos legais, autorizações, esse tipo de coisa.

– O hospital tinha de pensar em sua posição – admitiu Nan – e exigir indenização legal num monte de questões. E se alguém se envenenasse com a comida?

– Não imagino que Marianne tenha cuidado sozinha da papelada.

– Eu atuei como ligação entre ela e o conselho – ela respondeu –, mas só por achar que seria bom para todos os pacientes. Não só você.

– Obrigado. Sei que não gosta muito dela.

A dra. Edwards endireitou as costas.

– Eu a acho uma ótima pessoa.

– É só como uma pessoa que cuida dos pacientes que você tem dúvidas.

– Não importa muito o que eu acho.

– Claro que importa – afirmei. – Gosto do seu suéter. Vai sair?

Ela baixou os olhos, como se houvesse esquecido que o estava usando, mas foi uma representação ruim.

– Prefiro não falar de minha vida pessoal.

– Muito justo – eu disse. – Por que se tornou médica?

– É uma pergunta pessoal.

– Não – eu a corrigi –, é sobre sua profissão.

Ela curvou a cabeça para um lado.

– Pelo mesmo motivo que qualquer um se torna, eu acho. Para ajudar as pessoas.

– E eu achava que alguns médicos faziam isso por dinheiro – observei. – Por que a enfermaria de queimados? Há lugares mais fáceis pra trabalhar.

– Gosto daqui.

– Por quê?

– Quando as pessoas vão embora, há uma... – Ela parou e pensou na escolha das melhores palavras. – Quando eu era residente, me ensinaram a considerar já mortos todos que chegavam. É um truque, você sabe, porque muitos pacientes de queimaduras morrem nos primeiros dias. Mas se a gente considerar os pacientes mortos quando chegam, e depois eles conseguirem sobreviver de alguma forma...

– É uma forma de pensar que a gente só salva as pessoas e não as perde – eu disse. – Dá certo?

– Às vezes eu odeio isto aqui.

– Eu também. – Minha vontade era estender o braço e pegar a mão dela, mas sabia que não devia. Portanto, em vez disso, falei: – Acho você uma excelente médica.

– Sou egoísta. Só quero aquela sensação que tenho toda vez que um paciente sai daqui. – Ergueu o olhar dos pés para meus olhos. – Alguém já lhe disse que seu coração parou duas vezes durante as cirurgias de emergência?

– Não. Acho seguro supor que voltou a bater.

– Nem sempre voltam.

– Vou morar com Marianne.

– Eu só quero que não cometa um erro depois de haver chegado até aqui.

– Se eu não for, não faço ideia do motivo de você ter salvado minha vida.

Nan pensou nessa declaração e levou alguns instantes para tornar a falar:

– Eu não posso salvar a vida de ninguém. O melhor que posso fazer é ajudar alguns a não morrerem antes da hora, e nem isso consigo muitas vezes.

– Bem – respondi. – Eu continuo aqui.

– É, continua. – Ela tomou minha mão na sua, mas só por um momento. Depois se voltou para deixar o quarto, porém na porta girou e acrescentou, quase no impulso: – Vou-me encontrar com meu ex-marido pra um copinho de conhaque. Por isso estou usando o suéter.

– Eu não sabia que você tinha sido casada.

– Fui, e agora não sou. – Ela mexeu na maçaneta da porta, girando-a umas duas vezes. – Meu marido é uma boa pessoa, mas nós não combinávamos. Acontece.

* * *

Após o Ano-Novo, Marianne Engel acelerou sua participação em minhas sessões de terapia física. Treinavam-me na arte de escovar os dentes, abotoar camisas e usar utensílios, praticando essas AVDs – atividades da vida diária – para o momento em que me liberassem. Toda vez que usava a mão boa para fazer essas tarefas, Sayuri me repreendia. Embora fosse mais fácil a curto prazo, dizia, ia fazer com que a mão danificada murchasse. Mesmo essas simples atividades eram “exercício”.

Haviam programado um guia do banho para mim, mais uma coisa que teria de aprender de novo, e eu sentia um grande desconforto à ideia da presença de Marianne Engel nessa lição. Embora ela viesse ajudando na maioria dos aspectos da recuperação, ainda não estivera presente quando retiravam todas as bandagens. Sabia que meu pênis se fora; apenas *não* o vira ainda. Quando eu me mudasse para a sua casa, seria ela quem me ajudaria a tomar banho e, óbvio, isso seria impossível vestido. Ainda assim, eu não estava pronto para deixá-la presenciar essa falta específica em meu físico.

Chegou-se a um acordo. Embora Sayuri achasse que seria melhor o envolvimento de Marianne Engel no treinamento desde o começo, faríamos os primeiros banhos sem ela, enquanto me davam mais tempo para me adaptar à ideia.

* * *

Gregor ficou extático em relação à noite com Akira Kurosawa e Sayuri Mizumoto.

Contou-me histórias sobre o que haviam comprado na tenda da concessionária (pipoca + balas de alcaçuz); que Sayuri não gostava de alcaçuz (ao que parecia, uma coisa cultural, pois a maioria dos japoneses acha que tem gosto de remédio ruim chinês); que haviam tocado acidentalmente os dedos quando pegaram a pipoca ao mesmo tempo; que se deram as mãos quando acabou a pipoca; que ele só conseguia pensar no resíduo amanteigado nos dedos; que rezara para ela não achar que a gordura era suor; que limpara os dedos na calça para não ofendê-la com as mãos gordurosas; que no resto da noite ficaram quatro riscos de dedos gordurosos em sua calça; que teve certeza de que ela ia achar os riscos uma nojenta indicação de falta de higiene. Tudo muito legal. Gregor contou-me tudo, menos o nome do filme, que, suponho, era o aspecto menos importante do evento.

No fim da noitada, Sayuri concordou em jantar com ele no Rasputin's no fim de semana seguinte.

* * *

Marianne Engel empurrou minha cadeira de rodas para dentro de uma sala onde um grupo de internos esperava. Sayuri apresentou-me a todos e depois fez uma pergunta de aparente inocência:

– Qual é meu trabalho?

Os internos entreolharam-se, sentindo um truque. Um rapaz no fundo sugeriu, óbvio, que era terapia física. O sorriso sempre largo de Sayuri abriu-se mais e ela balançou a cabeça.

– Hoje sou alfaiate. Essas medições são muitíssimo importantes, porque o terno que vamos fazer será usado vinte e quatro horas por dia, durante um ano.

Pegou uma fita métrica e perguntou quem queria ajudar. Dois internos adiantaram-se, e logo estendíamos tiras de pano, desse usado para fazer roupas pressurizadas, ao longo do meu corpo. O trabalho demorou mais do que eu esperava, sobretudo porque eles se mostravam muito inseguros de si mesmos. Com toda a paciência, Sayuri respondeu a cada pergunta, e ficou óbvio que era não apenas uma boa professora, mas também gostava. Acabadas as medições, brilhava ao exclamar que o que vinha a seguir – fazer a primeira impressão para a máscara de acrílico que eu teria de usar – era coisa muito mais desafiadora.

– A maioria das cirurgias na cabeça já foi feita e o inchaço no rosto diminuiu, por isso a função básica da máscara é minimizar a formação de cicatrizes. Que fazemos primeiro?

– Uma impressão negativa do rosto – respondeu um dos estudantes.

– Nada disso – ela respondeu, pegando uma câmera. – Fazemos fotos como referência para quando estivermos preparando o interior da máscara. O que acharia de usar uma máscara durante um ano, se ela não se encaixasse direito?

Ela própria fez as fotos, de todos os ângulos, para captar cada detalhe de meu rosto. Detestei que fizesse um registro permanente de minha aparência. Quando largou a câmera, disse:

– *Agora* chegou a hora da impressão. O que fazemos primeiro?

Pelo menos um aluno lera o capítulo certo do livro.

– Despejamos GelTrate no rosto, e depois faixas de gesso.

– Excelente. Venha me ajudar.

Puxou um lençol branco de uma mesa próxima; embaixo estava todo o material necessário ao serviço. Colocaram pequenos círculos de pano sobre meus olhos, e pequenos tubos nas narinas, para que eu pudesse respirar. Os estudantes aplicaram os primeiros jatos de GelTrate nas mãos e começaram a espalhá-lo pelo meu rosto.

– É o mesmo material usado para fazer impressões dentais. É bom se lembrarem disso, porque ninguém gosta dessa coisa. Sejam delicados ao aplicá-lo.

Comparados com os de Sayuri, o estudante tinha dedos hesitantes, mas ela o elogiou mesmo assim, depois pediu a alguns outros que "se adiantassem e tentassem". A sensação de tantas mãos a me tocarem era arrasadora. Ela continuava a explicar como funcionavam:

– É importante que obtenhamos a forma natural da cabeça, dos pômulos, em torno dos olhos... Lembrem-se de ser delicados.

Retirado o GelTrate, veio uma tala para me manter firme enquanto os internos punham as tiras de gesso no lugar. Sayuri instruía-os sobre os ângulos certos, e de vez em quando apontava um erro, mas na maioria das vezes apenas os lembrava de ter cuidado.

– Não é apenas pele, é pele queimada. Lembrem-se.

Posto o gesso por fim no lugar, tivemos de esperar que endurecesse. Sayuri usou esse momento para responder às perguntas sobre minha recuperação; com a cabeça coberta de gesso, eu era incapaz de acrescentar qualquer coisa à conversa. Num sussurro, para não incomodar os estudantes, Marianne Engel sugeriu que devia ler para mim o canto final do *Inferno*. A oferta me agradou muito: queria ouvir sua voz no escuro.

Ela começou:

"Em marcha os estandartes do Rei do Inferno",
disse meu Mestre. "Rumo a nós. Olhe direto em frente:
pode distingui-lo no centro da casca gelada?"

Satanás, o Rei do Inferno, preso numa casca gelada nas entranhas mesmas do *Inferno*: que imagem adequada, pensei, ali deitado, envolto em minha casca de emplastro. Dante tinha Virgílio como mestre, que o conduzia sempre em frente, enquanto meu guia era Marianne Engel. Ela escorregou duas vezes para o italiano, mas percebeu e riu antes de voltar ao inglês. No fundo, ouviam-se as vozes abafadas dos internos, ainda aprendendo as atribulações do tratamento das queimaduras. Quando Sayuri decidiu ser hora de retirar a máscara, senti os dedos dela desgrudando o emplastro. No momento em que reintroduziam à luz da sala, Marianne Engel leu o verso final, em voz baixa, no meu ouvido melhor:

... E saímos mais uma vez sob as estrelas.

* * *

– Use apenas camisas de algodão branco e mangas curtas – disse a dra. Edwards – e deixe que elas circulem na lavadora umas poucas vezes a mais com apenas água. Resíduo de sabão é horrível para a pele em recuperação.

Eu estava programado para deixar o hospital; fizera tanto progresso que iam me liberar em meados de fevereiro, quase dois meses antes do esperado. Nan apontou o grosso livro de instruções sobre reabilitação nas mãos de Marianne Engel.

– A banheira precisa ser esterilizada antes de cada banho, e deve-se acrescentar produtos químicos à água. A lista de produtos está no livro. Vamos dar a você o bastante para a primeira semana, mas depois vai ter de comprar você mesmo. Há também uma lista dos sabonetes adequados. Não se esqueça de aplicar cremes após o banho, e depois novas bandagens. As roupas pressurizadas ficarão prontas em mais ou menos um mês, mas até então ainda é bandagem. Ah, e se usava colônia ou desodorante antes do acidente, agora são absolutamente proibidos.

– Mais alguma coisa? – perguntou Marianne Engel.

Nan pensou um instante.

– Cuidado com os insetos. Uma picada pode resultar numa desagradável infecção. Não há insetos em sua casa, há?

– Claro que não – respondeu Marianne Engel –, mas um de meus amigos foi picado por uma vespa uma vez e o deram por morto. Uma coisa horrível.

Fez-se uma pausa na conversa, enquanto a dra. Edwards e eu tentávamos imaginar do que falava Marianne Engel. Olhamos um ao outro e chegamos a um tácito acordo de que perguntar seria um esforço inútil, portanto Nan apenas comentou que o choque anafilático é sem dúvida comum em tais casos, e continuou com as instruções sobre como cuidar de mim. Lembrou-me de prestar tanta atenção aos danos internos quanto aos visíveis. A pele é o órgão que regula a temperatura do corpo, liberando o excesso de calor pelos poros num dia quente ou durante os exercícios, e o meu corpo perdera grande parte dessa capacidade. Devido ao dano às glândulas sudoríparas, o cérebro ia enfrentar sérios desafios nos controles nervoso e endócrino. Em teoria, o corpo podia revoltar-se e fritar-se de dentro para fora; se eu não tomasse cuidado, podia tornar-me a própria combustão humana espontânea.

– Mantivemos tudo em boa temperatura aqui no quarto – disse a dra. Edwards –, mas você na certa tem de mexer no ar-condicionado, para descobrir o que funciona. Você tem ar-condicionado, não tem, Marianne?

– Vou mandar instalar o mais cedo possível.

– Ótimo. Alguma pergunta final?

Perguntei quanta morfina iam me dar. (Tinha certeza de que a serpente megera não deixaria a minha espinha quando eu saísse do hospital.)

– O bastante pra um mês – respondeu Nan –, mas tenha cuidado. Uma dorzinha agora é melhor que passar a vida como viciado. Fiz-me entender?

– Claro – respondi.

Mas pensava, SEDENTO, na próxima dose deliciosa.

Agora que se haviam concluído as instruções sobre o tratamento, puseram-me na cadeira de rodas, de acordo com a política do hospital, e Nan empurrou-me até a porta da frente. Marianne Engel nem mesmo protestou que devia ser ela a empurrar; talvez achasse que a médica precisasse fazer isso para os pacientes, como um ritual para liberá-los.

Na entrada da frente, fiquei um instante em pé enquanto Nan fazia uma advertência final.

– As pessoas acham que, quando um paciente de queimadura vai pra casa, o pior já passou. Na verdade, o que acontece é que você perde o sistema de apoio diário do hospital. Mas nós continuamos aqui, por isso não hesite em ligar se precisar de qualquer coisa.

Ao contrário de Howard, eu não tinha um contingente de amigos, família e ex-noivas para a despedida. Mas dificilmente podia queixar-me; ao contrário de Thérèse, saía vivo. A equipe do hospital e Marianne Engel reuniram-se à minha volta para uma sincera troca de "Obrigado" e "Boa sorte". Connie deu-me um abraço, Beth um forte aperto de mão, e embora Maddy não se encontrasse ali, tenho certeza de que, se estivesse, haveria se mexido. Sayuri prometeu ir ver-me em breve para continuar o treinamento do passo e desculpou-se pela ausência de Gregor na despedida. Uma emergência com um dos pacientes, explicou.

Esperei que Nan estendesse a mão, mas ela não o fez. Abraçou Marianne Engel e disse-lhe que cuidasse de mim. Depois me beijou na face e me disse que cuidasse de Marianne Engel também.

* * *

Deixam os esquizofrênicos dirigir? Parece que sim. Marianne Engel tinha um potente carro da década de 1970, o último veículo que eu teria imaginado para ela; portanto, era perfeito. Minha amiga gabava-se de que ele pertencera um dia à vencedora do Concurso de Beleza dos Formandos de Medicina de 1967.

VOCÊ NÃO PODE NEM ENTRAR NUM CARRO COM ELA...

No último instante antes de me internarem num hospital, retiraram-me de um carro em chamas. Agora ali estava eu, logo após a saída, entrando num outro. Eu sabia que não podia andar, mas desejava que houvesse outro jeito.

... SEM SE PERGUNTAR SE ELA DEVIA ESTAR DIRIGINDO.

O motor girou como um urso mal-humorado que acordasse bocejando da hibernação. O antigo toca-fitas de oito faixas estava quebrado, e por isso, para manter-se alegre enquanto dirigia, Marianne Engel cantava. A princípio, o que lhe saiu da boca foi

Edith Piaf, parecendo um pardalzinho lindamente destruído; depois, meteu-se no "adeus" da música de Leonard Cohen.

Num sinal de trânsito, paramos ao lado de um casal numa velha caminhonete Ford. A mulher no banco do carona me viu – eu continuava enfaixado, e permaneceria até ficarem prontas as roupas pressurizadas – e deu um gritinho, antes de voltar a cabeça para a rua, numa tentativa de fingir que aquela reação jamais ocorrera.

Olhara para nós e pensara que Marianne Engel era a normal.

NENHUM DE VOCÊS É NORMAL.

Era assim que ia ser, e imagino que devia estar preparado. Mas não estava.

XIV.

Não devia me surpreender o fato de o primeiro edifício que vi ao dobrarmos em Lemuria Drive ser uma igreja. São Romano de Condat era uma grande construção que tentava muito parecer mais respeitável do que de fato era. Não parecia haver sido maltratada, mas sim que o dinheiro simplesmente acabara. A pintura descascava-se, os tijolos rachavam-se e as fendas nas janelas haviam sido cobertas com fita de embalagem. Um sinal ao lado do passadiço de concreto que levava às portas da frente proclamava em letras negras sobre um fundo de plástico branco que o padre Shanahan convidava todos à missa de domingo. Atrás da São Romano ficava um cemitério caindo aos pedaços, com fila após fila de lajes gastas pelo tempo despontando do chão como tabletes de Alka-Seltzer caídos em pé. O gramado pardo parecia cabelos não cortados, e as lembranças das flores se decompunham nos lotes. Algumas das grandes lápides mostravam anjos carregando os mortos para o céu. Perguntei a Marianne Engel se fora ela quem esculpira alguns daqueles. Não, respondeu, não fazia esse tipo de trabalho.

A casa, ao lado da São Romano, na verdade assemelhava-se mais a uma fortaleza: uma grande fortificação de pedra que parecia ter sustentado um sítio dos hunos. Ela viu que eu entrara em estupor diante da solidez do lugar, e explicou que não imaginava morar num prédio incapaz de aguentar a passagem do tempo.

Quando me ajudou a sair do carro, perguntei se algum dia a incomodara o fato de viver num cemitério. Ela apenas deu de ombros e sugeriu que eu tivesse cuidado com os paralelepípedos no caminho, porque alguns deles se haviam soltado. Uma árvore torta que era mais uma desculpa esfarrapada pairava acima de um carrinho de mão que servia para plantação, a enferrujada roda da frente desaparecendo na terra. Uma caixa de correspondência permitia que se inserissem as cartas na boca escancarada de um dragão.

Ao lado da casa, duas enormes portas de carvalho sobre dobradiças de ferro abriam-se para a oficina no porão, instalada com o fim específico de receber as lajes de pedra.

– Grande parte da recuperação foi de eliminações. Pelo menos, foi o que me disseram.

VOCÊ NÃO ESQUECEU JACK, ESQUECEU?

Um cachorro pardo saiu correndo do quintal, o famoso Bougatsa. Marianne Engel abaixou-se para massagear a grande cabeça estúpida do animal.

– Boogie!

Bastou-me apenas um instante para confirmar naquele cão tudo que eu desgostava nesses animais. O bicho era obtuso como só os cachorros são, a língua de retardado balançando de um lado a outro, a cabeça ondulando como uma dançarina de plástico no painel do carro de um cafetão.

APOSTO QUE JACK É UM HOMEM NORMAL, COM MUITA COISA A OFERECER.

– Que tal a gente cantar a música do cara legal?

Marianne Engel deu um gemido como só dá alguém que fuma um cigarro atrás do outro, e Bougatsa juntou-se, tentando imitá-la. Eu já sabia que ela cantava bem, portanto era claro que só cantava assim para brincar com o cachorro. Agora meus olhos são toquinhos carnudos, meio semelhantes a damascos secos projetados da cabeça, que é um punho fechado. O ouvido direito é quase surdo, mas o esquerdo continua sensível o suficiente para saber como soavam horríveis os dois. A inclinação para cima das cabeças sugeria que imaginavam notas altas flutuando no alto, à espera de que eles saltassem sobre elas. Erraram. Não admira que Marianne Engel morasse ao lado de um cemitério: quem senão os mortos podia aguentá-la?

COMO UM TRABALHO. Cadela reptiliana. **COMO UM FUTURO.**

Enquanto eles uivavam, eu absorvia a estranheza da casa. Caixilhos de janelas feitos de madeira pesada, e as próprias com massa de chumbo, vidros tão grossos que uma bola de beisebol perdida na certa haveria ricocheteado. Os blocos de pedra pareciam ter sido postos no lugar por homens de braços peludos e barrigas gordas, um a um, e depois socados em posição com pesados malhos. Tentáculos verdes de trepadeiras subiam pelas paredes rumo ao aspecto mais impressionante de toda a casa: as monstruosidades esculpidas que ladeavam as sarjetas. Como forma de fazer Marianne Engel parar de berrar, observei que não se veem muitas gárgulas em residências privadas.

– Se vissem, eu estaria rica. São uma boa promoção, conseguiram até uma matéria de jornal pra mim. Além disso, tenho mais desses carinhas do que sei o que fazer com eles.

Os demônios olhavam para baixo, os olhos desmesurados saltando em minha direção, independentemente dos passinhos que eu desse para a direita ou esquerda. Os corpos retorcidos hipnotizavam-me: a parte de cima do tronco de um homem desaparecia numa cauda de peixe, tornando-o uma adequada sereia masculina; o tronco de um macaco saltava das ancas de um cavalo; a cabeça de um touro projetava-se do corpo de um leão alado. Uma serpente brotava de um morcego. A cara de uma mulher lançava uma cusparada de rãs. Em cada corpo coexistiam animais dessemelhantes; era difícil determinar onde acabava um e começava outro, e impossível saber que feras – ou quais partes dessas feras – eram boas ou más.

– Precisamos deles lá em cima – disse Marianne Engel.

– Pra quê?

– Pra afastar os maus espíritos.

Tomou-me pela mão para conduzir-me pela porta da frente. Perguntei por que não tinha uma ponte e um fosso. Regras de zoneamento, foi a explicação.

Esperava que o interior fosse todo de tapeçarias de veludo e tronos, mas havia vários trechos vazios. Colunas quadradas de madeira sustentavam o teto, e o piso consistia de pranchas de madeira. Ela pôs o casaco num cabide de ferro pouco além da porta e disse:

– Os caibros são de cedro e as vigas de pinho.

Iniciou minha excursão pela casa na sala de visitas, pintada de vermelho vivo. Havia uma grande lareira com um desenho de anjos e demônios entrelaçados em torno da boca de pedra, e duas poltronas, com um grande tapete no meio, que pareciam à espera de regentes sentarem-se nelas para sérias conversas.

A sala de jantar tinha grandes quadros nas paredes, sobretudo imensos borrões de cor em cima de formas volantes. Mais abstratos do que eu esperava, se alguém me pedisse um palpite. Seria de imaginar que ela teria pinturas com temas religiosos. Mas não. Uma enorme mesa de carvalho tinha no centro nova exibição de flores roxas e velas em castiçais de ferro de cada lado.

– Foi Francesco quem fez estas. Quando vir qualquer trabalho em metal nesta casa, pode supor que é dele.

Balancei a cabeça. Claro. Por que não? A maioria das casas não é mobiliada por fantasmas italianos?

Na cozinha havia um gordo fogão prateado, uma velha geladeira e filas de panelas de cobre que pendiam do teto. Jarras de vidro com massas e condimentos alinhavam-se nas prateleiras, e a pintura amarelo girassol mantinha o aposento implacavelmente quente. Tudo no lugar, e o único sinal de desordem era um cinzeiro transbordante. A casa mais uma vez me surpreendia: não o cinzeiro, mas a ordem.

Uma grande mesa de madeira, tida como um dia pertencente a um rei da Espanha, dominava o estúdio. Apenas tornei a balançar a cabeça: claro, por que não? Os fantasmas italianos não podem fazer tudo. Atrás da mesa, uma forte cadeira, e à direita um sofá de couro que parecia à espera de mais um dos pacientes do dr. Freud.

Estantes, pesadas com sérios volumes, cobriam três das paredes. Spencer, Milton, Donne, Blake e o venerável Bede representavam os ingleses. Os autores alemães incluíam Hartmann von Aue, Wolfram von Eschenbach, Ulrich von Türheim, Walther von der Vogelweide e Patrick Süskind. Entre os russos, *A vida do arcebispo Avvakum*, *O demônio*, de Mikhail Liermontov, e *Almas mortas*, de Nicolau Gogol. A Espanha entrava com obras-primas de Santa Teresa d'Ávila: *O castelo interior*, *O caminho da perfeição*. Os gregos não iam deixar-se esquecer: Homero, Platão, Aristóteles, Eurípides e Sófocles tomavam a maior parte da prateleira de cima, como se havia muito tivessem decidido que estaria incompleta sem todos eles de pé em seus ombros. Havia meia parede de volumes latinos, mas os únicos que me chamaram a atenção foram *O sonho de Cipião*, de Cícero, e *As metamorfoses*, de Ovídio. Parecendo meio deslocados, mas sem querer deixar o palco mundial, vários livros da Ásia. Eu não distinguia os caracteres chineses dos japoneses, e muitas vezes mesmo o título traduzido em inglês não denunciava a pátria do livro. Finalmente, viam-se exemplares de todos os grandes textos religiosos: a Bíblia, o Talmude, o Corão, os quatro Vedas, e assim por diante.

O mais impressionante na coleção era que havia dois exemplares, lado a lado, de todo livro estrangeiro, o original e uma tradução inglesa. Naturalmente, perguntei a Marianne Engel sobre isso.

– As traduções inglesas são pra você – ela respondeu. – Assim podemos falar sobre eles.

– E os originais?

– Por que eu iria ler traduções?

Ela enfiou a mão entre os livros e pegou dois que não eram publicações profissionais, mas manuscritos em grosso papel encadernados com pontos desiguais. A caligrafia era dela e o texto, graças a Deus, em inglês, e não em alemão. *Revelações*, de Christina Ebner, e *Gnaden-vita* de Friedrich Sunder.

– Achei que talvez você quisesse ler esses – disse –, por isso os traduzi.

Havia outro artigo de interesse na prateleira: um pequeno anjo de pedra, cujas asas se erguiam para o céu. Indaguei se ela o esculpira, mas a pergunta, tão inocente, pareceu magoá-la; piscou os olhos algumas vezes, como se tentasse impedir-se de chorar, e franziu a boca, num esforço para acalmar o trêmulo lábio inferior.

– Foi você quem esculpiu pra mim – disse com a voz rachada. – Era meu *Morgengabe*.

Isso concluiu a excursão pelo piso principal. A oficina ficava no porão, mas eu não tinha pernas para descer. O primeiro dia fora do hospital havia sido bastante longo, e na verdade a liberdade era arrasadora. Eu me acostumara a conhecer cada centímetro do ambiente e cada minuto do horário, mas agora me via diante de intermináveis sensações novas. Passamos o resto da tarde sentados na sala de visitas, conversando, mas ela parecia não conseguir pôr de volta no rosto o sorriso varrido por minha pergunta sobre o anjo de pedra.

ISTO NÃO VAI DURAR, VOCÊ SABE. A serpente sacudiu a cauda em torno dos meus intestinos. VOCÊ VAI ESMAGÁ-LA COM SUA INSENSIBILIDADE.

De manhã cedo, subi a escada até o andar de cima, com Marianne Engel logo atrás para assegurar-se de que não ia haver tropeços. Eu ardia pela agulha de morfina que faria calar a boca da serpente. Tinha à escolha dois quartos: um era o dos visitantes, já feito, e outro um recesso tipo sótão que dava para o cemitério atrás da São Romano. Marianne Engel receava que a velha forma do quarto, em cunha no canto do teto, fosse opressiva após seis meses no hospital, mas na mesma hora tomei gosto por ele.

– Parece um campanário. É perfeito.

Ela me preparou uma morfina mais doce que a primeira chuva no deserto, e a serpente deslizou em silêncio para seu buraco. Julguei que ia dormir até a manhã seguinte, mas não funcionou assim. Era fevereiro, e ainda não esquentara lá fora, mas por algum motivo parecia ridiculamente quente do lado de dentro. Talvez o efeito fosse em parte psicológico, fruto da tensão de dormir num lugar novo pela primeira vez em dez meses.

A pele que não respirava revoltou-se na noite febril, e sonhei com campos de concentração, fornos humanos, pessoas com corpos de palitos de fósforo. A fome delas transformava-as em algo demasiado fino para ser humano. Os olhos saltavam e acusavam; eles caçavam-me com esses olhares. Alguém disse em alemão: "Alles brennt, wenn die Flamme nur heiß genug ist. Die Welt ist nichts als ein Schmelztiegel." *Tudo arde se a chama é bastante quente. O mundo não passa de um cadinho.* Eram as mesmas frases que eu ouvira no pesadelo no hospital sobre a cama de armação subindo na chama de um sudário.

Acordei de repente sentado nos lençóis, desejando poder suar. Ouvi a serpente cantando HOLOCAUSTO, HOLOCAUSTO, HOLOCAUSTO, HOLOCAUSTO. A palavra, disseram-me, significa literalmente "queimar tudo". O campanário cozinhava-me; a dra. Edwards tinha razão, precisávamos de ar-condicionado. EU JÁ VOU E VOCÊ NÃO PODE FAZER NADA. Não havia como negar a persistência da serpente; como ter uma testemunha de Jeová morando na espinha. EU JÁ VOU E VOCÊ NÃO PODE FAZER NADA.

Olhei o *Gnaden-vita* (que significa "Vida de misericórdia") de Friedrich Sunder na mesinha de cabeceira. Decidi que não tinha coragem de fazer qualquer leitura, em especial uma coisa tão desafiadora. Levantei-me sobre as pernas que não cooperavam e, com um pouco de persuasão, consegui apontá-las na direção do quarto principal, do qual – para minha surpresa – Marianne Engel se ausentara. Escutei a casa. Ouvi embaixo débeis compassos de música clássica que não reconheci, mas que, por algum motivo, me fizeram lembrar de trabalhadores no campo. Desci com esforço dois lances de escada, do campanário ao piso principal, e depois do piso principal à oficina no porão.

Vi centenas de velas, centenas de pontos de fogo no aposento. Não gostei. Rios de luxuriante cera vermelha escorriam pelos castiçais de ferro abaixo; pequenos borrões espalhavam-se no chão de pedra, como um caramanchão de cabeça para baixo com estrelas de rubi. Eu distinguia as grandes portas de carvalho de um lado da sala e uma considerável bancada de madeira no outro. Ferramentas presas em ganchos cobriam a parede, e uma cafeteira repousava numa estante ao lado do estéreo que tocava a música. Encostada na parede junto a uma pilha de fragmentos de pedra varridos de forma descuidada, uma vassoura. Mas esses eram os detalhes sem importância.

Por toda parte viam-se monstros incompletos; em geral, a parte de baixo dos grotescos inacabados, como se a máfia dos duendes lhes houvesse dado os proverbiais sapatos de cimento. Um meio selvagem marinho usava as mãos ligadas por pele para fazer emergir as garras de um mar de granito. A parte de cima de um aterrorizado macaco irrompia de um leão com as pernas ainda não esculpidas. A cabeça de um pássaro assentava-se nos ombros de um ser humano, mas tudo abaixo do peito continuava sendo mármore intocado. O brilho das velas apenas ampliava as já exageradas feições das feras.

A oficina era uma sinfonia de coisas inacabadas, colhidas entre a existência e a não existência. Difícil saber se pareciam extáticos ou melancólicos, medrosos ou destemidos; talvez nem eles mesmos soubessem ainda. Não havia sequer luz suficiente para decidir se eram belos ou repugnantes. E no meio dessas gárgulas, Marianne Engel dormia sobre uma enorme laje de pedra, despida a não ser pelo colar cuja ponta de flecha, apoiada no vale dos seios, subia e descia ao ritmo da respiração. Achava-se em casa ali, o nu dançava sobre as sombras e luzes, os cabelos enroscados em torno do corpo como asas trançadas de cordas negras. Ela grudava-se à rocha como musgo à espera de absorver a chuva, e eu não conseguia afastar os olhos daquele corpo glorioso. Não queria ficar olhando; só não podia me obrigar a parar.

Logo tive consciência de que invadia uma coisa intensamente pessoal; alguma coisa na cena mais vulnerável que a nudez. Sentia-me como se interrompesse uma conversa particular, e sabia que devia partir logo.

Voltei ao piso principal e decidi dormir no estúdio, porque era mais frio que o campanário. Pus toalhas sobre o sofá de couro, pois ainda soltava pele, e deitei-me. Injetei-me outra generosa dose de morfina, porque o veneno de um é o leite morno de outro. Não houve sonhos com holocaustos nesta noite.

* * *

Acordei e vi Marianne Engel, de roupão branco, parada acima de mim. Conversamos alguns minutos antes de ela me levar para o banheiro, onde já preparara um banho com os produtos químicos certos e pusera um termômetro na borda da banheira.

– Tire as roupas.

Eu conseguira evitar o treinamento do banho com ela no hospital com uma combinação de sorte e trapaça, mas a sorte acabara. Minha benfeitora agora exigia ver meu corpo exposto, por isso usei a única carta que restava na manga; falei que minha nudez à sua frente me deixaria constrangido e perguntei se entendia. Ela me disse que sim, mas isso não mudava o fato de que eu precisava ser lavado. Respondi que ela tinha de respeitar minha intimidade. Minha amiga riu e me falou de um sonho muito vívido que tivera na noite anterior, no qual eu, de pé no meio da oficina, olhava seu corpo nu.

Eu dificilmente tinha de dar explicações sobre isso. O melhor que consegui foi um novo acordo: concordava em deixá-la dar-me banho se ela me aplicasse mais droga primeiro. Acordo aceito. Logo me despi, parecendo feito de borracha não assentada direito no molde, enquanto ela vasculhava meu abominável corpo em busca da veia apropriada, sedenta de morfina.

É AÍ QUE ELA VÊ O QUE LHE FALTA.

Ela apoiou a mão em meu quadril e expôs meu braço esquerdo para as drogas, mas por estratégia cobri as virilhas com o direito.

Preparou a agulha, pôs a ponta onde devia entrar e perguntou:

– Este lugar é bom?

ELA PODE PENETRÁ-LO...

Fiz que sim com a cabeça. A agulha penetrou, e eu nem pensava na morfina que recebia; raciocinava apenas ... MAS VOCÊ NÃO PODE PENETRÁ-LA... que tinha de dar um jeito de não mover o braço direito.

– Pra banheira – ela ordenou.

Mas eu era incapaz de entrar sem mexer o braço direito. Por isso apenas fiquei ali de pé, ocultando o espaço em branco entre os quadris.

– Vou ajudar a lavar você todo dia – ela disse com voz delicada. – Será difícil se continuar escondendo isso.

Nada há a esconder, pensei.

– Eu já sei que não há.

– Eu não falei nada.

– Você acha que vou sentir nojo – continuou Marianne Engel – ou mudar o que sinto.

Falei por fim:

– É.

– Está enganado.

Deixei cair o braço, como em desafio, como se esperasse que a reação dela provasse o seu erro. Queria que recuasse diante da cicatriz fechada onde se podia imaginar que o corpo fora aberto, o pênis empurrado para dentro e a fenda costurada, e também do escroto solitário, que para todo mundo parecia uma bola de mato seco na rua abandonada de uma cidade fantasma.

Mas ela não recuou; em vez disso, ajoelhou-se na frente do meu corpo nu e encostou-se. Com a cabeça à altura das virilhas, estreitara os olhos e examinava as leves linhas de arranhão dos pontos, havia muito extraídos, que fechavam o lugar onde antes existia o pênis. Ergueu e recolheu a mão, mas não com nojo: parecia agir pelo instinto de que podia tocar um corpo que lhe pertencia, antes de perceber que não, pelo menos neste século. Por isso ergueu o olhar para mim e pediu permissão.

Pigarreei uma vez, duas, e depois fiz um fraco aceno com a cabeça.

Marianne tornou a estender a mão, e desta vez as pontas dos dedos rasparam o enrugado deserto. Não senti de modo algum o toque; soube apenas que tinha as pontas dos dedos sobre mim porque os via ali.

– Agora pare – disse.

– Dói?

– Não. – Terceiro pigarro. – Já não viu o bastante?

ELA NÃO VIU NADA.

Marianne Engel tirou os dedos e levantou-se. Olhou-me direto nos olhos com os seus, verdes nesse dia, e que funcionaram como às vezes faziam, perturbando-me.

– Eu não pretendo deixá-lo desconfortável.

– Mas deixa – respondi. – Às vezes.

– Você acha mesmo – ela perguntou – que algum dia o amei pelo seu corpo?

– Eu não... – Quarto, quinto; porra de garganta. – Acho que não.

E para mostrar que falava sério, entrei na banheira sem mais discussão.

A banheira era uma coisa enorme, apoiada em patas de leão, e logo Marianne Engel arrancava com a escova as camadas mortas externas da pele. Era um processo doloroso, por isso ela me distraía – mostrava-se pronta para passar adiante na conversa –, indagando-me por que tivera tanto problema para dormir. Expliquei que o calor era um pouco demais, e causava pesadelos. Depois lhe perguntei por que se estendera na laje.

– Instruções?

– Achei que tinha acabado um grotesco – ela admitiu –, mas me enganei.

– Uma vez você me disse que esculpe tão rápido quanto pode, pra arrancar a forma do grotesco da pedra, mas o porão está cheio de obras inacabadas.

– Às vezes a gente chega à metade do trabalho antes que eles percebam que não estão prontos. Assim, paramos por algum tempo. – Pegou um pouco d'água nas mãos e despejou-a sobre minha cabeça. – Quando tornar a receber o chamado, eu os termino.

– E se – perguntei – você se recusasse a esculpir quando eles chamam?

– Não poderia fazer isso. Minha escultura agrada a Deus.

– Como é que você sabe?

Ela apertou com mais força a esponja numa área de minha pele que não queria ceder.

– Porque Deus me deu ouvidos que ouvem as vozes dentro da pedra.

– Como funciona, exatamente?

Ela tropeçou nas palavras; apesar de todo o talento para línguas, não conseguiu expor com exatidão o que queria dizer.

Eu simplesmente me esvazio. Antes ficava tão ansiosa pra receber as instruções de Deus que não conseguia. Agora me esvazio, e é quando as gárgulas podem me falar com mais facilidade. Se não me esvazio, entro com minhas próprias ideias, nem sempre erradas. É muito mais fácil para as gárgulas, você entende, porque se vêm esvaziando há um milhão de anos. Ele as enfiou na rocha e instruiu-as. Então elas me informam sobre o plano de Deus para nós. Eu tenho de... – fez uma pausa por uns bons cinco segundos – tenho de esvaziar-me de potência para chegar o mais próximo possível do ato puro. Mas só Deus é puro ato.

Não vou fingir que entendo perfeitamente tudo isso, mas eis a melhor interpretação: Deus agiu sobre as "gárgulas enterradas" (ainda presas na pedra) informando-lhes as formas que deviam assumir. Estas agiram sobre Marianne Engel, instruindo-a sobre como melhor realizar tais formas. Ela então se torna a agente da ação, lapidando a pedra. Assim, permitiu às gárgulas realizarem as formas que Deus lhes destinava. As agora "desenterradas gárgulas" (as esculturas acabadas) eram portanto uma realização das instruções divinas. Não se tratava de criações de Marianne Engel, porque não era ela a escultora; era Deus. Ela não passava do instrumento nas mãos d'Ele.

Minha amiga continuou a esfregar com força o meu corpo todo o tempo em que explicava. Quando acabou, vi as lascas de pele flutuando na água do banho.

* * *

Não demorou muito para chegar uma equipe profissional encarregada de instalar o ar-condicionado, e vi-me capaz de dormir com conforto no campanário. Montei algumas estantes no quarto – uma para livros, outra para o pequeno grotesco de pedra e o lírio de vidro que recebera no hospital. Equipei uma mesa com o material de escrita que Gregor me dera. Em outro canto, a televisão e o vídeo que Marianne comprara para mim, apesar da aversão que sentia por esses produtos demasiado modernos.

A cena no porão não se repetiu em qualquer momento depois daquela, e logo criamos uma rotina. Quando eu acordava pela manhã, ela me injetava primeiro e me esfregava depois. Em seguida, havia uma série de exercícios que Sayuri prescrevera. À tarde, eu tirava um cochilo enquanto Marianne Engel fazia as compras das coisas necessárias à minha recuperação e levava Bougatsa para um passeio. No início do anoitecer, eu me levantava e jogávamos baralho ou tomávamos café e conversávamos. De vez em quando, se ela tinha alguma coisa a fazer, eu ligava para Gregor e passávamos alguns minutos ao telefone. Descobri que sentia saudade das visitas dele à minha cama no hospital, e em geral terminávamos os telefonemas prometendo nos encontrar em breve. Mas não era fácil, pois ele tinha um horário apertado e parecia passar qualquer tempo livre com Sayuri.

No fim da maioria das noites, Marianne Engel recolhia-se antes que eu me dispusesse a dormir, o que me permitia ficar acordado e ler Friedrich Sunder ou a irmã Christina.

O *Gnaden-vita* era fascinante, embora, por motivos que eu não descobria, o texto incluísse várias ocorrências de mudança de gênero. Sunder escrevia no sentido masculino correto e então – vapt! – virava mulher. Esses erros talvez houvessem sido inseridos por editoras mulheres após a morte do padre ou por várias escribas no correr dos anos, ou mesmo por Marianne Engel quando por fim traduzira a obra para o inglês. (Imagine a alegria nos olhos de Titivillus!) Contudo, eu duvidava que fosse de fato isso, porque as qualidades femininas ultrapassavam os simples deslizes tipográficos; faziam parte integral do conteúdo.

Um exemplo impressionante em particular encontra-se na descrição pelo padre Sunder do seu casamento com Cristo. A ideia de uma tal união parece – à minha mente moderna – estranha, mas aparentemente "casamento" com Cristo era comum entre os homens da posição dele. Mesmo admitindo-se isso, porém, não há como negar a enorme natureza erótica da imagística nupcial. O casamento consuma-se numa enfeitada cama coberta de flores, no meio de um pátio, e testemunhado por muitas figuras do Céu, incluindo a mãe Maria. Sunder escreve que Cristo o abraça e beija, e que extraem prazeres um do outro. (Você leu corretamente.)

Quando acaba com Friedrich, Jesus manda os anjos pegarem os instrumentos e tocarem com tanto prazer quanto Ele acabou de tocar Seu amado cônjuge. Diz até que, com essa consumação, uma multidão de almas livrou-se do Purgatório, o que na verdade sugere uma senhora noite de núpcias.

Passou-me pela mente que Marianne Engel talvez houvesse incluído esse trecho na tradução apenas para dar uma boa risada às minhas custas. Porque – ora, vamos – o episódio *não poderia* ter de fato existido no texto original de Sunder, certo? Mas no intervalo conferi outras fontes e descobri que é exato.

Por mais interessante que seja, mais notável para mim é o fato de que o *Gnaden-vita* não inclui menção alguma à irmã Marianne abandonada como bebê nos portões de Engelthal. Quando observei isso, minha benfeitora me garantiu que tal omissão no livro do padre Sunder seria explicada antes de ela acabar de contar-me a história de nossas vidas passadas.

* * *

– Sei que não lhe agrada a ideia de sair em público – ela disse –, por isso vamos agora, sob o manto da noite.

Resisti por resistir, mas tinha curiosidade demais sobre aonde levaria uma excursão à meia-noite com Marianne Engel. Logo nos vimos no carro, dirigindo-nos a uma praia na qual nunca me dei ao trabalho de parar. Imaginava se haveria mais alguém lá, e decidi que talvez não, numa noite fria em fins de fevereiro. Mas me enganei. Pequenas fogueiras pontilhavam a linha de areia, e em torno delas adolescentes sentavam-se tomando cerveja. Ficavam equidistantes na escuridão, proporcionando a todos um certo grau de anonimato. Gostei.

Marianne Engel estendeu uma manta. Eu queria tirar os sapatos, porque estavam cheios de areia, mas mesmo no escuro era tímido demais com os dedos desaparecidos. Ela disse desejar que eu a acompanhasse numa nadada, ou pelo menos entrasse até ter a água pelos joelhos, mas não tinha ideia do que a água salgada faria à minha pele. Nas entranhas, eu sentia que seria um prazer. Na verdade não importava, porque quando criança jamais aprendera a nadar.

– Que vergonha – ela disse. – Eu adoro a água.

Deitei a cabeça em seu colo, e ela me falou do grande lobo que persegue o sol todo dia, tentando comê-lo. Diz-se que em Ragnarök, a batalha do fim do mundo, ele acabará por conseguir e devorará o sol enquanto seu irmão Hati come a lua, e as estrelas desaparecerão do céu. Falou-me do terrível terremoto que rasgará a terra quando Miðgarðsormur, a Serpente Midgard, retorce o imenso corpo no oceano e causa enormes ondas de maré. Todos os deuses se envolverão numa tremenda guerra, e no fim o fogo será jogado em todas as direções. O mundo, disse, arderá e os restos calcinados afundarão no mar.

– Pelo menos, é nisso que acredita meu amigo Sigurðr.

Saltou da manta e começou a tirar a roupa.

– Agora vou nadar.

Embora em geral eu aceitasse essas idiossincrasias, fiquei chocado com o anúncio. O perigo era óbvio e imediato, e protestei que o tempo esfriara demais.

– Está ótimo – ela insistiu. – As pessoas fazem isso o tempo todo, você sabe, nos mergulhos em água gelada.

Eu ouvira falar desses fatos – gente que salta por alguns minutos no oceano gelado, em geral para fins beneficentes – e sabia que eram acompanhados de perto por dezenas de voluntários, para não falar em médicos. Qualquer dos cem participantes podia ajudar a tirar um nadador com problemas, mas ali ela estaria sozinha.

– Eu adoro ver você tão preocupado comigo – ela disse –, mas já fiz isso um monte de vezes.

– É? – contestei. – Quando? Onde?

– Na Finlândia. Muitas vezes.

Finlândia.

– Isso não faz desse mergulho uma boa ideia hoje.

Não estávamos na Finlândia.

– Você é uma gracinha. Só vou ficar alguns minutos, e não vou nadar além de onde meus pés toquem o chão. – Já tirara as roupas, amontoadas numa pilha na praia, e eu lhe pedi mais uma vez que não o fizesse. – Só alguns minutos. No raso.

SEI QUE VAI SER ÓTIMO.

– Estou realmente tocada por essa sua preocupação – ela acrescentou –, mas não precisa se preocupar.

Dirigiu-se com toda calma para o mar. A lua lançava um fulgor fragmentado sobre as ondas. Ela não parou, nem se arrepiou, nem se debateu, nem jogou água na barriga para aclimatar-se ao frio. Não, apenas caminhou até ter água na altura do peito e inclinou-se à frente para deslizar. LÁ VAI ELA pela água adentro.

Na praia, ouvi alguns adolescentes rirem dizendo que alguém era estúpido o suficiente para nadar naquele tempo MUITO FRIO do ano. Vi a pequena esteira que se formou atrás dela quando se dirigiu para longe de mim, mas paralela à margem. Pelo menos mantinha a promessa de não entrar na água profunda. Segui o avanço dela, ondulando ao longo da praia para manter-se à minha altura, embora, em qualquer caso, eu não soubesse o que poderia fazer se ela tivesse problemas. DIGA "ADEUS". Berre para os adolescentes, supus; desde o acidente, não havia chance de meu corpo aguentar o frio de um mar de inverno.

Ela cortou suavemente a superfície da água; era boa nadadora e, apesar de fumar, tinha o corpo forte devido ao trabalho físico nas esculturas. De vez em quando olhava para a praia, para mim. Julguei vê-la sorrir, mas estava longe demais para ter certeza. Agarrei nervoso o colar com a moeda do anjo e vi-a dar a volta e começar a retornar para onde entrara na água.

Quando iniciou o retorno à praia – para meu alívio, só alguns minutos após deixá-la –, saiu da água da mesma forma como entrara. Não correu, nem sacudiu o corpo para livrar-se da umidade. Apenas saiu calma e encaminhou-se para mim, tremendo com o frio da noite, embora menos do que eu haveria imaginado.

– Sabe o que foi o melhor dessa nadada?

– Não.

– Saber que você me esperava na praia.

Usou uma toalha para espremer a água dos cabelos – um senhor serviço, vou-lhe contar – antes de tornar a vestir as roupas que lhe entreguei ansioso, acendeu um cigarro e disse ser hora de me contar mais da nossa história.

Toda vez que parava, talvez para acrescentar um pouco de drama à narrativa, eu receava que isso significasse o início tardio da hipotermia.

XV.

Agora que você já passara pelo pior, sua condição melhorava a cada dia. Ainda tinha muito tratamento pela frente, mas eu não mais temia que me escapasse toda vez que eu deixava o quarto.

No começo, você disse que não queria falar de sua vida. Eu não sabia se isso se devia ao fato de sentir vergonha de todos os anos como mercenário ou se apenas era doloroso demais lembrar aquela batalha final. Mas como não se discutiria sua vida, falamos da minha. Você parecia fascinado por ela, por *mim*, o que eu não entendia bem. O que poderia haver de interessante na vida do mosteiro? Mas seus olhos brilhavam quando eu lhe falava de meus deveres no *scriptorium*, e pedia excitado as roupas. Eu as peguei na cômoda onde as guardáramos. Embora estivesse quase em farrapos, as freiras não conseguiam forçar-se a jogar fora uma coisa que não lhes pertencia.

A flecha penetrara no peito do colete de malha, e grande parte do material em torno se queimara, mas senti uma coisa pesada e retangular no bolso interno. Você puxou esse objeto, embrulhado em pano. A haste quebrada continuava enterrada na frente, e a ponta da flecha saía pelas costas. Você revirou o objeto nas mãos, surpreso por ver que tal escudo acidental impedira que a flecha entrasse mais fundo em seu peito. Depois de extrair a ponta, apertou-a em minha palma e mandou-me fazer o que quisesse com ela.

Nem tive de pensar no assunto; disse na mesma hora que sabia o que ia fazer.

– E o que era?

– Devolvê-la a você – respondi – após pedir ao padre Sunder que a abençoasse. Depois seu peito pode aceitá-la mais como proteção que como ataque.

– Eu anseio por esse dia – você disse, quando lhe devolvi o embrulho. – Recebi isto de um morto.

Desembrulhei-o, e revelou-se um livro copiado à mão, com as bordas queimadas, que me deixaram carvão nas pontas dos dedos. Imaginei como o livro escapara de ser devorado pelas chamas.

Encostei-o no seu peito, e ajustou-se muito bem nas queimaduras. O pedaço de pele não calcinada ficava exatamente onde a flecha pregara o volume em seu peito, e isso também explicava o pequeno corte no meio daquele retângulo intacto.

Folheei o livro, notei que o corte das páginas se tornava menor quanto mais eu me aprofundava, e perguntei-lhe sobre o morto. Você respondeu:

– Tínhamos dois italianos em nossas fileiras. Um foi morto em combate, um bom homem chamado Niccolò. O livro era dele.

Não era incomum a *condotta* contratar estrangeiros, desde que tivessem talentos especiais. Sua tropa mercenária aceitara um arqueiro italiano, e na verdade foi assim que a tropa passou a chamar-se *condotta*; era a palavra italiana para tropa mercenária, e os soldados gostaram do som.

Os italianos incluíam-se entre os melhores arqueiros já vistos e trabalhavam bem com você e Brandeis. Vocês não falavam muito da língua deles, mas tanto Benedetto – o outro italiano – quanto Niccolò se viravam em alemão, e durante os anos que passaram juntos vocês se respeitavam uns aos outros como arqueiros e homens. Confiavam o bastante para comentar que se haviam cansado das batalhas.

Quando Niccolò morreu, Benedetto decidiu que estava farto. Como arriscava a vida todo dia no campo de batalha, tanto fazia arriscá-la numa fuga. O medo de ser caçado por uma equipe de batedores acabou sendo compensado pelo de ficar. Em vez de simplesmente desaparecer sem uma palavra, ele ofereceu a você e a Brandeis a oportunidade de acompanhá-lo.

Você pensou na ideia, mas no fim decidiu contra. Herwald podia deixar um estrangeiro desaparecer; mas se três arqueiros desaparecessem ao mesmo tempo o castigo seria inevitável e sangrento. O mais importante, porém, era que nenhum de vocês dois podia fazer a mesma alegação que Benedetto. Na verdade, continuavam a ter mais medo da própria tropa que do inimigo. Ainda assim, os dois admiravam Benedetto e sentiam-se obrigados a ajudá-lo, em parte por amizade, em parte pela emoção de segunda mão.

Benedetto achou muito correto levar o que pudesse para a esposa e os dois filhos pequenos de Niccolò em Florença.

– Os filhos teriam alguma coisa que pertencera ao pai quando crescessem.

Assim, na escuridão da noite, vocês três espalharam os bens do morto e os vasculharam. Uma bolsa de moedas, as roupas, as botas, um livro e a besta. Benedetto pegou as moedas, para entregá-las à viúva, e a besta, e com isso julgava dar um presente adequado aos filhos de um guerreiro.

Embora você na verdade não precisasse de um livro, pôs algum dinheiro na mão de Benedetto para pagar por este.

– Sem o pai, a família vai precisar mais do dinheiro que de palavras.

Ele concordou e disse não saber por que o amigo tinha um livro, para início de conversa.

– Parece que foi escrito por um grande poeta de Florença, mas eu sempre brinquei com Niccolò por isso. Para que homens como nós precisam de poesia?

Na manhã seguinte, você e Brandeis tiveram de fingir surpresa pelo fato de alguém como Benedetto haver fugido. Kuonrat o Ambicioso ficou lívido e exigiu o envio imediato de uma expedição para "encontrar e matar o traidor!". Herwald mostrou-se mais razoável. Decidiu que seria enviada apenas uma pequena equipe de busca atrás de Benedetto, e só por pouco tempo.

O chefe raciocinou:

– O italiano vai voltar para o país dele. Que vá. Não é alemão; não é um de nós. Mas não pensem que isso representa uma mudança de política. Se um camarada alemão fugir, não pararemos enquanto não o encontrarmos e matarmos. Mesmo que leve anos.

Esse discurso apaziguou a tropa, cuja maioria jamais gostara de estrangeiros em seu meio. Para eles, não bastava os dois italianos terem ido embora, como quer que houvesse acontecido. Kuonrat o Ambicioso continuou furioso com o desaparecimento de Benedetto, mas a renovada ameaça de morte aos desertores alemães trouxe-lhe um sorriso ao rosto. Ainda assim, reconheceu que era a oportunidade perfeita para iniciar uma campanha de sussurrada difamação.

– O velho Herwald está ficando mole.

Foi nesse ponto que você de repente parou de contar a história e baixou os olhos para o piso da enfermaria de Engelthal com tanta vergonha que tive de perguntar qual era o problema.

– Esse livro – você respondeu – tem uma coisa estranha. Quando o vi pela primeira vez, pareceu me chamar. Como se quisesse que eu o pegasse.

– Não é tão estranho assim. Eu me sinto desse jeito com os livros o tempo todo.

– Mas irmã Marianne – você confessou – eu não sei ler.

Não sei por que você teria achado que eu esperava isso. Eu sabia muito bem que minha capacidade de leitura era a exceção, não a regra. Se você não houvesse pegado o livro, observei, a flecha teria penetrado em seu coração e matado você.

– Sem dúvida você descobriu mais valor nesse livro – eu disse – do que em qualquer um que eu algum dia leia.

Você sabia, ou pelo menos era o melhor palpite, que o livro era mais em italiano que em alemão. Confirmei o fato, mas acrescentei que podia traduzi-lo. Você ficou impressionado, como devia, porque não conhecia ninguém que soubesse ler uma língua, muito menos duas. Prometi que ia dar uma olhada mais atenta no livro, na cela, e informaria do que tratava. Isso o satisfez, mas você pediu mais um favor.

– Por favor, reze pela alma do meu querido amigo Niccolò e pela esposa e filhos dele. E por Brandeis. Eu mesmo faria isso, mas minhas preces não valem tanto quanto as suas.

Garanti-lhe que as preces de todos eram dignas, se ditas com um coração sincero, mas sem dúvida ia fazer o que me pedia.

Nessa mesma noite, iniciei a tradução. O volume continha uma quantidade enorme de imagens religiosas, por isso o livro de preces foi de grande ajuda, mas parecia escrito num vernáculo grosseiro, que achei bastante desafiador. Via-se desde o início um texto diferente de qualquer outro que eu já lera. Mais um que seria melhor manter longe dos olhos das outras freiras. *Inferno,* proclamava a capa, de Dante Alighieri.

Embora fosse claro que esse Dante era homem de profunda religião, também era evidente que tinha pouca consideração pelas práticas diárias da Igreja. Arquejei ao chegar à parte do Inferno que abrigava papas hereges. Um deles era Bonifácio, que reinara em meu tempo de vida. Gertrud e mesmo madre Christina falavam muito bem dele.

Eu traduzia furiosamente à noite, e durante o dia cuidava de você. Quando as freiras enfermeiras aceleravam as preces, eu lia para você o que concluíra na noite anterior. Parecia que partilhávamos uma coisa má. A história levava cada um de nós a um lugar diferente. A linguagem rude e a imagística áspera conduziam-me para o seu mundo, mas as ideias religiosas o traziam para minha vida de espiritualidade. De algum modo, encontrávamo-nos no meio.

Sempre me haviam ensinado que ia encontrar Deus à minha volta, em cada aspecto da criação, mas na verdade jamais aconteceu. Disseram-me que, se não encontrava Deus, precisava rezar por *mais* orientação, ou tornar-me mais pura, para que Ele se entregasse a mim. Assim, imagine minha surpresa quando comecei a ter uma compreensão mais profunda do Divino na voz de Dante e, após toda uma vida de imersão nas palavras do Céu, acabar por captar Deus após uma visão do Inferno.

Nossos momentos a sós jamais eram bastantes. As outras irmãs retornavam e tínhamos de passar a conversa para outras coisas que não o livro. Com o tempo, você suavizou a decisão original de não discutir como vivia na *condotta*. Achei tudo que me contava fascinante, incluindo como se tornara mercenário, para começar.

Em criança, sempre acreditara que ia seguir seu pai na guilda dos pedreiros. Treinava com ele e parecia já ter a vida decidida, até o início da adolescência, quando o velho teve um derrame fatal ao levantar uma pedra, e sua mãe morreu logo depois, de uma doença que ninguém identificou e muito menos tratou.

De uma hora para outra, você passou de filho de boa família a órfão. O município apropriou-se da casa e, como não havia parentes, você aprendeu sozinho a viver nas ruas. Pequenos furtos não pareciam grandes pecados quando eram a única opção.

Um dia você tentou roubar umas moedas da bolsa de Herwald, que viera à cidade buscar suprimentos. Quando ele o apanhou, ficou mais impressionado com sua coragem que insatisfeito com o crime. Ofereceu-lhe uma posição na tropa, e você não viu motivo para não aceitá-la. Proporcionava excitação e, numa palavra, você não imaginava que nada melhor aparecesse.

A opção de entrar na *condotta* não foi má em particular, ou pelo menos assim parecia. A luta de poder entre o papa e o imperador Luís deixara em desordem os príncipes de todo o país. Quando as forças alemãs se exauriram, a nobreza começou a formar exércitos privados. A situação se complicou tanto que muitas vezes não distinguiam os aliados dos inimigos, e a única coisa certa era que nunca faltava emprego para um mercenário. Quando lhe perguntei de que lado ficou – do papa João ou do imperador –, você respondeu que, tão logo um homem escolhia um lado na guerra, já pegava o lado errado.

– Toda a história é apenas um homem tentando tomar alguma coisa de outro, e em geral essa coisa na verdade não pertence a nenhum dos dois.

Essa atitude explicava como você conseguira continuar dia a dia de besta na mão. Era apenas uma questão prática. Nunca ouvi alguém falar tão claro, nem mesmo o fabricante de pergaminho, e sem dúvida ninguém jamais me falou *a mim* como você. Eu odiava o fato de que isso me excitava, mas estimulava. Sempre me confortara imaginar os soldados como assassinos que não pensam e nada mais; mas você mostrou que não. Na certa eu era meio esnobe após gastar a vida com livros, mas tive de admitir que você conhecia muito mais coisas que eu.

A pele em seu peito apertava-se enquanto sarava. Você me instruiu a cortá-la, para fazê-la expandir-se. Eu não queria, e me era doloroso ver a sua agonia causada por uma faca em minhas mãos. Era diferente de quando eu cortara a carne ruim, porque, naqueles primeiros dias, ainda podia separar-me de minhas emoções.

Mas você insistiu. Disse achar necessário o tratamento, sentia isso no modo como doía levantar os braços. Assim, de poucos em poucos dias, você mesmo enfiava um nó de pano na boca e eu cortava novas tiras do seu peito para aliviar o aperto. Era horrível, e eu tinha de desviar os olhos, mas ainda havia o barulho dos gritos abafados. Você não fazia ideia de como eu admirava sua coragem. O tratamento pareceu operar maravilhas; você acabou por poder deixar a cama de enfermaria para curtos passeios, e às vezes nos tocávamos as mãos por acaso.

Começaram a correr por Engelthal os inevitáveis rumores. As enfermeiras, ao voltarem das preces, haviam interrompido a história do *Inferno* vezes suficientes para saber que nós partilhávamos algum tipo de segredo. E ninguém podia deixar de ver que havia alguma coisa além do relacionamento entre enfermeira e paciente na maneira como nos olhávamos. Não mais se podia explicar o tempo que passávamos juntos como simples tratamento médico.

Eu tinha certeza de que Gertrud e Agletrudis se achavam por trás das histórias.

– O mercenário está corrompendo nossa meiga irmã Marianne.

Acho até que era verdade, porque eu aprendia que se podia amar mais que apenas a Deus. Na verdade, aprendia que era *melhor* amar mais que apenas a Deus.

Tinha de acontecer. Madre Christina decidiu removê-lo, mas, como você ainda não se curara de todo, ia enviá-lo para ficar com o padre Sunder e o irmão Heinrich.

– Para facilitar sua transição de volta ao mundo – ela disse a você. – Já fizemos os acertos.

Eu nada tinha a dizer, pois jurara servir toda vida à prioresa. Assim, você pegou seus poucos pertences e agradeceu a todos, às outras enfermeiras como a mim, por nossos bondosos cuidados. Foi uma despedida tão fria que doeu, mas creio que os melhores guerreiros sabem em que batalhas não lutar. De uma hora para outra, tiraram você de minha vida e puseram aos cuidados de outros. Eu disse a mim mesma que era melhor assim, e até decidi obrigar-me a acreditar nisso.

Era hora de ir em frente. Deus não me concedera meus talentos literários para possibilitar-me traduzir blasfemos poetas italianos, por isso guardei o *Inferno* no baú. Disse a mim mesma que meus sentimentos por você não passavam de um teste, para superar os anseios terrestres e com isso melhor servir a Deus. Eu comparecia a todas as preces e trabalhava até tarde da noite no *scriptorium*, concentrando-me na *Die Gertrud Bibel.* A própria Gertrud começara um desenho da capa do livro e de vez em quando se perguntava em voz alta se seria demais pôr joias. Garanti-lhe que nada era extravagante demais nas homenagens ao Senhor.

Isso durou uma semana, e então me ocorreu. Não podia manter o *Inferno* trancado no baú, porque na verdade não me pertencia. O correto era devolvê-lo. Assim como as freiras não tinham o direito de destruir suas roupas, tampouco podia eu manter o seu livro. Seria uma espécie de roubo, e eu sabia que o Senhor não desejava que eu fosse uma ladra.

Decidi fazer uma visita às escondidas ao padre Sunder, e por que não? Vinha fazendo-lhe visitas a vida toda, então por que haveria qualquer diferença você estar lá? Se evitasse meus hábitos particulares, estaria deixando que sua presença alterasse minha rotina – exatamente o que a prioresa tentava impedir. Portanto, aí estava. A única maneira de impedi-lo de influenciar minha vida era fazer uma visita escondida a casa onde você se hospedava.

O padre Sunder atendeu à porta e indicou com a cabeça o canto onde você se sentava.

– Aquele ali – disse – passou a semana tentando não falar o seu nome.

Você tinha mais cores no rosto do que quando eu o vira pela última vez, e ao levantar-se vi que balançava a parte superior do corpo com mais liberdade. Logo estaria bem o bastante para ir embora, pensei, e nesse instante senti o coração quase parar. Voltei-me para o padre Sunder e perguntei em pânico:

– Que é que eu vou fazer?

Ele olhou para o irmão Heinrich, e alguma coisa se passou entre os dois, um olhar ou lembrança, antes de voltar a atenção para mim e dizer com aquela voz meiga:

– Irmã Marianne, a senhora vai deixar Engelthal, por certo.

Desde quando me lembrava, o padre Sunder sempre comentava sobre como lamentava os pecados da juventude, e agora aconselhava-me a fugir do mosteiro para entrar na mesma vida pecaminosa? Era a última coisa que algum dia eu haveria esperado, e por isso sussurrei, baixo demais para você ouvir:

– Por quê?

– Eu estava com madre Christina na noite em que a encontraram no portão – ele respondeu num sussurro de volta – e afirmei que sua aparição era um sinal de Deus. Acreditava então que o Senhor tinha planos especiais para a senhora, e ainda acredito. Mas não estou mais convencido de que esses planos iam realizar-se em Engelthal.

Não bastava, e pedi-lhe que explicasse melhor.

– Quando esse homem chegou, mais uma vez eu me achava presente. Vi as condições dele, e devia ter morrido, mas não morreu. Ninguém pode duvidar que a senhora é o motivo disso. Não posso deixar de pensar que sua jornada com ele não acabou, e que é uma jornada para a qual o Senhor sorri.

– Mas deixar meus votos é um pecado.

– Eu não acredito – sussurrou o padre Sunder – em nenhum Deus que considere o amor pecado.

Essas palavras eram a exata permissão de que eu precisava, e nem sequer tive palavras para agradecer-lhe. Apenas passei os braços em torno dele e apertei, com tanta força que ele me pediu para soltá-lo.

Voltei à cela e recolhi minhas poucas posses. Dois hábitos, a melhor touca e o livro de preces de Paolo; nada mais tinha que valesse a pena levar. Chovia quando voltei à casa do padre Sunder, pelo jardim. Como era costume a toda irmã ao andar pela trilha do claustro, recitei o Miserere pelas almas das freiras mortas ali enterradas, mas os pensamentos sobre o futuro faziam-me tremer de medo e previsão. A chuva era boa, pensei, como se houvesse sido mandada para limpar o mosteiro da minha presença.

– Você parece ter a mala pronta, irmã Marianne. – Era a voz da irmã Agletrudis. – Ao menos se despediu de sua defensora, a prioresa?

Foi um golpe impecável. Não me incomodava o que ela ou Gertrud pensassem, mas no fundo do coração me sentia traindo madre Christina. Que poderia dizer a ela, porém? Não saberia lidar com a expressão de mágoa em seus olhos. Ela sempre acreditara em mim, mesmo quando eu não acreditava, e jamais poderia haver previsto minha deslealdade.

Afastei-me de Agletrudis sem responder e ela gritou às minhas costas:

– Não se preocupe com madre Christina. Vou dar um jeito de ela esquecê-la.

Quase me voltei para perguntar o que ela queria dizer, mas de que adiantava? Por isso continuei andando. Sabia que Agletrudis não daria o alarme da minha partida. Era de todo o seu interesse deixar-me ir em silêncio e reassumir a posição de candidata a *armarius* do *scriptorium*.

Quando cheguei à casa do padre Sunder, já banira Gertrud e Agletrudis da mente. O rosto de madre Christina, porém, ainda permanecia. O irmão Heinrich embalou um pouco de comida, e embora beirasse os setenta anos, insistiu em andar parte do caminho conosco. Protestei, por causa da chuva, mas ele apenas pegou o capote e veio assim mesmo.

Enquanto andávamos, o padre no meio, eu pensava não apenas no que tinha pela frente, mas no que deixava atrás. Apesar das bondosas palavras dele, não havia como contestar o fato simples e condenatório de que *era* um pecado quebrar a sagrada aliança. Tentei racionalizar e, após um grande esforço, consegui imaginar um argumento que tinha algum sentido.

De todas as freiras de Engelthal, eu era a única que não tomara a decisão de entrar na vida religiosa. Mesmo quando chegavam como meninas, elas haviam conhecido a vida fora dos muros do mosteiro; tinham vivido no mundo secular e sabiam do que abriam mão quando entravam na irmandade. Eu jamais tivera essa oportunidade. Por isso, se deixasse Engelthal com você e voltasse depois, a vida religiosa valeria mais. Por fim, seria mais escolha minha que dos pais que me abandonaram no portão: para saber que meu destino era o mosteiro, *tinha* de deixá-lo.

Depois de caminharmos cerca de uma légua, eu sabia que você estava ficando cansado. Era compreensível, pois tinha ferimentos consideráveis, e fizera apenas pouca atividade desde o acidente, mas decidira mostrar tão pouca fraqueza quanto possível – para convencer-se de que estaria ótimo ou para convencer a mim, eu não sabia. Foi o padre Sunder quem teve de parar primeiro, porém, cansado demais para continuar, devido aos anos avançados. Agarrou o seu braço e advertiu-o para que me amasse bem, e depois me puxou a um lado para falarmos um instante em particular.

O padre pegou um colar que trazia dentro do capote e o pôs em minhas mãos. O pingente era a ponta de flecha retirada do exemplar do *Inferno*, e ele disse:

– Fiz o que você pediu, irmã Marianne, e bendito seja Deus.

Eu ia agradecer-lhe, mas ele ergueu a mão.

– Tenho uma coisa para você. – Enfiou a mão de novo dentro do capote e tirou alguns papéis. – Madre Christina não é cega nem estúpida. Pensou que você não ia partir de fato, mas viu a possibilidade, e me pediu que lhe entregasse isso, só por precaução.

Deu-me os dois bilhetes que meus pais haviam deixado na cesta, junto ao portão. Ali, em latim e alemão, liam-se as palavras que vieram para Engelthal comigo. *Criança predestinada, décima filha de boa família, entregue como dádiva a nosso Salvador Jesus Cristo e ao mosteiro de Engelthal. Façam com ela o que Deus quiser.*

Só então rompi em pranto, que vinha contendo desde que tomara a decisão. Num ataque de dúvida, perguntei ao padre Sunder se realmente acreditava que minha decisão era acertada.

– Marianne, queridíssima filha – ele respondeu. – Eu acredito que, se não ouvir o coração nesta questão, você se arrependerá depois.

XVI.

Após ganhar uma tarde de solidão, pois Marianne Engel saíra para comprar mantimentos, decidi gastá-la com o *Gnaden-vita*. Lia na cozinha quando ouvi alguém cruzar a porta da frente da fortaleza, com passos semelhantes aos de uma mãe rinoceronte em busca do filhote.

– Marianne? – A voz de uma mulher disparou as sílabas como uma arma esvazia três cápsulas. Quando apareceu na moldura da porta da cozinha, ela deu um visível passo atrás ao me ver. – *Você é* o tal? Nossa mãe! Isso é pior do que eu pensava.

Breve, mas brevidade napoleônica; o tipo de brevidade que sempre se estica para parecer mais alta. Gorda, mas gordura de balão; carne não flácida, mas redonda, como se buscasse um lugar para explodir. Idade, casa dos cinquenta? Difícil saber, mas provavelmente. Não tinha rugas; rosto demasiado esférico. Cabelo cortado curto, ruge demais nas faces; terno executivo escuro, uma camisa branca de gola larga aparecendo; sapatos bem engraxados; mãos nos quadris. Olhos de confronto, como se me desafiasse a golpear seu queixo. Disse:

– Você é uma bagunça dos diabos.

– E você, quem é?

– Jack – ela respondeu.

Via-me por fim na presença do homem a quem temia, só para descobrir que era mulher. Porém mal e mal: Jack Meredith parecia mais uma caricatura de mulher que uma mulher com desejo de ser homem.

– Agente de Marianne, certo?

– Você nunca vai ver um centavo furado do dinheiro dela. – Com apenas uma das mãos, ela serviu-se uma xícara de café enquanto a outra não parava de apontar-me um dedo. – Ela disse que você podia morar aqui? – Ao que parece, já sabia a resposta, pois não me deu tempo para responder. – Como é que ela vai cuidar de você? Me diga isso, hum?

– Eu não preciso que ela cuide de mim – respondi – e estou pouco ligando pro dinheiro dela.

– Que é então? Sexo?

Ela cuspiu a palavra com desdém suficiente para sugerir que achava que o sexo não passava de uma desagradável discussão entre corpos opostos.

– Eu não tenho pênis.

– Ora, graças a Deus. – Ela queimou os lábios com o primeiro gole de café. – O Senhor ama o imperfeito. – Pegou meia dúzia de lenços de papel para limpar a sujeira no queixo e olhou-me com uma combinação de desprezo e curiosidade. – Que foi que lhe aconteceu mesmo?

– Eu me queimei.

– Ora, isso eu estou vendo, acha que sou estúpida? – Embolou os lenços e jogou-os na lata de lixo. Errou e, zangada consigo mesma, deu os poucos passos necessários para pegá-los e botá-los dentro. – Queimado, hum? É uma vergonha dos diabos.

– Você sempre entra nesta casa sem bater?

– Eu ando nesta casa desde que você bebia escondido no baile do segundo grau – ladrou Jack – e não me agrada muito sua presença aqui. Tem um cigarro?

– Eu não fumo.

Ela se encaminhou até um maço que Marianne Engel deixara no balcão.

– Na certa é uma boa ideia.

– Quer dizer que você é agente de Marianne?

Eu não recebera a resposta na primeira vez.

– Isso e mais, amiguinho, portanto olhe onde pisa. – Inalou fundo e espetou o cigarro em minha direção da maneira mais acusadora. – Esse como é que chama, você morando aqui, é uma porra de uma ideia horrível. Vou ter que dissuadi-la, seu monstrinho.

Talvez você imagine que gostei muito de Jack Meredith. Para começar, era a única pessoa que falava alto o bastante para eu jamais ter de pedir que repetisse. Porém, mais que isso, gostei do tamanho enorme geral de sua personalidade: parecia uma gorda bola de peru amanteigada e antropomorfizada, no papel da personagem principal de um romance de Raymond Chandler. Contudo, o que mais apreciei foi que dispensava inteiramente as simpatias por um paciente de queimaduras. Ficamos algum momento olhando um ao outro por cima da mesa. Ela revirou o cigarro entre o polegar e o indicador e estreitou os olhos, como uma durona, antes de dizer:

– Que acha que está olhando, seu Monstro?

* * *

Alguns dias depois, Marianne Engel e eu nos sentávamos na varanda dos fundos, esperando a entrega de novas lajes de pedra, quando ela me disse que instruíra Jack a solicitar um cartão de crédito para mim. Quando respondi que não imaginava a agente muito feliz com isso, ela respondeu:

– Ela faz o que eu mando. Só late, não morde.

EU SEI O QUE SE PODE FAZER COM UM CARTÃO DE CRÉDITO.

Nossa conversa vagou um pouco, antes de eu fazer a pergunta que guardara sobre a última parte da história: queria saber o que era uma *pluviale*. Marianne Engel explicou que era uma espécie de capa de chuva usada outrora pelos padres, enfeitada com cenas do Novo Testamento. Perguntei se a do padre Sunder tinha uma imagem. Ela confirmou.

– E eu lhe conto o que era – disse com uma pausa brincalhona – mais adiante na história.

Quando a caminhonete chegou, ela bateu palmas como uma criança num parque de diversões, saltou até o porão e inseriu uma enorme chave na grande fechadura. Jogou no chão rolos de ferro que permitiam aos blocos de pedra deslizarem para dentro de casa. Ver as pedras desaparecerem na abertura fez-me lembrar um paroquiano faminto ao receber a comunhão. Ela se pôs de lado e implorou aos entregadores que fossem delicados com as amigas. Os homens olharam-na como se vissem uma louca, mas continuaram o trabalho. Após pôr um disco de cantos gregorianos, ela se deitou sobre uma das novas lajes e caiu num sono profundo, que durou até a manhã seguinte.

Entrou em meu quarto com um enorme sorriso e proclamou que recebera maravilhosas orientações, mas ia esperar até o meu banho para iniciar o trabalho. Enquanto me esfregava, vi que ela não queria estar fazendo aquilo – os dedos precisavam da pedra, não de carne –, mas sentia ser um dever. Fiquei sentado no andar intermediário da casa, tentando ler, mas distraído demais pelo ritmo dos cinzéis. Subi ao campanário para ocupar-me com outras coisas – vídeos, leitura, provocação a Bougatsa com uma toalha amarrada num barbante –, mas após algumas horas a curiosidade aumentou demais. Entreabri a porta do porão e desci de mansinho alguns degraus da escada para espionar Marianne Engel.

Não precisava ter receado que ela achasse intrusa a minha presença, pois minha amiga trabalhava com tanta atenção que não pareceu sequer me notar. Para minha surpresa, esculpia nua; era meio perturbador vê-la trabalhar tão rápido com agudos instrumentos de metal. As ferramentas voavam furiosas em volta, mas as mãos pareciam seguras, e eu me sentei, hipnotizado pela dança de metal, carne humana e pedra.

Dizer que Marianne Engel "esculpia" não basta; era muito mais. Acariciava a pedra até esta não mais aguentar e ceder o grotesco que havia lá dentro. Bajulava as gárgulas para que saíssem das cavernas de pedra. *Arrancava-as da pedra com amor.*

Nas muitas horas em que não me notou, fiquei espantado com o seu vigor. Ainda trabalhava quando fui dormir, e continuou a noite toda. No dia seguinte também, e até a noite de novo. No total, trabalhou por mais de setenta horas, ingerindo litros de café e fumando centenas de cigarros. Era como dizia trabalhar – esculpindo sem parar dias seguidos –, mas eu nunca acreditara muito. Supunha que se tratava de prepotência exagerada de sua disciplina artística. Mas não era. Os céticos talvez pensem que esperava eu ir dormir para tirar um cochilo, mas as marteladas continuavam me acordando. Na primeira manhã, afastou-se do trabalho o tempo suficiente para me lavar, mas eu via – sentia – que o fazia de má vontade. Tinha ansiedade nos olhos, um mal contido frenesi, enquanto corria a espuma pela minha pele.

Por volta da sexagésima hora, mandou-me pedir duas grandes pizzas vegetarianas. Normalmente não fazia objeção ao consumo de carne, mas logo fiquei sabendo que, quando esculpia daquele jeito, recusava-se como uma maníaca a fazê-lo.

– Nada de carne! Nada de animal!

Quando eu trouxe as pizzas, ela foi aos três cantos da sala perguntar aos Três Mestres se consentiam – "*Jube, Domine benedicere*" –, e só se alimentou quando eles permitiram. Comeu parando, insegura no meio dos fragmentos de pedra, e como uma fera, mal parecendo notar o que era. Um fio do queijo pendia-lhe da boca para a borda do mamilo esquerdo, e eu quis subir por ele como um soldado de muzarela, para atacar aqueles belos seios. A luz das velas captava a camada de giz que cobria o corpo, e linhas de suor criavam tributários pelo pó de pedra que cobria as asas de anjo. A combinação de tatuagens e pose extática fazia com que ela parecesse parte Hildegard von Bingen, parte *yakuza*.

Com o correr das horas, o estéreo passou pelas obras de Carl Orff, a *Symphonie Fantastique* de Berlioz; as nove sinfonias de

Beethoven, Poe (o cantor, não o escritor); o primeiro álbum de Milla Jovovich; todo o catálogo de The Doors; os discos de Robert Johnson; *Cheap Thrills*, de Big Brother and the Holding Company (quatro vezes seguida); e uma variedade de Bessie Smith, Howlin' Wolf e Son House. Com o avanço das horas, as músicas foram-se tornando mais altas, e a escolha de vozes cantantes mais guturais. Mesmo com a má audição, no fim tive de retirar-me com plugues de ouvido para o campanário.

Quando acabou, Marianne mal se aguentava de pé. O monstro concluído era uma cabeça humana com chifres, em cima do corpo ajoelhado de um dragão, e ela beijou os lábios de pedra, rastejou escada acima e desabou na cama, ainda coberta de poeira e suor.

* * *

– Bem, obviamente a psicose maníaco-depressiva é comum entre os artistas – disse Gregor do outro lado da mesa, servindo uma dose do uísque que nos trouxera.

O sol baixava, e nós estávamos sentados na varanda dos fundos; Marianne Engel ainda curtia no sono os efeitos dos esforços que fizera. Após dizer que não podia falar de qualquer aspecto específico do tratamento anterior dela, Gregor declarou que teria prazer em responder a perguntas gerais.

– Depois de ler todos aqueles livros – eu disse – concluí que os sintomas dela combinavam mais com esquizofrenia que com psicose maníaco-depressiva.

– Bem, talvez. Podem ser as duas coisas – ele respondeu – ou nenhuma. Talvez seja transtorno obsessivo-compulsivo. Alguma vez ela disse por que tinha de fazer tantas esculturas seguidas?

– Acha que segue instruções de Deus. Julga estar dando os corações a mais que tem no peito.

– Bem, é estranho. – Gregor tomou um gole. – Ei, este troço é bom. Eu não entendo o problema de Marianne.

– Você não deveria saber dessas coisas?

Ele deu de ombros.

– O que eu não sei encheria um armazém. Ela está tomando o remédio?

– Não. Detesta pílulas ainda mais do que detesta médicos. Sem querer ofender.

Perguntei se podíamos obrigá-la, com algum tipo de ordem legal, a tomar os remédios. Gregor explicou que só um guardião podia tomar essa medida. Sugeri Jack, que havia pouco eu soubera ser a curadora de Marianne Engel, além de agente, mas ele disse que o curador só tem jurisdição sobre a propriedade do paciente, não sobre as decisões pessoais. Ninguém pode obrigar um paciente a entrar num hospital, só um juiz, segundo ele, e mesmo assim só por alguns dias. Protestei que não queria Marianne Engel internada; apenas que tomasse as drogas. Gregor respondeu que só me restava pedir com delicadeza. Depois me perguntou se podíamos parar de falar sobre a doença dela; embora achasse que ainda não violara linha alguma do sigilo médico-paciente, receava estar chegando perigosamente perto.

Deixamos o assunto por aí. Perguntei-lhe por Sayuri e ele disse que os dois se viam cada vez mais. Tinham um encontro nesta noite, na verdade. Depois me censurou por sempre querer falar de sua vida amorosa, sem dar detalhe algum da minha. Ri – *Que vida amorosa?* –, mas ele me atirou de volta:

– Você não engana ninguém.

Fez-se uma pausa na conversa, mas foi uma boa pausa. Gregor tomou outro gole de uísque e ficamos olhando o pôr do sol.

– Bela noite – ele disse.

– Ela tocou-me – soltei.

Isso o apanhou de surpresa.

– Que quer dizer?

– Na primeira vez que me deu banho, ela viu... minhas virilhas. – Ele sabia, pela posição que ocupava no hospital, da amputação. – Inspecionou-a. Correu os dedos pelas cicatrizes.

– Que foi que ela disse?

– Que a condição do meu corpo não era importante pra ela.

– E você acreditou?

– Não sei. – Girei o uísque no copo. – Claro que importa. Desapareceu.

Gregor franziu a testa.

– Que decepção.

Agora era ele quem me apanhava de surpresa.

– Qual?

– Sua resposta – ele disse. – Porque eu acredito nela, e acho que você também devia.

Outra pausa na conversa, que dessa vez quebrei.

– Está uma bela noite, não está?

Ele fez que sim com a cabeça. Eu não falei que a marca de uísque era a mesma derramada em meu colo, que me custara o pênis em questão. As intenções dele ao trazer-me o presente eram boas, então que proveito havia em fazê-lo se sentir mal a respeito?

Eu esperava que o uísque tivesse um gosto de más lembranças; em vez disso, tinha apenas o gosto de bom álcool. E legal. Marianne Engel aferrava-se com cautela à ideia de que morfina e bebida não se davam bem, mas desconfio que Gregor tentava mostrar-me seu lado louco, permitindo-me um ou dois copos.

* * *

Alguns dias mais tarde, depois que ela se recuperou, perguntei a Marianne Engel por que aumentava o volume da música durante todo o trabalho de escultura. Ela me lembrou que as gárgulas se tornavam mais gritantes quanto mais prosseguia a obra, e aumentar o estéreo era uma forma de abafar os gritos. Explicou que, quando cortava o excesso de pedra para encontrar a forma do grotesco, o único modo de saber se chegara aos contornos do monstro era na verdade cortá-lo. Se ele gritasse de dor, ela sabia que cortara fundo o bastante.

Perguntei-lhe se não tinha medo de abafar importantes instruções de Deus. Ela riu e me garantiu que em todo o mundo não havia música alta o suficiente para abafar os sons das ordens d'Ele.

* * *

Uma das grandes queixas dos sobreviventes de queimaduras é que o seguro só cobre uma roupa pressurizada, embora esses trajes custem milhares de dólares e tenham de ser usados até vinte e três horas todo dia. Na outra hora, lavam o paciente, e se o assistente já se acha ocupado dando banho em outros, como pode também lavar roupa ao mesmo tempo? Por isso é essencial ter pelo menos duas. "Mas o custo!", gritam as empresas de seguro quando negam a reivindicação. Além do mais, mesmo com cuidado adequado os trajes pressurizados só duram cerca de três meses.

Companhia de seguro não era problema para mim, pois Marianne Engel cobria todos os meus custos. Mas eu tinha de me perguntar, maleta de dinheiro sob a cama de armar ou não, como ela podia pagar isso. Minha amiga vivia me garantindo que a fama como escultora a deixara muito bem recompensada e que não preferia gastar o dinheiro em qualquer outra coisa. Eu não tinha certeza, mas, mesmo que quisesse discutir, que poderia dizer? Que não deviam tratar minhas cicatrizes?

Os trajes e máscara pressurizados acabaram ficando prontos em meados de março. Quando Sayuri os entregou, pude avaliar na hora todo o trabalho que entrara neles. A máscara fora lixada para encaixar-se de forma confortável nos contornos do rosto. Ela até indicou como os estudantes tinham dado especial atenção aos pontos onde as cicatrizes se elevavam acima da superfície da pele e preparado o plástico de acordo.

– Vai ter que usar isto também.

Sayuri estendia-me uma engenhoca de mola. O modo como meu rosto se queimara deixava-me sensível em particular a comissuras orais – tecido cicatrizado em torno dos cantos da boca – que, não tratadas, me dificultariam comer ou falar no futuro. Depois de enfiar direito o retrator na boca, levei a máscara ao rosto. Devia permanecer no lugar o tempo todo, a não ser na hora da limpeza e tratamento da pele, mesmo quando eu dormisse. Perguntei a Marianne Engel que tal minha aparência (e descobri ao fazê-lo que o retrator tornava o som já distorcido da voz ainda pior) e ela respondeu que eu parecia um homem destinado a viver muito tempo.

Olhei o espelho. Como se não bastasse a topografia de cicatrizes, o rosto era agora achatado pelo plástico transparente. As áreas em geral vermelhas haviam ficado brancas sob a pressão, e o retrator descascara a boca para fora numa careta grotesca. Cada imperfeição se ampliava, e eu parecia o filho bastardo de Hannibal Lecter e o Fantasma da Ópera.

Sayuri assegurou-me que uma má reação inicial era normal, porque todos os pacientes de queimadura – incluindo eu, apesar de me haverem dito o contrário – supõem que a máscara esconderá o rosto. Mas não escondia. Não me protegeria nem ajudaria a enfrentar a situação; era uma lâmina de Petri que poria meu rosto sob o microscópio do mundo.

Ela também explicou a ordem certa para colocar as vestes pressurizadas e mostrou a Marianne Engel como afivelar as correias nas costas. Enquanto as duas cuidavam desses aspectos técnicos, deixaram-me com as sensações, que eram como enfiar-se no punho fechado de um deus furioso. *É só pano*, disse a mim mesmo. *Não é isso que eu sou.* Ainda assim, o pensamento mandou-me arrepios pela espinha abaixo.

A SENSAÇÃO É BOA, NÃO É? COMO SER ENTERRADO VIVO. A serpente adorava rir da minha cara. ESTOU CHEGANDO.

* * *

Encontrei Marianne à minha espera na sala de jantar, com um quimono de seda jade. A roupa tinha uma cena bordada, com pontos impecáveis, de dois amantes sob uma cerejeira em flor, perto de um regato cheio de carpas. No céu estrelado da roupa, uma lua cheia olhava de cima os amantes como se fosse não apenas a única fonte de luz, mas também a protetora do amor deles.

Ela perguntou se eu queria comer. Respondi que sim. Fiquei num aperto para adivinhar o japonês no menu.

– *So desu ne.* Como você é perspicaz – ela respondeu com uma ligeira mesura. O rio do quimono desaparecia na faixa azul da cintura, amarrada com um cinto obi, comprido e largo, atrás. – Andei lendo *Makura no Söshi.*

– É, eu vi em sua estante. Travesseiro alguma coisa, não é?

– *O livro de travesseiro de Sei Shönagon.* Um texto japonês muito famoso, século X, e o primeiro romance a ser escrito. Pelo menos é o que dizem, mas quem sabe ao certo? Andei pensando em fazer alguma coisa com ele. Você se surpreenderia se soubesse quantos grandes livros japoneses não têm traduções latinas decentes.

– Não, não me surpreenderia.

Marianne Engel recuou para a cozinha em passos curtos e sonoros, uma vez que chegara a calçar geta, tamanquinhos tradicionais. Voltou com bandejas de sushi de muitas cores: fatias de peixe-branco (laranja e prateado) em leitos de arroz comprido, ovas de peixe vermelhas que nadavam em leitos de algas marinhas; e camarões enroscavam-se uns nos outros, como se abraçassem forte em seus momentos finais na terra. Viam-se inarizushi, cubos de arroz envoltos em finas folhas do mais doce tofu. Gyoza, bolinhos de carne de boi ou porco, banhados em gostoso molho negro. Yakitori, fatias de churrasco de frango e carne, em espetos de pau. Onigiri, triângulos de arroz embrulhados em algas marinhas; cada um, ela explicou, continha uma coisa diferente, deliciosa: ameixa, ova de peixe, frango, atum ou camarão.

Limpamos as mãos com *o-shibori*, guardanapos fumegantes, e depois ela juntou as palmas. Disse uma "*Itadakimas!*" (bênção japonesa antes da refeição) e acrescentou sua mais conhecida invocação latina.

Mostrou-me a maneira certa de mexer com pauzinhos a sopa missô, e demonstrou como se deve chupar o talharim e os legumes fazendo barulho, pois isso não apenas os esfria, como lhes dá gosto melhor. Enquanto tomava saquê, insistia que eu ficasse no chá de oolong; simplesmente não abria mão da tola ideia de que álcool e morfina não combinam. Toda vez que eu tinha a xícara abaixo da metade, ela tornava a enchê-la com uma leve mas respeitosa mesura. Quando eu enfiava os pauzinhos na tigela de arroz, para que ficassem eretos como duas árvores brotando numa colina nevada, ela apressava-se a puxá-los.

– É falta de respeito aos mortos.

Quando a refeição por fim acabou, Marianne Engel esfregou as mãos, alegre.

– Esta noite vou-lhe contar uma história de outra mulher chamada Sei, embora esta só tivesse nascido cem anos depois do *Livro de travesseiro*.

XVII.

Há muito tempo, no antigo Japão, nasceu uma menina chamada Sei, filha de um soprador de vidro chamado Yakichi. A princípio o pai se decepcionou por não ser um menino, mas o desapontamento acabou no segundo em que a segurou. Desse momento em diante, dedicou-se a ela, e ela a ele.

Yakichi viu com olhos orgulhosos Sei passar de uma criança espiritual a uma jovem dama inteligente. Que era bela, não havia dúvida, e nos traços finos ele via as pestanas e pômulos da falecida esposa. A mãe morrera quando ela não passava de uma criança, e isso fizera os dois se apegarem com mais força.

Às vésperas da idade adulta, Sei decidiu seguir as pegadas do pai. Yakichi sentiu grande alegria com tal decisão, e sua felicidade foi completa: o conhecimento adquirido não morreria consigo, afinal. Sei adotou o título de Aprendiz de Sopradora e demonstrou notável potencial e rápido progresso. Tinha um toque delicado e, o mais importante, visualizava os objetos antes de soprados. Yakichi sabia que sempre se pode aprender a técnica, mas Sei nascera com o dom da visão. Via beleza onde outros enxergavam apenas vazio.

Ela estudou muito sob a tutela do pai, aprendendo bem a alimentar o fogo e com que força soprar, e também a ler o forte fulgor do vidro quente. Trabalhou com diligência para adquirir a compreensão do sopro; pois sabia que com ele criaria um mundo. Imaginava-se soprando vida no vidro e, a cada semana, chegava mais perto de perceber a beleza dos objetos que via na imaginação.

Yakichi passou a levar Sei à feira do fim de semana na aldeia, onde mantinha uma tenda para vender o que produziam. Os homens começaram a aparecer em enxames. Diziam querer olhar os artigos de vidro, mas na verdade, claro, vinham olhar a cativante jovem.

– Como você parece com o vidro – não pôde deixar de dizer um velho, correndo de um lado para outro feito um caranguejo numa praia, ao perceber que as palavras lhe haviam de fato escorregado em voz alta das garras.

Logo os produtos se esgotavam antes da hora do almoço. Quase todas as peças eram compradas por homens – como presentes para as esposas –, apenas por desejarem ter um recipiente com o sopro de Sei.

Yakichi sentia-se contente. Os negócios andavam mais fortes que nunca, as finanças eram boas, e Sei tornava-se uma ótima sopradora de vidro. Mas, apesar de todo esse sucesso, ele queria um marido para a filha. Embora fosse um pai protetor, desejava que ela sentisse tudo que a vida tinha a oferecer, e, pensava, um casamento "benéfico" melhoraria a linhagem familiar.

Assim, Yakichi avaliou os homens que frequentavam a tenda. Eram artesãos, proprietários de terra, pescadores e camponeses, soldados e samurais. Sem dúvida, pensava o velho com um sorriso, não haveria escassez de pretendentes. Afinal, Sei tinha beleza, talento, saúde, uma personalidade simpática e lealdade. Daria uma boa esposa e uma boa mãe, isso qualquer um podia ver, e seria fácil arranjar um casamento vantajoso.

Quando procurou a filha para sugerir isso, ela ficou bastante chocada.

– Sei que é tradição – disse –, mas nunca pensei que o senhor me pediria tal coisa. Vou-me casar por amor, e só por amor.

A força dessa convicção surpreendeu Yakichi, pois ela jamais contrariara seus desejos. O casamento destinava-se a melhorar a posição da família, pensou o velho; não era uma coisa a ser feita por amor. Mas Sei insistiu e, como a adorava, ele aquiesceu. Ainda assim se preocupava, porque a filha não tinha ninguém no coração.

Como muitas vezes acontece nesses casos, porém, Sei logo conheceu um rapaz e apaixonou-se completamente por ele. A princípio Yakichi ficou decepcionado, porque ela escolhera Heisaku, um simples menino de roça sem dinheiro nem perspectivas. Mas tinha um coração bom e puro. Logo, talvez...

Yakichi lembrou-se da falecida esposa. Embora houvesse sido um casamento arranjado, os dois tinham tido sorte, e Sei fora concebida com amor. Estimulado pela lembrança de sua boa sorte, Yakichi decidiu que não podia esperar menos para a filha. Abençoou Sei e Heisaku.

Por volta dessa época, um dos criados de Yakichi deu uma das peças mais inspiradas de Sei – uma flor de vidro – a um daimiô, senhor feudal local. O homem era desprezado e temido pelo temperamento brutal. Não tinha tempo para flores de vidro e perguntou furioso o significado daquela coisa trivial.

O criado, sempre atrás de favor especial, respondeu:

– Achei que o senhor gostaria de saber, meu senhor, que essa flor de vidro foi criada pela moça mais linda de todo o país. – O daimiô ficou de orelha em pé e o criado apressou-se a acrescentar: – E é solteira.

Como você percebe, o criado acabara de escutar o daimiô expressar o desejo de começar a produzir filhos e dizer que só serviria a mulher mais bela e talentosa.

O senhor logo se decidiu por um plano de ação. Mandou uma mensagem dizendo que tinha em mente a encomenda de uma grande estátua de vidro, e soubera que Sei e o pai eram os mais talentosos sopradores de vidro de todo o Japão. Por isso, dizia a mensagem, estava convocando-os.

O daimiô não tinha mais interesse em encomendar uma estátua de vidro do que uma escada para a lua. Importava-se mais com a aquisição de terras, castelos, gado e campos de arroz. E uma bela mulher. Sim, isso o interessava muito. Mas Sei e Yakichi nada sabiam, e apenas ficaram animados. Imaginaram que talvez fosse a primeira de muitas encomendas nobres – em suma, a realização de seus sonhos. Assim, pai e filha carregaram o carrinho e partiram para o castelo do daimiô.

Foram admitidos na corte principal, onde os esperava o senhor, que ergueu as sobrancelhas ao ver Sei. Seguiu-a com o olhar pela sala; para ela, esse olhar era como uma barata na pele. Notou logo que aquele não era um homem bom, ao vê-lo sentado virando e revirando uma das flores de vidro nos dedos imundos. Mas não se tratava de seus sentimentos, disse a si mesma, e tudo que podia fazer era a melhor apresentação possível.

Sei e o pai mostraram ao daimiô suas mais belas obras e descreveram-nas em detalhe. Ela mostrou garças de cristal e peixes-boi de translúcida pele. Exibiu cálices de saquê de vidro colorido e pesadas taças. Pratos, cavalos de brinquedo e sinos eólios que produziam notas puras à mais leve brisa. Quando pai e filha acabaram, um arco-íris de vidro estendia-se diante do daimiô.

Ele ficou impressionado, sem dúvida, mas pela artista, não pela arte. Era a moça mais atraente que já vira. Bateu palmas e Sei e Yakichi fizeram uma profunda mesura.

– Já me decidi – anunciou.

Os dois prenderam a respiração, o que era muitíssimo incomum em sopradores de vidro. Aguardaram esperançosos, mas não ouviram as palavras que esperavam. Passando o dedo pela flor de vidro, o daimiô disse:

– Sei serve para ser minha esposa e ter meus filhos. Deve se sentir muito feliz com sua boa sorte.

Ela sabia que aquele era um homem muito poderoso, e que se opor a ele seria muito difícil. Ainda assim, não pôde conter-se.

– Mas eu amo outro.

Yakichi apressou-se a pedir perdão pelo comentário abrupto da filha. Pressionado, porém, confirmou a verdade da declaração. O daimiô ficou lívido, e a flor de vidro partiu-se no punho que ele fechou sem querer. Quem podia comparar-se com um senhor feudal? Quis saber quem era esse "outro homem".

Sei falou:

– É só um rapaz da roça, mas meu amor por ele é autêntico.

O daimiô perguntou:

– Como se chama?

Ela temia que, se dissesse, Heisaku fosse caçado e assassinado. Baixou os olhos um instante e depois ergueu a cabeça para enfrentar o olhar do senhor.

– O nome de um simples rapaz da roça não devia ter importância para um senhor.

O daimiô ficou chocado com a audácia da moça. Depois riu, alto demais, desdenhoso demais.

– Um rapaz da roça? Você ousa preferir um rapaz da roça a mim? Ousa calar o nome dele?

Baixou os olhos para a mão e viu que sangrava no lugar onde a flor de vidro quebrada o cortara. O sangue acalmou-o, por lembrar-lhe quem era.

– Você não se casará com esse rapaz da roça – declarou com certeza – e deve me agradecer pela vida que salvei para você. Vai se casar comigo.

Sei falou com igual certeza:

– Eu não me casarei com o senhor. Ou me caso com o rapaz da roça ou com ninguém.

O contra-argumento do senhor foi rápido e implacável:

– Muito bem, então. Case-se com esse rapaz da roça e eu executarei o seu pai. Mas case-se comigo e seu pai viverá.

Sei ficou estonteada, pois jamais poderia ter-se imaginado em tal posição. Jamais poderia ter imaginado um homem como aquele. O daimiô continuou:

– Dentro de uma semana, você vai voltar a esta corte e dizer uma única palavra. "Sim" significa que casará comigo e seu pai viverá. "Não" significa que me recusa e seu pai morrerá. Uma única palavra. Pense bem, Sei.

Com isso, jogou os fragmentos da flor aos pés dela e saiu.

Pai e filha foram liberados do castelo para pensar na resposta. Não podiam esconder-se em parte alguma; não podiam fazer as malas e mudar-se, pois seriam encontrados aonde quer que fossem. Yakichi implorou a Sei que dissesse não. Era um velho, com apenas mais uns poucos anos a viver, argumentou, mas ela tinha toda a vida pela frente. Dispunha-se a morrer para que ela não fosse condenada a toda uma existência de infelicidade.

Sei não quis ouvir falar nisso. Recusou-se a tomar uma decisão que mataria o pai. E, no entanto, sabia o infeliz desperdício que se tornaria a sua vida com o brutal daimiô.

Nessa noite, não conseguiu dormir. Virava-se na cama, pensando no problema de todos os ângulos, mas não parecia haver saída. Então, pouco antes do amanhecer, veio-lhe a inspiração, e ela soube o que tinha de fazer. Quando Yakichi acordou, descobriu que a filha se fora, e em seu lugar um bilhete dizia que ela voltaria dentro de uma semana para enfrentar o daimiô.

Primeiro, Sei procurou o rapaz da roça e explicou a situação. Declarou-lhe que ele era o seu único e verdadeiro amor, porém jamais poderia falar-lhe de novo. As últimas palavras que disse foram:

– Se escutar o vento com muito cuidado, poderá me ouvir sussurrar meu amor por você.

E desapareceu.

Passaram-se dias, e Yakichi começou a achar que a filha devia ter fugido. Embora o entristecesse o fato de não poder ter-se despedido, tranquilizou-se com a ideia de que ela viveria. Passada uma semana, o pai compareceu perante o daimiô e disse que Sei desaparecera, e que ele se sentia contente por dar a vida no lugar dela.

O senhor já ia ordenar a execução quando duas mulheres, com vestidos simples e cabeças raspadas, entraram na corte. Mesmo Yakichi levou um instante para compreender que a mais jovem era Sei. Rompeu em lágrimas por ela haver reaparecido para casar-se com aquele homem pavoroso.

– Que é isso? – perguntou o senhor. – Por que rasparam a cabeça? Quem é essa mulher com você?

Mas nem Sei nem a mais velha responderam.

O daimiô enfureceu-se.

– Que insolência é essa? Ordeno-lhes que falem!

Ainda assim, as duas continuaram caladas.

– Qual é a resposta? Será minha esposa e salvará a vida de seu pai? Ou terei de matá-lo por causa do seu egoísmo? Responda à minha pergunta: vai casar comigo, sim ou não?

Nem assim as duas responderam.

O daimiô cuspiu no chão.

– Executem o velho! – ordenou.

Mas Sei ergueu a mão para deter os dois soldados que se adiantaram com a intenção de levar seu pai. Aproximou-se do daimiô e apresentou-lhe uma folha de papel.

Ele fez um gesto para que um dos outros na corte pegasse a nota, como se não se rebaixasse a pegá-la pessoalmente, e rosnou:

– Leia-a, para que todos ouçam as palavras dessa desrespeitosíssima moça.

O cortesão lançou uma olhada no papel e pigarreou. Não queria ler o que estava escrito. Mas não tinha escolha:

> Uma semana atrás, o senhor me pediu que fosse sua esposa. A palavra "sim" selaria o nosso noivado, e a palavra "não" asseguraria a morte do meu pai. Não falarei palavra alguma, pois agora sou *mugon no gyo no ama-san.*

As palavras finais grudaram-se na garganta do cortesão. Ele sabia como aquilo ia desagradar ao senhor, pois *mugon no gyo* significava "disciplina de silêncio" e *ama-san* "freira".

O cortesão pigarreou de novo e continuou a ler:

Fiz votos de silêncio e pobreza, e raspei a cabeça para mostrar minha dedicação. Mudei-me para o templo na mais alta montanha da região. É ali que nos sentimos mais próximos do Buda. Não posso casar-me com o senhor porque já me casei com o Universo. Não posso falar a resposta à sua pergunta, porque meus votos não permitem. Portanto, sem resposta, deve libertar meu pai e eu voltarei para o templo na montanha e passarei a vida em devoção.

O daimiô ficou desorientado. Embora poderoso, sabia que não devia contradizer o grande Buda. Pensou um instante e deu a resposta:

– Devo elogiá-la pelo seu compromisso – disse. – Eu não pensaria em impedi-la de voltar ao templo. Por favor, vá.

Sei curvou a cabeça para esconder o sorriso que poderia trair o senso de vitória.

– Mas antes que eu a deixe partir – continuou o senhor – exijo que confirme, mais uma vez, sua promessa de eterno silêncio.

Ela realizou mais uma mesura para indicar que o fazia.

– Ótimo – disse o daimiô –, pois se *algum dia* tornar a falar, eu lhe prometo o seguinte: a vida de seu pai será perdida, e você se tornará minha esposa. E se seu rapaz da roça *algum dia* visitá-la no templo, eu matarei tanto a ele quanto ao seu pai, e farei de você minha esposa. Está claro?

Deixou que ela absorvesse a proclamação por um momento.

– Tenho sua palavra, sua Santa Promessa, de que jamais falará nem voltará a ver seu rapaz da roça?

Sei ficou em silêncio por um instante, depois balançou a cabeça. O daimiô declarou:

– Estou satisfeito.

Ao sair do castelo, Sei viu Heisaku escondido nos caibros de madeira. Como a amava, para arriscar-se num gesto tão tolo. O rapaz observou lá de cima com os olhos mais tristes, pois agora compreendia de fato a gravidade da situação. Sei ergueu o olhar para ele e em silêncio formou com a boca a palavra *Aishiteru*, "Amo você". O fôlego de sopradora levou a declaração até os ouvidos do rapaz, e foi como Sei prometera: se ele escutasse o vento com atenção, ouviria seus sussurros.

Yakichi e Sei foram levados por uma escolta armada ao templo na montanha. O pai despediu-se, mas ela, claro, nada podia dizer. Chorou lágrimas silenciosas e ele prometeu levar-lhe um presente tão logo pudesse. Depois se foi.

Logo chegava o presente: um conjunto completo de instrumentos para soprar vidro. As outras *ama-san* ficaram felizes em permitir-lhe esse luxo, pois tinham profunda devoção à beleza e viam a arte dela como mais uma forma de servir ao Buda. Além disso, os objetos proporcionariam uma fonte de renda para ajudar a satisfazer suas modestas necessidades. Mesmo as freiras sabem que, embora a pobreza seja uma virtude, é de uma inconveniência terrível.

Permitiram a Sei converter um quarto vazio do templo, e todo dia ela trabalhava, criando todo tipo de objetos, desde artigos de mesa até obras de arte. Os dias tornaram-se semanas e estas meses. O trabalho ficava cada vez mais bonito, à medida que ela aperfeiçoava as técnicas. E o tempo todo fazia devagar uma estátua com a imagem de Heisaku.

Sei trabalhava na estátua toda vez que sentia necessidade de falar, como uma forma de explicar seu amor. Isso significava que trabalhava todo dia. Criava-a com amor, uma minúscula parte após outra. Começara com a planta do pé direito. Expandiu-se ao calcanhar. Depois os dedos dos pés. A cada acréscimo – tornozelo, parte inferior da perna, parte superior, joelho – ela sussurrava enquanto soprava a parte: *Aishiteru*. "Eu amo você."

A quilômetros de distância, Heisaku captava a palavra nos ouvidos. Corria-lhe pela espinha e entrava no coração. Ele parava de arar a terra e voltava os olhos para a montanha distante. E assim continuou durante anos. Cada vez que ela tinha necessidade de falar do seu amor, soprava uma parte da estátua, encaixando o sopro sussurrado no peitoral dele, no dedo, no ombro, na orelha... *Aishiteru, aishiteru, aishiteru.*

Quando acabou a estátua do rapaz da roça, o mesmo não se deu com o amor. Por isso passou a criar para ele o ambiente, começando com um campo de lírios de vidro no qual o rapaz podia subir. Depois, quando concluísse as flores, teria de encontrar outra coisa. *Talvez*, pensou, *eu faça uma árvore para meu amado ficar embaixo... Só a criação das folhas daria trabalho suficiente para tornar minha vida suportável.*

E assim seguiu Sei vivendo até uma manhã, como outra qualquer, quando se banhava no riacho da montanha. A água fria dava uma boa sensação na pele, mas, ao lavar os cabelos, ela sentiu uma aguda e rápida dor no pescoço. Antes que pudesse nem sequer reagir, os braços e pernas começaram a enrijecerem-se.

Já fora picada por insetos muitas vezes, mas aquela era a primeira ferroada de um tipo particular de vespa, e quis o destino que ela sofresse uma séria reação alérgica. Sentiu a garganta fechar-se, o corpo não reagia, e ela ficou incapaz de mexer-se. O corpo paralisado foi levado riacho abaixo até acabar preso numa rocha. Durante duas horas ela permaneceu ali, à medida que o frio intenso da água se entranhava em cada canto da carne.

Acabou outra *ama-san* encontrando-a e arrastando-a para fora do riacho. Os olhos dela não reagiam e a água fria fizera baixar o pulso até não se poder detectá-lo. Outras *ama-san* foram chamadas, mas nenhuma encontrou qualquer sinal de vida e, apesar dos votos de silêncio, um coro de lágrimas quebrou o silencioso ar das montanhas nessa manhã.

A paralisia de Sei era total, mas ela via tudo, até o momento em que as freiras, com todo respeito, fecharam suas pálpebras, julgando-a morta. Mesmo quando a aqueceram um pouco, o veneno ainda a imobilizava. Durante três dias, as *ama-san* rezaram em silêncio por ela. Yakichi foi avisado e veio enterrar a filha que sacrificara a vida para que ele vivesse.

O daimiô também apareceu, para assegurar-se de que não se tratava de uma farsa. Soubera que Sei devia ser enterrada, o que o deixou desconfiado, pois se sabia que os budistas eram cremados para que as chamas purificassem a alma. Se restasse carne, a alma ainda ansiaria pela existência na terra e se sentiria inquieta no Céu. Contudo, fora um pedido por escrito da própria Sei que a enterrassem, pois queria existir para sempre como parte da terra que Heisaku continuaria a arar.

Yakichi trouxera Heisaku consigo, mas apresentara-o como um novo aprendiz de soprador de vidro. O medo do daimiô tornava necessária a mentira. Quem sabia o que ele faria se compreendesse que aquele era o jovem que o vencera nas afeições de Sei?

O senhor foi quem fechou o caixão, após assegurar-se de que a moça se achava realmente ali dentro. Incapaz de mexer-se, ela ouvia a horrível voz dele:

– Sim, estou convencido. Morreu mesmo.

Sei sentiu-se agradecida por ter as pálpebras fechadas, pois seria terrível se a última visão fosse daquele homem odiento.

Ouviu o barulho das cordas esticadas, quando baixaram o caixão no solo e entregaram seu corpo ao chão. Yakichi jogou a primeira pá de terra na cova, e Heisaku a segunda. O tempo todo, Sei ouvia a terra batendo na tampa do caixão.

E então veio o milagre. Ela sentiu o veneno nas veias desgastar-se e o corpo começar a soltar-se. Podia abrir os olhos, mas viu escuridão. Podia mexer os dedos das mãos e dos pés, mas ainda não se recuperara o suficiente para erguer os braços ou as pernas, bater na tampa. Sabia porém que, se gritasse, os de cima a ouviriam. Sentia a capacidade retornando à garganta e euforia por não ter morrido afinal. Só precisava berrar...

Então se lembrou da promessa. Teria de casar-se com o daimiô se dissesse mesmo uma só palavra para salvar-se. O pai seria executado, e Heisaku também. O senhor achava-se bem ali com eles, portanto não havia como negar que ela quebrara a palavra e que Heisaku visitara o templo.

E assim, Sei fechou a boca e deixou-se enterrar viva. Escutou a terra lançada na cova, o barulho cada vez mais abafado à medida que cada porção de terra se acumulava acima. Quando cessou de todo o barulho, sabia que o buraco fora enchido e ela lacrada dentro da terra.

Acima do solo, Yakichi e Heisaku choravam pela injustiça da vida de Sei. Ela dera tanto para salvar os entes queridos, e essa era a recompensa. Quanto ao daimiô, pouco ligava para a mulher enterrada à sua frente, sentia-se apenas satisfeito por saber que ela não o enganara mais uma vez.

Como nunca estivera no templo, e era improvável que algum dia voltasse, decidiu examinar o terreno antes de retornar ao castelo. As *ama-san* tentaram levá-lo por um caminho que o mantivesse longe da oficina de Sei, mas não conseguiram. Quando ele abriu caminho aos empurrões até lá, ficou pasmo ao ver a imagem em vidro do novo "aprendiz" de pé num semiacabado campo de lírios. Não era idiota: logo compreendeu que aquela era a estátua do rapaz da roça a quem Sei tão bem amara, e assim também que o suposto aprendiz era o grande amor dela.

A luz despejava-se pelas janelas do templo e iluminava a estátua. A beleza mesma da obra, o cuidado e o detalhe zombavam do daimiô. Ele pegou um bastão de madeira na bancada e jurou destruir a estátua primeiro, e depois o rapaz de verdade. Avançou, brandindo o bastão como uma foice para ceifar os lírios de vidro que cercavam a obra. A varrida foi forte, e quebrou dezenas num único golpe.

Ouviu-se uma enorme explosão, quando pétalas e talos de vidro irromperam por toda parte, espalhando um enorme volume de som. Todos os sussurros amorosos que Sei encaixara nos lírios saíram ao mesmo tempo. A força foi tão grande que os estilhaços de vidro viajaram para fora como no vento de um furacão. Cortaram o daimiô todo, desfigurando-o além de qualquer reconhecimento. O ruído foi tão trovejante que o ensurdeceu e ele ficou com os cabelos brancos na hora.

O barulho saiu da oficina e espalhou-se pelo céu sobre o Japão. Pessoas em todos os cantos do país o escutaram, e depois todos concordaram que fora a coisa mais bonita já ouvida. Parecia puro amor.

O daimiô sobreviveu, mas como um homenzinho capenga, cicatrizado e vencido. A raiva e o ciúme o haviam liquidado. Não mais tinha fibra para intimidar, e nunca mais tentou fazer mal a Yakichi ou Heisaku.

Os dois, por sua vez, puseram a estátua de vidro numa carroça e levaram-na para a aldeia. Heisaku mudou-se para a casa do velho, como o filho que ele nunca tivera, e tornaram-se grandes amigos. Afinal, atava-os o amor à mulher que haviam perdido.

Pelos anos que restavam aos dois, a estátua ficou no meio da casa. Fazia Heisaku às vezes sentir-se sem jeito ver a própria imagem todo dia, mas servia a um grande propósito. Quando a dor pela perda de Sei os dominava, Heisaku e Yakichi quebravam uma pequena parte da estátua – a ponta de um dedo, a pétala de um lírio restante.

Aishiteru, aishiteru, aishiteru. De cada pedaço de vidro quebrado, a voz de Sei sussurrava, para aliviar a dor dos dois.

XVIII.

Embora obviamente soubesse a resposta, Marianne Engel fez um estardalhaço ao perguntar o dia da semana.

– Sexta-feira Santa – respondi.

– Siga-me.

Entramos no carro, e antes de meia hora percebi com exatidão para onde nos dirigíamos: às montanhas onde eu me acidentara. Quando chegamos, nada indicava que o desastre algum dia acontecera. As árvores não mais pareciam ter abrigado uma sombria tropa de mercenários enviados para destruir-me. As estacas de madeira haviam sido substituídas, recentemente ligadas por novo cabo de metal, e gastas o bastante para não se distinguirem das outras. Não se viam marcas de pneus nem terra revirada; apenas mais uma curva. Quando lhe perguntei como sabia o local exato, Marianne Engel limitou-se a sorrir e soltar Bougatsa do banco detrás. O cão saltou em volta excitado, e ela teve de repreendê-lo quando ele se aproximou, com risco, da beira da estrada.

Minha amiga pegou uma pequena correia de couro na mala do carro e levou-me pela mão até o limite entre a estrada e o penhasco. Ali, vi o primeiro indício de que o acidente de fato ocorrera. Ainda havia uma área queimada no pé da ravina, um pequeno círculo negro não diferente do ponto que se vê no fim desta frase, bem ao lado do riacho que me salvara a vida.

Motoristas passavam num zumbido, sem dúvida perguntando-se o que olhávamos.

– Vamos descer – ela disse, e levou-me além das novas estacas de madeira.

Bougatsa corria na frente, feliz da vida por encontrar para nós um caminho que podíamos seguir até o fundo, e vi a um lado um pedaço de plástico vermelho quebrado, uma lanterna de sinalização arrancada de um carro. Senti um aperto no estômago.

Quando descíamos, eu podia enfiar os sapatos ortopédicos em dezenas de fendas nas rochas, mas era difícil manter o equilíbrio. Tentava ordenar às pernas que reagissem como teriam feito antes do acidente, mas não conseguia; tinha o joelho reconstruído fraco demais. Quando disse a Marianne Engel que não conseguiria chegar lá embaixo, ela se recusou a aceitar. Postou-se bem à minha frente, as pernas coladas na encosta, para possibilitar-me pôr as mãos nas suas costas. Isso me proporcionou resistência suficiente para terminar a descida e não dizer o contrário.

Quando chegamos à área queimada, notei uns pequenos tufos de mato que mal começavam a brotar. *Um dia esta área tornará a ser verde e saudável*, pensei.

– Que foi? – ela perguntou.

– Nada – respondi. – Eu justamente nunca esperava voltar, isso é tudo.

– É bom retornar ao local do próprio sofrimento.

– Você está errada.

Lembrava-me de tudo: a erupção de vidro; o volante que passou voando por mim; o chiado do motor ao morrer; o rodopiar dos pneus até pararem; o clarão de chama azul do outro lado do teto; a maneira como as chamas pareciam saltar vivas; o cheiro dos cabelos queimados; a carne começando a borbulhar e espocar. Lembrava-me de tudo que me fizera passar de homem ao que me tornara.

– Não importa se você concorda ou não. Ninguém se torna inteiro ignorando os próprios infortúnios. – Marianne Engel abriu a bolsa, pegou um castiçal que dizia ter sido feito por Francesco e enfiou uma vela na boca aberta da peça. Entregou-me uma caixa de fósforos e pediu-me que acendesse. – Mas também é importante comemorar este ano que você viveu.

Observei que na verdade não era o aniversário de um ano: embora fosse verdade que o acidente ocorrera numa Sexta-feira Santa, esse feriado, é óbvio, caía numa data diferente a cada ano.

– Você não deve encarar o tempo em termos tão literais – ela disse, com um beijo em meu rosto de fibra de vidro. – Que significa um único dia na vastidão da eternidade?

– Eu achava que todo dia contava – respondi. – Em especial aqueles em que você quase morre.

Creio que teria soado mais dramático se nesse exato momento Bougatsa não houvesse saltado ao lado e abocanhado feito um louco um besouro que zumbia sobre sua cabeça.

– Mas você não morreu – disse Marianne Engel. – Me diga uma coisa: sua vida era boa antes do acidente?

– Na verdade, não.

– Então um novo começo deve ser uma dádiva bem-vinda.

Julgava-me sinceramente num novo começo, e creio que tinha mesmo; mas não de todo, e eu sentia uma pontada de vergonha pelo que fazia com o dinheiro tomado adiantado no cartão de crédito que Jack me dera.

* * *

Alguns dias depois, Marianne Engel deixara a fortaleza, para levar Bougatsa a passear, quando decidi prosseguir com uma missão secreta. Vesti uma longa capa de chuva cinzenta sobre a roupa pressurizada e, embora não devesse, tirei a máscara e o retrator da boca. Pus chapéu e óculos escuros, virei para cima a gola, com luvas de criminoso, olhei no espelho e vi a caricatura de um pervertido sexual que me olhava de volta. Julguei perfeito, em vista do lugar aonde me dirigia.

– A loja pornô mais próxima.

Minha voz, acelerando-se como um motor enferrujado, fez o chofer de táxi avaliar-me no retrovisor. Ele pareceu reconsiderar a ideia de levar o homem invisível a uma viagem pelo campo, mas isso se desfez quando estendi o cartão de crédito. O homem pôs o carro em movimento e passamos pela frente da São Romano, onde o padre Shanahan mudava o cartaz de plástico que dizia: "Sua Sexta-feira Santa foi tão Boa quanto Devia Ser?"

Quando chegamos ao Palácio de Veludo Triplo X, pedi ao motorista que esperasse. Ele fez que sim com a cabeça; vira-me entrar capengando no carro e sabia que eu não podia ir muito longe. Entrar na loja foi como voltar para casa. Senti os conhecidos cheiros de látex, couro e vaselina. À direita, uma coleção de sondas anais e gigantescos paus de borracha, e à esquerda uma variedade de uniformes de criadas francesas e colegiais japonesas. Revistas cobriam as paredes, mas eu me interessava mais pelos vídeos nos fundos. Percorrendo as capas, logo vi um dos meus: *O médico que senta o pau, eu presumo.* (Sempre considerei esse um dos meus títulos mais engraçados.) Pus o vídeo diante do funcionário calvo e de óculos.

– Excelente escolha – disse o homem, com uma voz sem qualquer entusiasmo.

No campanário, enfiei o filme no videocassete. Surgiu o quente fulgor azul na tela de televisão, seguido pelo logo de minha antiga produtora. A trama, como na maioria dos pornôs, deixava alguma coisa a desejar; mesmo para mim – autor, ator, diretor e produtor – parecia confusa. O filme começa com uma mulher, Annie, que faz um check-up médico. Quando tem dificuldade para vestir a bata do hospital, pede ajuda à enfermeira e, como tantas vezes acontece, seguem-se quentes cenas de sexo lésbico. O médico (eu) depara-se por acaso com essas travessuras e, temendo violações da ética ou doenças venéreas, decide que o tratamento correto para Annie é sexo anal sem proteção.

Lembrei-me do dia da filmagem. A comida vinha do Take-Out chinês de Sun Lee, logo abaixo na rua, e a entrega chegou tarde. Boyce Burgess operava a câmera, Irdman Dickson, o som, e apesar de filmarmos à tarde, Irdman já se embebedara. Como diretor, eu o teria repreendido, se não estivesse doidão de cocaína. Na verdade, quando se examina o filme com cuidado, vê-se uma colherinha dourada no colar que salta do meu jaleco de médico quando sodomizo Annie na mesa de exames. Devido à embriaguez de Irdman, o som saiu muito ruim, e em alguns trechos completamente ininteligível. De vez em quando se ouve uma fala: alguma coisa sobre a necessidade de tomar a temperatura de Annie com "meu grande e gordo termômetro". Sem dúvida foi melhor ter-se perdido o diálogo.

A cena de abertura é, lamentavelmente, a parte mais inteligente do filme. Daí em diante, a história torna-se cada vez mais ridícula. Uma de minhas amantes é psiquiatra, e enquanto a espanco não para de matraquear sobre minha hostilidade para com as mulheres. Nesse meio-tempo, Annie vira uma hipocondríaca/ninfomaníaca que julga sua alergia a gatos mais bem tratada com liberais doses de pênis.

Tudo isso pareceria risível não fosse a minha aparência. Meus cabelos saltavam a cada estocada da pélvis, e a pele brilhava linda quando o suor deslizava do pescoço para o peito. Os músculos dos braços dobravam-se quando eu espancava a amante tola-severa, soltando-a e puxando-a de volta. O sorriso forçava-me os cantos da boca sem retrator, o rosto tenso em maravilhosa previsão do orgasmo próximo.

Tive de desligar o vídeo; nauseava-me ver o principesco rapaz que eu fora, em comparação com a coisa infeliz que me tornara. Repugnava-me ver, para sempre fixado em filme, o suor de minha pele lisa. Eu, que não mais transpiro. Seria assim que Fred Astaire se sentia quando velho e incapaz de dançar? Os filmes de nossa juventude atlética são uma espécie de tirania na velhice; condenaram Fred Astaire e eu.

Quando apertei o botão de ejetar, a fita saiu zumbindo da máquina como uma língua esticada para mim. Levei-a para a lareira na sala de visitas embaixo, onde a coloquei numa pilha de jornais rasgados. Encostando um fósforo, vi as chamas saltarem e envolverem a fita.

Foi a última vez que vi um de meus velhos filmes.

* * *

Sayuri vinha uma ou duas vezes por semana, sempre sorridente ao fazer-me passar por ritmos cada vez mais difíceis. Não se podia negar os resultados: meu corpo começava a desenroscar os músculos contraídos, as costas a passar de um ponto de interrogação para um de exclamação. Uma das ênfases da terapia era combater o desejo do corpo de seguir o caminho da menor resistência usando os músculos mais fortes em vez dos corretos. Sayuri concentrava-se em fazer-me andar com a técnica adequada, acompanhava-me ao lado, com a mão em cada lado do meu tronco, e obrigava-me a manter a cabeça erguida. Corrigia o balanço dos braços, possibilitando-me melhorar o equilíbrio, e lembrava-me sempre de pôr igual peso nos pés. Isso era sobretudo difícil ao subir e descer escadas.

Dominados os princípios básicos da cinética, partimos para caminhadas de maior rapidez e mais longa distância. Bougatsa exigiu vir junto também, correndo em círculos a latir. Sayuri atirava uma bola para ele ir buscar, mas isso destinava-se sobretudo a afastá-lo para que ela me desse a devida atenção. Quando voltávamos para casa, usávamos o equipamento de ginástica comprado por Marianne Engel. Havia um banco de pesos, uma máquina Nautilus e uma bicicleta ergométrica para condicionamento. Sayuri incorporou cada um em minha reabilitação.

Durante as visitas, ela sempre verificava minhas roupas, e de vez em quando descobria alguma coisa que necessitava modificação. À medida que as cicatrizes no rosto iam sarando sob constante pressão, precisava-se ajustar a máscara. Sayuri acertava-a com lixa, e às vezes até a levava ao hospital para reforma. Uma vez a máscara voltou com a alteração incorreta; quando lhe indiquei isso, ela murmurou para si mesma em japonês: "*Saru mo ki kara ochiru.*" Quando perguntei o que significava, respondeu:

– Até os macacos caem das árvores. Quer dizer...

Eu a cortei:

– ... que até os especialistas cometem erros. É, já ouvi isso antes.

Como ela me perguntou onde, respondi que devia indagar ao namorado. Devo dizer que não julgo ter conhecido algum dia uma pessoa que exibisse um tom tão adorável de vermelho quanto Sayuri.

* * *

Um dos aspectos da história medieval vinha-me incomodando mais que qualquer outro: a afirmação de que Gertrud estava produzindo uma versão alemã da Bíblia. Isso foi, lembre-se, dois séculos inteiros antes de Martinho Lutero começar a trabalhar em sua famosa tradução. A Igreja desaprovou com veemência a obra dele, então como podia haver autorizado a irmã Gertrud?

Abordei o problema como sempre, e a primeira surpresa da pesquisa foi a descoberta de que, quando publicada *Die Luther Bibel*, já existiam inúmeras outras traduções bíblicas alemãs. A de Lutero foi apenas a primeira escrita tendo em mente a linguagem do homem comum. As versões anteriores eram traduções literais em idiomas obsoletos, compreensíveis apenas, para todos os efeitos, para leitores que também liam a fonte latina.

A primeira versão germânica da Bíblia foi um texto gótico de Ulfilas, no século IV, que antedatava em décadas a Vulgata latina. Homem notável, Ulfilas precisou inventar todo um alfabeto para escrever o texto e com isso criar grande parte do vocabulário moderno cristão alemão. Só uma cópia parcial manuscrita dessa Bíblia, conhecida como Codex Argenteus ou Bíblia de Prata, ainda existe, na biblioteca da Universidade de Uppsala. Depois dessa vem um manuscrito de Fulda, do século IX, que contém traços do velho alto alemão dos primeiros quatro livros do Novo Testamento, e a sugestão de uma tradução bíblica mais completa, porém não sancionada, de cerca de 1260. Alguns trechos da Bíblia, como a Prece do Senhor, havia muito existiam em alemão, mas não há prova decisiva de que alguém haja composto toda uma Bíblia alemã na época em que se supõe que Gertrud trabalhava nela – embora se diga que pouco depois, em 1350, surgiu um Novo Testamento completo em Augsburgo.

Até aí, tudo bem; parece que era a hora, no início do século XIV, de alguém enfrentar todo o projeto, então por que não a irmã Gertrud de Engelthal?

Há bastantes motivos, na verdade, mas talvez nenhum mais decisivo que a própria e intensa religiosidade de Gertrud – ou pelo menos as tentativas de parecer religiosa. Ela não ia querer prosseguir de modo algum que se pudesse ver como sacrílego, e poucas coisas eram mais heréticas que produzir uma tradução não sancionada da Bíblia. Antes de embarcar numa tarefa tão extraordinária, precisaria da permissão de uma autoridade superior, e esse consentimento teria sido quase impossível de obter. Mas aí está o ponto crucial da questão – "quase impossível" não é o mesmo que "impossível".

A prioresa de Engelthal era uma mulher velha; poderia a senilidade levá-la a permitir uma tradução que qualquer administrador lúcido haveria rejeitado? Sabe-se que coisas mais estranhas acontecem. Contudo, isso pressupõe que a permissão de Gertrud veio de dentro do próprio mosteiro de Engelthal, o que não é necessariamente o caso. Talvez ela deixasse os muros do convento em busca de uma autoridade da Igreja com programa próprio; deve-se lembrar que a Igreja era notória como rede de intrigas. É concebível que um superior tenha autorizado a obra de Gertrud como parte de um plano maior, e ela talvez tivesse prazer em ignorar essa posição de peão desde que lhe concedessem o projeto. Teria um acordo mais que dúbio, porém é sempre mais fácil contornar as regras quando se é encorajado por um superior.

Tudo isso não passa de conjectura, claro. Por que Gertrud julgava poder ir em frente com o projeto, é uma pergunta sem resposta clara, mas posso apresentar outra possibilidade: talvez eu tenha subestimado o seu desejo de ser lembrada. A vaidade é uma grande motivadora e uma grande enganadora, e a ideia de deixar um legado duradouro estimula mesmo a mais cautelosa pessoa a prosseguir de forma implacável. É possível que ela se haja convencido de que não fazia nada errado, mesmo sem pleno consentimento. Trabalhava a partir da Vulgata latina, afinal, e a crença inflexível na excelência de sua tradução talvez a houvesse empurrado a apostar que, no fim, sua Bíblia era boa demais para determinar uma punição. Pode-se imaginá-la raciocinando que a própria existência de *Die Gertrud Bibel* desculparia a gênese secreta da obra e, como a concluía no fim da vida, talvez simplesmente se dispusesse a correr o risco. Que podiam fazer as autoridades com uma velha que julgava já ter lugar reservado no céu?

Quando por fim perguntei a Marianne Engel sob qual autoridade se produzia *Die Gertrud Bibel*, esperava obter ou uma resposta definitiva ou uma clara contradição que desmentiria a história de uma vez por todas. Mas a resposta não foi nenhuma das duas.

– Eu era tão jovem que não pensei em perguntar, e Gertrud jamais disse. Mas sempre foi cheia de segredos a respeito, e nenhuma das freiras tinha permissão pra falar da obra fora do *scriptorium*.

– Elas não se rebelariam – perguntei – se achassem isso errado?

– Talvez tivessem de responder no céu pelo que haviam feito – ela respondeu –, mas creio que tinham mais medo de Gertrud e Agletrudis aqui na terra.

Marianne Engel pareceu muito satisfeita por eu pensar com tanto cuidado nesses aspectos da história que ela vinha contando, e isso a levou a perguntar se eu gostaria de ouvir mais.

– Claro – respondi.

XIX.

Eu deixara atrás a única vida que um dia conheci, e à frente estendia-se outra que nem imaginava. Enquanto caminhávamos, olhei para trás e vi a figura do padre Sunder desaparecer na noite. Ele estivera em minha vida desde minhas primeiras lembranças e agora se fora. Só então compreendi que nem você nem eu fazíamos qualquer ideia do lugar aonde ele ia.

Você seguia na frente, fingindo saber o que fazia, e pondo distância entre nós e Engelthal. Duvido que se preocupasse com uma patrulha de freiras à nossa caça; na certa receava mais que eu perdesse a coragem e voltasse. Por isso continuou em frente, apesar de ainda sofrer com as queimaduras, e só me restava esforçar-me para acompanhar. Meus pés escorregavam na lama mas eu decidira mostrar que podia manter qualquer passo estabelecido por você. Creio que isso importava para mim por não saber se era verdade.

Eu via que as batalhas o haviam ensinado a esquecer o corpo físico e seguir em frente apenas pela força de vontade. Ajudara em sua recuperação, sabia que esse esforço superava qualquer coisa que você houvesse tentado desde que o trouxeram a Engelthal, e fiquei espantada com sua resistência – até que, de repente, ela lhe faltou absolutamente.

Seus pés escorregaram na lama e você caiu sem jeito. Tentou logo saltar de pé, mas não deu certo: assim que se endireitou, perdeu de novo o equilíbrio. Dessa vez, quando caía, estendeu os braços para preparar-se, mas a pele contraída no peito o fez gritar de dor. Você encolheu os braços por instinto e caiu de cara na lama.

Estendi a mão para ajudá-lo, e sua primeira reação foi empurrar-me. Depois, talvez ao perceber que precisávamos trabalhar juntos se queríamos prosseguir, me permitiu ajudá-lo a levantar-se. Disse, tentando uma brincadeira:

– Acho que o diabo me empurrou para baixo.

Após alguns instantes, já se recuperara o suficiente para nos dirigirmos a uma árvore. Ali nos sentamos, cobertos de lama, pois a chuva continuava a cair. Amontoamo-nos um sobre o outro, o mais perto que eu já chegara de outro corpo, nada menos que um corpo masculino, mas não era nada do que imaginara. Sabia que esse momento chegaria um dia, e esperava que fosse emocionante e aterrorizante, mas senti apenas um medo ansioso de haver tomado a decisão errada ao deixar Engelthal.

Foi o início de nossa vida juntos: numa chuva gelada, incapazes de avançar, à espera de que a manhã chegasse e talvez – *talvez* – trouxesse um pouco de calor com o sol. Porventura, pensei, aquele fosse o sinal para que eu voltasse. Podia chegar antes que qualquer um nem sequer soubesse de minha ausência e fingir doença na cela. Em um ou dois dias, podia retomar os deveres, e a vida seria como sempre fora.

Mas não. Agletrudis não deixaria de denunciar os meus atos, e eu não podia abandonar um doente na beira da estrada, sobretudo um pelo qual sentia tão grande responsabilidade. Ainda assim, não pude deixar de pensar na calma do mosteiro e em meu lugar lá. Sentia-me em casa no *scriptorium*, entre os livros. Debaixo de uma árvore, porém, numa tempestade, com um homem que eu mal conhecia, mas no qual pregara o futuro: como podia ser essa a direção da minha vida?

E nada havia a fazer além de deixar passar a noite.

Quando rompeu a manhã num cinza baço, a chuva diminuiu mas não parou. Recomeçamos a andar, mas todo o seu pretenso vigor desaparecera. Cada passo tentado era uma provação, e cada completado um pequeno triunfo. Eu estava ao seu lado em todas essas pequenas vitórias, o braço em torno de você, receando que, se voltasse a cair, não se levantasse.

Então veio o nosso primeiro golpe de sorte, sob o disfarce de uma carroça. O cavalo alcançou-nos e você acenou para o homem deter-se. Perguntou para onde ele ia – a resposta foi Nurembergue –, mas quando lhe pediu que nos levasse ele negou. Não havia espaço com os porcos, disse, apontando a carga da carroça.

– Quanto quer por dois dos animais? – você perguntou.

O camponês deu o preço e você pegou as moedas necessárias, entregou-as e subiu devagar na carroça. Tentou levantar um dos porcos, mas descobriu que não podia, por isso me chamou e a força dos dois foi suficiente. Tão logo os cascos do porco bateram no chão, ele saiu a correr guinchando para a floresta, e então descarregamos o segundo com o mesmo resultado. Você se voltou para o pasmo carroceiro e disse:

– Agora você tem espaço para nós.

O homem admitiu com relutância supor que sim. Vi que não se sentia satisfeito com a companhia de seres humanos, mas devia saber que você não o deixaria afastar-se sem nós. Como ele já recebera o dinheiro, concordar era mais fácil que discutir.

Os porcos sacudiram-se em busca de posição durante toda a viagem, batendo curiosos em cima de nós e inspecionando-nos com o focinho. A princípio tentei enxotá-los, mas era um trabalho destinado ao fracasso, porque eles não tinham aonde ir. Se eu conseguia forçar um a mexer-se, logo outro se enfiava no lugar. Guinchavam sem cessar, mas o barulho não tinha importância em comparação com o cheiro, e quando por fim chegamos aos arredores de Nurembergue eu tinha certeza de que Deus recorrera aos excrementos de porcos para enviar Suas mensagens.

O camponês deixou-nos numa hospedaria, onde especulei que tinha uma antipatia pessoal pelo proprietário. Éramos sem dúvida uma visão e cheiro estranhos, quando tentamos negociar um quarto. O homem hesitou em aceitar-nos, pois não tinha ideia do que fazer com um homem queimado e uma freira que viajavam com animais vivos e pretendiam dividir um quarto. Mas você lhe deslizou umas moedas a mais, garantindo-lhe que, apesar da minha aparência, Deus ouviria as minhas preces da mesma forma. Com relutância, ele nos deu um quarto bem nos fundos, muito distante do seu alojamento, e só conseguiríamos esse se primeiro nos lavássemos num regato próximo, roupas e tudo.

Só havia uma cama no quarto, e isso enfatizava aquilo em que eu, desesperada, vinha tentando não pensar. Era claro que houvera alguma coisa sexual entre nós em todas as nossas conversas em Engelthal. Eu sabia que não estava fugindo para viver como sua irmã, mas não fazia ideia de como agem homens e mulheres. A expressão em meu rosto deve ter sido óbvia. Você andou até o meio do quarto e estendeu um pano, dizendo que se acostumara a dormir no chão nos dias de mercenário. Não me olhou quando despi o hábito molhado e me meti na cama, e vou sempre lembrar essa bondade.

Apesar do cansaço, não consegui dormir. Talvez você ouvisse como minha perna tremia ou talvez fosse a respiração que não relaxasse. Fosse o que fosse, após alguns minutos você tornou a falar:

– Marianne?

Eu quase receava falar, mas falei:

– Sim.

– Não foi um começo muito bom, mas é um começo ainda assim – você disse. – Prometo que vai melhorar. Por esta noite, basta dormir e saber que está em segurança.

Essas palavras tranquilizaram-me de um modo que você não imagina, e em troca fiz a única coisa que podia. Entreguei o colar com a ponta de flecha – pois não tinha coragem sequer de pô-lo em seu pescoço – e disse que o padre Sunder o abençoara para protegê-lo.

– Então vou usá-lo sempre, com orgulho – você disse –, e pensar em você.

Dormimos até a manhã seguinte, cedo, e decidimos ficar mais uma noite, para nos recuperarmos antes de tornar a partir. Ainda precisávamos estabelecer o destino, e até isso me assustava, porque tínhamos liberdade para escolher o que aconteceria a seguir em nossas vidas. Opção era coisa que você não tivera desde que entrara na *condotta* e eu jamais conhecera.

O taberneiro nos preparou o jantar e fiquei pasma pelo fato de a comida ser tão gostosa. Lembre-se, as freiras achavam que se media a humildade pela ausência de sabor da comida. Você e eu conversamos enquanto comíamos. Queríamos ir a um lugar de bom tamanho e nos misturar o máximo possível com a multidão, por motivos óbvios. As duas grandes cidades da região eram Nurembergue, em cuja periferia ficava a hospedaria, e Mainz. Construía-se muito em Mainz, sobretudo novas igrejas, de modo que havia uma vantagem. Seu único treinamento, além do de arqueiro, fora o trabalho em pedra, e era o que ia tentar para viver. Não seria fácil, pois você deixara o ofício havia mais de uma década e ainda se recuperava das queimaduras, mas não tínhamos melhores opções. Você guardava algum dinheiro dos dias de mercenário e o irmão Heinrich metera à força algumas moedas em sua mão antes de partirmos, de modo que podíamos aguentar um tempo.

Havia outro motivo para escolher Mainz: a cidade mantinha um estranho equilíbrio entre o religioso e o secular. Os cidadãos haviam ganhado o direito de eleger o governo e cuidar das finanças, em vez de deixar a Igreja fazê-lo por eles. Embora meu lugar em Engelthal não tivesse qualquer importância particular, eu me sentiria melhor sabendo que estávamos numa cidade que gozava de certa autonomia em relação à Igreja. Nurembergue ficava perto demais de Engelthal, geográfica e historicamente – afinal, fora dali que Adelheit Rotter conduzira as beguinas para estabelecer o mosteiro.

Após nos decidir por Mainz, agora tínhamos de chegar lá. Eu não podia ir mais longe com o hábito de freira, pois me sentiria mentindo. Embora ainda não soubesse como definir-me, sabia que não era mais freira. Encontramos um lugar que vendia a moda atual e isso foi em si uma educação. Experimentei uma sobrecapa com grandes aberturas nos braços, dessas que me haviam dito ser "janelas do Inferno", porque tentam os homens a enfiar a mão. Uma roupa como essa não era para mim. No fim, decidi-me por malha trançada e uma simples túnica. Embalei os trajes de freira na mochila, em vez de jogá-los fora. Mesmo que quisesse, não havia como atirá-los no lixo.

Entramos em Mainz pela zona leste, os portões que se abriam para o Reno. Você não acreditaria como me fascinou. Pessoas gritavam! Sei que não parece grande coisa, mas lembre-se de que eu vivera a vida inteira num mosteiro. Abrimos caminho na multidão junto às tendas de comida e passamos por bêbados que cambaleavam para fora das tabernas. Nem uma única pessoa se curvou para mim, como sempre haviam feito quando eu vestia o hábito. Era apenas mais uma cidadã.

Dirigimo-nos para as áreas mais pobres da cidade, em busca das mais baratas acomodações que pudéssemos encontrar. Acabamos encontrando alojamentos decentes na parte judaica, atrás da loja de um velho casal. Os dois ficaram um tanto intrigados pelo motivo de querermos morar ali, porque a mulher não demorou muito a identificar-me como cristã. Garanti que a última coisa que desejava era proselitismo, e isso foi muito bom. Creio que nossa sinceridade era óbvia e eles viam que não passávamos de um ansioso par de apaixonados. Se éramos ou não, era outra história – eu sem dúvida não sabia ainda –, mas assim parecíamos à senhoria. Pagamos adiantado os primeiros meses, e eles até nos deram um pouco de pão como boas-vindas.

Tiramos algum tempo para explorar a cidade, pois você não se achava pronto para lançar-se logo na caça ao trabalho. Fiquei de dedos cruzados durante toda aquela primeira semana, na esperança de que gostássemos da cidade e, o mais importante, continuássemos a gostar um do outro. Mainz tinha apenas um ou dois quilômetros de largura, não muito grande, mas devia abrigar vinte mil pessoas. Um bom tamanho na época. Havia um centro dos cidadãos, com uma feira no canto nordeste, e na primeira vez que a visitamos encontramos uma animada festa. A prefeitura ficava ali, assim como o hospital dedicado ao Espírito Santo, aquele que eu sugerira quando você se queimara. Havia um pomar no lado oeste e uma fazenda de porcos dos monges antoninos. Por algum motivo, eles achavam a criação de suínos um verdadeiro complemento a outra obra de cuidar dos doentes.

O simples número de ordens religiosas em Mainz era admirável. Havia os franciscanos, os agostinianos, a Ordem Teutônica, os cartuxos, as madalenas e... não sei, demasiados para lembrar. Mas eu me interessava mais pelas beguinas, em essência freiras sem qualquer ordem formal. Em vista de minha situação, você imagina que senti uma espécie de parentesco com elas – não pertenciam bem à Igreja, mas tampouco ao mundo. Pareciam estar em toda parte nas ruas, e isso me animou um pouco o coração. Embora eu houvesse desertado Engelthal, não pretendia desertar Deus.

A catedral de São Martinho pairava acima de todas as outras igrejas da cidade. Fora construída sob a orientação do arcebispo Willigis, por volta do ano 1000, porque ele precisava de um lugar grandioso após adquirir para os reis alemães o direito de serem coroados em Mainz. Mas nos dias que antecederam a consagração oficial a igreja se incendiara. Pareceu pegar gosto pelas chamas, pois quando chegamos já ardera mais duas vezes. Sempre achei que havia alguma coisa de apropriado nisso. Queimada três vezes, ressuscitada três vezes.

São Martinho era uma obra de grande beleza. Tinha portas de bronze e a *Undenheimer Kreuz*, uma estonteante escultura da Crucificação, e as janelas com belos desenhos que inundavam a nave de surpreendentes cores nos dias de sol. Havia um coro principal atrás do transepto e um secundário no leste. Continha os túmulos de alguns dos arcebispos – Siegfried von Epstein, acho, e Peter von Aspelt. Durante nossos anos em Mainz, acrescentou-se um túmulo para o arcebispo Von Bucheck. Não se pode entrar no lugar sem sentir o peso de sua história.

Depois de acabarmos a exploração da cidade, você foi procurar emprego. Sabia que teria de começar de baixo, mas tinha certeza de que sua ética de trabalho asseguraria bons progressos. Toda manhã, levantava-se cedo para visitar as igrejas em construção, e todo dia era recusado por todas. Depois passou a visitar casas particulares, prédios comerciais e novas ruas, mas todos esses locais de trabalho também o recusavam. Você se tornou tão bem conhecido nos locais de construção quanto um colorido cachorro, mas, por mais que fizesse, ninguém lhe oferecia um emprego.

Seu primeiro problema era que se recusava a mentir. Quando o capataz lhe perguntava sobre sua experiência, você respondia sem rodeios que não exercera o ofício de pedreiro por algum tempo. Quando indagavam o que fizera no intervalo, você dizia que fora soldado. Se insistiam em saber exatamente que *tipo* de soldado, você ficava calado. Mas o motivo real de ser recusado, uma vez após outra, eram suas queimaduras. Embora não fossem tão extensas como hoje, tente imaginar a superstição da época. Quem sabia com que se envolvera um homem queimado, ainda mais se ele ocultava os detalhes? Alguma coisa sinistra, sem dúvida.

Toda noite, você se arrastava para casa, mas se detinha um instante diante da porta de nossos aposentos. Endireitava a roupa, fechava os dedos em punhos e esticava-os algumas vezes antes de pôr um sorriso no rosto. Sei disso porque via tudo pela janelinha. Antes de você entrar, eu me afastava dela para que não soubesse que eu vira.

Minhas aflições na adaptação à nova vida eram outras. Sentia-me oprimida pela liberdade. Sem os horários de orações a seguir, visitava as igrejas de toda a cidade no tempo livre, mas era diferente rezar quando na verdade não era obrigada. Comecei a aprender sozinha a cozinhar, coisa que nunca fizera no mosteiro. Limitava-me a frutas e legumes frescos, achando que não podia dar errado, até que, após algumas semanas, você deu a entender que gostaria de alguma coisa mais "substancial". Isso significava alguma coisa quente, envolvendo carne. Passado ou malpassado demais, misturado de forma incorreta, eu simplesmente conseguia destruir quase tudo sob o que eu acendia um fogo. Você enfrentava sorrindo meus esforços, escondendo os pedaços nos bolsos e me dizendo que eu vinha melhorando. Mais bondade de sua parte. No fim, nossa senhoria, que não suportava mais os cheiros da minha cozinha, acabou por me mostrar truques suficientes para eu me virar.

Mas cozinhar era muito simples em comparação com a representação do papel de amante. Meu Deus, que coisa assustadora! Mais uma vez, porém, você foi paciente, sem dúvida mais do que seria razoável esperar. Talvez em parte se devesse às queimaduras; algumas noites você ficava sensível demais para ser tocado. Não era inocente, e seria ingenuidade minha esperar que fosse, mas nunca se desculpou pelo fato de conhecer mulheres antes de mim. Havia o tempo antes de nos conhecermos e o depois, só isso. Assim como eu deixara para trás minha vida anterior, tive de aceitar que você fizera o mesmo. Em grande parte, não era difícil demais, embora às vezes eu precisasse lutar contra os ciúmes, quando você não me olhava.

Sua experiência na área do amor físico tinha uma vantagem. De modo bastante estranho, era a mesma coisa que eu passara a vida toda tentando, aperfeiçoar-me no amor espiritual, mas sem conseguir. Jamais tive de tomar a iniciativa, só tinha de receber. Você me apresentou a uma sensualidade que eu não fazia a menor ideia de trazer dentro de mim, e ainda enrubesço. Descobri que... Olhe para mim, todos esses anos se passaram, e continuo enrubescendo. Ainda não consigo falar a respeito. Digamos apenas que sempre tinha vivido com meus votos, mas após alguns meses com você percebi que uma vida de castidade dificilmente nem chegava sequer a ser vida.

Em todo caso, me adaptei à vida fora do mosteiro. Continuei visitando São Martinho, mas logo me via rezando por sua saúde e sucesso na obtenção de trabalho, o que significava rezar mais pelo que eu queria que acontecesse do que pelo que Deus fazia. Fora da igreja, conversava com as religiosas beguinas na rua, e fiquei amiga de algumas.

A Igreja considerava impróprio, em essência, amadores intrometerem-se nos assuntos de Deus, mas não era o que me parecia. As beguinas trabalhavam nas ruas e cumpriam os votos de pobreza, o que era um grande contraste para as igrejas, pois eu descobri a maioria dos padres desqualificada e até corrupta. Elas se sustentavam com o que obtinham de pequenos trabalhos manuais e de hospital, complementados por doações de pessoas, em vez de imporem impostos obrigatórios. Toda noite retornavam à comunidade de pequenos prédios que abrigava as religiosas, recomeçavam todo o processo na manhã seguinte, e ninguém questionava a sinceridade delas. Pouco depois, passei a acreditar que o principal motivo de oposição da Igreja às beguinas era que essas amadoras a deixavam em má posição.

Elas não me entendiam bem. Eu falava longamente sobre a Bíblia e lia latim e alemão. Tinha estudado todos os acadêmicos e mestres bíblicos. Sabia tudo sobre Mechthild von Magdeburg, uma mística de grande importância para os beguinos, além de conhecer sua obra-prima *A luz que emana da Divindade*. Conhecia todas essas coisas, mas não podia – não queria – dizer-lhes como ou por quê. Era impressionante, mas confusa. O que mais as interessava, porém, era meu extenso conhecimento de produção de livros. Sabia mais que os próprios especialistas, fabricantes das Bíblias do Pobre que elas entregavam nas ruas.

O inverno aproximava-se; você ainda não tinha encontrado emprego, e as repetidas rejeições o castigavam. Os administradores de obras tornavam-se cada vez mais hostis com as repetidas visitas, e toda noite você se arrastava para casa com menos energia.

Começou a repreender-se pela incapacidade de "fazer o que qualquer homem decente devia ser capaz de fazer". Eu aprendia mais uma lição do mundo exterior, a do orgulho masculino. Queria ajudá-lo, mas qualquer sugestão que dava era recebida com raiva. Não tornava nada mais fácil o fato de eu saber que você sentia raiva de si mesmo, não de mim.

Outro obstáculo importante foi lhe faltarem os documentos de artífice, o que se esperava de qualquer trabalhador de sua idade. Não importava que não tivesse culpa e que seus planos não incluíssem a morte de seus pais quando você ainda era menino. Mas assim foi. A Guilda dos Pedreiros era forte, e você simplesmente não satisfazia as exigências. Alguma coisa tinha de ser feita, e logo, porque nossos recursos não iam durar para sempre.

Então tomei duas decisões, e não lhe falei sobre nenhuma. A primeira coisa que fiz foi oferecer meus serviços às beguinas. Não como membro, mas como trabalhadora independente.

A produção das Bíblias do Pobre não era complicada, apenas a impressão de imagens e textos com blocos de madeira, mas mesmo assim eu as achava impressionantes. Tão poucas pessoas sabiam ler que as imagens eram o único meio de levar as histórias religiosas às massas. Punham-se lado a lado histórias do Velho e Novo Testamentos, para o leitor pensar na ligação: em vez de subestimá-los, as beguinas tentavam envolvê-los na reflexão. Mesmo assim, eu sabia que podia aprimorar a qualidade do texto e sugerir melhores combinações de cenas. Elas não se convenceram, por isso forneci algumas amostras, e tiveram de admitir que eu era boa. Como permaneceram desconfiadas quanto à inclusão de uma estranha em seu trabalho, porém, decidi que era hora de falar-lhes de minha vida em Engelthal.

Ao saberem disso, não puderam deixar de me introduzir, e muito rápido, nos níveis hierárquicos da ordem. Não o admitiam em voz alta, claro, mas suponho que acharam que, se convivessem comigo, eu talvez lhes transmitisse um pouco de Engelthal.

Embora não tivessem recursos para me pagar, davam-me presentes de pão e batata. Isso de fato facilitou as coisas, porque, quando você chegava em casa da caça por trabalho, me possibilitava dizer-lhe, com honestidade, que a comida era uma doação caridosa. Não precisava dizer que eu ganhava e você não.

A segunda coisa que fiz, jamais lhe contei antes. Por favor, lembre-se de que foi há muito tempo, e espero que me perdoe.

Você se levantou uma manhã e preparou-se para a procura diária de trabalho. Perguntei, como quem não quer nada, que igrejas ia visitar, e você respondeu que começaria com a de São Cristóvão, depois seguiria para a das Clarissas Descalças e em seguida São Quintino. Após esta, de fato não sabia. Quando saiu pela porta, arrastando os calcanhares, pus os paramentos de freira pela primeira vez desde que deixei Engelthal. Fui à São Quintino, sabendo que você levaria algum tempo para chegar lá.

– Vai ser uma igreja linda – disse ao capataz. – A nave parece relativamente curta e os corredores são altos. É um efeito interessante.

Ele me agradeceu, mas soube logo que eu não estava ali para falar de arquitetura. Com educação – pois quem quer insultar uma freira? – perguntou o verdadeiro objetivo de minha visita. Respondi: um homem necessitado de trabalho. Coberto de queimaduras. O capataz revirou os olhos e respondeu que, sim, um homem assim aparecia todo maldito dia, com perdão da linguagem, mas já tinham trabalhadores suficientes.

Usei minha voz mais reconfortante, a que criara para discursos específicos sobre Deus.

– Mas é claro que não se deve julgar uma pessoa apenas pela aparência. Sei de fato que esse homem tem um excelente coração e um histórico em obras de pedra talhada.

O capataz respondeu, mais uma vez com educação, que sua história de trabalho parecia ter sido interrompida durante muitos anos, enquanto você era um tipo de soldado, mercenário, a não ser que houvesse adivinhado errado.

Não confirmei nem neguei o palpite, mas sugeri em termos um tanto obscuros:

– Alguns soldados lutam em nome de Deus, homens cujas ações são necessárias, mas não alardeadas em público. Por isso, pergunto de novo, ao construir uma igreja tão primorosa como esta, com certeza deve haver espaço para mais um trabalhador? Mesmo um homem com algumas lacunas na história? Posso pessoalmente atestar o caráter desse de que falo.

O homem olhou-me de cima a baixo e perguntou de que lugar exato eu era. Respondi que de Engelthal, sem indicar que não era mais freira ativa. Não sei se ele ficou ou não impressionado. Era óbvio que já ouvira falar de Engelthal, pois assentiu com a cabeça. Disse que ia ver o que podia fazer, mas não prometia nada.

– Agradeço por me satisfazer. Caso encontre um lugar para ele, por favor, não lhe diga que estive aqui. É um homem orgulhoso e seria bom se acreditasse que sua persistência deu frutos.

Curvei-me e, para inteirar a conta, disse-lhe que rezaria por ele.

Após tirar o hábito, rumei direto a São Martinho. Não para rezar pela alma do capataz, como sugerira, mas pela minha. A farsa no vestíbulo da Igreja causara-me dor no estômago. Quando deixei a catedral, não tive sensação alguma de que fora perdoada. Pedira um sinal, mas nenhum se revelou.

Até aquela noite, quando, exausto, você cruzou a porta, mas sorrindo e coberto de pó de pedra.

– Um dos capatazes me empregou hoje.

Passaram-se semanas, e você causou uma impressão favorável no canteiro. Quando acabou a obra em São Quintino, o capataz recomendou-o para a de Santo Estevão. Continuou assim durante todo o inverno, você mudando de uma igreja para a seguinte. Construiu uma pequena reputação e fez alguns amigos, e todo dia ficava radiante por trazer um punhado de moedas para casa. Eu aquecia água e enchia a tina para lavá-lo. Você continuava com cicatrizes e rígido, e eu massageava seu corpo até os nós afrouxarem. O trabalho era difícil para qualquer homem, mas por causa das injúrias era duas vezes pior para você. Apesar disso, ia-se tornando mais forte a cada dia. Eu lhe dava de comer o que podíamos pagar, em geral apenas batata ou pão preto, cortes baratos de carne de segunda e qualquer coisa que ganhasse em segredo das beguinas.

Sempre havia dinheiro suficiente para manter-nos em nossos aposentos. A senhoria continuava a ensinar-me culinária e me apresentou a algumas das amigas. Levou algum tempo para me aceitarem, porque as relações com os cristãos haviam sempre sido difíceis para os judeus de Mainz – ainda se contavam histórias sobre o massacre nas mãos dos guerreiros das cruzadas de Emich, e como o arcebispo tentara certa vez expulsar todos os judeus da cidade. Mas como moravam e faziam negócios em Mainz era impossível não lidar com todo tipo de pessoas. Suponho terem decidido que, se nunca impusesse minha religião a elas, podiam aceitar-me como indivíduo.

Assim, eu tinha então algumas conhecidas judias para acompanhar minhas parceiras beguinas, e você, trabalhadores de obra em canteiros em toda a cidade. Parei de rezar por um sinal de que fizera a escolha certa ao deixar Engelthal. Sabia que sim.

Na primavera, um pedreiro de quem você se tornara amigo fez uma oferta extraordinária e inesperada. Disse que "estava farto de treinar meninos idiotas" e desejava a companhia de um homem. Se você não se incomodasse com o pequeno pagamento, ele pediria à Guilda dos Pedreiros uma dispensa especial para levá-lo como aprendiz. Avisou-o de que não ia ser fácil, e que embora fosse ter uma redução na remuneração atual, no fim você receberia os documentos de artífice. Conversamos apenas alguns minutos antes de decidir que uma oferta como essa talvez jamais tornasse a surgir. Houve certa dificuldade em convencer a associação, mas acabaram concordando, e foi assim que você se tornou o mais velho aprendiz de Mainz.

Mergulhou de corpo e alma no trabalho, chegando cedo e saindo tarde. Fazia qualquer coisa que pedissem, jamais se queixava, e prestava profunda atenção a todas as instruções. Em nada prejudicou o fato de ter aptidão natural para a pedra. As lições que aprendera de seu pai não haviam desaparecido com os anos.

Acreditar num futuro melhor é uma dádiva impressionante. Continuávamos sem dinheiro, mas começávamos a falar em comprar uma nova moradia. "Uma casinha, talvez." Isso nos proporcionou alguma coisa com que sonhar, e o sonho era necessário, porque a redução na renda afetava todas as partes de nossa vida, de forma mais perceptível na dieta. Sem a "caridade" das beguinas, jamais haveríamos conseguido.

Embora de barriga vazia, caminhávamos pela cidade e apontávamos as casas para onde nos mudaríamos. Um dia.

– E quando nos mudarmos – você dizia – vou lhe pedir a honra de tornar-se minha esposa.

XX.

Nosso passado parou aí.

Quando pedi para saber se nos casamos, Marianne Engel respondeu:

– Vai ter que esperar e ver.

* * *

Retornei muitas vezes ao hospital para mais cirurgias de reconstrução. A essa altura, eram quase todas cosméticas: tentativas de fazer-me parecer, em vez de funcionar, melhor. Perguntei a Nan quanto mais iam continuar as renovadas superfícies da pele, e ela respondeu que não sabia. Indaguei qual seria a melhora na aparência no fim, e ela retrucou que isso variava de paciente para paciente.

Minha sensação era de que, desde que Marianne Engel cuidasse de mim, minhas ausências da fortaleza eram acolhidas com prazer, como intervalos durante os quais ela podia trabalhar sem ininterrupção. Em geral eu tomava um táxi de volta após alguns dias no hospital e encontrava-a exausta, estendida na cama, ainda coberta de pó de pedra, dava uma espiada no porão e via um novo monstro me olhando de soslaio. Depois inspecionava as vasilhas de água e comida que deixara fora para Bougatsa antes de partir, e via-as sempre vazias; desconfiava que ele consumia tudo de uma vez, assim que eu saía pela porta, mas nada podia fazer. No todo, essas idas ao hospital funcionavam bem, porque o fato de ela esculpir em minha ausência significava que tínhamos mais tempo juntos quando eu estava lá.

Mas também havia ocasiões em que ela continuava esculpindo comigo em casa, e eu vinha-me tornando melhor no cuidado a mim mesmo – e dela. Quando ainda conseguia arrancar-se do trabalho tempo suficiente para me banhar, eu via que ela se ressentia: quanto mais avançava na estátua, com mais força esfregava meu corpo. Ao terminar, retirava-se para o porão e eu lhe levava comida.

– Sabe, você conseguiria esculpir melhor, e mais *rápido*, se apenas comesse de vez em quando.

– Não é apenas uma questão de extrair a gárgula. Também preciso aguçar o espírito.

– O que isso quer dizer?

– O mundo paparica o corpo com comida e confortos materiais – ela respondeu. – Embora apaziguem a carne, são inimigos do espírito. A abstinência é um freio que dá ao espírito uma chance na eterna disputa com o corpo.

Outra discussão de lógica estranha; portanto, mais uma que me destinava a perder. Assim, esvaziava os cinzeiros, tornava a encher as garrafas d'água e deixava um prato com fruta cortada que eu sabia que continuaria intocado na vez seguinte que descesse.

Os arrebatamentos de Marianne Engel sempre se esgotavam após alguns dias. Ela se desculpava pelo tempo ausente, mas eu sabia que não tinha muito do que me queixar, na verdade, pois minha amiga tinha apenas uma – no máximo duas – dessas sessões por mês. Pagavam bem, incluindo todas as minhas contas, e o resto do tempo era dedicado a mim: qualquer esposa que tivesse um trabalho de nove às cinco me mandaria deixar de reclamar.

Além disso, cada sessão de trabalho era a oportunidade perfeita para eu telefonar a velhos conhecidos e providenciar a entrega de morfina extra que vinha comprando com adiantamentos em dinheiro do cartão de crédito.

* * *

Os outros fregueses no supermercado tentaram não nos olhar, mas não conseguiram. Marianne Engel acenou para uma avó de mandíbula frouxa, que se afastou correndo, como flagrada fazendo alguma coisa imoral, mas mesmo assim não pôde impedir-se de olhar duas vezes para trás.

Intelectualmente, eu entendia o fascínio por mim, mas emocionalmente detestava-o. Meu anonimato desapareceu para sempre, porque agora me destacava no sentido mais literal da palavra. O fato de ter o corpo oculto por trás de acrílico e roupa pressurizada apenas me tornava, em certo aspecto, mais irresistível. Como em qualquer bom filme de horror, a coisa que se precisa imaginar é mais assustadora do que a que de fato se vê.

Ouvi uma mãe no corredor oito dizer ao filho para não olhar. O menino, cinco ou seis anos, enroscou o corpinho atrás da segurança da perna dela, mas não despregou os olhos de mim.

Ela explicou:

– Me desculpe. Ele é, hum, curioso e, ah, amigável demais...

– Não devia desculpar-se por isso! Não se pode ser amigável *demais*! – Marianne Engel abaixou-se para olhar o menino nos olhos. – Você é fofinho. Como se chama?

– Billy.

– Reduzido de William?

– É.

– É um bom nome. – Ela acenou com a cabeça em minha direção. – William, você acha que meu amigo está assustado?

– Um pouco – sussurrou Billy.

– Na verdade, ele não é tão mau, uma vez que você o conheça.

Eu me perguntava a quem Marianne Engel deixava mais sem graça – Billy, a mãe do menino ou eu – e disse que tínhamos de ir andando. Esquecera o efeito que causava meu grasnido nas pessoas que o ouviam pela primeira vez. Terminado o recuo horrorizado, Billy perguntou com um misto de curiosidade e medo:

– O que foi que aconteceu com você?

A mãe ralhou com ele, explicando que a pergunta não era muito educada. Descartei-a com um aceno da mão, mas Marianne Engel perguntou se ela não tinha nem um pouco de curiosidade sobre a mesma coisa. A mãe se atrapalhou com a boca cheia de palavras até proferir duas:

– Ora, claro.

– Claro que sim. Olhe pra ele! William só está fazendo a pergunta que todo mundo pensa.

Deslizou a mão pelos cabelos do menino, para ele saber que não o criticava.

– Billy só está no jardim de infância – explicou a mãe.

– Fui queimado num incêndio.

Só queria acabar com a conversa, para seguirmos em frente, mas Billy tinha outra pergunta:

– *Doeu?*

– Sim. – Reprimi a vontade natural de avisá-lo para não brincar com fósforos. – Fiquei no hospital durante muito tempo.

– Uau – fez Billy –, você deve se sentir muito feliz por não estar mais lá.

A mãe puxou a mão do menino com suficiente força para ele não poder ignorá-la.

– Temos que ir mesmo.

Não olhou para trás, mas Billy virou-se e acenou com a mão um adeus enquanto era puxado pelo corredor.

Quando saímos do supermercado, Marianne Engel esvaziou todo o troco nas mãos dos mendigos que vadiavam do lado de fora. Ao mesmo tempo, falava das estátuas semiacabadas na oficina porque, parece, os Três Mestres lhe tinham informado havia pouco que ela precisava terminá-las.

Eu vinha-me aguentando bem até chegarmos ao carro, mas ao entrar bati uma grande parte da pele queimada na porta do carona. O corpo imediatamente reagiu ao erro disparando intensos choques de dor que deslizavam de um feixe de nervos ao seguinte, e a desgraçada da jiboia na espinha começou a morder-me a base do crânio como se eu fosse um rato do campo a ser devorado inteiro. FODA-SE, FODA-SE, FODA-SE! Senti as mãos começarem a tremer pela imediata sede de morfina e implorei a Marianne Engel que me aplicasse uma injeção o mais rápido possível. Ela tirou o equipamento do meu estojo (eu jamais saía de casa sem ele) e espetou-me uma seringa.

A morfina é como um fanático religioso em missão; procura partes do corpo para converter, oferecendo sonhos adocicados que fluem devagar pelas veias. A jiboia atolou-se no melado e reduziu a intensidade até imobilizar-se, mas eu sabia que ela voltaria. A serpente sempre retorna.

Quando fora a última vez que eu tivera o sangue livre de contaminantes? No início da casa dos vinte anos, supunha.

* * *

Marianne Engel andava de um lado a outro da casa com um café e um cigarro, recriminando-se por não ser capaz de limpar direito seu instrumento físico e receber novas instruções. Acabou aceitando que já era mesmo hora de concluir as estátuas inacabadas que se haviam acumulado na oficina.

– Imagino que não posso adiar isso para sempre. É o que dizem os Mestres.

Quando trabalhava nessas estátuas, não ficava possuída pela energia demoníaca como ao começar uma do zero. Subia para ajudar-me com os exercícios ou dava um passeio com Bougatsa. Quando me fazia a higiene nas manhãs, eu não me sentia um intruso em seu verdadeiro trabalho. A diferença, explicou, vinha não de si mesma, mas dos grotescos. Já tendo ela parado na metade do processo uma vez, elas agora entendiam que havia mais tempo do que acreditavam a princípio.

– Aprenderam que, independentemente do que eu faça com elas, vão continuar a ser pedra. Sabem que não têm de berrar comigo pra conseguir o que querem.

No decorrer de poucas semanas, terminou algumas das peças adiadas. A cabeça de pássaro apoiada em ombros humanos, com tudo embaixo ainda intocado, ganhou um torso masculino e ancas de cabra. A incompleta fera marinha que projetava a garra para sair de um oceano de pedra ganhou o resto do corpo, além de espuma nas cristas das ondas. Caminhões vieram buscar essas estátuas e levaram-nas para ser vendidas na galeria de Jack, porque cigarros e roupas pressurizadas não se pagam por si mesmos.

Foi meio surpresa quando, após algumas semanas, Marianne Engel me pediu que a acompanhasse até sua oficina, a uma área da casa inequivocadamente dela. Zanzou por lá alguns instantes, sem nada dizer, nem me olhar, e tentando com muito esforço dar a impressão de descontraída. Era um grande contraste com todas as vezes que eu a vira imersa no arrebatamento profissional. Pegou a vassoura e varreu algumas partículas de pedra para um canto, depois deixou escapar:

– Espero que não fique furioso.

Foi até um bloco de pedra coberto por um lençol branco. Eu não dera muita atenção à peça; em meio a todas as outras excentricidades dela, esconder uma obra de arte até ser concluída parecia de fato sadio. Vi uma silhueta meio humana sob os contornos do lençol, o que me lembrou uma criança vestida como fantasma numa festa do Dia das Bruxas. Quando ela afastou a capa, disse:

– Tenho feito você.

Era uma estátua minha pela metade. Não, não pela metade – para ser mais exato, apenas o contorno do corpo. Com todos os detalhes ainda por fazer, mas impossível não reconhecer os vagos perímetros do volume principal: os ombros encurvados da maneira certa; a espinha com uma curva sinuosa; a cabeça parecia correta, na imprecisão das dimensões quando comparada ao resto do corpo. Eu como me via no espelho, de manhã, antes de abrir de fato os olhos. Gaguejei que não fiquei zangado por ela andar "me fazendo", mas confuso. *Por quê?*

– Deus está agindo através de mim – ela disse, muito séria, antes de rir para não me deixar perceber que brincava.

Ri também, mas não saiu muito convincente.

– Quero que pose pra mim, mas pense antes de concordar – ela continuou, indicando as gárgulas semiacabadas em toda a volta. – Não quero que sofra o mesmo destino dessas.

Assenti com a cabeça – indicando que ia pensar, não que concordava – e voltamos para cima pela escada. Concentrei-me em subir de forma correta, mas quando olhei para a figura de pedra no canto atrás não pude deixar de pensar que precisava mesmo trabalhar na postura.

* * *

Jack entrou a toda pela porta da frente, sobrecarregada com o peso de uma folhuda planta, que jogou num canto da sala de visitas.

– A última vez que estive aqui, notei que você não tinha plantas. Nada vive nesta casa? – Olhou-me e acrescentou: – Deus do céu, você não tem uma que pareça melhor, tem? – Voltou rápido a atenção para Marianne Engel, que vira aquela entrada com um sorriso. – E você, consegui dois compradores privados em busca dos originais. Não ficaram loucos por nada na loja, por isso querem saber se você está trabalhando em alguma coisa nova. Eu disse que você *sempre* está trabalhando em alguma coisa nova.

– Boas casas? – perguntou Marianne Engel.

– É, têm boas casas. – Jack deu um suspiro. – Eu sempre encontro boas casas, e seus animaizinhos serão bem cuidados. Embora sejam só pedra, porra. Você sabe disso, não sabe? Ah, e Princeton precisa de alguns consertos.

Marianne Engel balançou a cabeça.

– Não me interessa viajar no momento.

– Certo. Ocupada demais cuidando do Crispy aqui. Nossa mãe, Marianne, é um grande cheque, e você não vai deixar passar. Quando a arte encontra a caridade, tem de haver uma cagada.

Marianne Engel deu-lhe um grande abraço, dizendo algumas palavras em minha defesa, mas sobretudo apenas sorriu com o barulhão de Jack. Isso apenas o deixou mais nervoso.

– Lembra quando trouxe Bougatsa pra casa? – perguntou. – Ele também era extraviado.

* * *

Em nossa suposta vida passada, eu dera a Marianne Engel um anjo de pedra que esculpira – aquele na prateleira –, e nesta vida ela me dera um grotesco de pedra que entalhara. A simetria é muito semelhante à inversão de nossos empregos: naqueles tempos, fora ela quem trabalhara com livros e eu com pedra.

Suponho que essa observação seja acadêmica, mas minha reação à ideia de ela me esculpir fora inteiramente visceral. É lisonjeiro quando uma escultora deseja fazer uma estátua nossa, claro, mas também me deixava sem jeito pensar que minha aparência hedionda seria captada de forma tão permanente. Pela primeira vez, entendi o medo que sentem os selvagens de as câmeras capturarem suas almas junto com as imagens.

– Como funcionaria isso? Que teria eu de fazer?

– Não teria de fazer nada – respondeu Marianne Engel. – Apenas posar.

A resposta fez-me pensar em nossa conversa depois que ela me obrigou a desculpar-me com Sayuri, quando dissera que eu não ia precisar "fazer nada" para provar meu amor por ela. Não entendi o que quisera dizer, mas, se era *disso* que falava, como poderia eu recusar?

– Tudo bem, eu poso.

– Vai ser agradável trabalhar com modelo vivo pra variar – ela disse. – Passarei afinal a pôr forma *na* pedra, em vez de desbastá-la para dar-lhe forma.

Começou a despir-se e perguntei o que fazia. Sempre esculpia nua, ela explicou, e não estava a fim de mudar agora; algum problema para mim? Respondi que não, mas na verdade não tinha tanta certeza. Alguma coisa naquele corpo despido me afetava, o ex-ator pornô e prodigioso sedutor de mulheres, de uma maneira que não entendia muito bem. A nudez dela tinha alguma coisa tão bruta e irresistível...

Mas não me cabia dizer-lhe o que fazer em sua casa. Tão logo se despiu, retirou as roupas pressurizadas do meu corpo e correu os dedos pelas dobras da carne queimada, como se lembrasse com os dedos um caminho.

– Adoro que suas cicatrizes sejam tão vermelhas. Sabia que as gárgulas eram pintadas em cores vivas pra ajudar a destacar as feições?

Foi até uma das criaturas e correu os dedos por ela, como me tocara momentos antes. Vendo-a deslizar as mãos, imaginei como um rio flui perfeitamente por uma pedra durante mil anos. Ela apontou o entalhe profundo das linhas sob os olhos de um dos monstros.

– Vê como as feições são talhadas com rebaixo pra enfatizar as sombras, criar profundidade? Os paroquianos que erguem de baixo os olhos para a gárgula acima nem veem esses detalhes.

– Então por que fazer?

– Também trabalhamos para os olhos de Deus.

Ser esculpido me fazia sentir mais nu que qualquer pornô, e essa primeira sessão como modelo só se tornou suportável pela brevidade. Eu aguentava tirar as roupas pressurizadas apenas por quinze minutos de cada vez, limite que Marianne Engel sempre respeitou. Não importava que o trabalho progredisse devagar; confiava que teríamos anos para me concluir.

Ao cabo de cada sessão, ela me mostrava o progresso alcançado, e conversávamos sobre qualquer coisa que nos viesse à mente. Numa ocasião ela comentou, como quem não quer nada, esmagando o toco de um cigarro:

– Não esqueça que temos uma festa do Dia das Bruxas se aproximando.

Respondi ser a primeira vez que me informavam disso.

– Não, não é – ela afirmou. – No ano passado, na enfermaria dos queimados, prometi que teríamos, não lembra?

– Isso foi há muito tempo.

– Um ano não é muito tempo, mas faço um trato com você. Toparia ir, se eu lhe contasse outra história?

– Sobre o quê? – perguntei.

– Acho que vai gostar realmente dessa – ela disse. – É sobre Sigurðr, meu amigo viking.

XXI.

Entre todos os lugares em que um menino pudesse descobrir-se órfão, a Islândia do século IX incluía-se entre os piores. Os pais de Sigurðr Sigurðsson haviam chegado com a primeira onda de imigrantes escandinavos e decidido que a terra era uma estranha beleza adequada para criar uma família. Mas quando Sigurðr tinha apenas nove anos o pai desapareceu numa massa de gelo flutuante e, pouco depois, a mãe foi dormir para nunca mais acordar. O menino assumiu o controle da terra da família e resolveu abrir caminho na vida, mas não conseguiu; era simplesmente jovem demais, e logo se viu catando o sustento nas baleias trazidas pelas correntes às praias.

Na verdade, não era um talento tão ruim: usava-se a carne para comida, a gordura para lampiões e os ossos para inúmeros artigos domésticos. Com todas essas coisas, ele conseguia o sustento. Mas mesmo assim sentia que faltava alguma coisa em sua existência; ainda na infância, sabia que não bastava cavar a vida nas carcaças dos mortos e ansiava por ser forte e valente.

Assim, quando não escavacava baleias que apareciam nas praias, Sigurðr mergulhava. À beira de um fiorde, com todo o mar estendido à frente, tirava um instante enquanto o mundo em volta parecia desaparecer. Então as pernas impeliam-no para o ar e seguia-se um momento de breve ausência de peso, quando a batalha entre céu e mar chegava a um impasse, e ele – apenas durante esse belo instante – imaginava-se flutuando próximo a Valhala.

Mas o mar sempre vencia, e o menino varava o ar como uma faca atirada. A água corria ao seu encontro, e enquanto cortava a superfície transparente, sentia como se houvesse chegado ao lar. Para baixo lá ia, à procura do fundo, até emergir do mar com a sensação de que fora purificado. Mas a sensação nunca durava.

Quando brincava com os outros meninos, pois ainda sobrava um pouco de tempo para isso, sempre se sentia distante um passo. Gostava de lutar e correr como os demais, e até de tirar umas gotas de sangue numa competição esportiva, mas chegava uma época em que todos os outros rapazes encontravam moças com quem lutar. Sigurðr, coitado de Sigurðr, continuava satisfeito em lutar apenas com os meninos, e logo as pessoas começaram a perguntar-se por que ele não parecia ter o mínimo interesse em arranjar esposa.

Sigurðr acostumou-se a passar as noites na taberna local, na tentativa de exibir masculinidade; porém, por mais que tentasse manter os olhos fixos nos seios da garçonete, o olhar invariavelmente desviava-se para os nós dos dedos peludos do atendente no balcão. Dali vagava para a acentuada curva das nádegas de Höðbroddr, e depois, sempre, assentava-se num homem, um pouco mais velho, chamado Einarr Einarsson.

Einarr era um bloco de granito disfarçado de carne, um peito enorme e grossos antebraços que sabiam domar um homem – ou assim gostava de imaginar Sigurðr. Os olhos faziam-no lembrar a água gelada na qual mergulhava, e os cabelos cor de chamas eram como a paixão em seu coração. Einarr era carpinteiro por ofício, mas também viking.

Os dois haviam tido um conhecimento passageiro, inevitável em vista da população esparsa, mas pouco contato até a noite em que Sigurðr reuniu coragem e aproximou-se para conversar. Espichou o peito à frente mais que o habitual, baixou o timbre da voz e deu apenas a mais masculina risada. Mas Einarr não levou muito tempo para ver que não era um homem que se sentava defronte, e sim um menino perdido.

Sigurðr tinha alguma coisa tão lastimável, embora tão esperançosa, que tocou os melhores impulsos de Einarr. Ele sabia que o menino perdera os pais, e vira-o vagando pelas praias com sacos de baleia morta. Em vez de rejeitá-lo, ouviu-o, e quando Sigurðr dizia coisas constrangedoras – e eram muitas – apenas assentia com a cabeça. Não via necessidade de insultar alguém cuja vida já era bastante difícil.

Aquela noite no bar foi a primeira de muitas. O relacionamento dos dois era uma combinação estranha, mas de algum modo agradável, porque Einarr apreciava esse aspecto da personalidade do rapaz que faltava nos companheiros vikings. Sigurðr não queria destruir, queria criar – mas não sabia como. Muitas vezes falava que devia ser maravilhoso Einarr construir coisas de madeira. Embora este apenas grunhisse, no íntimo concordava – era bom o que fazia para viver – e também achou que talvez aquele menino pudesse sair-se melhor para si mesmo se tivesse uma pequena orientação.

Logo propôs-lhe ajudá-lo na oficina de carpintaria, e a oferta foi aceita com entusiasmo. Não seria um aprendizado, em si, pois não houve qualquer sugestão de que Sigurðr acabaria por iniciar o próprio negócio, mas uma excelente maneira de encher os dias. O coração do jovem batia mais rápido que o normal na primeira vez que chegou à casa comprida de Einarr.

A moradia era uma espécie de galpão, típica do estilo islandês, construído com os materiais existentes. Pedras brutas fincadas como alicerce em volta de vigas verticais de madeira, e as paredes revestidas de turfa, com galhos de vidoeiro como enchimento. Orgulhoso, Einarr exibiu uma característica incomum: num canto da casa comprida, escavara uma vala que corria sob o barranco de um córrego próximo. Não era nem necessário sair para pegar água limpa, pois bastava erguer as tábuas do assoalho e mergulhar um balde.

Altas pilhas de madeira enchiam cada centímetro da casa: algumas nativas da Islândia, outras importadas da Noruega, e ainda outras trazidas ao litoral pelas águas. Todas tinham de ser mantidas no interior, a fim de ficarem bem secas para o trabalho. Das paredes pendiam dezenas de ferros, lixas, limas, facas e cinzéis, além de prateleiras para guardar os óleos usados no acabamento da obra de carpintaria.

Quase todos os bancos, prateleiras e até implementos agrícolas eram esculpidos com intrincados desenhos. Sigurðr deslizou o dedo com delicadeza pelas ranhuras torcidas de um desses objetos, um berço apoiado junto a uma parede. Dos quatro cantos do corpo, erguiam-se mourões; cada um era o pescoço de um dragão, com uma cabeça que se encaixava com perfeição na mão do pai, para embalar a criança até ela dormir.

– É para o meu filho, Bragi.

Sigurðr sabia que o carpinteiro era pai e também casado. Não precisava ser lembrado disso.

– É bom – respondeu, apontando um barril transbordando com finos cilindros de madeira. – Aqueles são o quê?

Einarr retirou um e estendeu-o diante do rosto, baixando os olhos ao longo da haste, antes de entregá-lo.

– Não tenho qualquer talento específico com um arco, mas talhar uma flecha reta e exata já é outra história.

– Exibindo-se, hem, Einarr?

Uma mulher, embalando um bebê que lhe sugava o mamilo, entrara na casa sem ser ouvida. Tinha os olhos de um azul ainda mais claro que os de Einarr, e os cabelos puxados para trás com uma fita colorida, mechas de um louro claro onde ela as tratara com lixívia.

– Você deve ser Sigurðr. É um prazer conhecê-lo afinal.

– Esta é Svanhildr – disse Einarr. – Minha âncora.

– Ah, sua influência estabilizadora, então? – perguntou a mulher.

– Não – respondeu o marido –, é o que vem me arrastando pra baixo.

Svanhildr bateu-lhe com força no ombro, e Einarr estendeu a mão – não para revidar o golpe, mas enconchar o bebê e não perder o equilíbrio.

– O sortudinho – disse o marido – é Bragi.

Svanhildr entregou-lhe o filho, arrumou o colar no pescoço e fechou o vestido-avental. Uma corrente de chaves em torno da cintura chocalhou ao ritmo dos muitos berloques do colar, e em consequência cada movimento era musical. Ela bateu mais uma vez no marido, de uma forma melodiosa, e tomou o filho de volta nos braços. A julgar pela expressão no rosto, era uma mulher satisfeita com a vida.

O homem e o menino trabalharam durante toda a tarde – na maior parte do tempo, Einarr demonstrou os usos das ferramentas –, antes de Sigurðr retornar para casa, após recusar o convite de Svanhildr para jantar.

No dia seguinte, quando ela abriu a porta da casa, o jovem entregou-lhe um saco.

– Trouxe um tubarão – disse.

– Mas que grande gentileza – ela agradeceu, exagerando com educação o peso do saco. – Vou fermentar, e você pode comer conosco quando ficar pronto.

Na pausa que se seguiu, Sigurðr deixou escapar:

– É bom encontrar baleias mortas, mas os tubarões também servem.

– É. Entre. – Svanhildr chutou para o lado um pedaço de madeira serrada. – Isto é, se conseguir encontrar espaço entre esses toros. Às vezes sinto como se morasse numa floresta.

Mais uma vez, os homens passaram o dia juntos; agora, explicava-se a manutenção das ferramentas. Quando Svanhildr fez outro convite para jantar, Sigurðr aceitou. Ela serviu guisado de galinha com algas marinhas e, enquanto os homens comiam, balançou o berço de dragão até Bragi adormecer.

Ficaram acordados em torno do fogo até tarde da noite, e a fumaça subia ondulando pelo respiradouro no teto. Svanhildr aqueceu um pequeno caldeirão de cerveja e, quando as canecas dos homens se aproximavam da borra, mergulhava o jarro em forma de ganso no caldeirão para tornar a enchê-las. Sigurðr comentou o excelente gosto da bebida fermentada, e ela explicou que o segredo estava na combinação de junípero e mirica.

– Muitas vezes dizem que a felicidade do homem depende da qualidade da comida – continuou –, mas no caso de Einarr é mais da qualidade do álcool.

Einarr grunhiu com gratidão e tomou outro gole.

Naquela noite, quando Sigurðr voltou a pé para casa, com a cabeça distraída, esfregou os dedos no pedaço de pele de tubarão que não dera a Einarr. Cortara-a em fatias da barbatana superior, pois sabia que formaria uma excelente lixa, mas de algum modo não encontrara um bom momento para entregá-la. Quando chegou em casa, uma moradia caindo aos pedaços, tinha os dedos tão dormentes que não os viu cobertos de sangue.

Na tarde seguinte, descobriu que, embora não tivesse verdadeiro jeito para obra de carpintaria, possuía de fato talento para pinturas. Triturava os pigmentos – pretos de carvão, brancos de ossos, vermelhos de ocre – e aplicava-os à obra terminada. Sentia-se três vezes satisfeito: pelo novo talento que vinha desenvolvendo; pelas próprias cores; e pelo sorriso no rosto de Einarr.

O carpinteiro também se sentia contente. A pintura de Sigurðr não apenas aprimorava o trabalho, mas o rapaz era um bom companheiro – não tanto um amigo ainda, mas sem dúvida não apenas um colega de trabalho. Para reconhecer esse fato, um dia Einarr entregou-lhe um pacote comprido, embrulhado em tecido de lã e amarrado com uma tira de couro. Dentro havia uma espada com um punho de dragão esculpido de maneira intrincada.

– Seria bom você ter uma lâmina decente – disse –, não esse cutelo de peixe que tem agora.

Sigurðr balançou a cabeça, pois não sabia o que mais fazer. Desde que os pais haviam morrido, aquele era o primeiro presente que alguém lhe dava.

– Muito bem, gostaria de aprender a usar? – perguntou Einarr.

Começou corrigindo as fraquezas na técnica do jovem, e o aluno logo incorporou as sugestões. Einarr ficou impressionado.

– Seu corpo sabe naturalmente para que lado se mover, e isso é bom. Muitas outras coisas podem ser ensinadas, mas o tato para o ataque não é uma delas.

Sigurðr baixou os olhos. Não queria que o outro visse o rubor em seu rosto causado pelo elogio.

– Vai precisar dar um nome à espada – disse Einarr. – Eu sugiro Sigurðrsnautr. Porque se algum dia precisar enfiar a lâmina num homem, não será um presente que ele logo esquecerá.

Quando o rapaz voltou para casa nessa noite, girou repetidas vezes a espada nas mãos. Gostava do nome – "Presente de Sigurðr". Amarrou com todo o cuidado as pontas da tira de couro que embrulhara o pacote e pendurou-a ao pescoço. Daquele dia em diante, jamais ficava sem ela, mas sempre se certificava de enfiar com esmero a tira sob a túnica. Não havia a menor necessidade de exibi-la; bastava saber que o que antes estivera nos dedos de Einarr agora lhe tocava a pele quase o tempo todo. A ideia às vezes fazia projetar pequenas saliências na pele, como o faria uma rajada de vento norte.

Quando chegou o dia inevitável em que Einarr partiu para uma série de incursões vikings de pilhagem, Sigurðr esperou que isso assinalasse o retorno aos seus hábitos solitários. Mas Svanhildr convidava-o para panquecas e cerveja toda manhã e – para sua surpresa – ele continuava a aparecer. Bragi ficava cada vez maior, e logo acrescentou uma nova locução ao crescente vocabulário. Sabia falar *mãe*, *pai* e *madeira*, mas um dia olhou para o homem com a boca cheia de panqueca e disse:

– Sig Sig.

Embora o marido houvesse construído os baús de víveres na casa, era a mulher que os controlava com sua corrente de chaves. Uma família viking não conseguiria sobreviver do início ao fim dos invernos brutais sem um cuidadoso planejamento, e Sigurðr passou a admirar o trabalho de Svanhildr. Ela conhecia todos os métodos de conservar carne – defumar, salgar, pôr em frascos e outros – para o marido não se cansar das mesmas refeições. Após algum tempo, ele se viu ajudando-a após o café da manhã, cortando a carne em tiras, enquanto ela preparava as salmouras nas quais ia embebê-las.

Nem uma única vez, durante a ausência do marido, Svanhildr falou de algum medo de que ele talvez não voltasse para casa – mas quando chegou a notícia de que a embarcação retornara ela correu até a praia e pulou nos braços de Einarr. Beijou-o, apaixonada, esmurrou-o duas vezes no rosto e depois limpou com beijos delicados o sangue nos lábios dele. Sigurðr não tinha muita certeza, mas quase parecia que, quando Svanhildr recuava o punho, o marido oferecia o queixo erguido para receber os golpes seguintes.

Sigurðr ajudou a carregar a pilhagem de volta a casa e impressionou-se com o volume de mercadorias: metais preciosos, sacos de moedas, joias, ferramentas surrupiadas de oficinas estrangeiras e as garrafas de vinho que não se haviam quebrado na viagem de volta. Mas, apesar de tudo isso, era claro que Svanhildr esperava mais alguma coisa. Então Einarr pegou um engaste de livro incrustado de pedras preciosas, que arrancara da capa de uma edição do Novo Testamento num dos mosteiros ingleses, e apertou-o na mão da mulher. Ela admirou-o por alguns instantes, acrescentou o badulaque ao colar de tesouros, e afinal Sigurðr entendeu de onde viera a grande variedade daqueles amuletos. De toda parte.

Tomaram cerveja e vinho até bem avançada a noite, quando o rapaz, bêbado demais para regressar trôpego a casa, desabou num dos bancos que se enfileiravam junto às paredes. Ficou ali estendido, até ser despertado pelos ruídos de uma luta – ou assim pensou – nos perplexos momentos que levou para perceber que por acaso ouvia o acasalamento dos anfitriões.

Einarr penetrava brutalmente a mulher por trás, puxando-lhe os quadris para si. Svanhildr parecia tentar em desespero escapar, tentava e tentava, mas não de verdade: aquilo fazia parte do jogo deles. Quando conseguiu enfim libertar-se, o marido agarrou-lhe as pernas que se debatiam nervosas e virou-a de frente. Ao penetrá-la por cima, ela arrastou as unhas pelas costas dele, talhando-lhe fios de sangue nas costas. Mordeu-lhe o pescoço com tanta força que ele teve de afastar-lhe a cabeça por um punhado de cabelos. Ela ladrou de dor, depois deu um sorriso perverso e disse-lhe que ele cheirava a peixe velho e fodia como uma menina. Einarr grunhiu que ela não ia conseguir andar direito na manhã seguinte.

Sigurðr levou um longo tempo para tornar a adormecer.

Quando acordou de novo, era claro que Einarr – marcas de dentes em torno do pescoço – já lavara o fedor do corpo na fonte de água quente mais próxima. Bragi corria em volta, familiarizando-se de novo com o pai, enquanto Svanhildr – os hematomas estendiam-se pelos braços abaixo – implorava ao menino para manter a voz baixa, no momento em que desemaranhava os cabelos do marido com um pente de osso de baleia. De vez em quando, abraçava-o por trás e sussurrava:

– Ég elska þig. Ég elska þig. Ég elska þig. – Eu amo você. Eu amo você. Eu amo você.

Quando o rapaz exagerou um bocejo para avisar que já acordara, Svanhildr levantou-se de um salto de cima do marido e foi pegar um balde de água limpa para o hóspede lavar-se. Antes mesmo de trazê-lo para Sigurðr, Bragi já se lançara nos braços dele. A essa altura, o vocabulário do menino melhorara e ele deu um grito estridente:

– Tio Sig!

Não passou muito tempo até Einarr, pela segunda vez, fazer uma oferta que mudaria a vida de Sigurðr: agora, o de juntar-se à tripulação viking. Como explicou, as longas viagens eram tediosas, e ele sentia saudade da vida no lar; talvez a companhia de um amigo ajudasse a aliviar isso.

A oferta não deixava de ser atraente, pois Sigurðr muitas vezes temia não ser bastante homem. Durante as manhãs, saltava na água à cata de animais mortos; à tarde, trabalhava como ajudante; quando se sentia solitário, ajudava a mulher de outro homem nos afazeres domésticos. Apenas prometeu pensar na oferta, mas já sabia que a aceitaria, sobretudo porque Einarr o chamara de amigo.

Logo se viu avaliado pelos vikings. Alguns discordaram – rumores de que Sigurðr era *fuðflogi*, o homem que foge horrorizado à perspectiva de prestar serviços sexuais a uma mulher –, mas ninguém queria ofender Einarr. Quando a existência de alguém depende da embarcação, é desaconselhável aborrecer o mestre carpinteiro. Além disso, os vikings achavam que de qualquer modo não havia nada essencialmente errado nos sentimentos homossexuais, desde que se fosse o ativo. O homem que se submetia a outro no sexo também poderia fazê-lo em outras situações, como na batalha, mas não havia provas de que Sigurðr se houvesse entregado a outro homem, apenas a sugestão de que talvez não lhe importasse fazê-lo. Após alguns testes de força e habilidade com armas, aceitaram-no numa expedição experimental pela costa inglesa.

O navio dragão era imponente, com abrigos de couro de vaca e velas de lã, tendo no alto da ponta da proa uma feroz serpente esculpida. Orientavam-se pelo sol e pelas estrelas, os vikings sentados em baús vazios a serem enchidos quando chegasse a hora de voltar para casa. Via-se que alguns membros da tripulação viking apreciavam a luta por vir. Preparavam-se para o cerco com cânticos, estapeavam o rosto uns dos outros e cortavam a própria pele para aguçar a sede de sangue das lâminas. Alguns chegavam a imaginar-se possuídos por espíritos animais e ajudavam a possessão com a ingestão de grandes doses de *berserkjasveppur* – cogumelos selvagens tóxicos – antes de alcançarem a praia inglesa.

Einarr aconselhou Sigurðr a não se preocupar. Usara os cogumelos na primeira incursão, mas eles só o haviam desorientado. Contudo, confessou que de fato às vezes os usava na oficina quando lhe faltava inspiração para os entalhes. Após alguns cogumelos, explicou, era fácil visualizar os desenhos fluidos que se esquivam da mente do homem sóbrio.

O rapaz logo descobriu que o combate lhe vinha sem dificuldade e que se tratava apenas de uma simples tarefa dominar os ingleses; na maioria das vezes, eles apenas entregavam o butim no esforço de acabar com aquilo, sobretudo os monges. Os ataques repentinos foram um grande sucesso, e Sigurðr, com a ajuda de Einarr, saiu-se bem na tarefa. Convidaram-no para uma segunda jornada, depois uma terceira, e após essa se tornou membro regular da tripulação. Pela primeira vez na vida, sentiu que fazia parte do grupo. Passara de sem-família para alguém com duas – a de Einarr e uma fraternidade – e acreditava que a recém-adquirida masculinidade iria permitir-lhe, no fim de seus dias, entrar em Valhala.

Assim foi durante anos. Nos intervalos entre as incursões, Sigurðr e Einarr exercitavam as armas e aprimoravam a parceria no trabalho de carpintaria. O entalhe do mais velho tornava-se sempre mais criativo, talvez devido à cerveja que tomava com crescente regularidade ou aos cogumelos que ingeria quando sentia necessidade de inspiração. O talento de Sigurðr na pintura progrediu do mesmo modo. Os dois passavam a maioria dos dias juntos, e em geral a cada novo dia gostavam mais um do outro que no anterior.

Era inevitável, claro, que o jovem se apaixonasse por Einarr. Aquilo deixara de ser apenas o primeiro desabrochar da luxúria juvenil e tornara-se uma coisa mais profunda, verdadeira e melhor. Era igualmente inevitável que Einarr soubesse, mas ele se tornara especialista em fingir não notar os ocasionais olhares prolongados de Sigurðr. A forma de lidarem com isso era agir como se nada existisse. Nada de bom resultaria das conversas a respeito, portanto não o faziam, e a coisa pairava entre eles como uma longa noite cujo amanhecer jamais chegava.

Quanto a Svanhildr, o amor por Einarr também se intensificava a cada ano; a excitação do modo de vida dele, porém, deu lugar à adversa realidade de suas ausências, e ela passava a ficar malhumorada nas semanas que precediam cada expedição de pilhagem. Chegou então um período pior que qualquer outro anterior. Ela disparava insultos sempre que Einarr pedia o reabastecimento da caneca, repreendia os deuses sem motivo aparente, e até irrompeu em lágrimas quando Bragi arranhou o joelho ao jogar com uma espada de brinquedo.

Quando o marido já não aguentava mais, agarrava-a pelos ombros e sacudia-a até ela desistir do silêncio.

– O problema é *você* – disse Svanhildr. – E suas viagens, quando estou grávida. – Um sorriso espalhou-se pelo rosto dele. – Pare com isso! Eu não devia engravidar de novo – ela lamentou. – Sou velha.

– Mas não velha *demais* – ele respondeu. – Ao que parece.

Na noite anterior à partida dos homens, Svanhildr serviu-lhes carne de porco defumada e a última cerveja preparada, mas quase não falou. Na manhã seguinte, não acompanhou o marido até a praia. Apenas o esbofeteou mais uma vez na boca, ao despedir-se na porta da frente.

As incursões desenrolaram-se como sempre. A fama dos vikings quase bastava para vencer qualquer luta antes que se erguesse uma espada, e quando se aproximaram do último alvo, o navio já trazia uma pesada carga. Talvez se houvessem tornado complacentes, porque se achavam menos preparados que de hábito. A aldeia inglesa fora atacada muitas vezes sem dificuldade, mas os habitantes haviam aprendido nos tempos recentes certos métodos para defenderem-se, na tentativa de recuperar o orgulho. Não esperavam derrotar os vikings, mas desejavam desesperadamente derrubar alguns dos intrusos.

Quando os vikings se lançaram do barco e atravessaram a areia, chegou uma inesperada exclamação de flechas pelo céu. Sigurðr tinha um olho bom; viu uma flecha que representava uma ameaça específica. Preparou-se para sair da trajetória, mas então percebeu que, se o fizesse, a flecha atingiria o homem atrás.

Einarr.

E assim não se mexeu.

A flecha atravessou as peles de animal em seu peito, e ele tombou no chão com um grito estridente, os dedos enroscados na vara.

Após a surpresa inicial, os vikings logo recuperaram o controle e a aldeia sucumbiu aos atacantes, como sempre ocorria. A batalha, porém, não mais envolveu Einarr Einarsson nem Sigurðr Sigurðsson, que ficaram atrás na praia. A flecha alojara-se fundo no peito do rapaz, cravada além da protuberância pontiaguda, e não se podia puxá-la sem dilacerar a ferida aberta.

Ele sabia disso. Tinha medo, mas reuniu coragem, embora sentisse os olhos tornarem-se vítreos como o gelo que se formava em remos imóveis.

– Einarr?

– Sim.

– Estou morrendo.

– Não está.

– Lembre-se de mim.

– Como poderia esquecer um homem – respondeu Einarr – tão idiota que acha que está morrendo de um ferimento na carne?

– Einarr?

– Que é?

– Preciso dizer uma coisa a você.

– Você é tagarela para um moribundo.

– Não – insistiu Sigurðr. – *Ég elska...*

Einarr interrompeu-o.

– Toda essa tagarelice faz você parecer uma mulher. Poupe as forças.

O olhar no rosto do outro fez Sigurðr saber que a conversa terminara, portanto fechou os olhos e deixou o amigo carregá-lo de volta para o navio dragão. Ali, Einarr cortou a carne em volta da flecha, e o rapaz uivou de agonia a cada tira. Após escavar uma cavidade larga o suficiente, o mais velho usou tenazes para retirar a ponta da flecha e entregou-a a Sigurðr, mal consciente, para que visse as fibras carnosas grudadas.

– Svan deve tê-lo alimentado bem – disse Einarr. – Vê-se gordura perto do seu coração.

Durante toda a viagem de volta, lavou as ataduras e examinou o ferimento do rapaz, em busca de infecção, mas não parecia piorar, embora não sarasse. Antes que Sigurðr se desse conta, acordou com a visão de Svanhildr estendendo uma vasilha de sopa de alho-poró e cebola.

– O calor vai lhe fazer bem – disse.

– Posso partir. Não é sensato um doente ficar na casa de uma grávida.

Ela parecia divertida.

– Você é da família, e não vamos tolerar ouvir isso.

– Mas o bebê...

– Beba. Se eu sentir o cheiro de cebola nos ferimentos, vou saber que as entranhas foram danificadas.

Nos dias seguintes, Einarr e Bragi rezaram à deusa da cura, e Svanhildr continuou a tratar dos ferimentos de Sigurðr. O curandeiro local abençoou várias runas de osso de baleia, com significado mágico, em troca de um dos melhores baús de Einarr, e espalhou-as em volta do banco no qual dormia o rapaz.

Pareceu funcionar; o ferimento de Sigurðr continuava livre da cebola. A primeira coisa que ele fez, quando ficou óbvio que ia viver, foi ir até a oficina abrir um orifício numa das runas curativas, que entregou a Svanhildr.

– Eu ficaria honrado – disse – se você acrescentasse esta ao seu colar de tesouros. Não precisa, mas...

Ela interrompeu logo a frase, lançando os braços à volta dele e assentindo com um vigoroso balanço da cabeça.

A recuperação não foi fácil. Sigurðr tinha dificuldade ao erguer os braços e de vez em quando sentia pontadas de dor quando menos esperava, mas logo se fartou de ser cuidado. Juntou-se a Einarr no mais recente projeto, um barco que devia levar Bragi à enseada para pescar. O pai decidira pintar cada centímetro; embora uma decoração assim não fosse necessária, de qualquer modo era agradável ter mais uma vez um pincel na mão. O trabalho estendeu-se por demasiado tempo, mas Einarr nem sequer uma vez se queixou da lentidão do amigo.

A gravidez de Svanhildr progrediu sem transtorno, apesar da idade avançada para tal aventura. Quando ela entrou em trabalho de parto, o pequeno Bragi correu a buscar a parteira, deixando os homens atrás para confortá-la. Outro menino, saudável, belo e chamado Friðleifr, logo se uniu à família.

Ao parecer certo que a criança ia sobreviver, os dois adultos decidiram beber por sua boa sorte. Mesmo Bragi teve permissão para ficar acordado até tarde da noite e engolir várias canecas de cerveja forte; como agora tinha um irmão mais novo para vigiar, o pai afirmou que era hora de ele começar a beber como homem.

A sala resplandecia com a lareira e os lampiões alimentados com óleo de baleia, e Einarr riu quando o filho – agora, observou com orgulho, o *mais velho* – saiu cambaleando para o banco de dormir sobre as pernas vacilantes.

– Não, não muito homem ainda – provocou, quando Sigurðr gritou que a cerveja ia fazer nascer pelo no peito de Bragi. Ou, pelo menos, na língua, na manhã seguinte.

Minutos depois, o primogênito roncava e Einarr, satisfeito porque a mulher e o novo bebê também dormiam a sono solto, retirou-se para a oficina. Retornou com um saquinho que jogou para Sigurðr; dentro, muitos cogumelos secos.

– Agora vamos comemorar de verdade. Os deuses nos sorriem.

Cada um comeu dois dos *berserkjasveppur* – Sigurðr não gostou da textura, porém jamais fora de recusar qualquer coisa ao amigo – antes de Einarr jogar o resto no caldeirão de cerveja no fogo.

– Ferveremos o resto. O gosto não é bom, mas o efeito...

Enquanto bebiam, já bem avançava a noite, tentou descrever a beleza das fluidas linhas livres que flutuavam em volta, e Sigurðr viu-se rindo a cada tentativa do amigo. Algumas vezes Svanhildr erguia a cabeça confusa, a uma das exclamações de Sigurðr, mas tornava a cair no sono sem uma palavra. Os homens beberam até esvaziar a vasilha de cerveja e depois comeram os sedimentos empapados no fundo.

– Foi bom quando você deu a Svan a runa para o colar dela – disse Einarr com a voz enrolada. – Quem dera eu tivesse pensado nisso.

– Ela cuidou de mim – disse Sigurðr. – Como cuidou de você.

– Era tempo de ela ter algo seu em volta do pescoço.

– Eu a amo – disse Sigurðr.

– Eu sei.

– Bragi – acrescentou o rapaz. – Também amo Bragi.

– Tenho uma coisa pra você. – Einarr retirou-se de novo para a oficina, e dessa vez retornou com a ponta de flecha que penetrara o corpo de Sigurðr. – Me dê seu cordão.

– Eu não sabia... – murmurou Sigurðr. – Não sabia que você tinha notado.

– Eu sabia desde o início, mas me lembrei quando cortei isto – ergueu a ponta de flecha – do seu peito.

Sigurðr entregou a tira de couro, e ao tomá-la nos dedos Einarr a torceu e disse:

– Continua da mesma forma como no dia em que a usei pra amarrar a Sigurðrsnautr.

Sigurðr fitou intensamente o fogo, sem condições de encarar os olhos do amigo quando Einarr deslizou a ponta de flecha no cordão. Depois a entregou a ele.

Sigurðr ia pegá-lo, mas então mudou de ideia, e em vez disso curvou o pescoço. Einarr hesitou um instante e deslizou o cordão pela cabeça de Sigurðr, que sentiu a mão correr pelos cabelos, talvez até roçando a nuca. Após todos os anos que passara a imaginar os dedos do amigo ali, afinal lá estavam.

Ficaram parados um momento, olhos nos olhos.

Sigurðr curvou-se um pouco, e Einarr não recuou. O rapaz pigarreou, sentindo a garganta entupida de cerveja e fungos, e a voz saiu rouca quando proferiu as palavras que esperara tantos anos para dizer.

– *Ég elska þig.*

Einarr estreitou os olhos um pouco, mas fora isso não mudou de expressão.

Sigurðr aproximou-se mais, e mesmo assim Einarr não recuou. Então ele fechou o resto da distância, pôs a boca na do amigo mais velho e beijou-o.

Einarr não reagiu. Sigurðr entendeu isso como aceitação e beijou-o com mais força.

Então o sentiu recuar e também uma excruciante pancada no lado da cabeça. O golpe o fez desabar do banco e ele ergueu os olhos a tempo de ver Einarr saltar à frente, girando a perna. O chute atingiu-lhe em cheio as costelas e tirou-lhe toda a respiração dos pulmões. Com o braço direito, o velho desferiu-lhe um soco no meio da barriga, seguido de mais outros. O ataque era desordenado, pesado no frenesi e de estratégia limitada, e quase nenhum dos golpes acertava o alvo.

Sigurðr tentou retirar-se, mas Einarr empurrou o ombro no peito dele e atirou-o esparramado num dos lampiões, fazendo-o tombar. O rapaz tentou usar o ímpeto e rolar para longe, mas Einarr continuou a dar-lhe outros socos violentos. Inúmeros golpes, rápidos demais e em toda parte – na mandíbula de Sigurðr, perto do ombro, na garganta e no lugar mais sensível no peito, onde entrara a flecha. Ele mal conseguia respirar, com a violência do ataque e do fato de até mesmo aquilo acontecer.

O bebê Friðleifr agora uivava no berço, ciente de alguma coisa terrivelmente errada no mundo que mal conhecia. Svanhildr pulava e gritava para o marido parar, e Bragi saiu cambaleando do banco de dormir, confuso com a briga e a cerveja que ainda lhe corria nas veias. Não conseguia controlar bem as pernas, e o piso parecia tombar para o lado, como o convés de um barco durante uma tempestade.

Einarr já ultrapassara a capacidade de entender as vozes aos berros. Fossem quais fossem os demônios que os *berserkjasveppur* o fizessem ver, combatia-os como se fossem as únicas coisas reais no aposento.

Sigurðr não revidava com a convicção que seria de esperar. Os ferimentos limitavam-lhe a capacidade física, mas na verdade era mais do que isso: quando viu o menino Bragi cambaleando e ouviu os gritos de Svanhildr, simplesmente perdeu a vontade. Sabia, não de forma consciente, mas completa, que seu momento de fraqueza fora uma traição aos mais próximos, à família que recebera um garoto confuso e dera-lhe a vida de um homem. Num momento de grande sensualidade, transpusera a fronteira implícita que ele e Einarr haviam passado mais de uma década demarcando.

Assim, deixou o corpo fazer-se de morto; que Einarr recuperasse a existência dessa fronteira esmurrando-o.

Quando Svanhildr o viu entregar-se, temeu pela vida dele e não se dirigiu ao berço do bebê. Agarrou o braço direito do marido, quando ele o recuou para outro soco, e Einarr num reflexo rodopiou com o punho esquerdo. Bateu forte e derrubou-a esparramada de ponta-cabeça numa pilha de madeira cortada.

Bragi sabia que não devia enfrentar o pai; um menino que ainda brincava com espadas de madeira não era páreo para um viking. A surra no tio Sig o aterrorizava, mas ele também via um perigo maior: o óleo de baleia derramara-se do lampião derrubado e ateara fogo numa pilha de aparas de madeira, e as chamas propagavam-se.

O menino começou a berrar que o aposento pegava fogo, mas nem isso bastou para trazer o pai de volta. Os punhos de Einarr, ainda não certeiros, mas com inesgotável vigor, continuavam a golpear o corpo de Sigurðr, e nada havia no rosto do atacante além de uma raiva assustadora.

Os bancos ao longo das paredes pegaram fogo, as chamas subiram e atingiram os gravetos de vidoeiro que se projetavam das paredes. Nada conseguiria extinguir as chamas, que – pior, viu Bragi – se dirigiam para a mãe, estendida imóvel onde caíra. O sangue escorria-lhe da testa pelos olhos já não mais abertos.

Ele a sacudiu, mas sem resposta. Quando percebeu que ela talvez não estivesse acordada, passou as mãos por baixo das axilas e retesou as pernas de Svanhildr. Puxou-a com toda a força, mas continuava bêbado e ainda era pequeno demais; conseguiu apenas sacudi-la a duras penas, alguns centímetros de cada vez. Ainda assim, ia tirá-la dali. Tinha de tirar.

Enquanto arrastava a mãe em direção à porta, Einarr continuava o cruel ataque. Mesmo que quisesse, Sigurðr não teria mais condições de revidar: seu rosto era uma polpa de sangue, várias costelas se haviam quebrado, e as pernas se contraíam de modo espasmódico a cada golpe recebido. Conseguiu, porém, cuspir algumas palavras por entre os dentes quebrados.

– Fogo, Einarr – gritou, nervoso. – Esposa! Bragi!

Não parou de repetir as palavras até que fossem ouvidas. Einarr parou com os punhos e olhou em volta, confuso, como alguém que não sabia onde acordara. Viu que Bragi estava na entrada da casa com Svanhildr, mas não podia avançar mais, impedido por uma barreira de chamas.

Disparou em direção a eles e abriu com um pontapé a porta em chamas. Agarrou Bragi e atirou-o para fora, mas não conseguiu fazer o mesmo com a mulher – o peso morto inconsciente tornava isso impossível – e então a ergueu sobre o ombro e baixou a cabeça. A única saída era atravessar as chamas; podiam sair queimados, mas viveriam.

Sigurðr, todo quebrado no chão, viu os dois desaparecerem na cortina de chamas e soube que jamais conseguiria segui-los. Não se imaginava mexendo sequer uns poucos centímetros, quanto mais a distância necessária para escapar, e pensou: *Então é assim que termina. Em chamas.*

O fogo crepitava em volta como risadas, e ele esperou que fosse o último ruído que já ouvira. Então escutou o bebê chorando.

As bordas da túnica de Sigurðr ardiam e a pele parecia começar a empolar-se. Com um punhado de dedos quebrados, o rapaz extinguiu essas chamas; talvez queimando as mãos ao fazê-lo, mas não as sentia, e de qualquer modo não tinha importância. Com o sangue a gotejar dos cantos dos olhos e escorrer pela barba, ele afastou-o e começou a rastejar em direção aos gritos de Friðleifr.

Do lado de fora, no fulgor da casa comprida, Svanhildr recuperara a consciência e, histérica, agarrava Bragi. Quando percebeu que Friðleifr não saíra com eles, estendeu os braços e rompeu a gritar. Ia lançar-se em direção a casa, e então foi Bragi quem a segurou; não ia deixar a mãe entrar num inferno do qual era óbvio que não poderia escapar.

Einarr, recuperadas as faculdades mentais, também se lançou ao prédio em chamas. O coração exortava-o a arrombá-lo, mas os instintos mais básicos não o deixavam. Incapaz de fazer outra coisa, de avançar para o fogo ou recuar dele, caiu de joelhos e enterrou o rosto nas mãos. Svanhildr continuou a gritar para a casa em chamas e Bragi a puxá-la, quando se tornou claro que ela não dirigia mais a raiva ao prédio. O menino soltou a mãe, que correu até Einarr socando-o e chutando-o até cair exausta ao lado dele.

Einarr não levantou a mão contra Svanhildr até ela desabar, e então a ergueu apenas para estendê-la. Assim que a tocou com a palma da mão, a mulher se afastou de um salto, e ele viu que não devia tentar de novo.

Na manhã seguinte, a casa era pouco mais que um destroço de brasas incandescentes dispersas entre as pedras da fundação. Outros haviam chegado – camponeses, vikings, comerciantes – e começado a vasculhar as ruínas. Einarr queria fazer tudo, menos isso, mas sabia que precisava.

Encaminhou-se para o local em que ficara pela última vez o berço, porém não mais existia: restara apenas uma pilha de varetas queimadas e uma estaca com cabeça de dragão fumegando, não incinerada com o resto.

Um grito elevou-se de um dos que vasculhavam as ruínas: encontrara o corpo de Sigurðr. Não onde ocorrera a surra, mas talvez a uma dúzia de corpos de distância. O cadáver fora carbonizado de forma tão terrível que Einarr não pôde sequer reconhecê-lo como o amigo; tinha a forma de um corpo humano, mas derretida até os ossos.

A visão o nauseou, mas a localização o desnorteou. Em vez de encaminhar-se para a porta, Sigurðr arrastara-se para o canto da casa onde corria a vala de água. Isso talvez houvesse feito sentido se a abertura fosse grande o bastante para escapar por ali – mas era pequena demais. Ele nem abrira as tábuas do piso; caíra sobre elas.

Ouviu-se um ruído.

Einarr e os homens parados em volta do corpo queimado olharam-se, como para confirmar que não estavam loucos, que de fato o ruído vinha de um morto.

Baixo. Um gemido.

Embaixo. O ruído vinha de baixo das tábuas do piso.

Dois homens empurraram os restos de Sigurðr para um lado, o crânio soltou uma nuvem de cinzas, e Einarr pôs-se a arrancar as tábuas de madeira. Embora queimadas, não se haviam desintegrado por completo; era claro que o corpo agira como escudo contra as chamas. Após arrancar as tábuas, Einarr viu que ali na água corrente, embrulhado no cueiro e amarrado firme com o cordão da ponta de flecha de Sigurðr, estava o recém-nascido. Seu filho Friðleifr tremia de frio e se achava semissubmerso, mas vivo.

O pai tomou-o nas mãos em conchas e abraçou-o com mais força do que jamais fizera.

Nos dias que se seguiram, Einarr e Bragi passaram o tempo todo no fiorde preferido de Sigurðr, cavando um imenso buraco. Quando ficou grande o bastante, recrutaram a ajuda da tripulação viking para transportar o barco de Bragi – que Sigurðr pintara em cores brilhantes – ao local da sepultura. Enquanto o baixavam, alguns dos vikings resmungaram que Sigurðr não era um guerreiro tão importante assim para merecer um barco tão primoroso, mas nenhum ousou exprimir tal pensamento em voz alta. Deixaram apenas Einarr e a família para despedir-se do homem que salvara o filho deles.

Ao lado do corpo de Sigurðr no barco, arrumaram vários objetos: a caneca preferida e a jarra de cerveja em forma de ganso, ambas retiradas das cinzas; os pincéis e pigmentos; a espada Sigurðrsnautr; e a única cabeça de dragão não queimada do berço de Friðleifr. Depois Svanhildr retirou o colar de tesouros e depositou-o delicadamente no peito do amigo, conservando apenas a runa curativa que ele lhe dera.

O casal também pensou em pôr o cordão da ponta de flecha no túmulo, mas acabou decidindo contra. Iria para Friðleifr, um talismã que protegeria a criança quando se tornasse homem.

Einarr encheu sozinho a sepultura. Bragi e Svanhildr, com o bebê grudado no colo, ficaram com ele enquanto trabalhou durante a noite toda. No momento em que o sol despontou, caiu a última porção de terra, e Einarr desabou exausto e ficou olhando acima do mar o sol que subia como o olhar reprovador de Óðinn. O menino Bragi adormecera, e o pai, não aguentando mais guardar a terrível verdade para si mesmo, confessou à mulher como começara a briga.

Quando terminou, Svanhildr tocou-o pela primeira vez desde o incêndio da casa. Não conseguiu dizer qualquer palavra de perdão, mas tomou-lhe a mão na sua.

– Não sei por que fiz isso – desabafou o marido, as lágrimas escorrendo pelo rosto. – Eu o amava.

Ficaram ali sentados em silêncio por um longo tempo, Einarr aos prantos, até Svanhildr falar:

– Friðleifr é um bom nome, mas talvez não tão bom como Sigurðr.

Einarr apertou os dedos dela, assentiu com a cabeça e rompeu em novos soluços.

– É certo que a gente nunca esqueça – respondeu a mulher, olhando o rosto adormecido do bebê resgatado no seio. – De hoje em diante, esta criança vai levar o nome do nosso amigo.

XXII.

Para o sobrevivente de queimaduras, manter-se discreto não é fácil na melhor das situações, mas se torna exponencialmente mais difícil quando está numa loja de tecidos com uma mulher de cabelos revoltos que lhe gruda faixas de pano branco no peito e mede a quantidade certa das túnicas de anjo.

Ao chegar a hora de pagar, interpus-me entre Marianne Engel e o caixa, e apresentei meu cartão de crédito. Esquisita a sensação de independência que o gesto inspirava, uma vez que o pagamento acabaria por sair de uma das contas dela, de qualquer modo. Ainda assim, eu aguentava a ilusão.

Após providenciarmos todos os fornecedores de roupas, encarregamo-nos de uma incumbência meio estranha, indo a um banco local. Marianne Engel queria acrescentar meu nome à lista de acesso ao seu cofre, e o banco precisava de uma amostra de assinatura para completar a requisição. Quando eu quis saber por que desejava fazer isso, ela apenas disse que era bom ficar preparado, pois só Deus sabia o que o futuro nos reservava. Perguntei se ia me dar uma chave do cofre. Não, respondeu, ainda não. Quem mais havia na lista? Ninguém.

Fomos a uma cafeteria tomar café expresso com leite, sem espuma, e nos sentamos num terraço ao ar livre, com ela a me instruir sobre a versão islandesa de *Hel*, inferno em inglês. Parece que é um lugar não de fogo, mas de gelo: enquanto os anglófonos dizem "quente como o Inferno", os islandeses dizem *helkuldi*, "frio como o Inferno". Faz sentido: após passarem a vida toda castigados pelo clima frígido, como poderiam temer qualquer coisa a mais, senão uma eterna versão da mesma coisa? Para o homem queimado, permita-me afirmar, é sobretudo atraente a subversão da ideia judaico-cristã de que o significado de tormento eterno é o fogo.

Que o Inferno seja feito sob medida para o indivíduo nem chega a ser uma ideia nova. Trata-se, na verdade, de um dos grandes triunfos artísticos do *Inferno* de Dante: o castigo para cada pecador combina com seu pecado. As Almas dos Vícios Carnais, que em vida eram arrebatadas pelos impulsos prazerosos da paixão, são na morte condenadas a seguir nos ventos de uma tempestade sem fim. As Almas dos Simoníacos, que em vida ofenderam a Deus, abusando dos privilégios de cargos eclesiásticos sagrados, são condenadas a arder de cabeça para baixo em ígneas pias batismais. As Almas dos Aduladores passam a eternidade enterradas em excremento, um lembrete da merda que falavam na Terra.

Isso me fez imaginar qual seria – isto é, se acreditasse em tal coisa – minha versão de Inferno. Estaria condenado a arder para sempre, preso dentro do carro? Ou seria o Inferno um período infinito numa mesa de remoção cirúrgica de tecido morto de feridas? Ou a descoberta de que, quando conseguisse afinal amar, já era tarde demais?

Enquanto pensava nisso, vi um dos membros da minha fraternidade secreta vindo pela rua. Que sensação estranha, a primeira visão de outro sobrevivente de queimaduras em público, e logo alguém que eu conhecia: Lance Whitmore, o cara que fizera a palestra edificante no hospital. Veio direto a nós e perguntou se já nos tínhamos visto antes. Não pude culpá-lo por não me reconhecer, pois não apenas os contornos do meu rosto mudaram enquanto saravam, mas também se ocultavam sob a máscara de plástico.

– É agradável ver um de nós à luz do dia – ele disse. – Não que sejamos exatamente fantasmas, mas fazemos um excelente trabalho de invisibilidade.

Conversamos durante uns dez minutos, talvez, e em momento algum Lance pareceu incomodar-se com o fato de atrairmos olhares curiosos de quase todo mundo. Não duvidei de que notasse, mas admirei a forma como sabia fingir que não.

* * *

Eu usava uma túnica branca e asas feitas de meias compridas esticadas sobre cabides de paletó, enfeitadas com remates de lantejoula prateada. Marianne Engel ajeitou o halo (limpadores de cano pintados de dourado), enrolou a manga angelical e injetou uma dose de morfina, que fluiu por mim como o leite levemente coalhado da bondade humana. Bougatsa corria em volta, mordiscando nossos calcanhares, e eu imaginava como o cérebro de um cachorro processaria uma cena daquelas.

Ela também usava uma túnica – ou, para ser mais exato, um vestido volumoso tão folgado que parecia uma túnica. Tinha os cabelos ainda mais rebeldes que de hábito, apesar de presos com uma fita cujas pontas circundavam as têmporas, amarrados num nó na testa. Uma larga cauda de tecido escapulia das madeixas onduladas e caía em cascata pelas costas. Ela juntava esse excesso de material na curva do cotovelo e deixava-o pender drapejado do antebraço, como um garçom às vezes segura o guardanapo. Na outra mão, segurava uma lanterna antiquada, sem querosene, e em volta do tornozelo esquerdo – o da tatuagem de um rosário – havia um círculo de folhas. Segundo explicou, aquilo representava a coroa de louros que devia ficar no chão a seus pés, pois uma de verdade impediria os movimentos na pista de dança. Perguntei quem era ela.

– Uma das Virgens Tolas – respondeu.

A festa realizava-se no mais antigo e caro hotel da cidade. Um porteiro de cartola abriu a porta do táxi e tomou-a pela mão. Fez uma profunda mesura e me olhou de forma intrigada, como se tentasse entender como minha maquilagem de queimado podia ser tão convincente.

– Lúcifer, senhor?

– Como?

– O único anjo caído que conheço, senhor. – Fez uma curta mesura. – Permita-me acrescentar que a voz dá um toque excelente?

Ao entrarmos no saguão, Marianne Engel tomou-me o braço. As luzes eram baixas, e fachos escuros caíam do teto. Teias de aranha grudavam-se nos cantos da sala, e dezenas de gatos pretos patrulhavam o recinto. (Perguntei-me onde arranjaram tantos; haviam feito uma incursão a um abrigo de animais?) Os convidados reuniam-se no principal salão de baile. Meia dúzia de esqueletos circulava, chacoalhando os ossos brancos pintados em malhas colantes pretas. Maria Antonieta, de peruca empoada e decote profundo, conversava com Lady Godiva, cujos longos cabelos louros caíam sobre a malha cor da pele. Um membro da Real Polícia Montada do Canadá conversava com Al Capone. Uma mulher vestida de gigantesca rainha cenoura, brandindo um cetro vegetal, postava-se ao lado do namorado coelho. Albert Einstein bêbado conversava com Jim Morrison sóbrio e, num canto distante, dois diabos comparavam os rabos. Um garçom passou com uma bandeja de prata e Marianne Engel pegou habilmente uma taça de martíni, tomou um gole e beijou-me a face mascarada.

Encontramos uma mesa com toalha de tecido vermelho-sangue, na qual uma vela se projetava de uma série de globos oculares de vidro. Sentamo-nos juntos: ao lado dela, um homem fantasiado de pato de borracha, e ao meu, uma policial sexy.

Não demorei muito a entender que o Dia das Bruxas agora seria meu feriado preferido. Quando a policial elogiou minha fantasia, inventei uma história de que "na vida real" eu era professor de inglês numa escola secundária. Após entornar rápido o terceiro martíni – o interessante é que raras vezes bebia álcool –, Marianne

Engel arrastou-me para a pista. Sabia que, em segredo, eu morria de vontade de dançar com ela; não vinha exercitando-me de forma persistente com Sayuri, portanto podia passar a vida tomando chá de cadeira.

A orquestra tocava uma valsa, e ela se empertigou em toda sua altura e colheu-me nos braços de cortadora de pedra. Olhou-me intensamente nos olhos e, por apenas um instante, senti que o mar se precipitava ao meu encontro. Não sei quanto tempo ficamos imóveis, até ela nos lançar no alegre ritmo da música. Eu só precisava acompanhar; ela parecia ter um senso intuitivo da força do meu corpo. Nem sequer uma vez me preocupei em impelir o joelho mais fraco além dos limites, quando rodopiávamos em maravilhosos círculos entre os fantasiados de Romeu e Julieta, perto dos de Esmeralda e Quasímodo, passando pelos de Uma e Travolta. Marianne Engel mantinha os olhos firmes nos meus, em todas as vezes, e os outros dançarinos no salão dissipavam-se num rápido giro de cores de fundo insignificante.

Isso continuou não sei por quanto tempo, e teria durado mais, se eu não tivesse o olhar atraído, pelo canto, por um casal interessantíssimo. A princípio, achei que a mente me pregava peças. Eles desapareceram quando minha parceira me fez girar num semicírculo, e esperava que houvessem sumido na volta seguinte. Mas não.

Era impossível negar desta vez: uma japonesa de hábito religioso, cuja cabeça raspada fazia um acentuado contraste com os cabelos ruivos do viking com quem dançava; tão graciosa, e ele tão pesadão, que a visão se assemelhava à de um passeio de pardal nos chifres de um touro. Ela fechou decidida a boca quando a bainha da espada do viking lhe atingiu de forma desajeitada o quadril, e ao reajustar o braço, à procura de melhor posição na cintura, caiu um pouco de terra das dobras de sua manga.

Marianne Engel fez-me girar mais uma vez, e quando rodopiamos de volta à posição original, o casal desaparecera.

– Você os viu?

– Viu quem? – ela perguntou.

Nesse momento, vi outro casal. Dessa vez a mulher usava trajes vitorianos, mas práticos, como uma roupa que se usa não para dançar, e sim para cuidar da terra. Não era um traje que em geral imporia um segundo olhar numa festa à fantasia – só que estava encharcado: a água pingava no chão, formando uma poça. O homem parecia alegre, apesar da fantasia molhada da mulher que tinha nos braços, e não parecia incomodar-se nem um pouco. Usava um avental de couro, tinha braços enormes e uma pança ainda maior. Ela sorria, bem-educada, enquanto ele falava, mas não parava de olhar por cima do ombro do parceiro, como à procura de outra pessoa. Dançávamos tão perto que, percebi, ele falava em italiano e ela respondia em inglês.

– Tom? Não sei...

Marianne Engel tentou girar-me de novo, mas eu me soltei. Desprendi os olhos do casal apenas um instante, porém longo o bastante para os dois desaparecerem. Olhei ensandecido a multidão em volta, à procura de algum vestígio, mas nada havia.

Retornei à área onde o vestido da mulher vitoriana pingara. Mas o piso secara. Vasculhei-o em busca da areia que caíra da manga da japonesa. Limpa. Ajoelhado, passei as mãos no chão, e os outros dançarinos separaram-se ao redor como se eu fosse louco. Engatinhei em círculos, à procura de alguma coisa, mas nada encontrei. Marianne Engel abaixou-se e sussurrou no meu ouvido.

– Que está procurando?

– Você os viu. Não viu?

– Não sei do que está falando.

– Os fantasmas!

– Oh. Fantasmas. – Ela riu. – A gente não pode se fixar neles, você sabe. É como tentar apanhar enguias escorregadias pela cauda. Assim que se julga tê-las pegado, elas escapam.

Continuamos na festa por mais algumas horas, mas passei o tempo todo à cata dos fantasmas. Sabia que vira uma coisa impossível: não era um truque da mente. Eu os vira. VOCÊ É TÃO LOUCO QUANTO ELA. Foda-se, cobra. Vou empapá-la com tanta morfina que em breve a faço perder a pele.

Quando chegamos em casa, Marianne Engel serviu chá, para acalmar-me. Como isso não funcionou, decidiu contar nossa história. Saber se nos casamos ou não, ela disse, talvez fizesse eu me sentir melhor.

XXIII.

Antes de você dizer que talvez um dia me pedisse em casamento, jamais pensei a sério que isso pudesse acontecer. Admito que me envolvera em algumas fantasias passageiras, mas já quebrara um conjunto de votos vitalícios e não tinha certeza se queria outro. Parte de mim temia traí-lo, como traí a madre Christina, e por isso, quando você não falou mais em casamento, supus que dissera à toa, como fazem os homens quando se sentem românticos. Na verdade, isso nem me incomodou, pois minha vida já era muito mais do que eu algum dia sonhara. Ia prestar serviço às beguinas, fazendo aprimoramentos em cada aspecto da confecção de livros, e não muito depois vazou para alguns cidadãos prósperos a informação de que eu estudara no *scriptorium* dos monges copistas.

Uma coisa nunca muda. Os ricos querem ostentar o que têm e os outros não. Naquele tempo, que poderia ser melhor que livros? Permitiam exibir não apenas riqueza, mas também inteligência e gosto incomuns. Ainda assim, fui apanhada de surpresa quando uma nobre me fez uma encomenda, se eu produzisse para o aniversário do marido dela um manuscrito de *Der gute Gerhard*, poema de quase sete mil versos, escrito em 1220 por Rudolf von Ems. Recusei, achando que o insultaria se parecesse julgar necessário contribuir para a renda do lar. Mas outra coisa nunca muda nos ricos: acham que os pobres sempre têm um preço. Na verdade, têm razão. A nobre falou numa cifra maior do que o que você ganhava num ano. Comecei mais uma vez a recusar, mas... bem, nós precisávamos daquele dinheiro, e por isso pedi algum tempo para pensar.

Não sabia como abordar a questão com você. Havíamos concordado que seu aprendizado era para melhor, a longo prazo, mas com um salário tão baixo que você não vinha trazendo o suficiente para cobrir nossas despesas básicas. O casal locatário sabia de nossa situação e, embora eles próprios não fossem ricos, ofereceram bondosamente adiar parte do aluguel. Era a única coisa que nos permitia continuar seguindo em frente, mas fazia você achar que os vinha decepcionando, a eles e a mim.

Durante dias circulei pelos aposentos, iniciando frases que nunca terminava. Você não parara de perguntar qual era o problema, e eu de responder "nada". Por fim, quando não aguentou mais, mandou-me dizer o que tanto me preocupava. Na verdade, era apenas uma artimanha de minha parte – aliviar a responsabilidade fazendo-o arrancar-me a confissão à força. Respondi que desejava recomeçar a trabalhar com livros e falei da oferta da senhora. Fiz parecer que você me concederia um favor se me permitisse aceitar a encomenda.

Você entendeu melhor do que eu esperava, concordando que, se me fazia feliz, devia aceitar. Seu jeito de apaziguar-se com isso, embora jamais dito em voz alta, foi que eu podia pegar o trabalho, desde que os dois fingíssemos tratar-se sobretudo de um passatempo. Mas não passou despercebido de nenhum de nós a forma como você escancarou as pálpebras estupefato quando eu lhe disse o montante de dinheiro oferecido.

A dama logo providenciou um pequeno adiantamento. Pequeno para ela, enorme para nós, pois eu sabia que tão logo o fizesse ficaria completamente comprometida. Quando passei aquela primeira moeda ao vendedor de pergaminho, foi quase uma sensação de alívio, e comecei a trabalhar.

Terminei esse primeiro livro e a mulher pareceu satisfeita com o resultado. Não sei se ela me recomendou aos amigos ou se eles me procuraram por outros canais, mas na verdade não importava. De algum modo, encontraram-me.

Mainz sofria de uma séria falta de editores de livros, e como eu vinha de Engelthal tinha um certo toque de classe. Ninguém acredita que sua cidade possa produzir verdadeiros artistas, mas a maioria das pessoas aceita como fato que em outros lugares eles caem de árvores como frutas maduras. O mais importante, porém, é que todos reconheciam que os mais desejáveis manuscritos vinham de algum *scriptorium* religioso, e assim, se uma nobre não conseguia que um mosteiro de verdade produzisse o livro, eu era a segunda melhor opção. A primeira senhora para quem trabalhei sentia especial prazer em proclamar que tinha um manuscrito criado por uma freira de Engelthal – sem nunca falar, claro, que a irmã na verdade não estava mais *na* ordem.

Pouco depois, eu tinha mais ofertas que tempo, e foi então que começou o suborno. Quando comentei de passagem que gostava muito de cozinhar, uma nobre logo disse que me daria uma seleção de carnes de primeira se eu botasse a encomenda dela na frente. Aceitei e logo descobri com que rapidez a fofoca circula nas altas-rodas. Passaram de imediato a oferecer-me todo tipo de iguarias e, antes que eu me desse conta, aveia e cevada haviam substituído o milhete em nossa dieta. Davam-nos quaisquer frutas da estação – cerejas, ameixas, peras e abrunhos – e produtos de luxo como cravo, gengibre, mostarda, funcho, açúcar e amêndoas. Você não faz ideia do que significavam essas coisas. Sempre que eu não estava traduzindo ou copiando, experimentava novas receitas; sentia que compensava toda a comida que jamais havíamos provado. A senhoria me ajudava, pois também para ela era um raro prazer usar especiarias, e tive de rir do fato de que me tornava uma pecadora da culinária. Afinal, não pusera Dante um nobre de Siena no Inferno por descobrir os "caros usos do cravo"?

Pouco depois, vivíamos como Deus na França. Eu deixava a porta aberta, com uma panela de guisado borbulhando o tempo todo, e logo nos tornamos o casal mais popular do bairro. Até minhas amigas beguinas apareciam, embora sempre fingissem desdém pela elaboração da comida. Eu as fazia lembrar que se haviam comprometido com a caridade e não era muito caridoso me magoarem. Elas simulavam que me faziam um favor comendo, e passei a entender que até as beguinas eram fofoqueiras diante de um prato cheio.

As judias também apareciam, e espantou-me saber quantas delas se envolviam em assuntos profissionais, sobretudo se o marido morrera e a esposa assumira o controle do comércio da família. Para ser bem franca, isso me inspirou. Quando me vi ocupada demais para aceitar novas encomendas de manuscrito, foi uma dessas mulheres que sugeriu pela primeira vez contratar empregados e entrar no ramo.

A essa altura, seu confuso orgulho fora mitigado pelo dinheiro. Você me disse que eu podia fazer como quisesse, portanto decidi expandir minhas atividades. Por que não? No *scriptorium* monacal, aprendera como várias pessoas trabalhavam juntas para produzir um livro, de modo que tinha experiência em tratar com comerciantes e o conhecimento de cada aspecto da produção. Quanto mais pensava nisso, mais convencida me tornava de que sabia fazê-lo.

Primeiro, procurei um fabricante de pergaminho de quem gostava. Conquistei o respeito dele quando lhe mostrei que podia melhorar a solução de limão que empregava para a imersão das peles animais. Depois que ele superou o choque de uma mulher ensinar-lhe alguma coisa, o relacionamento floresceu. Fizemos um contrato: ele produziria pergaminho para mim todo mês, com desconto, se eu encomendasse a granel. Todo dia de entrega, sentávamo-nos, saboreávamos uma vasilha de guisado e conversávamos sobre a quantidade de pergaminho necessária no mês seguinte. Na verdade, nos tornamos bons amigos, e ele passou a gostar da minha comida quase tanto quanto do serviço que eu lhe dava.

Em seguida, descobri um ilustrador cuja sensibilidade combinava com a minha. As negociações com ele foram muito fáceis, porque era jovem e tinha pouca sorte. Todo mês eu lhe fornecia várias folhas em formato in-fólio para ilustrar com miniaturas. Ele também desempenhava a função de iluminador, o que significava menos uma pessoa a controlar. O acordo funcionou magnificamente para os dois; pela primeira vez, ele ganhava a vida com o trabalho artístico. Ficou tão grato que manteve os preços razoáveis para mim mesmo quando já adquirira fama e outros editores de livro o visitavam para contratá-lo.

Havia outros artesãos, a maioria escribas que trabalhavam como autônomos, mas não vou entediá-lo com os detalhes. O melhor do trabalho era uma coisa em que eu na verdade nem pensara: de repente, punha as mãos em livros. Quando fui contratada para produzir edições da *Eneida*, de Virgílio, e *O sonho de Cipião*, de Cícero, o patrão forneceu textos tomados emprestados, a partir dos quais eu podia trabalhar. Mais tarde, recebi romances – *Parcival*, de Wolfram, *Iwein*, de Hartmann, e *Tristão*, de Gottfried. À noite, levava-os para a cama e lia-os para você. Foram algumas das horas mais felizes de nossa vida, pois nada eu adorava mais do que ter um livro no colo e sua cabeça aninhada na curva do pescoço. Tentei ensiná-lo a ler, mas você nunca teve paciência para aprender. Além disso, dizia que de qualquer modo gostava mais quando era eu quem lia.

Com o passar do tempo, eu passava mais vezes orientando os outros escribas e menos copiando, até descobrir que me sobrava suficiente energia à noite para concentrar-me na tradução de Dante. Tive de abandoná-la na primeira vez que fomos para Mainz, porque não dispunha de material de escrita, e, quando os obtive, não havia tempo. Nessa época, tive as duas coisas, e entendi afinal o que Gertrud sentira por sua Bíblia. Ia sofrer a cada palavra para que a tradução fosse minha obra-prima, e por que devia me apressar? Você e eu tínhamos toda a vida pela frente.

Afinal seu aprendizado terminou, e você recebeu os documentos de artífice qualificado. Em geral, a isso se teria seguido o *Wanderjahre*, ano de estrada, durante o qual viajaria de cidade em cidade e estudaria com diferentes mestres, mas você não tinha a menor intenção de ir a lugar algum. Encontraria trabalho em Mainz, onde a maioria dos pedreiros já o conhecia e estava plenamente a par dos motivos pelos quais preferia não viajar. Ninguém culparia o homem que fora o aprendiz mais velho que a cidade já tinha conhecido.

Era tanta boa sorte na vida que mal falávamos da única coisa que não funcionava. Talvez sentíssemos que não tínhamos direito de reclamar, ou porventura simplesmente não quiséssemos nos trazer má sorte, mas vínhamos tentando conceber e eu ainda não engravidara. No fundo da mente, sempre receei vê-lo chegar à conclusão de que eu era afinal uma parceira inadequada, e por isso você não faz ideia de como fiquei aliviada quando, tão logo pôs as mãos nos documentos, anunciou que queria se casar comigo.

Decidimos que a cerimônia ia ser pequena, mas assim que vazou a notícia todos que conhecíamos quiseram um convite. Agradava-me achar que isso se devia à nossa popularidade, porém o mais provável era que eles previssem um extravagante banquete nupcial. Forneci a comida, magnanimidade de tantos subornos, e logo havia uma legião de ajudantes na cozinha. Quando a nossa casa se revelou pequena demais, os preparativos espalharam-se pelas vizinhas. A senhoria supervisionou tudo, e até as beguinas ofereceram ajuda, embora fossem péssimas cozinheiras.

Meu único pesar foi não poder convidar madre Christina, padre Sunder e irmão Heinrich. Pensei em enviar um aviso a Engelthal, mas sabia que eles seriam obrigados a recusar, e não queria pô-los nessa posição. Consolei-me com a ideia de que teriam comparecido, se fosse possível. E você só lamentou não ter condições de convidar Brandeis.

Nem sabia se seu amigo continuava vivo. Pior ainda, jamais poderia sair à procura dele, sem trair o fato de que sobrevivera às queimaduras, e desse modo escapara à *condotta*, cuja única regra era não deixar ninguém fugir. Jamais conseguiu perdoar-se pelo fato de Brandeis haver permitido sua fuga, enquanto ele tinha de voltar à *condotta*. Ainda havia ocasiões em que você acordava com pesadelos sobre as antigas batalhas.

Tivemos sorte no dia do casamento, pois o tempo estava simplesmente perfeito. Pedreiros misturavam-se com editores de livro, judeus com cristãos, e todo mundo, até as beguinas, comeram até ficar de barriga cheia. Quase todos os convidados voltaram trôpegos para casa, sobre as pernas embriagadas, e então sobramos apenas você e eu, para passarmos a primeira noite como marido e esposa.

Quando acordamos na manhã seguinte, você me presenteou com um pequeno anjo de pedra que esculpira. Era minha *Morgengabe* – minha dádiva matinal, um símbolo da legitimidade de nosso casamento. Nossa legalidade. Eu sempre achara que não seria importante para mim qualquer reconhecimento ritual do amor que já sabia verdadeiro, mas não parava de chorar lágrimas de felicidade.

Você logo encontrou trabalho fixo, e seu aspecto correspondia à prosperidade. A saúde continuava boa e você adorava trabalhar com pedra. Eu produzia livros, administrava a equipe e continuava o trabalho em *Inferno*. Não parávamos de falar em nos mudar para uma casa maior, mas de algum modo jamais conseguíamos encontrar tempo ou fazer o esforço necessário para concretizar o sonho. Gostávamos de onde estávamos, dos amigos, e talvez alguma coisa no fato de morarmos na área judaica da cidade nos conviesse, pois também éramos forasteiros. É possível que uma casa maior fosse apenas um sonho que criamos quando precisávamos de um para continuar seguindo em frente. Só uma coisa nos teria deixado mais felizes – e, então, também a conseguimos.

Após anos sem sucesso, finalmente engravidei. O momento mais feliz que já vivi foi quando lhe contei a novidade e vi a expressão em seu rosto. Não houve sequer um segundo de medo ou dúvida, apenas deslumbrada expectativa. Você saiu correndo para contar a todos os seus amigos de cantaria, e quando retornou me abraçou apertado, falando das várias vantagens de uma menina em relação a um menino ou de um menino em relação a uma menina.

Foi logo depois disso, quando comprávamos legumes um dia na feira, que um bando de rapazes começou a discutir com um vendedor sobre um possível deslize. Usavam roupas sujas e tinham o excesso de confiança arrogante típico da juventude. Afastado a um canto, um velho observava com o olhar de alguém que já vira aquilo uma centena de vezes, fartara-se, mas sabia que nada se podia fazer, além de deixar a cena idiota desenrolar-se sozinha.

Achei que já o tinha visto antes, mas não conseguia associar um nome ao rosto. Puxei você pelo braço e apontei-o, perguntando se o reconhecia. Você deixou cair o saco de legumes, e o sangue esvaiu-se de seu rosto. Quando enfim falou, mal conseguiu proferir o nome.

XXIV.

Em 1º de novembro, apesar de acordar com ressaca da festa do Dia das Bruxas, Marianne Engel logo se dirigiu ao porão. Durante os dois dias seguintes, a última estátua semiacabada restante – o apavorado leão/macaco – recebeu pernas. Quando a concluiu, deitou-se numa nova laje de pedra e dormiu doze horas, antes de lançar-se com todo ímpeto num novo grotesco. Fiquei o tempo todo sozinho no andar de cima, com as lembranças dos fantasmas dançantes que não poderia ter visto.

O novo demônio (rosto humano em corpo disforme de pássaro) exigiu setenta e quatro horas para ficar pronto, momento em que ela subiu para lavar a sujeira do corpo e empanturrar-se de tudo que encontrava na geladeira. Esperei que fosse, como sempre, para o quarto e recuperar-se da fadiga no sono, mas não; voltou direto para o andar de baixo e estendeu-se sobre outro bloco. Após absorver os sonhos pétreos do bloco, passou mais setenta e quatro horas sob o domínio do recente pretendente. Quando terminou, revelara-se um sapo cheio de verrugas com o bico aos gritos de uma águia.

Embora ela retornasse à cama no quarto para um sono adequado, dez horas depois Marianne Engel já voltara à cozinha, tomava um bule de café e comia meio quilo de bacon. (Quando não estava trabalhando na escultura, permitia-se carne.) Tão logo limpou o prato, avançou alguns passos em direção à escada do porão.

– Outro me chama.

Quando perguntei como ia conseguir dormir na pedra após tanto café, ela respondeu que não seria necessário.

– Este já conversava comigo quando eu trabalhava no sapo.

Embora fosse apenas a segunda semana de novembro, já começava o terceiro grotesco do mês. O aumento na produção já perturbava bastante, e também vinha a mudança de intensidade: ela mergulhava num frenesi que excedia até mesmo a mais tórrida das sessões que eu já presenciara. O suor escorria-lhe pelo corpo abaixo, deixando trilhas no pó de pedra, e ela precisou abrir as pesadas portas de carvalho para deixar entrar o frio ar outonal. Jamais extinguia as centenas de velas vermelhas que a circundavam, e as coroas de fogo reagiam ao vento como numa valsa campestre. Com as ferramentas voando para todos os lados, não pude deixar de pensar num camponês de ancinho em punho, num desesperado esforço para vencer na corrida o inverno que se aproximava.

* * *

Concluída essa terceira estátua, Marianne Engel logo iniciou a seguinte.

A martelagem tornara-se tão insistente que o ar da casa parecia vazio sempre que ela largava as ferramentas. Às vezes isso – o barulho, não os raros silêncios – chegava a me afugentar para fora da casa. Nunca ia longe, em geral me escondia atrás do canto da fortaleza para ver os paroquianos visitarem São Romano. O padre Shanahan ficava na escada da frente, conduzindo-os satisfeito ao saírem e implorando-lhes que voltassem na semana seguinte. Todos prometiam fazê-lo, e a maioria de fato voltava.

Shanahan parecia um cara muito sincero, em se tratando de padres, embora eu deva admitir que dificilmente sou um observador imparcial. Sempre senti uma estranha espécie de fascinação-repulsa por homens vestidos com hábito: como desprezo as instituições que eles defendem, quero menosprezá-los também como pessoas. Mas com muita frequência descubro que não consigo desprezar o homem, só o hábito.

Imagino que o impulso natural do leitor seja supor que esse ateísmo foi cultivado com a dura experiência: a perda dos pais na infância, a carreira na pornografia, a dependência das drogas, um acidente no qual me queimei. A suposição seria incorreta.

Não há lógica alguma para acreditar em Deus. Razões emocionais, sem dúvida, mas não posso ter fé em que alguma coisa existe apenas porque seria reconfortante. Não posso acreditar mais em Deus do que num macaco invisível vivendo em meu rabo; mas creria nos dois se pudessem ser provados de forma científica. Esse é o xis do problema para os ateus: não se pode provar a inexistência de uma coisa, e no entanto os teístas tendem a pôr o ônus em nós para provar exatamente isso. "A ausência de prova não é prova de ausência", dizem, com toda a presunção. Bem, pura verdade. Mas exigiria apenas um crucifixo gigantesco ardendo no céu, SEM MACACO NO RABO?, visto por todos no mundo ao mesmo tempo, QUE TAL UMA COBRA NA ESPINHA para convencer-me de que Deus de fato existe?

* * *

Marianne Engel apareceu e me pediu que pegasse um pouco de café instantâneo. Achei um pedido estranho, pois o porão tinha uma cafeteira que usava grãos comuns, mas, como era o dinheiro dela que mantinha a casa funcionando, eu dificilmente podia recusar.

Assim que retornei, ela me puxou o bule das mãos, agarrou uma colher e desceu de volta à oficina. Pensei nisso alguns instantes, dizendo-me que ela não podia... e então eu a vi espiar para baixo, do degrau de cima, e na verdade podia.

Entre tragadas no cigarro, lançava o café instantâneo na boca, mastigando os pequenos torrões como um jogador de beisebol às voltas com um rolinho de tabaco de mascar, bochechava-o com o coado na enorme caneca e cuspia tudo.

* * *

A campainha da porta tocou.

Para a maioria das pessoas, a campainha toca e você atende; para mim, porém, é mais complicado. É um teste de força de vontade. E se o visitante for uma escoteira vendendo biscoitos? Se der uma olhada em mim, fizer xixi na calça e desmaiar? Como eu poderia explicar uma menina inconsciente, encharcada de urina, na varanda da frente? Para alguém com minha aparência, seria mais que um convite aos bons habitantes da cidade acenderem as tochas e perseguirem-me até o velho moinho de vento.

Decidi correr o risco e enfrentar o desafio, mesmo que fosse a escoteira. Quando abri a porta, vi um casal de meia-idade bem vestido, na certa marido e mulher. Ela recuou como se fosse Nosferatu e eu o sol. (De vez em quando, acho agradável imaginar outra pessoa no papel do monstro.) O homem avançou instintivamente diante da mulher e protegeu-a com o braço. Ela arreganhou os lábios sobre os dentes.

– Sim?

– Eu, ah... nós – gaguejou o homem heroico, sem saber o que deduzir de mim, enquanto a mulher se encolhia mais para trás e diminuía de tamanho. Ele, controlando os nervos, desabafou de repente: – Queríamos visitar a igreja! Só isso! – Para o caso de eu ser tão idiota quanto queimado, ergueu o dedo em direção a São Romano. – Vimos que está... ah... fechada, e quando vimos esta casa com, você sabe, todas essas gárgulas e coisas assim, como numa igreja, e... você sabe, pensamos sem hesitar que talvez seja, ah, ah, ah, afiliada à igreja. Ou qualquer coisa no gênero. – Interrompeu-se. – É?

– Não.

* * *

Marianne Engel fazia uma coisa nova nas obras de pedra: enfeitava com um número cada estátua que emergia. A primeira era 27, a seguinte 26, a terceira 25; trabalhava agora no número 24.

Quando perguntei sobre isso, ela respondeu:

– Meus Três Mestres me disseram há pouco tempo que só me restavam vinte e sete corações. Esta é a contagem regressiva.

* * *

Esperei até ver começarem a sair os participantes da turma de estudo noturno da Bíblia. Era hora de dirigir-me a São Romano e reclamar dos paroquianos que confundiram a fortaleza com algum tipo de programa comunitário cristão.

Subi os degraus da frente, olhei para um lado e outro, e cruzei a porta. Meus passos ecoaram, mas Shanahan, em pé no meio dos bancos, olhando as janelas acima, não pareceu me notar. Achava-se em profunda contemplação de uma imagem em aço inoxidável de Cristo no crucifixo. Era estranho ver alguém observar tal coisa à noite, porque não entrava luz alguma que mostrasse o esplendor e a superioridade de Jesus.

Ele ficou alheio à minha presença até eu falar, apresentando-lhe o proverbial tostão pelo que pensava. A voz infame o assustou, como também o rosto plastificado, quando se virou, mas logo recuperou a compostura. Com uma rápida risada, sugeriu que, para variar, talvez até conseguisse conceder valor total a esse tostão.

– É estranho como a gente olha isso todo dia – disse, indicando o Cristo – e ainda encontra uma coisa nova. Os quatro braços da cruz representam os quatro elementos da Terra, claro, mas está vendo como Cristo é preso a ela, com os braços estendidos e os pés juntos? Forma um triângulo, e três é o número de Deus. A Santíssima Trindade. Três dias para a ressurreição. Céu, Inferno e Purgatório. Você percebe a ideia. Assim, o quatro encontra o três aí, a Terra encontra o Céu. O que é perfeito, claro, pois não é Jesus Filho de Deus e do Homem?

Ajeitou os óculos e deu um breve sorriso.

– Receio que você tenha me surpreendido numa espécie de devaneio. Posso ajudá-lo?

– Eu moro na casa ao lado.

– Sim, já o vi.

– Sou ateu.

– Bem, Deus acredita em você – ele disse. – Aceita uma xícara de chá?

Indicou o seu dormitório atrás do púlpito e, por algum motivo, decidi segui-lo. Duas cadeiras dispostas defronte à mesa, obviamente para casais que talvez julgassem útil um pouco de recomendação aos casamentos perturbados. Na mesa, ao lado de uma Bíblia, via-se uma foto dele com o braço estendido sobre o ombro de outro homem. Junto, uma mulher muito bonita, e o que parecia o filho adolescente dos dois. A mulher inclinava a cabeça para o marido, mas concentrava o olhar, firme, no padre Shanahan, que parecia meio desconfortável no colarinho branco. Quando perguntei se eram seu irmão e cunhada, ele me olhou surpreso por eu tê-los identificado tão rápido.

– Somos tão parecidos assim, meu irmão e eu?

– A mulher dele é atraente.

Padre Shanahan pigarreou ao despejar um pouco d'água na chaleira elétrica.

– É. Mas Marianne também.

– Então a conheceu.

– Ela conhece a Bíblia, até melhor que eu, mas sempre recusa meus convites para assistir à missa. Diz que o problema da maioria dos cristãos é aparecerem na igreja apenas uma vez por semana, para que seja feita a vontade de Deus, e quando se faz se queixam. – Pôs duas xícaras na mesa, além de um pequeno bule de leite. – Não posso dizer que discordo inteiramente dela.

Sentou-se em frente a mim e ajeitou mais uma vez os óculos, embora já estivessem bem assentados. Eu esperava que ele fosse jogar conversa fora, por isso foi surpreendente quando perguntou:

– É possível tirar sua máscara durante nossa conversa?

A forma como perguntou deixou claro que não se sentia intimidado pela máscara, mas apenas tinha curiosidade sobre minha aparência. Expliquei que a reabilitação exigia não tirá-la nunca. O padre assentiu com a cabeça, entendendo, mas vi um sinal de decepção em seus traços. Sugeri-lhe que podia tirá-la por um instante, se quisesse mesmo ver o que existia embaixo. Ele balançou de novo a cabeça, confirmando que gostaria, sim.

Quando a retirei, Shanahan curvou-se para dar uma olhada mais de perto. Coçou atrás das orelhas e deslocou-se de um lado para outro, a fim de inspecionar-me de todos os ângulos. Quando terminou, perguntei:

– Pareço o que esperava?

– Eu não tinha qualquer expectativa. Pensei em estudar medicina antes de ingressar no seminário. Ainda mantenho assinatura de algumas revistas.

O momento de decidir a carreira se deu, explicou enquanto servia o chá, quando soube que ensinavam os médicos de pronto-socorro a considerarem já mortas as vítimas de ataques cardíacos que chegavam. É um método para aguentar: se o paciente vive, o médico pode acreditar que trouxe alguém de volta, mas se "permanece" morto sabe que não foi nada que ele fez errado.

– Só Deus, porém, tem poder sobre a vida e a morte – afirmou o padre Shanahan. – Enquanto o médico pode prolongar a vida física do homem, o sacerdote talvez o ajude a alcançar a vida eterna.

– Acredita realmente nisso?

– É uma exigência da profissão.

– Permita-me lhe fazer uma pergunta. É possível acreditar em almas sem acreditar em Deus?

– Para alguns, talvez. – Shanahan tomou um gole na xícara. – Mas não para mim.

* * *

O número 24 foi concluído. O número 23 foi concluído. O número 22 foi concluído. Era a última semana de novembro, e Marianne Engel retornou para cima afinal. Parecia haver chegado aos limites da resistência de um corpo sem uma refeição adequada ou o conforto de uma cama de verdade.

Não sou grande cozinheiro, mas lhe empurrei à força uma refeição e fiz questão de que ficasse cheia de calorias. Embora fosse óbvio seu esgotamento, toda a cafeína e a nicotina a haviam deixado num estado de maníaca exaustão. Ela saltava no sofá, os olhos desfocados, e deixava cair muitas vezes os utensílios. Quando terminou a refeição, tentou levantar-se, mas não tinha condições físicas.

– Pode ajudar?

Empreguei bem a prática de subir escada e fiz o melhor possível para firmá-la por trás, meio empurrando-a escada acima. Ao chegarmos ao banheiro, abri as torneiras e sentei-a com força na banheira. Não fazia sentido pôr a tampa no ralo antes de lavar a camada superior de sujeira, por isso ajudei-a a despejar água com as mãos em concha no corpo. Quando ficou limpa o suficiente para ser banhada, enchemos a banheira.

Sentei-me ao lado na borda, limpando a pele. Grandes bolsas pretas haviam-se alojado sob os olhos dela. Lavei as lascas de pedra do denso emaranhado de cabelos, agora caídos como trepadeiras que alguém esqueceu de aguar. A pior mudança era apenas o peso que perdera: sem dúvida uns cinco, talvez quase dez quilos. Não lhe assentava bem, porque os perdera rápido demais, da pior forma. Jurei que a faria começar a comer melhor. Diariamente.

O banho revigorou-a o bastante para deixá-la em condições de caminhar até o quarto sem ajuda. Assim que se enfiou sob os lençóis, virei-me para sair, achando que ela logo cairia no sono. Fiquei suspreso quando me chamou.

– Mainz. A feira. Não quer saber quem?

XXV.

Até aquele momento, não tínhamos nem certeza se ele estava vivo. Você falou o nome dele como se tentasse convencer-se de que de fato tornava a vê-lo, após tantos anos.

– Brandeis.

Ele tinha algumas cicatrizes novas e muito mais fios grisalhos nos cabelos, e apoiava-se numa das pernas que não se achava enrijecida quando o conheci em Engelthal. Mas, de modo geral, parecia apenas cansado. Os jovens mercenários continuaram a atormentar o vendedor, e o rosto dele revelou uma expressão que combinava repugnância com total ausência de surpresa.

Você me puxou para as sombras atrás de uma barraca. A maioria dos soldados era nova e não o conhecia, mas você nunca se sentia de todo seguro com aqueles homens. Concluíra anos antes que seu desaparecimento jamais fora investigado porque todos, inclusive Brandeis, o julgavam morto pelas queimaduras.

O fato de querer tanto falar com ele era bem óbvio. Você não podia – não *queria* – deixar essa oportunidade passar, mas o problema estava em como se aproximar do velho amigo sem ser visto. Quando os rapazes começaram a empurrar o dono da loja, você achou que talvez conseguisse meter-se na rixa. Fui inteiramente contra a ideia, embora soubesse que isso não o deteria. Mas tão logo avançou um passo entrou na cena um novo homem, que teve toda a natureza modificada. Os soldados logo recuaram do vendedor, como se estivessem demasiado assustados para fazer mais alguma coisa sem permissão.

A primeira coisa que notei no tal homem foi a cruel inteligência dos olhos. Pareciam brilhar com o desejo de violência, como se achasse que o caos existia apenas para ele aproveitar-se.

– Quem é esse? – perguntei.

Você respondeu com uma voz gélida.

– Kuonrat, o Ambicioso.

A forma como os outros se submeteram a ele deixou claro que Kuonrat era agora o líder da tropa. Com apenas poucas palavras e a ponta da espada no pescoço do dono da loja, chegou-se a um acordo. Os mercenários pegavam o que quisessem, e permitia-se ao vendedor continuar vivo.

O líder era a última pessoa a quem você ousaria revelar-se, mas isso não era impedimento para mim. Antes que você pudesse me deter, saí das sombras e me encaminhei para o grupo. Sabia que você não podia me seguir: sua aparição me haveria posto num perigo maior do que me deixar prosseguir. Abri o decote e rumei direto a Brandeis.

Era um risco calculado. Kuonrat nunca me vira e era improvável que me reconhecesse sem o hábito de freira, tantos anos depois. Fiz a melhor imitação de uma prostituta, deixando bem claro que me oferecia a Brandeis. Foi de fato um número admirável, considerando-se que, embora ainda não se visse, eu carregava seu filho dentro de mim. Alguns dos outros soldados assobiaram quando me curvei para sussurrar no ouvido de Brandeis – meu preço, pensaram. Murmurei duas coisas: seu nome e que eu era a freira que cuidara de você em Engelthal.

Brandeis recuou e estreitou os olhos para meu rosto, como se selecionasse as lembranças do mosteiro. Após recuperar a compostura, informou aos outros que os encontraria depois, dando a entender que o aguardava uma tarde de sexo. Até Kuonrat assentiu com a cabeça e disse:

– Talvez, quando terminar com ele, você possa voltar para nós.

A ideia me revirou o estômago, mas ri um "talvez" ao arrastar Brandeis dali. Teria sido muito arriscado reunir você com ele em público, e por isso o levei à nossa casa, onde sabia que você estaria à espera. Brandeis mal acreditou nos próprios olhos ao ver que você continuava vivo.

– Eu achava... tinha tanta certeza... voltei a Engelthal uma vez, mas não me disseram nada.

Servi nossa melhor cerveja e comecei a preparar uma refeição. Queria dar uma boa impressão. Queria que Brandeis visse como cuidei de você. Depois que soube tudo que acontecera ao longo dos anos, ele ficou impressionado por você haver construído uma vida como aquela.

Quando lhe coube falar, Brandeis contou que as coisas na *condotta* haviam mudado muito, para pior. Herwald fora mortalmente ferido em batalha, e Kuonrat baixara a espada final no pescoço do velho. De modo algum como um ato de misericórdia; fazia valer seu direito. Ao desafiar qualquer um a ousar opor-se a ele pela chefia do bando, ninguém avançou.

Passou a aceitar apenas os recrutas mais sanguinários. Embora tivessem perfeito instinto de combate, os novos soldados não passavam de idiotas e desonrados. Era verdade que matavam mais, porém também *eram* mais mortos. Atacavam com ardor, não com inteligência, e o chefe incitava-os como um mestre a uma matilha de cães selvagens. Se morressem, o campo proporcionava um infindável abastecimento de garotos com vontade de provar a própria virilidade. Julgava um desperdício de tempo preocupar-se com a proteção de um recurso renovável. Além disso, sabia por experiência pessoal que os veteranos de muitos anos na tropa às vezes adquiriam a ambição do poder.

Apesar dos métodos empregados por Kuonrat, os resultados eram inquestionáveis. A *condotta* tornara-se famosa pela crueldade singular e a capacidade de derrotar forças até muito maiores com pura brutalidade. Os êxitos o encorajavam, e ele passara a contestar toda a prática de aluguel dos soldados. Por que, perguntava a si mesmo, a nobreza devia ter a posse da terra, se sua *condotta* era o meio pelo qual se defendia a terra? O dinheiro deixara de ser suficiente. Kuonrat queria mais poder. Vinha-se preparando para começar a tomar territórios para si mesmo.

Os anos sob o seu comando haviam reforçado o desejo de Brandeis de deixar a *condotta*, mas fugir tornara-se ainda menos concebível. Permanecia a regra de que, tão logo ingressasse na tropa, o mercenário ficava lá a vida toda. Kuonrat jamais esquecera que Brandeis o enfrentara quando você fora ferido no campo de batalha; vivia em busca de um pretexto para exigir retaliação. Se Brandeis algum dia fugisse, o chefe enviaria os mais talentosos perseguidores atrás dele, homens cuja determinação se equiparava apenas à perversidade.

Apesar de todos esses traços desprezíveis, Kuonrat não era idiota. Sabia que não podia atacar Brandeis sem provocação, pois a tropa ainda incluía muitos soldados antigos, que o respeitavam como arqueiro e como homem. Assim, na maior parte do tempo o deixava em paz. Mas a ameaça implícita continuava sempre presente.

Era estranho ver você em companhia de um velho amigo, com quem várias vezes enfrentara a morte no campo de batalha. Brandeis partilhara uma etapa de sua vida que eu jamais entenderia. Desprendia-se uma estranha intimidade da forma como os dois tentavam fazer-se de brutos, mas não conseguiam reprimir bem a ternura nas vozes. Eu percebia que você sentia saudade dos velhos tempos – não das batalhas, mas da camaradagem. É esquisito, as coisas que a gente lembra; daquela noite, um único momento se destaca em minha memória. Durante a refeição, Brandeis ergueu a mão num gesto quase imperceptível, mas você soube passar-lhe a água. Um ato que deviam ter repetido em mil refeições em volta das fogueiras de acampamento e que não fora esquecido nos anos que passaram separados. Nenhum dos dois pareceu notar.

Ao fim da noite, caiu um pesado silêncio. Vocês mal se olharam, por talvez mais de um minuto, até Brandeis desabafar em voz alta:

– Não posso continuar a viver como eu vivo.

– Vou ajudar de toda forma que puder – você disse.

Mas nenhuma fuga ocorreria naquela noite. Se Brandeis desaparecesse, os mercenários saberiam localizar a "prostituta" com quem fora visto pela última vez. Combinou-se que ele retornaria à *condotta* e agiria como se houvesse desfrutado prazeres comigo. A tropa permaneceria ainda alguns dias na cidade e depois partiria na missão seguinte. Só depois de passado um mês e os dias em Mainz resumirem-se a uma lembrança distante, ele empreenderia a fuga.

Se tudo corresse bem, ninguém mais saberia. Ele não tinha família alguma em Mainz, nem qualquer ligação com a cidade. Quem se lembraria da tarde de sexo um mês antes? Combinamos o plano.

Na porta, vocês dois pararam em posições viris, peitos projetados para fora. Ele deu-lhe um tapa no ombro e você o revidou com um soco no braço. Abracei-o e prometi orar pela segurança dele. O velho mercenário disse que era uma boa ideia e me parabenizou mais uma vez pela gravidez. Quando me tomou as mãos, senti o tecido cicatrizado nas palmas, e só então lembrei de fato que se queimara ao arrancar a flecha do seu peito. Ao vê-lo sair para a noite, tive intensa consciência da medida exata do quanto lhe devíamos.

O mês seguinte passou arrastado. Falávamos dele, porém não mais que poucas palavras de cada vez, quase como antes havíamos evitado falar do desejo de ter um filho, como se temêssemos amaldiçoá-lo. Um mês e uma semana.

– Você acha...? – perguntei.

– Ele chegará aqui quando puder – você respondeu.

Um mês e duas semanas, nada de Brandeis. Não pude deixar de me preocupar e vomitava às manhãs por causa da gravidez.

– Ele chegará quando puder – você não parava de dizer.

Passei por intensos vaivéns de preocupação com a sua saúde – e também a nossa, depois que ele chegou. Você me tranquilizava dizendo que tudo ia dar certo, e eu tentava com esforço acreditar.

Um mês e três semanas. Sentada em casa, eu trabalhava num manuscrito perto da janela, quando uma figura encapotada num pesado manto entrou arrastando os pés em diagonal pela rua. Reconheci a rigidez da perna e logo soube que era Brandeis, embora tivesse o rosto oculto. A neve que vinha caindo desde o início da manhã cobria o manto, e era um bom dia para agasalhar-se da cabeça aos pés. Ninguém pensaria duas vezes num homem que apenas tentava permanecer aquecido. Deixei-o entrar quando ninguém passava na rua.

Ele engoliu rápido a sopa quente e explicou que vinha viajando fazia oito dias, retrocedendo, circulando e evitando cidades. Em vez de comprar comida, matava pequenos animais, para que nenhum mercador se lembrasse dele. Tinha certeza de que não fora seguido. Apesar disso, não mandamos avisá-lo no seu local de trabalho, mas deixamos que voltasse para casa na hora habitual. Era importante fazer tudo parecer o mais normal possível.

Os primeiros dias seriam os mais perigosos. Kuonrat teria despachado um grupo dos melhores rastreadores assim que se descobrira a fuga de Brandeis. Os dois sempre ficavam de olho pela janela, uma besta jamais fora de alcance. Brandeis trouxera duas, a sua e outra que roubara para você.

Vocês se revezavam em turnos sem dormir, e Brandeis não ousava sequer desfazer a bagagem. Você arrumou uma para si e me instruiu a fazer o mesmo. Tudo isso era muito angustiante, claro, mais do que eu teria imaginado. Se alguma coisa desse errado – não que isso fosse acontecer, claro –, eu seria responsável não apenas por mim, mas pelo nosso filho em gestação. Expliquei que não entendia como poderia Brandeis ser perseguido e capturado num país tão grande. Quando manifestei essa opinião, os dois se entreolharam e nada disseram. O que já dizia tudo.

Mas nada aconteceu. Passaram-se semanas, e ninguém veio procurá-lo. Os dois passaram a dormir a noite toda, embora só depois de você estender uma fileira de sinos acima da porta. Por fim, decidiu que talvez fosse seguro seu amigo aventurar-se fora de casa. Com o capuz ainda enterrado na cabeça, claro.

Nenhum vulto ameaçador saltou das sombras, e então, uma semana depois, ele começou a acompanhá-lo aos canteiros de obras. Sua recomendação bastou para arranjar-lhe algum trabalho braçal. Brandeis dava duro e almoçava junto com você, mas fora isso se isolava. Ninguém lhe fazia muitas perguntas; para os colegas, não passava de outro trabalhador sem qualificações. Pouco depois, decidimos que ele devia ter um quarto próprio, pois eu vinha acordando à noite com cãibras nas pernas. Um pouco de intimidade seria bom para todo mundo.

Tínhamos tantos amigos que foi fácil encontrar acomodações, a apenas algumas ruas da área judaica. Insisti em pagar o depósito com dinheiro do meu negócio e, feito isso, decidimos enfim proporcionar a nós mesmos uma comemoração decente. Não que vocês estivessem plenamente convencidos de que a fuga dele *tinha sido* um sucesso, mas se dispunham a reconhecer que *parecia* um sucesso. Foi um grande banquete, e você ficou muito feliz porque sentia, afinal, haver pagado a dívida com Brandeis.

Saudável, eu começava a ficar maior que as roupas, pois a gravidez parecia acompanhar bem o prazo. A certa altura, durante uma refeição, o bebê chutou e você insistiu para que Brandeis pusesse a mão em minha barriga. Ele titubeou, mas, quando garanti que me agradaria, apertou-a meio hesitante com a palma da mão. Ao sentir o movimento, retirou logo a mão e arregalou os olhos estupefato.

– Isso é por sua causa – você lhe disse. – Essa vida surge porque você salvou a minha.

Erguemos as taças num brinde ao fato de todos havermos escapado da vida anterior para uma melhor.

Mas nunca se deve dividir a pele do urso antes de o animal estar morto. No dia seguinte mesmo, enquanto Brandeis recolhia o resto de suas posses em nossa casa, uma das beguinas chegou correndo à porta. Eu sabia que não podia ser um bom sinal, pois nunca vira uma freira correr. Ela pôs as mãos nos joelhos e arquejou alguns instantes até ter condições de contar, ofegante, que um pequeno grupo de homens – "selvagens, pela aparência" – andara perguntando na feira por um homem que correspondia à descrição de Brandeis.

Parece que Mainz não era tão grande como eu imaginara. Apesar de todo o cuidado que tivemos em manter o visitante escondido, até as beguinas sabiam que ele se hospedava conosco. Para crédito delas, reconheceram que era desaconselhável revelar essa informação a estranhos, mas se tratava apenas de uma questão de tempo alguém falar sem pensar nas consequências. Brandeis fez algumas perguntas sobre os "selvagens", e as respostas da beguina afastaram qualquer dúvida. Por certo os homens eram rastreadores despachados pela *condotta*. Até hoje, não tenho a mínima ideia de como conseguiram encontrá-lo, mas na verdade não importa. A única coisa importante era que Mainz deixara de ser segura.

Brandeis propôs fugir sozinho, deixando uma pista tão óbvia que os rastreadores não teriam como não se afastar de nós.

– Só estão atrás de mim. Vocês têm uma vida boa, portanto não...

Você não o deixou nem terminar a primeira frase. Sua honra não admitia. Disse que os rastreadores encontrariam nossa casa independentemente do que fizéssemos, e quando – não se, mas quando – isso acontecesse era grande a chance de um deles também o reconhecer. Que vitória seria a deles, despachados para encontrar um desertor, mas capazes de retornar com dois. Isso lhes renderia as boas graças de Kuonrat, e a mensagem seria ainda mais clara: mesmo um soldado que conseguira escapar durante anos e fora dado como morto acabava por ser capturado.

Você e Brandeis argumentaram que eu não devia ir – devido ao avançado estado da gravidez, porque os atrasaria e a viagem poria a criança em risco. Opus-me dizendo que o maior perigo de todos era ficar em Mainz, onde os rastreadores me encontrariam e fariam todo o necessário para arrancar informação. Por fim, disse que não me interessavam os argumentos que apresentassem. Não seria deixada para trás e, se não me levassem, eu os seguiria de qualquer modo. Sim, estava grávida, mas continuava capaz de viajar e devia tanto de minha boa sorte a Brandeis quanto você. Enfim, se você e eu nos perdêssemos um do outro, onde tornaríamos a nos encontrar? Nossa vida em Mainz fora descoberta e não poderíamos retornar. Aleguei que na verdade, *por* estar grávida, tinha de ficar com você, e não arriscar uma separação permanente.

Eliminei todas as outras opções e aproveitei que não havia tempo para discussões. Então juntamos algumas coisas, apenas as mais valiosas, e nos aprontamos para partir o mais cedo possível.

Empacotei o *Inferno* e o livro de orações de Paolo, e quando você deu as costas pus o anjo *Morgengabe* na sacola. Não iam me permitir levar tal peso morto, mas era precioso demais para deixar. Também incluí meu hábito de freira, pois já aprendera que às vezes constituía um útil disfarce. Pegamos todo o dinheiro separado para a casa que na verdade jamais chegaríamos a comprar, e você e Brandeis saíram para comprar três cavalos. Vendi minhas especiarias e livros a quem podia comprar, embora com tão curto prazo não recebesse quase nada. Poucas horas após a chegada da beguina, já rumávamos para fora de Mainz. Eu levava minha sacola, e vocês dois apenas as bestas e as roupas do corpo. A vida que passáramos anos construindo foi-se, assim, sem mais.

Eu não era uma amazona talentosa mesmo em condições favoráveis, e a gravidez não ajudava. Ao partirmos da cidade, você não parava de tentar convencer-me a tomar um rumo diferente.

Três pares de rastros de cavalo na mesma direção eram mais fáceis de seguir que em direções diferentes, afirmava. Recusei-me a ouvi-lo e rebati que a melhor coisa a fazer era pôr o máximo de distância possível entre nós e eles.

Cavalgamos até os cavalos ficarem exaustos demais para continuar. As costas doíam, a dor me amaldiçoava a cada batida dos cascos, e me agoniava a barriga. Mas recusei-me a reclamar porque estava com você.

Encontramos uma pequena estalagem e fui enviada para tratar com o dono, porque quanto menos vissem vocês, melhor. Antes de irmos dormir naquela primeira noite, perguntei aonde íamos. Brandeis respondeu:

– É melhor não ter um destino. Se soubermos aonde vamos, os rastreadores também vão saber.

Não entendi como isso podia ser verdade, mas estava cansada demais para discutir.

Nos dias seguintes, percorríamos durante o tempo e a extensão que eu aguentava, e depois pegávamos um quarto, nenhum de nós se aventurava a sair, com exceção de quando ia em busca de comida. Pouco depois, a viagem começou a cobrar-me um preço muito alto. Os seios doíam, as cãibras nas pernas pioravam e os músculos nas costelas pareciam estirados e dilacerados. Eu sabia que atrasava a marcha, era visível para todos nós, e isso gerava constantes discussões. Você comentou que minhas frequentes paradas para urinar não apenas diminuíam a rapidez, mas tornavam o rastro mais fácil de seguir. Chegou a ameaçar deixar-me para trás, mas, claro, não conseguiu forçar-se a fazê-lo.

Nas cidades, cortávamos pelas vielas secundárias e na natureza descampada obrigávamos os cavalos a seguirem por córregos gelados e afloramentos rochosos. Os animais odiavam, porém não mais que nós. Não conseguiam acompanhar o ritmo que precisávamos, demasiada corrida e pouco descanso. Quando se esgotaram, nós os trocamos por novos. Os rastreadores seriam obrigados a fazer o mesmo ou ficar para trás.

Embora sempre me voltasse, nunca vi os perseguidores. Queria acreditar que os havíamos perdido. Para ser franca, eu não entendia como podiam continuar no nosso encalço, com todas as artimanhas que empregávamos na cavalgada. Mas também haviam encontrado Brandeis em Mainz. Eu não tinha uma ideia concreta da capacidade deles, mas vocês dois haviam vivido com esse tipo de homens, portanto eu tinha de confiar em seu medo. Você não parava de nos instigar para a frente, num ritmo implacável.

A cada dia aumentava minha preocupação com o que a cavalgada talvez estivesse fazendo ao nosso filho – poderia causar um parto prematuro? Tinha de ficar convencendo a mim mesma, hora após hora, que fugir dos rastreadores valia qualquer risco. Nos raros momentos em que não me preocupava com o bebê, fortalecia a decisão, lembrando que, quando partimos de Engelthal, você nos comprou um lugar numa carroça de porcos. Tentava convencer-me de que a situação atual era apenas mais um teste a ser superado em nossa vida, e pelo menos não havia cheiro de porcos.

Após uma semana, eu simplesmente não podia ir mais longe. Você e Brandeis continuavam resistindo, mas implorei descanso. Havíamos percorrido tantas milhas que com certeza ficaríamos seguros por um dia. Você concordou. Não por ser seguro, mas porque era hora de fazer um plano. Não me interessava por quê. Eu teria o descanso por qualquer motivo.

Vínhamos cavalgando em círculos para confundir os seguidores e, como resultado involuntário, não havíamos viajado uma distância tão longa de onde partimos. Vimo-nos perto de Nurembergue, o que se revelou uma vantagem, pois mesmo que os rastreadores houvessem conseguido ficar atrás de nós, a própria cidade era grande o bastante para nos esconder por mais algumas horas.

Encontramos uma estalagem e vocês dois sentaram-se a uma mesa e conversaram sobre a etapa seguinte. Talvez tomássemos o norte, para Hamburgo, ou porventura fosse mais seguro ir pelo leste, para a Boêmia ou Carinthia. Falou-se até em rumar para a

Itália. Você conhecia algumas frases rudimentares dos arqueiros italianos, e eu talvez pudesse atuar como tradutora para o resto. Após um ou dois anos, poderíamos retornar à Alemanha. Era improvável que os perseguidores adivinhassem esse destino, e mesmo que o fizessem Kuonrat teria de dedicar significativos recursos a longo prazo para continuar a caçada em outro país.

Nossa estada em Nurembergue devia durar apenas um dia, mas meu corpo não cooperou. Durante três dias senti dores demais para continuar. O coração disparava e me deixava sem ar. Eu desejava comida, mas não a segurava no estômago. Ansiava por sono, mas a mente vencia a corrida com o fechar dos olhos. A gravidez rebelava-se, e por fim, de má vontade, concordei com você: estava fraca demais para continuar. Decidiu-se que eu seria entregue aos cuidados da Igreja. Você me deixaria com um punhado de moedas, o suficiente para pagar a assistência até o fim da gravidez, e quando sentisse que se salvara voltaria para me buscar. Estabelecemos o plano; você me concederia apenas mais uma noite de sono antes de pô-lo em ação. Perguntei aonde iria após me deixar, mas você não me informou nem isso.

– É melhor não ter um destino...

Chorei até pegar no sono, com você me acariciando os cabelos e garantindo que ia dar tudo certo.

A sorte, porém, era de outra opinião. No meio da noite, ouvimos uma série de pesadas pancadas na porta, sacudindo a pilha de móveis que você encostara nela, e no mesmo instante ficou claro que havíamos sido descobertos. A única saída era pela janela, embora estivéssemos no segundo andar, mais de quatro metros acima do solo.

Esforcei-me para levantar-me da cama, mas não consegui, e você teve de me retirar com os braços. Enquanto eu recuperava o fôlego, Brandeis juntava as sacolas; você estendeu o pescoço pela moldura da janela, para conferir se tinha alguém do lado de fora, e ergueu a mão mandando-nos ficar atrás.

– Flecha – ordenou.

Brandeis pegou uma e inseriu uma seta no canal. Assim que ajustou a corda, pôs a arma em suas mãos e você disparou a flecha pela janela. Ouviu-se o assobio dela ao cortar o ar e um baque ao atingir uma coisa sólida. Você fez outro sinal com a mão, indicando que o caminho agora estava livre, e saiu primeiro pela janela. Não que lhe faltassem boas maneiras, mas alguém tinha de me pegar na descida. Atrás de nós, ouvi a porta despedaçar-se sob um machado.

Apesar da ameaça imediata do ataque, fiquei paralisada na janela. A queda era demasiado grande e arriscada para o bebê. Brandeis ficou entre mim e a porta para eu saltar, berrando-me que pulasse. Mas continuei imobilizada, olhando você embaixo com os braços abertos, até ouvir a voz de Brandeis atrás, ao empurrar-me pela janela aberta:

– Marianne, me desculpe.

Saí com os braços envoltos na barriga e você recebeu a força total da queda rolando de costas na neve quando me agarrou. Ouvi gritaria em cima; momentos depois, Brandeis despencava pela janela.

Vi alguma coisa estranha na forma como ele caiu, mas tinha quase toda a atenção concentrada no rastreador morto do outro lado da rua, com o rosto comprimido numa poça de neve suja e o pescoço torcido num ângulo esquisito, por causa da flecha que o varara de um lado ao outro. Então percebi que não era neve suja, mas vermelha dos pequenos jatos de sangue que ainda pulsavam no pescoço.

Você me empurrou na direção dos cavalos e, quando eu menos esperava, já disparávamos pelas ruas de Nurembergue. Os dois seguiam um em cada lado de mim, dirigindo meu cavalo e determinando o caminho. Entre a fadiga e o choque do ataque, tornei-me bastante inútil.

Via meu cavalo expelir roncando o ar cheio de vapor ao correr enquanto eu pensava no homem caído na rua, que não mais respirava. Era a forma como ele morreu que eu achava tão intimidante, como você o matou sem sequer um pensamento, sem incerteza. Notei o seu rosto quando disparou aquela seta, e nem me passou pela cabeça que o alvo fosse uma pessoa. Com a boca comprimida, os olhos estreitados, o dedo não hesitou. Você inspirou um rápido hausto antes de puxar o gatilho, mas não para estabilizar a alma, apenas as mãos. Tudo aconteceu em – o quê? Um segundo? Menos? Seria só esse o tempo necessário para matar um homem?

Acabávamos de transpor os limites da cidade quando vi o corcel de Brandeis empinar-se. O cavalo não exatamente o arremessou; ao contrário, Brandeis apenas tombou para o lado. O animal soltou um confuso relincho e deu meia-volta, como se houvesse perdido o ponto de referência sem o cavaleiro. O sangue se espalhava por toda parte, na neve, no flanco do cavalo, de cima a baixo na perna de Brandeis. Pela abertura rasgada no tecido da calça, via-se um imenso corte na parte superior da coxa, onde a pele se repuxava para trás, como o sorriso de um demônio, cuspindo esguichos de sangue. Ele tinha o rosto pálido e os lábios trêmulos.

– Um deles atirou um machado, que me pegou ao sair pela janela. Lamento.

Apertei a mão em sua testa, que estava muito gelada e úmida. Não sei como ele conseguira ficar no cavalo tanto tempo. Você lavou a ferida com um punhado de neve, e uma poça rosa acumulou-se na ferida fumegante. Pediu-me pano, então puxei a primeira coisa que encontrei na mochila, meu hábito de freira. Devia ter procurado outra coisa, mas estava em choque, e o hábito em cima. Você o rasgou numa atadura improvisada e amarrou-o em volta da ferida.

Mandou o cavalo na direção oposta, esperando que funcionasse como isca, e levantou Brandeis nos braços. Lembrou-me de que os rastreadores continuavam atrás de nós, mas agora com certeza furiosos, e lançou-o na garupa do seu cavalo, sentando-o bem firme junto às costas. Enlaçou os braços em você e amarrou as mãos na frente de sua cintura.

– Não estamos longe de Engelthal. Mesmos os mercenários respeitarão uma casa de Deus.

Senti um nó na garganta, pois de todos os lugares, no mundo inteiro, Engelthal era o último dos últimos que eu queria visitar. Mas entendi a terrível urgência da situação e engoli qualquer protesto que talvez tivesse. Brandeis precisava de imediata atenção, e assim voamos na direção do mosteiro.

Ele pendia de suas costas como um espantalho recheado demais que levavam ao campo. O cavalo esforçava-se sob a tensão e não conseguíamos viajar rápido, mas você se lançava com toda a força possível. Abandonamos os atalhos secundários e tomamos o caminho mais direto, pois acabara o tempo da discrição. Não podíamos deter-nos para examinar a ferida de Brandeis, e eu tinha de lutar contra o coração disparado. Cavalgando, fiz-lhe a pergunta que não aguentava mais conter:

– Como pôde disparar naquele homem? Na garganta?

– Mirei o peito.

Foi tão indiferente a maneira como respondeu, que, com o tom, deixou claro o fim da conversa.

Quando comecei a reconhecer a paisagem, indiquei os melhores caminhos. Nos portões de Engelthal, desmontei desajeitada e bati com força à porta. Para mim, fazia mais sentido ser eu a expressar nosso apelo, e além disso teria consumido muito tempo desamarrar Brandeis do seu corpo.

Irmã Constantia foi quem abriu o portão, e um olhar de confusão logo lhe tomou o rosto.

– Irmã Marianne!

Expliquei nossa situação e vi que ela não despregava os olhos de você, absorvendo o fato de que era o soldado queimado que ela ajudara a tratar anos antes. Quando tornou enfim a encontrar a voz, disse:

– Em circunstâncias normais... normais, eu os deixaria entrar... mas esta não é normal.

Baixou a cabeça, quase sem graça, para minha barriga volumosa.

Não entendi a hesitação. Não importava o que haviam fofocado sobre meu desaparecimento, precisávamos de proteção ou Brandeis morreria. Apontei-o apenas pela ênfase. Vi o rosto da irmã registrar que os trapos cheios de sangue envoltos nas pernas dele eram o remanescente rasgado de meu hábito de freira.

– Se não pode nos convidar – implorei –, chame madre Christina. Ela não ia deixar esse homem morrer.

– A prioresa está em Nurembergue e não vai voltar tão cedo. A irmã Agletrudis é quem a substitui na ausência dela. – Antes de entrar no mosteiro, irmã Constantia acrescentou só mais uma coisa: – Mas ela nunca perdoou a profanação do *scriptorium*.

Eu não tinha a menor ideia do que ela queria dizer, mas sabia que ia descobrir quando a irmã Agletrudis chegasse.

XXVI.

Novembro terminou com a conclusão da estátua **21**, elevando o total do mês a sete.

As estátuas **20** e **19** foram concluídas na primeira semana de dezembro. A **18** surgiu na segunda semana. Embora os períodos de preparação na pedra de Marianne Engel viessem se tornando mais longos, a cama dela permanecera intocada desde a noite em que me falou de Brandeis. Nossas vidas agora consistiam de apenas três ações. Ela esculpia e esquecia, e eu observava.

Vi-a ignorar o cachorro; esquecer de ajudar-me no banho. Olhava-a afastar para o lado todo prato de comida que eu preparava; deixou de pôr um presente de Natal em meus sapatos no parapeito. Observava-a fumar uma centena de cigarros por dia; esquecer de trocar qualquer disco no estéreo. Via-a tomar potes de café instantâneo; ela deixava de limpar o sangue dos dedos, eu observava as faces tornarem-se encovadas, os olhos cada vez mais escuros; esquecia como encadear palavras numa frase coerente.

VOCÊ É *Eu não sou* INÚTIL.

Implorei-lhe que fizesse uma interrupção, mas ela insistia que seu tempo se esgotava. Agora não apenas as estátuas, mas também os Três Mestres vinham exortando-a a fazer o trabalho mais rápido.

Chamei Gregor e Sayuri, pois não sabia mais o que fazer. Eles tentaram conversar e fazê-la recuperar algum juízo, mas era o mesmo que falar com as paredes. Não tenho nem certeza se Marianne Engel registrou a presença deles na sala com ela.

Quando tentei recrutar a ajuda de Jack, ela desviou a conversa para como a situação a estava afetando.

– Não tenho mais espaço na galeria e ela continua enviando todas essas estátuas. Você sabe, não é como as grandes vendas de Natal.

Botei o telefone no gancho e fui direto ao estojo de morfina, em busca de conforto.

Tive de contratar trabalhadores para retirar as estátuas extras do porão e colocá-las no quintal. Fui contra isso, na esperança de que a oficina abarrotada obrigasse Marianne Engel a parar, mas ela insistiu. Quando protestei, começou a gritar comigo numa língua que não reconheci, e desabei. Era óbvio que alguma coisa terrível ia acontecer.

– Você não pode continuar trabalhando assim.

– Os monstros são portentos divinos.

– Está coberta de sangue, me deixe lhe dar um banho.

– O sangue da vida.

– Por que não come alguma coisa? – insisti, paciente. – Está definhando.

– Estou me tornando puro nada. É glorioso.

– Se você adoecer, não vai ter condições de ajudar as figuras grotescas.

– Se eu adoecer, vou exultar porque Deus se lembrou de mim.

Recusava-se a subir para o banho ou dormir, e quando se estendia na pedra em preparação eu levava para baixo um balde com água quente e sabão. Se não ia subir para a limpeza, eu levaria a limpeza até ela.

A esponja nas costelas era como um carro sobre quebra-molas. Líquido cinzento pingava do corpo, caía no piso da oficina e criava desenhos na poeira. Bougatsa gania no canto. Quando a virei de lado para limpar as costas, as tatuagens de asa de anjo pareciam dobrar-se com a pele perdida.

* * *

Jack nada fazia para me ajudar, mas dificilmente deixava de saber do frenético trabalho de esculpir, em vista da galeria transbordante. Quanto mais tempo recusava-se a oferecer a ajuda que eu me negava a pedir, mais meu ressentimento se intensificava. Quando não pude mais contê-lo, entrei de repente na galeria e exigi, sem nem um olá, que ela fizesse alguma coisa.

– Que espera que *eu* faça? – perguntou Jack. – Ela gosta mais de você do que algum dia gostou de mim, e você não consegue detê-la. Portanto, apenas tente fazê-la comer e beber água, e espere até ela entrar em colapso.

– Só isso? – chiei. – Você fatura sua gorda comissão, e é só isso que tem a dizer?

– Nossa, você é um pé no saco. – Jack me espetou o ombro com a caneta que segurava. – Ela está tomando o remédio?

Expliquei que tentara misturá-lo nos grãos de café solúvel, mas ela percebera o truque. Subira pisando forte até o campanário e atirara o pote por cima de minha cabeça, espatifando-o contra a parede.

– Sabe como é difícil tirar grãos de café de uma estante de livros?

Jack assentiu com a cabeça.

– A única vez que tentei enfiar escondido o remédio nela, Marianne ficou sem falar comigo durante três meses. Achou que eu fazia parte da conspiração contra ela.

Acalmou-me um pouco saber que Jack tentara o mesmo truque que eu. Terminamos a conversa com moderada civilidade, e ela prometeu aparecer na fortaleza à noite.

Trouxe comida que Marianne Engel visse não ser recheada de medicamentos – pão, fruta, queijo, e assim por diante – e tentou puxar conversa. Não funcionou. Ela ficou furiosa conosco por interrompê-la; não parou de partir o pão em migalhas que jogava entre as lascas de pedra no chão, depois ligou o estéreo até ele nos expulsar. Ao subirmos a escada, nós a ouvimos falando excitada consigo mesma, em latim.

Embora não houvéssemos realizado absolutamente nada, o esforço nos esgotara. Jack e eu ficamos ali sentados na sala durante um quarto de hora, mal erguendo os olhos do chão. Percebi afinal que não era que a agente não ligasse, mas apenas – após ter passado por tudo isso antes – sabia de fato que nenhum de nós podia fazer coisa alguma. Ainda assim, ao ir embora, disse:

– Volto amanhã.

Pela manhã, encontrei Marianne Engel esparramada sobre a recém-concluída estátua 17. Passei o braço à sua volta e ela não teve força para se desprender de mim, apesar dos grandes esforços.

– Não, tenho de me preparar pra seguinte.

Falava sério, mas simplesmente não pôde resistir, e ajudei-a a subir a escada.

Mais uma vez, lavei o pó, o suor e o sangue de seu corpo enquanto ela balançava a cabeça ao redor da borda de porcelana da banheira, como uma marionete cujo titereiro fazia um intervalo. Não parou de me dizer, durante todo o banho e mesmo quando eu a punha na cama, que precisava retornar à oficina. Mas segundos depois de chegar aos lençóis já desabara no sono.

* * *

Marianne Engel continuava inconsciente quando Jack chegou à tarde. Vendo-me mais uma vez a sós com a sra. Meredith, retirei a rolha de uma nova garrafa de uísque.

Jack me falou dos clientes que compravam as gárgulas. Os nomes eram impressionantes: ilustres empresários, chefes de Estado, conhecidos patronos das artes, além de uma destacada personalidade do ramo de entretenimento. Reconheci vários músicos campeões de venda e atores de Hollywood do primeiro escalão. Um diretor, famoso pelos filmes altamente poéticos sobre proscritos, comprara pelo menos meia dúzia de obras. (Com o esfregão de rebeldes cabelos escuros e o rosto esquelético, podia com facilidade ser tomado como meio-irmão anêmico de Marianne Engel.) Embora não me surpreendesse descobrir que muitas igrejas compravam as obras, fui pego de surpresa ao saber quantas universidades também eram importantes clientes.

Jack comeu quase toda a comida chinesa que encomendamos, engolindo-a regada com um copo atrás do outro de uísque. Limpou o molho em volta da boca com o avesso da manga e perguntou se meu pênis se extinguira mesmo. Quando confirmei, desculpou-se pela brincadeira sobre o fato antes. Aceitei a desculpa com o máximo de graça que consegui reunir e ela ficou um pouco chorosa a essa altura; eu descobria que o álcool – como muitas vezes faz até com os mais viris bebedores – tendia a torná-la sentimental. Quando lhe perguntei se planejava alguma coisa para o Natal, respondeu em essência recitando a história de sua vida.

Engravidara ainda na adolescência e dera à luz um menino, Ted, agora com trinta e poucos anos. Jack se casara com o pai de Ted, que se revelou violento e constantemente embriagado, e ela ficou com ele apenas porque não parecia existir qualquer outra opção. Conseguira terminar a escola, mas a faculdade ficou fora de questão. Quando engravidou pela segunda vez, o marido acusou-a de tentar destruir a vida dele: "Vai engravidar mais uma vez, embora a gente não tenha dinheiro. Cadela!"

Ted, seis anos na época, via o pai espancar a mulher de gravidez avançada pelo menos uma vez por semana durante toda a gestação.

Uma noite, no sétimo mês de gravidez, o marido aplicou uma surra bastante pesada. Quando desfaleceu do álcool, ela arrumou umas poucas sacolas de roupa e agasalhou bem o pequeno Ted. Deixou o menino perto da porta da frente e retornou ao quarto com uma frigideira, que usou para golpear o marido na cabeça.

Alegou que fez isso para se certificar de que ele não acordasse e a perseguisse, mas desconfio que tenha sido sobretudo por prazer. Durante dias, disse, passava os olhos pelo jornal local para ver se o matara. Como não surgiu obituário algum, sentiu-se muito aliviada, mas também um pouco decepcionada.

– Depois que deixei meu marido, receava às vezes que ele fosse ficar à espera no hospital de minha mãe. Ela tinha esquizofrenia – disse. – Mas nunca vi aquele canalha de novo. Não era motivado o bastante para ser caçador, imagino.

Era uma revelação a mãe de Jack ser esquizofrênica. Havia uma ligação, então, com Marianne Engel? Na verdade, sim.

– Eu amava minha mãe e tinha de visitá-la, sobretudo porque ninguém mais ia. Meu pai tinha se mandado havia muito. Suponho que não conseguia ver a mulher a quem amava enlouquecer.

Fiz um pequeno comentário de que ela parecia ter tido uma vida difícil.

– Acertou em cheio. Todos os homens em minha vida têm sido essas merdas enquanto Ted crescia – confidenciou – eu desejava em segredo que ele se tornasse gay.

– E?

– Não tive tanta sorte – ela resmungou, tornando a encher o copo de uísque.

– Bem, não perca a esperança – eu disse, tentando ser útil.

– É, seja o que for. – Tomou outro gole grande. – Em todo caso, tudo foi muito difícil, mas superamos. Dei à luz Tammie, a criança que tinha dentro de mim quando deixei meu marido. Arranjei um emprego de garçonete. Fui promovida a cozinheira, depois a gerente-adjunta. Uma colherinha de bosta engordurada, mas que se vai fazer? Um advogado me localizou após a morte do meu pai, que me deixou algum dinheiro. Por isso imagino que o safado fosse bom pra alguma coisa, afinal. – Ergueu o copo ao céu. – Eu sabia que não podia criar dois filhos com o que ganhava no restaurante, e por isso usei parte do dinheiro para me matricular num curso à noite, contabilidade. Tirei notas decentes e consegui uma má colocação numa boa empresa.

– Muito longe de ser dona de galeria – observei – e agente de Marianne.

– Não tanto quanto você talvez pense. Continuei visitando minha mãe no hospital e um dia notei uma menina. Atraente, você sabe, sentada sozinha a uma mesa. Desenhando. Era diferente das outras. Talvez fossem os cabelos e os olhos.

– Marianne – eu disse.

– Na mosca – confirmou Jack. – Só que ela não tinha esse nome então. Era uma menina qualquer que a polícia tinha encontrado nas ruas. Marianne Engel é apenas o que um dia ela pediu aos médicos que passassem a chamá-la.

Marianne Engel não era o verdadeiro nome. Minha surpresa provocou uma expressão convencida no rosto de Jack. Satisfazia-a ainda haver coisas sobre nossa amiga mútua que ela sabia e eu não.

– A enfermeira me disse que a encontraram sem qualquer identificação, e as impressões digitais nada revelaram. Ela não quis, ou não pôde, dizer nada sobre seu passado. Talvez os pais estivessem mortos ou apenas a abandonaram, quem sabe? Em todo caso, após algumas visitas, decidi dizer olá. Ela era tímida então. Quando lhe pedi que me mostrasse os desenhos, não quis. Mas continuei pedindo e, após mais algumas visitas, acabou concordando. Fiquei estupefata. Esperava garatujas incoerentes e coisas assim, mas eram feras, monstros muito medonhos, e um aspecto de grande fragilidade, que dava vida aos olhos.

Jack fez uma pausa. Olhei pelas fendas da máscara facial de acrílico e, por um instante, receei que ela dissesse também ver alguma coisa receptiva nos meus. Mas a agente apenas tomou mais um gole de uísque e continuou a falar:

– Ela disse que não era na verdade uma desenhista. Era mais escultora, e aquelas criaturas esperavam ser libertadas da pedra.

– Então – comentei – mesmo desde a adolescência.

– É, ainda adolescente – confirmou Jack. – Acho que fiquei meio fascinada pela ideia, mas não sabia droga nenhuma de arte. Quase sempre, acho que ainda não sei. Mas de uma coisa sei... há um quê excepcional na visão dela. Gostei, e acabou-se descobrindo que o mesmo acontece com outras pessoas. Mas naquela época apenas balancei a cabeça, pois que diabos podia fazer? Com o passar dos meses, continuei visitando minha mãe, Marianne me mostrava os desenhos, e não sei... me impressionava cada vez mais. Acho que sentia pena dela, tão jovem, e talvez eu entendesse que ficar preso em algum lugar não era bom pra ninguém. O asilo era o lugar certo pra minha mãe, sem dúvida, mas errado para Marianne.

– Então o que aconteceu?

– Os médicos fizeram tentativas com os remédios até encontrar uma combinação que deu certo, e o estado dela se estabilizou. Pode agir direito, você sabe, quando toma o medicamento. Mas sempre considerou aquilo um veneno contra os tais corações. – Jack fez uma pausa. – É, essa fantasia também não tem nada de novo. Uma vez eu fiz tirarem raios X pra mostrar a Marianne que só havia um coração, mas nem assim ela acreditou.

– Mas como você...?

– Já chego lá, se você fechar a matraca. – Jack espetou os palitinhos chineses em mim, um pedaço de frango kung pao apertado entre eles. – Depois que os médicos a estabilizaram, puseram-na numa casa comunitária de pessoas que necessitam de cuidados, e ela acabou arranjando trabalho numa lanchonete. Lavando pratos, acredita? Quando fiquei sabendo, fui visitá-la e a encontrei enterrada até os cotovelos em água suja, e não parei de pensar naqueles desenhos fantásticos. Nesse meio-tempo, ela tinha feito a primeira tatuagem, um daqueles provérbios em latim no braço. Quando perguntei por quê, respondeu que, como não tinha dinheiro para comprar pedra, o melhor era usar o corpo como tela. Todas aquelas tatuagens, ela as fez quando não podia esculpir por algum motivo. De qualquer modo, eu disse, que se foda tudo. Se ela quer tanto esculpir, vou ajudar. Então paguei um curso à noite, embora só tivesse um dinheirinho que sobrou da morte de meu pai, e tudo isso com dois filhos em casa. Uma idiotice total, certo?

Uma idiotice, sim, mas também achei (embora sem dúvida não o dissesse em voz alta) maravilhoso. Jack pegou outro cigarro de Marianne Engel – pois não fuma, pelo que me disse mais de uma vez – e continuou a história. Sempre que chegava a uma parte dramática, espetava o cigarro no ar como se tentasse estourar balões invisíveis.

– O instrutor disse que Marianne era a aluna mais talentosa que já tivera, bastava apenas começar com o cinzel. Quando não pude mais desembolsar dinheiro pras aulas, ele mandou Marianne continuar frequentando o curso assim mesmo. Acrescentou que um dia ia gabar-se de haver sido professor dela. Então tomei outra decisão idiota e sugeri a Marianne me tornar sua agente. Ela aceitou, mesmo depois de eu observar que não sabia nada sobre a venda de obras de arte. Mas sabia o bastante pra comprar um conjunto de ferramentas semidecente, que encontrei numa liquidação de espólio, apenas pura sorte, e depois algumas pedras. Tudo bem, o primeiro bloco foi daquela pedra barata que quase se esfarelava sob o cinzel, mas ela de qualquer modo extraiu a gárgula e ficou muito boa. Então agora tenho a estátua e preciso vendê-la pra poder comprar o segundo bloco de pedra, e aí pego emprestado um velho caminhão caindo aos pedaços e vou a várias galerias com a grande estátua na carroceria. Por fim, encontro alguém disposto a fazer uma exposição, porém só por uma maldita e revoltante comissão, mas a essa altura não nos restam quaisquer opções, e então digo sim. Quando acaba sendo vendida, você acredita, porra?, eu na verdade perco dinheiro. Todo o processo leva meses e Marianne Engel fica fazendo tatuagens o tempo todo, enlouquecendo sem pedra. Mas afinal vendemos outra, e outra, e então de repente temos algum fluxo de caixa e tudo dá certo.

Fascinava-me ouvir uma história sobre Marianne Engel que não incluísse mosteiros medievais. Compreendi como ficara totalmente absorto naqueles contos de fada.

– Quando ela começou a produzir mesmo em grande quantidade, as encomendas não paravam de chegar. Foi a primeira vez que a vi ficar assim, sabe? A primeira vez que entrou em colapso de tanto trabalhar. – Jack lançou os olhos para cima, em direção ao quarto de Marianne Engel. – Ela era mais jovem e forte, e achei que isso não passasse de ardor da juventude. A paixão da primeira criação. Não tinha a menor ideia de que isso seria por... faz quanto tempo agora? Já continua há vinte e tanto anos.

– Ela deve estar se saindo muito bem – eu disse –, quer dizer, a casa e tudo o mais.

– É, em questão de dinheiro, sim, claro. Marianne é a melhor do mundo no que faz, e não digo apenas nisso. Em cinco anos, abrimos a galeria. Em dez, compramos esta casa. Pagamento à vista, nem um único financiamento.

– Como você se tornou curadora dela?

– Aconteceu meio por acaso, ao longo do caminho – respondeu Jack. – Não, nada disso, porra, foram necessários um monte de papelada e infindáveis visitas aos tribunais. Mas você precisa lembrar que ela não tem família, pelo menos nenhuma que eu saiba. Marianne nunca me falou nada sobre sua vida antes de nos conhecermos e, com toda a franqueza, não sei nem se ela sabe.

– Jacqueline – insisti –, você não respondeu à minha pergunta inicial.

– Não me chame assim, porra, e eu nem lembro qual foi sua pergunta idiota.

– Se você ia fazer alguma coisa neste Natal.

– Não, minha mãe morreu há dez anos e meus filhos não falam mais comigo. – Pegou o casaco e disse que era hora de partir. Na porta, acrescentou: – Não pense que somos amiguinhos do peito agora. Se fosse minha a decisão, você continuaria sem cartão de crédito.

– Entendido – confirmei. – Espero não causar má impressão, mas na verdade fiquei muito feliz por Marianne ter entrado em colapso. Pelo menos terá de tirar algum tempo de descanso.

Jack deu um riso de deboche.

– Ela ainda não está liquidada.

* * *

Quando acordou, Marianne Engel provou que Jack tinha razão. Tomou um imenso café da manhã, depois desceu ao porão, onde passou os quatro dias seguintes. Todos os movimentos morosos, como se alguém houvesse feito um filme dela trabalhando e o passasse a meia velocidade. Simplesmente lhe faltava energia para trabalhar mais rápido.

SE VOCÊ LHE INSERISSE DE FORMA DISFARÇADA UM POUCO DE MORFINA *Como?* ELA ADORMECERIA.

No dia 12 de dezembro, Sayuri chegou para minha última sessão de exercícios antes dos feriados. Tentamos o máximo possível ignorar as batidas lentas das letárgicas ferramentas de Marianne Engel.

– Gregor me disse que você vai conhecer os pais dele – comentei. – Grande passo.

– Ele nunca fez isso antes – disse Sayuri –, levar uma garota pra conhecê-los.

– Como se sente em relação a isso?

– Pra mim, não é nenhum drama, mas estou um pouco nervosa por Gregor. Acho que ele sente que nunca é bom para os pais.

– Acha que ele teme uma decepção? – perguntei, incrédulo.

– Teme mais que não *o* julguem bom o bastante pra mim. – Ela aumentou os ajustes de resistência na bicicleta de exercícios e implorou-me que lutasse, lutasse, *lutasse*! – É ridículo.

– Então, acha que ele planeja...? – Bati de leve no dedo anular dela, sem nada.

– Não – ela se apressou a responder. Embora retirasse a mão, vi pela expressão que a ideia não a incomodava. – Ele só quer que eu veja sua cidade natal.

Ouvi uma mudança no ruído que vinha do porão – extinguira-se o lento metrônomo do martelo. A essa altura de nossa vida juntos, conhecia bem demais o tempo de esculpir de Marianne Engel para perceber que não podia ter concluído a estátua atual.

– Preciso verificar como ela está.

MORFINA É BOM. *Não para ela.*

Não a vi quando comecei a descer a escada do porão. Metade de um cigarro ardia sem chama no cinzeiro. Então a vi atrás de uma gárgula quase pronta, os braços abertos em ângulos estranhos. Tinha os dedos ainda semicerrados em volta do martelo; o cinzel arremetido a menos de um metro de distância.

Quando contornei a pedra, vi que estava inconsciente, com um grande corte na testa. Presumi que isso se devia à queda de cabeça na pedra ao perder os sentidos.

* * *

O hospital manteve Marianne Engel por quatro noites. Suturaram-lhe o corte na cabeça, e uma transfusão intravenosa bombeava-lhe no braço solução de eletrólito para combater a desidratação. Por sorte, ela estava exausta demais para manifestar muita raiva pelo fato de eu tê-la posto aos cuidados dos médicos, os inimigos. Eu só saía da sua cabeceira para ir até em casa dormir um pouco. Deixei Bougatsa dividir minha cama, embora Nan houvesse tido um ataque pela irritação que o pelo de cachorro às vezes causa à pele queimada. VOCÊ NÃO PODE NEM CUIDAR DE SI MESMO. Pela manhã, corria de volta ao hospital. COMO PODE CUIDAR DELA?

Marianne Engel foi liberada na véspera de Natal. Para ser franco, os médicos deviam tê-la mantido por mais tempo, porém a dispensaram em consideração à data. Quando chegamos em casa, ela quis comer maçapão e nada mais, mas eu a convenci a chupar também algumas tangerinas. Trouxe a televisão e o videocassete do campanário para o quarto dela e vimos *A felicidade não se compra*, de Frank Capra, porque é o que fazem as pessoas normais na véspera de Natal. Após o filme, ela insistiu para que eu ficasse em sua cama, pois queria acordar no dia de Natal ao meu lado.

Fiquei deitado naquela cama, com a grossa roupa pressurizada, encostado na tênue nudez de minha amiga, consciente de que devia desfrutar essa proximidade. Mas não a usufruía; perguntava-me por que o corpo me afetava com tanta força. Eu passara grande parte da vida adulta em companhia de mulheres nuas – era meu trabalho durante o dia e passatempo à noite –, mas com Marianne Engel sempre parecera diferente. *Era* diferente.

Há várias explicações possíveis para esse desconforto. Talvez o corpo de Marianne tivesse um efeito maior que o das outras mulheres porque na verdade eu gostava dela. Porventura isso se devesse ao fato de que, pela primeira vez na vida, em consequência da remoção cirúrgica do pênis, eu não podia dispensar uma mulher conquistando-a. Talvez meu sentimento fosse apenas feromônico. Todas essas teorias são plausíveis, e porventura válidas, em certa medida, mas naquela véspera de Natal, ali deitado ao lado dela, sem conseguir dormir, pensei nisso a fundo. Creio que o principal motivo de aquele corpo excitar tanto o meu era o seguinte: afetava-me como se não fosse apenas humano, mas também alguma coisa que aproximava memória e fantasmagoria.

A primeira vez que vi o corpo de Marianne Engel, inteiro, foi na enfermaria de queimados, quando ela se despiu para me mostrar as tatuagens. A visão me deixou excitado e acanhado, e quando deslizei os dedos pela plumagem das asas do anjo o corpo todo tremeu, e em troca tremeu meu coração. Na época, não entendi por que me senti daquele jeito, mas, nos muitos meses que haviam passado, adquirira a compreensão de que era porque meus dedos não pareciam visitar o corpo dela pela primeira vez, e sim retornarem a um lugar conhecido. Eu não entendia isso até ver como, ao me dar o primeiro banho na fortaleza, ela estendeu a mão para me tocar o corpo como se fosse seu. Movia o braço assim como eu estendera o meu para suas costas aladas naquela primeira vez. Era como se a carne um do outro já tivesse dono, e a mão estendida pertencesse a um amo que estivera ausente muito tempo e agora retornava. Quando a toquei naquela primeira vez, não parecera a primeira vez que a tocava.

Agora, ali na cama ao seu lado na véspera de Natal, o corpo dela conservava esse efeito sobre mim. Quando me deitava ao seu lado, era como se tivesse de estar ali, como se meu corpo houvesse descansado junto ao dela milhares de vezes antes. Assim, a sensação era de estar deitado não junto a uma pessoa, mas à sua memória, enquanto ao mesmo tempo essa memória andava passando por uma transformação para uma coisa ainda menos material. O corpo era todo humano demais, mas também me parecia uma entidade que se tornava espectral, como se naquela magreza ela deslizasse para uma coisa não muito sólida. Corri os dedos pelas costelas salientes e desenhei a esquelética saliência do osso pélvico sob a barriga. Aquele corpo, cuja carne e memória me haviam sempre confundido e excitado, ainda parecia pertencer-me, mas também dava a impressão de que vinha desaparecendo. Não apenas porque ela perdia substância enquanto trabalhava, era como se trabalhasse para perder substância; como se não apenas as gárgulas fossem regressivas, mas também a própria escultora, avançando para um estado no qual elas eram ao mesmo tempo menos e mais que o material do qual se originaram.

Portanto, era assim que o corpo dela – carne, memória e fantasma – me desarmava.

Acordei, após cair afinal num sono breve e intermitente, antes dela. Trouxe-lhe ovos numa bandeja e reuni coragem para dar-lhe o presente daquele ano. Mais uma vez era literatura, pois parece que eu não aprendera a lição dos poemas do ano anterior. Escrevera de memória as histórias que ela me contara sobre os quatro amigos espectrais – "O Bom Ferreiro", "A Mulher no Penhasco", "A Aprendiz de Sopradora de Vidro" e o "Presente de Sigurðr" – e encadernei-os entre capas. Na frente, o título: *Contos de amantes, contados por Marianne Engel.*

– É o presente perfeito. Não apenas pra mim, mas também pra Sigurðr. Pra um viking, o pior Inferno é ser esquecido.

Marianne Engel tomou-me a mão nas suas e pediu desculpas. O intenso entalhe nas semanas anteriores dominara-a inteiramente e, em consequência, ela esquecera de comprar um presente adequado.

– Mas – sugeriu – que tal eu explicar a que se referia a irmã Constantia quando disse que eu havia profanado o *scriptorium*?

XXVII.

Rompia a aurora quando Agletrudis apareceu no portão de Engelthal, com um sorriso de tão grande prazer, ao ver o sofrimento dos outros, que parecia impossível caber no rosto de uma freira. Ela indicou com a cabeça a direção onde você continuava sentado no cavalo com o corpo ensanguentado de Brandeis e disse:

– Vejo que trouxe seu amante.

Eu não podia deixar revelar minha raiva, se quiséssemos ter alguma chance de ser recebidos. Precisava apelar aos melhores instintos dela; era, afinal, devotada a uma vida em Deus.

– Necessitamos de refúgio. Sem sua ajuda, morreremos.

– Ah – ela respondeu, balançando a cabeça e fechando as mãos nas costas. – Então seu espírito aventureiro encontrou o que procurava. Talvez até mais.

Como fizera irmã Constantia antes, examinou o bojo da minha barriga.

Estabilizei a voz.

– Você pode imaginar que não foi fácil pra nós... pra mim... vir aqui. – Eu também tinha as mãos juntas nas costas, mas porque não queria que Agletrudis visse que as fechara em punhos. – Não temos mais nenhum lugar aonde ir.

Ela tentou mostrar uma expressão mais solidária, porém o sorriso ficou apenas medonho.

– Isso nos põe numa situação interessantísima. Nossa missão é de misericórdia, e nos ensinam a encontrar perdão para todo pecador. Só que a dificuldade está no fato de a maioria das irmãs a incluir numa categoria além de mera pecadora.

Isso me pareceu uma enorme e exagerada reação ao fato de eu ter abandonado Engelthal.

– Quando eu parti, nunca foi minha intenção desrespeitar o mosteiro ou o Senhor.

– Ou madre Christina, tenho certeza. – Agletrudis não perdera a capacidade de atingir o ponto mais sensível. – Se você apenas tivesse desaparecido, é improvável que alguém se opusesse a oferecer ajuda agora. Mas, por causa de suas ações naquela noite, a irmã Gertrud morreu de desgosto.

Gertrud não teria ligado a mínima para a minha saída, a não ser pelo fato de a ausência reduzir o seu ritmo de trabalho na Bíblia.

– Do que está falando?

– É inútil negar isso, irm... Oh, me desculpe, *Marianne*. Não lembra que a vi saindo do *scriptorium*? Eu me lembro, e também que na manhã seguinte a coitada da irmã Gertrud encontrou todo o trabalho em cinzas. Cada capítulo, cada versículo. – Agletrudis interrompeu-se com um suspiro dramático. – Como você pôde queimar a Bíblia dela?

Foi o suspiro que explicou tudo. *Ela* queimara *Die Gertrud Bibel* na noite em que parti e pusera a culpa em mim. Assim, eu me tornara famosa como a irmã que destruíra o trabalho da vida de Gertrud, a freira que reduzira a Palavra de Deus a pó e fugira para viver como amante de um assassino.

Os olhos de Agletrudis sem a menor dúvida brilhavam intensamente.

– Madre Christina ordenou que eliminassem seu nome de todas as crônicas, e agora que o padre Sunder faleceu, creio que você sabe que ele também morreu, estamos removendo seu nome dos escritos dele também.

Sempre considerei Agletrudis pouco mais que uma lacaia de Gertrud, uma inferior nos caminhos da traição. Com que rapidez as percepções da gente mudam. Foi uma revelação entender, num instante, a perversidade de que ela era capaz. Com meu desaparecimento, teria reassumido a posição como herdeira do *scriptorium*. Mas isso não lhe bastou. Teve de arruinar meu nome para sempre, e a fim de alcançar isso se dispôs a sacrificar o sonho da vida da mestra.

Não me orgulho de não ter conseguido deter os punhos. Acertei com a mão direita o ombro de Agletrudis, o primeiro soco que dava. Mirei a cabeça, mas acho que a raiva afetou a pontaria. O segundo e o terceiro foram melhores, apesar da canhestrice da gravidez, e atingi-a na mandíbula e no peito. Ela caiu para trás, embora eu não saiba até onde pela força dos golpes e até onde pela surpresa. Quando se levantou, deu um sorriso com uma massa vermelha de dentes debruados de sangue.

– Não vou me rebaixar a bater numa prostituta grávida – disse –, mas não deixarei de transmitir seus respeitos à madre Christina.

Não fazia sentido algum continuar ali, pois jamais nos deixariam entrar no mosteiro agora, e ainda permanecia o problema dos rastreadores enfurecidos em nosso encalço. Forcei-me a tornar a montar e você me deixou extravasar parte da raiva galopando antes de perguntar aonde íamos. Respondi que não sabia. Você sugeriu o chalé do padre Sunder. Informei que ele morrera. Perguntou se o irmão Heinrich também morrera. Eu não sabia. Você disse que não nos restavam opções, e a casa deles era nosso novo destino.

Irmão Heinrich ficou chocado ao ver-nos à entrada, após tantos anos, mas nem sequer hesitou. Apenas escancarou o máximo que se abria a porta, e vou me lembrar sempre dele por isso. Você carregou Brandeis direto até a pequena cama em que ficara durante a recuperação.

Irmão Heinrich assemelhava-se a alguém cuja vida sugara quase todo o ar dos pulmões. Não mais se firmando bem nos pés, foi mancando pegar água e roupa de cama limpa. Ajudou-nos a tratar de Brandeis, dando o melhor de si para mantê-lo imóvel, enquanto você lavava o ferimento. Quando Brandeis parou de lutar, exaurido, foi o irmão Heinrich – não você, nem eu – que acariciou com amor os cabelos dele, embora jamais o houvesse visto antes. Depois que ele caiu num sono agitado, o padre disse que ia preparar um pouco de comida.

Insisti em ajudá-lo, e divertiu-o o fato de eu agora saber cozinhar. Quando elogiou meu novo talento, encontrei finalmente coragem para expressar minhas condolências pela morte do padre Sunder. Ele assentiu com a cabeça, cortando os legumes.

– Levou uma vida boa e morreu dormindo, por isso não há nada a lamentar. Realizou-se uma linda cerimônia fúnebre e todas as freiras disseram que o Diabo se regozijou com a morte dele. Não por ter ganhado uma nova alma, mas porque Friedrich não poderia mais prejudicá-lo com suas orações.

Desprendia-se da voz um tremor revelador. *Friedrich*, dissera, não *irmão Sunder*, como sempre o chamara em vida. Na minha frente, pelo menos. Ele tentou sorrir, mas não conseguiu fazê-lo bem, e entendi por que parecia tão velho. Irmão Heinrich esperava sua vez.

– Você soube que a irmã Gertrud também morreu? O coração dela simplesmente pareceu abandoná-la após... – A voz dele diminuiu. Referia-se, claro, ao incêndio da Bíblia da irmã. – Marianne, quando encontraram os restos queimados, irmã Gertrud percebeu que sua Bíblia jamais seria completada no tempo de vida. Não era segredo algum o relacionamento hostil entre vocês duas, mas quero que saiba que jamais acreditei que foi você quem a queimou. Nem o irmão Friedrich. Ele morreu certo de sua inocência.

Nesse momento, uma contração muscular apoderou-se de meu estômago, e levei instintivamente as mãos à barriga. Não pude erguer os olhos para o irmão Heinrich, imaginando se ele culpava meu pecado ao abandonar Engelthal pela situação em que me encontrava agora. Mas veja o que ele disse:

– Friedrich teria ficado muito satisfeito com o fato de você estar grávida. Ele sempre soube que seu amor era verdadeiro.

Bem ali no meio da cozinha, todas as semanas anteriores me alcançaram. A perda da vida que havíamos construído juntos em Mainz, a descoberta de que eu fora acusada de um horrível crime e a notícia da morte do padre Sunder. O sorriso maligno de Agletrudis no portão, como prioresa substituta. Minha gravidez, com a qual me preocupava a todo momento de cada dia. Eu vinha me impelindo por força de vontade e energia nervosa desde que partíramos de Nurembergue, mas naquele instante toda a força restante se esgotou. Rompi nas lágrimas que não vinha me permitindo. Desabei, o corpo dobrado nos braços do velho.

Era tão bom ser mais uma vez abraçada, apenas abraçada, e ouvir palavras bondosas. Você estivera tão ocupado lutando por nossas vidas, tocando os cavalos em frente e planejando nosso movimento seguinte, que não tinha tempo algum para acalmar minhas emoções. Eu não o culpava, mas sentia falta de suas atenções mais amáveis. O irmão Heinrich acariciou-me os cabelos, como fizera com Brandeis, e deitou-me na cama dele. Cobriu-me com mantas e me disse exatamente o que eu precisava ouvir: que tudo ia dar certo.

Passaram-se alguns dias, e não tínhamos outra opção senão continuar onde estávamos. Eu esperava que talvez de algum modo houvéssemos despistado os rastreadores, mas você me garantiu que quase sem a menor dúvida não havíamos. Disse com absoluta certeza que, com um dos rastreadores agora morto, os outros se reagrupavam e tentavam calcular que recursos tínhamos à nossa disposição.

Vínhamos limpando a ferida de Brandeis de forma muito zelosa e na esperança de que sarasse, mas esperamos demais. A chaga infeccionou-se e ele caiu numa febre terrível, que o tornou delirante. Você já vira isso antes, no campo de batalha, e sabia o que tinha a fazer. O irmão Heinrich segurou as pernas dele e eu os braços enquanto você usava uma faca de caça para escavar parte da coxa do amigo. Ao terminarmos, tínhamos as roupas cobertas de sangue e um naco de carne num balde. Quando olhei o estrago na coxa de Brandeis, senti em essência duas emoções: vergonha pelo medo de que a ferida de algum modo me infectasse e prejudicasse o bebê, e culpa até mesmo pela existência do ferimento. Se eu não tivesse hesitado na janela, Brandeis teria sido capaz de escapar do machado.

Foi o irmão Heinrich quem primeiro notou os dois homens a cavalo. Embora permanecessem a uma distância segura da casa, além da cadeia de montanhas onde eu brincava na infância, não havia a menor dúvida de que nos vigiavam. Eram rastreadores, claro. Quando perguntei por que não vinham atrás de nós, você respondeu:

– Eles sabem que temos flechas e podemos usá-las, por isso mandaram buscar reforços.

Era improvável que já houvessem descoberto nossa identidade, pois não chegaram a dar uma boa olhada em você. Mesmo se deram, talvez não o tivessem reconhecido – não apenas você fora queimado, mas também eles porventura ainda não houvessem ingressado na *condotta* quando você a deixou. Não poderiam ter sabido quem eu era, por mais tempo que fizessem parte da tropa, mas talvez houvessem adivinhado que devia ter um motivo para pararmos de fugir. Saberiam das feridas de Brandeis? Era mais provável que sim, pois veriam a neve coberta de sangue na beira da estrada de Nurembergue. Teriam distinguido a gravidez sob meu manto de inverno? Na certa, não. Mas, apesar de todas as perguntas que talvez tivessem sobre nós, eu tinha uma ainda maior sobre eles: o que aconteceria quando chegassem os outros mercenários?

Tivemos enormes discussões. O irmão Heinrich achou que devia sair como homem de Deus, num esforço de ponderar com eles. Você riu da sugestão. Brandeis, num raro momento de lucidez, argumentou que devia enfrentar seu destino como homem, pois essa era a única chance de talvez nos pouparem. Devíamos fugir para salvar nossas vidas, afirmou, enquanto ele os distraía cavalgando na direção oposta. Mas claro que não podíamos permitir que cometesse suicídio assim. Você queria resistir e lutar, ali mesmo e já, mas quem poderia lutar ao seu lado? Não a ex-freira grávida. Não Brandeis, naquele delírio. Não Heinrich, um velho. Seu raciocínio era que *você* devia ir sozinho acabar com os dois. Calculava que, se conseguisse assassinar aqueles soldados, pelo menos Heinrich e eu poderíamos escapar antes da chegada do resto. Você levaria Brandeis na direção oposta, se ele estivesse pronto ou não. Essa, afirmou, era de longe a melhor opção. Não podíamos ficar e esperar a morte vir ao nosso encontro.

No fim nenhuma das discussões teve importância. Quando fomos dormir e esperava-se que você ficasse vigiando-os, você pegou a flecha e rastejou para noite. Nem chegamos a saber que tinha saído, até você retornar e nos acordar.

– Estão mortos – disse. – O amanhecer se aproxima e outros chegarão logo, portanto precisamos ser rápidos.

Não pude conter o choque de que você os assassinara, tanto quanto não pudera quando fugíamos de Nurembergue. Dessa vez, porém, minha ingenuidade o enfureceu.

– Você não entende o que acontecerá se nos pegarem? Vão matar Brandeis e eu, mas a usarão como um joguete até fazê-la desejar estar morta. Vão estuprá-la e, se você tiver sorte, sua vida se esvairá em sangue antes do espírito. Por isso, não fique aí me julgando, achando que não tenho respeito algum pela vida. Estou fazendo tudo que posso para preservar as nossas.

Finalmente, aceitei que não podia mais ao mesmo tempo ficar com você e proteger nosso filho. A separação foi inevitável. Eu retornaria a Mainz e me esconderia numa comunidade de beguinas até o seu retorno. Você levaria Brandeis na direção oposta; com os melhores rastreadores já mortos, talvez tivessem uma chance.

O irmão Heinrich iria para Engelthal, pois era certo que o mosteiro o aceitaria se ele chegasse sem mim. Agradeci-lhe do fundo do coração, beijei-o na testa e disse que rezaria para que os mercenários não destruíssem a casa quando chegassem.

– Não desperdice suas preces numa coisa tão tola como essa, irmã Marianne – ele disse. – Não passa de um prédio. Eu moro na Casa do Senhor.

– Nosso filho – eu disse – vai dever a vida a você. Se for um menino, vamos dar-lhe o nome de Heinrich.

– Poderiam me honrar mais – disse o velho padre – se o chamassem de Friedrich.

Prometi que o faria. O tempo mudava, portanto talvez a sorte estivesse virando em nosso favor: desde que havíamos partido de Mainz, vínhamos rezando para uma tempestade apagar nossas pistas. O irmão Heinrich fechou bem o casaco de inverno e vestiu a capa de chuva do padre Sunder por cima, como uma camada extra para protegê-lo da tempestade. Afundou os pés na neve ao se afastar de nós, os passos vacilantes, e em alguns minutos desapareceu. A última coisa que vi dele foi a imagem nas costas da capa do padre Sunder, de Miguel e os anjos combatendo o dragão no Apocalipse, engolida na brancura da neve.

Como a flecha de Brandeis lhe era inútil, você a lançou em minhas mãos, embora eu protestasse que não a queria. Disse-me que eu não precisava dispará-la, mas *tinha* de levá-la, por via das dúvidas, e não me deixaria partir sem ela. Concordei apenas porque você foi inflexível.

Deu-me uma rápida aula de como carregar o arco e encaixar o gatilho.

– Apoie o instrumento no ombro assim, e veja como assesta o alvo. Firme a arma, diminuindo o ritmo da respiração. Dentro, fora, dentro, fora. Estabilize-a. Aponte. Dispare a flecha. Respire. Relaxe.

Pôs a flecha no estojo pendurado no flanco do meu cavalo e abriu meu casaco para apoiar a mão no barrigão. Usou a outra para deslizar por minha cabeça a aljava com as flechas.

– É para sua proteção, e você precisa dela mais que eu. Pode devolvê-la quando nos encontrarmos de novo, porque prometo que nosso amor não acabará assim.

Então incitou meu cavalo com um tapa. Olhei para trás uma vez, para você me ver afastar-me a galope, antes de dirigir toda a atenção à trilha que afastaria do perigo nosso filho em gestação e eu.

A neve rodopiava à frente. Eu tentava imaginar o que ia lhe acontecer em seguida. Quantos mercenários viriam? Uma dúzia? Duas? Supus que isso dependia de estarem atualmente lutando por algum senhor, em algum lugar. Ou iria Kuonrat trazer todos os soldados, para que vissem o que acontecia aos desertores? Perguntava-me que chance você teria mesmo de escapar com vida. Vira sua destreza com a flecha, mas o simples número... Como escaparia a um passado tão decidido a fazê-lo pagar? O vento intensificou-se, e a brancura da tempestade ofuscava. O frio varava-me as roupas e entrava-me nos ossos.

Eu não podia fazer isso. Não podia ir sem você, quando mais precisava de mim. Já vinha viajando fazia cerca de meia hora quando virei o cavalo ao contrário e conduzi-o de volta com força na direção de onde viera. Apenas orava para que não fosse tarde demais.

Já era difícil refazer minha trilha, mas eu conhecia todos os caminhos que levavam à casa de Heinrich. Ainda assim, quando cheguei a menos de uns trinta metros, não consegui vê-la no remoinho da neve. Mas então ouvi as vozes de muitos homens, trazidas pelo vento, e soube que, tão logo me afastara, a *condotta* chegara. A única questão era saber se você e Brandeis haviam conseguido fugir primeiro.

Cavalguei penhasco acima até o topo, de onde se avistava a casa, embrenhei-me no mato em que me escondia quando criança. Nem cheguei a pensar que talvez houvesse soldados lá em cima; foi por pura sorte que me vi sozinha. Manobrei para um matagal cerrado, onde podia amarrar o cavalo num galho baixo, e ocupei uma posição em que pudesse distinguir a ação abaixo. Sabia que, com a nevasca, não havia a menor chance de me localizarem.

Quase imediatamente vi o que mais temia: você não conseguira escapar, e os soldados o puxavam para fora da casa. Uma clara voz varou a nevasca. Era Kuonrat, o Ambicioso, rindo da boa sorte.

– Não um desertor, mas dois! Dois!

Os soldados prenderam seus braços nas costas e o puseram de joelhos. Kuonrat avançou um passo e pôs a mão sob seu queixo, girando a cabeça para cima, para que os olhos encontrassem os dele. Ainda rindo, parecia tentar convencer-se de que a sorte *era* de fato boa mesmo. Um fantasma libertado dos recessos da memória, que ele usaria para dar uma lição aos vivos.

Que poderia eu fazer? Pensei em talvez pegar a flecha e começar a disparar. Na nevasca, os soldados só veriam as flechas chegando quando fosse tarde demais, e era provável que nem conseguissem saber de onde vinham. Mas que bem faria isso? Havia no mínimo duas dúzias, assassinos pagos, e eu jamais usara uma flecha na vida. Com muita sorte derrubaria apenas um. Mas, pensei, se conseguisse dar um bom disparo, o que aconteceria se acertasse Kuonrat? A tropa se dispersaria se visse o líder cair?

Claro que não. Eram profissionais e eu sabia que não combinava comigo matar alguém, nem mesmo Kuonrat.

Foram necessários dois soldados para mantê-lo no chão, mas Brandeis estava tão fraco que bastaram dois para levantá-lo. Quando o soltaram, ele desabou de joelhos, enquanto Kuonrat exigia saber:

– O que tem a dizer?

Os ventos hostis da tempestade sopravam direto em mim, ao passar por eles, e transportavam as palavras até meu lugar privilegiado. Se era boa sorte ou mau presságio eu ser capaz de ouvir cada palavra, não sei, mas no momento me sentia grata por não ter de esgueirar-me mais para perto.

Brandeis assumiu a postura de um infeliz pecador a pedir perdão, e o vento transportou as palavras até onde eu estava.

– Eu mereço qualquer morte que escolher. Me mate de uma forma tão horrível quanto deseja, tão horrível quanto possa. Me use como o exemplo que devo ser. Renuncio à decisão de fugir da *condotta*. Fui uma criança assustada. Peço apenas que me puna, e só a mim.

– É sempre interessante ouvir as barganhas daqueles que nada têm a oferecer – disse Kuonrat, e ressoaram várias risadas.

Brandeis recusou-se a deixar que a galhofa interferisse em suas ações finais nesta terra. Embora com o carrasco postado diante dele, nem sequer uma vez pediu pela própria vida. Não, usou os últimos momentos para implorar, de forma veemente, que se poupasse a vida do melhor amigo.

Observou que, quando deixara a *condotta*, fora apenas uma decisão desorientada – mas, quando *você* partiu, não foi de modo algum sua decisão, e sim a vontade do Senhor, de que a batalha houvesse ocorrido tão perto de Engelthal e o deixassem lá. Foi a vontade do Senhor que você se curasse dos ferimentos que deveriam tirar sua vida. Não poderia haver prova maior de que Deus o queria vivo, afirmou Brandeis, do que o fato de você ainda existir.

Ele gesticulou em sua direção.

– Esta vida é a vontade do Senhor, por isso renuncie à punição dele e dobre a minha. Sei que é um líder sábio e justo, Kuonrat, e sei que não ia querer desafiar Deus.

Foi uma tática astuta não parar de repetir que sua sobrevivência era a vontade do Senhor. Se alguma coisa podia deter sua execução, seria a crença de Kuonrat em que matá-lo seria violar as intenções de Deus. Era claro que ele não tinha respeito algum por um homem, mas talvez Deus fosse outra história.

A tempestade arremessou uma grande quantidade de neve na paisagem. Brandeis instintivamente girou a cabeça para proteger os olhos e vi um rápido raio de prata, como uma extensão do braço de Kuonrat. Uma onda vermelha espargiu-se no chão, e o rosto de Brandeis saiu voando por quase um metro até a gravidade atraí-la para baixo.

Kuonrat limpou a espada, o aço ainda fumegando com o calor do sangue.

– A vontade do Senhor não importa. Apenas a minha.

Virou-se e disse ao seu rosto chocado que tinha uma coisa muito melhor para você, nem de perto tão indolor, nem com rapidez tão misericordiosa. Afinal, seu desaparecimento continuara por muito mais tempo que o de Brandeis.

Reuniu os mercenários e ordenou-lhes as respectivas tarefas. Um terço dos homens devia varrer a mata em busca de madeira e galhos secos. Mandou outro terço à casa de Heinrich buscar qualquer artigo de valor – comida, dinheiro, roupas – que a tropa pudesse usar ou trocar. Os soldados restantes tiveram ordens de preparar você.

Arrastaram-no além do corpo de Brandeis. O sangue ainda vazava do pescoço, acrescentando-se à grande mancha vermelha na neve. Empurraram-no contra o chalé de Heinrich, de costas na parede. Chutaram seus tornozelos até deixá-lo com as pernas bem abertas e estenderam seus braços até esticá-los na fachada do prédio. Quando você mostrou resistência, espancaram-no, cuspiram em seu rosto e riram como se fosse uma grande brincadeira.

Um soldado, maior que os outros, encaminhou-se até você com um machado. Meu coração me comprimiu a garganta, pois tive certeza de que ele se aproximava para esquartejá-lo. Mas não foi o que ocorreu. Os outros, que seguravam seus braços, desenroscaram os dedos dos punhos fechados até você ficar com as palmas abertas e expostas. Um deles firmou alguma coisa em sua mão direita. O grandalhão girou o machado para trás, e percebi que o objeto era um prego. Usou o lado embotado do machado como martelo para perfurar a carne da palma. Mesmo de tão longe onde me achava, ouvi estalarem os ossos da mão, como o pescoço de uma galinha ao ser quebrado. Você uivou e sacudiu a mão, tentando arrancá-la da parede, mas fora bem presa. Fizeram o mesmo com a mão esquerda em seguida, outro prego através da palma aberta, outro jato de sangue na parede. Embora você sacudisse com força os ombros, de nada adiantou, e todas as veias no pescoço pareciam a ponto de explodir.

Em seguida os soldados tentaram dominar suas pernas, mas você chutava com muita violência, devido à horrível dor que sentia. Então o cara do machado baixou o lado afiado apontado de frente e golpeou-o bem acima do joelho, onde os ligamentos se unem ao osso. Você contraiu a coxa, mas a tíbia pendia inútil, balançando como se ligada ao corpo por um cordão semicortado. Os soldados riram mais, outra grande piada, e o sangue continuava a escorrer de suas mãos pela parede abaixo.

Agarraram-no pelos tornozelos, e foi de uma absurda facilidade, então, martelar pregos nos pés, de modo que você ficou espetado na parede a uns vinte centímetros da linha da neve. O barulho dos ossos quebrando-se nos pés, tão finos, foi horrível, e via-se sangue demais por toda parte; você parecia levitar, pendendo das mãos; já parecia um fantasma, flutuando contra o pano de fundo da casa. Eles queriam seu peso pendurado, pois isso seria em tudo mais doloroso. Adoraram a forma como os pregos nas mãos na verdade não o aguentavam e enfiaram novos pregos nos antebraços, para não deixá-lo cair direto da parede. O sangue escorria do seu corpo e Brandeis jazia decapitado na neve vermelha, a mancha agora maior e mais vermelha, e o vapor a subir. Peguei a flecha do cavalo e avancei um passo em direção ao horror, querendo correr colina abaixo para você, e então fui repelida de volta pelo cordão umbilical de nosso filho em gestação, percebi que nada podia fazer. A flecha pendurada em minha mão, tão inútil ao meu lado, o coração batia tão alto que tive certeza de que os mercenários conseguiam ouvi-lo acima da tempestade. Também dava gritos que não controlava, mas parte de mim não se importava e a outra queria ser capturada, morrer, pois de que servia minha vida agora? Mas não me ouviram, o vento ainda levava os gritos embora, eles também se achavam ocupados demais rindo ao ritmo do gotejamento de seu sangue, e eu nada podia fazer sem terminar a vida de nosso filho.

Agora os mercenários que haviam sido enviados à procura de madeira retornavam, e Kuonrat apontou o espaço sob seus pés. Empilharam a lenha à altura da metade de suas pernas. E entendi o que vinha em seguida. O vento e o açoite da neve dificultavam acender o fogo, mas os mercenários, habituados a viver no descampado, sabiam arquear os corpos em quebra-ventos. Logo uma centelha pegou e os gravetos começaram a arder devagar, a expelir fumaça, e ouvi a seiva pipocar quando o fogo pegou, o que me fez lembrar de suas mãos e pés quebrados. Chamas aproximavam-se dos dedos dos pés, mas você não os podia afastar, de qualquer modo, pois estavam presos na parede. E então Kuonrat instruiu os arqueiros a erguerem os arcos e acenderem as flechas nas chamas; eles o fizeram, e quando as pontas se tornaram incandescentes enfileiraram-se num semicírculo e assestaram-nas em você. Kuonrat informou-lhes que não o deviam matar, mas disparar as flechas o mais próximo possível do corpo, esse era o jogo, e a meta era pôr a parede em chamas e queimá-lo aos poucos de todos os lados, em vez de apenas de baixo para cima. Mas então teve uma ideia melhor, mudou as instruções e disse aos arqueiros que podiam atingir o corpo, apenas não em algum lugar fatal – perfurar os braços e as pernas, tudo bem, mas a cabeça ou o peito, não – e que grande alegria se desprendia da voz, que total orgulho do brilhantismo, e os arqueiros ergueram os arcos e começaram a gritar partes do corpo:

– Mão esquerda!

– Pé direito!

– Parte superior da coxa!

Tinham boa pontaria, em geral acertavam os lugares anunciados. Quando uma flecha acertava o alvo, todos vibravam, e quando errava todos vaiavam, como num jogo no parque de diversões, e as chamas à sua volta iam ficando maiores, outras irrompiam ao redor de todo o seu corpo, ateadas por cada nova flecha.

Acima das risadas e gritos satisfeitos dos mercenários, Kuonrat proclamou em voz alta o último adeus a você:

– Tudo arde se a chama for bastante quente. O mundo não passa de um cadinho.

Então eu soube o que tinha de fazer.

Enfiei a mão no casaco e encontrei o colar. Cerrei a mão ao redor da ponta de flecha que o padre Sunder abençoara e orei pedindo força.

Ergui a flecha. Tentei lembrar a aula que você me dera. *Está tudo na respiração*, dissera, *firme a arma, diminui o ritmo da respiração. Dentro, fora, dentro, fora, aponte*. Verifiquei mais uma vez se encaixara direito a flecha. Sabia que teria apenas um disparo, o primeiro e último de minha vida. *Está tudo na respiração. Dispare a flecha. Calma.*

Pedi ao Senhor para arremessar a flecha precisa e certeira, direto no seu coração, através da nevasca e da *condotta*.

XXVIII.

Entre o Natal e o dia de São Valentino, 14 de fevereiro, quando também se comemora o dia dos namorados, Marianne Engel parou de esculpir. Só numa tarde, em fins de janeiro, desceu ao porão para concluir a gárgula deixada inacabada quando desmaiara e fora internada no hospital. Após a entrega dessa pequena tarefa, logo e sem qualquer drama retornou para concentrar-se na recuperação – e recomeçou a preparar as refeições.

Desde que eu tivera alta do hospital, apenas uma vez ela servira um extravagante banquete: comida japonesa, na noite da história de Sei. Mas, a cada três ou quatro dias desse período, saía às compras antes de desaparecer na cozinha durante horas. Toda vez que surgia, vinha com uma refeição de iguarias de outra região do mundo.

Entre as mais admiráveis, a senegalesa, um raro passo culinário fora da Ásia ou da Europa. De entrada, tivemos fritadas de feijão-fradinho e bananas-da-terra fritas, seguidas por uma sopa doce de arroz cremoso chamada *sombi*. Os pratos principais: *poulet* de Yassa, frango marinado durante a noite e depois cozido em fogo brando com cebola em molho de mostarda, alho e limão; *ceebu jen*, peixe em molho de tomate com legumes no arroz, o prato nacional do Senegal; mafé, prato de carne em molho de amendoim que também pode ser feito com frango, cordeiro ou filé – assim, claro, fez todas as três versões; e um guisado de frutos do mar com camarão, perca e bananas-verdes. De sobremesa, serviu Cinq Centimes, os biscoitos de amendoim de "cinco centavos" populares nas feiras, e *ngalax*, mingau adocicado feito de cuscuz de painço. Na refeição toda, tomamos sucos de manga, rosélia, baobá e fruta-pão, e terminamos com chá. Por mais que eu gostasse dos banquetes preparados por ela, o maior benefício era que as asas de anjo tatuadas começavam a ficar rechonchudas de novo por causa das calorias.

As coisas pareciam boas para todos, neste século pelo menos: a saúde de Marianne Engel retornava; Sayuri falou do grande sucesso de sua viagem para conhecer os pais de Gregor; e ele confidenciou durante o café que tinha mais ou menos certeza de que Sayuri o amava. Até Bougatsa exibia satisfação, pois conseguia mais uma vez sair para os passeios diários com a dona.

Com frequência, à meia-noite, Marianne Engel e eu fazíamos excursões ao mar. Apesar da hora e do frio penetrante, havia em geral alguns adolescentes na praia, tomando cerveja e namorando. Ela acendia fogueiras, supervisionando-as enquanto disparavam cinzas para o céu, e alimentava-me com as cestas de piquenique que sempre preparava, muitas vezes sobras do bufê internacional da véspera. Acendi a fogueira, no esforço de diminuir meu medo delas; dizia que eu precisava chegar a algum tipo de entendimento com as forças elementares do universo. Elas não iam embora, afinal.

Eu não podia olhá-las sem emoção, mas de forma surpreendente pensava menos no meu destino no carro que em minha contraparte do século XIV nas chamas, pregado na parede. Implorava a Marianne Engel que continuasse a história, mas ela pedia paciência, citando mais absurdos sobre dias isolados na vastidão da eternidade. Em vez disso, me contava outras histórias que eu sabia não serem verdadeiras, mitos do Armagedom e da criação, mas eu não me importava. Se ela acreditava nessas histórias, isso era suficiente.

Depois desviava o olhar para o mar, esticava as pernas naquela direção e lamentava o fato de ainda não estar quente o bastante para nadar.

– Oh, bem – dizia –, suponho que a primavera vá chegar em breve.

* * *

Retiraram minhas roupas pressurizadas no início de fevereiro e foi como emergir de um lamaçal no qual vinha nadando fazia quase um ano. Também removeram a máscara e o retrator dental, e meu rosto foi afinal devolvido a mim.

Senti a euforia do pânico que acompanha o recomeço. Não é fácil ter a minha aparência: na cultura popular, só se vê um rosto como o meu no Fantasma da Ópera, em Freddie Krueger de *A hora do pesadelo* ou Leatherface de *O massacre da serra elétrica*. Claro, uma vítima queimada talvez "pegue a garota" – mas em geral apenas com uma picareta.

Hesitei em reclamar a posse do rosto, mas isso porque também tinha de fazê-lo: se não o fizesse, parecia inevitável que meu rosto se apoderasse de mim. Diz a lenda que aos vinte anos a pessoa tem o rosto que Deus lhe deu, porém aos quarenta já é o rosto que mereceu. Mas se o rosto e a alma são entrelaçados para que o rosto reflita a alma, sem dúvida conclui-se que a alma também pode refletir o rosto. Como escreveu Nietzsche: "Os criminologistas nos dizem que o criminoso típico é medonho: *monstrum in fronte, monstrum in animo* (monstro no rosto e monstro na alma)."

Mas Nietzsche se enganou. Eu nasci lindo e lindo vivi trinta e tantos anos, e durante todo esse tempo jamais permiti que minha alma conhecesse o amor. A pele imaculada era a armadura entorpecida usada para atrair as mulheres com seu esplendor, repelindo ao mesmo tempo qualquer emoção verdadeira e protegendo aquele que a vestia. As mais eróticas não passavam de técnica: sexo mecânico; conquiste um passatempo; o corpo usava sempre, mas raras vezes desfrutava. Em suma, nasci com todas as vantagens que um monstro jamais teve, e preferi desprezar todas elas.

Agora a armadura dissolvera-se, substituída por uma lesão exposta. Fora-se a linha de beleza que eu usara para me separar das pessoas, também substituída por nova barreira – a feiura – que as mantinha longe de mim, quer eu gostasse, quer não. Talvez se esperasse o mesmo resultado, mas não era toda a verdade. Embora me cercassem agora muito menos pessoas que antes, eram de longe melhores. Quando os antigos conhecidos me lançaram uma rápida olhada na enfermaria de queimados e deram meia-volta para sair, deixaram a porta aberta para Marianne Engel, Nan Edwards, Gregor Hnatiuk e Sayuri Mizumoto.

Que inesperada mudança de sorte: só depois de consumida a pele pelo fogo, tornei-me afinal capaz de sentir. Só depois de nascer para a repulsa física, passei a vislumbrar as possibilidades do coração: aceitei este rosto atroz e este abominável corpo porque me obrigava a superar as limitações de quem eu sou, enquanto o corpo anterior me permitia escondê-las.

Não sou um herói da alma e jamais serei, mas estou melhor do que antes. Ou assim digo a mim mesmo; e por enquanto basta.

* * *

Marianne Engel entrou no quarto no dia 13 de fevereiro, à meia-noite, e tomou-me pela mão. Levou-me escada abaixo e pela porta dos fundos. A neve caía, fazendo com que os monstros de pedra amontoados no quintal parecessem usar capuzes brancos.

Abriu um portão que nos permitia entrar no cemitério atrás da São Romano. As lápides projetavam-se dos montículos de neve acumulada como línguas cinzentas, e passamos nas pontas dos pés por elas até o centro do cemitério, onde Marianne já estendera um couro de cavalo como manta. Acima, a lua parecia uma bolha magnífica numa pele arrepiada de estrelas. Marianne Engel tentava acender velas, mas o vento não parava de apagar os fósforos e fazê-la rir. Apertei mais o casaco. Embora eu detestasse o frio, gostava de ficar perto dela.

– Trouxe você aqui para lhe contar uma coisa – disse.

– O quê?

– Vou morrer em breve.

Não, não vai.

– Por que diria isso?

– Só me restam dezesseis corações.

– Você vai viver até ficar velha – garanti-lhe.

Comigo.

– Já sou velha. – Ela sorriu, cansada. – Espero que desta vez a morte me receba.

– Não fale assim. Você não vai morrer.

Você não vai morrer.

Ela pôs a mão em meu rosto.

– Meu último coração sempre foi seu, por isso preciso que se prepare.

Eu ia dizer-lhe que falava tolice, mas ela deslizou o dedo pelos meus lábios. Mesmo assim, quando tentei falar, beijou-me os lábios finos e me jogou todas as palavras de volta à boca.

– Eu não quero morrer – ela sussurrou –, mas preciso soltar as correntes desta multidão de corações.

– Isso é só... você tem esse distúrbio médico. – Perguntei-me em que medida eu sentia tanta ternura por ela devido à esquizofrenia, e em que medida eu gostava dela apesar da doença. – Sei que não quer acreditar, mas é verdade...

– Como você acredita pouco, e como é necessário tanto para fazê-lo acreditar – ela disse. – Mas acreditará. Agora vamos entrar.

A forma como declarou que entrássemos com tanta objetividade, tanta certeza, fez-me temer o pior.

– Por quê?

– Porque estamos congelando aqui fora – ela respondeu, e meu alívio deve ter sido visível. – Não se preocupe, não estou pronta pra morrer esta noite. Ainda temos coisas a fazer.

– O quê?

– Tirá-lo das drogas. – IMPROVÁVEL. Ela disse: – Acha mesmo que não sei que você tem comprado morfina extra?

* * *

Naquela manhã, dia de São Valentino, quando acordei, olhei dentro da pequena caixa de madeira que guardava escondida a morfina e encontrei-a vazia. Entrei cambaleando no quarto de Marianne Engel, cujo corpo se estendia imóvel. Sacudi-a pelos ombros e, quando ela abriu um pouco os olhos, perguntei onde pusera o meu estojo.

– Venha pra cama comigo. Vai dar tudo certo.

– Você não entende. Eu tenho uma serpente na espinha...

– Menino bobo. Devia ter mais juízo e não prestar atenção a serpentes. Elas mentem.

– Você não me deu tempo suficiente pra me adaptar à ideia – implorei. – Amanhã abandono, mas me dê um dia...

ESTOU QUASE AQUI...

– Sofrer é bom pra alma.

– Não, não é!

– Se não pode gostar da dor – ela tentou dar uma ênfase especial –, pode ao menos gostar das lições que ela ensina.

... E VOCÊ NADA...

Eu preferia continuar inculto.

– Posso obter a renovação da receita e...

– Joguei-a na descarga do vaso sanitário – ela respondeu –, e a dra. Edwards não vai renová-la de novo. E bloqueei seu cartão de crédito; assim, a não ser que me roube para comprar drogas na rua, entre na cama.

... PODE FAZER.

– Durma – disse Marianne Engel. – Apenas durma.

* * *

A morfina vem da papoula do ópio, *Papaver somniferum,* e foi isolada pela primeira vez no início dos anos 1800 pelo farmacêutico F.W.A. Sertürner. Batizaram-na em homenagem a Morfeu, o Deus grego do sonho, e posso testemunhar que é um nome adequadíssimo. A substância tem uma qualidade noturna, ilusória, que colorira cada aspecto da vida, desde que nadou corrente acima pela primeira vez em minhas veias.

Embora o uso básico seja para aliviar a dor, também alivia o medo e a ansiedade, diminui a fome e causa euforia. Sempre que eu a injetava, inundava o corpo com uma divina doçura que tornava a vida suportável. Também diminuiu a libido, o que, embora talvez não seja um efeito colateral desejável para a maioria, foi uma dádiva dos céus para um homem sem pênis, mas que conservava a capacidade de produzir testosterona. Como aspecto negativo, eu vivia com prisão de ventre.

Mas o que a morfina de fato fez por mim – a função absoluta mais vital – foi manter a serpente calada, pelo menos por algum tempo.

Quando vim morar com Marianne Engel, eu tomava cerca de mil miligramas por dia. Com o tempo, a dosagem avançou com a tolerância, e próximo ao fim já tomava quatro vezes esse volume.

XXIX.

VOCÊ SABE ONDE ESTÁ, NÃO?

A escuridão e minha consciência chegaram juntas. Despertei no mesmo instante, os olhos ressecados e arregalados, mas não via nada. Sentia, pela qualidade do ar (umidade, peso), que estava num lugar apertado. A atmosfera era quase pesada demais para respirar, com o cheiro de madeira em putrefação, e eu de costas. Uma sensação de pânico sufocante pairava acima.

ESTOU AQUI.

Eu ouvia – não, *sentia* – o regozijo na voz da serpente; ela estava mais feliz na espinha do que jamais antes. A morfina vinha mantendo-a sob controle, mas agora, nesse lugar, a proteção fora suspensa. A cobra espancava em comemoração.

VOCÊ NÃO PODE FAZER NADA.

Tentei estender os braços, mas as mãos encontraram uma barreira em todos os lados, a apenas uns centímetros de mim. Madeira plana, lisa. Pouco mais de um metro de largura e de profundidade; o comprimento do meu corpo. *Para um ser humano, existe apenas uma caixa desse tamanho.*

VOCÊ ESTÁ NUM CAIXÃO.

Isso não era real. Tentei lembrar tudo que aprendera sobre a retirada da morfina, pois essa era a realidade da situação, não este túmulo imaginado. Estudara, como o aluno que reza para que a prova seja cancelada, a interrupção do vício. A parada de forma abrupta e absoluta de absorção de morfina não é potencialmente fatal, como o é com outras drogas, mas pode resultar em estranhas visões. Claro, esta era uma delas.

Eram muitos os motivos de isso não poder ser real. Como podia eu ter sido levado do quarto e enterrado sem acordar? E se a madeira do caixão já apodrecia, como era possível eu ter ficado abaixo da superfície tanto tempo? Como ainda haveria oxigênio? Tudo isso era impossível; portanto, eu estava tendo uma alucinação.

Mas as pessoas que têm alucinações são racionais o suficiente para percebê-lo? Não devem ser as alucinações, por definição, irracionais? Eu não me sentia como se houvesse perdido contato com a realidade; na verdade, aquilo se assemelhava demais à realidade. As pessoas alucinadas notam a qualidade do ar? Pensam em quanto tempo leva um caixão para deteriorar-se ou quanto tempo falta para os vermes entrarem? Se eu estava de fato em abstinência da substância, por que não ansiava pela droga? Assim, embora *soubesse* que essa experiência não podia ser real, queria saber por que fazia essas perguntas lógicas.

Logo depois, descobri que os dependentes, ao passarem pela retirada da droga, perdem a compostura da mesma forma que os milionários descuidados perdem dinheiro: aos poucos a princípio, e depois de repente. Após criteriosa consideração, perdi de imediato todo o controle do que se pode descrever como o oposto da epifania: em vez dos pensamentos chegarem juntos num momento de lucidez, saíam disparados do centro da mente, como vítimas que tentam escapar do epicentro de um desastre.

Embora fosse claro que não havia espaço algum para uma alavanca, eu jogava os punhos para todos os lados, frenético, martelava a madeira enterrada sob o peso de quase dois metros de terra. Arranhei-a até ficar com as unhas descamadas e gritei até esvaziar a garganta de toda esperança. Acreditara, no hospital, à espera da seguinte sessão de remoção cirúrgica de tecido morto, que conhecia o medo. Mas era papo furado; não conhecia nada. Acordar vivo num caixão e saber que espera o fim? *Isso é* medo.

Minha histérica rebeliãozinha revelou-se inútil, claro. Então parei. Mesmo que conseguisse de algum modo arrombar a madeira, isso não mudaria o fato de minha morte, apenas o meio: em vez de ser morto pela falta de oxigênio, seria sufocado pela terra que invadiria o caixão. Por mais fome que sentia de ar, a terra é sempre mais voraz. E, assim, caiu um silêncio na caixa como a mortalha de um cadáver. Sem nada a fazer, senão esperar, tomei a decisão de ser digno.

A respiração ecoava, como se o caixão fosse uma salinha de concerto caindo aos pedaços. Decidi que iria ouvir até não poder mais, e então a última e baixa nota da respiração final rastejaria para a escuridão exterior. Partiria com delicadeza, prometi a mim mesmo, porque já – devido à gravidade de meu acidente – conseguira viver muito mais do que devia.

Então percebi a incrível tolice que era isso, toda essa ideia de morrer numa alucinação. Não tem problema. Firmeza. Que ensinara eu a Marianne Engel na Alemanha? *Está tudo na respiração. Firme a arma, diminui o ritmo da respiração. Dentro, fora, dentro, fora, aponte. Estabilize-se. Calma.* Sou a arma, disse a mim mesmo; uma arma de vida, forjada num fogo e irreversível.

E aí senti. Alguma coisa. E essa alguma coisa só pode ser descrita por uma palavra que não quero usar: uma palavra idiota, do movimento espiritual e filosófico Nova Era, a que preciso recorrer porque, infelizmente, é a única correta. Senti uma *presença.* E bem ao lado. Uma mulher. Não sei como sabia que era mulher, mas era. Não Marianne Engel, pois não tinha a mesma respiração. Eu não percebera até esse momento que sabia identificá-la pela cadência da respiração, mas sabia, e essa mulher não era ela. Ocorreu-me que talvez a respiração viesse da serpente. Porventura a megera houvesse enfim saído de minha espinha para um confronto direto. Afinal, você só pode falar por trás das costas de alguém para despedir-se.

Mas não, era um corpo humano deitado com toda a calma a meu lado. O que não deixava de ser ridículo, pois não havia espaço algum no caixão – o caixão imaginário – para outra pessoa. A mulher tinha a respiração relaxada, o que de algum modo tornava tudo o mais assustador.

Uma mão tocou a minha. Afastei-me sobressaltado. Surpreendeu-me poder sentir a pele; imaginava que essa entidade fosse imaterial. Tinha os dedos finos, mas mesmo assim conseguiu forçar a mão na minha.

Tentei parecer corajoso ao exigir saber quem era ela, mas minha voz falhou. Não tive resposta. Apenas a continuação de sua respiração.

– Quem é você?

Seus dedos agarraram com mais força, entrelaçando-se com os meus. Fiz outra pergunta:

– Que faz aqui?

Continuei a ouvir apenas o ruído da suave e relaxada respiração. A cada pergunta, à qual ela não respondia, eu ia ficando com pouco menos medo. O vulto, como me segurava a mão, não era mais ameaçador, porém reconfortante, e logo me senti levantando-me, quase – não, não quase: *com toda a certeza* flutuando. As costas começaram a elevar-se da madeira na qual me deitava.

Senti-me como um assistente de levitação com a mão segura pelo mágico. Percebi-nos atravessando a tampa do caixão, e então viajávamos pelo solo acima. Um brilho laranja espalhou-se pelo interior de minhas pálpebras quando nos aproximávamos mais da superfície, e eu nem sabia se continuava a respirar.

Senti o tranco da terra quando emergi à luz do sol, e a cor explodiu. Fui suspenso mais para cima, alguns centímetros da superfície do chão. Os grãos de solo deslizaram pelo peito e eu os senti escorrer pelas costelas abaixo, caindo dos meus lados. Eu flutuava imponderável no ar; a mulher não rompeu na superfície da terra comigo. Apenas a mão atravessou, ligando-me a terra como um balão num barbante. Ela segurou a minha por alguns segundos, talvez, soltou-se e foi puxada de volta à sepultura. Percebi então que ela não ia partir: não fora uma visitante em meu caixão, eu é que fora ao dela.

Meu corpo sentou-se num monturo. Ajustei os olhos à luz. Achava-me numa montanha e ouvia um rio próximo. Tudo em paz, apenas um instante, até o terreno recomeçar a mexer-se mais uma vez. Por um momento, em pânico, receei que a mulher calada houvesse decidido puxar-me de volta para baixo, mas não era isso. De todos os lados, começou uma centena de erupçõezinhas, como animais escavadores abrindo com as garras a saída do solo.

A princípio, vi apenas brilhos. Mas então começaram a surgir formas: flores com pétalas sem cor. Quando olhei mais de perto, notei que eram de vidro. Lírios. Floresciam em toda parte, milhares de lírios de vidro cintilando com pulsações de luz que pareciam vir de dentro.

Estendi a mão para colher um. Assim que o toquei, congelou-se sob o dedo. Transformando-se de vidro em gelo, todas as flores – como ligadas por uma só alma – começaram a despedaçar-se em minúsculas explosões. Com cada uma, vinha o som de uma única palavra num sussurro feminino, e juntos compunham uma sinfonia que soava como puro amor. *Aishiteru, aishiteru, aishiteru.*

Os lírios em erupção precipitaram-se montanha abaixo como dominós detonando o caminho até o horizonte. Sob a jubilosa manta de *Aishiteru* no céu, a própria montanha sacudiu, tremeu e caiu, nivelando-se numa tundra que logo se expôs em toda parte. Poucos momentos após esse início, tudo em volta de mim e dos cacos de flor tornara-se um campo de gelo que se estendia até onde a vista alcançava.

Eu encarava esse vasto deserto congelado e ele me afrontava de volta com um aspecto cruel. O vento ártico açoitava-me com força o corpo trêmulo. Agora vinha-me a plena consciência de que eu estava nu, a não ser pelo colar da moeda do anjo que jamais deixara meu pescoço.

Fora-se a sepultura – claro, agora que toda a montanha desaparecera –, mas um quimono simples estendia-se no lugar onde estivera. Quando peguei a roupa para medi-la junto ao corpo, salpicos de pó caíram e foram levados pelo vigoroso balé do vento. O quimono era pequeno demais, mas, por ser tudo que eu tinha, o vesti. Pareci tão ridículo quanto talvez você imaginasse que ficaria um homem queimado num minúsculo traje feminino, mas, quando começasse a congelar ali, seria muito pouco proveitoso preocupar-se com senso de moda.

O quimono era o mesmo que eu vira na japonesa da festa do Dia das Bruxas. Sem a menor dúvida, junto com o túmulo de que saíra, pertencera a Sei.

* * *

A cintilante desolação desse novo mundo subjugava-me. Que total mudança de lugar a minha: do mínimo e mais escuro espaço imaginável ao mais imenso e branco. Por quilômetros em volta, eu era o menor objeto, enorme apenas em virtude de ter pernas para erguer-me, e assim mesmo sentia-me apequenado pela imensidão do céu. Ficar na tundra é ao mesmo tempo grandioso e inconsequente.

O fino quimono constituía pouca proteção contra o frio, e o vento penetrava-me até a medula. Alguma coisa se mexeu na periferia de minha visão. Eu já começava a sofrer da cegueira causada pela claridade da neve, mas franzi os olhos para confirmar: um corpanzil que se arrastava delineou-se contra a perversa brancura. O vulto parecia vir em minha direção, mas era difícil saber em superfície tão plana. Dirigi-me para ele. Fosse o que fosse, não poderia ser pior do que ficar imóvel, à espera da hipotermia.

Após algum tempo, percebi ser um homem o objeto que se deslocava para mim. Ele precisa me ajudar, pensei, pois se não o fizer seria matar-me. Os primeiros detalhes que distingui foram os cachos ruivos que se destacavam na neve como manchas de sangue num lençol. Em seguida vi que se achava envolto em pesadas peles e usava botas grossas. A calça era de couro espesso, e o casacão uma coisa animal. Sobre o ombro, parecia carregar um pacote de peles. Baforadas de vapor saíam-lhe da boca. O gelo cobria-lhe a barba. Chegava perto agora. Profundas rugas contornavam os cantos dos olhos, e ele parecia mais velho do que eu julgara que de fato fosse.

Ao chegar diante de mim, estendeu o pacote que vinha trazendo no ombro e disse:

– *Farðu í petta.*

Entendi que significava: *Vista isto.*

Desembrulhei o pacote e encontrei um conjunto completo de roupas, couros grossos com pelagem que me protegeriam. Vesti o mais rápido possível, e logo senti o ar entre meu corpo e o material começar a aquecer-se.

– *Hvað heitir pú?* – *Qual é seu nome?* Fiquei chocado ao ouvir sair islandês também de minha boca.

– Sou Sigurðr Sigurðsson, e você virá comigo.

A resposta confirmou a identidade que eu adivinhara; mas apenas de forma hesitante, porque ali – onde quer que fosse *ali* – Sigurðr não tinha queimaduras, apesar da maneira como terminara a vida. Isso me fez perguntar-me por que o meu corpo continuava ferido.

– Aonde vamos? – perguntei.

– Não sei.

– Quando chegaremos lá?

– Não sei. – Ele franziu os olhos, protegendo-os do horizonte. – Venho viajando há muito tempo. Devo estar perto.

Na cintura, Sigurðr usava uma bainha, a mesma que batera nos quadris de Sei quando os dois dançavam. Ele sacou a Sigurðrsnautr pelo punho de serpente e entregou-me o cinturão e a bainha.

– Ponha isto. Vai precisar.

Perguntei por quê. Ele respondeu que não sabia.

Joguei fora o quimono de Sei, por considerá-lo inútil, agora que tinha as peles. Sigurðr pegou-o e devolveu-o.

– Em Hel, você precisa usar tudo que tem.

Enrolei o quimono na cintura, como um segundo cinturão acima do que ele acabara de dar-me. Perguntei como sabia em que direção devíamos rumar.

– Não sei – respondeu.

Não era grande conversador. Usava a espada como bengala, perfurando a neve com a lâmina a cada passo. Para um homem que não sabia aonde ia, caminhava com muita determinação.

– Isso é alucinação? – perguntei.

Pareceu-me de suprema estranheza estar numa alucinação, perguntando se era isso mesmo, numa língua que não entendia. (De fato, quantas pessoas em todo o mundo sabiam que a palavra islandesa para "alucinação" é *ofskynjun*?) Sigurðr respondeu que não achava que fosse *ofskynjun*, mas não podia confirmá-lo.

Andamos. E andamos. E andamos. Durante dias, e o sol não se punha. Talvez você julgue um exagero que eu de fato tenha querido dizer que andamos durante horas, e pareciam dias. Mas não, são dias mesmo. Viajávamos em constante fadiga, embora jamais chegássemos ao ponto de precisar de sono, e apesar do joelho ruim eu sentia que podíamos continuar indefinidamente. Pensei em lugares nos limites mais extremos do norte, onde o sol continua no céu durante seis meses seguidos. Teríamos de marchar tanto tempo assim?

Sigurðr continuou sendo um homem de poucas e confusas palavras; quase o tempo todo, o único som que vinha do corpo dele era um matraqueado musical por baixo das peles em volta do pescoço. Após algum tempo, deixei de falar, a não ser para fazê-lo rir. Jamais consegui. Às vezes parava de andar apenas para quebrar a monotonia. Implorava-lhe que esperasse só um minuto, mas ele sempre declarava que não havia tempo para descanso. Quando perguntava por quê, respondia:

– Porque precisamos chegar lá.

Quando perguntei a Sigurðr onde era "lá", ele não sabia. Então eu lhe disse que, em vista dessa ignorância, não via motivo algum para continuar a segui-lo. O viking roncou de deboche, dizendo que eu tinha direito a tomar essa decisão idiota, e continuou a andar sem mim. No momento em que ia desaparecer, parti atrás numa corrida manca. Porque, claro, precisava dele – o que faria naquele lugar sozinho? E seguíamos lenta e penosamente sempre adiante, em direção ao lugar que ele não sabia definir e imaginar.

As alucinações deviam ser melhor, pensei. Percorrer a tundra durante dias é tedioso, e surpreendeu-me poder ter alucinação com uma coisa tão mundana assim, por tanto tempo. O frio era cortante demais; a neve fazia desenhos em espirais aleatórias demais; e meu cansaço doía com demasiada sinceridade para ser imaginado. A única coisa que não parecia realista era minha capacidade de continuar sem descanso nem comida.

Claro que se tratava de um delírio. Uma maldita, fria, prolongada e excelente alucinação. A retirada brusca das drogas não devia ser assim. A não ser que...

– Sigurðr, eu morri?

Ele afinal riu.

– Você aqui é apenas um visitante.

Se aquele era o lugar de Sigurðr, como o caixão fora o de Sei, eu queria saber mais dele, de tudo. Decidi abandonar toda a sutileza.

– Esse som que vem do seu pescoço... é feito pelo colar de preciosidades que antes pertencia a Svanhildr?

Ele parou de andar, talvez decidindo se confirmava ou não. E ratificou.

– É.

– Você também tem um colar de ponta de flecha?

– Esse foi para Friðleifr.

– Mudaram o nome dele para Sigurðr, você sabe.

Ele não disse nada por alguns instantes, até responder com a voz mais meiga que eu o ouvira usar.

– Sim, eu sei. Foi uma grande honra.

– Quer me falar de Einarr?

A pergunta o fez recomeçar a caminhada.

– Essa história não é pra você.

– Eu já a ouvi.

Sigurðr virou-se e me olhou nos olhos.

– Não, você ouviu a versão da minha história contada por Marianne Engel, o que é uma coisa diferente. Como ousa achar que conhece meu coração, quando não entende nem o seu?

Nada como um viking para desarmar com eloquência uma pessoa, quando ela menos espera. Calei-me e comecei mais uma vez a andar.

Eu não parava de achar que havia alguma coisa logo adiante, mas nada surgia. Não parava de achar que íamos encontrar uma cordilheira dando para um vale, ou musgo brotando das cristas de granito, mas cada "cordilheira" não passava do horizonte atual substituído por um novo. Rezei para que alguma coisa quebrasse a monotonia. Um pedregulho. Uma pegada de alce. Um cachorro de trenó congelado. O nome de homem escrito a mijo na neve. Mas encontrávamos apenas mais gelo, mais neve. No terceiro dia (acho que era terceiro), apenas parei. Desisti.

– Não há nada lá. Seja o que for que ache que vai encontrar... – Minha voz se esgotou. – Sigurðr, você tem ido para "lá" há mais de mil anos, e no entanto não sabe nem onde fica.

– Você viaja até chegar – ele disse –, e agora já chegou longe o bastante.

Aquele lugar não era de modo algum diferente de qualquer outro na tundra. Girei em todas as direções, lançando os braços para um lado e outro, a fim de enfatizar a afirmação.

– Do que está falando?

– Olhe para o céu.

Ergui os olhos. Apesar de não haver ninguém em quilômetros de extensão, uma única flecha em chamas arqueava-se direto para mim.

Eu quis mover-me, mas fui imobilizado no lugar, com a única reação de cobrir a cabeça com as mãos. (Embora, após ouvir todas as histórias de Marianne Engel, a decisão mais lógica na certa fosse cobrir o coração.) A flecha não me acertou por poucos centímetros, bateu no solo, e a terra abriu-se como um monstro albino escancarando a mandíbula. Imensos segmentos de gelo subiram e rodopiaram, derrubando-nos com violência. Um enorme pedaço atingiu-me no ombro direito e me arremessou contra outro bloco denteado. Houve um momento de claridade, semelhante ao de quando eu jogara o carro pela beira do penhasco abaixo, em que tudo reduziu de velocidade, enquanto eu via o desenrolar da tragédia. A água jorrou lânguida de uma fenda no chão, e entendi afinal por que não se distinguira nada na paisagem o tempo todo que passáramos andando. Não estávamos em terra alguma, mas numa imensa camada de gelo. Lajes congeladas faziam piruetas ao meu redor, e logo descobri que a gravidade me puxava para o mar recém-exposto.

Um frio imediato varou-me de cima a baixo. As peles eram imprestáveis; pior que inúteis, na verdade, porque absorveram água e começaram a arrastar-me para o fundo. A princípio consegui avançar agarrando-me ao gelo flutuante da superfície, enterrando os dedos em quaisquer fendas que encontrava. Senti o calor do corpo sugar no centro do estômago, mas logo deixou de ser seguro mesmo ali. Eu percebia os movimentos lentos e matraqueava os dentes com tanta violência que abafavam o estalo do gelo em volta; perguntei-me se até o queloide das cicatrizes ficara azul.

Não se via Sigurðr em parte alguma. Devia ter submergido no gelo flutuante. Um bloco me raspou o lado esquerdo do corpo e outro bateu-me nas costas. Circulavam em volta, fechando-se e puxando-me para baixo. Qualquer cientista explicará que o gelo partido se redistribui por igual na superfície da água, e era isso que aquele fazia, na tentativa de cobrir o buraco aberto pela flecha. Portanto, mesmo num mar alucinatório, as leis básicas da física ainda pareciam aplicar-se, o que sem dúvida teria causado um sorriso no rosto de Galileu.

Eu não conseguia mais manter a cabeça acima da água, o gelo batia em minhas orelhas couve-flor, e fechei os olhos, porque é o que se faz quando se afunda. Percebi o corpo fechar-se. *Então é assim que termina. Na água.* Deslizei para o fundo, e na verdade senti certo alívio. *É mais fácil assim.*

Não tive dificuldade alguma em prender a respiração por vários minutos, enquanto continuava a cair, até cansar-me de esperar os pulmões se esgotarem. Abri os olhos, esperando não poder ver mais de um metro à frente. Assim como fora difícil calcular a distância do gelo acima, foi debaixo: mais uma vez, nada que fornecesse uma perspectiva. Nada de peixes, nem de outras criaturas, algas, apenas água cristalina. Bolhas escapavam das dobras de minha roupa e deslizavam pelo corpo acima até acabarem colhidas nos cantos das pálpebras. Engraçado. No mundo real, eu não podia produzir lágrimas de água, mas no mundo subaquático as produzia de ar.

Surgiu um brilho acima de mim, ao longe. Refletiu-se nas lágrimas-bolha e eu me perguntei: *Será este o corredor de luz que leva o morto ao Céu?* Não havia a menor probabilidade. Do jeito que iam as coisas, na certa seria um daqueles peixes com dentes de sabre e barbatanas de pele fosforescente para atrair outros animais e comê-los. Acabei constatando, porém, que o brilho não era o caminho ao Céu nem um peixe maquiavélico. Era o fogo da flecha em chamas que se chocara com o gelo, agora presa numa das mãos de Sigurðr, que chegava mergulhando em minha direção.

A luz (um fogo que não se extingue na água: chega de física natural aplicada a um lugar sobrenatural) brincava na barba de Sigurðr e penetrava nas rugas em torno dos olhos. Os longos cabelos ruivos projetavam-se esticados em volta da cabeça como um halo cintilante, e ele sorria sereno, como se uma coisa maravilhosa estivesse acontecendo. Estendeu a flecha como um deus do Olimpo passando a tocha, e ao mesmo tempo continuávamos nossa lenta descida pela água. Fechei os dedos em volta da flecha, senti um glorioso calor espalhar-se por todo o corpo, e Sigurðr sorriu como alguém que cumprira sua missão. Como o homem que continuaria a ser lembrado. Assentiu com a cabeça, aprovando, e mergulhou muito abaixo, deixando-me continuar a cair sozinho como líquido.

Caía no fundo do mar.

Desci apenas poucos metros até atingir o leito. Quando olhei para cima, o fundo do mar – a água que devia ter sido um teto acima – desaparecera. Eu tinha os pés em matéria sólida e a luz mudara do azul-cristal do mar para um cinza cadavérico.

Eu estava agora numa escura floresta de árvores retorcidas.

* * *

Ouvi o ruído de patadas apressadas no chão da floresta, que vinham pelo menos de três lados. Gravetos estalavam, o mato farfalhava. Ergui a flecha para usá-la como tocha. O vislumbre de um animal de quatro patas deslizando entre os troncos de árvores, depois de outra criatura. Quantas havia? Duas – não, lá ia outra! No mínimo três! Que seriam? Minha mente ensandecia-se com imaginações bestiais: um leão, um leopardo, talvez um lobo. Se viessem para cima de mim, como poderia proteger-me? Tinha a bainha do viking, mas não a espada; o quimono budista, mas não a fé.

Bem à frente, um atalho atravessava a floresta por uma pequena colina, e ouvi a aproximação de outro animal, mais destemido. Aí, uma sugestão entre as árvores. Talvez bípede, portanto algum tipo de macaco fabuloso da floresta? Parece que não. Quando contornou o canto, vi que era um homem, com roupas simples, barriga grande e barba curta. Quando me viu, um largo sorriso espalhou-se pelo rosto e ele ergueu os braços, como se preparasse para abraçar um velho amigo após anos separado.

– Tchau!

– *Tu devi essere Francesco.* – *Você deve ser Francesco.*

Com Sigurðr, eu soubera islandês; com este, entendia italiano.

– *Si* – ele confirmou, tomando-me a mão. – *Il piacere è mio.*

– Não, o prazer é meu. Uma amiga em comum me mostrou parte de sua obra. É ótima.

– Ah, Marianne! – Sorriu radiante Francesco. – Mas eu sou apenas um simples artesão. Vejo que trouxe sua flecha. Muito bem. Talvez precise dela.

– Que fazemos agora? Por favor, não me diga que não sabe.

Francesco riu até sacudir a barriga de urso.

– Sigurðr sempre foi um pouco confuso, mas eu sei exatamente aonde vamos. – Fez uma pausa para causar efeito. – Direto para o Inferno.

Tem-se de apreciar o homem que sabe dizer tal coisa com uma expressão tão franca.

– Bem, acho que já venho me habituando a isso, de qualquer modo.

– Esse Inferno será muito mais complexo, por isso seria mais sensato de sua parte não rir tanto. – Mas, para tranquilizar-me após a advertência, acrescentou: – Fui enviado para guiá-lo, a pedido de Marianne. Ela chegou com orações pra você.

– Acho que já é um começo.

E assim partimos em nossa missão infernal. Eu armado com uma flecha reluzente, um manto budista amarrado na cintura, um traje de neve viking e uma bainha vazia, e tendo um ferreiro do século XIV como guia. Não podia estar mais preparado.

* * *

Passamos por um grupo de portões e logo nos víamos diante de um rio que reconheci das leituras de Marianne à cabeceira da cama. "Aqueronte."

Era uma coisa terrível, o gelo flutuando em meio a lixo e feras disformes. Viam-se nacos de carne, como se caixões milenares houvessem sido esvaziados em sangue congelado. O fétido cheiro de decomposição impregnava tudo. Quase homens, apenas de algum modo em forma humana, debatiam-se no horrível líquido. Bocas suplicantes lançavam gritos de misericórdia; eu sabia que essas criaturas iam continuar afundando, desamparadas, para sempre.

Uma névoa elevava-se do rio. Por ela flutuava, com tanta calma como se parecesse acima das correntes, a barca do barqueiro Caronte, uma criatura-homem sombria, de no mínimo dois metros e meio de altura, com um manto rasgado moldado no corpo. A barba parecia alga marinha emaranhada, e tinha no rosto apenas metade do nariz, com marcas de mordidas onde o restante devia ter sido arrancado numa batalha. Da boca murcha projetavam-se dentes podres, irregulares e quebrados. Pele pálida, molhada e curtida, como a de uma tartaruga marinha doente, e em lugar de mãos, garras artríticas que seguravam um cajado retorcido. As cavidades oculares vazias, a não ser pela chama interior: cada olho uma roda de fogo. Ao dirigir a barca à margem, disparava estrondosas palavras mais semelhantes com trovões do que com fala:

– ESTE NÃO ESTÁ MORTO.

Embora não fosse pequeno, Francesco parecia frágil em comparação com Caronte. No entanto, recusou-se a ser curvado e empertigou-se em toda a sua altura para responder:

– Trata-se de um caso especialíssimo.

Caronte, agora atracado à margem, virou as garras estendidas num movimento negativo.

– ESTE NÃO PODE ATRAVESSAR.

– Ele já chegou tão longe, portanto, por favor nos ouça. Conceda-nos essa cortesia, a nós que somos tão inferiores ao senhor. Faz quanto tempo desde que foi visitado por um dos vivos?

– TENTE NÃO ME ENGANAR. ELE NÃO VAI ATRAVESSAR AQUI. OUTRA EMBARCAÇÃO QUE NÃO A MINHA DEVE FAZER A TRAVESSIA.

– Caronte, não seja tão rápido na rejeição – disse meu guia. – Forças maiores que nós ordenaram esta viagem.

Os olhos de Caronte sobre mim pareciam uma condenação, como se ele examinasse os mais ignóbeis cantos de minha alma. Eu segurava a flecha tão junto ao corpo que temi talvez atear fogo às roupas, mas precisava do calor contra o olhar dele.

Caronte tornou a desviar a atenção para Francesco.

– PODE FALAR MAIS.

– Solicitamos permissão pra atravessar. Trouxemos pagamento.

Francesco fez uma ligeira mesura e estendeu uma moeda de ouro.

– ISTO PAGA PARA UM.

– Claro, está correto.

Quando acenou para que eu me adiantasse, fiz que não com a cabeça. *Quem traz dinheiro para uma alucinação?* E então ele bateu no peito, para lembrar-me do que pendia no meu.

Retirei a moeda do anjo e passei-a para a garra do barqueiro. Ele prestou particular atenção ao lado que mostrava o arcanjo Miguel matando o dragão. Uma expressão estranha atravessou-lhe o rosto; tive a sensação de que foi o mais próximo de um sorriso que aquela boca podia chegar. Ele se afastou para um lado e indicou com o braço que nos convidava a embarcar. Francesco balançou a cabeça.

– Agradecemos profundamente sua generosidade.

O barqueiro mergulhou o cajado na água imunda e levou-nos ao meio do Aqueronte. A barca, enfeitada com caveiras e cordas de cabelos humanos, era construída de madeira podre, e assim mesmo não entrava água nas brechas abertas na proa. Pequenos redemoinhos recolhiam-se para dentro de si mesmos em toda parte, arrastando para baixo os corpos em perpétuo afogamento. De vez em quando, Caronte usava o remo para bater num dos pecadores.

Dois vultos ao longe, abrindo caminho com as garras para cada vez mais perto da barca, pareciam estranhamente conhecidos. Um homem e uma mulher. Mas tive a atenção desviada por um homem que gritava, a pouco mais de um metro da barca. Engoliu um bocado do rio rançoso quando outros pecadores o empurravam para baixo. Ele agarrou tudo ao alcance e levou uma perna decepada consigo ao afundar.

Ao ver o olhar de repugnância no meu rosto, Francesco disse:

– Nenhum deles está aqui por acaso. O Inferno é uma escolha, porque a salvação existe pra todos que a procuram. Os condenados escolhem esse destino ao endurecerem o coração.

Eu não concordava.

– Ninguém escolheria a condenação.

Ele fez que não com a cabeça.

– Mas é tão fácil não ser condenado.

O casal agora se achava tão perto que tive certeza (na medida do possível, isto é, em vista da decomposição dos corpos) de reconhecer Debi e Dwayne Michael Grace. Imploravam-me ajuda, estendendo as mãos – cheias de dedos quebrados – para mim. Mas a horda de pecadores os agarrava, implacável. Debi talvez houvesse conseguido chegar à balsa, se Dwayne não a segurasse freneticamente no esforço de não ser puxado para baixo. Ela retribuía na mesma moeda; cada um tentava usar o outro como alavanca, para lançar-se à frente e afastar-se da multidão. A batalha dos dois apenas fez com que afundassem juntos.

Pouco depois, Caronte nos deixou no outro lado e manobrou o barco de volta à luta.

– Acho que me saí muito bem – eu disse, tentando e não conseguindo sorrir. – Dante não desmaiou quando encontrou Caronte?

* * *

Uma montanha erguia-se diante de nós, elevando-se da margem do Aqueronte, e Francesco seguiu na frente.

A inclinação foi gradual no início, mas logo a subida se tornou bem íngreme. Foi necessário enfiar as mãos em fendas sempre que as encontrávamos. Não era fácil, com a falta de dedos, e eu tinha de passar a flecha ardente de uma mão para a outra toda vez que deslocava o corpo. Quanto mais alto subíamos, com mais intensidade sopravam os ventos úmidos.

Francesco aconselhou-me a meter a flecha incandescente na bainha de Sigurðr. Não considerei um plano muito bom; tinha quase absoluta certeza de que as peles de animais não resistiriam ao fogo. No entanto, fiz como me disse. Senti uma leve comichão ao longo do quadril, onde as chamas dançavam, mas as roupas não se queimaram.

Vultos humanos eram transportados no vendaval em volta, debatiam-se para todos os lados, como peixes presos em linhas. Eu sabia quem eram: as Almas dos Vícios Carnais, arrebatadas pela paixão na Terra, e por isso condenadas ao Inferno. Pensei em minha própria carreira como ator pornográfico, o que não era um bom presságio. Perguntei a Francesco se eu ia terminar ali algum dia.

– Você jamais conheceu a paixão – ele berrou de volta – até encontrá-la.

Não precisou dizer o nome dela; os dois sabíamos de quem falava.

Tentei ignorar os uivos, do vento e dos homens, e acabamos passando pelo pior. Quando consegui afinal soltar-me da encosta do penhasco, meus dedos permaneciam enroscados como as garras de uma lagosta assustada.

* * *

O caminho afastou-se da montanha e entramos num lugar mais quente. Enconchei as mãos em volta da chama da flecha, e os dedos começaram afinal a desenroscar-se; assim que tive condições, comecei a despir as peles externas da roupa de viking. Lembrando-me do conselho de Sigurðr, não as joguei fora.

Ao amontoar as peles para carregá-las, notei que tinha os dedos amputados um pouco mais longos nas pequenas saliências, e alguns pelos brotavam-me dos antebraços, onde os folículos haviam sido destruídos. Toquei o crânio e descobri que também novos pelos eriçados surgiam ali. As cicatrizes talvez fossem um pouco menos grossas, um pouco menos vermelhas. Eu correra os dedos pelo corpo um milhão de vezes, como um cego decorando uma história em Braille, mas agora lia um enredo diferente.

Tente imaginar, se puder, as emoções de um homem queimado ao descobrir que o corpo se regenera ou de um homem com cabelos nascendo após ter-se resignado a uma vida toda de calvície cheia de calombos. Excitado, informei a Francesco minhas descobertas.

– Lembre-se de onde está – ele advertiu – e de quem é.

Chegamos à borda de uma floresta onde árvores aos gritos brotavam de areias incandescentes. Elevava-se um calor tremeluzente que distorcia tudo e os troncos das árvores pareciam mexer-se. Pássaros voavam ao redor, bicando os ramos.

– A Floresta dos Suicidas – disse Francesco.

Logo percebi que as árvores não eram exatamente árvores. Os galhos eram membros humanos que gesticulavam de forma violenta, o sangue escorrendo como seiva. Vozes humanas atormentadas vazavam dos buracos perfurados pelos pássaros – que não eram pássaros, eu via agora, mas Harpias semelhantes a abutres, com pálidos rostos femininos e garras tão afiadas quanto lâminas. O fedor que exalavam nos oprimia toda vez que uma voava em qualquer lugar por perto.

– As vozes das árvores – disse Francesco – só podem sair depois que as Harpias lhes arrancaram a carne e o sangue escorreu. Os suicidas só podem expressar-se pelo que os destrói.

– *Quod me nutrit, me destruit* – murmurei, baixo demais para Francesco ouvir.

Lembrei então que ele inalara por vontade própria a peste da mulher, antes de ordenar ao irmão que o varasse com a flecha.

– Assim é o Inferno pra você? – perguntei.

– Fiz a opção de morrer horas após minha morte inevitável, e foi uma decisão tomada com amor, não covardia. Uma importante distinção a lembrar. – Fez uma pausa momentânea, e acrescentou: – Embora minha vida após a morte não seja esta, há um motivo para eu ser seu guia aqui.

Achei que ele falara mais, porém só me disse que ainda tínhamos uma grande distância a percorrer.

Já me despira até a cintura. A pele sem a menor dúvida melhorava. Continuamos a seguir pela mata, e eu ouvia o que parecia, a princípio, o murmúrio de uma colmeia palpitante. Ao aproximar-me mais, percebi que se tratava de uma cachoeira na borda da floresta. O vento impetuoso jogava nossos cabelos para trás, os meus ainda em crescimento.

Essa cachoeira não se precipitava pela beira de nenhum penhasco; caía apenas direto do céu e atravessava o chão deserto à frente. Francesco indicou com um gesto que eu precisava atirar nela a bainha de Sigurðr, pois isso daria um presente adequado. *Por quê? E a quem?*

Após retirar a flecha ardente, fiz como ele mandara. Vi a presilha do cinturão de couro tombar, saltar na espuma e ser por fim engolida pela boca raivosa no fundo da cachoeira.

Quase no mesmo instante, surgiu um vulto escuro e começou a trepar em nossa direção.

* * *

Essa criatura consistia de três corpos que funcionavam juntos num único torso. Tinha seis braços desengonçados, cujas seis mãos peludas se estendiam na cachoeira em busca de pontos de apoio, e moviam-se como uma aranha ao escalar uma teia. A princípio achei que devia haver alguma rocha atrás da cachoeira, porém ao chegar mais perto vi que as mãos circundavam o próprio líquido e torciam as torrentes d'água numa coisa semelhante a cordas. O monstro tinha uma afiada cauda que varava a cachoeira, e embora ainda estivesse a certa distância o cheiro já me lembrava pilhas de efemerópteros numa praia.

– Gerião – disse Francesco –, outrora rei da Espanha, hoje o monstro da fraude. Além de ser o guardião desta cachoeira, é quem deve jogar-nos no poço.

Quando Gerião chegou ao nível do chão, impeliu-se com as seis patas contra a corrente e lançou-se como de uma catapulta em nossa direção, fazendo um perfeito pouso de seis pontos.

Era uma coisa grande (como parecia a maioria das coisas no Inferno), o torso juncado de brilhantes escamas. As três cabeças pairavam quase dois metros acima da minha única. Cada rosto tinha feições semelhantes: todos cheios de grandes vergões, beiços enormes sobre dentes podres e olhos como pérolas negras alojadas em conchas semiabertas. Apesar da feiura, porém, não transmitiam qualquer ideia de fraude. Todas as cabeças começaram a falar ao mesmo tempo.

– que vocês...

– por que estão...

– como ousam...

– ... querem?

– ... aqui?

– ... me incomodar?

– Queremos entrar no círculo seguinte – respondeu Francesco.

– não, isso não pode...

– nós não vamos...

– esse aí...

– ... ser feito!

– ... ajudar vocês!

– ... não está morto!

– É verdade que pedimos muito, e também este aqui não está morto – admitiu Francesco. – Mas ele é amigo de Marianne Engel.

O nome pareceu significar alguma coisa para Gerião, e as três cabeças murmuraram entre si. Por fim, fizeram uma votação:

– sim, não, sim. – E decidiram levar-nos.

(Quem teria imaginado que o monstro da fraude era uma democracia?) Acabamos sabendo que podíamos montar em suas largas costas. Francesco exortou-me a subir primeiro, sussurrando:

– Cavalgarei entre você e a cauda, que é venenosa.

Depois que nos instalamos, o monstro deu um vigoroso salto da borda da terra para a cachoeira. Quando caímos na água, vi as mãos de Gerião mergulharem no líquido e pegarem o que escorria nos punhos como serpentes translúcidas. Embora fosse difícil manter meu ponto de apoio, notei que os braços estavam mais fortes que desde o acidente. A certa altura, as três cabeças de Gerião disseram:

– não... tão... apertado.

Ao nos aproximarmos do fundo, Francesco gritou acima do estrondo da água, advertindo-me que me preparasse para o nível seguinte. Seria, disse com um tom que me obrigou a levar em conta, sobretudo desagradável.

* * *

Desmontamos e Gerião desapareceu de volta na cachoeira. Fiz um levantamento da exata extensão do progresso de minha cicatrização. A maior parte da pele ficara lisa, e a cicatriz da pancreatite que adornava a barriga sumira. Quase todos os pelos haviam tornado a crescer. Os lábios mais uma vez se encheram. Bati no joelho despedaçado e achei-o forte. Recuperara mais da metade dos dedos perdidos e usei-os para esfregar, na juntura das pernas, a pequena saliência do pau que ressurgia.

– Estamos agora em Maleboge, moradia dos Sedutores. Neste Círculo – aconselhou Francesco – sou inútil para protegê-lo.

Eu ouvia o que pareciam disparos de arma e vozes soluçantes cada vez mais perto. Logo nos chegavam: homens e mulheres numa fila infindável, conduzidos por demônios chifrudos. O que eu julgara fossem disparos na verdade eram os estalos das chibatas incandescentes, que caíam repetidas vezes com cruel precisão. Os sedutores, as costas curvadas de medo, enroscavam o corpo para protelar o açoite por uma fração de segundo a mais. Os braços pendiam frouxos, apenas sacudidos para cima nos encaixes cada vez que a chibata baixava. Talvez os sedutores houvessem tido grande beleza, porém não tinham mais; agora, mal passavam de massas de carne bem sovadas.

A mulher mais próxima recebeu uma bofetada, e o sangue esguichou-lhe da boca. Quando arquejei, ela percebeu nossa presença. Ergueu os olhos e vi que grande parte do rosto fora devorada por vermes. O olho direito parecia um ovo bojudo, e o esquerdo pendia na cavidade a dois centímetros do nervo óptico. Com o olho-ovo, ela me piscou de uma forma lasciva e lambeu os lábios. Por isso uma legião de demônios a derrubou no chão com chibatadas, e não a largaram nem quando a infeliz já caíra retorcendo-se de agonia. A pele abriu-se em desenhos de linhas cruzadas que quase transbordavam de si mesmos. Dezenas de serpentes surgiram de buracos no chão e serpearam por cima dela como correntes num mágico número de fuga.

Depois de bem amarrada pelas cobras, saíram dos buracos outras diferentes – com caninos gotejantes de veneno – e começaram em grande alegria a enrolar-se nela. Por fim, uma cobra tomou posição acima do rosto sedutor, parou apenas um instante e mergulhou num ataque à fuinha que era o pescoço da mulher. Esguichos de sangue voaram em cascata e despejaram-se pelo corpo, cada gota uma pequena conta de fogo. Chamas logo a engoliram, e o olho em forma de bulbo inchou-se até explodir como um balão cheio demais. Ela gritou até as cordas vocais se incinerarem; ao mesmo tempo, as serpentes permaneceram apertadas em volta do corpo da moribunda. A carne desfez-se, como bife macio, e expôs o esqueleto. Os ossos emitiram um brilho amarelo, depois vermelho, depois preto, até se desintegrarem na terra. Ela desapareceu assim, no nada – a não ser pelo que devia ter sido a espinha.

Não era uma espinha, mas uma serpente, que me olhou direto do ninho de cinzas. Disparou-me um sorriso reptílico, pusilânime, e sibilou: E VOCÊ NÃO PODE FAZER NADA.

E continuou alegre a olhar-me de soslaio, mesmo quando começou a tremer e novas costelas lhe explodiram dos flancos, como dedos que irrompem de um plástico bem esticado. Em seguida surgiram ossos de braço e perna. As cinzas da pecadora começaram a reconstruirem-se em tecido humano, primeiro enrijecendo-se em intestinos, e depois contorcendo-se num novo sistema circulatório. Líquido vermelho esguichou da terra e entrou nos novos vasos. Músculos retorceram-se em volta dos ossos, como trepadeira numa cerca, e a pele jorrou solo acima como uma manta que se encaixou sobre a forma musculosa. Cabelos brotaram e novos globos oculares coagularam-se nas cavidades. A sedutora fora refeita, não na forma surrada que eu vira, mas como devia ter sido na Terra. Tinha uma aparência física mais linda que qualquer mulher que eu já vira.

Levantou-se do chão e avançou um passo em minha direção, os braços estendidos para um abraço. Como era atraente, com a pele macia e os quadris harmoniosos. Os demônios, que vinham cuidando dos outros sedutores e só então notaram o renascimento completo dela, atacaram-na mais uma vez com as chibatas antes que a mulher me alcançasse. Arrebanharam-na de volta à procissão de pecadores, e o ciclo tornou-se claro para mim: seria de novo espancada até virar polpa, mais uma vez amarrada pelas serpentes e desintegrada pelo fogo. Isso se repetiria sempre, por toda a eternidade, assim como para todos os demais no desfile de sedutores.

Eu entendia agora por que Francesco me advertira contra aquele Círculo, pois foi durante o renascimento da sedutora que se concluiu a cura do meu corpo. Cessou o fluxo de lava que era minha pele, e não havia mais qualquer indicação de que eu algum dia me queimara. O corpo ficou tão perfeito quanto nos melhores dias antes do acidente; a única marca restante era a cicatriz no peito com a qual eu nascera. Como a sedutora, eu fora restaurado num belo e completo ser humano.

Embora não o quisesse, ajoelhei-me e desatei em prantos. Assim que comecei, não pude parar.

Até hoje continuo sem saber a verdadeira natureza dessas lágrimas. Será que chorei porque o destino da sedutora espelhava de forma tão estreita o meu? Deveu-se ao efeito cumulativo dos horrores nos três Infernos pelos quais passei? Foi por recuperar uma forma humana com que eu jamais sonhara que seria mais uma vez minha? Ou porque, de volta ao mundo real, meu corpo tocara o fundo na retirada brusca da morfina?

Não sei a resposta. Mas acabei continuando a chorar apenas de alegria pelos canais lacrimais voltarem a funcionar.

* * *

Francesco apertou a mão gentil em meu ombro.

– O rio Estige fica ali adiante.

Por mais desorientado que me achasse, sabia que alguma coisa saíra de ordem. Afinal, ouvira a história do *Inferno* em duas vidas diferentes; sabia que devíamos ter encontrado o Estige antes. Enxugando as lágrimas, disse tudo isso a Francesco.

– Mas esta é a sua jornada – ele respondeu –, não a de Dante.

Encaminhamo-nos para a margem do rio, onde um barco logo se aproximava, como se soubesse da nossa chegada.

– O barqueiro é Flégias, filho de Ares. Quando teve a filha Corônis estuprada por Apolo, Flégias ateou fogo ao templo do deus. Apolo matou-o com flechas e condenou-o a essa punição.

O mais impressionante no barqueiro era a grande e angular pedra que flutuava acima de seu frágil crânio, parecendo prestes a cair a qualquer momento. Em consequência, ele vivia erguendo os olhos atormentados para avaliar a situação. A cada impulso do remo na água, a embarcação o trazia mais para perto de nós e a pedra seguia, jamais deixando aquela tênue posição. Flégias tornara-se pálido de tanto tempo sem sol; as veias do rosto destacavam-se como teias de aranha roxas, e os cabelos caíam em feixes fibrosos. Braços longos e finos projetavam-se do manto, manchado havia muito pelo suor.

– *Quem é esse que ousa trazer uma flecha às minhas margens?*

As tentativas de ameaças eram anuladas pela preocupação dele com a pedra acima da cabeça. Mesmo quando tentava fitar com raiva, revirava os olhos para cima a cada pequeno movimento da pedra.

– Terá de perdoar a nosso tolo amigo – disse Francesco –, pois ele é jovem e ainda vive.

– *Isso não explica muita coisa.*

Flégias sacudiu nervoso a cabeça para a esquerda, antes de permitir-lhe tornar a assentar para o centro dos ombros.

– Faria o favor de nos levar ao outro lado da água, para que ele termine sua jornada?

– *Por que eu faria isso? Esse aí não está morto.*

Francesco começou a falar:

– Ele é amigo de...

– *Marianne Engel* – cortou-o o outro. – *Isso não conta nada pra mim.*

O barqueiro empurrou o varapau para virar o barco ao contrário, mas Francesco gritou:

– Muito depende de sua ajuda, Flégias.

Intrigado, talvez, Flégias tornou a girar o rosto para nós.

– E *por quê?*

– Se conhece Marianne, sabe que é uma viagem de amor.

– *Que me importa o amor?*

– Não foi o amor à sua filha que o trouxe aqui? O senhor condenaria outro a ficar do mesmo modo preso para sempre no Inferno, onde não é o lugar dele?

Pela primeira vez, o barqueiro pareceu prestar mais atenção a mim que à pedra.

– *Fale-me do seu amor por essa mulher.*

Respondi com o máximo de sinceridade possível:

– Não posso.

Flégias franziu a testa.

– *Então por que deveria eu honrar seu pedido?*

– Qualquer homem que acredita poder descrever o amor – respondi – nada entende dele.

A resposta pareceu satisfazer-lhe, e ele nos acenou com a mão para embarcarmos, sem necessidade de pagar a passagem. Ao atravessarmos o Estige, fixei os olhos nas três torres vermelhas chamejantes ao longe.

– Dis – disse Francesco. – A capital do Inferno.

Desembarcamos diante de uma série de enormes portões de ferro. Guardavam-nos os Anjos Rebeldes, cujos olhos sombrios e antipáticos pareciam julgar tudo. Nus e assexuados, exibiam uma luminosa pele branca, atacada por grandes furúnculos; das costas brotavam asas depenadas e, em vez de halos, tinham cabelos de fogo.

O chefe dos Anjos Rebeldes adiantou-se.

– NÃO PODEM PASSAR. ESSE AÍ NÃO ESTÁ MORTO.

– Já ouvi demais isso – respondi.

Francesco disparou-me um olhar desagradável e voltou a atenção para o chefe.

– O fato de ele estar vivo não lhe diz respeito. Essas regras não se aplicam a esse portão, porque o destino dele é apenas dar acesso.

– E QUEM É ELE?

– Aquele – respondeu Francesco – que entra no Reino da Morte em vida.

Não adiantou, porém, isso que ele declarou como minha identidade. Com grande balbúrdia e atividade, os Anjos recusaram tudo que Francesco pediu. Ficou claro que meu guia encontrara afinal uma barreira pela qual não poderíamos passar com seu papo melífluo.

Afastamo-nos dos anjos para uma consulta. Indaguei o que faríamos agora, e ele me olhou como se a pergunta fosse demasiado tola.

– Rezaremos – declarou.

Quando respondi que não rezava, repreendeu-me com severidade.

– Você está no Inferno. É melhor começar.

Tirou-me a flecha ardente da mão e espetou a ponta no chão, depois estendeu as peles dos vikings para nelas nos ajoelharmos. Em seguida desprendeu o quimono de Sei de minha cintura e pôs-se a rasgá-lo. Amarrou-me uma comprida e fina tira de tecido em volta da cabeça até obscurecer totalmente minha visão. Quando ouvi os ruídos de outra amarração, imaginei que cobrisse a própria visão.

– Em breve surgirão coisas para as quais não podemos olhar – ele disse. – Mesmo sob a máscara, mantenha os olhos bem fechados.

Era a primeira vez na vida que eu rezava, e parecia artificial, mas depois de tudo que Francesco fizera por mim o mínimo que eu podia fazer era atender ao pedido. Escutava as palavras dele, sussurradas em italiano, louvando a Deus e pedindo orientação. Quanto a mim, rezei para terminar a retirada das drogas. E pela segurança de Marianne Engel, em qualquer lugar onde estivesse.

Ouvi a aproximação de passos e o adejar de alguma coisa no ar. Chegava mais perto, mais perto...

– Não olhe – ordenou Francesco. – Eles apelaram a Medusa.

Compreendi então a origem dos ruídos esvoaçantes: vinham das línguas das serpentes que eram os cabelos dela. Avançavam para farejar-me, a primeira carne viva a visitar o Inferno em séculos, e então a língua de uma delas lambeu-me a face, hesitante. Depois, uma atrás da outra, repetidas vezes. Minha pele, já curada, tinha plena capacidade de sentir, e que cruel brincadeira o fato de, entre tantas outras, receber beijos de centenas de serpentes. Tentavam enfiar as cabeças triangulares sob minha venda, para levantá-la, fazer-me olhar a górgone, mas eu a mantive no lugar.

Medusa, o rosto apenas a alguns centímetros do meu, começou a sibilar. O cheiro rançoso alcançava-me, e eu imaginava a língua serpentina dela.

– ***Olhe. Olhe para mim. Você sabe que quer. Isssso não passssa de uma fantassssia. Vai partir sssem levar tudo que ssseu sssonho tem a oferecer? Sssó sssatisfarei sssua curiosidade...***

Eu não ia cair nessa. Se tivesse de transformar-me em estátua, seria pelas mãos de Marianne Engel, não pelo olhar da górgone.

Comecei a sentir um tremor sob os pés, como um terremoto incipiente. Senti as cobras dos cabelos da Medusa se afastarem do meu rosto. O tremor da terra continuou a intensificar-se, e logo o próprio ar tremia, como se se abrisse para receber alguma coisa nova. Os portões de ferro em torno de Dis matraquearam como se uma fera selvagem os sacudisse para sair, e os Anjos Rebeldes soltaram uma série de excitados balidos. Senti Medusa afastar-se, e ouvi seus passos numa retirada apressada. Achei que talvez fosse um ardil e perguntei a Francesco se ela de fato fora embora.

– Acho que sim, mas continue vigilante. É melhor manter a venda no lugar.

Ouvi partirem-se os galhos das árvores mortas, e o pó que redemoinhava no chão fez-me tossir.

– Que está acontecendo?

– Rezei pra que viesse um Mensageiro Divino – respondeu Francesco –, mas hesitei em acreditar que atendessem os apelos de alguém indigno como eu.

Embora Medusa talvez continuasse à espreita, não pude deixar de retirar a venda. Afinal, com que frequência se dá a alguém a oportunidade de ver um Mensageiro Divino? O céu, que se mantivera uniformemente escuro desde a nossa entrada, agora era como se Deus, sem querer, houvesse derrubado a palheta celestial, e cada maravilhoso cor-de-rosa da existência despencava do alto. Na cúspide que encabeçava as cores, com feixes dourados deslizando atrás, surgia o mais deslumbrante ser que eu já vira.

Parece, e apesar da advertência, que nem Francesco deixou a oportunidade passar sem aproveitá-la. Retirara a máscara e tentava não olhar direto para o Mensageiro, como se quisesse demonstrar respeito, mas viu-se incapaz de não encará-lo. Com a voz plena de reverência, disse:

– Claro que você é abençoado.

Fiquei deslumbrado demais para fazer qualquer coisa além de repetir a palavra.

– Abençoado.

– Miguel – sussurrou Francesco. – O arcanjo.

Miguel tinha mais de dois metros de altura talvez, e os cabelos fluíam atrás como um impetuoso rio louro. Das costas abriam-se duas asas imaculadas, com uma envergadura de quase cinco metros, e ele deslizava como se o vento existisse apenas para transportar seu corpo perfeito. A pele era tão radiante quanto a mais brilhante luz solar, e os olhos, orbes imensas e chamejantes. Embora partilhasse esse traço com Caronte, o efeito era o exato oposto: enquanto os olhos do barqueiro lhe davam uma aparência sinistra, os de Miguel deixavam o seu rosto brilhante demais para alguém olhar direto.

O arcanjo fez pouso suave diante dos portões de Dis. Os Anjos Rebeldes, que não eram idiotas para interporem-se no caminho, separaram-se, ficando cada um de um lado. O ar dançava em esplendor por toda parte ao redor de Miguel, tremeluzindo como também intimidado demais para tocá-lo. Eu descreveria as cores, mas não há nomes para elas, pois não existem no espectro da visão humana. Pela primeira vez, entendi como o mundo deve parecer aos daltônicos, pois aquelas cores me fizeram sentir como se sempre tivesse visto, até então, apenas com a mínima fração do meu potencial.

O terreno em que pousara Miguel deixara de ser o lamaçal cinzento do Inferno, agora mais verde que o verde. As árvores carbonizadas que nos haviam ameaçado com galhos desnudos agora desabrochavam em folhas novas. O arcanjo ergueu o braço com incrível graça, e a doentia ferrugem do portão desprendeu-se no mesmo instante. Quando ele apenas lhe roçou o dedo, o portão logo se abriu.

Miguel virou-se para nós. Francesco baixou a cabeça e fez o sinal da cruz. Mantive a cabeça erguida, os olhos concentrados. Ao contrário do guia, pois jamais ansiara por ver o divino, não me sentia oprimido pelo medo do que aconteceria se o visse.

Miguel sorriu.

Percebi então, pela primeira vez, que não era alucinação. Estava mesmo no Inferno, e de fato na presença do Divino. Isso além de qualquer dúvida: sou de longe humano demais para imaginar uma coisa como aquele sorriso. Foi como um beijo em todos os meus piores segredos, uma absolvição imediata.

Com um único movimento majestoso das asas, Miguel mais uma vez alçou voo e rodopiou como um imediato furacão que brotasse do chão. Atrás, precipitaram-se os feixes de cor que ele trouxera, absorvendo o ar acima até desaparecerem em sua esteira. O excessivo verde da grama foi substituído de novo pelo obscuro cinza da lama. Dissolveu-se a saúde das árvores. Os portões enferrujaram-se no mesmo instante, mas continuaram abertos. As cores desapareceram como a água do banho a escoar pelo ralo, só que o ralo era no céu. Onde Miguel desaparecera, o fim das cores seguira-o, por um minúsculo buraco na cobertura do Inferno.

Quando Francesco encontrou afinal a voz, após vários minutos de estupefação, disse:

– Você precisa transpor sozinho os portões.

Apertei-lhe a mão. Pareceu um gesto tão insuficiente que eu lhe disse não saber como agradecer-lhe.

– Sou eu – respondeu meu guia – quem deve agradecer-lhe. Não aceitei essa missão só por Marianne, mas também por retribuição.

– Pelo quê?

– Meu pai era um arqueiro chamado Niccolò, morto enquanto servia numa *condotta* alemã. Mas o amigo dele, Benedetto, escapou com a ajuda de dois arqueiros alemães, e ele trouxe a flecha de meu pai para Florença. – Francesco, a essa altura, tomou-me as mãos na sua. – Aquele arco de flecha foi só o que conheci do meu pai.

– Minha cópia do *Inferno* pertenceu a seu pai?

– Sim. Ele iria querer que você a guardasse. – Francesco fez uma profunda mesura. – *Grazie*.

* * *

Os Anjos Rebeldes não ousaram deter-me quando atravessei os portões. Eu sabia o que devia encontrar em seguida: o Sexto Círculo, morada dos Hereges, cheia de sepulturas e túmulos circundados por fogo. Mas, assim que os cruzei, vi-me não mais no Inferno de Francesco. Em seu lugar, emergi num penhasco debruçado sobre o mar. Quando virei para olhar atrás, os portões de Dis haviam desaparecido.

Gaivotas sobrevoavam e varavam a água com satisfeitos grasnidos. Um frio orvalho tingia a relva, e eu sentia cada lâmina roçar a pele dos pés. Agora me achava nu em pelo, a pele toda curada; a roupa que vinha usando sumira, e eu não tinha mais o colar de moeda. Era amanhecer, a brisa refrescava-me, e sentia-me maravilhosamente vivo.

A uns cinquenta metros do penhasco, um vulto solitário em pé, imóvel, contemplava o mar. Claro que eu sabia quem era. Ao chegar mais perto, vi que ela parecia ter quarenta e poucos anos, mas desprendia de sua expressão uma coisa muito mais velha quando ela franziu os olhos para as milhas e milhas de água. Tinha os cabelos presos atrás da cabeça, e o xale drapejado nos ombros bem apertado no peito. Vestido puído na bainha e terra nas botas. Falei seu nome:

– Vicky.

– Sim. – Jamais deixava oscilar os olhos, graças à disciplina náutica.

– Você o vê?

– Vejo em toda parte.

Olhei o horizonte. Não via nenhum barco no mar. Apenas a longa e solitária imensidão de água.

Perguntei com delicadeza:

– Você ainda acha que Tom vai voltar?

– Acha que é por isso que eu fico aqui?

– Não sei.

Uma mecha de cabelos soltou-se da presilha atrás da cabeça de Vicky, que a enfiou de volta no lugar.

– Claro que é.

A brisa fazia adejar-lhe o vestido nas pernas. Ondas quebravam-se nas pedras abaixo. Por um longo tempo não dissemos uma palavra. Eu pensava que devia estar próximo do fim da viagem infernal. *Este é o último fantasma.* Ali ficamos, dominando aquele solitário posto à beira do mundo, cada um à espera de uma coisa sobre a qual não tinha poder algum.

– Você não trouxe a flecha de fogo – disse Vicky, afinal. Tinha razão. Eu a deixara atrás, nos portões de Dis, enfiada na terra como meu altar improvisado. Talvez ainda ardesse, um registro de que eu tinha estado lá. – Não tem importância. Não vai precisar dela aqui.

– Que faço agora?

– Talvez seja sua hora de esperar também. – Ela enterrou com mais firmeza os saltos das botas no chão e enrijeceu mais os ombros contra a brisa do mar. – O amor é um ato que se precisa repetir sem cessar.

Nesse momento, permiti-me olhar o nada de sua existência: ela ia mesmo ficar ali para sempre, à espera de Tom. Pelo que eu sabia, Vicky nem notara minha nudez. Duvidei que percebesse outra coisa além da promessa da água que se estendia adiante.

– Este não é meu lugar – eu disse.

– Tem certeza?

– Acho que vou para o continente.

Ela não despregou os olhos do mar.

– Boa sorte.

Desprendeu-se alguma coisa que não entendi da forma como me desejou boa sorte – até dar os primeiros passos. Senti o chão tremer como se acontecesse alguma coisa atrás de mim, debaixo de mim, em toda a minha volta. Por um instante, perguntei-me se era o retorno de Miguel, até perceber que a beira do penhasco se deslocava. Temendo que desabasse sob meus pés, disparei a correr. Ouvi o tremendo estrondo da rocha fendendo-se e mexi as pernas o mais rápido possível. Quando olhei para trás, esperava ver o penhasco desmoronando.

Mas não desmoronara. A borda seguia-me, e mantinha sempre a mesma distância atrás, apesar de eu agora correr. Senti o conhecido sussurro na espinha. ESTOU AQUI.

Meu primeiro pensamento foi que talvez estivesse correndo sem sair do lugar, numa espécie de moinho de terra movido a passos, mas não era o que ocorria. Quando digo que a borda do penhasco me seguia, quero dizer de um modo literal. A rocha mudava sempre de forma para perseguir-me, mantinha o ritmo para que eu não fosse além do precipício. Quando eu virava para um lado, o penhasco circulava como um cão pastor bem treinado. VOCÊ NÃO PODE FAZER NADA.

Corri durante o maior tempo que pude, lançava-me para um lado e outro, mas o penhasco era implacável. Não importa a rapidez com que você se desloca, aprendi, se não vai a lugar algum. VOCÊ NÃO PODE PARTIR. Logo reconheci que não me achava em perigo imediato. Se o penhasco fosse me engolir, já o teria feito. Voltei até onde deixara Vicky.

– Eu também tentei partir uma vez – ela disse – e o penhasco me seguiu.

– Por isso fica aqui?

– Não.

Olhei pela borda do penhasco, para ver se embaixo havia pedras que pudessem despedaçar uma pessoa.

– Se pular – sussurrou-me Vicky, como se receasse que a própria rocha sob nossos pés ouvisse – vai perder a pele que tornou a nascer e vai ser posto de volta no corpo queimado.

– Mas isso não passa de uma alucinação. Nada disso é real.

Ela deu de ombros.

– Foi o que aprendeu com o sorriso do arcanjo?

VOCÊ DEVE PULAR.

Por que a serpente me mandaria pular? Para me causar dor. Era do interesse dela, pois a cadela prosperava com a minha dor. Toquei a pele onde as terminações nervosas se haviam incinerado antes.

Se eu pular, pensei, *perco isto. Perco os nervos, os cabelos, a saúde e a beleza. Os dedos e o pênis desaparecerão de novo. O rosto se tornará granito desgastado. Os lábios vão murchar, a voz será moída de volta e reduzida a agudos e medonhos pedaços. Eu me tornarei mais uma vez a gárgula, mas agora por opção.*

VOCÊ SEMPRE FOI UMA GÁRGULA ESTIGMATIZADA NO INFERNO, ANTES MESMO DE NASCER.

Perguntei a Vicky o que aconteceria se eu ficasse no penhasco.

NÃO ME PUSERAM EM SUA ESPINHA DEPOIS DO ACIDENTE. SEMPRE ESTIVE AQUI.

– Eu acho – respondeu Vicky – que Marianne Engel virá para você.

ELA NÃO VAI VIR A VOCÊ.

– Por que acha isso?

Vicky respondeu:

– Às vezes o amor sobrevive à morte.

COMO PODERIA ELA AMAR ALGUÉM COMO VOCÊ?

Olhei a impetuosa maré abaixo, que batia nas pedras. DEVE PULAR. *Talvez Vicky tenha razão. Talvez isto seja um teste de paciência.* VOCÊ DEVE ACABAR. *Marianne Engel veio a mim no hospital quando mais precisei dela, e virá agora. Certo?*

MAS ESTE NEM É O SEU INFERNO. O SEU AINDA ESTÁ POR VIR.

O inferno é uma opção.

EU ACHAVA QUE VOCÊ NÃO ACREDITAVA NO INFERNO.

– Vicky – perguntei –, eu estou morto?

– Não sei.

– Você está morta?

– Não enquanto espero Tom.

SOU A ÚNICA QUE O CONHECE DE FATO.

A luz do sol cintilava nas ondas. Todo o mar estendia-se sem fim à minha frente.

VOCÊ SEMPRE QUIS ACREDITAR QUE SOMOS DIFERENTES...

Olhei para baixo e – embora não saiba explicar por que o senti com tanta força – tive certeza do que ia fazer em seguida.

... MAS VOCÊ NÃO PODE EXISTIR SEM MIM.

Uma calma penetrou-me o corpo. Quando o medo me deixou, a calma entrou na serpente. Porque a serpente soube que eu tomara uma decisão boa para mim, ruim para ela.

VOCÊ SOU EU.

Virei-me para Vicky e perguntei:

– Quer que eu transmita suas saudações a Marianne Engel?

– Por favor.

ISSO É UM ERRO.

Minhas pernas lançaram-me no ar. Ao saltar em direção ao sol, senti a serpente sair rasgando-me o corpo para trás. Quando avancei, ela não pôde. Saiu pelo meu ânus, encaixe muito conveniente, expelida como uma âncora que mergulha de um barco.

Seguiu-se um instante de imponderabilidade; um ponto de equilíbrio entre o ar e a água à espera embaixo. *Que estranho*, pensei, *que semelhança entre o momento de adormecer e cair, quando tudo é de um surrealismo magnífico e nada é corpóreo. Como parece flutuar para a conclusão.* Houve um momento de perfeita imponderabilidade, de suspensão no topo do arco. Apenas nesse belo instante me imaginei entrando no céu para sempre.

Mas, como sempre, a gravidade ganhou a batalha. Fui sugado todo para baixo, cortei o ar como uma faca lançada, e a água agitada subiu ao meu encontro. Enquanto caía, sabia que fazia o certo. Fechei os olhos e pensei em Marianne Engel.

Contato, e o calmo brilho da água abriu-se e envolveu-me. Ao cortar a superfície, senti como se tivesse voltado para casa e...

XXX.

... ergui os olhos e vi os de Marianne Engel.

Tinha o corpo envolto em camadas de tecido úmido, para fazer baixar a febre. Achava-me de volta na cama dela, em nossa casa, com sua mão descansando em minha face. Disse-me que tudo acabara e eu falei que estivera no Inferno. Ela observou que sem dúvida era o que parecia e entregou-me uma xícara de chá. Senti como se não houvvesse tomado uma bebida em anos.

– Quanto tempo fiquei...?

– Três dias, mas nada é melhor do que ter sofrido. É uma breve provação que termina em alegria.

A mesma velha Marianne Engel.

– Vamos concordar em não discordar.

Ela firmou-me a mão na xícara, pois eu tremia horrivelmente.

– Como se sente?

– Como um tição arrancado do incêndio.

Ela sorriu.

– Zacarias 3:2.

Verifiquei meu corpo: minha pele retornara ao estado de antes; o rosto enrijecera-se; os lábios haviam recuado; faltavam os dedos; o joelho endurecera-se; sumiram os pelos nos antebraços e só restavam fios de cabelo na cabeça.

Levei, como sempre, a mão ao peito. Onde esperava encontrar a medalha do anjo, nada encontrei, apesar de não haver deixado meu corpo desde que Marianne Engel me dera fazia quase um ano e quatro meses.

– Sua moeda serviu ao fim a que se destinava – ela disse.

Procurei nos lençóis, embaixo da cama, em toda parte, mas a corrente não se encontrava em lugar algum. Marianne Engel deve tê-la retirado durante a suspensão das drogas. Disse a mim mesmo que não passava de uma estranha coincidência, que ela a tirara quando eu, na alucinação, a entregava a Caronte.

– Não se preocupe – ela disse. – Vou substituir seu colar por um melhor.

* * *

Eu me sentia melhor que em anos, mesmo depois do acidente, pela simples virtude de uma mente não drogada e veias não entorpecidas pelo xarope do narcótico. Isso não quer dizer que jamais percebesse uma crescente pontada de desejo da velha droga – sentia; o vício acompanhara-me por demasiado tempo –, mas era diferente. Podia passar sem morfina; queria dar-me bem sem ela. Aguardei ansioso as sessões com Sayuri e progredi mais rápido com os exercícios.

Mas, melhor de tudo, a maldita serpente desaparecera mesmo.

Tornei-me mais capaz de cuidar melhor de mim mesmo que em qualquer estágio desde o acidente, e Marianne Engel retornou ao trabalho de esculpir. Retomou do ponto exato em que o deixara e recomeçou a uma insalubre velocidade. Restava-me apenas limpar os cinzeiros e tentar reduzir a ingestão, por ela, de café na colher. Levava-lhe travessas com frutas que se tornavam naturezas-mortas em vez de refeições, e quando ela terminava uma estátua, e apenas desabava esgotada no bloco de pedra seguinte, eu lavava-lhe o corpo. Prometi-me que, se ela se aproximasse mais uma vez do colapso físico, faria qualquer coisa para detê-la.

De 19 a 21 de fevereiro, minha amiga extraiu a estátua **16** da pedra. No dia 22, dormiu e apenas absorveu; do dia 23 ao dia 25, retirou a número **15**. Tirou um dia de descanso e depois trabalhou até 1º de março, produzindo a de número 14. Não é preciso ser matemático para entender que isso a levou além da metade dos últimos 27 corações: mais 13 e liquidaria todas. Mais 13 corações até ela acreditar que viria a morte.

O retorno à escultura pareceu afetar mesmo Bougatsa, que perdeu a ginga habitual. Quando chegávamos dos passeios diários, ele ingeria uma enorme cumbuca de comida e instalava-se para cochilar em meus sapatos ortopédicos.

* * *

No início de março, fiz um exame de saúde completo com a dra. Edwards. Revimos os boletins médicos e falamos de uma cirurgia menor, marcada para o fim do mês. Ela parecia de fato satisfeita.

– Você já está fora do hospital há mais de um ano e as coisas não podiam ter transcorrido melhor.

Mantive a boca fechada sobre o fato de que Marianne Engel se achava, naquele mesmo instante, estendida numa nova pedra, preparando-se. O afortunado número **13** chamava.

– Você sabe – acrescentou Nan –, isso apenas mostra como o médico às vezes se engana. Houve um ponto em que achei que você desistira, e depois se tornou um dos nossos pacientes mais esforçados. Quando deixou o hospital, eu tinha certeza de que Marianne não teria condições de cuidar de você.

* * *

Marianne Engel produziu as estátuas **13**, **12** e **11** (uma velha com orelhas de burro; um demônio chifrudo de língua frouxa pendida para fora; e a cabeça de um leão com presas de elefante), tirando apenas algumas horas de descanso. Já perdera o peso que ganhara após o Natal, e a fala tornava-se mais uma vez confusa. A estátua **10** ganhou vida em 20 de março.

Marcaram minha entrada no hospital para cirurgia no dia 26. Antes disso, precisava decidir o que fazer com Bougatsa. Não apenas duvidava da capacidade de Marianne Engel para cuidar dele, quando não tinha condições nem de cuidar de si mesma, mas também o cachorro, talvez num exemplo de empatia animal, emagrecia. Imaginei se poderia usar isso para incutir culpa suficiente e tirá-la do porão, e decidi fazer uma tentativa.

Consegui fazê-la parar o suficiente para explicar-lhe que, se preferisse esculpir a cuidar de Bougatsa, eu teria de pô-lo num canil. (Não se tratava apenas de uma tática de barganha, mas também a verdade.) Marianne Engel deu-me uma olhada, e também no cachorro, e encolheu os ombros. E retornou ao trabalho na estátua **9**.

* * *

Uma grande poça de bosta jazia no chão. Não era minha.

Durante todo o tempo em que morara na fortaleza, Bougatsa nem mesmo uma vez se aliviara dentro de casa. Enoja-me de algum modo escrever uma descrição detalhada das fezes, mas é necessário falar de duas coisas. Primeiro, eram mais líquidas que sólidas. Segundo, continha restos de folhas.

A única planta na casa limitava-se à que Jack trouxera. (Talvez existissem outras antes de minha época, mas se haviam tornado vítimas da negligência de Marianne Engel quando esculpia.) Ao inspecioná-la, logo vi que Bougatsa vinha comendo folhas. Quase todas haviam desaparecido, e as restantes tinham as bordas recortadas em forma de marcas de dentes.

Saí à procura dele e o encontrei estendido no estúdio, com a respiração rasa. Ao deslizar a mão pelo seu flanco para reconfortá-lo, desprenderam-se pelos em meus dedos. As costelas eram um quadro de fome, e fiquei chocado: não com a magreza em si, mas por não entender como era possível. Nas últimas semanas Bougatsa comera muito mais que de hábito; na verdade, parecia jamais parar de comer.

Dirigi-me ao porão para informar Marianne Engel de que o cachorro estava gravemente doente, pois queria envergonhá-la e convencê-la a ir comigo à clínica veterinária. Mas não funcionou bem assim. Encontrei-a curvada sobre uma fera, cujos olhos pareciam dar um sério aviso para que não nos aproximássemos. Mesmo assim, falei:

– Bougatsa tem algum problema. Está doente.

Ela ergueu os olhos para mim, como se ouvisse um misterioso alarido numa área da sala que se supunha vazia. O sangue escorria-lhe de um dos pulsos, onde o cinzel batera errado, e listas vermelhas corriam-lhe pela testa, onde ela a enxugara.

– Como?

– Você está sangrando.

– Sou uma picada de espinho na têmpora de Cristo.

– Não – eu disse, apontando. – O pulso.

– Oh. – Ela olhou e fez escorrer um pouco de sangue na palma aberta. – Parece uma rosa.

– Você me ouviu? Bougatsa está doente.

Ela tentou retirar uma mecha de cabelos do seio, onde ficara colado de forma desajeitada com suor e pó, mas não conseguia calcular bem a distância com os dedos. Errou repetidas vezes.

– Então vá pra enfermaria.

– Quer dizer o veterinário?

– É. – Gotas de sangue caíram nas lascas de rocha aos seus pés. – Veterinário.

– Deixe-me olhar isso.

Estendi a mão para o pulso dela.

Marianne Engel, com uma repentina expressão de horror nos olhos, ergueu o cinzel em minha direção. Apenas uma vez antes me ameaçara com violência, quando me atirara o pote de café no campanário. Naquela vez, tive certeza de que não quisera acertar-me, mas vi que, se se lançasse para mim agora, com o cinzel, ia cortar para valer. Parecia não saber onde estava, nem quem era eu, como decidida a fazer qualquer coisa para defender sua capacidade de continuar trabalhando.

Recuei um passo e ergui as mãos no gesto automático que fazem as pessoas para mostrar que não têm intenção de causar mal algum.

– É seu cachorro, Marianne. Não quer vir conosco? Comigo e seu cachorro, Bougatsa?

O nome pareceu despertar-lhe a memória. Os nós dos ombros curvados afrouxaram-se e ela soltou a respiração que vinha prendendo. Mais importante, baixou o cinzel quando o medo deixou seus olhos.

– Não.

Não desprendia raiva alguma da voz, mas também nenhum remorso. A voz saiu apenas inexpressiva e vazia, sem qualquer laivo de compaixão, como se as palavras não fossem novos sons, mas ecos.

Quando pus o pé no último degrau da escada, toda a sua atenção se achava mais uma vez voltada para a pedra em frente.

* * *

A veterinária era uma mulher rechonchuda chamada Cheryl, de cabelos ruivos e olhos claros, na certa herança irlandesa. Uma das primeiras coisas que me perguntou foi por que eu tinha aquela aparência, muito melhor que fingir não ver nada de errado.

– Acidente de carro.

– Entendo. Então, quando começou a notar o problema de, ah – olhou para a ficha que a recepcionista preenchera –, Bougatsa? Torta grega, certo?

– É, da mesma cor. Encontrei diarréia no assoalho esta manhã, e acho que ele tem comido folhas.

– Entendo. – Cheryl balançou a cabeça. – A pelagem sempre foi assim? Parece sem brilho.

– Tem razão – respondi – e parece mais gordurosa que o normal. Os problemas começaram há pouco, mas esta manhã tive a impressão de que simplesmente saltaram um nível acima. Sem a menor dúvida, ele vem perdendo peso.

Ela perguntou se lhe faltava energia, e eu confirmei. Depois fez alguns pequenos testes, lançando-lhe uma luz na boca e nos olhos, e Bougatsa a gemer passivo durante tudo isso. Perguntei qual era o problema.

– Parece mole aqui? – ela perguntou, apertando a barriga de Bougatsa, e depois respondeu à própria pergunta. – Na verdade, não parece incomodar-se muito. Havia algum sinal de gordura não digerida nas fezes dele?

Quem – além de um veterinário – sabe qual a aparência de gordura não digerida na bosta de um cachorro? Respondi que esquecera de mandar fazer uma análise química antes de procurá-la, e portanto não podia de modo algum dizer. Cheryl lançou-me um olhar de reprovação e levantou a cauda de Boogie para inspecionar o ânus.

– Ele tem comido o próprio excremento?

– Deus do céu. – Mais uma vez, a veterinária esperava muito mais de minhas qualidades de observação do que eu julgava razoável. – Não sei. É possível?

– Não posso ter certeza do problema – ela respondeu – sem fazer alguns exames. Consentiria em deixá-lo aqui por um ou dois dias?

Não me parecia hora de explicar que Bougatsa não era na verdade *meu* cachorro, por isso apenas assinei os formulários necessários. Quando perguntei se os exames seriam dolorosos, a boa veterinária pareceu ofendida.

– Não se eu puder evitar.

Mandei o cachorro ser bonzinho com a dra. Cheryl, e ele pôs para fora a língua e lambeu-me a mão. Algumas pessoas talvez encarem isso como sinal de afeição, mas tenho plena consciência de que os cães o fazem apenas por instinto, ao serem afagados.

* * *

Quando telefonei poucos dias depois, Cheryl ainda não descobrira a causa dos problemas de Bougatsa, mas me garantiu que estava chegando perto. Embora falasse num tom de quem se desculpa, para dizer a verdade era o que eu já esperava.

A clínica seria um conveniente abrigo enquanto me submetia à operação, assim lhe expliquei a situação e perguntei se Bougatsa poderia ficar até eu sair do hospital. A veterinária foi simpática, dizendo que isso lhe daria tempo para fazer um trabalho de diagnóstico completo.

Agora só me restava enfrentar Marianne Engel. Não queria deixá-la sozinha em casa, mas ela era adulta e eu só ia ficar no hospital uma noite, duas no máximo. Se minha amiga seguisse a programação habitual, ficaria esculpindo o tempo todo. Comigo em casa, teria apenas me ignorado mesmo.

Tão logo me instalei no hospital, todos os velhos rostos encheram meu quarto. Connie (terminando o turno) e Beth (iniciando) apareceram para dar um alô. Nan estava lá, e após alguns minutos Sayuri e Gregor entraram a respeitável distância um do outro, tocando as mãos apenas quando julgavam que ninguém via. Ao dizer que a única pessoa ausente era Maddy, Beth informou-me que se casara e mudara havia pouco. Minha primeira suposição foi de que o novo marido devia ser um desses rapazes da pesada – talvez um Hell's Angel ou advogado empresarial –, mas, para minha surpresa, era um estudante diplomado em arqueologia e ela o acompanhava numa escavação na costa de Sumatra.

Todo mundo perguntou por Marianne Engel; e eu menti, mais ou menos. Disse que ela enfrentava um prazo final urgente para uma estátua, e não vi a menor necessidade de acrescentar que os Três Mestres eram os únicos estipuladores do cronograma. Embora todos assentissem com a cabeça, vi que Sayuri, pelo menos, não engoliu a história. Evitei os olhos dela, e isso alertou também Gregor para minha simulação.

Quando apenas Nan e eu ficamos no quarto, perguntei-lhe – pois ainda faltavam algumas horas para a cirurgia – se queria dar um passeio pelos terrenos do hospital. Ela consultou seu horário, verificou o *pager* e o celular, e ligou para o posto de enfermagem antes de afinal concordar. Na metade do passeio, chegou a enfiar o braço na curva do meu e apontou alguns desenhos nas nuvens, dizendo que lhe faziam lembrar um cardume de cavalos-marinhos. Ofereci a ela um cachorro-quente de um ambulante e nos sentamos num banco enquanto as pessoas passavam. Nan ganhou uma pitada de mostarda na blusa e achei que lhe caiu bem.

* * *

Fiz a contagem regressiva quando me puseram a máscara na boca. A essa altura, eu era um especialista em anestesia e sabia que acordaria em poucas horas. Sem dúvida haveria dores residuais, mas eu já me habituara e submetera-me a cirurgias suficientes para saber que ficaria bem. Pelo menos tão bem como sempre.

Só que não foi bem assim. A cirurgia rotineira teve uma complicação: septicemia. Essas infecções não são incomuns em pacientes queimados, mesmo aqueles em adiantado estágio de recuperação como eu, mas por sorte a infecção não se revelou muito grave, e meu corpo – muito mais forte com o programa de exercícios – tinha condições de superar. No entanto, eu precisava permanecer no hospital até sarar.

Sayuri ligou para Cheryl, solicitou o prolongamento da estada de Bougatsa, e Gregor ofereceu-se para informar Marianne Engel sobre a minha situação. Decidiu ir de carro até a fortaleza e dizer-lhe pessoalmente, pois ela não atendia ao telefone. Avisei ele sobre uma boa possibilidade de ela também não abrir a porta, e, como se constatou, tinha razão. Depois de bater por dez minutos, ele desistiu, embora ouvisse Bessie Smith berrando no máximo volume no porão.

Jack tinha um conjunto sobressalente de chaves, por isso telefonei e pedi que fizesse contato com Marianne Engel, para alimentá-la. Ela me garantiu que o faria e até me perguntou se precisava de alguma coisa no hospital. Não necessitava, pois fizera tantas visitas ao hospital que, em geral, arrumava uma sacola completa (pijama limpo, artigos de toalete, livros etc.) mesmo para a menor operação.

Postas em ordem essas poucas coisas, nada me restou senão deitar-me na cama (que, aliás, deixara de parecer a caixa torácica de um esqueleto) e sarar. Toda noite Gregor trazia-me mais livros, e uma vez até algumas cervejas escondidas. Pois, como me explicou com um brilho nos olhos, era meio rebelde. E respondi que com toda certeza era mesmo.

Liberaram-me após uma semana, Gregor tirou uma hora de folga e levou-me de carro para casa. Quando chegamos à fortaleza, encontramos tudo em silêncio. Em geral, isso não significava nada – talvez Marianne Engel houvesse saído para uma caminhada ou preparava uma nova laje –, mas tive um mau pressentimento. Nem me dei ao trabalho de verificar o quarto dela; fui direto ao porão, com Gregor atrás.

Embora eu morasse com ela havia mais de um ano, nada me preparara para o que vi. Primeiro, três estátuas recém-finalizadas: números **8**, 7 e **6**. Considerando-se que fiquei fora apenas uma semana e em geral ela levava mais de setenta horas para terminar uma única peça, a aritmética sugeria que vinha trabalhando naquela não apenas sem intervalo, porém com mais fervor que o normal. Mal dava para acreditar.

Marianne Engel não trabalhava nem dormia numa nova laje. Estava sentada no meio das três novas obras grotescas, toda coberta de pó de pedra, que lhe enfatizava cada osso projetado. Já emagrecera quando eu partira para o hospital, mas agora piorara. Não devia ter comido nada desde a última vez que eu a vira. O peito emitia uma lamentável vitoriazinha a cada respirada, e a pele, tão lustrosa quando saudável, parecia haver sido esfregada com parafina velha. O rosto era um espelho esquelético do que fora antes, com círculos escuros tão grandes sob os olhos que davam a impressão de cavidades ocas.

Um brilho roxo de sangue cobria a cruz medieval tatuada na barriga, que gotejava de uma série de profundos cortes no peito. A mão direita estendia-se aberta no chão, com um cinzel coberto de sangue que parecia de uma velha senhora, pronta para atacar mesmo sob a mínima pressão.

Atravessado sobre o coração em chamas no seio esquerdo, Marianne Engel esculpira fundo o meu nome na carne.

Não tenho a menor dúvida de que Gregor Hnatiuk é um bom médico, mas sua atividade profissional envolve sobretudo conversar com as pessoas, tentar descobrir os problemas e talvez receitar algumas pílulas. Ele não estava preparado para ver o que ela fizera. Parecia não aceitar a cena como real, talvez em parte porque ela deixara havia muito de ser paciente e tornara-se uma conhecida afeiçoada. Não conseguia distanciar-se e não parava de piscar, como se tentasse reajustar o oscilante giroscópio mental, surpreso cada vez que abria os olhos e via que nada mudara.

Marianne Engel virou o rosto eufórico para mim, os olhos cheios de lágrimas, não de dor, mas de alegria. Tinha o rosto tomado de vazia surpresa, como se houvesse visto uma coisa maravilhosa demais para descrever com simples palavras.

– Deus enviou um grande fogo à minha alma. – A voz tremia de deleite, o sangue continuava a fluir do meu nome em seu seio. – Fiquei com o coração exaltado de amor e mal notei a dor.

Apesar do choque inicial, Gregor recuperou-se primeiro e correu escada acima para telefonar ao pronto-socorro. Nesse meio-tempo, tentei convencer Marianne Engel a manter-se calma, mas ela não parava de falar:

– Tudo o que pode passar pelas chamas será purificado no fogo. – Encarou-me ensandecida, como à espera de aprovação. – Mas também será purificado com a água lustral.

Gregor retornou e trouxe consigo uma manta para cobrir-lhe o corpo trêmulo. Enquanto a envolvíamos nela, ele tentou tranquilizá-la.

– Os paramédicos estão chegando e tudo vai dar certo. Só precisa relaxar.

Marianne Engel não prestou atenção alguma às palavras.

– Porque nosso Deus é um fogo devorador. – Dez minutos depois, quando chegou a equipe de pronto-socorro e Gregor a conduziu ao porão, ela continuava citando a Bíblia: – Tudo o que não suporta o fogo será purificado com a água.

A paramédica perguntou se havia histórico de toxicomania, e garanti que não; ela assentiu com a cabeça, mas não sei se acreditou em mim.

– Os céus enviaram um barulho – dizia Marianne Engel enquanto eles se ajoelhavam ao lado e examinavam os órgãos vitais, e parecia que ela tentava convencê-los. – As tuas flechas correram de uma parte a outra.

Os paramédicos a amarraram numa padiola e a levaram para fora. Deixaram-me ir na ambulância com ela, e Gregor seguiu atrás em seu carro. Segurei a mão de minha amiga quando lhe injetaram um cateter intravenoso no braço.

– Quando se abriu a rocha – ela falou, de forma quase ininteligível – dela correram águas.

Em poucos instantes, a droga adormeceu-a. Assim que se apagou, dei um histórico médico mais detalhado – tanto quanto conhecia, de qualquer modo – para que os paramédicos pudessem transmitir de antemão as informações ao hospital. Ao chegarmos à entrada do pronto-socorro, dois médicos e o psiquiatra de plantão nos receberam, e Gregor assumiu a tarefa de interná-la. Continuei segurando a mão da desacordada, falando de forma reconfortante e dizendo-lhe tudo que queria, mas ainda não conseguira, enquanto ela estava consciente.

* * *

Quando retornei afinal à clínica veterinária, Cheryl me convidou a sentar.

– Sabe o que é insuficiência pancreática?

Respondi que sim, se era alguma coisa semelhante à pancreatite em seres humanos.

– Os cachorros também têm pancreatite, mas não é exatamente o que Bougatsa tem. A insuficiência pancreática é comum em raças grandes, como a dos pastores alemães, e os sintomas surgem rápido, o que parece ter ocorrido neste caso. Em termos simples, ele não consegue fragmentar a comida em moléculas menores, porque lhe faltam as enzimas corretas. Em consequência, não tem absorvido quaisquer nutrientes, e por isso sente fome o tempo todo. Tem comido o máximo que pode, até plantas, para compensar a falta, mas, por mais que coma, não obtém as vantagens nutricionais. É meio semelhante a viver morrendo de fome. Mas esta é a notícia ruim – ela continuou. – A boa é que você percebeu rápido e é uma doença inteiramente tratável, controlável com dieta. Ele vai voltar a ser o que era a qualquer momento.

Levou-me ao canil e eu quase juraria que notei um brilho nos olhos de Bougatsa, quando me viu chegar. Mas isso na certa se deveu ao fato de Cheryl ter-lhe dado comida que ele pôde enfim digerir.

* * *

Os médicos disseram a Marianne Engel que só tratavam da exaustão, mas a verdade é que também vinham monitorando de perto o seu estado mental. Gregor a visitava muitas vezes no quarto de hospital, porém as visitas eram motivadas mais por amizade do que interesse profissional. Devido ao seu envolvimento pessoal, outro psiquiatra cuidava do caso.

Eu aparecia todo dia e os médicos até me deixaram levar Bougatsa ao hospital uma vez. Terapia canina, explicaram. Marianne Engel saiu, sentou-se num banco à luz do sol e afagou-o um pouco. Pareceu chocada com a magreza dele, pois não lembrava que a doença se desenvolvera sob seus olhos. Quanto a ele, perdoou-lhe de todo por abandoná-lo quando mais precisara da dona. Os cachorros são idiotas mesmo.

Quando a liberaram no fim da semana, foi contra as mais fortes recomendações do médico. Também eu hesitava: de todos os danos que ela se infligira, a maioria ocorrera por simples desrespeito ao próprio corpo. Esculpir meu nome no peito foi um ato voluntarioso e horrível, que me fez sentir não apenas negligente, mas também uma das causas de sua dor. Como se recuperara fisicamente, o hospital não podia mantê-la sem ordem judicial, porém, e por mais que eu insistisse, não consegui convencê-la a ficar mais alguns dias. Ao voltarmos para casa, Bougatsa correu para um lado e outro, derrubando a planta que algumas semanas antes andara comendo.

* * *

Apenas dois dias após a chegada, Marianne Engel começou a despir-se, como preparação para a pedra seguinte. Ao chegar às ataduras passadas em volta do peito, retirou-as também.

– Não posso me comunicar com essas coisas grudadas em mim.

Eu não ia deixá-la fazer isso de novo. Já a vira entrar em colapso duas vezes. Não ia faltar-lhe uma terceira; não ia permitir que meu nome se infeccionasse em sua carne.

Não se pode descrever bem como discussão o que se seguiu, pois estas envolvem uma troca de ideias opostas. Nesse caso fui só eu. Falei baixo; berrei; bajulei; ameacei; implorei; exigi; argumentei com lógica; falei com emoção; falei palavra após palavra, que ela ignorou. Deu a mesma resposta repetidas vezes.

– Faltam apenas cinco estátuas. Descansarei quando ficarem prontas.

Como eu não conseguia dissuadi-la com a conversa – a lógica é inútil diante da obsessão –, teria de encontrar outra maneira de protegê-la. Decidi visitar Jack, embora ela houvesse quebrado a promessa de cuidar de Marianne Engel durante minha estada no hospital.

Quando entrei na galeria, vi um trio de grotescos e, na parede atrás, a fotografia de Marianne Engel saudável. Cinzel na mão, os mutantes cabelos desgrenhados com muita engenhosidade, apoiava-se numa das primeiras criações. A breve legenda sob a foto nada dizia sobre doença mental: "Ao contrário da maioria dos escultores locais, esta artista plástica de fama internacional recusa-se a usar ferramentas de ar pressurizado, preferindo esculpir na tradição medieval..."

Um jovem casal contornou uma das obras maiores, correndo os dedos pelas arestas. Conversavam sobre o "maravilhoso senso tátil" – mas onde o viam? Nada revira mais o estômago que um casal endinheirado, na faixa dos trinta anos, discutindo arte. Jack, prevendo uma venda provável, tentou passar direto por mim com uma das mãos erguidas em pouco caso e disse:

– Atendo você em dois minutos.

– Por que a abandonou? – perguntei.

Para variar, satisfez-me o tom áspero de minha voz – fazia a proclamação da falha dela parecer ainda pior.

Jack logo abortou a aproximação aos clientes, empurrou-me numa alcova e lançou-se numa vigorosa defesa contra minha acusação. Sua maneira de falar lembrou-me um trem ao descarrilar: todas as palavras eram vagões que se precipitavam frenéticos para a frente, ameaçando voar fora dos trilhos e explodir ao fim de cada frase, em devastadora confusão. Afirmou ter ido à fortaleza toda noite que estive no hospital, abrindo caminho à força pelos móveis empilhados atrás da porta da frente. Assim que entrava, interpunha-se entre Marianne Engel e as estátuas, recusando-se a mexer-se até ela comer alguma fruta.

– Você a encontrou no meio da tarde, certo? – Jack referia-se à hora do dia em que Gregor e eu chegamos à fortaleza. – Eu trabalho, você sabe. Não sou como você... pago minhas próprias contas. Não posso fechar a galeria e perder o dia com ela. E se se desse ao trabalho de telefonar, eu teria corrido direto ao hospital.

Debatemos quem era responsável pelo quê, até o jovem casal não poder deixar de olhar em nossa direção. Disparei-lhes meu mais monstruoso olhar, que os mandava meterem-se com suas malditas vidas.

Jack encarou isso como uma excelente oportunidade para observar que seus clientes financiavam a minha vida. Rebati que também pagavam a dela, montada nas costas do talento de Marianne Engel.

– Você na certa está mais que exultante por ela já ter recomeçado a esculpir.

Nesse instante, toda a raiva no rosto de Jack foi substituída por genuína surpresa.

– Ela o quê?

Não pude continuar o ataque: não havia como negar a preocupação dela.

– Marianne nunca fez sessões maníacas tão seguidas antes. Uma vez por ano, talvez. Duas, num ano ruim.

Nesse momento, odiei-a pelo fato de haver partilhado vinte anos de vida com Marianne Engel. Era o pior tipo de ódio, baseado em inveja, mas também era um rancor que eu tinha de afastar. A experiência de Jack seria inestimável, e por isso nivelei a voz o melhor possível.

– Que faço eu agora? – perguntei.

– Eu não sei. – Ela virou a tabuleta de "Aberta" para "Fechada", enxotou os clientes restantes e eu a segui na saída da loja. – Mas temos de fazer alguma coisa.

* * *

Jack conhecia um advogado especializado em questões de hospitalização involuntária. Suponho que isso fosse simplesmente natural, após todos os anos lidando com pacientes psiquiátricos – primeiro a mãe, depois Marianne Engel.

Clancy McRand era um velho, sentado atrás de uma grande escrivaninha de madeira com um computador coberto de pequenos adesivos Post-it escritos. Não parava de puxar as lapelas do paletó, como se isso lhe permitisse fechá-lo sobre uma barriga que recusava a admitir ser tão grande quanto de fato era. Pigarreava muito, embora coubesse a mim fazer a maior parte da exposição. Anotava os fatos no grande bloco amarelo de papel ofício, e Jack interpunha alguns comentários quando ele fazia perguntas cujas respostas eu desconhecia. Já parecia saber muito sobre Marianne Engel, a julgar pela grossa pasta que retirara do armário quando chegamos. Era claro que Jack contratara os serviços de McRand antes, talvez ao estabelecer a custódia.

Depois de dizermos tudo que pudesse ter importância, ele explicou que talvez tivéssemos um processo, mas não seria fácil. *As coisas nunca são*, pensei, *quando os advogados podem arrastá-las por um gordo pagamento*. Contudo, enquanto ele explicava o caso, passei a entender que não era sua cobiça que ia atrasar as coisas, mas sim o sistema.

Em geral, um parente do paciente preenchia a petição para internação de emergência. Embora fosse possível, em termos legais, qualquer pessoa preenchê-la, o processo era retardado se o suplicante não fosse um membro íntimo da família. Como Marianne Engel não tinha parentes, precisaria ser examinada por dois médicos antes de até mesmo poder-se preencher a petição. Se minha amiga se recusasse a ser examinada – como eu sabia que se recusaria –, caberia a mim apresentar uma declaração juramentada de que ela se achava "gravemente incapacitada". McRand olhou-me com uma expressão inquisidora, para confirmar que me dispunha a fazê-lo, e garanti-lhe que faria, mas tenho certeza de que ele captou a hesitação em minha voz quando falei.

– Huumm – pigarreou McRand, antes de continuar.

Tão logo eu desse a devida entrada na petição, Marianne Engel teria de apresentar-se perante um médico examinador num hospital. Se recusasse – como, mais uma vez, eu sabia que faria –, policiais a obrigariam a comparecer. Imaginei dois tiras parrudos metendo-a numa camisa de força e arrastando-a para o tribunal pelos cotovelos.

Se o médico examinador concordasse com minha avaliação de que ela se achava gravemente enferma, seria imposta uma internação de emergência por setenta e duas horas. Ao cabo desse tempo, o diretor do hospital poderia entrar com outra petição. Isso era essencial porque – mais uma vez, como não éramos parentes – nem Jack nem eu poderíamos fazê-lo nós mesmos. Sem a cooperação do diretor, não teríamos direito legal a prosseguir com a petição.

Supondo-se que o diretor concordasse, viria a seguir uma audiência. Marianne Engel seria obrigada a depor, como eu e Jack, no papel de tutora. Era possível que também chamassem outros, pessoas que tinham observado o comportamento recente dela. Talvez Gregor Hnatiuk e Sayuri Mizumoto, por exemplo. A comissão de saúde mental presidiria a audiência, embora ela não tivesse direito legal a um julgamento por júri. E, se chegássemos a isso, poderia contratar um advogado.

No tribunal, advertiu o sr. McRand, pouca dúvida havia de que se levantaria a questão do meu caráter. Em vista da carreira na pornografia e o admitido vício em drogas, e o fato de que Marianne Engel pagava todas as minhas contas médicas, qualquer juiz relutaria em suspender os direitos legais dela apenas porque eu julgava ser uma boa ideia. Em termos objetivos, ela é que era a cidadã destacada, não eu. O tribunal talvez achasse engraçado eu querê-la declarada incompetente, quando minha amiga parecia dirigir sua vida tão melhor que eu a minha. E – McRand pareceu hesitar em levantar isso, mas eu sabia que ele seria negligente se não o fizesse – Marianne Engel podia apresentar um rosto atraente ao júri.

– Você, por outro lado...

Não era uma frase que precisasse de conclusão.

Observei que ela talhara o próprio peito com um cinzel. Que prova mais forte se precisava de que constituía um perigo para si mesma. McRand admitiu com um suspiro que o incidente podia ser "um bom início para o caso", mas não havia prova de que ela representasse um perigo para qualquer outra pessoa.

– Se fazer mal a si mesmo fosse motivo de internação, os hospitais psiquiátricos estariam cheios de fumantes e dos que comem em lanchonetes.

Como podia eu pedir a todos os conhecidos que depusessem contra Marianne Engel num caso que quase com certeza perderíamos? Mais objetivo ainda, como podia *eu* depor contra ela? Em vista de suas teorias de conspiração, a última coisa de que ela precisava era que os amigos mais íntimos fossem na verdade agentes inimigos que tentavam impedi-la de dar seus corações.

– Assim sendo... – concluiu o sr. McRand, puxando mais uma vez as lapelas antes de apoiar as mãos na barriga redonda.

Agradeci-lhe pelo seu tempo e Jack pediu a ele que enviasse a conta para a galeria. Ao sairmos do escritório, ela passou o braço pelos meus ombros. Disse que sentia muito, e acreditei.

Nosso único consolo era que restavam a Marianne Engel apenas cinco estátuas na contagem regressiva. Embora fosse doloroso vê-la concluí-las, pelo menos não levaria muito tempo. Quanto a mim, só podia cuidar dela o melhor possível. Quando desse o último golpe na estátua final, iria descobrir que o esforço não a matara afinal.

* * *

A nova dieta de Bougatsa incluía uma sólida ingestão de pâncreas de vaca cru, o que lhe permitia digerir outras comidas com o substituto das enzimas pancreáticas que faltavam ao seu organismo. Cheryl e eu decidimos usar carne natural. Fiquei bem conhecido dos açougueiros locais, que ainda se intrigavam com a minha encomenda, até eu explicar por que precisava daquilo, e depois todos se alegraram ao saber que vinham ajudando o cachorro, pois não é muito frequente um açougueiro sentir-se como um médico. A cada dia Bougatsa parecia um pouco melhor, e Marianne Engel um pouco pior.

Estava pálida pela falta de luz solar, embora de vez em quando subisse do porão para pegar mais cigarros ou mais um pote de café instantâneo. Vinha-se tornando um arcabouço de ossos gravados de forma permanente em pó, e a carne definhava aos poucos devido ao esforço físico. Desaparecia, grama após grama, como as lascas de pedra que cinzelava dos grotescos. Terminou a número 5 antes de meados de abril e logo começou a preparar-se para a 4.

O aniversário de meu acidente – meu segundo "aniversário" de Sexta-feira Santa – passou sem que ela notasse. Visitei sozinho o local do acidente, desci o barranco e descobri que o verdor da grama já tomara o negrume das queimadas. O castiçal do aniversário anterior ainda continuava de pé onde o havíamos deixado, encardido pela passagem de um ano, testemunho de que o local permanecera não visitado desde então.

Pus um segundo castiçal, outra das supostas criações de Francesco, e enfiei uma vela no bocal. Disse algumas palavras após acendê-la – não uma prece, pois só rezo no Inferno – como uma lembrança de coisas passadas. Quando nada, a convivência com Marianne Engel incutira-me certo afeto pelo ritual.

Ela continuou trabalhando durante todo o resto do mês, mas diminuindo muito o ritmo. Era inevitável. Quando concluiu a 4, teve de tirar dois dias de descanso antes de começar a número 3. Não se podia ignorar a revolta do seu corpo. Embora tenha levado mais tempo para prepará-la, a estátua 3 ainda exigiu quase cinco dias inteiros para terminar.

A estátua 2 levou-a até o fim do mês, e apenas uma formidável exibição de força de vontade a mantinha até mesmo em movimento. Após concluí-la, foi-se arrastando até a banheira para um banho decente, antes de (enfim) deitar-se na cama e dormir dois dias seguidos.

Quando acordasse, restaria apenas a última estátua. Eu não sabia se devia temer ou ficar extremamente feliz; mas também Marianne Engel sempre me fazia sentir assim.

* * *

Ela deixou a cama no primeiro dia de maio, e senti um grande alívio ao ver como parecia melhor. Percebi um duplo prazer quando, em vez de ir direto ao porão e começar a estátua final, juntou-se a mim numa refeição. Quando conversamos, todas as suas palavras saíram em ordem correta e depois fomos dar um passeio com Bougatsa, que andava estonteado com o retorno da atenção dela. Alternamo-nos jogando uma bola de tênis para ele persegui-la e devolvê-la na boca cheia de baba.

Foi Marianne Engel quem primeiro abordou o assunto:

– Só me falta uma estátua.

– É.

– Sabe qual é essa?

– Outra figura grotesca, suponho.

– Não – ela respondeu. – É você.

Durante os meses anteriores minha estátua permanecera em pé, coberta por um lençol branco, como a caricatura de um fantasma, num canto da oficina. A princípio eu ficara decepcionado pela sua perda de interesse nela, mas, à medida que Marianne Engel ia emagrecendo, senti-me grato por não ter de posar para ela, vendo-a definhar.

Precisei pensar apenas um instante e oferecer-me para posar mais uma vez. Embora desejasse que ela desistisse dessa ideia de estátua final, pelo menos ia poder observá-la enquanto trabalhava. Havia também, se as primeiras sessões serviam de algum indício, a vantagem de ela prosseguir com a estátua num ritmo muito mais relaxado. Afinal, eu não era um monstro frenético aos gritos para ser extraído de uma avalanche de tempo e pedra; ia conceder-lhe todo o tempo à minha disposição, jamais apressá-la.

A curiosidade levou-me a perguntar a Marianne Engel se, quando havíamos começado a estátua tantos meses antes, ela já sabia que seria a última obra. Sim, concordou, sabia. Então, perguntei ainda, por que se dera ao trabalho de até mesmo começá-la, sabendo que ia precisar pô-la de lado?

– Era parte da *sua* preparação – ela respondeu. – Se já estivesse em andamento, achei que teria menos chance de você recusar agora. Parece que eu tinha razão.

Começamos naquele mesmo dia. Ficar nu diante dela sempre me deixou sem graça, mas me senti menos encabulado agora que também ela se via fisicamente imperfeita. Embora aquela magreza insalubre não fosse páreo para minhas lesões, de fato nos aproximava de algum modo na deformidade.

* * *

O trabalho na estátua continuou por cerca de dez dias, metade do tempo gasto em detalhes sutis. Muitas vezes Marianne Engel vinha até a cadeira onde eu me sentava e corria os dedos pelo meu corpo, como se tentasse memorizar a topografia queimada, para mapeá-la na pedra da forma mais correta possível. A atenção a cada nuança era tão intensa que tive de comentar a respeito; ela respondeu que era de vital importância a estátua concluída ser considerada perfeita, sem nada faltar.

As coisas seguiram mais ou menos como eu esperava. Ela jamais chegou perto da intensidade das outras sessões, em geral trabalhava menos de uma hora de cada vez, apesar de eu poder ficar sentado durante o tempo necessário, agora que me desfizera da roupa pressurizada. Minha amiga parecia saborear essa última obra. Fumava menos, e as tampas nos potes de grânulos de café permaneceram fechadas. Ela se curvava para perto da pedra ao trabalhar, sussurrando-lhe com uma voz baixa demais para eu ouvir. Eu me curvava para a frente e tentava captar o que dizia, mas jamais conseguia; em nada ajudava o fato de minha audição haver sido tão afetada no acidente. Tentei arrancar a verdade com um comentário casual.

– Achei que a pedra falasse com você, não o contrário.

Marianne Engel ergueu os olhos para mim.

– Você é engraçado.

E assim continuou, até ela recuar após a inevitável incisão final do cinzel. Pelo que pareceu uma eternidade, inspecionou meu outro eu antes de decidir que não havia mais diferença entre nós. Satisfeita, disse:

– Quero acrescentar a inscrição em particular.

Trabalhou até tarde da noite, e embora minha curiosidade fosse quase opressora respeitei-lhe o pedido de intimidade. Quando gravou a última palavra, Marianne Engel subiu.

Claro que perguntei se podia ler o que ela esculpira.

– Haverá muito tempo pra isso depois – ela respondeu. – Neste momento, vamos à praia comemorar.

Gostei da ideia. O litoral sempre a relaxava e seria uma boa forma de marcar a ocasião. Assim, ela me instalou no carro e logo nos vimos em meio à madeira flutuante.

As ondas quebravam-se ritmadas na praia e ela apoiava o corpo, de um jeito maravilhoso, no meu. Bougatsa saltava feliz em volta, chutando areia para todo lado. Adiante na praia, adolescentes tomavam cerveja e tentavam impressionar as meninas agindo como imbecis.

– Então – comecei. – E agora?

– A última parte de nossa história. Que, caso tenha esquecido, começa com você sendo queimado pela *condotta*.

XXXI.

Fora. Dentro. Eu me concentrava na respiração. Estabilize-se. Seja simples. Mire. Fique calma. Chamei o alvo.

– Coração.

Não sei o que esperava da flecha quando partiu. Surpreendeu-me ver que concentrara de fato o olhar mais no alvo no fim do que na própria flecha.

Apesar da tempestade, a flecha voou como guiada pelo arame, sem oscilar. Todo mundo conhece a história do mestre arqueiro que sabia atingir uma flecha já cravada na mosca. Foi assim que a minha entrou em seu peito, no mesmo lugar onde fora antes perfurado. Na primeira vez em que o atingiram, o livro de Dante diminuiu a velocidade da flecha o suficiente para salvar a sua vida, e trouxeram-no para mim. Essa segunda flecha não encontrou oposição alguma, e você foi levado de mim.

Sua cabeça saltou para trás com o impacto e você abriu a boca para exalar um surpreso último suspiro. Bateu duas vezes o queixo no peito, antes de a cabeça descansar no corpo esvaziado. Você pendia das mãos presas com pregos, e a parede da casa do irmão Heinrich continuou a arder em toda a volta. Minha flecha poupara-lhe mais dores, e por isso, por minhas lágrimas, agradeci ao Senhor.

Os mercenários bramiram confusos, e Kuonrat exigiu saber quem fora descuidado, ou idiota o bastante, para disparar um tiro letal contra suas ordens estritas. Ficou lívido ao imaginar que um dos soldados talvez houvesse mostrado misericórdia.

Eu devia ter passado menos tempo agradecendo a Deus e mais tempo fugindo. Uma inspeção da flecha logo revelou que não partira do arco de qualquer um dos soldados, e o ângulo da haste mostrava que viera do alto do penhasco. Um braço ergueu-se, e os soldados logo começaram a avançar em minha direção. Ainda não conseguiam me ver, mas sabiam onde eu estava.

Larguei o arco, pois sabia que jamais daria outro disparo. Meu cavalo achava-se perto, o penhasco era escorregadio e os galhos grossos o suficiente para deterem um homem. Enquanto os soldados escorregavam abrindo caminho encosta acima, consegui desamarrar o cavalo e partir bem à frente das garras dos *condottiere*. Eu não tinha grande vantagem inicial, mas seriam necessários alguns minutos para eles tornarem a descer a encosta e montar nos cavalos. Mas tive também outra vantagem. Conhecia a área desde a juventude, e os mercenários não. Com a intensificação da nevasca, talvez até tivesse uma chance.

Não devia ter caído nessa. A habilidade de cada soldado com o cavalo era superior à minha, e os animais deles mais bem descansados e alimentados. Eu mal cavalgara alguns minutos na trilha, quando eles vieram rápido para cima de mim. Sabia que, se eu continuasse no mesmo rumo, me pegariam em instantes. O caminho chegava a uma bifurcação, um lado levava a uma trilha segura e o outro a um íngreme precipício que dava para o rio Pegnitz. Na infância, acontecia-me de às vezes caminhar pela beira, mas só quando me sentia particularmente agitada ou queria testar a ideia de que o Senhor tinha um desígnio para mim.

Tempos desesperados exigem medidas desesperadas, e assim, embora soubesse que não daria para passar nem metade da montaria, escolhi a trilha perigosa. O animal pressentiu o perigo e tive de enterrar os calcanhares em seus flancos para coagir cada passo, entoando as mesmas preces que sempre fizera na meninice. Quando ele começou a refugar, retornei às palavras mais ásperas para tentar arrancar-lhe mais alguns passos. Pouco depois, o cavalo bateu com o casco numa raiz congelada e oscilamos desajeitados para o lado.

Ao deslizarmos pelo penhasco abaixo, o cavalo tentou endireitar-se nos cascos que se debatiam, mas não conseguiu um ponto de apoio. Tombou de lado, confuso e assustado, e atirou-me fora. Enquanto eu me rendia à inevitabilidade da queda, houve um breve momento em que me senti quase sem peso. Era surreal, como se flutuasse em perfeito equilíbrio entre a neve e o céu, e vi-me olhando direto a cara do animal. Os olhos de um cavalo são em geral muito escuros e calmos – durante minha infância as freiras brincavam dizendo que eles viam todos os segredos de Deus, apesar de nem a prioresa ver –, mas esse arregalava os seus de terror. O momento terminou com a mesma rapidez do início, substituído pelo rodopio de mato e neve quando continuamos o mergulho para baixo.

Depois de rolarmos até por fim pararmos, e levar algum tempo para clarear a mente o suficiente e calcular o caminho que acabáramos de varar na neve, comecei a entrar em pânico à ideia do que a queda talvez houvesse causado ao nosso filho. Quando o bebê me chutou quase no mesmo instante, talvez furioso com toda aquela atividade, tomei isso como um sinal de saúde e jamais me senti mais feliz com o desconforto.

Os soldados não me haviam seguido no precipício e, por sensatez, preferiram continuar atrás, onde a trilha era segura. Pelo menos um deles retirara o arco, antes de decidir que a distância e a tempestade tornavam qualquer disparo impossível. Faltava-lhe, era óbvio, a mesma fé que eu tinha em Deus.

Os mercenários encontrariam outro caminho até o sopé, mas eu sabia que iam levar no mínimo quinze minutos. Talvez, pensei, a queda pudesse na verdade ser o golpe de sorte que tornaria possível a minha fuga. A excitação momentânea desapareceu quando tentei endireitar o cavalo e descobri que ele tinha uma das patas torcidas num ângulo absurdo. Era óbvio que não podia ir mais longe comigo. Eu não tinha sequer a opção de livrá-lo do sofrimento, pois não trazia mais o arco e flecha. Mas de qualquer modo não conseguiria fazê-lo. Um assassinato naquele dia já passava da conta.

De que adiantava estar quinze minutos adiante dos soldados, quando eles tinham cavalos e eu não? Num dos lados, ficava o penhasco pelo qual eu acabara de descer, e no outro o Pegnitz. Em geral, o rio não se congelava inteiro, mas quando isso acontecia não era seguro para o peso de uma pessoa. Atravessá-lo estava fora de questão, e nenhuma vantagem havia de escalar o penhasco de volta. Só me restava escolher uma direção ao longo do rio para correr e torcer pelo melhor. Mas também isso era ridículo, porque o único desfecho possível era os mercenários me perseguirem por trás. Minha captura era apenas uma questão de tempo.

Kuonrat decapitara Brandeis sem pestanejar e ordenara sua morte com uma gargalhada. Eu sabia que, quando fosse capturada, como você explicara, só seria morta se tivesse sorte. O estupro parecia de longe muito mais provável.

A fina camada de gelo no rio começou a parecer muito melhor. As probabilidades eram contra a travessia segura, mas eu tinha de tentar. Se de algum modo conseguisse, os soldados não teriam como seguir. Seriam obrigados a deixar-me ir, pois até o menor homem da tropa na certa a romperia e afundaria. Por que iriam correr esse risco? Os mercenários não sabiam quem eu era, além de uma vagabunda que vivera com um ex-soldado, e que diferença faria para eles se eu vivesse ou morresse? Kuonrat já dera seu recado, e dois desertores mortos já eram mais que previra. Isso tinha de deixá-lo satisfeito.

A sacola que continha meu *Morgengabe* e livros seria peso desnecessário para levar na travessia do rio, mas eu não suportava a ideia de perder objetos tão preciosos. Assim, escondi-a na fenda de uma pilha de pedras próxima, decidida a, se vivesse, retornar para recuperá-la.

Dei os primeiros passos no gelo, que pareceu relativamente sólido, mas sempre é mais espesso junto à margem. Logo rio abaixo, via áreas expostas de água que pareciam mantas pretas estendidas na superfície branca. Mais alguns passos e ouvi um leve estalo. A neve soprada pelo vento rodopiava enlouquecida à frente, e já me achava talvez a uns cinco metros da margem. Se o gelo se partisse, eu ainda conseguiria tocar o fundo com os pés?

Continuei com passinhos minúsculos, deslizando um pé adiante do outro. Andava o mais rápido que ousava, mas não o suficiente. Ouvi os mercenários cavalgando cada vez mais perto, e por isso me forcei a arrastar os pés mais depressa em direção ao centro. A distância da margem representava segurança, disse a mim mesma, e a única coisa mais importante era sair do alcance das flechas.

Senti o gelo ceder um pouco, mais que antes, e cingi por instinto a barriga com os braços. Olhei para trás e vi os soldados aproximando-se da margem, onde haviam encontrado meu cavalo estropiado. Quando me viram, ergueram os arcos em minha direção, e percebi que ainda não me afastara bastante. Partiram algumas flechas, mas, com o forte vento, voaram longe. Eu soube que eles iam aprender com essa primeira saraivada e ajustar a pontaria para a segunda rodada. Sem a menor dúvida, seria atingida.

A segunda saraivada jamais veio. Kuonrat deu um sinal e os arqueiros baixaram as bestas. Pareceu-me improvável que ele se preocupasse com o desperdício de munição; embora talvez achasse que eu merecia viver se conseguisse chegar ao outro lado; mas também duvidei disso. O mais provável é que apenas gostasse de ver uma mulher no gelo fino.

A maneira como os soldados tomaram posição deixou claro que iam me esperar ali pelo tempo que fosse necessário. Sabendo que não podia retornar pelo caminho que viera, dei mais um passo em direção à margem oposta. O gelo rompeu-se e caí ajoelhada, estendendo as mãos para pousar de quatro. Disse a mim mesma que, se ao menos conseguisse ir além do meio do rio, sobreviveria, pois aquele devia ser o ponto mais fino do gelo. E também que, se ao menos conseguisse chegar além daquela linha imaginária, meu filho em gestação viveria.

A questão era a melhor maneira de prosseguir. Devia deitar-me de bruços e rastejar devagar? Essa ideia, distribuir o peso da forma mais homogênea possível, fazia sentido. Mas depois me perguntei se isso não iria apenas aumentar a possibilidade de encontrar um lugar fino que fizesse desabar o gelo numa reação em cadeia e engolisse todo o meu corpo – e, claro, temi pôr todo o peso na barriga, em todo caso. Então devia correr a toda, esperando que a velocidade me transportasse sobre o gelo? O corpo disse não, mas a fé argumentou que eu devia. Afinal, fora o sopro de Deus que levara minha flecha com perfeita precisão ao seu coração. Não era possível que o mesmo sopro estivesse nas minhas costas, erguendo-me até além do perigo? Se já houve um momento de entregar-se à proteção de Deus, foi esse.

Olhei defronte ao rio, o outro lado, imaginando-me como uma flecha e o caminho em frente como a trajetória. Levantei-me um pouco e senti o gelo inchar. Retesei as pernas e finquei o pé no gelo atrás para ganhar o máximo de tração possível. Ergui o joelho e curvei os ombros para a frente. Fiz uma breve prece e contemplei a liberdade na margem oposta, concentrada no alvo. E então me impeli, entregando-me à proteção de Deus.

Dera apenas poucos passos, quando o gelo cedeu e caí para a frente como se irrompesse por uma janela quebrada. O frio aquoso varou-me de cima a baixo, e o peso da roupa molhada começou a puxar-me para baixo. Meu primeiro pensamento foi o bebê, e estendi os braços, frenética, para agarrar-me a qualquer coisa. Se conseguisse grudar-me à beira do buraco, pensei, seria capaz de projetar-me para fora. Mas o gelo a que me agarrei se desfez, e o buraco ia ficando cada vez mais largo a cada tentativa de fuga. Sentia o calor esvair-se de mim. Do bebê. Após alguns minutos, embora a mente continuasse em disparada, o corpo parou de reagir.

A corrente do rio puxava-me para baixo e para longe. Embora eu soubesse que movia com minhas próprias forças, o buraco parecia escapar-me acima até não haver abertura alguma, apenas uma grossa telha de gelo sobre mim. Não podia ser muito grossa, mas quando a pressionei com as palmas nada aconteceu. Tampouco havia coisa alguma embaixo para apoiar os pés, só água. Minha única esperança era prender a respiração e rezar para que a corrente me levasse a outra abertura.

É uma sensação estranha quando o corpo para inteiramente de funcionar. Esse barco que nos transportou, que nos serviu com tanta lealdade, para de reagir aos comandos da alma. É quase como se alguém desligasse um interruptor e cortasse a eletricidade. Logo entendi que, mesmo se a corrente do rio de fato me levasse a uma abertura, seria tarde demais. Eu não tinha mais capacidade de grudar-me com as mãos às bordas e, mesmo que tivesse, me faltaria força para projetar-me da água gelada.

A mais horrível compreensão era não poder mais esperar que o bebê saísse ileso. Com isso, meu ânimo se entregou. Fechei os olhos, pois é isso que se faz na agonia debaixo d'água. O corpo afundou, e todo o medo se foi. Houve um momento de aceitação espantosamente linda. *Será mais fácil assim*, pensei com algum alívio, nos momentos finais antes de tudo apagar-se.

O que aconteceu em seguida... posso falar a respeito, mas não explicar. Não de uma forma correta que você entenderia. Ao nascer, recebi o dom das línguas e venho aperfeiçoando-o há setecentos anos, mas as palavras para descrever o que aconteceu naquele dia não existem. Nem em inglês, nem em qualquer outra língua que conheço.

Quando acordei, não foi bem acordar, porque não adormecera. Era mais ter caído num estado sem qualquer consciência, e agora retornar à consciência. Mas não no sentido que percebemos o mundo em volta: era uma coisa maior, larga, sem lados, profunda sem fim. Eu continuava sob o gelo, ainda levada pelo Pegnitz, mas ao mesmo tempo não me achava na água de um rio específico. E sim na do mundo inteiro, do universo inteiro, porém não tanto "na" água quanto parte dela; tornara-me fluida.

Quando as pessoas morrem e de algum modo voltam, sempre falam de um túnel de luz. Não foi a minha experiência. Havia luz, mas não era um túnel, era em toda a volta. O ar luminoso sustentava-me, mantinha-me suspensa, embora não houvesse chão do qual eu precisasse ser pendurada. Estava em mim e em mim toda; eu era a água e era a luz. Sentia-me flutuando em esplendor líquido, um brilho constante, sem calor nem frio. Perdera toda sensação do corpo.

O tempo não existe quando o corpo deixa de existir, pois há apenas a percepção de tempo pelo corpo. Raras vezes notamos nossa sensação inata de tempo até ela ser retirada. Por isso os amnésicos ficam tão confusos quando tomam consciência de sua condição. Não é por terem perdido a memória – todos perdemos a memória, mas porque perderam tempo.

Tomei consciência de presenças. Não podemos chamá-los de fantasmas ou espíritos, pois não tinham sequer esse tanto de forma. Existiam apenas porque eu os sentia. Mas *sentir* é mais uma vez a palavra errada, pois como poderia sentir alguma coisa sem substância? Como a luz e a água, estavam dentro de mim. Eu os sentia de um modo tão completo que sabia que não apenas estavam dentro de mim, mas sempre haviam estado. Vinha ignorando-os a vida toda, numa espécie de autodefesa. É como ouvir uma conversa – você não pode se concentrar nas palavras se também ouve o relógio do outro lado da sala, os carros no lado de fora, os passos no corredor e a respiração do homem sentado ao lado da mulher que toma chá. Não pode processar tudo isso, portanto se concentra apenas nas palavras do interlocutor. O mesmo ocorre com as infinitas vozes do corpo humano. Você ouve apenas os pensamentos e isola o resto.

Mas agora eu podia abraçar todas as vozes dentro de mim. Ouvia todas aquelas presenças, que pareciam círculos dourados. Sentia o gosto, e era de reconforto. Tocavam-me, e a sensação era de música.

Entende? Quisera eu poder explicar, mas não posso. É impossível. Quem acredita que pode explicar o Ente Eterno Supremo jamais o sentiu de verdade.

Três presenças separaram-se da hoste e adiantaram-se. Embora não assumissem formas físicas, reconheci-as mesmo assim como os seres humanos que haviam sido, apesar de em minha vida física só haver conhecido uma delas, o padre Sunder. A segunda era Meister Eckhart, e a terceira era Mechthild von Magdeburg.

Sabia que não era um truque, mas uma dádiva a aceitar. Foi natural, até reconfortante, quando o padre Sunder indicou que sentia prazer em estar mais uma vez em minha presença. Não usávamos palavras; era mais como se eu sentisse os pensamentos dele roçarem os meus. A mesma coisa aconteceu com Meister Eckhart e Mechthild von Magdeburg quando se comunicaram. Nossa "conversa" era um caleidoscópio de brilhantes vibrações.

Explicaram que não tinham vindo ali para me levar, porque eu não estava pronta. Não morrera da forma correta e eu era inacabada. Iam ajudar-me a alcançar um estado no qual eu ficasse pronta para morrer e, até esse dia, haviam sido designados como meus Mestres.

Por que não me mandam para o Inferno?, comuniquei-me. *Matei o homem a quem amava.*

Não é assim que funciona. O pecado de Eva foi comer o fruto, e por isso a puniram com a Queda da Humanidade. Pelas transgressões de sua vida, que reparação é necessária?

Não cabe a mim decidir.

Mas cabe. Seu caminho a tirou da Vida de Deus e tornou-a a mão por trás de uma morte. Você se arrepende?

Não. Mesmo no Ente Eterno Supremo, eu lembrava a vida com você. *Posso ter traído os votos monásticos e talvez minha prioresa e o Senhor Deus ao fazê-lo, mas nunca a mim mesma. Permaneci fiel ao meu coração e nunca me arrependerei do meu amor. Foi a única grande coisa que fiz.*

Meus Três Mestres entenderam que eu ia conservar o amor por você, mesmo no fim da vida. Com certeza tinham visto isso antes e tornariam a vê-lo.

Seu coração sempre foi independente, seu supremo e mais maldito dom. Por isso é pelos processos do coração que ocorrerá sua penitência.

Que assim seja.

Você aprendeu a dar o coração inteiro ao homem certo, mas ainda não aprendeu a partilhá-lo além do eu e o do outro.

Confesso isso como verdade.

Será devolvida ao mundo e levará outra vez o peito cheio de milhares de corações. Deve distribuir cada um, até restar apenas um.

Como farei isso?

Esses corações precisam desprender-se de seu peito, morrer por você e encontrar vida em outros, para que possa superar sua natureza mundana e preparar-se para Cristo.

Eu não entendo o método de distribuir esses corações.

Vai aprender.

E quando só restar o último coração?

Esse você mesma não poderá distribuir. O último coração deve ser passado ao seu amor. Ele precisa aceitá-lo, mas não pode guardá-lo. Precisa liberá-lo, libertar você. Só dessa maneira talvez seja afinal entregue ao Senhor.

Não entendo o propósito do envolvimento do meu amor.

Seu amor saberá o motivo.

Deixaram-me nesse ponto. Empurrada do Ente Supremo, a luz e a água deixaram de fluir por mim, e senti-me violentamente mergulhada de volta nas geladas e escuras correntes do Pegnitz.

Quando acordei, jazia de costas e não conseguia abrir os olhos, grudados com gelo, e talvez tenham sido necessários cinco minutos de esforço até descolá-los com piscadas. Era o início da manhã e a tempestade cessara. Tentei falar, mas fui incapaz de emitir qualquer som, porque tinha o corpo todo paralisado. Jamais sentira tanto frio antes.

Comecei a mexer os dedos dos pés e das mãos, até conseguir forçar os membros todos a moverem-se. Obriguei-me a levantar-me, trôpega e instável. Estava atrás de algum tipo de telheiro, com uma casa de fazenda a trinta metros de distância. Dirigi-me cambaleando para lá, impedida não apenas pelos membros imobilizados, mas por ter a roupa endurecida de gelo. A fumaça subia da chaminé, e não sei se teria chegado sem a promessa de calor. Bati na porta algumas vezes, até uma fazendeira atender e arregalar os olhos de horror ao me ver. Parece que para ela eu era a morte que vinha chamá-la.

Quando percebeu que eu ainda não estava morta mesmo, gritou ao marido e começou a retirar minhas roupas geladas. O velho deu-me sopa enquanto a mulher me enrolava em mantas e me massageava os membros para fazer o sangue continuar circulando. Após me recuperar o suficiente, tentamos juntar as partes do que acontecera. Eu fora jogada alguns quilômetros rio abaixo e posta num lugar aberto não de todo congelado. Só por acaso o velho fazendeiro encontrara meu corpo e o arrastara. Eu olhava fixo em frente, os cabelos congelados em dedos duros e o corpo não revelava sequer um traço de vida.

O fazendeiro achava que todo mundo merecia um enterro decente, e por isso me puxara do rio. Com o chão sólido com demasiado gelo, e pouca opção, ele decidiu me deixar atrás do telheiro e enterrar-me na chegada da primavera. Não podia levar um cadáver para casa, claro, porém mais por motivos práticos que supersticiosos. Eu ia simplesmente descongelar-me e começar a cheirar mal. Imaginamos que, de tão gelada, a água me fizera parecer morta. Sabia-se que essas coisas aconteciam; circulavam muitas histórias de pessoas imersas em água gelada e ressuscitadas muito depois de deverem estar mortas.

Fiquei com eles alguns dias, mas nunca lhes contei como cheguei a cair no rio. Disse apenas que saí para um passeio e o gelo se desfez sob meus pés. Não havia a menor necessidade de contar a história de Engelthal, nem dos mercenários, nem dos Três Mestres. Apenas minha sobrevivência já era muito difícil para eles aceitarem.

Quando fiquei boa o bastante para viajar, retornei à margem do Pegnitz, recuperei a bolsa escondida e segui para Mainz. Aonde mais ir? Mudei-me para um convento de beguinas e adotei uma vida de contemplação e prece. Era um retorno parcial à vida que tivera antes de conhecer você, mas mudara de forma tão fundamental pelo seu amor que não foi um regresso completo ao que fora antes. Não continuei na edição de livros, embora com o tempo concluísse de fato a tradução do *Inferno*. O motivo de tê-lo feito foi egoísmo – não por achar que ia criar uma obra mais longeva que eu, mas o trabalho na tradução fazia-me sentir mais perto de você.

O resto da história é insignificante. Passei os anos distribuindo corações, mas só imaginei um fim para essa penitência há pouco tempo, porque sempre soube que não podia abrir mão do último coração até tornarmos a nos encontrar.

XXXII.

Imenso e negro, o mar estendia-se da praia até o horizonte desaparecer na noite. Falei com o máximo de delicadeza que consegui:

– Sei que você acredita na verdade dessa história, Marianne, mas não é verdade.

Ela baixou os olhos para a areia. Ficou com a respiração travada na garganta, depois soltou-a precipitada numa confissão:

– Nosso bebê não sobreviveu.

Ergueu os olhos, lançou-os ao oceano e desviou-os de volta à areia.

– Quando acordei, a criança estava...

Cobriu o rosto com as mãos; era claro que não podia olhar-me.

– Apenas se foi – disse. – Como se eu nunca houvesse engravidado, como se a mão de Deus se houvesse estendido até meu útero e arrancado meu filho como punição.

– Você não pode acreditar nisso.

– Eu tento não. Tento... *quero* acreditar que foi uma misericórdia. Que o bebê... – A voz era tão baixa que eu mal conseguia entender as palavras. – Que o bebê morreu por causa da água gelada, e Deus retirou-me a criança para eu não ter de enfrentar a verdade no mundo dos vivos.

– Se você acredita em Deus – observei, contendo uma natural inclinação a acrescentar que eu não –, também deve acreditar na bondade dEle.

– Sempre quis acreditar que era bondade. – Ela começou a chorar. – Se fosse punição, seria demais para mim.

– Marianne, não existia nenhuma...

– Nosso filho não sobreviveu – ela insistiu. – Não se trata de uma coisa que alguém esqueça, por mais que viva.

Eu sabia que não devia continuar tentando convencê-la de que não passava de sua imaginação. Era mais uma discussão que eu simplesmente não podia vencer.

Estava claro que ela não falava comigo, mas consigo mesma, quando acrescentou:

– Foi uma misericórdia, tinha de ser. *Tinha* de ser.

Como não podia convencê-la de que esse filho medieval jamais existira, decidi concentrar-me em nossa vida atual.

– Você não vai morrer, Marianne. Os Três Mestres não existem.

– Todos os meus corações se foram.

– Sinta isso. – Tomei-lhe a mão na minha e apertei-a no peito dela. – Seu coração ainda está batendo.

– Por enquanto. O que vem em seguida depende de você. – Desviou o olhar para o mar durante alguns instantes e sussurrou por fim, embora as pessoas mais próximas estivessem a dezenas de metros na praia: – Lembra-se do que disse quando deixei a casa do irmão Heinrich, antes da chegada dos mercenários? Prometeu que nosso amor nunca ia terminar.

Fiquei calado, não querendo incentivá-la, quando ela retirou o colar com a ponta de flecha pela cabeça.

– Isto sempre foi seu, e um dia saberá o que fazer com ele.

– Não o quero – respondi.

Ela enfiou-o em minha mão mesmo assim.

– Guardei-o todo esse tempo pra poder devolvê-lo a você. Vai protegê-lo.

Vi que não ia me deixar recusá-lo, por isso o peguei. Mas, para ela não achar que eu endossava sua história, disse:

– Marianne, não acredito nem que isso tenha sido abençoado pelo padre Sunder.

Ela curvou a cabeça no meu braço e disse:

– Você é um adorável mentiroso.

Então fez uma pergunta que nunca fizera antes:

– Você me ama?

Tínhamos os corpos colados um no outro, os peitos tocando-se. Tenho certeza de que ela sentia meu coração disparado. Minha cicatriz de nascença encostada no lugar onde, sob o suéter, ela esculpira meu nome no seio.

Você me ama?

Eu jamais admitira em voz alta mais que "gostar" dela. Racionalizara que Marianne Engel sabia a verdade sem eu dizê-la. Mas realmente eu era apenas um covarde.

– Sim.

Por tanto tempo, eu quisera me confessar.

– Sim. Eu amo você.

Era hora de parar de enganá-la, por isso puxei para trás as rebeldes cordas de seus cabelos e despejei as palavras que haviam ficado no fundo do meu coração, purificando-se, desde a primeira vez que a encontrei.

– Passei a vida toda à sua espera, Marianne, sem sequer saber disso até você chegar. Ser queimado foi a melhor coisa que já me aconteceu, pois me trouxe você. Eu queria morrer, mas você me encheu tanto de amor que transbordou e não pude deixar de lhe retribuir. Aconteceu antes mesmo de eu saber e agora não me imagino não a amando. Você disse que exijo muito pra acreditar em alguma coisa, mas acredito *mesmo*. Acredito no seu amor por mim. Acredito no meu amor por você. Acredito que cada batida restante em meu coração lhe pertence e que, quando finalmente deixar este mundo, meu último alento levará seu nome. Acredito que minha última palavra... *Marianne*... será tudo que preciso pra saber que vivi uma vida boa, plena e digna, e que nosso amor vai durar para sempre.

Por um momento, ficamos apenas abraçados, e então ela se levantou e começou a andar até o mar. Despiu as roupas no caminho, e a lua fazia sua pele parecer ainda mais branca. Quando chegou à água, nua em pelo, parecia espectral naquela clara radiação. Ali, voltou-se e encarou-me por um instante, sob estrelas que cintilavam como geladas pelo frio de rachar; e ali ficou, como se tentasse memorizar como eu era, retribuindo-lhe o olhar.

– Viu? – perguntou Marianne. – Você tem Deus mesmo.

Afastou-se e foi andando calmamente para o mar. A água cobriu-lhe as pernas e costas, e logo se lançou como uma mortalha sobre as asas tatuadas no alabastro da pele. Curvou-se para a frente e começou a dar braçadas na imensidão do oceano, arrastando atrás a massa preta de cabelos.

Nada fiz além de vê-la afastar-se de mim até, enfim, as ondas engolirem a brancura dos ombros.

Após um quarto de hora, Bougatsa começou a uivar de uma forma terrível e a girar em círculos agitados, implorando-me que fizesse alguma coisa. Mas apenas fiquei ali sentado. Então ele correu para a maré, disposto a nadar, até ouvir-me chamá-lo de volta. Eu sabia que a água estava fria demais e já era tarde demais. Ele confiava em mim o suficiente para obedecer, embora ganisse ao deitar-se a meus pés. Mesmo assim, continuou com os olhos esperançosos. Era como se acreditasse que se esperasse muito tempo, você acabaria voltando para nós, ao sair do mar.

XXXIII.

Todos concordaram que Sayuri parecia de uma beleza excepcional no longo de noiva. A mãe, Ayako, chorava de felicidade na primeira fila, e o pai, Toshiaki, não parava de erguer a mão para cobrir o satisfeito lábio trêmulo. Quando Gregor deslizou a aliança no dedo dela, o sorriso de Sayuri nunca foi mais radiante.

Um casamento de agosto, num jardim sob um céu azul sem nuvens. Por sorte, soprava uma brisa suave; meu smoking não permitia a pele respirar direito. Foram tomadas providências para assegurar que os padrinhos do noivo, entre os quais eu me incluía, ficassem sob um grande olmo durante a cerimônia; uma das muitas gentilezas que o casal de noivos me demonstrara. Surpreendeu-me até mesmo haverem me convidado às bodas, apesar da intimidade que havíamos adquirido, mas nem Sayuri nem Gregor pareciam incomodar-se com a presença de um monstro nas fotos de casamento.

Sob um ângulo técnico, meu par era a madrinha da noiva à frente, mas de fato a acompanhante foi Jack Meredith. Ela conseguiu quase o tempo todo não me constranger, apesar do grande volume de uísque escocês que consumiu mais tarde, durante a recepção. Estava claro que nada havia de romântico em ser minha acompanhante, porém vínhamos passando um bom tempo juntos nos meses anteriores. A certa altura, ela descobriu que na verdade podia tolerar-me. Esse entendimento era quase uma amizade, embora eu não chegasse tão longe assim.

Como presente de casamento, dei a Sayuri e Gregor o anjo *Morgengabe*. Eles o olharam com uma expressão intrigada, sem saber o que entender daquela estranha estatuazinha, e perguntaram se fora Marianne Engel quem a esculpira. Não tentei explicar que, aparentemente, fora eu; nem que, apesar da idade e do desgaste, era o melhor presente que lhes podia dar.

Na recepção, Sayuri não se permitiu tomar nem uma gota de champanhe, porque a gravidez começava apenas a aparecer. Houvera algum debate sobre se as bodas deviam ocorrer antes ou após o parto, mas Gregor é um desses homens à moda antiga. Queria que a criança fosse "legítima", e por isso viajou com Sayuri ao Japão, onde contratou um tradutor para transmitir suas honrosas intenções a Toshiaki. Ela poderia tê-lo feito sozinha, mas ele não quis que a noiva traduzisse para o próprio pai o pedido de casamento. Toshiaki concedeu permissão, Ayako chorou e curvou-se várias vezes, desculpando-se – embora pelo quê, Gregor não soubesse muito bem. Após a mãe enxugar as lágrimas, todos tomaram chá no jardim atrás da casa.

Os pais de Sayuri não pareciam nem um pouco aborrecidos com o fato de ela viver no exterior, nem de casar-se com um estrangeiro, nem que já houvesse passado muito do frescor da mocidade. (Na verdade, a mãe da noiva comentou que, como um número maior de japonesas agora se casava mais tarde na vida, a idade limite para o estado de solteira deixara de ser vinte e cinco anos. Descreviam-se agora as que se casavam aos trinta e um como na primavera da vida.) A única coisa no casamento que incomodou os pais da noiva, apenas um pouco, foi ela haver decidido adotar o nome de família do marido. Lamentavam em particular que faltava a "Sayuri Hnatiuk" todo sentido de poesia e, apesar dos melhores esforços, não conseguiam aprender a pronunciá-lo corretamente.

Próximo do fim do dia, tive a oportunidade de conversar com a sra. Mizumoto por alguns minutos, Sayuri servindo de tradutora. Ela já comunicara à mãe o falecimento de Marianne Engel na primavera, e Ayako transmitira as mais sinceras condolências.

Quando lhe agradeci por isso, vi que achou chocante o rosnado de minha voz, mas era educada demais para comentá-lo. Em vez disso, apenas aumentou a largura do sorriso e num instante entendi onde Sayuri aprendera seus maneirismos. Tivemos uma agradável conversa durante alguns minutos e garanti a Ayako que considerava sua filha predestinada a uma feliz vida de casada, apesar de Gregor, mesmo de smoking, parecer-se muitíssimo com um esquilo. Sayuri bateu-me no braço por dizer isso, mas parece que traduziu certo de qualquer modo. A mãe assentiu entusiástica com a cabeça, concordando: *"So, so, so, so, so, so, so!"* Ao mesmo tempo, levou a mão à boca, para tentar impedir a escapada dos risos.

Quando a conversa chegava ao fim, a sra. Mizumoto fez uma última e profunda mesura de condolência. Ao tornar a erguer-se, deu-me um sorriso esperançoso, pôs a mão na barriga da filha e disse:

– *Rinne tenshō.*

A tradução não foi fácil para Sayuri, que sugeriu que o mais próximo era "Tudo volta" ou "A vida se repete". Acrescentou que isso era uma dessas coisas que as senhoras japonesas dizem quando se acham mais budistas do que na verdade são. Pareceu-me, pelo olhar feio da mãe disparado à filha, que Ayako entendia mais inglês do que revelava.

Mas, quando se afastaram, abraçaram-se apertado. Ayako pareceu esquecer rápido o comentário da filha sobre senhoras japonesas, e Sayuri também, ao perdoar a mãe por rir da imagem de Gregor como um esquilo.

* * *

Após o desaparecimento de Marianne Engel, as autoridades fizeram buscas no litoral durante três dias, mas não encontraram corpo algum. Nada se encontrou além de longas e solitárias vastidões de água. O problema do mar é que não se pode dragá-lo todo, e era como se a água houvesse eliminado todas as provas da vida de minha amiga, mas se recusava a oferecer qualquer confirmação de sua mo-te.*

Marianne Engel não tinha seguro de vida, mas apesar disso dirigiram as suspeitas a mim. E com justiça: menos de seis meses antes de desaparecer, ela mudara o testamento para nomear-me primeiro beneficiário. A situação não foi aceita pela polícia, sobretudo porque eu a acompanhava quando ela desapareceu. Interrogaram-me à exaustão, mas a investigação mostrou que eu não tinha conhecimento algum do testamento, e os adolescentes que bebiam cerveja na praia depuseram que não era incomum "o cara queimado" e a "garota tatuada de cabelos estranhos" chegarem tarde da noite. Ela muitas vezes ia nadar, confirmaram, independentemente do tempo. Naquela noite específica, eu nada fizera além de ficar sentado na praia enquanto o cachorro corria em círculos.

Jack também falou em meu favor. As palavras dela emprestaram um peso especial, porque ela não apenas era guardiã de Marianne Engel, mas também a pessoa a quem eu substituíra no testamento. Apesar disso, Jack falou de forma muito favorável do meu caráter e disse à polícia que não tinha a menor dúvida do amor entre Marianne Engel e eu. Embora confirmasse que eu não sabia das mudanças no testamento, também acrescentou:

– Achei que teria muito tempo pra conversar sobre isso com Marianne depois. Não esperava que sua mo-te ocorresse tão logo.

Jack Meredith sabe dizer palavras que eu não sei escrever. Palavras como *mo-te*. Palavras como *suic-dio*. Essas palavras fazem de mim um covarde. Escrevê-las levaria essas coisas muito mais próximas de serem reais.

---

* Em nota aos editores, o autor insiste que se mantenha a grafia da palavra de forma incompleta, e explica que isso se deve ao fato de o narrador não conseguir digitá-la sem excessiva dor. Após tudo o que passou, simplesmente não aceita a morte de Marianne Engel, e ficará na praia toda manhã, pelo resto da vida, ainda sonhando que ela saia da água e volte para ele. (N. do T.)

Os procedimentos legais levaram quase todo o meu tempo durante o verão, mas na verdade mal prestei atenção. Não dei a mínima ao que a polícia decidiu sobre minha responsabilidade no desaparecimento nem ao que os advogados disseram sobre o testamento. No fim, Jack teve de contratar um advogado independente em meu nome, porque, sem assessoramento legal, eu teria assinado qualquer documento posto à minha frente, como fizera no hospital quando judicialmente se declarou a falência de minha produtora.

Marianne Engel legara-me quase tudo, incluindo a casa e todo o seu conteúdo. Até mesmo Bougatsa. Jack, apesar dos anos de serviço à administração dos assuntos comerciais da protegida, recebeu apenas as estátuas já na galeria.

Numa coleção de caixas de sapato no fundo de um armário, encontrei talões de cheque correspondentes a centenas de milhares de dólares, agora meus. Marianne Engel não tinha débito algum, talvez porque nenhuma instituição financeira a considerasse um risco de crédito aceitável. Também descobri uma série de receitas que revelaram a verdade do meu quarto particular no hospital. Não foi, como Nan dissera na época, uma "feliz casualidade" o quarto estar disponível para ela pesquisar índices de recuperação em quartos de pacientes particulares e não nos divididos. Nem, como imaginei na época, que me puseram num quarto particular para Nan manter Marianne Engel longe dos outros pacientes. A verdade era que ela pagara o quarto particular, para me contar histórias sem ser incomodada. Simplesmente jamais me comunicara isso.

Nada do que herdei se tornará meu ainda por vários anos, pois não houve corpo. Só depois de transcorrido muito tempo, se emitirá um "atestado de óbito presuntivo" para Marianne Engel, e até então seus bens permanecerão como depósito em garantia. Por sorte, os tribunais determinaram que eu continuasse a morar na fortaleza, pois já era minha residência principal quando ela desapareceu.

Os jornais locais, e até uns poucos internacionais, publicaram pequenas matérias sobre o desaparecimento de uma escultora doente mental mas talentosíssima. "Presume-se que mo-ta", diziam todas. Como nada acentua mais a fama de um artista que um fim trágico, Jack conseguiu vender todas as estátuas restantes na galeria em tempo recorde. Embora tivesse de violar os termos do testamento para fazer isso, dei a Jack a maioria das que ainda continuavam na fortaleza. (Conservei apenas a minha e poucos outros grotescos preferidos.) O advogado aconselhou-me contra, mas não parecia que a polícia ia controlar minhas ações. Era comum a chegada e a partida de caminhões, portanto ninguém na vizinhança prestou a mínima atenção ao verem rebocar mais algumas estátuas. Quando Jack trouxe um cheque pela venda, menos as comissões, insisti em deixar o pagamento em sua mão.

Ela merecia mais que eu. E embora as contas nos bancos estivessem bloqueadas, eu tinha muito dinheiro para viver.

Marianne Engel, apesar do pensamento em geral dispersivo, previra a possibilidade de talvez não se achar sempre por perto para pagar minhas contas. Após o desaparecimento dela, encontrei um envelope endereçado a mim, com uma chave do cofre bancário cuja acessibilidade providenciara para mim. Quando abri a caixa, descobri que continha mais que suficiente dinheiro em espécie para todas as minhas necessidades até o testamento entrar em vigor.

Também havia duas outras coisas na caixa.

* * *

Por fim, a polícia decidiu que eu não tinha culpa no desaparecimento de Marianne Engel. Mas eles estavam errados.

Eu matei Marianne Engel. Matei-a com tanta certeza quanto se houvesse erguido uma arma ou virado um frasco de veneno.

Quando ela se encaminhou para o mar, percebi que não ia nadar. *Soube* que não retornaria, e não vou fingir o contrário. Mas nada fiz.

Não fiz nada, justamente quando ela tinha uma vez pedido que eu o fizesse, como uma maneira de provar o meu amor.

Podia tê-la salvado apenas com umas poucas palavras. Se lhe houvesse dito que não entrasse na água, ela não teria realizado o plano. Sei disso. Teria voltado para mim, pois os Três Mestres haviam dito que eu precisava aceitar o último coração e depois libertá-lo, para liberá-la. Qualquer esforço que eu fizesse para impedi-la teria constituído uma recusa a libertá-la, por isso eu tinha apenas de dizer: *"Marianne, volte."*

Não disse, e agora estou condenado a viver com a consciência de não ter falado as duas simples palavras que lhe teriam salvado a vida. Condenado a saber que não a levei ao tribunal na tentativa de interná-la, não tentei com muito empenho pôr remédio escondido na comida, não a algemei na cama sempre que o trabalho saía de controle. Literalmente dezenas de ações poderiam tê-la impedido de mo-rer, tudo que não fiz.

Marianne Engel acreditava que me matara setecentos anos antes, num ato de bondade, mas essa história era ficção. A realidade é que a matei em seu tempo de vida: não por bondade, mas por inércia. Embora ela acreditasse que se libertava das correntes de corações penitentes, não caí nessa. Não sou esquizofrênico. E ainda assim continuei calado. Ineficaz. Assassino.

Enfrento esse fato por alguns instantes todo dia, mas é só o que posso fazer. Às vezes até tento anotá-lo antes que escape, mas em geral minha mão se põe a tremer antes que as palavras saiam. Jamais demoro muito para começar a mentir, tentando convencer-me de que o passado imaginário de Marianne Engel existiu mesmo apenas porque ela acreditava de modo tão profundo nele. Tento racionalizar que o passado de todos não é nada mais que a coleção de lembranças que preferem guardar. Mas sei, no coração, que é só um mecanismo de defesa feito apenas para permitir-me continuar a viver comigo mesmo.

Tudo o que tinha a dizer era: *"Marianne, volte."*

* * *

A palavra *paleografia* vem da grega *palais* (antigo) e *graphia* (escrita), portanto não surpreende que os paleógrafos estudem textos antigos. Classificam os manuscritos examinando a caligrafia (tamanho, inclinação, movimento da pena), além do material de escrita (papiro ou pergaminho, rolo ou códice, tipo de tinta). Os bons paleógrafos sabem determinar o número de redatores que trabalharam num manuscrito, avaliar o talento deles, e muitas vezes até atribuir o manuscrito a uma região específica. Com textos religiosos, podem às vezes identificar não apenas um *scriptorium* específico, mas até um determinado escriba.

Há pouco tempo, contratei os serviços de dois dos mais destacados paleógrafos: um especialista em documentos medievais alemães e outro em documentos medievais italianos. Contratei-os para examinar os dois objetos que encontrei, além do dinheiro em espécie, no cofre bancário.

Dois exemplares do *Inferno*, escritos à mão, mas em caligrafias diferentes: o primeiro em italiano e o outro em alemão. Os dois pareciam, ao meu olho leigo, ter centenas de anos.

Antes de dizer a cada paleógrafo o que desejava que examinassem, fiz com que assinassem contratos de estrito sigilo. Os dois acharam a solicitação incomum, quase humorística, mas consentiram. Supõe-se que por curiosidade profissional. Mas quando apresentei os manuscritos eles perceberam num instante que haviam recebido uma coisa excepcional. O italiano soltou sem pensar uma excitada blasfêmia, e o alemão contraiu os cantos da boca. Adotei uma pose de total ignorância em relação à origem dos livros, e nada disse sobre onde os adquiri.

Como o *Inferno* se tornou logo popular entre os leitores, é uma das obras mais comuns a sobreviverem em exemplares do século XIV ainda existentes. O paleógrafo italiano não teve a menor dúvida de que a minha cópia incluía-se entre as mais antigas, talvez feita uma década depois da publicação original. Pediu-me que lhe permitisse confirmar seus achados com outros especialistas, mas recusei.

O alemão não se apressou a atribuir idade à tradução, em parte porque seus exames iniciais apresentaram algumas intrigantes contradições. Primeiro, perguntou-se como um manuscrito preservado de forma tão admirável passara despercebido por tanto tempo. Segundo, parecia que uma única mão escrevera a obra toda, o que era muitíssimo incomum para um documento tão longo. Terceiro, quem quer que produzira o livro tinha um talento excepcional. Não apenas a caligrafia revelava bela formação, mas a própria tradução era melhor que a maioria, embora não todas, das modernas. Mas foi o quarto ponto que mais o atordoou: os atributos físicos do manuscrito – pergaminho, tinta, letras – sugeriam que fora produzido na área do Reno da Alemanha, talvez ainda na primeira metade dos anos 1300. Se isso fosse verdade – embora dificilmente pudesse ser –, então meu manuscrito antedatava em vários séculos qualquer tradução alemã conhecida do *Inferno*.

– Portanto, você vê, eu simplesmente devo estar enganado. – Ele tremeu. – Devo estar! A não ser... a não ser...

O alemão pediu permissão para realizar datação por radiocarbono tanto no pergaminho quanto na tinta. Quando concordei, ele exibiu tal expressão de alegria orgástica no rosto que temi que pudesse falecer.

– *Danke, danke schön, ich danke Ihnen vielmals!*

Após a realização dos testes, e o pergaminho ser datado de 1335, mais ou menos vinte anos, a alegria do alemão subiu mais um ponto.

– Trata-se de uma descoberta tão além do que eu... do que eu.... – Não conseguiu sequer encontrar as palavras para seu estupefato deleite.

A tradução fora feita após poucas décadas do original italiano de Dante. Decidi que não faria mal permitir mais pesquisa e até dei ao alemão um impulso em certa direção: sugeri que ele talvez devesse concentrar a investigação no *scriptorium* em Engelthal. O homem mais uma vez contraiu a boca e retornou ao trabalho.

Quando me procurou algumas semanas depois, parecia ter afinal admitido que investigava um documento impossível. Sim, confirmou, a obra dava várias indicações de ter sido feita em Engelthal. E sim, a cópia era muitíssimo indicativa de um escriba específico, de obra bastante famosa nos anos entre 1310 e 1325. De fato, essa copista sempre representou um mistério menor para os estudiosos do misticismo alemão: as impressões digitais literárias encontravam-se num enorme número de documentos, o talento excedia o de qualquer outro par, e apesar disso não se encontrava o nome dela em lugar algum. Só se poderia ter mantido um segredo como esse por um esforço coordenado entre a prioresa e a biblioteca no mosteiro da época, mas, como Engelthal, ao contrário, se orgulhava da reputação literária, a grande questão era: o que havia nessa freira específica para exigir tão grande segredo?

O bigode do alemão sem a menor dúvida dançava enquanto ele falava de tudo isso, mas, admitiu, alguns pontos contradiziam a hipótese de Engelthal. O pergaminho era de qualidade diferente da encontrada nos outros documentos do mosteiro, e as tintas pareciam ser de outra composição química. Portanto, embora o artesanato sugerisse que vinha de Engelthal, explicou o alemão, os materiais físicos não. E – precisava acrescentar? – o mosteiro com quase absoluta certeza nada teria a ver com o grande poema de Dante.

– Não era o meio específico deles, se entende o que quero dizer. Não apenas escrito em italiano, mas inteiramente blasfemo para a época.

Perguntou, um tanto encabulado, se eu tinha mais "sugestões". Revelou-se que eu tinha, sim. Sugeri que ele talvez agora precisasse desviar o foco de Engelthal para a cidade de Mainz e prestar atenção aos livros produzidos em particular, em meados da década de 1320. A copista, disse, talvez houvesse escrito sob o nome de Marianne. Ele franziu as bastas sobrancelhas sob o peso dessa nova informação e quis saber como eu poderia oferecer sugestões assim tão específicas. Respondi que se tratava de um palpite.

O alemão passou a maior parte do mês procurando manuscritos que correspondessem aos meus parâmetros. Telefonava muitas vezes, algumas para atualizar-me sobre o progresso, mas em geral para queixar-se de que o acordo de sigilo o retinha.

– Você tem alguma ideia de como é difícil requisitar esses documentos, quando não posso explicar por que preciso deles? Acha que posso simplesmente ir à biblioteca e verificar livros do século XIV?

Percebi que ele ia começar a conversar com os colegas, com ou sem minha permissão, e por isso declarei encerrada a pesquisa. Achei que ele ia me dar um tapa na cara, mas em vez disso o homem lançou-se numa série de ardentes apelos:

– Esta é uma das principais descobertas na história do campo... implicações de longo alcance... altera em termos radicais o que pensamos sobre a tradução alemã...

Como continuei a recusar, ele mudou de tática. Implorou mais alguns dias de estudo, e juro que na verdade piscava os olhos para mim. Recusei também esse pedido, certo de que usaria o tempo para fazer uma cópia de alta qualidade do original. Quando exigi o manuscrito de volta naquele mesmo minuto, ele ameaçou divulgar o que sabia.

– Um contrato legal não é nada comparado com tão grande dádiva ao mundo da literatura!

Respondi-lhe que seu sentimento era muito admirável; no entanto, eu o levaria à falência com um processo judicial, se dissesse uma única palavra. Diante disso, ele disse que Dante devia ter acrescentado outro Círculo ao Inferno para "inimigos de livro" como eu.

Numa tentativa de oferecer algum consolo ao ego do homem, garanti-lhe que, se algum dia publicasse a tradução alemã do *Inferno*, agradeceria em público toda a pesquisa que ele fizera. De fato, o convidaria a publicar seus achados ao mesmo tempo, para que de modo algum fosse privado dos aplausos acadêmicos. E então o alemão muito me surpreendeu.

– Eu não poderia ligar menos para a inclusão de qualquer coisa sobre quem sou eu. Esta descoberta é importante demais pra ser mantida escondida.

Até agora ainda não decidi o que farei com os exemplares do *Inferno* que me foram legados por Marianne Engel. Quando me sinto muito fantasioso, digo-me que levarei a cópia italiana comigo ao túmulo, para o caso de encontrar mais uma vez Francesco Corsellini e devolver-lhe o livro de seu pai.

* * *

Venho mantendo os dedos dos pés falsos, mas recusei os das mãos falsos; os dos pés ajudam-me no equilíbrio, e os das mãos não passam de vaidades. Além disso, com um corpo como o meu, os dedos das mãos falsos equivalem à substituição dos faróis de um carro estraçalhado.

Ainda há coisas que eu poderia fazer para melhorar a aparência, pequenas cirurgias ou cosméticos corretivos que suavizassem as arestas mais ásperas. Um cirurgião plástico ofereceu-se para refazer as orelhas usando cartilagem das costelas ou fornecer orelhas protéticas que parecem iguais às verdadeiras. Mas, como os dedos das mãos falsos, falta às pseudo-orelhas um uso funcional: nem as de cartilagem nem as plásticas me permitirão ouvir de novo. A teoria é que me farão sentir mais humano e vão me tornar mais "normal", mas quando experimentei as protéticas eu me senti um Cabeça de Batata. Quanto à faloplastia – a cirúrgica plástica para implantação de novo pênis –, ainda não cheguei a uma conclusão. Talvez algum dia chegue, mas já me submeti a cirurgias suficientes por enquanto. Estou farto. Por isso, apenas respondi há pouco à dra. Edwards:

– Basta.

– Eu entendo – ela admitiu. E então a expressão atravessou seu rosto, aquela que eu conhecia tão bem, a que a doutora usava ao avaliar a vantagem de dizer-me a verdade ou ficar calada. Como sempre, decidiu-se pela verdade. – Você uma vez perguntou por que optei por trabalhar na unidade de queimados. Vou-lhe mostrar uma coisa que jamais mostrei a outro paciente. – Afastou o jaleco, enrolou a blusa e revelou uma grande cicatriz hipertrofiada que lhe cobria todo o lado direito do torso. – Aconteceu quando eu tinha quatro anos. Puxei uma panela de água fervendo do fogão. São as cicatrizes que fazem de nós o que somos.

E saiu do consultório.

Assim, fui deixado com o crânio igual a um desastre ecológico, que começou com os efeitos econômicos da era da Grande Depressão. O topo da cabeça assemelha-se aos campos inférteis após uma tempestade de ventos, formada por depósitos de terra devastada. Há sutis mudanças de cor, matizes de vermelho e marrom. Tudo seco e esgotado, como se a pele esperasse durante anos a chegada da chuva. Alguns fios de cabelo tenazes ondulam-se por toda a paisagem estriada do crânio, como ervas daninhas sobreviventes que não sabem que deviam estar mortas.

O rosto é o campo após a queimada do restolho. Os lábios, antes tão cheios, agora são finos como vermes desidratados. Conhecer o termo médico *microssomia* não os torna menos medonhos. Mesmo assim, prefiro essa boca à que eu tinha antes de dizer a Marianne Engel que a amava.

No pré-incêndio, eu tinha a espinha forte; no pós-incêndio, substituíram-na por uma serpente. Agora a serpente se foi e venho redescobrindo a espinha dorsal, o que já é um bom começo. A perna direita está cheia de pinos metálicos e eu os via como correntes forjadas com os restos do veículo destroçado. Podia decidir arrastar o acidente a toda parte. Mas não vou.

Venho-me exercitando mais que antes. Alguns dias, toda semana, Sayuri leva-me à piscina pública, onde me conduz numa série de exercícios. A própria água acrescenta flutuação e reduz a tensão das juntas. Nos dias em que não vou à piscina, ela me ensina a pular no quintal. Suponho que isso deve intrigar qualquer um que olhe da São Romano. Que pensam do monstro saltando em volta do quintal, levado por uma minúscula japonesa? De vez em quando, o padre Shanahan me vê e acena com a mão. Decidi não desgostar dele, apesar de ser padre.

Após os exercícios, Gregor vem buscar Sayuri e nós três tomamos chá. Na mais recente reunião, dei a notícia de que este livro ia ser publicado. Os dois não tinham a menor ideia de que eu vinha escrevendo a história; eu a mantivera em segredo, pois não sabia o que faria quando terminasse. Embora continue escondendo os *Infernos*, tomei a decisão de lançar este livro ao mundo. Ainda me sinto inseguro se é a coisa certa a fazer – minhas emoções sobre o assunto mudam muito –, mas o silêncio é doloroso demais.

Meus amigos entusiasmaram-se com a notícia, embora Sayuri confessasse que ainda não conseguia ler inglês nem de perto tão rápido quanto gostaria. Depois, excitada, agarrou o braço do marido como se acabasse de ter a melhor ideia da vida.

– Espere! Você leria pra mim antes de irmos dormir toda noite? Assim conheceremos a história ao mesmo tempo.

Ele pareceu meio encabulado com a demonstração de afeto dela, mas assegurei-lhe que parecia uma ideia maravilhosa, e acrescentei:

– E vocês poderiam até aprender alguma coisa sobre a história do seu presente de casamento.

Sou mais que minhas cicatrizes.

* * *

Quando voltei para casa após o desaparecimento de Marianne Engel e a declaração inicial à polícia, desci à oficina para ler o que ela esculpira no pedestal de minha estátua.

Dû bist mîn, ich bin dîn:
des solt dû gewis sîn;
dû bist beslozzen in mînem herzen,
dû muost och immer darinne sîn.

"És meu, eu sou tua; tenhas certeza disso. Tranquei-te dentro do meu coração, e jogada fora a chave; dentro dele, deves sempre ficar."

* * *

Lebrecht Bachenschwanz produziu a primeira versão alemã conhecida de *A Divina Comédia* (*Die göttliche Komödie*) nos anos de 1767 a 1769, e a tradução do *Inferno* em minha posse é pelo menos quatrocentos anos mais velha. Embora surpreendente, isso não prova que Marianne Engel traduziu o livro na primeira metade do século XIV; apenas que *alguém* o fez. Mas, se não foi ela a tradutora, como o livro acabou indo parar no seu cofre? Como existiu durante quase sete séculos sem qualquer registro de sua existência? Da mesma forma que como tantas coisas, não sei.

Escrevi tanto sobre a tradução alemã que talvez você suponha que o original italiano nada tenha de excepcional, exceto a idade. Garanto-lhe que nada poderia estar mais distante da verdade. Alguns defeitos no estado do manuscrito, além de reduzirem o valor monetário do livro, me são de considerável interesse.

É óbvio que a obra esteve num incêndio em determinada ocasião. As páginas estão chamuscadas nas bordas, mas as chamas não se alastraram pelo volume adentro o suficiente para queimar qualquer das palavras. De algum modo, o livro foi poupado de extenso dano do fogo; esta é a única falha mais óbvia.

Um corte largo perfura a capa do volume, produzido por um instrumento cortante. Talvez faca ou flecha. O corte penetra o corpo do livro de um modo que, quando se abre a capa, vê-se uma fenda de quase igual tamanho na primeira página. Essa fenda, situada no meio de cada página, torna-se cada vez menor quanto mais profundo avança no livro. A capa detrás do livro contém apenas um pequeno buraco de saída; é visível que o instrumento cortante foi quase, mas não de todo, detido pela grossura do manuscrito.

Levei muito tempo para reunir coragem, retirar a corrente do pescoço e inserir a ponta de flecha no furo da capa do manuscrito. Ela deslizou dentro do orifício com perfeição, como uma chave ao encontrar a fechadura certa. Empurrei mais, até a ponta de flecha ser engolida pelo livro e mal sair pela fenda na capa detrás.

Hoje, gosto de imaginar que, se um homem entrasse por aquele corte na capa do livro, como por uma porta comum, poderia dar no centro mesmo do *Inferno*.

* * *

Foram muitos os motivos que levaram Jack e eu a decidir não providenciar uma sepultura para Marianne Engel, mas dois se destacam acima de todos. Primeiro, pareceria estranho sem qualquer corpo. Segundo, quem visitaria essa sepultura, além de nós dois?

Eu não quero visitar uma sepultura.

* * *

Todo dia, eu acordava com Bougatsa dormindo a meus pés. Dava-lhe pâncreas cru de comida, depois nos enfiávamos no carro e rumávamos para o oceano.

Eu contemplava o mar ao nascer do sol. É minha vigília, uma hora do dia dedicada à lembrança de Marianne Engel, e também a única hora em que me permito receber direto a luz solar. Demasiada exposição não é bom para a pele, mas gosto do calor no rosto.

Bougatsa em geral corre em volta, pega pequenos tocos de madeira flutuante na boca e os larga a meus pés. Implora que os atire para ele, e eu o faço, e ele logo dispara saltando para a maré. Mas em certas manhãs não sente vontade de correr e apenas fica deitado a meus pés fitando o mar. É igual à noite em que Marianne entrou; como se ainda esperasse que ela voltasse chapinhando para nós. Imagino que não saiba das coisas. Não passa de um cachorro idiota.

Ao mesmo tempo, componho na mente. A maioria destas páginas que você já leu originou-se em meu solitário posto de comando à beira do mundo, onde a terra cai no mar. Tenho passado muito tempo aqui, nesse grandioso espaço vazio entre a lembrança e o desejo, criando esse império de frases loucas no qual agora vivo.

Quis escrever este livro para homenageá-la, porém malogrei, assim como todas as vezes que a decepcionei em vida. Sei que minhas palavras não passam de pálidos fantasmas, mas preciso que Marianne Engel exista em algum lugar.

* * *

Toda Sexta-feira Santa, nesse aniversário do acidente ancorado, mas marcado por contínua mudança, vou até o pequeno arroio que me salvou a vida e acendo mais uma vela. Agradeço dois fatos: ter mais um ano de vida e estar um ano mais próximo da morte.

Quando Marianne Engel me deu a ponta de flecha, disse que eu saberia o que fazer com ela quando chegasse a hora. Mas já sei. Pretendo usá-la sempre e com orgulho, e quando for velho e a vida chegar ao fim vou tirá-la do colar. Vou pô-la numa haste, reta e certeira, e pedir a um amigo querido que dispare a flecha e vare meu coração. Talvez esse amigo seja Gregor ou Sayuri; talvez alguém que eu ainda nem conheça. A flecha voará ao meu peito e abrirá a cicatriz de nascença como um lacre à espera de ser aberto.

Isso assinalará a terceira vez que uma flecha penetrou no meu peito. A primeira levou-me a Marianne Engel. A segunda nos separou.

A terceira nos reunirá.

* * *

Ah, mas não me deixe parecer sério demais. Ainda tenho uma vida de trabalho pela frente.

Depois do desaparecimento de Marianne Engel, assumi a responsabilidade de aprender a arte de esculpir. Suponho que minha motivação seja egoísmo, pois esculpir me ajuda a ficar mais perto dela. Gosto do movimento do aço contra a pedra. Em geral, as pessoas a interpretam de forma errônea, como imóvel, inflexível, mas não é: parece água que corre, fogo que dança. O cinzel move-se como se conhecesse os desejos secretos da pedra, como se a estátua guiasse a ferramenta. A coisa mais estranha que descobri, porém, é a naturalidade que parece ser esculpir, como se eu o tivesse feito antes.

Não tenho nem de perto os talentos de Marianne Engel, e quando crio uma estatuazinha raras vezes sai como imaginei. Mas tudo bem. Na verdade, não muitas vezes chego a produzir obra de pedra original. O mais frequente é usar as ferramentas dela para burilar a estátua de mim que minha amiga deixou.

Ficar diante de minha semelhança ainda me constrange um pouco, mas lembro a mim mesmo que não é vaidade. Não estou me olhando, mas uma parte de Marianne Engel que sobrevive. Então ergo o cinzel e miro uma pequena área – o canto do ombro, uma dobra na pele queimada – e bato com o martelo. A cada pancada, mais uma peça de mim se desfaz. Suporto remover apenas uma minúscula lasca de cada vez, pois toda vez que um fragmento de rocha bate no chão eu me aproximo um pouquinho de tornar-me nada.

Os Três Mestres afirmaram que o amor de Marianne Engel saberia o motivo por que teria de libertar o último coração, liberá-la. E eu o faço: o fim da penitência dela foi o começo da minha. Deixá-la caminhar para o mar, desimpedida, apenas iniciou o ponto de partida dessa missão, porque a libertação dela não ocorre num instante. É um processo contínuo, que vai seguir pelo meu tempo de vida, e não vou me permitir morrer até haver desbastado o último traço da estátua.

A cada fragmento de rocha que cai de mim, ouço a voz de Marianne Engel. *Eu o amo. I love you. Aishiteru. Ego amo te. Ti amo. Ég elska pig. Ich liebe dich.* Vem se movendo pelo tempo, chegando-me em todas as línguas do mundo, e soa como puro amor.

AGRADECIMENTOS

Meus mais sinceros agradecimentos a Angela Aki, amiga querida e a primeira pessoa a ler este livro; Bette Alexander e Jolanta Benal, perfeccionistas; Liuba Apostolova, que é feita de luz de estrela; Marty Asher, Jamie Byng, Anne Collins, Gerry Howard, Anya Serota e Bill Thomas, os primeiros que acreditaram; aos Bratti, minha segunda família; a toda a equipe de Canongate, Doubleday, Janklow & Nesbit e da Random House do Canadá; dra. Linda Dietrick e dra. Ann-Catherine Geuder, conselheiras sobre todos os assuntos germânicos; aos editores (Anne, Gerry e Anya), que, com elegantes bisturis, ajudaram o desbridamento cirúrgico das partes queimadas; dra. Kathy J. Edwards, que com toda paciência respondeu a todas as minhas perguntas sobre incêndio; John Fontana, que me faz parecer bem; Helen Hayward, formidável professora; meus leitores de provas internacionais, Kyoko Aoyama, Yoichi Takagi e Miko Yamanouchi (japonês), Úa Matthíasdóttir (islandês) e Giuseppe Strazzeri (italiano); Eric Simonoff, o maior defensor do romance; Dorothy Vincent, que levou o livro ao mundo todo; aos assistentes editoriais essenciais para conseguir que as coisas sejam feitas, sobretudo a Katie Halleron, Eadie Klemm e Alexa Von Hirschberg; Joe Burgess, Kirby Drynan, Liz Ericksson, Kevin e Alex Hnatiuk, Alison e Helen Ritchie, e Paige Wilson, amigos que dão retorno; minha família, nuclear e ampliada, pelo apoio e amor; e Harley e Fjola, por tudo.

Sou especialmente grato às seguintes fontes: *Medieval Germany: An Encyclopedia*, editado por John M. Jeep; *The Mystics of Engelthal: Writings from a Medieval Monastery*, de Leonard P. Hindsley; *Henry Suso: The Exemplar, with Two Sermons*, traduzido, editado e apresentado por Frank Tobin; *Light, Life and Love: Selections from the German Mystics of the Middle Ages*, editado por W. R. Inge; *The Inferno*, de Dante Alighieri, traduzido para o inglês por Robert Hollander e Jean Hollander; *The Divine Comedy: The Inferno, The Purgatorio* e *The Paradiso*, de Dante Alighieri, traduzido para o inglês por John Ciardi; *Surviving Schizophrenia: A Manual for Families, Consumers, and Providers* (quarta edição), de E. Fuller Torrey, médico; *Rising from the Flames: The Experience of the Severely Burned*, de Albert Howard Carter III, Ph.D., e Jane Arbuckle Petro, médica; *Severe Burns: A Family Guide to Medical and Emotional Recovery*, de Andrew M. Munster, médico, e a equipe do Centro Regional de Queimados de Baltimore; *Holy Terrors: Gargoyles on Medieval Buildings*, de Janetta Rebold Benton (no qual se encontra impressa uma versão da lenda do dragão La Gargouille); o site da Web Viking Answer Lady; e a versão da Bíblia Sagrada do rei James.

Este livro foi impresso na Editora JPA Ltda.
Av. Brasil, 10.600 – Rio de Janeiro – RJ
para a Editora Rocco Ltda.